坚守

陶阅铭 著

古吴轩出版社

图书在版编目（CIP）数据

坚守 / 陶阅铭著. — 苏州 :古吴轩出版社，
2013.3

ISBN 978-7-80733-987-8

Ⅰ. ①坚… Ⅱ. ①陶… Ⅲ. ①长篇小说—中国—当代
Ⅳ. ①I247.5

中国版本图书馆CIP数据核字（2013）第041942号

责任编辑：洪　芳
见习编辑：蔡时真
装帧设计：陆月星
责任校对：张　蕾
责任照排：韩雅萍

书　　名：坚守
著　　者：陶阅铭
出版发行：古吴轩出版社
地址：苏州市十梓街458号　邮编：215006
Http://www.guwuxuancbs.com　E-mail:gwxcbs@126.com
电话：0512-65233679　传真：0512-65220750
印　　刷：苏州日报印刷中心
开　　本：787×1092　1/16
印　　张：28
版　　次：2013年3月第1版　第1次印刷
书　　号：ISBN 978-7-80733-987-8
定　　价：38.00元

目　录

卷一

卷二

卷三

卷四

内容提要

世界500强英伦化学公司董事局主席、英藉华人冒烨薇受父亲遗命，回老家同江投资，而同江给的那幅地块正是她家祖坟的所在地。解放前夕，她父亲携全家移居国外时，将守护祖坟的任务交给了年仅不到二十岁的冒尖藉。在市委书记韩天华陪同下，她去自家祖坟寻找已经五十多年杳无音讯的守坟人冒尖藉。让她没有想到的是，本以为五十多年后一定物是人非，冒尖藉却经历了与冒家仇人姜可名、姜君文父子两代借机杀人、欲加之罪、威逼利诱、绑架讹诈和毁坟夺宝等等的斗争，历经千辛万苦，一次又一次挫败了仇家的阴谋，并经历了与三个女人的爱情纠葛和生离死别，始终坚守在冒家大冢。他守护的不仅是冒家的一座祖坟，而且是当年郑和下西洋的巨大遗宝。在冒家第29代后人冒烨薇回来之后，他终于兑现了将冒家大冢"完璧归赵"的诺言，并且说服冒家子孙以"天下物，应归天下用；天下财，应归天下得"的胸怀，将宝藏捐献给了国家，还忍辱负重让冒家和姜家子孙摒弃前嫌握手言和，终于化解了冒姜两家世仇。在将大冢和宝藏交还冒家后人，并迎回恩人冒烨薇父亲的遗骨以及自己父子亲相认后，冒尖藉又回到了冒家大冢……

引　子

在这世界上，除了有显赫活跃的身影之外，还应该有守望者那寂寞的身影。守望者是这样一种人，他们不一定直接投身于时代的潮流，还往往与一切潮流保持着一定的距离，但他们也绝不是局外人，也不是袖手旁观者，相反对于朝流的现在与将来始终予以注视和关切。守望是一种追求，守望也是一种角度。因此，守望者仰望天空，守卫土地，怀着虔诚之心守护着自己心灵中的那一块“圣地”。

◎卷一

第一章　今夜难眠

冒尖藉刚躺下一会儿又从床上坐起来，踱到了窗前，仰视漆黑如墨的夜空，他心中感慨：地上沧桑变迁，人类社会更迭，苍天却千古如斯。

外面依然小雨淅沥，微风袅袅。

矮柜上的那只木壳已经有点破损的“15天”牌座钟“当当”地敲了四下。

这只座钟是冒尖藉最忠诚的朋友，已经不知疲倦地陪伴他度过了许多年头了，所以他视同珍宝。

冒尖藉干脆不睡了，窸窸窣窣在枕头边摸到了火柴盒，“嚓”的一声，火柴头闪出火花，冒尖藉点亮了一盏上海产的“灯塔牌”带玻璃罩的已经很有些年头的煤油桅灯，小屋瞬时撒满了不甚明亮的灯光。

冒尖藉披了件由一个个“心”字形结成的已经磨旧了但很合身的米黄色粗毛线坎肩，虽然已是花甲之年，但手脚依然麻利地下了床。

他按住了旁边的按钮，把桅灯的灯罩顶了起来，用一根牙签拨了拨灯芯上的黑头，然后放下了玻璃罩，屋内又亮堂了许多。这盏煤油灯是冒尖藉的宝贝，也是冒尖藉的牵挂。

这盏桅灯装满了冒尖藉与一个上海女人的感情故事，似乎这灯燃烧的不是常用的煤油，而是冒尖藉与这个上海女人合成的恋情、欲火和离别的泪水。每当点亮这盏灯的时候，冒尖藉心里总会翻江倒海般地搅动着复杂的感情。

因为男人与女人之间的事常常像一团乱麻，剪不断，理还乱。

冒尖藉有两样东西是这个女人的仅存之物：一件是现在身上还穿着的毛线坎肩。这件毛线坎肩是这个上海女人用眼泪织成的，熬了几个通宵，一针一针地织，手上被毛线勒出了血泡，当时还织了一件女式的她自己穿，好像是当下流行的“情侣装”。还有一样东西就是这盏玻璃桅灯，是这个女人来到冒尖藉身边带来的贵重物品。在这盏灯下，冒尖藉与她度过了不到两百个难忘的夜晚，流淌了多少血和泪。况且，临走时她怀着身孕，带着他的骨肉远离而去……

但冒尖藉却很快收住了对以往的神思，因为今天有一件他认为比天还要大的事。

昨天下午，同江开发区拆迁办主任周大华在冒家大冢的入口处，拿他那破铜锣般的嗓子，用了吃奶的力气喊：“冒老头，乃（同江地区方言，意为你，念：neng能）到这里来一下，有重要事体跟乃讲！”

这周大华是同江的一大能人，也是同江开发区管委会主任姜君文身边的一大得力干将。只要姜主任指到哪里，他就打到哪里。他当拆迁办主任已经有十个年头了，为同江开发区立下了“汗马功劳”。经他拆掉的房子，拔掉的“钉子户”，那就像吐鲁番的葡萄一串串。

但他却败在冒尖藉手上，而且败得很惨。

冒尖藉听到了周大华的凶兮兮的声音，就迎了上去：“像催命咒一样，乃又动什么念头啦？”

“乃这老不死的，有正经事！”

“有话快说，有屁就放！”

“冒家的第29代子孙冒烨薇女士，英伦化学的大老板，就是征用这块地的买主英伦化学（中国）公司的董事长，明天十点钟，由市委韩书记亲自陪同，要来认伊（同江方言，意为他，他的）自家的祖坟。”

“啥？冒家的子孙，不会是假冒的吧？现在骗子多如牛毛，别来糊弄吾（同江地区方言，意为我，我的）老头子，乃快走人，不然‘大黄小黑’又要来侍候乃了。”

周大华一听双脚跳了起来，被吓得直哆嗦：“老爷子，不是跟乃闹的，真的是冒家后人来了呀！”

“凭啥？”

“伊讲伊阿大（同江对自己父亲的称呼）叫冒泓晋，临死前对伊说回国要找一个叫冒尖藉的守坟人，其他的事体吾哪能晓得！”

冒尖藉不听则已，一听这话直觉得天旋地转，几乎站不稳身子，双手伸向天空，混浊的泪水夺眶而出：“老天啊，乃没有埋没吾冒尖藉的苦心，冒家没有绝后啊！吾可以向冒家有交代，终于熬出头了呀！”

冒尖藉擦了一把老泪，抽泣着说：“这下子好了，这下子好了，真是老天有眼啊！”

周大华看着一向刚毅的冒老爷子这般模样，急吼吼地说：“发什么神经啊？准备准备吧，明天迎接主人！”说完拔腿就跑。

冒尖藉还想问点什么，周大华却像兔子般地溜走了，他觉得又气又好笑：“这个赤佬，真是一朝被蛇咬，十年怕井绳！”

周大华因为有姜君文这个后台老板撑腰，平时像条天不怕地不怕的蠓虫。去年的一天，他独闯冒家大冢，对冒尖藉大声呵斥道：“吾正式来通知乃，工程队就要来填土平坟了，土石方的船马上就要开进娄墅荡，来做‘三通一平’，冒家大冢就要完蛋了，乃连死人都没得看了，哈哈，哈哈！”说完狂笑起来。

冒尖藉气不打一处来，他没跟周大华嘴上啰唆，而是用手掌重重拍了两下，草丛里突然窜出两条一黄一黑有三米多长、小腿一样粗的大乌梢蛇直扑周大华。周大华被“大黄”紧紧缠住，全身骨头被勒得咯咯地响。冒尖藉怕真的弄出人命，急忙在“大黄”七寸上捏了一把，“大黄”就乖乖地放了周大华，与小黑哧溜地遁得无影无踪了。这下子把周大华吓得七荤八素，冒尖藉把他从地上拉起来说：“今天便宜了乃，今后少做缺德的事！”周大华屁滚尿流地逃了回去。他回去就发起了高烧，在床上躺了足足有一个月。俗话说，“吃一堑长一智”，所以这次周大华来通知冒尖藉，也就只敢站在大冢的入口处叫喊，而不敢越雷池半步。

冒尖藉知道冒家第29代子孙冒烨薇，今天要在同江市委韩书记的陪同下前来大冢祭拜祖宗。想想自己为冒家守祖坟整整守了57年，在这57年中，仅有一次听到冒家的消息。那是1985年同江市外事办公室派人来了解过冒家的情况。那天是解放初期村贫协主席王菊林的孙子，现在的村主任王春喜的儿子结婚，冒尖藉作为乡里乡亲去帮活（同江地区有个传统习惯，村上人家办婚丧红白喜事，各家都会主动出一个人前往帮工），王春林对冒尖藉说，冒家在海外还有后人，最近市外办来打听过冒家的消息。

冒尖藉听说后，心里着实高兴了一阵子，便毫无顾忌地逢人就说冒家有后，还在国外呢。要是在70年代，谁也不敢说有海外关系。共产党十一届三中全会召开后，人们的思想解放了，国家改革开放了，谁家有海外关系在脸上有光。

冒尖藉敢于大声说冒家后代在海外，倒不是自己要沾什么光，得什么好处，而是他觉得冒家不应绝子断孙。冒家的祖坟已有五百多年的历史了。在历史上，冒家是响当当的官宦人家。自己受冒家重托，从十七岁起就为冒家守祖坟至今57年了，但冒家一直杳无音信。现在知道冒家的子孙尚在海外，自己可以了却一桩心事，可以将冒家的祖坟“完璧归赵”，庇护冒家兴旺。他觉得自己一辈子虽然仅做了这一件积德的事，但自己的一生也就值了。

后来，冒家的消息又断了。冒尖藉却从此又盼啊望啊！今天，苍天不负人，冒尖藉终于可以面见冒家的后人了。

昨天下午，当周人华突然告诉他这一消息后，冒尖藉今夜就难以入睡，夜里睡下又起来，重复了三四次。这次眯盹了一小会儿，就决定干脆不睡了。

冒尖藉推门出去，这时小雨已经完全停止了。他抬头朝东方的天空望了望，天际慢慢地呈现了一抹鱼肚白。江南春来早，清晨空气格外地纯净，吸入肺里有一种清新的感觉。

他回到了客堂屋里，闩上了大门，移开了靠北边墙的供桌，小心地将地上的大方青砖一块一块地掀了起来，地面上露出了一个大黑洞，从洞里蹿出一股阴冷的寒风。

用五十年前使用过的方法，他身上背了一只重新改装过的四节头强光手电筒，怀揣传说可以驱魔赶鬼的雄黄，脚穿长筒雨靴，手持铁钎，打开电筒顺着那架固定的木梯子往下爬，一直爬了约六米深才到达底部。

他小心翼翼地按动机关将墓门徐徐地打开，里面尸臭的腐味依然冲鼻，冒尖藉用脖子上挂的毛巾捂住了口鼻，当门停下不动了，才照着手电进到墓内存放冒家祖先尸体的那一层。

进入墓内，他先向墓内的冒家祖先三鞠躬，口中念念有词：“冒家列祖列宗，今天吾是来向先辈禀报冒家的子孙回来啦，今天就要上坟来祭拜各位祖宗，吾也将要完成冒家的托付，请列祖列宗保佑！”

然后他又往里头走，停在了五十年前自己从双林镇偷偷带回的被作为敌特分子枪毙的少爷冒泓炜尸体前，大声地哭道：“少爷，你被仇人屈杀五十年了，今天，冒家后人回来了，吾一定要为你申冤雪耻，你就放心吧！”

他感到呼吸有些急促，这才想起这墓地密不透风，氧气稀薄，当年老爷冒泓晋特地提醒自己不宜在墓内久留。因此说完之后他又鞠了三个躬，用手电扫了一周，发现墓内完好如初，就往后退着出去。

就在退到门外时，五十年前那条像蛇又不完全像蛇，像鱼又不完全像鱼的怪物又蹿了出来。这怪物有一米多长，浑身通体透白，两眼目光如炬，对着冒尖藉“嗤嗤”地吐出血红血红的长舌。

五十年前已见过这一幕，所以他并不惊慌失措，而是用拳头按住机关处将墓门徐徐地合上。

出了这一层，他往最下一层走去，用同样的方法打开了最底层的墓门。进到这一层墓内，他用手电筒朝里照射，金元宝、银元宝、金锭、银锭、翡翠、玉石、珍珠、珊瑚等宝物在受光后，依然呈现出五彩缤纷，那高大的红珊瑚如鲜血般地艳丽。里面一堆堆粗细不一的麻绳，粗笨的铁链和巨大的铁锚，墓壁还挂着罗盘、彩旗等，以及柜子里放的许多标着密密麻麻记号的图纸、资料等，一如五十年前见到的那个样子。

他知道当年冒家祖先冒正显奉明成祖朱棣之命，从晋西北到同江出任布政使，协助郑三保先后七次下西洋，留下的这些奇珍异宝都将成为历史的见证和重现冒家荣耀的重器。

事隔五十年，冒尖藉再次下到墓内，是为了察看大冢内部的状况，以便于今天向冒家后人有一个完整的交代。他为自己五十多年来不管日子是多么的难过，生活是多么的难熬，都坚守金山银山不取分文，过着“怀珠作丐，有宝还穷”的生活而感到问心无愧，也为自己“穷且弥坚，不坠青云之志”的操守而感到心安理得。

第二章　翡翠琵琶

从冢内出来，他什么也没拿。上到地面后，他重新铺好大方青砖，把供桌移好，恢复了原样。

天还没有完全放亮。冒尖藉在屋前的场上全神贯注地打了一套“谭家拳”，这是他每天清晨的“必修课”，所以这套拳路打得出神入化，估计三四个小伙子一起上也不是他的对手。

冒尖藉在身上沁出密密细汗后收住拳脚，这是他上了岁数后作为养生练功掌握的强度。还真别说，“谭家拳”确是强身健体的一种好法子，在冒尖藉身上就得到了不可否认的印证。七十岁出头的人，只是头发有些花白，腿脚灵便得很，一挥手，一抬足，全然看不出年迈的痕迹，眼不花耳不聋，说话的中气很足，假如发起脾气来依然是风风火火，犹如狮吼，声如洪钟。

像一个警惕的巡逻兵，他绕着大坟走了一圈，这是他几十年来养成的习惯。没有发现异常情况，他长长地喘了口气，然后才进了屋，那只木壳已经有点破损的“15天”牌座钟“当当”地敲了六下。

江南早春的清晨，天空刚被霏霏细雨洗涤得干干净净，刚刚露头的青草挂着晶莹剔透的水珠，好像害羞似的娇嫩欲滴。一轮冉冉升起的红日，这时已按捺不住自己的性子，一下子就喷薄而出，把天空染得一片霞光。

冒尖藉把昨晚包好的鸡肉荠菜馅的馄饨放进已经沸腾的开水里煮，一共放了二十个。他是一个做事、吃饭都十分精细的人。因为他守着冒家大冢五十多年，过的是自给自足的日子。

在别人眼里，他是一个让人无法理解的世外高人，也是一个冥顽不化的另类异人。

他有滋有味嚼着馄饨，心里却琢磨着今天与冒家小姐会面的安排与可能出现的情况。

他掐着手指头合计着冒家大小姐的年龄。冒尖藉至死也不会忘记当年的那一幕情景：1948年7月，像巨石扔在铁板上的那种震耳欲聋的雷声，那闪电像一条长得不能再长的鞭子，硬是把黑压压的天空劈开。在狂风暴雨中，冒泓晋身裹棕毛蓑衣冲进小屋，怀里还抱着一个三岁多一点的女婴。他气喘吁吁地从小女孩的脖子上摘下一块连颈带体长六公分、琴体部有四公分宽的镂空雕刻琵琶形翡翠玉佩，他让冒尖藉用右手一拽，翡翠琵琶便被一分为二，原来这块玉佩是由两瓣相榫而成的。

冒泓晋一脸沉重地说："国民政府已经彻底垮塌了，解放军马上就要进攻上海，吾伲（同江方言，意为我们）全家后天就迁移香港，守祖坟的事就托付给乃，这里是冒家的祖荫，乃无论如何好要守住啊，吾代表列祖列宗给乃磕头！"他虽然长居上海，但回老家依然讲一口同江话。

说完，冒泓晋"扑通"一声跪下，把怀里的小女孩吓得大哭起来。

冒尖藉见状，连忙弓身去扶，冒泓晋不肯起身，说："尖藉，男儿膝下有黄金。吾上跪天地，下跪父母，今天向乃下跪，乃不答应吾的话，吾就不起身！"

冒尖藉也重重跪在了冒泓晋面前："老爷乃不起身发话，打死吾也不起来，乃起来啊！"在冒尖藉眼里，冒老爷是个顶天立地的汉子，如果不是天要塌下来，地要陷下去，就是拿枪抵着他脑袋，他也不会有如此之举。

冒泓晋见到冒尖藉也如此坚决，在自己起身的同时要拉冒尖藉起身。

冒尖藉拨开了冒泓晋的手，斩钉截铁地说："老爷，吾知道乃有要事嘱托，乃就说吧！吾由刘姓跟随老爷姓冒，今天吾也是冒家的一分子。吾被老爷收养，又是老爷教吾上学读书，教吾立身做人。俗话说滴水之恩当涌泉相报，原来的刘秋生现在的冒尖藉，吾现年已经十九岁了，可以为冒家出点儿力，所以老爷乃就赶快吩咐吧！”

冒尖藉长跪不起。

冒泓晋哽咽着说：“吾伲这么一走，不知何年何月才能回得来。吾研究过共产党的政策和做法，这里解放了，冒家的房子一定保不住，田地也会被分光，所以冒家可能就仅存这座祖坟，而且这三间祭屋被日本人烧过，又是乃自己翻建的，不会再有人要这所房子，乃正好用来安身居住。吾让乃守好冒家的祖坟，是因为只要祖坟在，冒家的基业就在。究竟守多长时间，没有个准头，一切靠乃自己把握！”

冒泓晋说到这里停顿了一下，从怀里掏出用防雨布包好的一沓纸头，郑重地交给冒尖藉：“这是一部冒家五百多年的家谱，乃也知道冒家传到我与弟弟冒泓炜这一代已是第28代了，还有这份是冒家祖坟地下的分布图和隐秘的出入口示意图，万万不可示人，这祖坟里的秘密大着呢！在万不得已的情况下乃也不要轻易进去，吾今天身上只带了五条‘黄鱼’（金条）全部给乃，作为乃今后的生活费用，乃用完了可从秘密入口进到墓内，那里有你一辈子也用不了的金银财宝，你不用愁什么，但是你务必小心谨慎，一旦泄露天机，你必招来杀身之祸！”

冒尖藉把这些话字字句句往心里记着，他沉着有力地说：“老爷，吾虽然不是季布，但请乃放心，有吾冒尖藉在，冒家的祖坟就一定会在！”

江南七月的天，孩儿脸，说变就变，说好就好。

倾盆大雨骤然停了。

冒尖藉从地上起立，右手捏着半瓣翡翠琵琶玉佩。

冒泓晋说：“这半瓣玉佩乃一定要妥善放好，如果吾百年之后，吾会让冒家的后人持另半瓣琵琶玉佩来与乃相认。”

冒尖藉重重地点了点头：“老爷，尖藉全都记住了！”

雨停了，毒辣辣的太阳从天空直射了下来。冒泓晋棕毛蓑衣里的小女孩大概被裹着热着了，伸胳膊踢腿“嗯嗯”地乱动了起来。

这时，冒泓晋才对冒尖藉说：“这是吾家的小女儿，叫烨薇，吾伲冒家的辈分从泓字辈下来是烨字辈，所以起名烨薇，算起来是冒家的第29代子孙。”

冒尖藉靠上前去，冒泓晋就双手捧着孩子送到冒尖藉手中，说“让乃冒叔抱一抱吧！”

冒尖藉自己也才不到二十岁的大男孩，知道冒家这个小千金，宝贝着呢！所以不敢抱，又推给了冒泓晋说：“就让吾瞧瞧小姐吧。”

冒尖藉小心翼翼地掀开了小女孩脸上的丝纱盖头，孩子的小脸像只白里透红的水蜜桃，娇嫩欲滴，右嘴角的一颗美人痣清晰可见。冒尖藉用右手食指轻轻地点了点女孩的右腮帮子，小女孩用黑乌乌的眼珠瞪着冒尖藉，伸胳膊蹬腿，“咯咯”地笑。

冒泓晋见状，不由得苦笑着说：“尖藉，小姐跟乃蛮亲格（助词，相当于‘的’用法）！”

冒尖藉也觉得，高兴地说道：“吾与小姐有缘分！吾与小姐有缘分！”

冒泓晋完成了最后的交代。突然从不远处传来了几声小火轮汽笛的鸣叫声，这是船上催促冒泓晋回船的信号。

冒泓晋来回都是坐小火轮。因为冒家大冢地处水网地带，沟沟渠渠的多，车马来去不方便，所以特意自购了一只小火轮，并在娄墅荡湖岸边用木头搭建了一座小码头。这样上了码头，登上堤岸，就能直达自家大冢。

冒尖藉知道要与东家、要与自己的恩人相别了，但不知道以后主仆何日相见，就有一种生离死别之感涌上心头，禁不住失声痛哭，一边抽搐一边扶着老爷往码头走。

到了码头，小火轮上的人已经把一块跳板放好，冒泓晋上了小火轮的甲板，向冒尖藉挥挥手：“尖藉，拜托乃啦！留得青山在，不怕没柴烧！”

小火轮“突突”地远离而去，被犁开的水波很快又合了起来，湖面上只剩下一个黑点，越来越远，最终消失在茫茫水天。

冒尖藉还怔怔地伫立在码头上，感到自己背靠的一座大山轰然倒塌了，心里空落落的，自己犹如一只在风雨中漂泊的孤雁。

第三章　语出惊人

人的一生会有许多往事，但能刻骨铭心难以忘怀的也就那么几件。

冒尖藉对这一幕记忆犹新。尽管经历了57年的风风雨雨，依然难以冲刷这段离别的往事。

一只肥硕的浑身虎纹形的大花猫“咪”的一声从地上跳到了八仙桌上，撞到了盛馄饨的大海碗。这响声把冒尖藉从往事的追思中拉了回来。

“唉！还愣着干吗？还有几个小时就会与冒小姐见面了，算起来冒老爷应该是耄耋高龄，吾真的好想伊老人家！”冒尖藉自言自语道。

冒尖藉觉得应该做点什么准备，冒老爷临别时让自己保管的家谱、大冢的地图其实是一张藏宝图，要不要事先从密藏处取出来，交给冒家小姐呢？

“且慢，事隔57年可谓物是人非，现在国际骗子也多得很，切不可冒失行事，吾57年的付出和冒家的根底不可毁于一旦！不然的话，吾就成了冒家的千古罪人。”冒尖藉这样默默地告诫着自己。

冒尖藉首先想到了今天与冒家后人相认，第一招就是辨认翡翠琵琶，第二招就是打听老爷的往事，第三招就是询问冒家少爷的去处，第四招就是……他想不出更多的招数，觉得就用前面三招应该八九不离十了。

“还有一事要不要也亮出来？因为今天市委韩书记一起来，可能还有记者，阵势不会小，有这个机会要不要把冒泓炜少爷的事捅出来，让五十年前少爷屈死的冤案告白于天下。”冒尖藉一时还拿不定主意。

“少爷是抗日英雄，是一条真正的汉子，硬是被仇家谋害，不为冒家报此大仇，我誓不为人！”冒尖藉又想今天豁出去了。

冒尖藉对共产党平反冤假错案的政策和做法十分关注，而且仇家姜可名也已经命归西天了。本来他想为冒家申冤，但转念想到自己虽然跟主人的姓，但毕竟不是冒家的人，所以不便出头；其次冒家直到现在还是杳无音信，就是将这冤案惊爆天下也无法告慰冒家；再是仇家姜可名的儿子姜君文现任同江开发区管委会主任，在这块地方是个一手遮天的狠角色。这几年他借开发之名，要毁掉冒家大冢之心一直不死。如果贸然地把这件事抖出来，弄不好既保不了冒家的祖坟，又把自己这把老骨头搭进去，不值！

所以冒尖藉这些年继续采取“忍为上”的策略。俗话说“忍”字头上一把刀。就这个“忍”常常让冒尖藉日子过得谨小慎微，也过得无比坚忍。

“冒家大冢既是冒家祖先的葬身之地，墓内藏着以明朝永乐时期为主的瓷器、玉器、金条、金锭、银器、银具、铜钱等宝贝不计其数，还有许多名贵金丝楠木，对此，要不要全部告诉冒小姐并让伊亲手验收？”冒尖藉清楚，这一消息一旦在今天公布出去，那肯定会在社会上引起轰动。

冒尖藉最终决定，今天只要确认是冒家的后人，就把这些原原本本、彻彻底底地公之于世。

做好了这些盘算，冒尖藉如释重负，倒也神定气闲了起来。

破旧的“15天”牌座钟又清脆悦耳地连续敲了八下。

冒尖藉收拾好碗筷，泡了一杯产自洞庭东山的明前碧螺春新茶，轻呷了一口，感到时间尚早，又到自己起名“静庐”的书斋也就是那间客堂，摊开宣纸，饱蘸浓墨，稍思片刻，写了老子《道德经》的名句“俗人昭昭，我独昏昏。俗人察察，我独闷闷”的条幅，又写了一幅《论语·为政》中的一句话“人无信，不知其可也”。

冒尖藉的书法用笔具有行笔从容不迫、舒展纵横、雄逸豪迈、奇宕飘逸、沉着痛快的风格，给人以一种大气磅礴之势。同江书画院看过冒尖藉的书法，给予了高度的评价，并盛情邀请他加入书法协会。但他总是以乡野之人不上台面为由加以婉言谢绝。

他今天写下这两幅书法，实际上是要向即将到来的冒家后人喻达明志、坦陈心迹。

江南的春天，冷热相宜，给人以神清气爽的感觉。十点钟，一阵阵的喇叭声音，让冒尖藉断定大队人马来了。

他步履轻捷地走到了大冢的入口处，看到从黑色奔驰小轿车上下来一位中年女子，皮肤饱满白皙，个子高挑，气质高雅，右嘴角有一颗美人痣，面带微笑，身着质地考究铁红色套装。她下车后与从奥迪车上下来的同江市委韩书记首先热烈地握手，后与姜君文等同江开发区一行迎候的领导一一握手，然后与韩书记肩并肩地向大冢走来。在他们之后是一个三十岁出头身材高大、气宇轩昂、不苟言笑、手中提着方方正正公文包的男子，与姜君文并排跟在后头。在他们后头，有一大群人，其中有英伦公司、同江市机关的随行人员和扛着摄像机的同江电视台记者和《同江日报》的记者，不下二十人。

冒尖藉向他们微微点头，算是打了个招呼，他冷静甚至有点木讷。

姜君文这时抢上一步连忙作介绍："冒董、韩书记，这个就是看墓的老头。"又对冒尖藉呵斥道，"老冒头，愣着干什么，还不快迎接客人！"

冒尖藉不理会姜君文，用两只已经有些混浊的老眼盯着穿铁红色套装的女人，连连大声喊道："你是冒家的薇薇吗？"老人的身子颤抖起来。

"冒叔，是我，我是薇薇！"她三步并作两步上前抱着身体发抖的老人。

"吾天天盼、年年盼啊！乃家里再不来人，吾恐怕等不及要去见乃家的老祖宗啰！"老人声泪俱下，悲恸得无法站住。

"冒老头，这是怎么啦？平时嘴巴硬的像石头，今天哭哭啼啼像啥样子！"姜君文在一旁嘟嘟囔囔。

"你少说几句，这是人之常情嘛。"韩天华书记小声阻止了姜君文。

"冒叔啊，我回来了呀，我代表我爸回来了！"两人哭成了一团。

见此情景，韩书记说："老冒同志，到屋里说话，坐下来与冒董好好叙叙旧。"

冒烨薇冷静了下来，拉着冒尖藉的手不放，另一只手拉了韩天华的手说：

“对，对，进屋去谈。”

这大冢仅有这三间简陋的平房，突兀地耸立在开阔的墓地上。

原来，大冢的入口处还有仿汉朝宫阙形的牌楼，从牌楼向东有一条长约八十米、宽约十米的道路通向青砖黛瓦、飞栋雕梁的三间大瓦房，这是冒家搞祭祀、做道场的用房。1945年被日本人放火烧得片甲不留，现在见到的这三间简陋的平房是冒尖藉自己动手翻建的。之前道路两旁摆列着石马、石象、石羊和文官武臣的石人，在“文化大革命”“破四旧”开始时，冒尖藉就请人帮忙，把这些石刻雕像全部推倒并滚入水塘里，现在还沉没在旁边的泥塘里。

进入客堂，这是冒尖藉用作客厅兼书房的房间，被他称之为“静庐”。

冒尖藉用四条长凳子让大家坐，但只有冒烨薇和韩天华合坐一只长条凳。冒烨薇像是主人指着另一只凳子说：“大卫（曾连藉的英文名），你与姜主任也坐下吧。”

这时，冒烨薇才想起给韩天华介绍：“韩书记，这位是敝公司的亚太区投资总监。”

“韩书记你好，我叫曾连藉，阿拉姆妈是上海人，阿拉是半个同江人。”

“为什么是半个呢？”韩天华好奇地问道。

“因为阿拉姆妈1968年初来同江插队落户，接受贫下中农再教育啊。阿拉姆妈临终前跟阿拉讲父亲还在同江，但失散多年，阿拉生下来时就没见到过父亲。”

在曾连藉与韩天华交谈时，冒尖藉仔细打量着曾连藉。听曾连藉说自己的母亲上山下乡插队落户在同江，心里不免“咯噔”了一下。

韩天华转过身对冒尖藉说：“老冒同志，你把情况先说说吧，冒董回来一次不容易啊！”

冒尖藉按照早上自己决定的主意一步一步地往下走。

他就问：“小姐，老爷一向可好？”

“冒叔啊，我爸在1985年已经走了，他走的时候千叮咛万嘱咐，要我无论如何在回国时一定要祭拜祖坟，并且要找到你！”

“那老爷临终时交代乃咋与吾相认？”

冒烨薇立即从自己上衣的贴身口袋里掏出半瓣翡翠琵琶玉佩:“爸说,你也有一半,只要合上就没有错。”

冒尖藉边看这个女人右嘴角的一颗美人痣,边从口袋里拿出半瓣玉佩,又从冒烨薇手中拿过那半瓣玉佩“咔嚓”一声,翡翠琵琶玉佩就契合得严丝合缝,浑然一体。

冒尖藉喃喃地说:“是它,是它!”

冒尖藉还要进一步试探:“那老爷还说了没有,交给吾还有啥东西?”

“爸说还有我家的家谱和一张图一起交给了你啊!”

“对!对!对!”冒尖藉这下子彻底放心了,相信是冒家的后人,禁不住大声痛哭:“小姐啊,吾终于等到乃了呀,乃不知道吾等得好苦好苦啊,吾真怕自己撑不住了呀!”

“冒叔,我伲全家知道你不容易,五十多年了,你还一直守在这里,我爸临终时还说,尖藉这孩子靠得住!这些年你是怎么过来的?”便上前紧紧地抱住冒尖藉,两人相拥而泣,让在场的人都感动了起来。

冒尖藉想,只要确认是冒家的后代,其他的事情容以后慢慢再说,但当着市委韩书记的面,这几件事是最紧要的,非说不可。

“小姐,今天有三件事吾要禀报:一是乃家这座祖坟是一个宝藏,里面不仅是冒家先辈的安息之地,也是乃先祖当年襄理郑和下西洋的藏宝之地;二是乃小叔冒泓炜在解放初期被仇家姜可名冤杀,吾偷偷地把伊藏匿在冒家祖坟里;三是冒家大冢牌楼和神道上的石像全部藏在水塘里。乃回来要好好保护重新恢复起来,要对得起冒家的列祖列宗,也对得起吾近六十年为冒家拼死拼活地守坟啊!”

冒烨薇听后如晴天霹雳,尖叫起来:“冒叔,你说什么!我小叔也在这里,我和爸爸找了他几十年,全没有他的影踪,没有想到他已经入了祖坟,而且是被仇家冤杀的?”

韩天华不明就里,还没有反应过来,可姜君文听了老冒头的话已经吓得半死,心里明镜似的:“真是天意弄人,父亲姜可名当时迫害冒家人的事终于要败露了。”

冒尖藉眼睛喷火似的用手指着姜君文：“这都是乃老子造的孽啊！伊不但迫害冒少爷，而且一直惦记冒家大坟里的宝藏。吾现在告诉乃，冒家祖坟是个宝库，里面的楠木多得是，里面从永乐年代起的金银财宝、瓷器多的是，你们姜家现在就别再做梦了，老天有眼啊！老天有眼啊！”

第四章 当机立断

韩天华没有料到今天会发生这样几件事，但凭他的从政经验和敏锐的直觉告诉自己要立即作出决定。他对冒烨薇说：“冒董，看来老冒同志说的几件事不简单，我马上作点布置。”

他以不容置疑的态度对已经走到跟前的秘书小魏说：“给我要市委办公室郑主任的电话！”秘书就拨通了手机交给了韩天华：“郑主任，请你以最快的速度落实这几件事：一是让组织部和民政局马上成立一个专案组，来同益村了解核实解放初期冒泓炜被害一案，具体找冒家的守坟人冒尖藉取证；二是让市委宣传部、文物局并请省考古研究所，一并前来同益村勘察冒家大冢，确认历史文物；三是让公安局派人进驻把冒家大冢保护起来，未经允许其他闲杂人等不得入内。在我离开这里之前，必须要见到公安局的人，因为这里的消息一旦传播出去，什么情况都有可能发生，明白吗？”

韩天华作了上述布置后，以询问的口吻：“冒董，你看还需要政府帮助做些什么？”

韩天华感到今天这样当场拍板，不仅是显示自己的权威，更主要是让冒烨薇有点感觉。

英伦化学是全球500强，在医药中间体和新材料等领域的研发生产都处于世界领先地位，而且环保设施好、环境污染少。这次来同江的这个项目投资总额达三百亿美元，一期投资五十亿美元，如果正式投产，其还可带动相关的下游产业达九十亿美元。因此在全省也是一个特大的重点项目。

冒烨薇昨天上午乘坐的专机到达浦东国际机场后，就给韩天华通电话说：“这次是正式来拍板的，要直接与韩书记你会见。”晚上，在望湖阁宴请冒烨薇时，韩天华知道1997年世界金融大鳄索罗斯刮起亚洲金融风暴后，亚洲众多国家被弄得疲惫不堪，岌岌可危。马来西亚总理马哈蒂尔心惊胆战地骂道：“我们花了四十多年建立起来的经济体系，就被这个带有很多钱的白痴一下了给搞垮了。”而中国却不为所动，始终以稳健的动作和负责任大国的姿态，在世界舞台上扮演了重要的角色。更主要的是香港回归不久，索罗斯想乘机在香港兴风作浪，被中国政府出手狙击，让这个一向自负的世界投资幽灵不仅没有得手，反而丢盔卸甲，大败而退。

英伦化学正是充分评估了中国在此次亚洲金融风暴中的表现及预后的发展，认为中国将是世界的一个新兴经济体，于是把还处在待决状态的投资方案赶快定下来，决定在21世纪的开局之年，这个在华项目正式落户并启动，还准备把研发中心从英国伦敦迁移到中国，生产中心放在同江不变。至于研发基地放在什么地方还在待定之中，S省对此攻势凌厉。

韩天华了解到这一动向后着实有点急，心里暗暗地骂招商部门消息不灵通，沟通不及时。这么一个顶级大项目，投产后将会给同江市拉升外资总额、提供就业、增加财政收入，创造几何级的GDP增长都是不言而喻的。但就是这样一个重量级、旗舰型的项目竟然拖了五年之久。

转念一想，这也许坏事变好事。自己毕竟才来同江任职还不到一年，而这个项目一直没有着落，如果在自己的手上将原来墙上的烧饼变成吃在嘴里的肥肉，用淘古董的话说这个“漏”捡大了。

于是，在把冒烨薇送至下榻的望湖阁后，韩天华就把几个作陪的有关人员留了下来，又让秘书小魏以最快速度，通知常务副市长闻雷、分管外向型经济的副市长张坚毅，及招商、科技、土地、规划等部门连夜开会。

韩天华脸色凝重地说：“我今晚招待英伦化学董事局主席冒烨薇，把英伦化学的生产项目正式决定了下来，这个项目拖了太久了，差点儿流产泡汤啊！”他环视了一下与会成员的表情，常务副市长闻雷脸上有些不太自然，其他人似乎都有点激动。

“现在中央一再强调要调整产业结构，研发是整个产业的制高点，但英伦化学的研发中心还在寻找落脚之处，听说S省正在抢这个项目，而我们仅把眼睛盯在了生产加工上，这不能不说是一种短视行为，缺乏战略眼光啊！”

闻雷忍不住插话：“韩书记，以前的事我负主要责任，主要是对英伦化学的环保认证时间搁得太长，还有英伦化学自身的投资决策没有定下来嘛，今天韩书记亲自出面，终于把生产加工的事敲定了，那么对它的研发项目我们也是不能放掉的，具体怎么做，韩书记你发令吧，我们就是费九牛二虎之力也要把它给拿下来！”其他人对闻雷的话都随声附和。

韩天华属于“官二代”了，但在官场上却是十分老到，与自己的父亲韩叙伦相比，可谓“青出于蓝而胜于蓝”。韩叙伦从解放初期至60年代，长期在同江搞土改、“大跃进”、“四清”社会主义教育运动，由于遭到个别人的诬陷和指责，曾经受到“阶级立场不够坚定，党性原则不够坚强”的党内批评。但本人历史清楚，资历深厚，在同州地区副专员的位置上退了下来，做到了安全着落，在社会上有着不错的口碑。

韩天华从东仓市委副书记的职位上到中央党校提高班学习。半年后，年届45岁的他毫无悬念地调任同江市市委书记。吉星高照，这种幸运终于降临到他韩天华的头上，这肯定是祖上积了八辈子的德。

对步入政坛，韩天华有自己独到的见解。他承认，他自己虽然是一个市委书记，权力也着实不算小了，但如果不能把持自己，就算死后也会良心不安的。

但对于政绩的追求，韩天华也不会免俗。因为政绩是升官的梯子，也是政治资本，韩天华深谙此道，而英伦化学对于自己政绩的含金量就不可小觑。

因此，昨晚在欢迎冒烨薇的宴会上，冒烨薇不经意地说受亡父之命，这次无论如何要在明天先找找老家的祖坟祭拜一下祖先，并幽默地说小女子恋旧故土，你韩书记不会见怪吧。

冒烨薇的祖籍在同江，英伦化学来同江投资，她有着回故乡的情结。但这个项目一直拖了五年悬而未决，让同江方面也一直很揪心。现在终于要落地生根，而且冒烨薇这趟要一锤定音，韩天华当然是兴奋不已。

因此，他今天本来要去参加省外向型经济工作会议，为表示自己的诚意，特地让市长阎凌锋代为出席，自己请假亲自作陪冒烨薇回老家走一趟。没想到有这么大的事情让自己碰上了，而且又不露声色地让冒烨薇感到他的真心诚意。

韩天华在向冒烨薇征求还需要做些什么的同时，还上前紧紧握着冒尖藉老人的手说："老冒同志，辛苦你了，你不仅忠心耿耿为冒家出了力，也为我们同江地区作出了贡献啊！从今天起，你的使命可以结束了，剩下的事就交给我们政府来处理，保证不会让冒家有一丁点的损失！"

韩天华不仅是政台上的操盘手，也是调节气氛的高手。他看到冒烨薇处在悲恸的状态，就风趣地说："今天看来是个大好的日子，世界赫赫有名的董事长要给祖坟烧高香啰!"一句话把冒烨薇说得破涕为笑。

韩天华立起身子，舒展了一下坐在长凳子搁痛的屁股，观察了下四周，见到长条案几上摆着还散发墨香的"俗人昭昭，秋生独昏昏。俗人察察，秋生独闷闷"的书法，有似曾相识的感觉，连连交口称赞："好字，好字！"仔细看了落款"静庐道人"，不禁问道：谁是"静庐道人"？

冒尖藉说："就是老朽啊！"

"这么说，老冒同志你可认识家父？家父韩叙伦。"

"老天啊，乃就是当年在村里搞'四清'运动蹲点韩专员的儿子？"

"正是，我父亲在自家书房里一直挂着由'静庐道人'书写的'俗人昭昭，我独昏昏。俗人察察，我独闷闷'的条幅，作为他的座右铭，我不清楚'静庐道人'何许人也，原来就是你！"

冒尖藉泣不成声地说："前些年在紧要关头，都得到了韩专员的关照，才让吾度过了一道道坎儿。他的大恩大德吾无法报答啊！"

第五章　血脉感应

在这个惊奇连连的场面中，只有一个人的眼睛始终没有离开过冒尖藉。

他就是跟随冒烨薇前来祭拜祖坟的英伦化学亚太区投资总监曾连藉。他一直瞅着冒尖藉身上穿着的那件“心”字形米黄色的粗毛线坎肩。

一个人的童年，就像一本书的扉页，最容易让人记忆深刻。

曾连藉有着一个苦难的童年。

住在上海黄浦区外滩一条弄堂的石库门里，曾连藉知道母亲患有先天性心脏病，是个回城知青，没有结婚，姥爷、姥姥是大资本家，在“文化大革命”开始不久，被投入安徽白茅岭监狱双亡，家里所有东西全部被没收，上无片瓦，下无立锥之地。回城后被安排在街道里一家小工厂糊纸盒。母亲一人操劳，早上八点就出门，一直到下午四点拖着疲惫不堪的身子回来。他上小学了，学校里的小孩骂自己是“野种”“狗崽子”，他每每向母亲哭诉时，母亲总是把自己揽在怀里，母子抱头痛哭过后，母亲总是把眼泪擦干，对自己说：“孩子，你不是野种，也不是狗崽子，你是一个好孩子，将来一定做一个有出息的人。”

1986年高中还没毕业，他家在英国定居的表舅回上海，那已经是中国改革开放之后的事。母亲找到表舅，请表舅做经济担保人，让他去英国留学。

请表舅在老正兴菜馆吃饭后，母亲提出让学习成绩在学校出类拔萃的儿子去英国留学，表舅不好直接推脱，就对母亲说到英国留学要有一大笔保证金，表舅知道母亲在里弄小厂糊纸盒子是拿不出那么多钱，这个办法会让母亲知难而退。谁知母亲从随身带的手提包中拿出了五根金条（每根为四两重，是成色十足的老金），说："钱不成问题的，这五根金条是连藕的生身父亲给的，我一直舍不得兑换掉，到了关键时刻就该派上用场了呀！"

看到了黄灿灿的金条，表舅目瞪口呆，想不到一个省吃俭用、穷困潦倒的母亲还藏有这么一大笔财富。表舅念在母亲的情分上就一口应承了下来，愿意把自己带到英国去上学。

为何母亲坚持独身一人把自己拉扯大？这对曾连藕来说是一个难解之谜。从小到大，每当向母亲询问为什么自己始终见不到父亲，母亲总是一反常态，粗暴地呵斥他不许再提这件事。

在离开上海的前天晚上，十分懂事的曾连藕挽着母亲曾静芝的胳膊，到外滩江边去走走，他心里想，在临走前一定要把自己父亲的事弄个水落石出，否则会抱憾而去。

自家居住的石库门到外滩不很远。上海的里弄、石库门是上海文化的缩影。虽然饱受西方文化的冲击，但上海的里弄、石库门依然抱残守缺地顽强地保存着中国传统的元素。

外滩夜晚是光怪陆离的。防浪堤是上海人浪漫和消遣的依靠。只有在晚上，夜上海的韵味才真让人沉醉和挥霍。

走了不到五分钟，母子俩紧一步慢一步地到了江边，好不容易找了一个空当，母子俩望着五光十色的黄浦江面，此时江面上风波涟漪，轻漫地怕击岸边，像上海姑娘被情人抚慰后发出嗲里嗲气的娇喘声。

"连藕，你明天就要坐飞机离开姆妈了，为什么要拉姆妈到这种地方，侬应该约意中人出来聊聊呀！"

曾连藕想用刺激法让母亲把自己的疑团解开。

"姆妈，阿拉一直被同学骂为野种、狗崽子，有哪个女同学会跟阿拉亲密。"

听了儿子的话，曾静芝像有猫爪子挠心一样感到一阵一阵心痛，但自我解嘲似的说："唏！阿拉家连藕长得好帅气，像侬父亲一样伟岸魁梧，出了国还怕找不到对象？”

曾连藉想不到自己略施小计，就让母亲中了圈套，就立即抓住话头：“姆妈，侬这是第一次主动说到父亲的呀，侬就说说父亲的事吧！”曾连藉使劲地摇着姆妈的胳膊。

曾静芝没想自己一向讳莫如深的事倒被儿子绕进去了，今天晚上的江边散步莫不是他精心策划的？本想夸夸儿子聪明，但依然断然地掐灭儿子的念头：“侬不要多想，好好去英国念书吧。”看母亲脸上由晴转阴，曾连藉连忙转移了话题。

这一夜，曾连藉像翻烙饼一样无法入睡。听到母亲凌晨蹑手蹑脚起来他就假装睡着，母亲推开房门进来，弓着腰给他掖被子，用像生怕惊扰上帝的动作，给他擦了擦眼窝里的泪珠，深深地叹了口气走出了房间。

曾连藉到了大不列颠，凭着自己的努力，以优异的成绩考入了诺丁汉大学本科，还未毕业，接到从上海打来的越洋电话，知道母亲心脏严重衰竭的消息后，在英国伦敦希思罗国际机场乘上直飞浦东国际机场的航班，下飞机后直接赶到上海华山医院时，母亲已经处于昏迷状态。

当他跪在母亲床边时，母亲突然睁开双眼，从枕边拿出一件米黄色的女式坎肩，用青筋暴凸的双手颤颤巍巍交给曾连藉：“藉儿，姆妈一直对侬藏着一个秘密，侬是有父亲的，而且伊还在同江市同益村，侬若有机会可以去找找伊，伊是个好人，这件坎肩侬拿好，侬亲生父亲也有一件，是阿拉在同江插队落户时亲手织的‘情侣衫’，作为信物交给伊的。阿拉与侬父亲的情况，都记在姆妈的日记里，等姆妈走后侬看看就知道了。还有，侬以后找到了自己的父亲，对伊说，阿拉永远属于伊，并请伊原谅！”母亲说完这几句话就再也没有出声。

母亲临终前的这番话始终像锥子一样扎在脑海里。

他为了尊重母亲的隐私，对母亲的私人日记，至今没有翻看一眼，但始终珍藏，作为对母亲永远的怀念。

他把对母亲的思念作为读书立业的动力，以骄人的成绩就读于伦敦商学院，硕、博连读完成了金融与投资专业课程。毕业后进入英伦化学公司打拼，用了八年的工夫，去年自己三十岁刚出头就升任了公司亚太区投资总监的职务，成为冒烨薇的左臂右膀。加之又是上海同乡，深得冒烨薇的青睐和赏识，三级跳远式得到重用，且为英伦公司立下了一个又一个的汗马功劳。

但因一直忙于为英伦化学的全球战略和投资布局，就同江地区的投资项目虽然来过几次，但没有抽出空来寻找亲生父亲。

亲生父亲是谁？在哪里？在曾连藉心里始终是个谜团，挥之不去。

这次，冒烨薇代表总部来同江正式签订投资协定，所以前一天一个电话把他从新加坡叫了过来，他知道协议签订后还有一系列的后续事宜要做，在同江要逗留一段时间了，所以，就抱着要完成母亲的遗愿，下决心找一找自己的亲生父亲。

凭自己的直觉，母亲与眼前这个饱经沧桑的老人似乎有某种联系。

难道他就是母亲在临终前嘱咐自己一定要找的人——自己的父亲？

曾连藉在冒烨薇与韩天华这种具有政治意义的场景中，不便唐突地把自己的事掺和进来，以免搅了大局。

冒尖藉也觉察到了这个年轻人的神色异样，尤其听了他用流利的上海话说自己是半个同江人，母亲曾在同江插队落户过，让冒尖藉的心怦怦地跳了起来。

世界上人与人的亲密关系莫过于血缘关系。用中医学气场理论解释，有血缘关系的人就是素不相识，但只要在一起，就会产生血脉气息相通的感应。

曾连藉与冒尖藉今天的感应能否得到印证呢？

第六章 但愿季布

把冒尖藉从大家接出来，冒烨薇就把他安顿在自己下榻的五星级宾馆望湖阁，并且房间就安排在自己住的隔壁一间，这样便于照顾好这位为自家祖坟守了一辈子的老人。

冒烨薇回想起自己父亲在1985年去世前，特地把她从南非开普敦的公司叫回位于伦敦泰晤士河北紧挨圣詹姆士公园的私家花园豪宅中，把一摞厚厚的包装得十分考究的材料交给她，对她说："这是中国老家的家谱，你们久居海外数十年了，在你们心目中也许家谱的概念很淡漠了，但我们毕竟是炎黄子孙，不能把在中国的根丢掉啊！本来想在有生之年带你们回中国一次，但像我们这样有历史问题的人回去，那是自投罗网。后来我知道中国共产党召开了十一届三中全会，思想路线变了，对内称搞活，对外称开放。可我被检查出患胰腺癌，又拖了这几年，自己知道时日不多了，今天趁我感觉蛮好，所以急于把你找回来向你交代这件事。"

冒烨薇不以为然，心里嘀咕着有这个必要吗。

一个人临死前往往都会回首往事，想着许多许多过去的事情。看到父亲喋喋不休地还要说下去，冒烨薇劝阻道："我们现在都信基督，祖坟的事爸爸你就不用去多费心啦。"

冒泓晋已经没有多少力气来责怪女儿，就哎哎怨怨地说："我知道咱家的公司现在遍布全球，钱对你来讲现在也就是个数字概念，但你不能忘祖啊！”

见到父亲有点生气，冒烨薇就笑着回答：“我怎么能够忘记祖宗？在最近的董事局会议上，我已经提出准备到中国大陆投资。据投资决策小组收集的情报分析，中国只要正儿八经地搞改革开放，还是很有希望的。劳动力便宜不说，而且中国人都很聪明，再说中国的土地是公有的，不像欧洲等私有制国家，要点土地那么麻烦。还有，中国是个增长潜力很大的国家，所以嘛，我再看看情况，一旦时机成熟就要出手的。”

冒泓晋听女儿轻松调侃的回话，心里感到女儿已经成熟起来了，自己可以彻底放手公司的事务了。他深信自己当初的决定是正确的，两个儿子一个在剑桥大学搞核物理研究，是个研究型的学者，根本无意接自己的班执掌英伦公司；一个迷恋美术，对研究达·芬奇、凡·高、米开朗基罗如痴如醉，对做生意没有一点兴趣。大女儿身体一直不好，是个药罐子，嫁了夫家也不肯离开娘家。聊以自慰的是小女儿有极高的生意天分，对公司之道无师自通，一向被朋友称为“虎父无猫女”，一代更比一代强，把公司重担慢慢地交到她的手上后，她像大鹏展翅，蛟龙入海，把生意做得风生水起，使英伦成了达江通海的跨国公司。

他深深叹了口气：“唉，中国多灾多难呵，我离开的时候，战乱不息，山河破碎，民不聊生，哀鸿遍野，老百姓的日子真是没法过。现在共产党以经济建设为中心，搞改革开放，中国肯定有希望。这是中国的国情，你能懂这一点，说明你能把经营与政治融会贯通了。”

冒烨薇看到父亲今天精神蛮好，说起话来没个完，怕累着他，就连忙劝道：“你身体不好，还是少说几句吧，到中国去办事的这点窍门，全地球人都知道。我心里有数着呢，你就甭操心了。”

老父当然无法知道，这次冒烨薇来到同江，她就不屑与其他的党政官员虚与委蛇，一来就攫住在同江地区属于“天老大，他老二”能够说一不二的市委书记韩天华。

冒泓晋感到有点累了，把靠垫移了移，又说：“到中国去投资的事，能早点定下来，就早点定下来。你回国投资正好可以回同江老家去祭拜一下祖坟。”

冒烨薇很是不以为然，“我咋知道祖坟在哪儿，去找谁呢？”

冒泓晋用手指了指床对面的墙说：“薇薇，去把那半掰翡翠琵琶玉佩从保险箱里拿出来吧。”

床对面墙上挂着凡·高《向日葵》油画，冒烨薇起身走过去，掀起画打开了嵌入墙体的保险箱，在一个精美的锦盒中，取出了那块连颈带体长六公分、琴体部有四公分宽的半瓣镂空雕刻琵琶形翡翠玉佩。

冒泓晋连连咳嗽，待咳嗽停了下来，面色凝重：“在1948年的一个大热天，我匆匆赶去老家的祖坟，当时有一个不到二十岁的年轻人在守坟，他是我收养的一个小男孩，原来他姓刘名秋生，因为他个是孤儿，我就给他改姓更名叫冒尖藉，特意去交给他一份我家的家谱和一张进入祖坟的地图，还有跟这一模一样的半瓣翡翠琵琶玉佩。只要把两个半瓣翡翠琵琶玉佩合上，就可以确认他的身份。但时隔近38年，这个人57岁了，不知道他是否还健在，或许他遭受了太多的苦难死了，或许他起了贪心带着东西走了，总之这一切都不得而知。”

冒烨薇故作轻松地逗父亲说：“这倒有点像地下工作者搞的接头暗号！”

“现在可能已经物是人非，但这也许管用，务必把这半瓣翡翠琵琶玉佩保存好了，万万不可丢失，你要答应爸爸啊！”

“晓得嘞，晓得嘞！”

冒泓晋流了两滴混浊的眼泪，唏嘘地说：“我相信这个小孩不会离开我家的祖坟，他是一块好料子，我不会看错人的。那年，我到老家祖坟上与他作别时，他说自己虽然不是季布，但要做季布那样的人。”

“什么季布，爸爸你在说什么呢？”

“你已经彻底地洋化了，中国有许多典故你是不知道的，也不会明白的。”

冒烨薇见父亲又来了劲，就想让他稍微多说点话：“那你就说给我听听这老得掉牙的故事吧。”

“什么老掉牙？中国的文化可是博大精深，这个季布的故事说的是修身立德、处世为人的国学道理。”

冒烨薇给父亲掖了掖被子，轻声地说：“那就简单地说点儿，好吗？”

“秦朝末年，在楚地有一个叫季布的人，他性情耿直，为人侠义，喜欢帮助别人，只要是答应的事，无论有多大的困难，他都设法办到，所以人称‘得黄金千两，不如得季布一诺’。楚汉战争时，季布是项羽的部下，曾几次献计献策，让刘邦的军队吃了败仗，刘邦对他恨之入骨，当了皇帝后就下令缉拿季布，并告示说谁胆敢窝藏季布就灭三族。季布逃难到姓朱的人家当佣工，朱家明知是季布，仍收留了他。后来，朱家去洛阳找刘邦的老朋友汝阴侯夏侯婴，去劝说刘邦，夏侯婴对刘邦说：‘皇帝，季布不能杀，这个是个守信用的人，大家都佩服他，杀了他天下人都会骂你的。’刘邦在夏侯婴的劝说下，就撤销了对季布的通缉，还封季布做了郎中，不久又改做了河东太守。为什么有人冒着灭三族的危险救季布，这是做人诚信的好处……”

“那个给咱家守坟的人能像季布那样守信用吗？”

“据我的观察，他有这个骨气。”

“为啥呢？”

“那年他还不到十岁啊，他在卖身葬母时我可怜他，就给了他五块大洋，他就愿意给我家做一辈子牛马，我不愿意他用这种方式来报答，就拒绝了他，但他为了兑现承诺，在雨中在同泰纱厂门前硬是跪了三天三夜，我才收留了他。”

“喔唷，现在的人都是什么德性？几十年了，那个人还能甘愿守在一个荒凉的坟上，他当时近二十岁了，难道就不要奔自己的前途，不要娶老婆生孩子，不要挣钱养家糊口。老爸你不要把人想得太好噢！”

冒烨薇用自己的认识和理解进行分析和判断。她虽然还没有回到过中国，对中国的了解渠道仅限于报纸、电视、杂志和唐人街上传播的消息。尤其是英国这样一个保守和顽固的国度，本来对中国有着根深蒂固的偏见，加之中西方文化的冲突，她很难认同中国人和中国人做的事。虽然对父亲说的这些不好直接反驳，但心里完全持否定的态度。她认为如果像父亲期望的那样，这个守坟人不是神经出了问题，就是脑子进水了。

为了安慰行将入木的父亲，冒烨薇继续耐着性子听父亲的讲述。

冒泓晋很高兴女儿这样陪着自己。

“你不要小看了老家的祖坟，那是一个宝藏啊！”冒烨薇见父亲咳嗽咳得更厉害了，就制止不让父亲再往下说。因为她觉得父亲已经有点神志不清，越说越玄乎了，说说老家的祖坟就好了，又说祖坟是个宝藏，这不是天方夜谭吗？

但冒泓晋很执拗，无奈地说：“还有一件事，你回中国一定要想法子找一下你叔叔冒泓炜的影踪。”

冒烨薇对这件事倒是上心，因为父亲为这件事叨扰了几十年。

此外，冒烨薇对小叔似乎还有点模糊的印象，自己很小的时候，总架在小叔的脖子上，逛到上海老城隍庙买甜支萝卜、酸枣小饼等，爬在小叔背上当大马骑。但父亲说自己在三岁时去老家的祖坟向守坟的小伙子交代临别的事情，在自己的脖子上摘下琵琶形翡翠玉佩，把半瓣留给了那个守坟人，可真是一点点印象都没有了。

冒烨薇听父亲总挂在嘴上说，再加上自己的一点模糊印象，对小叔当年没有与自己全家一起离开上海的事在记忆里没有被流逝的时光冲刷掉。

1948年7月，上海已经是人心惶惶，时局很乱，解放军进攻上海的消息不胫而走。父亲凭着自己的社会关系，好不容易购到了七张到香港的船票，父亲、母亲和两个哥一个姐和自己，再有就是小叔冒泓炜。

在离开上海的前一夜，父亲派了司机老赵把小叔从任教的沪江大学找回了家，劝他与全家一起移居香港。小叔一向特立独行，父亲作为长哥一向是放任小叔的，仅有一回对小叔私自将购买新式纺织机的款子去买了枪支大光其火，其他都是小叔爱干什么，就干什么。唯独这次父亲要小叔跟自己全家一起撤离上海，小叔却一反常态，一口应承了父亲的决定。

第二天上午，上海十六浦码头人头攒动，都是逃离上海去香港或转道香港去海外的。自己全家一行都到了码头，左等右等就是不见小叔的影子，父亲让他们先上船安顿好，说自己在码头上再等等，直到起锚的鸣笛声拉了最后一响时，父亲一个人奔到船上，捶胸顿足地说，小弟啊，你这是何苦啊，把你一个人扔下，我怎么能放得下心啊！

时光荏苒。这一别不仅已经有几十年，而且小叔一点音信都没有，好像在地球上彻底蒸发了一样。

小叔的下落不明，一直是父亲的一块心病。他想了许多许多的办法，托了许多许多回中国去的人，帮忙探听小叔的信息，但总是“竹篮子打水一场空”。

冒烨薇听了父亲在病重中依然挂念小叔，她不得不承认亲情是割不断的。真可谓天下万物皆可破，唯有亲情难离间。

听了父亲对寻找小叔的嘱咐，冒烨薇重重地点头，并信誓旦旦：“我回中国就是费九牛二虎之力，掘地三尺也要把小叔给找出来。”

似乎听到了天国的祥音，冒泓晋难以抵御它的诱惑，十分安详，十分寂静，轻轻地闭上了眼睛。

让冒烨薇难以置信的是这个几十年为自家守坟的人，不，是一位可敬的老人，一位季布式的人物，竟然没有食言，含辛茹苦、百折不挠地坚守在自己父亲交给他的阵地上，太不可思议了；还有一个不曾想到的是让父亲魂牵梦萦几十年的小叔，竟然蒙冤受屈已经躺在了自家的祖坟里，真是踏破铁鞋无觅处，得来全不费工夫。

此次回国，不虚此行。

第七章 轩然大波

现代社会是个信息社会，随着传播技术和传播方式的日新月异，任何一个有价值的信息都会在所谓的第一时间里被传得沸沸扬扬。

翌日，《同江日报》、《江城晚报》、同江电视台纷纷报道了“英伦化学董事长冒烨薇巨额投资遭遇自家祖坟”“同江五十年前抗日英雄遇害真相”“同江惊现郑和下西洋遗留宝藏”“一位守坟老人的传奇经历”等等。

同江轰动了。人们躁动了。

新闻媒体都感到，这个老冒头故事多多，值得挖掘挖掘，于是各自作出了对冒尖藉、冒烨薇的跟踪采访和深度报道的计划。

同江市委组织部很快与党史办公室、公安局、民政局组成了一个联合调查组，专案调查冒泓炜被害事件。

市文物局和省考古研究所联合对冒家大墓进行保护性的勘查，以揭开冒家大墓的神秘面纱。

就在各路人马忙乎开来的时候，姜君文如坐在火山口上，坐立不安，度日如年。

韩天华在冒尖藉说出冒家的事与姜可名有关联后，就没给姜君文好脸色，并当场发话：“姜主任，此事与你有关系，你需要回避。”

在官场上混的人都清楚一些官场上的潜台词。

韩天华这句话无异于对姜君文下了“驱逐令”，谁都能掂出它影响姜君文政治生命的分量。

所以，先行离开冒家大墓匆匆回到同江的姜君文，要寻求对策，以解今天的危局。

因为崇拜齐国的孟尝君，姜君文在小学毕业后就自作主张，把自己原名“姜之初”改为现在的名字“姜君文”，其中取用了孟尝君名字的最后一个字和孟尝君真名“田文”的最后一个字。他虽然没有像孟尝君那样广收门客三千，但平时也喜欢结交三教九流，是个白道黑道通吃的人物。尤其对孟尝君门客学鸡叫骗开城门和偷盗狐裘的杰作，他总是津津乐道。

他把开发区办公室主任，原来的秘书解小军和拆迁办主任周大华叫到自己的家里。因为自己当兵出身，他总讲一口普通话，见了解小军和周大华的面就破口大骂：“我平时是怎样待你们的，把你们一个一个地提拔起来，现在都人模狗样了，但你们一点事情都做不来！”

拆迁办周大华腆着个大肚子脸红脖子粗：“谁能想到冒家大墓里有这么多宝贝，当时在平整土地时，考虑到这个破墓当年被日本鬼子的飞机炸得一塌糊涂没啥花头，所以懒得去动它。”

“你就知道钱、钱、钱！实足的蠢货！”

“我一而再、再而三地要你们快点弄平它，你们都把我的话当放屁啦！现在倒好，里面的财宝弄不到一丁点，还惹得一身骚。”姜君文气急败坏地把一只名贵的紫砂杯用力地往大理石的窗台上一掷，打碎了。

半天没吭气的解小军开了腔：“大哥啊，现在不能自己先乱了阵脚，要想法子！”

有“小诸葛”之称的解小军，素受姜君文的器重和信任。

“都火烧眉毛了，别卖什么关子。”姜君文催促道。

解小军眉毛一扬，嘴朝周大华努了努。

姜君文知道解小军在给自己出刁钻主意的时候，都是不让别人在旁，所以心领神会：“大华，你出去一下。”周大华很不情愿地起身到隔壁的房间去了。

姜君文对手下确也能做到知人善任，他对周大华一般都用在冲冲杀杀上，细腻的活儿周大华是干不了的，也不放心他去干。

这时，天空突然打起了同江的第一声春雷。惊蛰的节气还没到，就轰隆隆地打起了响雷。姜君文想这莫不是凶兆？所以心里阴霾沉沉。

“大哥，韩天华、冒烨薇不可能了解更多的情况，所以并不可怕，关键是冒尖藉这个老家伙是你的死穴，因此要分几步走。”解小军一副军师的派头。

“你说吧，怎么办？”

解小军不紧不慢地说：“分三步，唱三出戏：第一步负荆请罪；第二步金蝉脱壳；第三步神仙封口。”

“此话怎讲，此计怎用？”

解小军呷了一口酽酽的普洱茶，顿了顿继续说：“第一，你先去约见冒烨薇，代老爷子去向她诚恳道歉，愿化干戈为玉帛，为她的投资项目竭尽犬马之劳，取得她的好感。第二，你尽快去韩天华那里，表明与冒家的恩恩怨怨跟自己无关，希望组织上对此能够理解，取得他的认同；第三，这个风险大了点，但也是釜底抽薪，留着冒尖藉这个老不死总是个祸害，让‘旋风’去把老不死做掉，这样一了百了，什么都了了。”

姜君文的眼珠子快速地转动。对解小军的这三计，他颇为赞同。他觉得冒泓炜的事都是老爷子在世时做下的，现在死无对证，反正这一切都往死人身上推。现在党的政策不会搞株连九族，只要姿态好一点，先去代老爷子给冒烨薇作个诚恳的道歉，到韩天华那儿先作自我批评，让他能够有先入为主的印象，也认为此事与自己无关，就凭这一点也不能拿我怎么样。冒尖藉确实最讨厌，事情要坏肯定就坏在他手里。

对解小军的计谋，姜君文不只这次，以前也是言听计从。

姜君文对第三招拿不定主意，因为冒尖藉可能被韩天华保护起来，或者被冒烨薇接走，如果他还在冒家大家，前不着村、后不着店，弄死他像捏死一只蚂蚁那样方便，但现在要灭掉他，真要弄出事情来，就会惹上麻烦。但不斩草除根，事态的发展自己可能控制不了，那麻烦可就更大了。

姜君文让手下如何诱骗冒尖藉、绑架冒尖藉、讹诈冒尖藉的事，不要说冒尖藉不会忘记，自己也是记忆犹新，如果老家伙全抖出来，也够自己喝一壶了……

姜君文想到这里，不寒而栗。

“你马上让‘旋风’从广东回同江来，就说我有要事叫他办！”姜君文就像一头被困住逼急的狼一样，放出凶恶的眼光。

“你马上去买两个不用实名登记的手机卡和一般性的手机，一只交给‘旋风’，一只由你拿着，用完后立即销毁。”姜君文从软包红中华中抽出一支甩给了解小军，又拿了一支叼在嘴上，解小军手上拿着金质的唧声“多鹏”打火机，给姜君文点上了烟。

姜君文大口大口地抽起烟来，吐出一个接着一个的诡异的烟圈。

响雷一个连一个地不知疲倦地打着，似乎预示着人性的善良和丑陋、忠诚与邪恶这个人类的永恒主题，在人的生活和人的生存过程中又要进行一场较量。

冒尖藉在冒烨薇和韩天华的反复劝说下，带上那盏旧桅灯和那只“15天”牌座钟，恋恋不舍地离开了自己苦苦坚守的阵地，随冒烨薇住进了下榻的五星级酒店——望湖阁。

韩天华在劝说冒尖藉离开时，把原来称“老冒同志”改称为冒叔，让冒尖藉听了觉得好亲切。所以在韩天华说了“你放心地离开吧，以前你孤单一人守护冒家的祖茔，也为我们同江守护了文物，已经是功德无量。你太累了，现在有冒家的后代和我们同江市委、市政府一道来共同守护，你应该放心了啊，我的冒叔！”之后，冒烨薇和曾连藉一道簇拥着冒尖藉，走出了大冢。

尽管春天草木葳蕤，浅红薄绿，繁花似锦。但冒尖藉就像一把一直绷紧弦的弓，突然松弛下来，就显得毫无力量，又像被瞌睡虫占据了全身，来到望湖阁这家同江用来接待党和国家领导人、外国元首和重要外宾的最好酒店，非但没有因长居乡野像刘姥姥进大观园那样的兴趣，反而无精打采一副昏昏欲睡的样子。见此情景，冒烨薇在中午让酒店做了碧螺虾仁、黄焖河鳗、银鱼莼菜汤和几样时鲜蔬菜，让冒尖藉吃了顿便饭。

饭后，冒烨薇把冒尖藉送进了房间，让他睡个午觉，他就倒头便睡。

已经沉睡了一天一夜，冒尖藉不醒不吃不喝也不拉，把冒烨薇急得不得了，把酒店医务室的医生叫来，医生给冒尖藉把了脉，确定冒尖藉的各项生命体征十分正常后，对冒烨薇保证地说："请别紧张，身体没有啥问题，放心吧。"

第二天中午冒尖藉长长地叹了口气，脸上还露出了隐隐的笑容，像用刀雕刻过的额头上的皱纹舒展了很多，冒烨薇轻轻地呼唤了几声，还是没能把他唤醒……

第八章　突然造访

在冒尖藉沉睡的三天三夜中，发生了几件事，让冒烨薇迷惑不解。

其中一件事就是姜君文的突然造访。

姜君文以十分复杂的心情来到望湖阁。

望湖阁对姜君文来说最熟悉不过了。在同江建造这座超级豪华酒店是他就任同江市委常委、开发区管委会主任后的一个大手笔。他于1968年入伍后在东北边境风雪哨卡当兵，六年的摸爬滚打当上了守备连连长，这种晋升速度在当时部队中属于“喷气式”。本来抱着“不当将军的士兵不是一个好士兵”的愿望，准备在部队大干一番，但他的雄心壮志受到了严重的打击，让他做将军的好梦像肥皂泡被人用指头戳破了。有一个时期，我东北边境驻军进行防御实兵演习，刚提升为连长的他带领连队参加全团雪地埋伏演练。在这次演习的过程中，连里三班一名叫郑大强的战士立功心切，在感冒发烧引起肺部感染的情况下，瞒过了班长、排长，坚持带病随部队行动，因埋伏时间过长，……冻死在雪地里，他作为一连之长，只能挺身而出，承担了这次演习事故……，他被抹掉了连长职务。他觉得自己好冤，但回天乏力。“何以解忧……”借酒浇……只好用东北的高粱烧打发失落的时光。人一旦背运，喝凉水……排以上……愁、意志消沉的情况很快被团里所掌握，一天晚上团部……干部进行点名检查，他却喝得酩酊大醉，被副连长扶……稳倒在了……

第八章　突然造访

在冒尖藉沉睡的三天三夜中，发生了几件事，让冒烨薇迷惑不解。

其中一件事就是姜君文的突然造访。

姜君文以十分复杂的心情来到望湖阁。

望湖阁对姜君文来说最熟悉不过了。在同江建造这座超级豪华酒店是他就任同江市委常委、开发区管委会主任后的一个大手笔。他于1968年入伍后在东北边境风雪哨卡当兵，六年的摸爬滚打当上了守备连连长，这种晋升速度在当时部队中属于“喷气式”。本来抱着“不当将军的士兵不是一个好士兵”的愿望，准备在部队大干一番，但他的雄心壮志受到了严重的打击，让他做将军的好梦像肥皂泡被人用指头戳破了。有一个时期，我东北边境驻军进行防御实兵演习，刚提升为连长的他带领连队参加全团雪地埋伏演练。在这次演习的过程中，连里三班一名叫郑大强的战士立功心切，在感冒发烧引起肺部感染的情况下，瞒过了班长、排长，坚持带病随部队行动，因埋伏时间过长，结果被冻死在雪地里，他作为一连之长，只能挺身而出，承担了这次演习事故的责任，被抹掉了连长职务。他觉得自己好冤，但回天乏力。“何以解忧，唯有杜康”，他只好用东北的高粱烧打发失落的时光。人一旦背运，喝凉水也会塞牙。他借酒浇愁、意志消沉的情况很快被团里所掌握，一天晚上团部搞紧急集合，对排以上干部进行点名检查，他却喝得酩酊大醉，被副连长扛着到操场，站立不稳倒在了地上，团长气不打一处来，把他关了禁闭。因此，他在部队里已经是功名无望，没得混了。

在千里之外的父亲姜可名得知儿子在部队的遭遇和现状，急得像只热锅上的蚂蚁。凭着自己是抗战时期老干部和同江县革委会主任的名头，赶到部队探望，与团里说好让儿子转业算了。

姜君文转业回地方不久，父亲姜可名因在“文革”受到冲击而病故了。但他凭借父亲的影响，先在同江县委组织部做了一个科长，再到一个公社去蹲点。那时候同江虽然以农业学大寨为主，但开始搞起了乡镇企业。因为在东北当过兵，在当地转业安置的战友多，而东北当时是中国的主要工业产区，他回东北与众多战友联络，就在蹲点的公社办起了一个化工染料厂，一个木材加工厂，生意红火，效益很好，被称为“大能人”。后来，粉碎了“四人帮”，中国开始以经济建设为中心，实行改革开放政策，这下让他有了大展宏图的机会，三拳两脚他被提升为公社书记。

在设立同江国家级经济技术开发区管委主任人选问题上，几乎没有任何悬念，非姜君文莫属。他走马上任伊始，就大刀阔斧一是搞拆迁，二是建造星级酒店。他有着非同常人的胆略和魄力，拼命卖土地，大搞土地财政，有钱了就搞大开发。在修路造桥的同时，搞环境美化，修公园、垒景点，与房地产商联手设市造势，把房价推高，银行乘机加入给房地产商输血，推波助澜，一年之内同江的房价就炒到了万元以上。姜君文深谙此道，而且玩得出神入化。

他张罗建造高等级宾馆，虽然被中央楼堂馆所专项检查时，受到了通报批评。但姜君文已经不再是被人掐住头颈就摔跟斗的人了。他以改善投资环境为由，向上力争，竟然得到了省委一位主管副省长的认可，因此仕途并无大碍，使姜君文志得意满，底气十足。

姜君文每开发一个生活小区，总要第一个在那里弄一套房子住一住。他喜欢自喻为传说中的圣王——舜。因为舜走到哪里，人们都愿意跟随舜，因此舜居住的地方，一年后就成了村庄，两年就成了集市，三年后就成了很大的城市。

采纳了解小军的计谋，姜君文踌躇了好一阵子，想着自己要低下高贵的头颅，去向一个祖上仇家的后人赔罪，实在是件丢人的事。尽管心里有一万个不情愿，但最后还是想明白了“小不忍则乱大谋”。于是硬着头皮来拜访冒烨薇。

想着自己到这家酒店，哪次不是受到像皇帝般的顶礼膜拜，哪次不是接待上级领导后的春风得意，又哪次不是自己在这里发号施令，而今天自己该用怎样的脸色，是用笑脸还是用哭脸或者不笑不哭的尴尬脸？姜君文何曾不知一个在官场上混的人，最先要学会和掌握的基本技巧是变脸。该用笑脸的时候必须要笑脸，该板着脸的时候必须要板起脸，笑脸还要把媚笑、讥笑、苦笑、大笑等掌握得恰如其分。

他到了望湖阁，大堂经理用百米冲刺的速度到了姜君文的A6奥迪车右侧，用像迎接国家元首来访下车时将右手搭在车门顶上，怕下车的元首的被撞着头那样，恭候姜君文。姜君文十分受用每次来望湖阁下车时享有的这种高规格待遇。

他依然用威严的口气问道：“那个英伦化学的冒董住哪儿啊？”

大堂经理以非常出色的职业素养答道：“姜主任，她住湖边的翠香园。”

“怎么，换到了总统套房？”

“是的，这是韩书记让调换的。”

姜君文心里已是十分不痛快。因为接待英伦化学董事长来同江，接待方案是由姜君文审定的。当初，他给定的是商务套房。现在倒好，这个好人让韩天华给做去了，心里不是个滋味。

他觉得给一家外资企业的老板来访，安排一个商务大套房已经是给足了面子了。因为望湖阁酒店当初是由同江开发区委会出资建造的一家五星级宾馆，主要用于接待中央领导和重要外宾，设施和规格在同江是一流的。一间商务套房比原来市里用于专门接待中央领导和外国元首的南郊宾馆的总统套房要好得多。

望湖阁建在同江市东郊——同江市开发区一片水域的湖畔，原来此地是一个游泳场的更衣室，还有一片人造沙滩。姜君文带领去考察瑞士的城建理念是围湖筑市，所以考察回来力排众议，坚持要把这家五星级酒店建在当时还是鸟不拉屎的地方。但经过姜君文的苦心经营和用房地产造市，这个地方仅用五年工夫，就成了同江市生态环境最好、最具发展潜力和最有投资价值的地方。姜君文是倒腾的高手，他把这家酒店以7.1亿的价格，转卖给了一个浙江老板，姜君文当初用不到两亿元人民币建造，现在以7.1亿元的价格卖给了浙江人，从中赚了将近四个多亿，被当作倒腾房产的经典为业内人士津津乐道。而实际上用不了几年，这家酒店的市值就会上升到二十亿，因为单单其占用五百多亩的土地价格就会像孙悟空翻筋斗一样往上蹿。

“你打个电话给她，说我已经在这里。”姜君文在大堂的沙发上坐下吩咐大堂经理，他之所以这样说，主要是想试探冒烨薇的态度，如果这个女人对自己表示亲近或有求于自己，应该主动出来迎接，如果是比较正式的见面或会谈，应该让酒店安排一个会见室在约定的时间见面，他不知道这个女人是如何安排的。他觉得自己今天很被动，也很失面子，但是今天只能屈尊大驾。

大堂经理把电话撂下就小跑步跑到姜君文跟前：“冒董说请你到一楼咖啡厅等一会，她马上就过来。”

“什么？咖啡厅？这样吧，你立即给安排一个最好的会见室，我先去会见室，等她来了你把她引过去。”

“好的，好的。”大堂经理忙不迭声地接受了这个指令。

姜君文到了会见室，心想这个女人太轻视自己了，让自己随随便便地在咖啡厅等候，把自己当什么了？

等了大约十五分钟，冒烨薇穿了一身休闲装，看上去十分精明，又不失风韵，举手投足显示了雍容华贵的气质。

姜君文见到冒烨薇走了进来，就连忙从意大利进口的沙发上起立，以不卑不亢的做派，伸出手准备与她握手。冒烨薇只是向他摆摆了手：“姜主任，不用客气，请坐吧。”

冒尖藉还没醒过来，冒烨薇在这个时候很不情愿有人来打扰，她只想好好陪着这个世界上最忠诚于冒家的人。

接到姜君文来访的电话，她考虑到对方毕竟也是同江的一个头面人物。在自家祖坟上冒尖藉指着姜君文说的那番话，究竟怎么回事不清楚，所以还不能与姜君文交恶。因此她主动提出让他在一楼咖啡厅见个面，随便打发一下，并不想与他作深谈。但没想到他突然改变了约见的地点，安排自己到会见室，就凭这一点，冒烨薇就老大不高兴，心想这个家伙控制欲太强了。

寒暄一番后，姜君文极尽地主之谊地问："冒董来咖啡还是茶水？"冒烨薇说："我来杯加糖的伯爵红茶吧。"等服务小姐把茶水和水果全部上齐后，姜君文挥了挥手，让服务小姐退出会见室，服务小姐非常职业地躬了躬身体，说了声请慢用，就轻声地退了出去并把门拉上。

"姜主任是个大忙人，今天约见有何见教呀？"

"冒董，言重了，怎敢见教，今天是给冒董赔罪来了。前天，在你家祖坟上，冒大叔指责我家老爷子的话，弄得我丈二金刚摸不着头，所以我今天特地登门道歉来啦！想请冒董包涵！"

"冒叔还在沉睡，他到目前为止没有跟我说什么事。中国好像有句俗话，说是'没做亏心事，不怕鬼敲门'，姜主任你说是吧！"

"这个娘们，说话十分刁钻刻薄。"他心里暗暗呼骂道，但不便发作，脸上若无其事地说："我自己肯定不会做什么亏心事，至于我父亲对冒家做了什么，我怎么知道呢？再说我父亲就是对冒家做了什么，那也是老一辈的恩恩怨怨，与我做小辈的不搭界，今天我主动来约见你，主要是向你表个态，不论我父亲过去与冒家发生什么龃龉也好，还是冤仇也好，反正我在这里代表我已经作古的父亲，向冒董你和你冒家赔不是！"

姜君文说完起身向冒烨薇深深地鞠了躬，一副惺惺作态的样子。

"姜主任今天的姿态很高，让我吃惊不小，至于你刚才说的事，因为冒叔还没有醒，我不得而知，我想上辈人的事总有上辈人的原因，等真相大白了以后再作定夺吧。再说你现在就道歉为时过早，如果真有深仇大恨，不是简单地说声道歉就完了。"

"那你想怎么样？"姜君文有点不耐烦了。

"没怎么样，中国共产党现在讲实事求是，等事情弄明白了由党与政府作决定，你是个共产党员又是个政府官员，难道认为我说的不对吗？"冒烨薇针锋相对地回答。

"今天我来访的目的就是看望冒董你，并对你有个态度，我真诚希望冒董能接受我的道歉！”

“我虽然对姜主任今天仅为道歉来访感到很突然，但对共产党员的政治觉悟感到钦佩！”冒烨薇的话语已经婉转了很多。

“我还想顺便看望一下冒叔，不知他住在哪儿？”这是一句实话实说。因为前天在冒家大坟冒尖藉说出了惊人的秘密后，韩天华以回避的要求让姜君文先行离开，之后的事他就不知道了。但他问这句话其实是别有用意。

“冒叔与我住在一起，他从坟地上走下来恐怕还有些不适应，正在沉睡中，你就不必去看他了。”

姜君文看出这是冒烨薇不愿意让他去见冒尖藉，心想鬼才愿意去见那个老不死的。他正好借此告辞，悻悻然地走了。但他知道了冒尖藉的下落，心里不由得暗自高兴。

第九章　追查毒案

见冒尖藉已经昏睡三天了，冒烨薇就让酒店包了用虾仁、鸡肉做馅的馄饨，准备在冒尖藉醒了后让他先填填肚子。

女人心细。她在自家祖坟去找冒尖藉时，在他的厨房里看到还有没下锅的干馄饨，所以断定冒尖藉爱吃馄饨。另外考虑冒尖藉两三天没吃东西，怕他肚子饿急了吃其他东西把胃撑坏，所以决定让酒店先送点煮得烂一点的馄饨来。

酒店的服务小姐端了由一只带盖的白瓷汤盆装的馄饨，“笃笃”地敲门，冒烨薇正在房间给英国总部回发E-mail，所以没有起身，就让服务小姐把东西放在客厅的茶几上。谁知，“咣当”一声，把冒烨薇吓得一大跳，走到客厅一看，与自己寸步不离的英国贵宾犬“莎莎”跳上茶几，把装馄饨的白瓷碗盆打翻在地，并且在咀嚼虾仁鸡肉馄饨，冒烨薇十分奇怪，这宝贝是怎么啦？因为这狗吃的是专用饲食，难道它也肚子饿了？

冒烨薇想打翻了就打翻吧，反正冒叔还没有醒过来，到时让酒店再做一盆送来。谁知，刚过一会儿，这狗就口吐白沫倒在了地上死了。这下子，让冒烨薇着实吓得不轻。这狗是纯正的英国良种，又与自己朝夕相伴，突然说死就死了，虽然有点儿心痛，但死就死了吧，她转念一想，如果给冒尖藉吃了……

后果可想而知，冒烨薇吓出了一身冷汗。作为一个全球通的女强人，她很快就镇定下来，理智告诉她，这也许是件不正常的事。她没有去收拾任何东西，她懂得要保护好现场。她回到书桌前，拿起了手机，直接给韩天华打了电话："韩书记，我带在身边的宠物小狗莎莎突然死了呀！"

韩天华正在与市委宣传部长等在研究全市精神文明建设的有关事宜，在电话中听冒烨薇诉说她的宠物狗死了，心里好大不高兴，心想这个富姐就这么娇气，一条宠物狗死了大惊小怪，好意思就这个事来找我一个堂堂的市委书记，所以接通了冒烨薇的电话，好一会儿没有吱声。

"韩书记，请你不要多心，事情是这样的，我让酒店做的馄饨准备给冒叔吃的，而让我的莎莎误吃了后就死了，我怀疑是有人投毒！"韩天华听了此话倒是一怔，心想果真如此，那是一件正儿八经的刑事案件了。

"冒董，你自己没有事吧？你不要去碰任何东西，我马上通知公安局派人过去出现场。要不，我也过来？"

"韩书记，你那么忙，就不必亲自劳驾，只是希望公安部门赶快过来。韩书记，我不相信同江是我的葬身之地，你要让我们外商的生命安全有保障啊！"

对冒烨薇的这种外交辞令，韩天华没法反感，并且意识到了问题的严重性。

经过公安部门的现场勘察和取样化验，结果很快就出来了，是虾仁鸡肉馄饨汤里含有氰化金钾的成分，结论是有人故意投毒。韩天华命令市公安局副局长董彬森负责侦破案件，并且严格保密，有情况直接向自己汇报。在侦破的过程中，董彬森向韩天华提供了一个情况，酒店在投毒事件发生的当天凌晨二时左右，酒店的远红外监控发现有一个黑影进入翠香园，而且在冒烨薇住的总统套房窗前滞留了片刻，似乎要翻窗入室。远红外报警后，酒店保安出动了一个五人的应急力量，赶到总统套房时惊动了黑衣客，这个一身夜行僧打扮的人倏尔一闪就像一阵风似的消失在夜幕中。

韩天华心想好在冒烨薇对此事浑然不知，要是知道了，冒烨薇的强烈反应是可想而知的。于是对董彬森说：此事绝不能透漏半点风声，并虎着脸说：董局长啊，如果这些事情真的造成了什么后果，英伦化学的项目丢掉还是小事，如果作为没能保护外商生命安全的消息传出去，那谁还敢来同江投资啊，这会大大地败坏同江的投资声誉，你我的政治生命也就完结了，明白吗？

这番话让董彬森听得心里发毛。本想就事论事地向市委书记作个汇报，听韩天华作了对此事后果和影响严重性的分析，心想到底是市委书记站得高、看得远，看来对这个案子还真的不能掉以轻心，如果闹出什么人命案来，自己的乌纱帽也难保。于是，他对韩天华说："韩书记，我准备着手做两件，一是继续侦破案件，氰化金钾的来源要搞清楚，现在已经有些眉目了，再把几个涉及馄饨的当事人进行排查；二是对冒董事长的住处翠香园作二级警卫布置，保证一只苍蝇也飞不进去。"

"对冒烨薇和冒尖藉的饮食、饮料、用水等都要作测毒化验，不能有半点差错，确保他们安全的任务就交给你了，你要向我负责，并对市委、市政府负责，对同江人民负责！"

"请韩书记放心，我一定完成这项任务！"董彬森向韩天华拍了拍胸脯。

"那你立即去望湖阁见冒烨薇，我会给她打电话跟她说明情况。"

董彬森在告别韩天华之后，就来到了望湖阁大酒店翠香园冒烨薇的总统套房，冒烨薇在听到敲门声音后，从猫儿眼往外张望，见一个西装革履的中年男子站在门外，她想来人应该是半小时前韩天华打电话告诉自己的那个公安局长，但还是不放心，只打开了用铁链挂住的房门，朝门缝外面故意问："是谁啊？"

"冒董，我是市公安局的董彬森，奉韩书记的指示来的。"

冒烨薇小心翼翼地把房门彻底打开，把董彬森让进了房间。

董彬森进了房间落座，就把与韩天华定下的事给冒烨薇说了一遍，最后对冒烨薇作了保证："冒董，请你放心，我就是你的警卫员，我会用我的生命保证你和冒尖藉老人家的安全！"

冒烨薇看着这个棱角分明、果敢刚毅的中年男子，心里顿生好感，莞尔一笑，说："麻烦你了，我要谢谢韩书记。"说罢，就给韩天华打起了电话。

"韩书记，谢谢你了，派了个帅哥过来，他在我这儿呢。"韩天华心知肚明这是个要自己确认的电话，心想不愧为跨国集团的老板，女强人，肚子里弯弯绕多，就说：“冒董，你让董局长通话。”冒烨薇就把电话给了董彬森，听到董彬森连声说：“是，是。”

冒烨薇这才把心放回肚子里了，但对此事心里难免还有纠结。

早晨推开窗户，从湖上飘来一阵一阵带有轻微腥味的空气，头呈红色冠状、羽毛黑白相间水鸟在碧波荡漾的湖面上，展开翅膀一会儿拍打水面，溅起珍珠般的水花，与水花尽情嬉戏，一会儿轻盈地凌空飞起，像一只小小的风筝冲向云霄。太阳刚才还像是一面刚出炉的玻璃饼彤红彤红，现在又以暗红色的霞光漫向天空，转瞬间，那蓝色的天空就变成了一片橘红色，然后又放出金黄色的光芒。

冒烨薇对此情此景无心欣赏，反而隐约有点伤感。

由于同江与伦敦的时差为八个多小时，伦敦总部可能忽略了这一点，以为是大白天，其实同江正是深夜，一连几个晚上没有睡好觉的冒烨薇，自从韩天华给她派了董彬森来了后，方才安稳踏实地睡下，但很快被伦敦总部的电话吵醒了，向她报告在印度投资的生产柔性线路板的项目，于后天举行开工典礼，请老板她亲自去出席开工仪式，并与印度国家商务部进一步磋商有关事项。因为这个项目投资总额为五千万美元，也是英伦化学全球战略布局的一个重点项目，本来理应出席。但这次回同江碰到了这档子事，而且比较棘手复杂，更主要的是知道了小叔的下落，亲眼看到了一辈子守护自家祖坟的冒叔，还知道了自家祖坟的来历和曾经的荣耀，以及祖上留下了巨大的财富。这些情况目前对自己来说都还是个谜，她就像刚进入亚马孙河探险的旅行家充满了好奇心和征服感，所以决定自己留下来，不去参加印度的项目开工仪式，让曾连藉代表自己去一趟印度。

于是，早晨起床后，冒烨薇洗漱一番，简单地化了个淡妆，就去找曾连藉。

曾连藉听到急促的敲门声：“大卫，是我啊！”

老板这么大清早就来找自己，一定是有什么特别重要的事情，曾连藉就三步并作两步走过去把冒烨薇让进了房间。

“大卫，我想让你今天下午从浦东坐飞机到加尔各答，去代表我参加柔性线路板项目的开工典礼。”说完，往曾连藉的写字台望了望，见到桌子上铺展着一件由一个个“心”字形图案结成的已经磨旧了的米黄色粗毛线女式坎肩，这孩子拿这件衣服干什么？就走到写字台跟前想瞧个仔细。

看冒烨薇注意起这件女式坎肩，曾连藉一副虔诚的模样把衣服重新叠好，说：“这是我妈的遗物。”

噢，这孩子想娘了吧，冒烨薇倒没有往深里多想什么。

“老板，这次你能否派别人去吧。”

“为什么？”

他对冒烨薇说，自己累了，因为今年的年假还没有休，所以想在同江休息一段时间。

因为项目较大，还有不少善后事宜要做，在她眼里曾连藉办事沉稳老练，又善于周旋，委托别人去处理她还真不放心，所以冒烨薇坚持要曾连藉去，并保证等他把事情搞定后，再回同江好好度一个假期。

让冒烨薇没想到的是，好说歹说曾连藉就是不肯去印度。

为此，冒烨薇迷惑不解，心想曾连藉可从来没有这样执拗，是否有什么其他原因？虽然曾连藉托辞不愿去，但她没有发火，就深深地叹了口气说：“我不会强人所难，实在是我一个女人家分身无术，连你都不愿帮这个忙，那我就另请别人了吧。”

冒烨薇虽然踔厉风发，才干卓越，事业有成，但个人婚姻却总不如意，至今还茕茕孑立，当她差点儿把这种伤感的话都讲了出来，曾连藉很不情愿触及她的痛处。所以听冒烨薇已经把话说到这个份上，就没法再推托了。

“老板，那就我去吧。”看到冒烨薇这样作难的样子，曾连藉于心不忍，自己虽有隐衷，但自己毕竟是她的助手，为她分担困难是自己应尽的本分，所以最终下决心去赴印度之行。

冒烨薇对曾连藉的最终决定是感激的，也是满意的，但对曾连藉开始时的态度还是让她大感意外，也就觉得有点不正常了。

这一连串的怪事让冒烨薇感到此次回国之行并不那么简单和惬意。

冒尖藉在梦中因梦见从云雾中钻出一只很大很大、很黑很黑的鸟，在天空中下了一个长长圆圆大大的铁蛋，这个铁蛋又突然炸开了，像响雷一样惊天动地被惊醒后，睁眼一看，冒烨薇在自己的床边坐着，就急着下床。这是他沉睡后的第三天下午了。

冒烨薇看到冒尖藉终于醒了，见他要下床，就连忙去扶他。

冒尖藉虽然七十开外的岁数，但身板硬朗，腿脚麻利，就摇着手对冒烨薇说："小姐，不用乃扶，吾自己来！"

天已经擦黑，韩天华打来电话，关心地问冒烨薇吃晚饭了没有，冒烨薇告诉韩天华："韩书记啊，托你的福，我家冒叔已经睡醒了。"

"是吗？那太好了，我过来陪你和冒叔一起吃个便饭？"

韩天华说的吃个便饭，冒烨薇知道这是他要宴请自己，想到冒叔刚睡醒，已经几天没吃东西了，到现在还不知道冒叔的秉性，万一饿急了大吃大喝自己都不好意思阻止，所以她决意推掉了韩天华吃便饭的提议。

冒烨薇陪冒尖藉到酒店湖边的水上餐厅吃晚饭，特意要了清粥、馄饨、春卷、蟹黄小笼包和酱小黄瓜、青椒土豆丝、葱爆河虾、雪菜毛豆，她不想一下子让他吃大鱼大肉。

冒尖藉真是饿急了，喝了一碗粥，吃了好几个蟹黄小笼包，对那些下饭小菜也是十分喜欢，一顿饭当中几乎没停下筷子，冒烨薇自己吃得很少，仔细打量着这个为自家祖坟守了一辈子的老人。老人个子高高的，没有一点腰弯背驼的迹象，古铜色的脸上刻着一道道深深的皱纹，似乎里面灌满了人生的沧桑和隐藏了太多的故事，粗壮的蚕眉紧锁着，但笑起来的时候眼睛里装满了慈祥，胡子已经有些花白，从脸上的轮廓和端正的五官看，这个老人年轻的时候绝对是个十分英俊和帅气的男人。

从水上餐厅回总统套房要经过长长的九曲走廊，酒店里的五光十色和灯红酒绿，让冒尖藉一下子不能适应，因为他已经习惯了冒家大冢一到晚上就漆黑一片、万籁俱寂的那种气息，所以提出要回屋里去。

回到翠香园，冒烨薇就像对待自己的父亲一样，把冒尖藉引进了自己套房的客厅，给冒尖藉泡了杯铁观音，见老人精神状态不错，试探性地问："冒叔，你是怎样到我家的，这么长的年头你又是怎样熬过来呀？"

还没有听冒尖藉回答，韩天华这时又打来了电话：“冒董你吃过晚饭了吧？”

“谢谢韩书记的关心，我与冒叔一起刚吃过，现在正准备听冒叔讲故事呢！”

“冒董啊，我觉得冒尖藉同志身上有许多的故事，所以我安排了市作家协会一名作家和同江日报的一名记者，到酒店与冒尖藉同志相处一段时间，让他们整理一下有关材料，你看可以吗？”

冒烨薇觉得韩天华的这个主意不错，想得又十分细致周到，因此对韩天华愈来愈有好感：“一切听凭韩书记的安排。”

第二天早上八点半，由市委宣传部指派的两名笔杆子就来到了望湖阁。

冒尖藉似乎早就有所准备，把几十年藏匿在自己心里的话和肚子里的事，像竹筒倒大豆一粒不剩地向自己主人的后代诉说……

◎卷二

第十章　身世钩沉

立秋了，天气渐渐地凉了下来，江南俗称的“秋老虎”逃遁远去。

离上海吴淞口七八十里远的一座典型的江南农家小院，传出了婴儿落地所特有的哭声。

接生婆解下带血的围裙，从屋里走出来，对守候在门外的刘树根乐呵呵地说：“乃娘子差点儿难产，生了一个大胖小子呢，恭喜、恭喜！”刘树根知道接生婆故意卖弄自己的本事，多讨点彩头，就把两块大洋塞进了她的手里。接生婆就殷勤地说：“现在天气还蛮热，但小心着冷，月子里贪凉好得病的。”刘树根感激地答应：“晓得嘞，晓得嘞！”

刘树根进屋来到呈半躺半卧状的娘子身边，仔细端详了娘俩，见大胖小子已经擦洗得干干净净，没有一点血腥味道，乌黑发亮的头发水漉漉的，刘树根心像浸在蜂蜜缸里甜透甜透。

他禁不住伸出双手去，要从娘子身边抱孩子，被娘子轻轻地打了一下：“别吓着儿子。”刘树根嘻嘻地说：“不，不会。”娘子把孩子送到他手上说：“给孩子取个名吧。”刘树根想了想：“用农村的习俗，叫‘秋狗’怎么样？”。

江南这个地方，自古以来，为了让孩子长得好，不娇气，好生好长，习惯给男孩取名狗呀猫啊的。娘子好像不很满意这个名字：“秋天生的就叫秋生吧，以后还不知道叫啥呢！”

刘树根嘴上就叫开了：“秋生啊秋生啊，爷娘的心肝宝贝！”

刘树根人逢喜事精神爽，顺风顺水过日子，小秋生转眼出生一周年了，他就盘算着要热热闹闹地给这个宝贝儿子过周岁。

刘树根家里并不富裕，向后村世代做官当下在上海办洋务的大户人家姜经略（姜可名的祖父）租了五亩水田、三亩旱地，是典型的佃农。

这姜家在当地是历代地位显赫的巨富商贾，但到了清末却家道中落，尤其在参与洋务生意时被大古洋行骗了一把，亏了很多的钱，从此一蹶不振，靠出租乡下祖宗传下的两百多亩田，维持生计。

姜经略与前村冒家村的冒承绍（冒泓晋的祖父）在道光皇帝时期同朝为官，又为同乡，两家的私宜一向很好。但因参加李鸿章的洋务生意，姜经略把十万两银子作为商股认了由李鸿章支持创办、设在上海洋泾浜永安街的“轮船招商局”的股份，因总办朱其昂贪污、挪用资金和经营不善，导致十万两银子打了水漂。不久纺纱业又遭到洋行的挤兑，姜经略向冒家商借十万两银子作为周转，但被婉拒，姜经略被迫跳了黄浦江。从此姜家与冒家结下了深仇大恨。

究竟是咋回事，像刘树根这样的身份也只能听些皮毛，是不可能知根知底的。但他做梦也想不到自己的儿子以后会与姜家、冒家发生千丝万缕的关系，生出了许许多多恩恩怨怨的事情来。

刘树根除了向姜家租田维持日子外，还经常利用农闲的时候，到上海吴淞口码头为姓冒的大资本家就是冒泓晋的沪新纱厂扛棉包赚钱。在村里并不算富裕，但小日子过得蛮殷实。

三十得子，所以儿子对刘树根来说就是命根子。给儿子办满月酒、百日酒，一次都没含糊，次次办得都是风风光光的。

这儿子满了一周岁，做周岁也是万万不能免的。

千百年来，只要是过着太平的日子，中国农村的百姓都是热衷于办红白喜事的。村东头的人家婚嫁出丧、添丁生子，村西头的人家也会前来相帮跟着忙得不亦乐乎，真是鸡犬相闻，其乐融融。

三叔刘金生早早就提醒刘树根要给小秋生办周岁，说：“一岁知八十，这周岁是要办得周全些，看秋生有富贵相，先要开窍开窍呢。”

刘树根顺从三叔的意图，说：“吾与秋生娘商量过了，是要操办的，到时请三叔做主，办得体面些。”

三叔听了觉得树根的话蛮舒坦的，就正色道：“吾觉得这村前村后的乡邻是不能不请的，让大伙来捧捧场，看这孩子将来咋样，在办周岁的时候让他做一次‘抓周’，测一测。”

“这是要做的，是要做的，到时请三叔乃主持吧。”树根向三叔作了保证。

树根对三叔一向是尊重的，因为父亲兄弟他们三个，父亲是老大，在有了树根后没多长时间，就因痨病撒手归西了，母亲长年是个药罐子，父亲走了半年，也撇下树根咽了气。二叔自私自利，根本没把树根当回事，从来没过问过树根的事。倒是三叔蛮关心树根。

好在树根自己争气，到姜家做长工，早晨听鸟叫、晚上听鬼叫，起早摸黑地下地干活。虽然姜家很抠门，但凭着自己的卖力和精明，积攒了几个钱，辞工后向姜家租了几亩田，到了三十岁在自家的老宅基上拆了草棚子，翻建了坐北朝南的三间半瓦半草房，东西两边还各建了一间砖头房。这“Π”形的半瓦半草的大房子，在刘家泾这村上也算是有脸面的。

三叔看着大侄子长大了，就张罗着给树根寻娶娘子，以示长辈的职责和作用。

三叔让自己的相好根生他娘做媒人，给树根物色对象。根生娘是前后三条村兜得转的人物，也是个消息灵通的活仙人，只要乘她高兴在嘴里就能把活的说成死的，死的说成活的，用北方话说就是个“大忽悠”。

她得到老相好给的指令，高兴得屁颠屁颠的。在当地只要做成大媒，流行给媒人要送“谢媒蹄”十八只，就是不真的送十八只蹄膀，也要折合成现钱起码值五块银洋钿。

前前后后、村村宅宅兜了好几圈，高不成低不凑，还没瞄上合适的主儿，把根生娘嘴上燎出了一层水泡。

三叔见相好媒婆没有准头，就找上门去了。根生娘见到他虎着脸，就打情骂俏地说："乃个杀千刀的，又不是自己娶婆娘慌个啥？"

"乃个老骚货，交代乃的事有没有摆在心上？吾大哥走了，树根这根香火，吾要让伊烧起来，阿晓得？"说罢，就在根生娘大腿上狠狠拧了一把。根生娘"喔唷、喔唷"地淫荡地叫起来。

三叔有好些日子没碰根生娘了。那年代村里头没有什么娱乐的活儿，爬墙头，溜门缝，偷鸡摸狗的也不算啥稀奇的事。三叔长得五大三粗生猛得很。根生他爹在生了根生后，一次家里的母牛发情不干活，根生他爹用竹竿子狠命地抽打牛，那牛也真发起牛劲，用牛角突然顶了根生爹的下裆，那地方就顶坏了，不中用了。根生娘是床上功夫十分了得的角色，她就与好干些花花草草的三叔暗底地搞上了，她不介意三叔家里不景气，没钱没物给她，她反而时常给三叔塞些东西，只图三叔使着劲儿弄她，有点受虐狂，村上人在背后讥笑她，尽干赔本的买卖。根生爹因自己硬不起来，就只好忍声吞气，睁一只眼闭一只眼。

三叔听到根生娘的淫叫声，他不慌不忙，就像手里攥了根肉骨头，逗引着一条上蹿下跳张着大口、流着口水的馋狗，什么时候在它前面晃诱，什么时候让它急吼，什么时候让它咬住，三叔拿捏得很有分寸。

知道这老娘到了火候，三叔就把她拎起来，挟在腋下，扔在房内的竹榻上，把她的裤子三下五除二扒了精光，像一座小山似的压上去，暴风狂雨、颠风倒鸾地干开了。突然，根生娘把大腿死死地夹住三叔的蟒蛇腰，在三叔的光屁股上打了一巴掌："嗨，把格个小娘鱼（方言，意为小姑娘）给忘了呢！"

三叔兴头正浓，冷不丁给根生娘来了个紧急叫停，很是生气，做着支撑的架势骂骂咧咧："发什么神经？"

"别骂人好不好，说正事呢，树根的媳妇有着落了。"根生娘一本正经地说。三叔今天来是向老相好兴师问罪的，本想拿捏拿捏她，听她在干这事的时候还琢磨着交给她的事儿，也就只好歇下来，提了裤子下了竹榻，让根生娘细细说说。

根生娘气喘吁吁："吾娘家二姑的囡鱼（方言，意为女儿）今年二十出头，还没找着合适的主儿，凭树根的条件应该没有啥难办的。"三叔用劲打着根生娘的光屁股说："那还浪个啥？快去！"

三叔前脚走，根生娘后脚就去了娘家。

没费啥劲，根生娘将树根吹得天花乱坠，把二姑就搞定了，同意由根生娘做主，赶快把事儿办了。

稻子刚收完，在三叔的张罗下，树根三十岁结了婚，而且第二个秋天就生下了秋生。所以说，三叔凭着这点功劳，就可以对树根发号施令。

选了八月十八的黄道吉日，树根与三叔就把给儿子秋生做周岁的事定了下来。

沉甸甸的稻穗像粗短的狗尾巴，齐齐整整地排列着，一阵秋风吹过来，就沙沙地发出声响。

树根在田埂上步履匆匆，到前村后宅的七大姑八大姨家亲自上门邀请他们来参加儿子的周岁庆典。

做周岁的这一天，恰好是江南的中秋时节，人们就等着下镰收割晚稻。看来今年有好收成，被邀请来参加周岁活动的亲朋好友高兴得很。

艳阳高照。树根向码头上借了两块苫货的大篷布，在自家的院子里搭了凉棚，一排四桌列成四排，总共摆了十六桌，场面不算小。

今天重头戏是秋生的"抓周"。为了测试儿子的未来，树根与三叔搜肠刮肚地想弄点什么花样经。什么钢笔毛笔、算盘账本、银子铜钿、假枪假刀搞了十多种东西。

住在村东头的私塾先生郭霖葳踱着方步，拿了本封面已经起皱卷角的《论语》交给树根说："把这本书也放上去，看你儿子将来是不是个读书的料。"三叔对郭老先生十分敬重，连忙把《论语》摆到了"抓周"的桌子上。

上百双眼睛都盯着今天的秋生，就像上朝的大臣眼睛看着皇帝给大家抽生死折子一样。秋生不像被强迫做事的小孩那样，哭哭闹闹或手舞足蹈，他用小眼睛扫了一下，抓了那本油渍渍的《论语》咯咯地笑了起来。众人齐口同声地说："是块读书的料！"

同治十一年，家风素寒的郭霖葳在乡试时得中秀才，本想参加科举考试，谋取仕途但运气不佳，屡考屡败，屡试不中，所以在家开馆收徒教书。

清末民初，政府对私塾进行改良，调整私塾的课程、教材和教法，敦促私塾向近代小学转化。20世纪前半期，受政府更迭的影响，近代私塾的改良活动时断时续，1905—1911年、1915—1920年、1930—1937年为三次改良高潮。逼迫塾师调整办学方式。郭老先生年岁已大，对此力不从心，惨淡经营，苦苦支撑，虽收了一些弟子，但没几个有出息的。老先生对此一直耿耿于怀。

在树根要给周岁的儿子做“抓周”，老先生也就来凑个热闹，带了本《论语》作道具，增加点雅趣而已。

秋生对五颜六色、稀奇古怪的东西不去碰，独独抓了这本破书，旁人虽然随声附和，都说这孩子将来是块读圣贤书的料，树根和三叔没把它没当回事，但郭老先生却上了心。

没几年的光景，秋生就像一棵速生的白杨，蹭蹭地往上长。

俗话说，秧好稻好，根好花好。说一个人从小到大长得好，也往往用“根正苗红叶子壮”的形容词。

转眼间，秋生已经五岁多了，国字脸长得有板有眼，两只眼睛又大又圆，两道眉毛又黑又粗，头发又密又硬，说话做事果敢刚毅，有一副天不怕、地不怕的性子，在村里的孩子群中属于“鹤立鸡群”。

树根两口子后来不知什么原因，就再也没有生养过。秋生成了单传，所以树根两口子对秋生宝贝得不行，像一颗糖一样含在嘴里怕化，捧在手里怕摔。

秋生家住的村庄是江南水乡的村落。秋生家坐北朝南的宅院的前面就是一片农田，春天的油菜花，秋天的稻子，是最自然的景色。那油菜花盛开的时候，蜜蜂嗡嗡地追逐，在金色中翩翩起舞；蜻蜓像一架一架直升机，起起降降，一会儿急速俯冲，一会儿轻盈飞翔；住宅的后面是一片竹林，清瘦挺拔的竹杆，青翠欲滴的叶子，竹林里黄鹂婉转的歌喉，让人如入世外桃源。竹林后面就是一条缓缓流淌的小河，它连接着宽宽的娄江河，娄江河又与长江的出海口相通，所以它跟着大海潮涨潮落。家家户户用小船或载着从田里收上来的作物，或是往地里送肥料，小河里总是响着“骨叽骨叽”的橹桨声声，低吟浅唱的吴侬小调随风而飘：

稻子黄了哟
大雁往南飞
阿哥回来哟
小娘鱼的心儿醉了
……

第十一章　祸从天降

1932年的年头上，那年还是五岁多一点的小秋生，穿着一身簇新的棉袄，刚入村东头郭霖葳的私塾读书。因为在秋生做周岁“抓周”的时候，满满一桌的东西不抓，偏偏抓了郭霖葳提供的一本封面已经起皱卷角的《论语》，让郭老先生一直惦记着这件事，其实老先生门下没有几个学生，村上有钱人家的孩子大多去了十里地开外的双林镇国小去上学了，因为郭霖葳断言秋生是块读书的好料，这句话就像东南风一直在秋生父亲刘树根的耳边吹着，所以在秋生五岁的时候，郭霖葳就让刘树根把孩子送过来。

秋生十分聪慧。对郭霖葳教过的《三字经》、《弟子规》没用多少时间就能背诵起来，到家就背给父母听：《弟子规》，圣人训，首孝悌，次谨信，泛爱众，而亲仁，有余力，则学文……

儿子的好学和聪慧，让刘树根看到了希望，认为这是祖宗积的德，于是就铁了心，不论日子再苦再难也要供儿子读书，将来好光耀门庭。

天有不测风云，人有旦夕祸福。

1932年1月28日，日寇发动了对上海闸北的大举进攻，挑起了“一·二八”事变。十九路军总指挥蔡廷锴命令全军各部向上海集结，并组织第一旅猛攻虹口和杨树浦的日军，2月13日千余日军被歼。

蕴藻浜保卫战是“一·二八”事变以来最激烈的战役，它使日军突破吴淞口的计划遭到失败。是年2月22日，日军再次发起总攻击，动用了飞机、大炮、坦克，向十九路军阵地发起了一轮又一轮的进攻。战争空前惨烈。但此时的十九路军人员和弹药消耗极大，国民党政府又拒绝补给，处境十分艰难，不得不撤至第二道防线。

十九路军的抗日行为，得到了全中国人的称赞和支持。刘树根经常利用农闲的时候，到上海吴淞口码头为姓冒的大资本家就是冒泓晋办的沪新纱厂扛棉包赚钱。当时在十九路军抗击日寇的时候，吴淞口就是双方争夺的焦点。码头工人自发组织起来，冒着日军的大炮轰击和飞机轰炸，为坚守阵地的十九路军送水送饭送弹药。就在2月22日这一天，刘树根与一帮工友腰背肩扛地给十九路军送一批弹药，遭到日军飞机的狂轰滥炸，树根不幸遇难，尸首被炸得四肢破碎。

当工友们把刘树根残缺不全的尸首送到家里时，秋生的母亲哭得呼天抢地。在三叔刘金生和他儿子刘树林的张罗下，用柳树板钉了一口薄皮棺材给草草地下葬了。

刘树根死得好惨，但没有丢人。虽然是个小老百姓，但是为抗日而死的，村里人都十分地钦佩他的忠烈。

刘树根死后，秋生母亲独自承担起家里的重担。刘树根在世时，向后村姜家宅大户人家姜经略（姜可名的父亲）家租了五亩水田，三亩旱地，由于刘树根死了，光靠秋生母亲一人难以为继，就把三亩旱地退租掉，只剩下五亩水田。

在兵荒马乱的年月，谁也没法安心种地，秋生姆妈起早摸黑，一身泥一身水，就指望用这五亩地来养活娘儿俩。可姜家收租时一斤粮都不肯减掉，秋生姆妈咬着牙苦苦支撑日子。

尽管家里遭难，但母亲坚持让秋生跟郭老先生读书。尽管她目不识丁，但坚持要秋生背诵唐诗宋词给她听，很有孟母教子的劲头。

家里虽然十分艰难，由于母亲坚忍不拔的努力，秋生还依然天天背着母亲用自己织的方格粗布做的大书包，准时到私塾馆去上课。

在郭老先生的私塾馆场地上，有一棵大槐树，老干虬枝，树冠蔽日。天气热了，老先生就在树荫底下授课。场院东面是个池塘，里面植藕，一到夏天荷花成开，荷叶婆娑弄影，池塘边上有一片桑树林，桑树林里小鸟不知疲倦地唱啊跳啊，颇有世外桃源的景象。

郭霖葳喜欢教弟子学写诗词。有一次他就地取景，要求几名弟子以荷塘和老槐树为题材练习写律诗。秋生用了没多久，就写了两首七绝诗交了卷：

摘莲吟

一方莲池翻绿浪，荷花清韵压群芳。

池畔流连摘莲蓬，今秋月照靓影长。

槐树赋

一潭鱼塘二亩桑，菜花稻谷春秋黄。

老槐树下读诗书，独钟风云天下闯。

这两首诗让郭霖葳喜欢得山羊胡子乱翘，颤颤悠悠地跑到秋生家，把这两首诗念给三爷听。斗大的字不识几个的三爷很是耐烦地听老先生喋喋不休地讲解诗的立意和意境什么，虽然听不懂什么五言七绝，反正听老先生一个劲地夸自己的侄孙子，脸就像夏天一朵绽放的月季花，嘴就像秋天一朵张开的喇叭花，甭提有多高兴，就留老先生在家吃晚饭，还特意宰了一只芦花鸡，打开了用绍兴甏装的陈年老黄酒，与老先生推杯换盏喝了一宿的酒。

从此以后，三爷见了树根媳妇就翘大拇指说：值，让秋生这男囡头念书值！

郭霖葳看中了秋生的潜质，就用心刻意地栽培秋生，把自己的看家本领都要传授给这个得意弟子。所以常常等别的学生都放了学，就把秋生留下来，叫秋生临摹颜真卿字体，一笔一画地教，一招一式地练习。到了晚上，时常给秋生母亲打个招呼，把秋生留下了与他做伴。在一个被窝里，不管秋生听得懂还是听不懂，就给秋生讲老子的《道德经》，孔子和《论语》以及《孟子》、《尚书》、《战国策》、《淮南子》里面的故事和道理。每讲完一个故事或是说一个道理，秋生就往老先生嘴里塞一颗五香豆，让郭霖葳乐此不疲，很是享受天伦之乐。

转眼间，三年过去了，在郭老先生的悉心施教下，除了秋生的国学知识和书法基础日进见长外，秋生已经知道体恤母亲和老师。那时秋生八九岁了，为了让母亲和老师改善生活，在春天，他就用柳树条做成架子，再用细麻绳织成的网，把架子三面围住，留出一面进口，用一块毛竹片和一根竹竿做成扒子，到河边耥螺蛳，有时还能把塘鲤鱼等小鱼小虾赶进网里。那时没什么污染，往清水里放两三滴菜油再把螺蛳放进去养一养，螺蛳就会把脏东西吐出来，把螺蛳屁股剪掉，在油锅里爆炒放进酱油、葱、姜等，味道十分鲜美。在同江农村把螺蛳这道菜当小荤菜。在夏至后，当麦田里灌上水准备插秧，秋生就把洋伞铁骨子头上磨细再弯成钩穿上蚯蚓，到田埂边找到小洞口，把穿上蚯蚓的伞骨钩子慢慢地往洞里一伸一拉，就能把黄鳝钓出洞外，运气好的时候一个中午就能钓到十来条又花又黄又大的鳝鱼，给母亲和老师做一顿香喷喷的红烧鳝筒。秋天来了，稻子抽穗了，稻田里不干不湿，这时候，在夜里秋生用四块长方玻璃粘合成四角形的防风煤油灯，到稻田埂边照螃蟹。因为螃蟹趋光性强，夜里用灯一照，就发出“哔力、哔力”的声音往灯光这儿爬过来，只要用手轻轻地按住蟹背，就能把张牙舞爪的大螃蟹捉住，放进用竹笼子里，一个晚上能捉四五斤螃蟹，回家把它一切为二，在切开的一面蘸点干面粉，往油锅边上一煎，再放上青毛豆子，可以做一锅黄澄澄、红艳艳、青盈盈的“面拖蟹”。

这种日子过得苦中有乐。但好景不长，祸事接踵而至。

1937年3月，就是秋生十岁那年的三月，已经八十岁高龄的老师郭秀才仙逝，因为郭老先生膝下无小，又是孤身一人，秋生代孝子披麻戴孝和村上人一起把老师的丧事办了。

年头不好，啥歹事也会碰到；人运气不好，喝凉水也会塞牙。

是年五月，刘家的掌门人三叔和他的儿子刘树林在一个月内，因为瘟疫，一个刚走另一个踩着脚跟也走了。亲人连连死去，给秋生心里留下了深刻的烙印。但更加悲惨和伤心的事正等着他。

“一·二八”事变后，国民政府采取不抵抗政策，正当第十九路军加紧重整军备准备再战时，国民政府却与日军签订了《淞沪停战协定》。日军虽然不与政府军队交战，但依然驻扎在上海，并且不断地挑衅闹事。更可恶的是经常派出小队日军骚扰上海周边地区，乘着小火轮自娄江河窜入游弋到同江一带烧杀抢掠，奸淫妇女。国民政府为了避免与日军冲突，对日军的无恶不作睁一只眼、闭一只眼，使得小鬼子得寸进尺，胆大妄为，老百姓怨声载道、胆战心惊地过着日子。

一天，骄阳似火。密密麻麻的知了在屋前房后的榆树、槐树和椿树上鸣叫，“知——知——”从各个方向灌进耳朵，把人吵得好不厌烦。人们被罩在一片密密的蝉鸣里，在有树荫的地上铺一条用竹子条拼成的凉榻，或躺或坐，有气无力地摇着蒲扇，昏昏欲睡。刘家泾的人谁也不会想到魔鬼在悄悄地逼近。

从上海方向来的日本鬼子开着小火轮，沿着娄江河到达刘家泾，而且真是做到了悄悄地进庄。

从村东头传来“东洋兵来啦，快逃啊！”的声音，把秋生妈吓得脸色发白，赶紧拉着秋生往屋后的竹林子里钻。

为了躲避“东洋兵”（同江一带的老百姓对日本鬼子的俗称）的祸害，刘家泾凡是有竹园子的人家，因为竹园子地势较高，所以都挖了地洞，听到“东洋兵来啦”的警报，全家老小就往地洞里钻。

秋生钻进了地洞，母亲对他说：“你先进去躲着，不管外面发生什么，千万不要出声，也不要跑出来，我回屋里去拿点煮番瓜，去去就来。”

就在母亲返回屋里不久，秋生在地洞里听到了“砰、砰”的枪声，秋生忐忑不安起来，因为母亲千叮万嘱自己不能随便出去，所以没有跑出洞外，但能听到叽里哇啦的说话声、凌乱的脚步声和淫荡的狂笑声。

秋生没有看到母亲返回洞内，虽然心急火燎，但不敢违抗母命，没有冲出洞外。隔了半天，秋生还没见到母亲的影踪，就不管三七二十一往洞外冲出去。

眼前的一幕让秋生惨不忍睹。母亲在槐树下的竹榻上一丝不挂，披头散发，下身淌着一大摊红红的血液，和白色的黏糊混在一起，肚子上有三个洞口还汩汩地淌出血来，已经断了气。

一切都明白了。母亲被毫无人性的“东洋兵”给祸害了。

这时，村里的人都不知去向，任凭秋生大哭大叫，没有人应声。

秋生从院子拉的绳子上，取下姆妈上午洗好晾晒已经干了的床单，盖在赤身露体的母亲身上。

天热得像刚出锅的蒸笼散发着灼人的气浪。秋生知道自己既没有钱又没有力，没法为母亲落葬。夏季的天亮得早，他起了个大早，跑了十里地就到了同江的船码头，跪在地上，前面铺着一张写有“慈母被害，筹款葬母，愿以自身，还报终生”的纸。他多么渴望天下有好心人来同情自己、帮助自己，心想谁能伸出援手帮助自己料理母亲的后事，自己就愿意为他做牛做马。

虽然船码头熙熙攘攘，人头攒动，但在兵荒马乱的年头，老百姓都是“泥菩萨过河自身难保”，在秋生跟前围观的人不少，对这个小孩的遭遇都是唏嘘同情，议论纷纷：“格个小囡蛮可怜的”“东洋兵真没人性”“小鬼子造孽啊！”，但没有人站出来真正搭理秋生。

炎热的伏天，大活人都恨不得将自己冰起来，何况是死人已经搁了一夜了，秋生不知道自己该咋办，心里干焦急。

到了晌午，有一艘小火轮靠了码头，从船上走下一个身穿黑色绸缎衫，头戴白色头盔一样的遮阳帽，身材高高，走起路来气宇轩昂，年纪约莫三十五六岁的中年男子，一个管家模样的人在前头引路。

路过秋生跟前时，管家只顾把密密的人群分开：麻烦，请让让路！但这名中年男子却停了下来，略略地看了一下秋生后，把目光停留在“慈母被害，筹款葬母，愿以自身，还报终生”的纸上，仔细品味后开了腔：“这字是啥人写的？”

这位中年男子可能是位书法爱好者，一眼就认定这十六个字学的是颜真卿的笔法，因为颜体那蚕头燕尾、点如堕石、画若横云、钩似屈金、戈同发弩的特点，让他不停地颔首称是。

“老爷，是吾写的，为葬母亲，吾才出此下策啊！”

中年男子听了这回话，心想这小小年纪竟能把颜体学得这么扎实，又谈吐不俗，而且能有这份孝心，常言道：百善孝为先，看来格个小囡的骨子不错，将来是个可用之才。

管家转过身来，见老爷驻足不前，就催促说：“老爷，快走吧，厂子里的饭已经准备好，客人可是等了好久了呀！”

这位中年男子对管家说：“佟伯，不碍事，误不了事，问问小囡阿有啥事体？”

管家不再啰唆，就上前去问，秋生知道遇到贵人了，就声泪俱下把母亲被东洋兵奸杀的事，以及父亲在五年前被日本人的飞机炸死的事，一五一十地告诉管家。这位中年男子也在一旁听完小孩的述说，就骂了句“日本鬼子真是畜生！”

说完就从手提包里摸出五块大洋，交给管家说：“救人如救火，佟伯，乃留下来帮格个小囡把伊姆妈的后事办了吧！”

佟伯长得眉善目慈，也是一副菩萨心肠，听了老爷发了话，就连连说：“老爷真是积德，那乃自个儿回厂子吧，吾一定照吩咐把事办了。”

中年男子正要抬腿离开，秋生扑通一声，重重地跪在他前面：“老爷，容吾葬母之后听凭老爷使唤，报答乃的大恩大德！”

中年男子一把拉起秋生说：“上跪天下跪地中间跪父母，乃不用向吾跪啊，乃年纪还小，要把日子过下去，知道吗？”

秋生使劲地点头：“老爷的教诲铭记不忘！”

“佟伯，乃赶快带小孩去办该办的事吧。”中年男子说完就步履匆匆地走了。

佟管家领着秋生向东大街方向走，因为那里有一家在同江有名气的“怡记”棺材铺子。

在路上，佟管家告诉秋生，刚才那位老爷姓冒，叫冒泓晋，同江“同泰纱厂”就是他家办的厂子。今天因为同江厂子里有重要客户要与老爷谈生意，今天特地从上海赶赴同江，乃今天运气好，遇上了这位救苦救难的好人。

佟伯又问道：“乃父亲五年前又是怎样被日本人的飞机炸死的？”秋生就把父亲原在上海沪新纱厂吴淞码头扛棉包，1932年2月22日，为坚守阵地的十九路军送水送饭送弹药时，遭到日军飞机的狂轰滥炸，不幸遇难，尸首被炸得四肢破碎的事，一口气告诉了佟伯。

“哟，乃就是吴淞码头上刘树根的儿子呀！”说罢，就动情地拉紧了秋生的手说“孩子啊，乃的命咋这么苦呢！”

这一老一小俩人说着说着就到了东大街，走进了“怡记”棺材铺，佟伯指着一口红松做的棺材，问秋生：“这口怎么样？”秋生看这口红松棺材很厚，样子非常大气，油漆铮光瓦亮，心想母亲死得这么惨，幸亏碰上了好人，才能用上这样好的棺材，比起父亲只用薄薄的柳树板临时钉成的棺材要强很多，就说：“就这口，谢谢佟爷爷！”

“不用谢我，要谢就谢冒老爷吧。”

佟管家让棺材铺老板把选中的棺材、香、蜡烛、冥钱和红红绿绿的寿衣等送到船码头，雇了一条快船装上了棺材等直奔刘家泾。

这是母亲被日本鬼子残害的第二天下午了，村上的人陆续回来了，知道了秋生姆妈的事，正在替秋生愁惨，见秋生从同江买回了红松棺材，都不由得称赞这孩子有主意。

大伙一齐帮忙，女人们把秋生姆妈做好压在箱子底下几件舍不得穿的衣裳翻出来，给光着身子而尸体已经有点发臭的秋生姆妈穿上，外面又穿上寿衣，男人到秋生爹的坟地上，就在秋生爹棺材的旁边挖了坑把秋生姆妈落了葬。

办完这些事，佟伯见太阳快要落山了，就要带送棺材的快船回同江。临走时对秋生说：“秋生，剩下的这些钱乃委托大伯大婶们操办一次豆腐饭，答谢乡邻们的帮忙。”把余下的钱放进了秋生的手中，就匆匆忙忙地跳上船离开了刘家泾。

秋生哭得死去活来，被乡亲们劝住。他就把手中的钱全都交给三爷的儿子刘树林的媳妇阿菊说：“麻烦婶娘，明天一早到镇上买些东西回来，请村上乡邻们都来吃顿豆腐饭吧。”

在这战乱的年份，能够吃上一顿像样的饭菜实属不易，但这顿豆腐饭还是十分丰盛，大家吃得很热闹，都嚷嚷：秋生格个小囡将来指定有出息，才十岁的年龄就有主意把姆妈的丧事办得风风光光。

秋生在家待过了七天，按照惯例给母亲做了“头七”，虽然没法请到一个班子的道士来家里做道场，但请到了一个比较有名气的道士在“头七”的夜里念经超度。

后村的姜家就是租给秋生家五亩水田的管家来了，他知道秋生家的情况后，就赶过来要收回租田、结算租粮，明显是来逼债的。秋生对姜家的管家说，吾家里的情况乃都看到了，把田收回去吧，但这年的租粮没法给了，就把家里这几间房子抵了吧。管家屋前屋后走了一圈仔细察看了一番，心想这房子值些钱，也就答应了秋生。

大伏天，天亮得早。

秋生起床后，把自己日常穿的衣服用一块大方巾包好，打成了一个包袱挎在右肩，到村上各家作揖告别。乡邻们对秋生娘的遭遇都深表同情，都拉住他不让走，他说：“吾眼下虽然对东洋兵的大仇没法报，但对救助吾的大恩是一定要去报的！”等乡亲们问清楚秋生的去向，知道他要去同江找同泰纱厂的大老板，也就放心地让他走了，而且嘱咐他要好好报答冒老板这个大恩人。

第十二章 心诚则灵

冒泓晋这段日子一直没有离开过同江。

根据自己在日本留学和对这些年时局变化的分析判断，冒泓晋认为中日之间不可避免地要爆发一场战争，而且为期不远了。他是这样认为的：一是日本对中国国民政府采取的不抵抗政策得寸进尺，1933年日军又把侵略的矛头指向了热河（当时为中国的一个省，省会为承德），先后占领了山海关、承德，又兵分多路直扑长城各口。1935年底，日军发动了“华北事变”，掀起所谓的“自治运动”。日本在中国的侵略扩张，激化了与中国民族的矛盾。所以，全国各地的抗日活动风起云涌。从历史上看，一个民族要消灭另一个民族，必定要用战争的手段和方式来实现；一个民族要压迫另一个民族，必定要遭到另一个民族的拼死抵抗。所以中国大规模的抗日战争迟早要发生。二是英美等国家为了减轻自己承担的战争压力，都在煽动中国国民政府进行抗日。1934年以来，美英等国家支持中国政府抗战的态度都已经明朗化，其目的就是把日本的军事力量拖滞或者消耗在中国的国土上。

战争对生产力构成的破坏性最大，但也会对某个产业会带来极大的刺激，这是由战争需求规律所决定的。

这几天，无论是国内的纺织商行，还是各路的军队代办处，纷至沓来到同江与同泰纱厂商洽定购棉纱和布料，冒泓晋送走一拨人又迎来了一拨人。

他准备在现有纱锭一千万枚生产能力的基础上，扩大生产规模再添置纱锭五百万枚。

同泰纱厂的二层办公楼正面对着大门口，办公楼与大门之间有一条长约三十米用木料搭的走廊，上面爬满了紫藤，紫色的紫藤花一串串挂在走廊顶上的横木上，发出阵阵的暗香，走廊两旁是栽满月季、芍药、芙蓉、美人蕉的花圃。冒泓晋坐在红木大书桌后面的红木官帽椅子上，心情愉悦地叼着雪茄烟，吹着笨重的电风扇，喝着安吉产的白茶，悠闲地浏览起报纸。

这时，管家佟伯进来，对冒泓晋说："老爷，那个刘树根的伲子（同江称儿子）来了。"

冒泓晋听从刘家泾送棺材回来的佟伯已经说过，这个孩子的父亲是在淞沪"一·二八"保卫战中被日本飞机炸死的码头工人刘树根。

"乃去看一下格个小囡，有什么困难能解决的就给办了吧。"

"老爷，格个小囡不是有什么难处来的，而是说要报答乃的大恩大德，把自己的身家性命交给老爷，来为乃做牛做马的！"

"胡闹嘛，乃再给伊些铜钿，让伊回去吧！"

佟伯得令就小跑步走到门口，把冒泓晋的话告诉秋生，劝秋生回去，以后有什么困难再来。

"吾今天来就没有打算走，如果老爷嫌弃吾打发吾走，那就让吾给老爷跪三天三夜，到时老爷再不答应收留吾，吾再走也不迟！"

佟伯横说竖劝没把秋生哄走，只好回办公室把情况向冒泓晋说了一遍。

"小囡闹着玩的，让伊性子过了再说吧。"

到了晌午时刻，佟伯又来到冒泓晋的办公室说："格个小囡还没走。"

"给伊送点水喝和拿点中午吃的，顺便再捎一顶草帽去。"

佟伯赶紧用一只虽然有的地方掉了漆皮但够大的搪瓷缸，舀了一缸子大麦茶，拿了两块糍饭糕（先用大米饭揉结实成方块，再切成大拇指宽的片，然后放在油里炸成外面脆黄里面嫩白），找了一顶用麦秸编织成条状再一圈一圈缀成的草帽，给秋生送去："来吃点东西，吃完了就回吧。"

秋生声泪俱下："吾无以还报，只能以命相报！"

“秋生啊，怎么能这样说话呢，快快吃吧！”

秋生吃了一块糍饭糕，咕嘟咕嘟地喝了半缸子大麦茶，继续跪在厂门口不走。

太阳像火炉一样把花花草草烤得耷拉着头，叶子也无精打采地塌软了下来。在这样的天气下，人们常常是哪儿凉快到哪里去。

到了晚上，冒泓晋心想门口的孩子应该是“神龙见首不见尾”了，就踱着慢步到门口，见孩子像一尊石像在原地依然纹丝不动，就走到了秋生的跟前：“乃这是何苦呢？”

“老爷，乃给了铜钿让吾把母亲葬了，吾没法子还，求乃收留吾，什么苦活累活吾都能干。”

“乃父亲是上海码头上的工人，为了抗击日军被炸死了，很有骨气啊，吾作为老板应该抚恤的，所以给乃的铜钿就算是抚恤金，不用乃还，快回去吧！”说完故意装作很生气的样子走开了。

谁知，第二天一早，佟伯来办公室跟冒泓晋说：“老爷，格个小囡一夜没挪一步！”

冒泓晋走到窗前一看，果然那孩子还端端正正地跪在那里，眼眶有点儿湿了：“佟伯，今天别忘记还给格个小囡送水和饭，不要坏了伊身子。”

冒泓晋今天要去东仓洽谈轧棉花的事，所以吃过早饭后，从厂子后门的小码头上坐船走了。

秋生毫无退缩的样子，他默念着郭秀才教给自己那句孟子的话：天将降大任于斯人也，必先苦其心志，劳其筋骨，饿其体肤，空乏其身，行拂乱其所为。

天擦黑了，冒泓晋才回到同泰纱厂。佟伯已在码头上等候，帮老爷从船舱里拎出了几个大西瓜，说：“老爷，格个小囡今天又是一整天待在那里没动身。”

“不忙，让伊再熬一熬，如果伊能熬过明天，说明格个小囡可以留，将来一定是个实诚的、靠得住的人，吾要用伊格！”

第三天，天气更加闷热，蜻蜓一群群地飞得很低，就像在低空侦察，有点气象知识的人，都知道今天有大雷雨。

还不到下午两点钟，从西北方向涌过了的黑云铺天盖地，雷打得像过年放高升（冲天鞭炮）一个比一个响，真是电闪雷鸣，让人胆战心惊，一会儿大雨夹着冰雹没头没脑地瓢泼而下。

“佟伯，快去门口把格个小囡救回来！”冒泓晋急吼吼地对佟伯说。

佟伯已经知道老爷的心思，所以听冒泓晋发了指令，就顾不得自己上了年龄，像脱了弦的箭冲到厂门口，伸手说：“秋生快起来啦，老爷让乃进去！”

秋生一听这话，反而身体一弯倒了下去。佟伯使劲地把孩子抱起，扛在肩上冒着大雨进了冒泓晋的办公室。

“让伊吹会儿电扇，再去弄一碗红糖姜汤来。”

佟伯把晕过去的秋生平放在地板上，赶紧去烧红糖姜汤。

这孩子长得蛮有模样，才十岁多点，就接连丧父亡母，但有血性、有骨气，并且知书达理，诚信知报，好好培养将来倒是可以派派用场。

冒泓晋正这么想着，佟伯已经端来了一大碗红糖姜汤蹲下来，然后把躺在地板上的秋生的头抬起放在自己的膝盖上，小心翼翼地用小勺子喂进了秋生的嘴里。

“慢点，慢点，别呛着伊。”冒泓晋在一旁提醒。

用了半个时辰，秋生一点不剩地将红糖姜汤喝进了肚子，终于恢复了体力，精神好起来，要挣扎起来给冒泓晋磕头。

“秋生啊，不必行此大礼了，乃心诚则灵，金石为开，从今天起就留在吾这里吧！”

“老爷，吾可以干最苦最累的活，乃尽管吩咐！”

“乃还小啊，看乃小小年纪已经读了不少书，颜体写得还算扎实，不再读书有点可惜喽。这样吧，秋季快到了，学校也要开学了，乃先去读书吧！”

“不，吾不去读书，吾来就是给老爷做牛做马的，不敢奢望去读啥书！”

佟伯知道老爷的心思和脾气，是诚心要栽培这孩子，就对秋生说：“乖！听老爷的话，老爷让乃去读书，在吾伲这帮下人里面是‘蝎子粑粑——独一份’，赶快给老爷谢恩吧。”

“谢谢老爷，乃的大恩大德，吾这辈子终归会报答的！”

这年的8月13日，日军借口“大山事件”进攻上海，爆发了骇人听闻的“八一三”事件。11月12日，日军彻底占领了上海全市。然后，日军兵分二路，一路向南取道嘉兴、湖州、广德、宜兴等，另一路沿长江和京沪线西进。12月5日，日军包围了南京并且用了不多的时间占领南京，进城的日军烧杀淫掠，制造了血腥残杀三十万中国人的震惊世界的“南京大屠杀”惨案。

本来，佟伯已经给秋生联系好了同江的一所小学。由于日军进攻上海，相距上海不远的同江也陷入日军之手，同江的商店、学校、工厂都纷纷关了门，秋生上学的事也就耽搁了下来。

唯独同泰纱厂还照样机器轰鸣，生意兴隆。这个中的原因，是冒泓晋在日本早稻田大学留学时，几个日本的同学有进入军界的，有进入外交界的。冒泓晋分析判断日本入侵中国是早晚的事情，因此，他早与在日本外务省任次长助理的同班最要好的同学武田胜郎取得联系，请日本军队日后能够关照自己在上海和同江的厂子。武田胜郎就与淞沪日军司令部大佐参谋鸠山一男联系，所以日军在占领上海和同江的时候，对沪新纱厂和同泰纱厂都给予了手下留情，并没有进行骚扰和掠夺，使冒泓晋没有受到什么损失。但这也给日后的麻烦埋下了祸根。

同江虽然是沦陷了，但人们总要吃饭，总要干活，总要交往，总要把日子往下过。同江城里的学校，在春季也就陆续开了课。

按冒泓晋的要求，佟伯领着秋生到同江的老字号裁缝铺“和记”成衣店，给秋生做了几套外罩，买了两双千层底的新布鞋和一双球鞋，以及笔墨纸张等读书用品。

第二天秋生就要到同江城里的“培光”国小去上学。当天晚上，冒泓晋把秋生叫进办公室，说：“乃放心去上学吧，不论世道咋变，一个人多读点书总归有用的。吾想，你正式上学的姓名不要叫刘秋生，愿不愿意改个姓，就叫冒尖藉，乃看阿好？”

一听要自己跟老爷的姓，秋生心想自己父母双亡，改不改姓倒无所谓，但跟老爷的姓他是想都不敢想的呀！

“老爷，吾是一个孤苦伶仃的人，爷娘（同江对自己的亲生父母的叫法）都不在了，就是在，让吾随老爷的姓，那也是吾的福分。现在承蒙老爷收留，吾感激都来不及，老爷是官宦人家，吾怎敢随老爷的尊姓？”

佟伯在一旁听着，还以为秋生不知好歹，就嗔怪起来：“乃这孩子啊，老爷这么用心待见乃，咋不知个深浅呢！”

知道佟伯没有弄清楚自己的心思，秋生赶紧说：“佟伯，吾不是自己对改姓有啥想法，只是吾一个苦命之人怎敢用老爷的姓氏。”

“吾明白孩子的意思，既然秋生心里没啥疙瘩，就用吾的姓吧。吾是这么考虑的，乃随冒家的姓，这是因为吾相信乃，一是不会败坏吾冒家的名声，二是以后也不会让乃吃亏，三是往后冒家有什么应急之处也可以顶一个冒氏之丁。为什么要取名尖藉呢？吾看这孩子刚十岁的年纪就受到了良好的传统教育，又好读圣贤之书，吾希望乃以后在书籍里头能冒个尖，所以就叫冒尖籍吧！”冒泓晋不急不慢地说。

就这样，刘秋生正式以“冒尖藉”的名字在“培光”国小注册上学。他的命运似乎在冥冥之中与冒家紧紧地联系在一起，就像鱼儿离不开水一样。

冒尖藉入学培光国小，按他在私塾馆已经学过的程度，编入了五年级，但数学基础差了点，冒泓晋就让他跟厂里的账房先生补习数学，以他的悟性很快就跟上趟了，而且品学兼优，很受校长郎一鸣的赏识，见到冒泓晋就夸奖起他。冒泓晋听了总是淡淡地一笑，就谦虚地说：“还是校长教导有方。”

冒尖藉放学后，一般都是跟着佟伯做个搭手，有时候给冒泓晋办公室送送水，有时候到厂子车间里递个报表，有时候到厂门口传达室传个讯息什么的，十分聪明伶俐、讨人喜欢。但对一个四十来岁名叫施虎的看门人没有什么好感，看他尖腮猴脸，说起话来拿腔捏调、阴阳怪气的样子，感到不是个善良之辈。所以上学放学路过厂门口时，很少搭理这个人。

同江市面上越来越乱，日军在城里胡作非为，物资严重短缺，流民成堆，盗抢之徒猖獗。

被冒泓晋收留的第四年仲春，冒尖藉已经从培光国小毕业，升入了同江的振川中学读书。有一天，冒尖藉胆怯地向冒泓晋提出要回刘家泾父母的坟上扫墓，冒泓晋很高兴地说，是早该去你父母坟上祭拜了，并让佟伯给准备了一荷叶包的青团子。这是用同江郊外田埂上的一种青草，放石臼里冲烂，把草渣过滤掉，用草汁加入米粉一起糅合，然后用赤豆做馅，做成团子后放入笼屉里蒸熟，蒸熟后取出放在隔年收好的竹笋壳上，这样既不粘在桌面上，又好拿取食用。这种青团子既香又甜，是同江的一种特产。佟伯按照同江清明上坟的规矩，还准备了橙、梨、苹果、甘蔗等鲜果和麻饼、卤汁豆腐干等供品，加上蜡烛、香和剪成铜钱串的红绿彩纸，一起交给了冒尖藉。

由于同江是沦陷区，日军神出鬼没地经常到乡下扫荡。生怕路上不安全，冒泓晋要派人与冒尖藉一起回刘家泾，冒尖藉以自己已经十四五岁快成男人为由，坚持要自己一个人回去。于是就同意他一个人行路，但叮咛他不要在路上玩耍，快去快回。

冒尖藉沿着自己当初从刘家泾到同江的路，就是一条由娄江河上运货的拉纤人踩出的道路。

河边的芦苇经过春日里新嫩的萌发，已经长得如林如墙，行人走过时常从芦苇丛间蹿飞出小鸟，微风吹过芦苇时，叶子发出“唰唰”摩擦的声音，就像低调吟唱一样。

冒尖藉匆匆经过的田野、村庄、树木就像生了一场重病都没有了一点生机。

归心似箭的他，背着给父母上坟的东西行色匆匆，捷步行走了两个多小时，终于看到了私塾馆场院中新绿勃发的老槐树了，这是刘家泾的标志物。

在村上穿行，只看见家家户户的门都是关着的，没有了人影穿梭，没有了鸡鸣狗叫，尽管春阳是那么明媚，毫不吝惜地照射着，但也没能遮住荒凉凋敝，村上依然满目疮痍。

他没有走家串户，而是直奔父母的坟地。看到父母的坟地长满了茅草，野生的槿树一簇一簇地茂盛地长着，已经结成紫色的蓓蕾，很安静。冒尖藉知道这槿树花在等待夏天的到来，她即使花色不艳不妖娆，但在夏夜里会泛着幽蓝的光色，像神秘的眼睛，像将熄的火焰，会无比顽强一年一年地开着，一年一年地开下去。

冒尖藉用双手把坟上的茅草和杂草拔干净，在坟顶上用竹杆子头结了用红绿纸剪成铜钱串的招魂幡，摆上了青团子和麻饼、水果，点燃了蜡烛和香，又烧了几刀冥钱，哭得昏天黑地，对躺在黄土里的父母诉说："爷娘啊！二老死得好惨，撇下儿子一人在世界上，吾一定好好地活着，吾一定要为爷娘争气，为爷娘报仇！吾现在碰到了大恩人冒老爷，让吾读书，教吾做人，爷娘就放心吧！"当他磕头额骨上粘了湿渍渍的黄土还没有擦掉，村上的人知道树根的儿子回来给爷娘上坟了，都纷纷围拢了上来。

"秋生这男囡长高了不少唉！"

"这小囡蛮有良心的呀！"

"不知秋生这几年过得咋样了呢？"

"看样子这小囡真的遇到了贵人！"

乡邻们议论纷纷，把冒尖藉围在了中间。

冒尖藉把自己孤身一人到同江和被冒泓晋收留并供自己上学的事，一一给乡亲们讲了一遍，乡亲们都替他高兴，七嘴八舌地嘱咐他要好好地念书，好好报答恩人。

冒尖藉把祭完父母的糕点和水果又一一分发给了在坟地上的乡亲们。吃祭品能添寿是同江人的习俗，何况在这天灾人祸的年头，能吃上这样的东西真属于稀罕物了。

村上人都拉冒尖藉要进屋里坐坐，冒尖藉婉言谢绝了乡亲们的好意，坚持在坟上再待一会儿。

等乡亲们散了，冒尖藉找了把锄头和铁锹，给父母的坟头重新培了一层新土，把杂草铲除干净，又方方整整地挖了条排水沟。等忙完了这些，太阳已经西斜了。他擦了汗，穿上了外罩，抖抖了尘土，离开坟地往同江赶路。

第十三章　巧侦匪情

冒尖藉怕老爷等自己回去心焦，所以抄近路又沿着娄江河边的纤道，大步流星地往同江方向走去。

眼瞅着同江城影影绰绰的轮廓，冒尖藉抬头正停下望着，准备歇口气，突然见到一个人低着头急冲冲地从对面走过来，远远看上去像是纱厂看门的施虎。

俗话说“迎面不撞神”。由于对这个人拿腔捏调的做派素来没有好感，冒尖藉灵机一闪躲进了路旁的芦苇里。施虎像“神行太保”一样，在冒尖藉眼前一晃而过，待脚步声远去，他从芦苇丛里钻了出来，朝施虎去的方向望去，看到施虎右转身子也钻进了河边的芦苇。冒尖藉好奇地跟了过去，见施虎上了一条隐蔽在河边芦苇丛中的小船上。

这是一条乌篷船，船身不是很大，流线型的结构，船舱是用桐油油过的竹席封起来呈拱形，经日晒夜露已经发黑。冒尖藉蹑手蹑脚地靠近了船，听到船舱里传出了声音。

“乃这狗日的，是不是又在哪个婆娘肚皮上不肯下来，到这时才来，让老大等了好久！”

“乃瞎三话四啥？吾也是好不容易才脱身出来的。”

一个人瓮声瓮气地说：“老虎，现在世道难混啊，小鬼子咱们惹不起，对付那些富户人家咱们还是‘三个手指拣田螺——稳拿’，乃讲讲同泰纱厂老板的动静。”

“吾今天看到纱厂的管家在收拾冒老板的行装，就问了伊做啥呢，伊说明早老板要乘船去沪淞纱厂。冒老板是个行止很有规律的一个人，估计这事错不了。”

“那好啊，听说这个老板肉头厚，搞伊一票弄个几百大洋，吾伲就可以快活一阵子。”

“阿三，乃召集一帮子兄弟，用四条船在白卯口守候，等姓冒的船到了那地儿，就围住把伊绑了，不要弄死。”

“老大，兄弟得令，照乃的锦囊妙计办！”

瓮声瓮气的老大又开了腔：“老虎，乃快回厂子里去，不要被人引起怀疑。”

“唉，唉，吾这就走，这就走。”只见施虎唯唯诺诺地从船舱中退了出来。

待施虎走出了芦苇丛，上了纤道，冒尖藉也悄悄地从芦苇中钻了出来，他决定要把刚刚看到和听到的告诉冒老爷。

等冒尖藉进纱厂，天已经黑了下来，厂里灯火通明。他没有去食堂吃饭，朝老板的办公室走去，佟管家在隔壁的屋子里收拾东西，见冒尖藉回来了，就招呼说：“乃格小囡啊，怎么摸黑才回来，老爷已经问过几次了。”

“吾这不好好地回来了吗，谢谢佟爷爷。”

“不用谢吾老头子，要谢就谢老爷。乃回来这么焦急找老爷，阿有啥事体？”

“佟爷爷，这事大着呢？吾问乃，格个看门的施虎，乃今天碰到过没有？”

佟伯一副丈二金刚摸不着头的样子：“碰到了呀，哪能回事体？”

“伊阿有问过老爷明天去沪淞厂子的事？”冒尖藉盯着问。

“伊没有具体问老板去哪里，倒是吾随口说老板明早要去上海，怎么啦！”

说者无意，听者有心，这是人世间生出许多故事的由来。

冒尖藉知道佟伯完全是无心的，只是被居心叵测的施虎掌握了老板行踪的信息，并且要下手加害于老板。

“老板现在啥地方？”冒尖藉急得不行。

“在车间里呢。”

冒尖藉不容佟伯追问，就冲出了办公室，到车间满地找冒泓晋。

车间里纺纱机“刮擦刮擦”的声音灌满了耳朵，要找人就一定要走到跟前才能理会。冒尖藉兜了几个车间，才在最里面的一个纺纱车间，找到了正在与操作工比画的老爷。

看到冒尖藉急吼吼地到车间里寻找自己，就挥了挥手说：“啥事？等吾忙完了再说吧。”

冒尖藉没有停下来，上去一把抓住老爷的胳膊：“吾有十万火急的事禀告老爷！”

冒泓晋执拗不过，就跟着走出了车间，边走边笑说：“乃这孩子，咋就这样猴急猴急的。”

佟伯这时已经在办公楼前等候，见他们到来了，就一起进了冒泓晋的办公室。

刚落座，冒泓晋就问：“啥格事体？”

“老爷，乃明早不能去沪淞！”冒尖藉不容置疑地说。

“乃格小囡真不懂事体，老板要去哪儿还要乃管？”佟伯有点儿不高兴了。

于是，冒尖藉把傍晚从刘家泾回来快到同江城，在河边纤道突然看见施虎，以及施虎上了乌篷船与土匪的对话，一五一十地告诉了冒泓晋和佟伯。

听了后，佟伯十分懊恼：“施虎格个杀千刀的，没想到心肠这么黑！”

冒泓晋反而很淡定，拍了拍冒尖藉的头说：“多亏乃撞到了，让吾逃过此劫。”又对佟伯说：“没有乃的责任，以后做事多留个心眼，这个年头啥事都会有的。”

顿了顿，冒泓晋作了布置：“明天去沪淞的船照样走，只是吾到了码头后再上岸，让绑匪们竹篮子打水——一场空。还有那个叫施虎的人不能再留在厂子里了，把工钱结了让伊走人。”

“这么歹毒的人还给伊铜钿？”

“唉，桥归桥路归路，一码是一码，伊的工钱不能少一分。在这兵荒马乱的年头，少结冤家为妙。”

第二天一早，一切照常。冒泓晋座着黄包车往码头去，小火轮已经生火待发，佟伯指挥几个工人大包小包地往船上装东西。

有一双贼眼在隐蔽处把这一切尽收眼底，暗自得意。

小火轮拉响了鸣笛，“突突”地离开了码头。躲在暗处的施虎眼瞅计谋成功了，就放心地离开了码头，去了老相好家鬼混，想着白花花的银子就要装进口袋，搂着相好婆娘乐开了怀。

逍遥了一天，施虎拖着疲惫的身子去值夜班，而又哼着小曲颠颠地走到了门口，推门进屋，见冒泓晋和佟伯在屋里面坐着，旁边站着常来门口玩的男孩。他压根儿不知道绑架冒老板的计谋是被这个男孩给拆穿的。

施虎像见到了鬼一般赶紧揉了揉了眼睛，怔怔地瞪着冒泓晋：“老板乃，乃……”

“乃什么呀！施虎啊施虎，若要人不知，除非己莫为，吾哪儿待错乃了，乃要这样害吾？”

“施虎乃格个没良心的东西，乃格个游荡鬼，当初不是老爷在乃酗酒闹事、被人家追杀时出手相救，乃坟上的青草该割好几茬了，乃倒好现在跟河匪勾结要绑架老板，乃恩将仇报，乃的心让狗吃了呀！”佟伯气不打一处来，狠狠地骂道。

“扑通”一声，施虎知道瞒是瞒不住、赖是赖不了，就向冒泓晋磕头赔罪。心想，这老板不会属猫有九条命，这般天机都被他识破了，看来是个惹不起的主儿，只能自认倒霉。

这世界上人分三六九等。有的人已经从骨子里坏透了，丧魂落魄也好，穷途末路也好，似乎可怜可悯，但往往可怜之人必有可恨之处。

冒泓晋看穿了施虎的本性，就决意辞退他。

施虎也知道是祸躲不过，就横着心任凭老板处罚。

“这里就用不着乃了，吾让佟伯把乃的工钱结了，去另投生路去吧！”施虎听了老板的话，原以为老板一定不会放过自己，没想到老板宽宏大量，虽然他长着一颗廉耻之心，但毕竟心也是肉长的，不由得深受感动：“老板，吾不是人，吾真不应该害乃格样的好人，但乃放心，吾施虎也知道一点好歹，以后冒老板用得着吾，吾就是上刀山下火海也不会皱一下眉头！”

从佟伯手里接过了结算好的工钱，施虎一步三退向冒泓晋鞠躬离开了同泰纱厂。

这一切，冒尖藉看在了眼里，记在了心里。

冒泓晋躲过了这场未遂的绑架案，对冒尖藉开始另眼相看。因为一直忙于生意，平时与这个孩子疏于交谈，尽管知道他一向循规蹈矩，本本分分，但不知学业长进的如何，就对佟伯说：“今天晚上，乃和尖藉与吾一起喝喝茶，随便聊聊。”

听佟伯说晚上老爷要自己过去一道喝茶聊天，冒尖藉心里很高兴。

自打五年前投靠老板以来，冒尖藉一直与佟伯等几个厂子里的管理人员住一起，一日三餐是在厂子伙房的小饭堂里用的，过着无忧无虑的生活，所以十分用心地读书，而且连初中都快毕业了。但日本军队与中国军队的仗打得如火如荼，同江城的日军更是三日一清查、五日一扫荡，把同江搞得乌烟瘴气，人们不得安生。学校更是“三天打鱼两天晒网”，这学也快没法上了。

所以，冒尖藉打算在今晚与老爷喝茶的时候，顺便向冒泓晋提出歇学。

晚上，等冒泓晋忙完了事回到办公室，佟伯与冒尖藉早早地等候在那里。

“佟伯与尖藉乃俩客气什么，随便坐呀！”冒泓晋随和地招呼。

这是一间偌大的坐南朝北的办公室兼会客室。靠西边的墙放了一排红酸枝木书橱，里面整整齐齐地放满了线装本和古旧书籍，以及文房之类的东西。书橱前面放了一张黑油油锃光瓦亮的紫檀木大书桌，书桌上有一可挂六枝毛笔的笔架，靠近笔架放了一方端砚，这方端砚材质细腻，雕工刀法大开大合，裁剪有度，绝非出自一般雕工之手。砚台后面有一块用作挡尘的砚屏，此砚屏小巧雅丽，四边用红木镶边，中间镶嵌的屏心虽然仅手掌般大小，但咫尺间有群峰逶迤，四周云雾苍茫，那微白的石屏间黛绿色的山峦图纹犹如一幅烟雨空蒙的山景，更奇的是群峰间还有“界破青山色”的一条瀑布飞流直下，平添了大自然的生命力。一盏绿莹莹的琉璃台灯放在书桌的左面，靠近台灯有一只珠子用象骨雕磨的算盘。离书桌约五米的地方放了一组呈U字形的英式牛皮沙发，靠东面墙放的沙发上方，挂有四块雕有梅、兰、竹、菊的红木镂雕挂屏。

南北两个角落各放了一只圆形的红木花几，两只花几上各放着一盆青翠欲滴、肥瘦相宜的兰花。靠北边的一盆名叫“老上海梅”的蕙兰，已经在五月份开过花了。现在正开着花的叫“银边大贡”的剑兰，散发出沁人心脾的幽幽香气。

佟伯熟练地把一套茶具放在茶几上，边上的电炉子通上了电，将一把装了水的锡壶放到了电炉上烧水，拿出了一筒铁观音，用小竹勺舀了几勺茶叶放进紫砂壶，等水烧开后用热水浇在壶身外面，再把滚水冲开壶内连冲了两遍，在等待出茶时，用竹镊子夹住在滚水里洗过了的茶盅，放到了冒泓晋和冒尖藉坐的沙发前的茶几上，也给自己摆了一只，然后把茶水注入茶盅里，一股铁观音特有的茶香袅袅钻入鼻孔。

等三人都有了茶，冒泓晋说：“今晚请一老一小俩人坐下来喝杯茶，在战火纷飞的年头，这份闲心和雅兴真是十分难得啊！今晚吾伲不分老幼尊卑，不论天南海北，随便聊聊，说什么都可以，不必拘束。”

仨人你一句我一句，说着说着又说到了施虎的事情上来。

“这种没良心的人，死一个少一个，天下咋真有这号畜生！”佟伯义愤填膺地骂道。

“这个年头乱着呢，什么人都有啊。”冒泓晋说

“老爷，乃以后也要防着点，不要对谁都发慈悲，吾看天底下坏人比好人多。”佟伯边发挥自己的话题，边善意提醒老爷。

“话不能这样说嘛，自古以来，也有不少知恩图报的人和事。”冒泓晋一边喝茶一边说。

冒泓晋用眼乜着看冒尖藉：“尖藉，乃也说说话，不要老是听吾和佟伯瞎

饿饿。”

坐在佟伯旁边沙发上的冒尖藉已经踌躇半天了，现在又受到了老爷的点拨，就鼓足勇气地说：“施虎做出如此伤天害理的事，归根结底是伊缺失做人最基本的道德。《史记·淮阴侯列传》中说：韩信为布衣时，自己不能养活自己，一位洗衣物的老大娘见到韩信非常饥饿就把自己的饭分给了韩信吃，等韩信做了大官后，赠给了这位老大娘千金来报答她的恩情。这说明知恩图报是一个人的起码品德和良心。”

听冒尖藉说出了不同凡响的话来，佟伯就说：“格个小囡，读了书就是不一样。”

“尖藉，再说点让佟伯听听。”

得到了老爷的鼓励，冒尖藉接着又讲了个故事：战国时期，秦晋两国发生了韩原之战。激战中秦穆公的战车被晋军击坏，秦穆公危在旦夕。就在秦穆公十分危险的时候，却突然得到了野人的助阵。为什么呢？因为在这之前，秦穆公打猎时丢失了几匹马，就带人去寻找，发现有三百多个野人偷宰了马正围坐一起大吃。见此情景，秦穆公说，马死了，再杀人也没有用，他们干吃马肉会伤身的，就送了酒去给他们喝，野人都记着秦穆公的好处，所以当得知秦穆公有生命危险后，便就来舍命相救……讲完这个故事后，冒尖藉笑笑说：“俗话说受滴水之恩当涌泉相报，感恩是人的本性使然，如果不懂得知恩图报那么就连野人都不如了。”

“喔唷，这读过书的就是不一样，讲起来头头是道。”佟伯夸奖起冒尖藉来。

一边呷着香茗，一边听着冒尖藉在讲，冒泓晋没有发表评论，只是会心地笑着，站起身来从书橱里找出了三本书，一本是《围炉夜话》，一本是《菜根谭》，一本是《小窗幽记》。

“尖藉，这几本书送给乃，好好读读，对自己处世为人大有裨益！”

冒尖藉感激地点点头又说：“老爷，吾还有一事相求，望乃见谅！”

“什么事啊？用不着这样文绉绉的，但说无妨。”

“吾来到这里没有干什么，只是用了老爷许多的钱。再说现在日本人把学校弄得没法正常上课，所以书呢，吾不想再往下读了，就想跟着老爷做点小事体。”

听了这个请求，冒泓晋没有立即发话，思量了好长一会儿才说：“乃讲的倒也是事实，如果真的不想读了，佟伯岁数也大了，乃正好可以帮佟伯搭把手，先在这里料理一下文秘工作，兼做迎来送往的事，乃看阿好？”

“老爷，乃这可是重用伊喃，尖藉，还不快谢老爷！”佟伯高兴地说。

“老爷，吾一定用心做事，不会让乃失望的。”冒尖藉说这话时虽然声音不高但语调十分坚定。

第十四章　冤家聚头

自全面抗战以来，日军在中国已经横行了五个年头了，其间又爆发了“太平洋战争”，从而使日本陷入了四面出击、长期消耗的战争泥潭。

冒泓晋从日本的同学那里得到消息，日本国内的兵力动员数达到了两百多万，约占日本国内男子人口的6.9%，全日本青壮年除劳动外，必须参加操练，集中受训时还要自备路费、饭费、被褥费、火炉费等，纺织工业从战前的40%降至16%。冒泓晋从中看出了日军的败相，认为日军的气数不会长了。

俗话说，狗急会跳墙。日军开始在上海和同江变本加厉地搜刮战略物资，碍于冒泓晋与日本外务省的关系，驻同江的日军虽然没有对同泰纱厂强抢硬夺，但要他大量供应棉纱和布匹，国民政府又给他施加压力，不准与日本人做生意，这让他面临着“两难选择”的境地。

冒泓晋庆幸的是，当初自己雄心勃勃准备在现有纱锭一千万枚生产能力的基础上，扩大生产规模，拟再添置纱锭五百万枚，但这个计划被胞弟冒泓炜搅黄了。心想如果当时真的把设备买进来，把大笔的钱投下去，在眼前反而成了烫手的山芋。

当初决定扩大生产规模后，冒泓晋就与从英国留学回来的弟弟冒泓炜商量，准备通过英国的朋友在英国购买新式纺纱机。他做梦也没有想到，这笔巨款被冒泓炜通过英国的朋友，购买了狙击步枪、M1932式连射驳壳枪和小型迫击炮、手雷等军火。为此，亲兄弟差点闹翻。

但是，歪打正着。冒泓炜购买的军火还正好派上了用场，给同泰纱厂建立了一支二十人的护厂队，为这纱厂在兵荒马乱中壮了门面。冒泓炜还特地给哥哥冒泓晋配了一支转轮式手枪和一千发子弹，给哥哥作护身之用。

由于父亲过世得早，长兄为父，对这个弟弟，冒泓晋是关爱有加。

受清末派遣幼童出国留学的影响，仅十五岁的冒泓炜就被哥哥冒泓晋送去英国留学。在英国留学期间，冒泓炜与那个在清末时期被李鸿章雇用的军火专家英国人马格里的后裔和“常胜军”统领戈登的后裔关系非同一般。这两位都是清朝末年在中国发的财。

马格里先是英国驻华“常胜军”的军医，1863年受雇于李鸿章制造军火，首先在淞江设立了一个洋炮局，主要制造炮弹铜帽等军用品。1864年，淮军攻占了苏州，马格里和刘佐禹主持的洋炮局迁往苏州，成立了苏州洋炮局，地址就设在太平天国纳王府，占地比淞江的洋炮局还要大。马格里获得清政府的允许又从外国购买了一批机器，规模扩大，生产也颇有成效，每星期就可以生产1500—2000枚枪弹和炮弹，还制造了不同的开花炮弹。对此，总理各国事务衙门大臣奕䜣于1864年5月，从保卫宫廷的火器营中选出了八名武弁、四十名兵丁前往苏州洋炮局学习。因此，马格里就是靠这个行当着实发了一把财。

戈登于1862年被英国政府任命接替美国人白际文任“常胜军”统领。戈登出身军官世家，对军事地形学和步炮联合作战有精深的研究，性格弱点是爱慕虚荣、贪财。1963年，淮军攻打常州太平军。常州的太平军将领吸取苏州失城的教训，拼死守城，不肯投降。清军找伊协助攻城，他用大炮轰开了城门，协助清军收复了常州。但由于戈登事先没有征求英国官方的同意，英国政府感到难以控制“常胜军”，英国驻军司令伯郎向英国政府提出解散“常胜军”，上海防务由驻沪英军直接承担。清政府乘机立即宣布解散这支“怪胎”雇佣军，拿出了十九万两，比原定的多出了三万两，全部交给了戈登。只留下炮兵六百人和洋枪队三百人，外国教官十一人，其余全部解散。戈登拿了钱，还得到了清政府颁发的提督荣誉军衔，风风光光地回英国去了。

他们的后裔都继承了家门衣钵，在20世纪30年代来到了十里洋场淘金，穿梭于英国与中国之间，做起了贩卖军火的生意。因此留学英国的冒泓炜与他们的关系打得火热。

就在冒泓晋回首往事和思考当下的时候，被“笃笃”的敲门声打住了：“老爷，吾可以进来吗？”

“是尖藉吗？”

“是吾！”冒尖藉边回答边跨进门来。十四五岁的他快成了大小伙子，说话的声音变粗了，喉结突出了，吃起来三碗饭都挡不住，个头像雨后的春笋一劲儿地往上拔，身体开始发育已经有了伟岸的模样。但他做事心细肯动脑子，手脚又十分利落，抄抄写写，端茶倒水样样做得服服帖帖，很是讨冒泓晋的喜欢。

“老爷，有一个姓姜的先生要见乃，吾问伊阿认得老爷乃，可伊没有好声好气地说，乃烧成灰，伊都认得，看样子不大和气。”

“上门都是客，就让伊进来吧。”

来人三十来岁，五短身材，身穿一件灰色长衫，脚穿一双松紧口的黑布鞋，长得头大脸方，右眉上方有一块醒目的“蓝田痣”，右手喜欢一会儿握拳，一会儿又放开，说起话来短促有力。冒尖藉第一眼看到这个人时，就对他的印象很深刻。

这是个自来熟的人。刚踏进候见室时，就与冒尖藉说开了，自报姓姜，是同江城经营南北货的店老板。他又与冒尖藉唠开了家常。

当冒尖藉把自己父母叫什么，做什么，是怎样被“东洋兵”残害的，现在怎样被老板收留，又为什么改姓更名等等告诉了他，这个客人从沙发上跳将起来，说：“乃就是刘家泾那个被日本人飞机炸死的刘树根的儿子？”

“正是。”

这个人上前搂住了冒尖藉的肩膀深情地说：“阿囡，乃受苦了呀！吾是刘家泾后村姜家宅人，叫姜可名，乃家还租了吾家的田，因此，讲起来吾伲俩还是隔壁乡邻呢！”

“噢，乃就是姜家宅的姜老爷，讲起来伲家是乃家的佃农。吾姆妈被东洋兵害死后，吾一个小囡没法向乃家交租，所以把房子抵给了乃家，还请姜老爷多多谅解呵！”

“是吗？吾已经多少年没回姜家宅了，所以租田的事吾是一点不清楚的，现在日本人侵占了吾伲国家，吾顾不上这些事啰！”姜可名说完长长地叹了口气。

“唷，这家常唠得倒忘了正事，快去通报乃家老爷就说有位姓姜的来拜访。常言道金乡邻银亲眷，吾伲俩有缘分，以后都来往啊！”

冒尖藉赶紧去向冒泓晋通报，得到允许后，他来到等候室说：“姜老爷，伲家老爷请乃过去。”

姜可名从沙发上拎起随身携带的皮质公文包，整整了灰色长衫，迈着大步进了冒泓晋的办公室，双手举起抱拳作揖道：“冒老板，一向可好？今天冒昧打扰，不会见怪吧！”

刚听了冒尖藉通报说有位姜姓客人来访，怎么也想不起自己还有姓姜的客户或朋友。看到出现在自己面前的是已经多年没有来往的姜可名，大感意外。虽然两人长时间没有来往，知道他参加了共产党，而且还是同江地下党的主要人物，擅长搞工人运动。原先他在上海鼓动工人罢工，因为抛头露面太多，被国民党特务盯住了，就往苏北去躲了几年，现在又突然出现在同江，而且直接来找到自己。

冒泓晋凭直觉判断：来者不善。

“喔唷，是姜兄乃啊，什么风把乃吹来了？”冒泓晋从办公桌后面的椅子上起身，迎了上去，请姜可名在沙发上坐下。

在冒尖藉上了茶后，冒泓晋朝他挥了挥手。冒尖藉知趣地退了出去，并把门轻轻地带上。但他没有走远，在门外守候，支棱起耳朵听里面说话。

“冒老板风水好，日本人来了也没有伤筋动骨，发财大大的。”不知是恭维还是揶揄，姜可名一上来就酸不溜秋地开了腔。

“哪里哪里啊！不管是日本人还是英国人，只要是正经做生意，吾都不会自断财路！”

“哈哈哈。”姜可名干咳了几声，心里骂道：这个汉奸，靠着日本鬼子发国难财，瞧这一副得意的样子。

“姜兄，这次来有何指教？”冒泓晋对姜可名上面说的那番话感到很不舒服，心里提防他搞什么名堂。

“冒老板，吾现在可是吃了上顿没下顿的穷人，不像乃靠祖上的庇荫，日子过得滋润得很啊！”

“姜兄，乃有什么尽管吩咐，不要拿老一辈人说事，阿好！”

因为冒泓晋知道姜可名与自己年龄不相上下，而且两家有着历史的渊源。相比较起来，自己的家运要比姜可名的好。

姜可名的祖父姜经略与自己的祖父冒承绍在道光皇帝时期同朝为官，两家的关系一向很好。但因姜经略把十万两银子作为商股认了“轮船招商局”的股份，结果都亏损了。由于冒家的纱厂被洋行挤兑自身难保，也快要破产，所以当姜经略提出商借十万两银子，祖父冒承绍实在无力帮衬，而姜经略在求借无门的情况下跳了黄浦江。姜家把姜经略的自寻短见归结到冒家的头上。姜可名的父亲姜济元是光绪十八年的进士，追随康有为支持光绪皇帝推行“戊戌变法”。维新变法失败后，他被清朝作为帝党嫌疑追杀，在谭嗣同等“戊戌六君子”被杀后，被清朝密探捕杀，在同江的祖坟也被刨了。在姜家走投无路的时候，曾再次向冒家求助避难，结果冒家迫于清政府的压力，没敢收留姜家。在姜济元被杀后，姜家对冒家有难不帮、见死不救而耿耿于怀，恨之入骨，从而结成了世仇宿怨。

“好，冒老板爽快，吾无事不登三宝殿，今天请冒老板无论如何要帮个忙。”

“姜兄，不必绕弯子，有话直说。”

“乃可能也知道吾是共产党分子，这几年在苏北新四军里干活。吾这次来是想请冒老板解决一些药品运到苏北。据吾所知，乃经常要用船到苏北装运棉花，所以想请乃，用装运棉花的船把药品带到那边去。”

“姜兄，这恐怕有困难哟！”

“吾知道冒老板与日本人有交情，乃的船进入长江日本军舰是不会阻拦的，也不会检查的，所以做这种事对冒老板来讲是小事一桩。”

“姜兄，干这种事是要掉脑袋的呀！”冒泓晋不敢贸然答应姜可名，因为听弟弟冒泓炜偶尔有一次讲到姜可名被国民党逮捕过，后来旋即又被放了出来的事。他这次突然造访，真不明他的底细，所以对他要提防着点，以免节外生枝。

“冒老板，只要有骨气的中国人为了不当亡国奴，牺牲自己的性命怕什么？”

“姜兄，话是这样说，但事情不是说说就能办的。”

“冒泓晋，吾告诉乃，小日本是兔子的尾巴长不了，乃不要再投靠在鬼子的怀里做好梦，吾这次来就是给乃一个将功补过的机会，乃不要执迷不悟。”

“啪！”冒泓晋怒不可遏拍着茶几说：“别吓唬人，给吾扣啥屎盆子，吾支不支持抗日，也不是乃说了算，可以去问问彭雪枫师长就知道吾是不是汉奸！”因为去年过年时，苏北新四军师长彭雪枫派自己的小舅子在上海找到有一面之交的冒泓晋，请冒泓晋紧急支援一批紧缺的药品和医疗器械。冒泓晋在一个月内就凑了五万米纱布、两百盒盘尼西林等抗菌消炎药和一批手术器械设备，用到苏北运棉花的船捎带过去了。所以当姜可名咄咄逼人时，他拿出了彭雪枫当挡箭牌，主要是压压姜可名的嚣张气焰。

“什么？乃让吾找彭师长？想以势压人，乃骗谁？”

“信不信由乃！”因为不明姜可名的真实底细，为了摆脱他的纠缠，冒泓晋只想点到为止，不想说得太明白。

“那么，吾以抗日的名义，请乃这次无论如何再给弄一点药品，吾想乃不会拒绝吧！”

“不要戴啥高帽子，但看在吾伲两家过去的情分上，吾能弄到就一定会帮忙解决，但目前确实有困难。”

“不要猫哭耗子假慈悲。不提两家过去的关系，吾心里还好受些，乃不用假装好人，冒家什么时候肯出手相援吾姜家？如果冒家在吾姜家走投无路时还念祖先的情分，吾姜家也不至于上天无路，入地无门，家破人亡，这笔账吾早晚要给乃冒家算清爽的！”

“乃今天是什么意思，成心来吵架的不是？”

“吾可不敢来吵架，谁不知道乃与日本人关系铁着呢，上门来吵架不是自己找死？”

“告诉乃姜可名，吾不是什么汉奸，没与日本人有任何肮脏交易，也没有坑害过一个中国人。至于两家祖辈上的恩恩怨怨，也不是吾一手造成的，是历史造成的，为什么对冒家还这么刻骨仇恨？”

“若要人不知，除非己莫为，乃冒泓晋干的好事谁人不知？”

“吾做过什么啦？吾一向凭自己的良心做人做事。乃心里难道不清楚，自己究竟是在做人还在是做鬼。乃那点破事，泓炜都跟吾说了，如果吾要坏乃的事，早就跟日本人和共产党那边讲了，乃还能有今天，气势汹汹地上门来大吵大嚷！”

冒泓晋的这番话，把姜可名是震住了，但是给冒泓炜以后的屈死埋下了杀机。

俗话说锣鼓听声，说话听音，这冒泓晋似乎知道自己被捕变节的隐情，把柄捏在他手里，如果真是这样，看来自己今天占不到什么便宜。

姜可名于是决定采取以退为进的策略：“吾其实也没有什么成见，只是为抗日的事着急上火，刚才多有得罪冒兄，请冒兄大人不计小人过。但请冒兄大方便的时候还是要多多支持抗日，今天吾还有其他事情，就先告辞了。”

“那就不留姜兄，请！”

冒尖藉自始至终听着老爷与姜可名的话，听到老爷一声“请”就把门拉开了，冒泓晋没挪步见到冒尖藉，就说：“尖藉，替吾送送姜老板。”

显然今天吃了瘪，姜可名走时有点灰溜溜。

冒尖藉在前面引路：“姜老板，乃干吗生那么大的气？”

“能不生气吗！碰到这种铁杆汉奸肺都要气炸了。”姜可名不想在这孩子面前坍台，依然一副气宇轩昂的样子。

快出厂子大门口时，姜可名突然把一沓子崭新的钞票往冒尖藉手中塞：“孩子，这点钱算吾姜家对乃过世父母丧事的一点份子钱。”

“不，不，事情已经过了好多年了，这钱吾不能拿，姜老板的心意吾领啦！”两人推推搡搡，就到了大门外了。

冒尖藉坚决不收这嗟来之钱，姜可名只得把钱收了起来，说：“亲不亲，是乡邻，乃今后有啥事尽管来找吾好嘞！”

“谢谢姜老板！姜老板请走好！”

第十五章　用心险恶

这年的冬天，天气格外的阴晦，寒风凛冽，景色微茫。太阳像一张被抽干血的脸，显得苍白无力，似乎粘贴在一块巨大无际的灰布上，让人觉得死气沉沉。

早上正在清扫办公室卫生，用柔软的半干半湿的抹布，在擦拭红木老板台的冒尖藉，听到传达室看门的老头在楼下叫自己，就从窗子探出头朝喊话的方向问：“啥事体？”

听老头说自己家的亲戚来了，冒尖藉纳闷：“是啥人呀？这么冷的天找到这里来了。”

冒尖藉跑到门外，看见一个穿着蓝色的长棉袄，用水灰色的围巾把头裹得严严实实，只露出两只骨碌碌转的眼睛的人向他招手，上前一瞅是上个月见过面，与老板弄得不愉快的姜可名姜老板。

“小乡邻啊，吾有话跟乃说。”

“那就请姜老板进屋里说话。”

“不，不，吾可不想撞见那个冤家。”姜可名摆着手接着又说，“今儿个吾与乃见面的事千万不要向乃家老爷说。”

“啥事，这么神神秘秘的。”

“这里说话不方便，吾伲找个安静的地方去说话。”姜可名生拉硬扯地把冒尖藉带到了一家茶馆，找了间小包厢。等泡好茶后，姜可名把门关上，在冒尖藉对面的椅了上坐下，动情地说："小秋生啊，乃恨不恨日本人啊！"

"炸吾父辱吾母，吾与小日本有着不共戴天的仇恨！"冒尖藉说这话把牙咬得咯咯地响。

"是啊，杀父辱母是任何有血性男人都不可忍受的！秋生，吾相信乃是好样的，一定不是孬种，对吧！"

"如果碰着小日本，吾用牙咬也要把伊咬个半死！"冒尖藉说得声音高昂。

"小点声。吾今天找乃是有件事要告诉乃！"

"啥事？"

"阿知道乃老板是啥货色的人？告诉乃吧，乃老板是个勾结日本人的汉奸。"

"不会的，吾伲老板是个做正经生意的人，吾从没有见伊跟日本人有啥来往。"

"咳，乃还小，不懂这七弯八拐的事。吾今天就跟乃讲，明早乃家老板要请日本人吃饭。"

"是吗？这，这……"

"吾不骗人，明天上午日本外务省次长助理武田胜郎与淞沪日军司令部大佐参谋鸠山一男，以及日本纱业株式会社的日本人要来同泰纱厂，专程拜访乃家老板冒泓晋。"

听说明天就要与日本人面对面地打交道，冒尖藉额头上的青筋暴凸，血脉贲张，两手指交叉相握，指关节发出可怕的响声。

"乃不是在冒老板身边吗？等日本人来了以后，乃拿吾给的这包药下到茶壶里，不出十分钟的时间，这些坏人就会去见阎王爷。"姜可名说这话时，心里有点儿得意。

"那怎么行，吾家老板是吾的大恩人，吾怎么可以连伊害死！"

"乃以为乃老板是好人呀？先不说伊与日本人勾结，就以乃自己身上的事说吧，伊借乃爷娘双亡就让乃改姓更名，这安的是什么心？不用出力就收了乃这个半大的人，还要乃跟伊姓，又不给什么养子、干儿子之类的名分，乃说这叫啥事？不是让刘家断子绝孙吗！秋生乃真的一点儿不明白？”

“让我想想！”冒尖藉还真被说得晕晕的，一时找不到北。

姜可名见这孩子动了心，就趁热打铁：“机不可失，乃明天一定要沉着冷静，不可毛手毛脚，那是要坏事的。乃想想，乃爷娘在地下知道乃亲手弄死了日本人，一定会含笑九泉！”说完，就从长棉袄的夹层里拿出一包用防潮油纸包的东西，交给了冒尖藉。

虽然刚才有气冲云霄般的勇气，但真的接过这包东西的时候，冒尖藉还是有点儿犹豫。

“乃怕什么？难道送上门来的复仇机会就眼睁睁地让它溜走？”姜可名加重了语气。

冒尖藉经姜可名的一再撺掇，心想自己已经十五六岁应该为屈死的父母报仇了，终于下定决心，从姜可名手中接过了纸包。

“这白色无味的东西叫砒霜，在冲水的时候放进茶壶，保证什么也看不出来，所以乃尽管放心去做。”

看时间不早了，冒尖藉说：“吾该回去了，要不然老板要追问的。”

“对，乃这孩子蛮机灵的嘛，那就快回吧，但要记住不要惊慌，装作什么事儿也没有。”姜可名作了最后叮嘱。

“晓得嘞，晓得嘞！”冒尖藉把这只神秘的纸包揣进了棉衣内的夹层口袋，急急忙忙地回了到厂里。

翌日，大地一片雪白，江南下雪也不过如此，但这是厚厚的浓霜。天空萧瑟，连鸟儿也不见踪影。

一辆军绿色的卡车载着二十个头戴钢盔全副武装的日本兵，后面跟着两辆黑色的轿车，风驰电掣地往同江城奔来。

第一辆轿车副驾驶的位子上坐着一名身着军装的日本少佐军官，看样子是秘书或是卫兵，后排座位上对着驾驶员的位子坐着一位四十岁模样的人，留着板寸头，上嘴唇蓄一撮圆圆的胡子，白皙的脸有棱有角，说一句话总要干咳一下，颇有学者气质。他就是冒泓晋在日本早稻田大学留学时的同班同学武田胜郎。对着副驾驶位子坐的是淞沪日军司令部大佐参谋鸠山一男，是属于日本军界的少壮派，不苟言笑，阴沉着脸，一副凶巴巴的样子。

冒泓晋带着冒尖藉和厂里的襄理等一行三人，去从上海方向延伸过来唯一的一条沙石公路到同江的入口处等候。比他早到在此等候的是同江日军松本联队长和骑摩托车的一个班的日军士兵，他们已经先到了半小时。冒泓晋与松本联队长客气地点头招呼。

他昨天特地把放在上海沪新纱厂的劳斯莱斯生产的“幻影”车调来了同江。这辆名车是冒泓晋的宝贝，价格不菲，是上海名流的身价车。这“幻影”是劳斯莱斯于1927年投放市场的高档名车，它实行以产定销，全部手工制作，造这样一辆车需要25位技术高超的工匠紧张劳作八个月，每部车的零件都是一半人制造，一半人监督检验，督造者要在每个零件上签名表示负责。所以该车性能非比寻常，就连买主也要经过申请和资格审查，不是达官贵人休想得到此车。

太阳好像也害怕冬天的寒冷，懒洋洋地爬了出来。

看到了从公路东头出现像龙卷风刮起的扬尘，知道日本早稻田大学留学时的同班同学武田胜郎就要到了。

果然不一会儿，从低坡爬上来的卡车载着的日本兵头上戴着的钢盔，远远看上去就像排好队的屎壳郎，在白刺刺的太阳照射下闪着光亮向前爬进。

在卡车后面的两辆黑色轿车紧随其后，在冒泓晋的前面戛然停下。

一个留着板刷头发，上嘴唇蓄一撮圆圆的胡子日本人从第一辆轿车上走了下来，连招呼都不打，上前就搂住冒泓晋做了一个“大背包”的扛摔姿势：“哈，哈，泓晋君，把我大大的想死啦！”这是他们俩在早稻田大学读书时的一个亲密动作。

冒泓晋这时收起了下蹬接招的姿势，紧紧拥抱着对方：“武田君，我可把你盼来了！”

“来，我给你介绍一下，这位是我的朋友鸠山一男。”

冒泓晋热情地与对方握手说：“久仰久仰，承蒙鸠山君的照顾，敝厂能够得以惨淡经营，谢谢啰！”

不苟言笑的鸠山一男很勉强地挤出了一点笑意："客气，客气！"

从后面轿车上下来了三个日本人，武田向冒泓晋作了介绍，说这是日本纱业株式会社的董事长等。冒泓晋也与他们一一握手："欢迎，欢迎啊！"

简单地一番寒暄之后，冒泓晋说："外面冷，上车到厂子里去好好聊聊。"

一行人都上了车，冒泓晋的车在前面引路。在车内，冒尖藉一声不吭，脸不脸，鼻子不是鼻子。冒泓晋以为这孩子被日本兵的架势吓着了，就没当回事说："这日本人也不是三头六臂的怪物，用不着害怕。"

到了厂里，从上海来的一卡车日本兵和同江一个摩托班的日本兵从车上下来，迅速从厂门口到办公楼一溜地散开，可谓五步一岗十步一哨，把同泰纱厂弄得戒备森严。

冒泓晋把武田胜郎、鸠山一男、松本和后面轿车上下来的三名日本纱业株式会社的人引到了楼上的会客室，坐在第一辆轿车副驾驶员座位上的日本少佐军官没有进屋，而是站在了会客屋的门外做起了警卫。

被冒泓晋派作招待的冒尖藉昨晚没有睡好，强打起精神泡水冲茶，进进出出，但心里像装了一只小鹿不停地乱跳。

想着就要与残害自己父母的日本人面对面的接触，昨夜冒尖藉辗转难眠，在黑暗中似乎看到了父母的亡灵在向自己哭泣。

"杀父辱母是任何有血性男人都不可忍受的！秋生，吾相信乃是好样的，一定不是孬种！"

"乃以为乃家老板是好人呀？伊不但与日本人勾结，还乘乃爹娘双亡就让你改姓更名，这安的是什么心？不是让刘家断子绝孙吗！"

姜可名的这些话，就像夏夜的蚊子围在耳边嗡嗡地叫着。

冒尖藉思来想去，决定还是不能一起害死自己的老爷。

天地良心，老爷没有亏待自己。在自己叫天天不应、叫地地不灵的时候，是老板帮助了自己，收留了自己。不仅供自己吃穿还供自己读书，天底下这样的好人难找啊。姜老板对老爷有怨恨，所以他的话不能全部相信。但对日本人，是绝不能放过他们的。

在作出这个决定之后，冒尖藉对如何把砒霜放进茶水，什么时间放进去的问题反反复复地谋划。

如果在第一次上茶水的时候将砒霜放进去，按姜老板说的十来分钟就能把日本人毒死，这时日本人死了事情暴露得早，别说自己脱不了干系，老爷也一定会遭殃，这肯定不行。

如果在日本人快走的时候放进去，让日本人死在路上，待日本人寻上门之前，把毒死日本人的事情先告诉老爷，让老爷与自己一起出逃，也许是最好的方法。但日本人什么时候走呢？

由于有许多不确定、不明朗的因素，反复推敲设计毒死日本人的方案，让冒尖藉睡得像摊烙饼一样翻来覆去，在听到第一遍鸡叫时才迷迷糊糊地小睡了一会儿。

虽然昨夜没睡好觉，强打精神，但冒尖藉今天还是蛮拎得清的，泡茶添水，递烟送火做得不卑不亢，滴水不漏。

时间过得很慢，冒尖藉掐着时间一分一秒地过。

从办公室里传出了一会儿是字正腔圆的中国话，一会是叽里呱啦的日本话，冒尖藉听了浑身起鸡皮疙瘩，恨得牙根都疼。他开始动摇对老爷的信任和好感。

正在发怔之中，冒泓晋在会客室门口喊道："尖藉，客人快要走了，还不来添水？"

听老爷叫喊自己，冒尖藉赶紧答应："来哉，来哉！"他的心提到了嗓子眼上。

正愁不知道日本人何时离开，老板的喊话已经明白无误。冒尖藉从口袋中掏出了姜可名给的那个纸包，打开纸包把白色的粉末往茶壶里全部倒了进去，再将开水冲进去，什么颜色也没有了，就放心地走进了会客室，镇静地给在座的六个日本人的茶杯里斟满了水，这次唯独没有给老爷的杯子里添水，然后悄无声息地退出了会客室。

没想到事情做得这么顺当，但后果怎样就天晓得。

突然会客室的门大开，冒泓晋和六个日本人先后走出了会客室。

冒泓晋拉着武田胜郎的手用中国话说："今天，我已经在松鹤楼订好了饭局，要请老同学品尝正宗的苏帮菜，怎么这个机会都不给我呢？”武田胜郎拍了拍冒泓晋的肩膀：“身不由己，身不由己啊！今天中午上海领事馆搞宴请，公务在身，我不能不去，请老同学谅解，等下次来我们老同学一定一醉方休。”两人就此作别，都是恋恋不舍的样子。

鸠山一男依然一本正经，身板挺得笔直。株式会社的三个日本人和那个少佐、松本联队长跟在后面鱼贯而出。一溜儿排列的日本兵见状就马上跑步到卡车旁边集合蹬车。

冒泓晋与武田胜郎热情拥抱后，与鸠山一男、松本联队长握手，最后与株式会社的日本人握手。株式会社的日本人都点头哈腰对冒泓晋说：“请多多关照，合作愉快！”

把日本人送走，冒泓晋如释重负，回到了办公室，拿起冒尖藉刚才给日本人添水的水壶，正要往自己的紫砂杯里冲水，冒尖藉一个箭步冲上前去，把水壶夺了过来，因为用力过猛，水壶掉在了地上打碎了，壶内的水洒在地板上，地板上起了的白色的气泡。冒尖藉顾不上这些，将刚才六个日本人用过的茶杯统统扔进了收拾废茶水的垃圾桶内。

见此情景，冒泓晋吓得倒吸了冷气，厉色地说：“尖藉，这是怎么回事？”他一看就知道这水里有蹊跷。

看来纸是包不住火了。冒尖藉原原本本地将姜可名指使自己在今天如何给日本人茶水里下毒的事告诉了冒泓晋，并如实地告诉冒泓晋，自己没有加害老爷，所以在最后一次添水时没有往老爷茶杯里添水。

“人算不如天算。尖藉啊，如果今天不是阴差阳错，乃不论把日本人毒死在这里，还是毒死在外面，吾都会被乃害死的呀！”

“老爷，吾怎么会害死乃呢，乃的大恩大德吾一辈子都报答不完的。吾对日本人恨呀！这帮畜生不是人，吾不为爷娘报仇心不甘啊！”

“乃傻啊！乃这样做就能报得了仇吗？乃这样做非但报不了仇，还会把自己的性命搭进去，还会牵连一大帮人跟着送命。乃说，乃傻不傻啊？”

“老爷，吾顾不了这么多，吾就是要毒死日本人，毒死一个少一个。”

“啪！”冒泓晋把桌子拍得嘎嘎地响，这是冒尖藉头一回看到，不由得一怔。

“胡闹！乃怎么这么死心眼呢？姜可名挖了坑让乃往里跳，乃还当是进了蜜糖缸了，乃知道吗？伊教乃这样做法，分明是要把乃和吾都置于死地，乃还蒙在鼓里，用自己的脑子好好想一想吧！”

“吾只知道为爷娘报仇！”

“乃爷娘是被日本人害死的，这个仇谁也不会拦着乃去报。但乃想想今天真的把日本人毒死了，乃能跑得了吗？乃爷娘难道愿意自己的儿子就这样让人当枪使，稀里糊涂地把命送掉？乃爷娘难道同意乃在自己送掉命的同时让一大帮无辜的人跟着送命？”

听老爷说有道有理，冒尖藉后悔得大哭起来。在抽泣的同时，他忍不住说：“老爷乃什么都好，就是不该与日本人拉拉扯扯！”

“这一点上乃不明白了，今天日本人是来和吾做正经生意的。日本人硬要吾明年给日本国出口五百万吨棉纱，真是狮子大开口。今年已经是1943年了，日本人在太平洋战争陷入了被动，吾知道日本人蹦哒不了多久。碍于老同学的面子，吾今天无奈地接待了日本人，如果吾不答应，乃没有看到那个鸠山一男满脸杀气吗？日本人是强盗，吾在日本留学怎会不知道日本人的这副德性。所以，今天表面上吾必须与日本人合作，但吾提出在明年年底交货，就是用了缓兵之计。现在局势变化很快，今年不知明年的事，到时吾再与日本人周旋。”

听出对自己有嗔怪之意，冒泓晋对冒尖藉说：“乃放心，吾不会与日本人同流合污，做一件对不住中国人的事，干一件对不住自己良心的事！”

冒尖藉听了老爷的一番肺腑之言，为自己的鲁莽差点儿酿成大祸感到了不安。但平心而论自己压根儿没要加害老爷的动机，只是受了姜可名的怂恿只想为自己的父母报仇，所以没有往深处想。

冒泓晋从冒尖藉刻意没有往自己茶杯里添加砒霜水，加上他把前因后果说清楚了，认为这孩子是由于涉世不深，受了姜可名的教唆和利用，因此没有埋怨或责怪冒尖藉，只是要求他吃一堑长一智。

这次要毒死日本人的事，冒泓晋和冒尖藉都把它记在了心里面。

日本人走后第二天，姜可名像幽灵一样出现在冒尖藉前面。

冒尖藉看到笔墨纸张不多了，跟冒泓晋说要去同江的老字号西来仪文具店进点货。冒泓晋同意他快去快回。冒尖藉从账房支了点钱就沿着北大街朝西来仪的方向去。

刚一脚踏进西来仪的门槛，冒尖藉觉得有人拍了自己的右肩，转过头见到姜可名神秘地笑了笑，把他拉到西来仪的拐角处说："昨天的事情办得咋样？"

知道姜可名急于要知道昨天他让自己下砒霜的结果，冒尖藉耸了耸肩膀说："小鬼子太鬼了，没有喝下过砒霜的茶就走了。"

听了冒尖藉的一番描述，狠狠地骂了句："乃成事不足败事有余。"

正当两人为昨天的事要争来论去的时候，冒泓晋像从天而降的神仙出现在姜可名面前。

"姜可名，乃这个卑鄙小人，不顾别人的死活，乃要尖藉干这种在刀头上舔血的事，乃还是人吗！"冒泓晋怒不可遏。

"妈的，格个小囡太不争气了，要不然乃昨天早去见阎王爷了，今天还能在吾面前神气活现！"

冒泓晋料到姜可名会急于知道他昨天布下杀局的结果，所以一定不会善罢甘休。

当冒尖藉说要去西来仪买文具用品，冒泓晋就知道会被姜可名跟踪，就带着厂里的一名护厂队员在冒尖藉后面远远地跟着。果然不出所料，把姜可名逮个正着。

这真是螳螂捕蝉，黄雀在后。

姜可名心知肚明自己今天讨不到什么便宜，就采取三十六计走为上："乃不要太得意，以后骑驴看唱本——走着瞧吧！"说完转过身，脚底上像装了滑轮一样，溜得无影无踪。冒泓晋也没有穷追，他想得饶人处且饶人吧。

第十六章　化险为夷

时局对日本越来越不利。国民政府和共产党联合起来与日本人较着劲。

同江也是黑云压城城欲摧，市面更加混乱，人心更加浮动。

冒泓晋感到巨大无比的黑暗在向自己包围，随时有被它吞噬的危险。但他表面上依然谈笑风生，过得很风光。

那辆黑色“幻影”自从上海调到同江后，就一直没有离开过同江，在市面上很是招摇。冒泓晋本是个雅士，特喜欢评弹。对《女附马》《五女献寿》《杨家将》等曲目甚是喜欢。所以基本上每个礼拜都要去同江小公园的书场去听评弹。

已经是小年二十九，虽然没有红红火火过大年的气氛，但年前最后一场的开篇弹词《杨家将》是不能不去听的。

天空上飘飘洒洒地漫舞起雪花。小公园是同江城的商业和娱乐中心，有开明大戏院、光明电影院、听枫园书场、百乐门舞厅等七八家大小娱乐场子，还有先施大商场和得月楼、松鹤楼、大三元、老正兴、五芳斋等老字号餐馆，以及西餐、小吃等消费的地方。虽然是国难时期，但小公园依旧煞是热闹。人们三五成群，络绎不绝。霓虹灯像一只只红眼睛、绿眼睛地一闪一亮，显得光怪陆离而又冷瑟凄迷。小商贩扯起嗓门，高一声低一声地叫嚷推销自己的香烟、甜支卜、糖粥、油氽豆腐、鸡鸭血汤等。

在天还没黑透的时候，冒泓晋叫冒尖藉坐上自己的“幻影”，让司机老赵开车，把车窗的布帘拉上，往市内小公园开，并停在老地方听枫园书场边上的宫巷里，说自己待会儿坐黄包车晚半小时去书场。

不知老爷葫芦里卖啥药，纳闷的冒尖藉按照要求先进了书场。书场收票的老头认识冒尖藉是同泰纱厂老板的随从，问你家老板咋没来，冒尖藉说：“要来的，要来的。”就朝书场里冒老爷定的包厢走。

隔了近个把小时，冒泓晋穿了带帽的风衣随着入场的人群进了书场，冒尖藉眼睛很尖看到了自己的老爷往这边走过来，就招了招手，冒泓晋点了点头。

今晚的评弹都是苏州名角上演，绘声绘色地说着穆桂英披挂出阵。开场到现在已经演了一个半小时，离散场还有不到一小时。冒泓晋轻轻对旁边座位上冒尖藉说：“乃先出去转转，从书场到停车的宫巷走一趟，如果发现突然多了卖香烟的、瓜子的以及来回走动的人，乃就重新回来听书。”

按照老爷的吩咐，冒尖藉离开了书场，出了门口往停车的宫巷走过去，见到一个身背香烟板的人在离书场门口五十米远的地方在叫卖哈德门、美丽牌香烟，一副糖粥担停在了离停车地方的不远处歇脚，一个用手推车推的货郎担在宫巷里来回走动。冒尖藉到了汽车跟前，拍了拍了驾驶室旁边的窗子，老赵正在打瞌睡。在眯盹中被惊醒的老赵把车窗玻璃摇了下来问：“啥事体？”冒尖藉笑着说：“没事，没事，里面闷出来透透气。”转悠了一个来回，他顺便买了包香瓜子又重新回到了冒泓晋的包厢，把见到的情况告诉了冒泓晋。

“尖藉，看来今晚不太平，吾有生命危险。”冒泓晋平静而又肯定地轻声跟冒尖藉讲。

“老爷，乃怎么知道？”

“刚才，让乃出去转一圈就是去轧轧苗头，据乃说的情势很不妙。吾估计有可能是姜可名的锄奸队，针对吾搞的暗杀活动。”

“这个姜可名真是老爷冤家对头，不可不防！”

“格个吾清楚。等快到书场散场时，乃到厕所里把这个过年用的‘高升’（就是爆竹）点燃，然后跑到场子里喊有炸弹，乘人群混乱的时候，乃就跑到停车场与老赵碰头，把车门打开装做等吾上车的样子，等十分钟左右，吾肯定不会来，乃和老赵一起把车开回厂里。”看来冒泓晋早有准备。

“那老爷乃咋办？”冒尖藉听了这话后急得直跺脚。

“吾自有安全的去处，乃放心好了！”冒泓晋计划好了，等书场内一乱，人们纷纷往外拥挤而出的时候，自己就夹混在人群里离开书场，到离小公园不远处的承德里自己的秘密住处过夜。

当书场演出正处于高潮的时候，冒泓晋从提包里拿出一支“高升”递过去，示意冒尖藉可以按照自己定的计策行事了。

右手拿着“嘶嘶”冒着青烟的炮仗，冒尖藉从厕所里奔进书场，高喊了一声“有炸弹！”

书场里的人正沉浸在评弹的精彩中，突然听到有人高喊有炸弹，随后又听到震耳欲聋的“乒乓”声，一个个吓得抱头鼠窜，拥挤着夺门而出。

冒泓晋不慌不忙地把风衣的帽子戴上，把脸遮住，夹在混乱的人群里离开了书场，顺利到达承德里的住处。

冒尖藉按老爷的关照，也混在人群里出了书场，自顾自往停车的宫巷走过去，跟在后面的货郎担、香烟贩、糖粥摊等纷纷掏出手枪，冲了过来，把冒尖藉围住，用手枪顶着冒尖藉的头问：“你的汉奸老板呢？”

冒尖藉装作被吓得魂灵出窍地说：“不知道啊，伊应该就在后头。”

这几个杀手中有两个夹住冒尖藉往汽车旁边拖，一个往后去寻找冒泓晋。

冒尖藉到了汽车跟前，司机老赵还直嚷嚷：“小赤佬，老板呢！”

“小公园那块儿乱得不得了，吾与老板被冲散了，不知老板怎样了？”

“那还不快去找？”老赵大声呵斥道。

任凭老赵的呵斥，冒尖藉蹲在地上一个劲地瑟瑟发抖，就是不动窝。老赵不明就里，就一个劲地骂：“乃格个没有用的小赤佬！”

大约等了十来分钟，杀手依然没见到冒泓晋影子，知道这次暗杀失败了，再等下去也没有个结果，就离开“幻影”消失在寒冷的夜幕中。

“赵师傅，赶紧开车回厂子里。”冒尖藉确定没有危险了，就从地上站起来对司机老赵说。

“妈的，扔下老爷不管啦！”老赵执拗地不肯走。

“老爷关照这样做的，叫吾伲等十来分钟后自个开车回去，不用等伊，伊自己有去处，快按老爷的计划办吧。”

老赵很不情愿地发动了车子，载着冒尖藉回到了同泰纱厂。

车子刚停稳，冒尖藉从车里出来时，突然从黑暗中跳出一个与冒泓晋一般身高，上身穿藏青色夹克衫，头戴鸭舌帽，年龄三十岁模样的青年男子一把拉住了冒尖藉，用一口地道的上海话问：“阿拉大哥呢？”

“乃是……乃是谁啊？”冒尖藉惊魂未定，所以问话结结巴巴。

“阿拉大哥为啥没和侬一道回来？”年轻人又追问了一句。

“吾为什么要告诉乃，乃究竟是谁？”冒尖藉依然不肯松口。

“小子蛮顶准的嘛，告诉侬吧，阿拉是伊亲弟弟冒泓炜，好了吧，现在可以讲了伐！”

冒尖藉听冒泓晋多次提到自己的亲弟弟，还知道这个亲弟弟把哥哥准备购买新的纺纱机的钱去买了军火，在上海滩专与日本浪人作对，本事大得很。所以冒尖藉在心里早就佩服起这个来无影、去无踪的神秘人。

当冒尖藉把今晚发生的事情经过向冒泓炜述说一记遍，冒泓炜从腰间“嗖”地拔出“盒子炮”：“阿拉大哥有危险，阿拉现在就冲过去救大哥！”

“老爷关照过，今晚伊自有安全的去处。”冒尖藉一把拉住了冒泓炜的左胳膊。

冬天的夜，特别黑冷，嘴里哈出的热气不一会儿就变成了水珠。冒泓炜想了想觉得现在黑灯瞎火到大街上去找大哥，也是瞎子点灯——白费蜡。

在上海城里过年固然热闹，但危险百出。冒泓炜想利用大哥与日本人的关系，把常年在刀山上摸爬滚打的弟兄们带回同江，安安心心地过个年，所以刚乘天黑就摸了进来，没想到大哥竟然遭遇这样的危险。

冒泓炜心里虽然不踏实，但也只好如此。他让冒尖藉到食堂里准备了丰盛的酒菜，先把十个弟兄安顿好了再说。

冒泓炜自己吃得很少，在敬弟兄们时只喝了三杯酒，就再也不敢多喝。等弟兄们吃饱喝足都躺下，他在大哥的办公室里与冒尖藉取暖喝茶闲聊。

知道冒尖藉的真实身世和父母惨死的经过，冒泓炜对这个半大小子甚是爱怜。冒尖藉把姜可名教自己如何毒杀日本人的事告诉了冒泓炜。

“小赤佬，好样的，有种！”冒泓炜使劲地摇着冒尖藉的肩膀。

“小赤佬”是上海人嘴里骂小男孩时亲昵的称谓。

“但差点儿把阿拉大哥害死！侬格个猪头三，阿晓得格个姜可名不是个东西，想出这样一个毒计来。”冒泓炜咂了咂嘴骂道。

“少爷，乃也认得姜老板？”冒尖藉开始用这称呼与冒泓炜说话。

“吾大侬十来岁，别称少爷，就拿阿拉叫大哥吧！”冒泓炜拍着冒尖藉的头说。

“那好吧，吾就称乃大哥喽！”冒尖藉嘻嘻地笑着说。

“格个姜可名，阿拉何止是认得，而且是相当地了解。伊因为先辈们之间的恩恩怨怨，把这陈芝麻烂谷子的账一直记在阿拉大哥的头上，没想到伊竟然用下三烂的手段要害大哥！”

一个晚上相处下来，冒泓炜觉得冒尖藉有知识，讲忠义，是个不错的人才，特别是对大哥的忠诚毋庸置疑。

两人聊着聊着，冒尖藉在沙发上睡着了，冒泓炜怕他着凉，就找了一条毯子给他盖上。看着这个十五六岁的大男孩进入了梦乡，自己也禁不住打起了瞌睡。

当冒泓晋披着一身寒气蹑手蹑脚地进了办公室，冒尖藉还在梦中，冒泓炜觉得有人进入的气息，马上一个鲤鱼打滚起来，拔出手枪喝道：“谁？”

“是侬大哥，咋没睡？”冒泓晋用手掩着嘴轻声地说。

“大哥侬没事吧，昨晚把阿拉担心死了。”

“阿拉这不好好地回来了嘛，身上没掉一根毫毛啊！”

正在两兄弟用上海话你一句我一句地轻声地说着昨晚的事，冒尖藉揉了揉眼睛大声地喊道：“老爷，乃这么早就回来啦，昨晚吓死人了！”

“吾都没吓死，乃倒被吓死啦？”冒泓晋诙谐地说道。

“大哥，格个姜可名坏来兮，把阿拉兄弟俩视为眼中钉、肉中刺！”

“跟格种小人没什么好计较的，平时防着点，免得吃亏！”冒泓晋对这个比自己小十来岁的弟弟语重心长地叮嘱道。但他没料到自己的这个唯一的亲弟弟最后还是被姜可名害了。

1944年春上，日本军队在国际战场上连连败北。在同江驻扎的日军也在减少。

同泰纱厂要为日本人供应大量棉纱、布匹的消息不胫而走。在国民党方面，冒泓晋与孔祥熙的儿子孔令侃关系颇深，与这位大公子的上海扬子公司的生意合作的一直比较融洽，有孔大公子罩着，所以国民党对冒泓晋构成的威胁不是很大。但以姜可名为首的同江共产党对冒泓晋却是十分敌视，让冒泓晋很是头大。

过年前，冒泓晋、冒泓炜兄弟俩对局势做过分析，认为抗日战争的胜负已成定局，在这个时候与日本人不可走得太近，与国民党的关系要搞好，与共产党不要闹翻脸，至于答应日本人供应棉纱的事能拖则拖。

同江城西河畔的悦来茶馆，因为市面不稳定，生意很差，喝茶的人寥寥无几。在一间茶室内烟雾缭绕，充满了劣质香烟的辣味。六个人围着一张八仙桌坐着。其中有五个是同泰纱厂的人，一个叫衣惠平，一个叫卢鸿鸣，他们两个是同泰纱厂的车间协理，另外三个人，一个叫鑫阿三，一个叫张大毛，一个叫王大路，都是纱厂的工人。而现在大声说话的人正是姜可名。

“吾伲要在日本鬼子投降之前，把冒泓晋这个大汉奸的纱厂搞掉，因为伊目前正组织工人白天黑夜地赶工为日本人生产棉纱，所以共产党同江特别支部委员会决定，立即组织工人暴动，捣毁纱机，烧毁棉纱。”

这番高亢激越的讲话之后，姜可名用一双三角眼威严地看了看在座人员的反应。

“咋办？砸纺纱机？”

“用火攻，一把火烧了？”

“动员工人不去上班？”

在座的人纷纷饯乎起来。

“吾制定了一个方案，叫‘釜底抽薪’，就是动员工人把纱机砸毁，然后用火焚烧纱厂，让冒泓晋无法恢复生产，彻底断了伊的财路。”姜可名恶狠狠地说这话，让在座的几个人汗毛直竖。

姜可名看大家没有过多的议论，认为在座的人都接受了他的决定，所以暗自得意起来。

“这样做法是不是绝了点，冒泓晋以前没有给日本人做过什么，现在一下子毁了伊厂子……”卢鸿鸣支支吾吾地。

“这同泰纱厂生意一直很好，冒泓晋对待工人还不错，工资发得也挺及时的，要把伊弄成格个样子有点不地道。”在同泰纱厂已经做了十来年工的王大路忍不住说了几句。

“这都是什么觉悟？啊！对汉奸绝不能心慈手软，就这个觉悟，还能干革命？还能做大事！”姜可名心想在这紧要关头，革命队伍中怎么可以有动摇分子和不坚定分子。除了发火之外，还对卢鸿鸣、王大路当场提出给予党内警告处分。

茶馆里在密谋如何让同泰纱厂遭受灭顶之灾，毁于一旦的时候，冒泓晋却正考虑如何稳定纱厂秩序的问题，决定：一是当前困难时期不能少给工人一分一厘的工资，首先把人心稳住；二是把生产速度降下来，只要是国民党军队或是共产党游击队要棉纱布匹，尽量满足他们的要求，但对日本的出口能拖则拖；三是厂里的护厂队要24小时轮流巡逻，防止有人图谋不轨，乘机破坏。

非常时刻采取非常措施，这是冒泓晋沉浮商海的智慧。

冒泓晋把护厂队的队长冯天锡找了过来，询问了护厂队的情况和困难，除了布置护厂的任务和提出相关要求外，对护厂队目前缺少子弹的事，冒泓晋立即给小弟打电话，让他从上海送一万发步枪子弹过来。

在送步枪子弹过来的时候，冒泓炜又加送了五十枚手雷。

冒尖藉这段时间，有事没事就往纺纱车间跑，与纺纱工混得热络。有的说他是冒家的人又不是冒家的人，说他是冒家的下人又不完全像是冒家的下人，但工人就是喜欢这个言语不多而待人热情的半大小子。工人们之间说昨晚谁爬了谁家的墙头，谁上了谁家的媳妇，以及谁家的老人病了，谁家的狗死了等等都不避开冒尖藉。

快到中午的时刻，冒尖藉给纺纱二车间送开水，路过车间的办公室，听里面有一帮子人在听协理卢鸿鸣小声说着什么，然后工人中间有人嘀咕道：这厂子毁了，吾伲的日子咋过。

在中午吃饭时，冒尖藉把在车间里听到的工人的嘀咕说给了冒泓晋听。不听则已，一听冒泓晋就觉得事情不是那么简单，这里头肯定有道道。

“请卢鸿鸣协理吃过午饭后到吾这里来一下。”冒泓晋吩咐道。

听到老板要自己去办公室，卢鸿鸣心里直打鼓：冒老板今天突然召见自己，会有什么要紧之事，不知道会不会知道毁厂的事。想到这里，他心里紧张得七上八下。

见到卢鸿鸣来了，冒泓晋热情地招呼：“卢协理，请进来坐吧。”

卢鸿鸣局促不安地在老板办公桌前的一张专门供来人坐的椅子上坐了下来：“老板叫吾来有何吩咐？”

冒泓晋亲自为卢鸿鸣倒了杯茶，和颜悦色地说：“好长时间没有与乃格帮管理人员攀谈攀谈了，今天就随便叨扰叨扰。”

“老板，乃挺忙的，吾伲不好意思来打扰。乃今天找吾来阿是有啥事体？”

看出卢鸿鸣心神不宁的样子，冒泓晋倒是十分淡定：“没什么大事，只是随便了解点情况。卢协理，吾从来没把乃当什么外人，乃说现在局面这样混乱，吾弄好格个厂子容易吗？先不说目前生意是多么难做，就说厂子里这三千来号人等着开工资，吾自己再苦再难，可从来没有亏待过大家。好在有大家同舟共济，鼎力相助，才苦苦支撑到今天啊！”

“对老板的为人，吾伲大家心里有数，从来没有欠发吾伲一分钱，乃是个有担当的人，也是一个有菩萨心肠的好人。”卢鸿鸣感激地说。

“别给吾戴啥高帽子了，吾有时也是力不从心、无可奈何啊。好了，其他不说了，有一件事问问乃，希望乃不要遮遮掩掩。吾听说有人要毁厂子，乃应该知道这是咋回事。”

“什么毁厂子？吾一点儿不知道呢……”卢鸿鸣说了这句话后，尽管装聋作哑，但脸红到了颈脖子根上。

见卢鸿鸣吞吞吐吐不讲实话，冒泓晋步步进逼：“别跟吾玩猫腻，吾知道你卢鸿鸣不是什么三头六臂的人，也没有与吾有过不去的坎。只是请乃不要上人家的当，跟别有用心的人瞎掺和。乃家里上有老下有小，在这个年头全指望乃过日子。乃可想好了，到时别后悔！”

正在冒泓晋与卢鸿鸣心理交锋的时候，冒尖藉手里拿着几只瓶子进了办公室交给冒泓晋，说：“二车间的几个师傅要把这些瓶子塞进更衣室柜子里，吾走过时要吾帮忙把瓶子拿去扔了，吾拣起来闻闻有煤油味道。”

“卢鸿鸣，这是怎么回事，乃要准备要干什么？”

卢鸿鸣从没见过冒泓晋发这么大的火，吓得直哆嗦说：“冒老板不关吾的事，共产党同江支部的姜可名说乃与日本人勾结，为日本人供应棉纱布匹，就指示吾伲厂子里几个共产党员，发动和组织工人在清明节把厂子里的机器砸坏，放火把厂子烧了。在商量这档子事时吾反对这样做，被姜可名给了党内警告的处分。”

想到这姜可名一而再、再而三地与自己过不去，必欲置于死地而后快，冒泓晋血脉贲张，真想找这个冤家对头算账。但事情没有那么简单，离清明节仅剩两天，已经是火烧眉毛了，不能不快刀斩乱麻。于是，对卢鸿鸣说：“谢谢乃告诉这件事，放心好了，吾不会怪罪于乃，吾会妥善处理此事，吾知道大家对吾有误会，但吾会对厂子里所有的人负责到底。”

第二天上午，等厂子里的工人全部上了班，冒泓晋让冒尖藉到各车间去通知一律停机，叫大家到厂子后面的空地上（原准备增添设备扩建厂房，因被冒泓炜拿去购买了军火，所以这块地闲置着）集合。

清明时节雨纷纷。此话真的很应时，天空上飘了一阵子蒙蒙细雨。

工人们三三两两地从各车间向空地上集合。因为夜班工人没有通知来，上白班的工人近两千人，差不多都到齐了。五个协理站在了最前面，其中就有衣惠平、卢鸿鸣。

见人差不多到齐了，冒泓晋就跳到一张八仙桌上，用双手有力地往下按了几下，示意台下的人安静，刚才还吵吵嚷嚷的人群瞬时都闭上了嘴，大家眼睛齐刷刷地把站在八仙桌上的老板作为聚焦点。

“今天，吾用停工的方式召集全厂的员工开个大会，主要讲一件事，跟大伙讨一句话。”冒泓晋声音洪亮。台下的人除几个人外，全是丈二金刚摸不着头，不知老板今天兴师动众有啥事体。

“据吾得到消息，明天有人组织大家要造吾的反，要砸纱机、烧厂房。所以呢，今天吾提前跟大伙通个气，如果觉得吾得罪了大伙，那么大伙这样做吾毫无怨言。可上苍可以作证，吾冒泓晋没做一件对不住天地良心的事，吾没有勾结日本人做一件昧良心的事。在这战火遍地、民不聊生的时刻，吾苦苦守住这爿厂子，不但是为了守住这份祖业，也是为了守住大伙的饭碗。在厂子头寸调不过来时，吾宁愿自己借钱也给大伙发了薪水，大伙可以摸着自己的胸口说，吾冒泓晋亏待过大伙没有啊？大伙回吾一句话，是不是？！”

“是，老板没有亏待过吾伲！”台下的员工齐声高喊。

眼泪在眼眶里打转，冒泓晋没有让它掉下来：“那么大伙凭什么要听信有的人要砸纱机、烧厂房？有人利用吾与日本人做生意的事，就把吾说成是汉奸？可以告诉大伙，吾自抗战以来还没有给过日本人一根纱一尺布，这次日本人张口跟吾要五百万吨棉纱，吾在日本留过学，知道日本人是啥事都能做得出来的，如果硬顶着日本人，日本人就不会放过吾，也不会放过这爿厂。所以吾做权宜之计，先答应了日本人再说。但直至现在吾仍旧没有给过日本人一根纱一尺布。吾知道日本人是兔子的尾巴——长不了，吾不是戆大呀！会在这个节骨眼上去做帮助日本人的冤大头。请大伙放心，吾自有分寸，准备用拖延的办法对付日本。对大伙掏心窝说吧，如果觉得吾冒泓晋不是个东西，是个十恶不赦的人，大伙可以砸纱机、烧厂房，吾毫无怨言，立马走人，大家看着办吧！”

台下出现了一片“嗡嗡”的哄闹，最后形成了一个声音：“吾伲相信冒老板，这厂子不能倒，谁砸纱机就是砸吾伲的饭碗，吾伲一千个不答应一万个不答应！”

“哪几个坏蛋要做昧良心的事？”

“冒老板没有亏待过吾伲，凭啥要这样害伊？”

“让砸纱机、烧厂房的人站出来！”

这台下群情激昂，冒泓晋怕场面失控，就举起双手又往下按了按，大伙静了下来。“承蒙大伙的抬爱，吾冒某与大伙一起同心同德，同舟共济，把格个厂子办好，吾会对大伙负责，请大伙监督！”台下爆发一片掌声。衣惠平、卢鸿鸣那几个人低着头，走出了人群。

一场人祸，一个阴谋，被冒泓晋轻松地化解了。

他没有给衣惠平、卢鸿鸣、鑫阿三、张大毛、王大路任何难堪。他们五个没有主动来找老板，冒泓晋就让冒尖藉去把他们找来逐个深谈，冒泓晋向他们表明自己不论什么党派，不讲什么主义，只做正儿八经的生意。深谈最后达成了共识，那就是道不同不相为谋。冒泓晋不差一分钱为他们结算了工资，客客气气礼送他们离开了纱厂。

第十七章　邂逅奇人

春光明媚，春雨霏霏，这是江南春天常见的美景。

抗日战争已经进入了最后的相持阶段，也是进入了最残酷的阶段。上海及近邻的同江地区上空战云密布。停泊在吴淞口航空母舰的日军飞机，像黄蜂一样神出鬼没地一群一群地飞来飞去，只要逮住是他们认为的战略目标，就没头没脑地进行狂轰滥炸。

早上正在整理办公室的冒尖藉听到了老爷的脚步声，就迎到了门口：“老爷早！”

冒泓晋点了点头，在椅子沉重地坐了下来，说：“尖藉，乃忙完了没有？”

“快好了呀。”

“等乃忙好了，吾有事体与乃讲。”冒泓晋现在越来越离不开冒尖藉，特别在冒尖藉不知不觉的情况下，让自己躲过了绑架、毒杀，保住了纱厂，内心觉得自己当初救助和收留他的决定是正确的。好像是上苍对自己自觉积德的一个奖励，让自己遇到了福星能够逢凶化吉，所以对冒尖藉从心底里喜欢。

待冒尖藉忙完了事，重新回到跟前，冒泓晋才从沉思中回神转意过来，他拍了拍了沙发说：“来，尖藉，吾伲坐下说吧。”冒尖藉顺从地在老爷旁边的沙发上坐了下来。

“尖藉，乃今年几岁啦？”

冒尖藉奇怪老爷为啥明知故问，就说：“老爷，我今年十七周岁。”

“噢，对对，到七月份，你来这里已经整整七年了。”冒泓晋若有所思。

“老爷，今天乃怎么啦？有啥事体要对吾讲？”

“这个嘛，这个……”冒泓晋似乎难以张口。

冒尖藉已经与冒泓晋感情很深，有时也会向老爷撒撒娇气，就摇着冒泓晋的胳膊：“说嘛，说嘛！”

重重地叹了口气，冒泓晋向冒尖藉说了自己家在冒家村的祖坟被日本鬼子炸的情形。原来，国民政府军对驻沪日军开始了反攻。日军的战机凭借空中优势，对上海周围和邻近地区包括同江在内的军事目标进行轰炸。因为冒家祖坟耸立在离吴淞口相距七八十里地，而且这座高高大大的坟冢呈宽约六十多米、长一百五多米的长方形物状，在水天一色的娄墅荡畔，从空中俯视很像一艘航空母舰或是一座战略堡垒，十分醒目和抢眼，所以日军出动了六架轰炸机向它扔了几十颗重磅炸弹，瞬间火光冲天，把这座偌大的坟冢炸成一堆堆高高低低、坑坑洼洼的石砾。

这是前天下午发生的事，消息很快传遍了同江。

冒泓晋接报后，没有马上赶去处理。因为听说现在的守坟人谭延祥侥幸躲过了炸弹，就舒了口气。这谭延祥已经是八十多岁高龄的老人，为冒家守坟有二十多年了。虽然老人身体一向硬朗，但毕竟岁月不饶人，加上这次日军飞机的狂轰滥炸，受了不小惊吓，是该到找个人接替他的时候了。究竟找谁呢？这两天冒泓晋翻来覆去地考虑，掰着手指头张三李四一个一个地掂量，最后对接替的人选还是举棋不定。早上在吃早饭时，突然想到了冒尖藉，不过这孩子虽然年龄尚轻，但忠心可嘉。因此，吃过早饭后，冒泓晋就急于找冒江藉谈谈，摸摸他的心思。

听说了这件事，冒尖藉就寻思老爷一定有了打算，是要自己去冒家村守墓。所以，他二话没说，只说了一句“只要老爷叫吾去，吾就一定去”的话。

这大大出乎冒泓晋的预料。冒尖藉读过书，又处于青春期，叫这样一个大男囡去守坟，自己心里确实过意不去，估计这孩子也不乐意。所以，当提起这件事，只是探探他的口气，如果不乐意也不会强迫他接受这个安排，况且把他留在身边也颇有用处。

现在听冒尖藉态度坚决，意志坚定，不由得万分高兴，连连夸奖：“尖藉，吾没有看错人，也不会用错人。乃是一个让吾感到可信任的人，把守护祖坟的事交给乃，吾会放心的。但请乃也放心，吾冒家不会亏待乃的忠心和乃的付出！”

“老爷，吾现在也姓冒，所以一家人不说两家话。既然乃把守好祖坟的担子交给吾，吾就不论天塌地陷也会负起这个责任。现在情况紧急，吾啥时去坟上？”

听冒尖藉问啥时去坟上，冒泓晋当即决定今天下午就去。中午，让食堂多炒了几个菜，算是为冒尖藉送行。吃过午饭，让其他人把准备好的衣服、被子和日常用品装进了两只大木箱，还用一只木箱装满了冒尖藉喜欢的书和笔墨纸张、文具等，与米面油盐酱醋等一起运到厂子后门的小码头上，并放到冒泓晋专用的小火轮上。一切弄妥后，冒泓晋与冒尖藉一前一后上了小火轮。

小火轮“突突”地驶进了娄江河，奔向娄墅荡湖畔的冒家大冢。

大约行驶了个把小时，小火轮自北向南穿过娄墅荡湖面，直插冒家大冢。站在甲板上的冒泓晋用手指了指前方突兀耸起的大冢，对冒尖藉说：快到了。

映入冒尖藉眼帘的大冢，犹如一艘等待远航的巨轮，气势恢宏。

小火轮减速慢慢靠上了娄墅荡湖南岸边一座用木头做的小码头。上了码头，向南跨上堤岸，就到了大冢。

上了堤岸，冒尖藉就看清楚了大冢的地理方位和大概模样。这个占地十来亩的长方形大冢被炸得深一个坑、浅一个洞，石砾东一堆西一摊，看上去满目疮痍。

这大冢北边紧贴着娄墅荡临水而筑，南北长四十多丈、东西宽十八丈许，高出湖面约八米。大冢东、西、南由一条宽约三十米的大沟（河道）与周围的田地相隔，使大冢成为一个约十亩的岛屿。大冢壁与水面成90度直角，所以十分陡立。大冢四周有一条三步宽的黄土道路，是用来巡查大冢的。黄土道两旁长着半人多高的槿树，这是用来围坟地的一种灌木。

大冢西面靠湖边为了与对面的田地相通，方便进出，本来是用大青条石架起的石桥，不知是何年何月石桥被毁，为了进出大冢方便后来就用土填成了一条三米宽的堤坝。如果把这道堤坝挖掉，大冢就成了一座名副其实的孤岛。

桥堍西面建有三间青砖黛瓦的房子。这是冒家祭祖宗、做道场的用房。离这房子到大冢的入口处有一条长约八十米、宽十米的路，路两旁摆列着石马、石象和文官武臣的石人。在大冢入口处建有一座仿汉朝宫阙形的牌楼。就这架势，一看就知道只有身份显赫的官宦人家才拥有这般派头。

被30米河道隔开的大冢对面是围绕大冢东、西、南三边约宽二十米呈U形的水洼田或泥水塘，里面杂草丛生，一坨坨野生茭白正摇曳生姿，一丛丛野水芹正茁壮疯长，野鸡、水鸟“扑喇喇”地飞出来钻进去，忙得不亦乐乎。而围着这片荒地一圈高高的堤埂上种植的是柏树，一排排，一行行，蓊蓊郁郁，有数百年的树龄，有的树干直冲云霄，高达二十多米，有的树身遭雷电劈成几爿，呈现出清奇古怪的形状。

大冢加上护冢河、荒地及种植龙柏的田岸一共占地约一百亩。当冒尖藉将这座大冢的全貌收入眼帘时，他就感觉到这是座不一般的坟茔。似乎有种神秘的感觉，自己的人生可能就要与它紧密地联系在一起。

他来不及多想什么，与小火轮的驾驶员和两名护卫一起将两大箱子衣服、被子等换洗用品和一箱子书以及锅儿瓢盆、米面油盐酱醋等搬进了屋内。

冒泓晋让驾驶员与护卫回到了小火轮，带着冒尖藉走进了东头的房间内，看到一个干瘪的小老头蜷缩在床上，赶紧走至床前说：“谭老爹，让你受惊吓了，我给你带了个男囡过来，给你老人家做个伴儿！”床上的老头干咳了几声说：“小鬼子轰炸这动情也忒大了，上岁数了，折腾不起喽！”

听这话，冒尖藉知道谭老爹讲的不是同江本地口音。看上去这老头眼不花，脑不呆，还挺灵光的模样。

“谭爷爷，乃好，吾叫冒尖藉，小名叫秋生，以后就由吾陪着乃老人家，还请乃老人家多多关照。”

“我是关照不了你多少喽，还是请你多照顾我这把老骨头吧。我们一道把冒家的祖坟看好就是喽！”

冒泓晋乘他们一老一小唠得热乎，就对冒尖藉说：“吾到中间的客堂去一下，没叫乃就别进来，也不许别人进来。”

“知道了，吾与老爹多说会儿话。”冒尖藉边答应边想，老爷神神秘秘的也不知干啥？

乘老爷离去的当口，谭老爹要起床，冒尖藉就连忙把一双圆口布鞋摆在床跟前，连手搀扶谭老爹起床。谭老爹身子还蛮硬朗，起了床后坐在了一只方凳子上，歇了一会儿用手指指墙角落的马桶。以为老人要大解，冒尖藉把他扶了过去，并弯下腰先把马桶盖揭了，再让老人坐上马桶。老人从这个细节上，看出这个新来的大小伙子挺稳实，连这尿尿的事他都做得这么仔细和周到，就打心眼里开始喜欢。但老人不是大解只是撒尿，冒尖藉觉得这老男人撒尿也要坐马桶，有点多此一举，但又不便多说。上完马桶的老人要出屋去，冒尖藉又搀扶着老人出门到场地上，老人转身面向东面指着河对岸的大冢说：“秋生啊，这是冒家的祖坟，我已经在这里守了二十来年啦。虽然不容易，但这里蛮安逸，这么多年我倒是喜欢上了这荒郊野外。但没想到东洋鬼子不让人安稳啊，前两天一个劲地往大冢上扔炸弹，我差点儿丢了老命。你来了就好，我伲爷儿俩在这地方把日子过下去吧！”

不知是长期的孤独，或是上了岁数，或是喜欢上这男囡头，谭延祥老人向冒尖藉啰里啰唆个没完。冒尖藉因初来乍到不明就里，又不见冒泓晋的踪影，所以对老人的啰唆嗯嗯啊啊地应付着。

见老人腿脚还方便，冒尖藉搀扶着老人在屋前屋后兜了一圈，发现这青砖黛瓦的三间房子外观看起来很普通，里面却是画栋雕梁，房间不仅蛮宽畅，而且功能分布明确。西头一间灶房也就是伙房，当中一间是用来搞祭拜和做道场的，平时也当客堂用，东头一间是给守坟人居住用的。沿北面湖边坝基（原来是座石桥，因为桥基尚在）往东走三十米就到达了大冢。

起风了。早春从湖面上吹来的风依然寒气十足，冒尖藉怕把老人吹伤风了，就说：“老爹吾伲回屋吧。”老人也觉得站久了腿有点酸痛，就同意说：“好吧，来日方长。”

把老人扶回了屋内，冒尖藉从老人刚才的啰唆中感到这老人有点来历，不像一个目不识丁、不通时事的乡野俗人。

时间过了好半天了，仍见中间的客堂两扇朱漆门紧闭，不见老爷跑出来。但因老爷叮嘱不经允许不让自己和别人闯入，冒尖藉只好耐心地等待。

“秋生啊，老爷咋说就咋办，你不用担心，给我倒杯水吧。”

“好啊。”冒尖藉从条几上拿了一只搪瓷缸子，走出房间往西头的灶间走去，正走到当中的客堂，朱漆门“嘎”地打开，老爷走了出来，就问道：“老爷在里面咋待了这么长时间呢？”

“让乃久等了。”冒泓晋神秘地笑了笑，又对冒尖藉说：“哦，辰光不早，去跟谭老爹打个招呼，吾该回去啦。”

“老爷，要不要把被炸坏的祖坟修理一下？”冒尖藉以询问和建议的口吻对冒泓晋说。

“不用，不用，就让它这样子好了，哈哈！”冒泓晋非但没有对祖坟被炸坏恨之入骨，相反好像倒是有些得意。

这让冒尖藉疑惑不解：老爷这是怎么啦？他哪里知道冒泓晋心里的小九九。冒泓晋认为现在这个样子也许今后对大冢的保护反而有利。

事实证明，大冢在以后历经的沧桑岁月中，倒真的是逃过了一次又一次的劫难。

自然大道，真是充满了“祸兮福之所倚，福兮祸之所伏”的众妙之理。

看看时候不早，冒泓晋对老人说：“谭老爹，这尖藉就交给你了，你要悉心教导他，反正这地方我是全部交给你俩一老一小，有什么困难尽管找我好了。”

谭延祥老人用青筋暴凸的双手拉着冒泓晋的右手：“老爷，你尽管放心，我会全力照管好你家的祖坟，也一定把这男囡头带好。”

冒尖藉眼眶中噙着泪水：“老爷，乃自己要保重，吾与谭老爹会好好的！”

“天下没有不散的宴席，吾伲终有一别呵。”冒泓晋与这一老一小分别握手告别。冒尖藉心想这次与老爷分手不知何日再会，禁不住嘤嘤起来。

把老爷送到大冢岸边，等上了小火轮的冒泓晋在浩渺的湖面上渐渐远离，冒尖藉搀扶着老人回到了住处，并开始动手做晚饭。

淘米、洗菜、切肉这些活儿，在冒尖藉手中娴熟地操弄开来，谭延祥老人抽着水烟眯着眼，在一旁看着这新来的男囡忙乎，心里乐滋滋的，心想老爷给自己找了个好帮手、解闷儿。

当黄澄澄、碧碧绿的韭菜炒鸡蛋，香喷喷的青椒肉丝，肥而不腻的黄焖鱼端上了八仙桌，谭延祥老人高兴得像过年一样，说："秋生，把那个绍兴甏打开，我们爷儿俩喝一碗。"

把一只两头小中间大的绍兴甏从灶头旁边的墙角里抱到了桌子边上，冒尖藉解开用细麻绳扎紧的坛盖，拿一把用竹筒做的舀勺伸进甏内，往两只青边瓷大碗里倒满了陈年黄酒，让谭老爹坐了上首，一切弄齐整，冒尖藉端着黄酒碗高高举起："老爹，孙儿辈冒尖藉敬乃老一碗酒，祝乃老健康长寿！"

一老一小十分投缘，一连三碗下肚，谭延祥老人眼睛开始发红，话也多了起来："尖藉，不，还是叫秋生顺嘴。秋生，你娃儿可知道我的来历？"

从踏上大家见到老人，冒尖藉就觉得这老人有些来历。别的不说，就说八十来岁的年龄，身体虽然瘦削个矮，但精神矍铄，说话谈吐全然没有凡夫的痕迹。

"老爹，乃肯定不是村野俗人，吾一看就晓得嘞！"冒尖藉不是存心恭维，而是有感而发。

老人习惯地朝四周张望了一下，以警惕状凑在冒尖藉的耳边说："我是太平天国的后代。这个我谁也没有告诉，连冒老爷都没给他透漏过半点儿！"

在冒尖藉一再承诺下，谭延祥老人就给他讲了自己的坎坷身世……

"我父亲谭绍明是花县人，参加了太平天国起义之后，跟随天王南征北战，屡建奇功，后来担任幼天王洪天贵福的侍卫。自1864年起，天王洪秀全开始生病，这年5月30日突然宣布，自己不日将要到天国去了，天父会派遣天兵天将来保卫首都。两天后，天王"升天"了，因为他死之前下令不准说自己是死，而是要说"升天"或"迁福"了。在天京被围的最后岁月里，天王吃野菜制成的菜团子，认为那是"甘露"。他平常喜欢吃冷食，到了南京后又喜欢吃油炸的蜈蚣。这两样东西对于已经五十岁的天王的身体有害，他最终极有可能死于慢性中毒。天王死后五天，十六岁的幼天王洪天贵福在王位上接受了大臣们的效忠。自从天王沉湎于宗教遐思后，洪天贵福一直代理朝政，军政大权基本上由忠王李秀成掌控。

1864年7月9日中午，随着一声巨响，湘军统帅曾国荃下令点燃了南京城东墙下地道里的炸药。洪天贵福站在王宫城楼上，望见城墙轰塌，湘军官兵从缺口处蜂拥而入，势不可挡，他呆住了，旋即清醒过来，往楼下跑去。他和两个弟弟洪天明、洪天光一直冲到了忠王府。我那时两岁多一点，正好在出痧疹，父亲那天带我去看郎中。在回家的途中，父亲知道天京被破，就往王宫奔，要去护卫幼天王洪天贵福，正好与幼天王一帮人在途中相遇。我被父亲背在身上，一起到了忠王府。

忠王李秀成把自己的战马让给了幼天王骑乘，聚集残部千余人保护幼天王和两个弟弟出城。接连去了几个城门，都被湘军挡了回来。直到初更时分，他们换上了湘军的服装，从被炸开的缺口逃走。湘军很快又追了上来，李秀成折返拦截，在混乱中，我父亲护卫幼天王往南撤，幼天王的两个弟弟没有跟上来。结果他们和近两万太平军将领一起被杀。李秀成和天王的哥哥洪仁达被湘军擒获。天王的另一个哥哥洪仁发投水身亡。

我父亲和一百多个随从护着幼王一路南下，在湖州与干王洪仁玕会合。干王为他们采办了绸缎和大米，一个月后，因为清军和叛军联合进攻湖州，他们不得不再次逃离这座城市。干王护着幼天王一行继续南逃。10月29日，干王与幼天王被清兵冲散。在敌军之中，父亲身上背着我，本来一直步步紧跟幼天王，但在这次战斗中也被冲散了，不见幼天王的身影，我父亲发疯似的到处寻找。

一直找了二十多日，我父亲才知道那天被清兵冲散后，跟随幼天王的随从都不知了去向。幼天王独自一人骑着马走了几里地，眼看要被清兵赶上，他跌入了一个坑里，待清兵过后进山藏匿了四天，只吃了一位路人送的一块面饼。两天后，他下山剃去了长发，在当地姓唐的农夫家里帮佣割水稻。谎称姓张，湖北人。为了寻找旧部，他离开了唐家，但在路上被人剥去了衣服，又碰到一个兵勇不管三七二十一强迫他挑担，一直养尊处优的幼天王哪能受得了这份苦，拒绝做苦力，在返回的途中很快被巡逻的清兵识破抓获，并于11月18日被清兵凌迟处死。

我父亲得知幼天王被害，彻底改变了装束。在他万念俱灰之时，突然想到自己还带着亲生的骨肉，不能跟随幼天王而去，要把我抚养成人，这种人性的责任感驱使他要坚强地活下去。为了不让清兵察觉自己是太平军的人，他用辣椒水把自己的嗓子弄坏，这样就不会在无意之中露出广西人的口音。于是父亲装成了乞丐，为了寻找失散的母亲，一路讨饭带着我重返南京。

讨饭至南京时，已是清军破城三个多月过去了。天京早就物是人非，哪里有母亲的半点踪影……”

讲到这儿，谭老爹泣不成声，冒尖藉听了这鲜为人知的历史事件，也跟着唏嘘起来。

“孩子，我们爷俩喝一碗吧。”谭延祥用粗糙的手抹了把眼泪。

“那后来呢？”冒尖藉打破砂锅问到底，想知道谭老爹更多的传奇故事。

经不住明冒尖藉的追问，谭延祥把自己苦难的经历原原本本地说了出来。

“被父亲带着返回南京后，因不知母亲的下落，父亲又怕遇到叛军被认出身份，就再次逃离南京城。为了便于继续寻找母亲，父亲带着我没有远离南京，而是在溧水一带讨生活。

为了生计，父亲化名谭阿林，重新操起了木工的手艺，又兼卖蛇药。这两样都是父亲的绝活。父亲不论细作做家具还是大作上梁造房子都是一把好手。时间一长，声名远播，当地大街小巷都知道有一个哑巴谭木匠。等我长到十二岁，父亲就手把手地教我学木工活，锯木头、开方料、划墨线、刨板子、做榫头、刻花窗等基本的木工活，没用多少时间我就学会了，斧、刨、锯、凿在我手里像玩一样，所以到我二十多岁时，我就可以替代父亲做作头师傅了。卖蛇药，纯粹出自偶然。有一次在同江城郊一户人家给他们造房子，在搬运砖头时，一个帮工被躲在砖缝里的毒蛇咬伤，不一会手臂发黑肿胀，并且神志不清，大伙儿一筹莫展，急得不行，父亲放下手中正在刨梁的活儿，走过去翻开被蛇咬的那人的眼睛，用锋快凿子把伤口划开，放出了一摊乌黑的血液，然后用捆椽子的麻绳把靠近胳肢窝的地方握紧，叫人去附近采水仙花、割人藤，父亲洗干净后放在嘴里嚼烂后，从木匠包里取出一个小瓶子，将瓶子里的黑色粉末倒进一个小碗里，用嚼烂的草汁搅和，然后用这黑乎乎的东西敷在蛇伤处和周围皮肤上，再用干净的布扎紧。处理好后，父亲让这个被蛇咬的人连喝三大碗凉开水坐着，不准躺下。大伙不知管不管用，心里都没有底，但别无他法，眼睁睁地等捱时间。到了收工，东家摆桌子请木匠、泥水匠和帮工吃晚饭，父亲叫被蛇咬的人站起来撒尿，然后打开用布包扎的伤口，一看肿胀已经明显地退了下去，精神也好了进来，像没事的一样，照样与大伙一样喝酒吃肉。

这哑巴谭木匠会医治蛇伤的消息就这样一传十、十传百，像长了翅膀的小鸟飞进了千家万户。

就凭这两样绝活，父亲走出了战争创伤的阴霾，小日子过得有滋有味，攒了不少的钱。因为父亲自己毁坏了嗓子，又对失散的母亲日夜思念，还怕娶了后娘虐待儿子，所以没在再续娶。见我长大成人，又有了一定的家底，所以张罗着给我娶媳妇。”

“提亲的人倒是不少，但我比较挑剔，相了好多的亲都没有中意的，媒婆跑断了腿也没能为我撮合一桩亲事。而我却看中了开米行金老板的女儿采芹。但这金老板是个势利眼，对我一直瞧不上眼，嫌我个子不高，又嫌两家门不当户不对，所以百般阻拦，不让采芹下嫁于我。

但我与采芹俩是‘王八瞅绿豆——对上眼’，好得如胶似漆。咱俩经常背着金老板偷偷幽会。跟父亲给人家做木工活有时为了赶工需要经常开夜工，但无论再晚，我也要想方设法与采芹亲昵一番。在那年初夏的一天晚上，正值黄昏时刻，我与采芹躲进镇东头的小树林里，因为采芹答应今晚要把身子给我，所以特地带了条篾席铺在地上。就在咱俩手忙脚乱昏头昏脑时，金老板带着三名帮手像摸岗哨一样悄悄地围了上来，被他们逮个正着。金老板与三个帮工就把我往死里打。

我父亲还有一项本事就是会武功。他把祖传的‘谭家拳’和甩长鞭的功夫也教给了我。本来我只要使出功夫来对付他们，也不会吃啥大亏。当时我对金老板还抱有幻想，以为他看到咱俩已经生米做成了熟饭，只要不拆散咱俩，受一顿未来丈人的皮肉之苦也不算啥。谁知道，这金老板是王八吃秤砣——铁了心，成心不让我们做连理枝，非要把我治趴下。他拿着我的衣衫和裤子不给我穿上，把我光着的身子捆成五花大绑，恶狠狠地说：‘你这个畜生，把我女儿强奸了，今天不把你逼死也要让你做废人。’说完就拿了把明晃晃的杀猪尖刀把我那带把的割掉了。”

说到这里，谭老爹下意识地摸了一把裤裆。冒尖藉知道，这一定是老爹的奇耻大辱，他恍然大悟：下午，谭老爹撒尿要坐马桶的原因是什么了。这男人的骄傲就是站着撒尿，一个男人要讥笑另一个男人往往这样说：熊样，尿不起来啦！

谭老爹苦笑了一下：“这男人没了把子活着还有啥意思啊。尽管金老板没有把我的蛋蛋连根剐掉，但这跟太监差不了多少。就在我正要豁出去与这帮人拼命的时候，我父亲突然闯了过来，扬起手中的鞭子叭叭地甩了几下，把那三个帮工抽打得东倒西歪。谁也没有料到金老板从宽宽大大的皮腰带里拔出了一把手枪，对准我父亲连开了五枪，把我父亲撂倒。我父亲为了救儿子就这样倒在了血泊之中。金老板眼看事体闹大了，自己扛着采芹和那几个帮手逃走了。

等我挣脱了身上的绳索跑过去把父亲抱起来，父亲只剩下最后一口气。我包扎好还滴着血的下身，背起父亲往家里跑，等我把父亲放在床上时，父亲已经咽了气。父亲是做木匠的，早就给自己打好了一口红松棺材，我就把父亲装了进去，用自己配制的刀伤药敷在伤口处。我伤口虽然没有好利落，但父亲的尸体搁长了有点儿味道了，于是就请了人把父亲下葬了。

我发誓：此仇不报非君子。在我伤口好得差不多了，我就满世界地找金老板。这个老乌龟知道自己闯大祸了，尤其知道把我毁了，我一定会找他报仇，就吓得把一家人都藏匿了起来。我上天入地去找，就是没了金老板的踪影，一气之下放了一把火，把他家的米行烧了。但不知道这金老板已经把米行盘给了别人，结果被报了官府。官府就派衙役到处抓我。我没得办法，连夜逃了出来，最后流落到了同江城。

在同江城里，我走街串巷做起了磨剪刀的小生意，艰难度日。因为没有了命根子，我万念俱灰，过一天算一天。我真的很佩服司马迁受了腐刑，还振足精神写出了流传千古的《史记》。我是没有这个能耐呵。”

谭老爹揶揄自己后说：“秋生啊，这些陈芝麻烂谷子的不去说它，来，咱爷儿俩喝酒。”

老人舌头有点儿大了，但还没有喝高。冒尖藉试探道：“老爹，那你是怎么来到这里的？”

“缘分，缘分哪！”谭老爹把自己怎样认识冒老板又怎样来守坟的经过略略地向冒尖藉述说了一番：

在我五十五岁那年，在一个寒冷的冬日，肩上扛着磨刀凳，手上提着盛水用的木桶，在离同泰纱厂不远的街边摆摊等生意。这时，从厂里走出了两人，他俩边走边说，纱机的木座子和挡板坏了很多，原来的修理工生病有段时间没来上班，看来要停工了，冒老板很着急。我听到这些，手里有点儿痒痒，就主动搭话：“一点木匠活，就会把人憋死了。”这两个人听一个磨剪刀的癞蛤蟆打哈欠——口气不小。就戏谑地说：“有本事，去试试看。”

“试就试！”我的犟脾气上来了。

“老头，没有金刚钻别揽这瓷器活，不是闹着玩的！”

“少废话，走啊！”我就这样进了纱厂，把修理师傅的家伙什全部拿了出来，用了半天工夫就把坏了的纱机捣鼓好了。车间的协理卢鸿鸣要我稍等片刻，去向冒老板请示付修理费。冒老板听说我一个磨剪刀的把坏了的纱机竟然修理好了，就与卢协理一起去车间见识见识。

冒老板正要跨入车间，我正好往外走，就与冒老板撞了个满怀。

“你这师傅，给厂子修好了纱机怎可以不要工钱呢？”冒老板对我说。

旁边的人赶紧给我介绍这是冒老板。我说这是举手之劳要啥工钱，坚持拒收。冒老板说那就这样吧，既然修理师傅生病没法来上班，你就在这里顶一阵子，到时再一起算账付工钱。我觉得大冷天反正磨剪刀生意也很冷清，在厂子里倒是风吹不上雨淋不着，在厂子里待段时间蛮不错的，所以就随口应承了下来。

我用心地照看纱机，有坏的地方及时修理，没坏的时候常给纱机注点油，保养得十分精心。一个多月后，修理师傅病好了来正常上班，我正准备收拾离开厂子，冒老板让卢协理把我找过去，与我商量能不能留下来去看守冒家的祖坟，因为原来守坟的人要伺候瘫倒在床上的老母亲走了。我虽然不太愿意，但碍于面子我说去看看再说。于是冒老板与我一起去坟上实地察看，也许是命里注定，一到了这地方，看到风水不错，再想想自己是个掏不出家伙的废人，加上岁数也大了，能够在这清静之地安度残年也许是自己的福分。因此，就一口答应了老板，这一呆就是二十多年。”

“秋生啊，你说这不是缘分是什么？冒老板与我亲着呢，这二十多年里从不少我穿，从不少我吃，又从不少我喝，如果不待在这里，我这把老骨头还真不知道扔到哪里去啰！”

第十八章 拜师学艺

经过这段时间的朝夕相处，冒尖藉经过仔细观察，认定谭老爹是个十分宁静的老头。

一个能够做到宁静的人，尽管遇到了人生的人恐慌，心底也是一波不起。在日常生活中，盖已培养了一种伟大的定力，对任何刺激都可以不为所动。

自己能否在这不知何时到头的守坟生涯里，像谭老爹一样耐得住寂寞，耐得住困苦，能够达到永远平稳和谐的心境。这个问题开始萦绕在冒尖藉的脑际。

谭老爹最大的悲哀是失去了做男人的功能，而自己已经进入了青春期，男人的第二特征在自己身上越来越明显，那根家伙在夜里已经蠢蠢欲动，裤兜上老有黏糊糊的白色液体。但谭老爹用自己的亲身经历告诉说：冲动是魔鬼。男人的命根子弄不好往往会让男人丢掉性命。冒尖藉陷入了青春期的煎熬。

但与这样一位充满传奇色彩的老人待在一起，也许会让自己的人生充实起来，精彩起来。

白天，冒尖藉搀扶着谭老爹像巡逻兵一样，走过坝基到那面的大冢上兜一圈，或到耸入云天的柏树堤埂上遛一趟，再就是担水劈柴打理一天三顿饭，晚上给老人讲讲历史典故。平时周到地给老人装填水烟，端水倒茶，擦身洗漱等，把谭老爹服侍得十分妥帖，让老人享受到了天伦之乐滋味。

一个多月后，谭老爹在屋前的场地上摆上了小方桌，一边喝着茶一边抽着水烟，眯着眼问正在看《菜根谭》的冒尖藉："秋生，你想不想学点手艺？我已经是快土埋脖子的人了，不想把自己的手艺带进棺材里去，看你是个实诚的孩子，你若愿意学，我明天就开始教你，咋样？"

听老人主动提出让自己学那几样独门绝技，冒尖藉哪有不愿意的道理。在并不发达的社会里，手里能够拿得出这几样本事来，就是走遍天下也不愁没饭吃。

"老爹，吾以茶代酒敬师傅一杯！"冒尖藉郑重其事地跪在谭老爹前面。

"快起，快起，咱爷儿俩不用这仪式！"拜师学艺的事就这样开了头。

木工活、练武艺和识蛇术三样活儿一起上。谭老爹为冒尖藉量身定制了一套训练计划，争取用最快的速度和最短的时间让这孩子开学。

学木工活，谭老爹给冒尖藉的考试是最终给自己打一口棺材。打棺材的材料早就准备好了，是现在还浸泡在河里的柏木。他在前几年就挑了几株树龄老、躯体干枯的柏树，锯倒后就拖到河里浸泡。据自己的经验，凡是刚砍倒的树木一定要放在水里沤，起码浸泡半年以上捞起来晾干，然后剖成板材或方料，等水分挥发的差不多后，才能派作打家具等用场。

做木匠的口头言是：磨刀不误砍柴工。谭老爹首先教冒尖藉磨斧子、锉锯子的基本要领。因为自己干过磨剪刀的营生，老人指导冒尖藉先用粗石再用细石磨斧子、凿子、刨子，对刀刃角度、锋口十分严格。因为这些家伙什只能磨一面的锋口，另一面要保持平面，这样才好使用。冒尖藉在一遍一遍的磨炼过程中，把手指的皮都脱掉了一层又一层。再就是教锉锯子，他要求在锉锯条齿口的时候一定要掌握好30度角，因为这个角度的锯口最锋利也利于吐出锯末。在锉好锯齿后，还要根据木料大小，再把锯齿左右一隔一扳成一定的角度，这样好控制锯缝的大小。

在学成了这些基本功后，才开始教弹墨线。弹线要用墨斗，这墨斗像一架袖珍的小推车，在把手前面有一个辘轳，上面绕着扎鞋底的线，线头穿过辘轳前面的墨盒，系在一个锥子上，弹线时用锥子把弹线扎在前端的点上，后退时，绕在辘轳上的线穿过墨盒时就浸上了墨，然后对准另一头的点瞄准好就往点上按并绷紧，然后用右手的大拇指和食指尖夹住线抬高，利用线的松紧度瞬间弹下，这样就能在木头或木板上留下清晰的线印，然后锯子沿着这条线印把木头或木板锯开。

反正木工是一项技术活，非一日之功，一两天是难以掌握练就，要日久磨炼才会熟能生巧。

经过勤学苦练，加上冒尖藉念过初中，对几何、代数有较好的基础，所以在掌握了基本功后，只要谭老爹提出式样，冒尖藉先画出草图，而后就打出合格的家具。长凳子、方桌子、高柜子、短箱子、大桶小盆等样样信手拈来。谭老爹已经说过这个徒弟可以出师了，而且青出于蓝胜于兰蓝。

春去秋来。天渐渐地凉爽起来。谭老爹自日本飞机轰炸大家以来，身体每况愈下。他在领了冒尖藉这个徒弟之后，就抓紧时日把自己毕生所学全部作了传授。他已经无比喜欢这个徒弟，认为是老天爷在自己行将入木的时候给了自己这份福祉。

功夫不负有心人，这句话在冒尖藉身上真正体现了出来。在老爹一着不让地教木匠技艺的同时，他恳求老爹向自己传授武艺。在中国素有南拳北腿之称。老爹的老家在广西花县一带，老爹的父亲是太平天国出名的拳师，他以南拳中的咏春拳为本，并以此拳为基础，兼收并蓄各拳派的精华，独创了一套以变化多端、神秘莫测、冲击力狠，抗击力强的“谭家拳”。

冒尖藉要习练的就是“谭家拳”。他想睡懒觉都没门，老爹每天清晨就要让他起床，简单地擦把脸就到场地上练扎马步等最基础的拳术。在太阳从娄墅荡的水平面上跃出时，才让他回屋里洗漱做早饭。

在冒尖藉拳术略通后，老爹又把甩鞭子的功夫教给他。老爹到底上了岁数，甩鞭子已经有点力不从心，但还是手把手地教。

这鞭子用一个十几厘米长的铁尖头，拴在一根有一丈多长的绳子上，这绳子不是一般的麻绳，而是用女人的长头发、白麻丝为主，再加几根细细的钢丝绞合而成。在绳子的另一端，是用纯麻绳编成的圆环，套在手上。在甩鞭时，以甩鞭人为中心，铁尖头飞舞起来，向四边飞射。

据谭老爹说他父亲甩鞭子比自己强多了。他父亲将鞭子缠在脖子上，虽然左一圈右一圈，但并不是实实在在地把脖子缠住箍紧。在甩鞭子时，两手用肘控制鞭子的长度，自由而晓畅，铁鞭头嗖嗖地前冲后突，但对铁鞭头甩出去的长度收放自如，随着脚步的快速移动，想甩到哪儿鞭头就甩到哪儿，即使在很乱的人群堆里，也不会伤害到旁人。

一招一式，无论是对拳术还是对甩鞭，冒尖藉用心地学刻苦地练。就是炎炎夏日，他坚持在毒辣的太阳下摸爬滚打。

谭老爹对冒尖藉要求很严格，在传授武术的同时，一再告诉他学拳术不是为了行劫打人，而是为了自卫。要做到自己不害人，也不要被人害。

在以后漫长而困苦的日子里，冒尖藉始终不渝地遵守着这一师训。

这一年的七八月，同江地区发大水，滂沱大雨没完没了地下着。娄墅荡的湖水日夜见涨。

冒家大冢在娄墅荡这水天水地的世界里，显得更加孤寂、荒芜和凋敝。

等大水退了下去，冒家大冢依然突兀地耸立着。谭老爹与冒尖藉因为发大水，已经有一段时间没去大冢巡视。

这天十分闷热，大冢笼罩在娄墅荡的氤氲之中。

进来的穿堂风依然吹不走室内的暑热，屋外的蝉声甚是吵闹。堤埂上的柏树上爬满了蝉，大约是堤埂地质疏松，又潮湿，蝉卵落在地下极易成活。因此，蝉躲进树叶里，拼了命一样地扯开嗓子进行大合唱。

下午，谭老爹提出要去对面的大冢上转一圈。冒尖藉搀扶他走过坝基，只见围着大冢人行道两侧的槿树长得十分茂盛，而且都开了花，紫色的，很安静，虽然花色不艳丽、姿态不妖娆，但它却默默无闻地、一年又一年地开下去。

突然，冒尖藉见到被轰炸成一堆一堆高高低低、坑坑洼洼的石砾洞隙中密密麻麻地挤满了黑红白相间的大蛇小蛇，瘆得浑身起鸡皮疙瘩，不由地尖叫起来。

“这有啥好怕的？”谭老爹若无其事地对冒尖藉说：“这是一种火赤练蛇，毒性不大，它喜欢在水里活动，又喜欢在湿地上歇息，尤其在发大水之后，因长时间活动在水里，所以会利用天晴的机会，就爬上岸晒太阳。”

除了这火赤练蛇外，眼尖的冒尖藉又见到了一窝又一窝体形硕大，黑色与金黄色相间的长蛇，嘴里吐出血红血红的信子，发出“嘶嘶”的声音，让人毛骨悚然。

一般而言，人类对蛇的恐惧是与生俱来的。对于一个平常人来说，即使伸手触摸一条无毒的小蛇也是一种挑战。

“师傅，这是什么蛇？吓人倒怪的！”谭老爹呵呵地笑着说：“这是乌青梢蛇，它很有灵性的，是可以驯养成为看家的蛇。它没有毒性，但个头大，很有力，如果招惹它，它会缠住你的身体，可以把你的骨头勒碎。”

“这又是一种什么蛇？”

“秋生，这种蛇才是真正的毒蛇。”谭老爹用树枝条轻轻拨开，发现湿漉漉的杂草丛里，有一坨坨圆圆的像人几天前拉的屎已经发酵成土色的东西，与大冢的颜色浑为一体。谭老爹用树枝轻轻地戳了它们一下，这些像屎坨的东西立即活泛了起来，纷纷伸长脖子要撕咬树枝。

这是一种同江地区乃至江南地区特有的毒蛇叫腹蛇，当地人称之为“地扁灰”。这种蛇不大也不长，长20—30公分，扁扁的身体，比大拇指宽点，三角形的头。这种蛇眼睛不好，但极其敏感，离其一米远的地方，它就能探测和察觉到危险，待离其二十公分时它就狠狠地扑咬。因其毒性很强，被它咬中后毒液会迅速进入人的血液，就会让人出现肢体溶血性坏死，并毒害神经，让人神志不清。因此当地人称这种蛇叫“碰不起”。

“秋生啊，蛇是一种生灵。只要善待它，它就会与你相安无事。这大冢被炸成这个样子，洼下去的地方如果长年积水，这半干半湿是蛇最喜欢的生存环境。据我看这大水彻底退了，也许这些蛇再也不会离开这地方，这大冢就成了蛇岛喽！”说完，谭老爹示意冒尖藉回去。

在离开大冢不远处，冒尖藉回头再眺望，心想这大冢成了蛇的栖息地，也许因为有了蛇这类精灵，让孤寂的大冢反而有了生气。

在以后的几十年里，大冢真的成了蛇的乐园，蛇也成了大冢的守护神。一些觊觎大冢，希冀在大冢寻找财宝的人不是望而却步，就是命丧黄泉。

回到屋里，谭老爹觉得今天给冒尖藉上了一堂关于蛇的实习课，而且觉得应该把治蛇的秘方教给他了。

从此以后，谭老爹带着冒尖藉在荒野地里认识和辨别草药，如什么是野水仙花，什么是割人藤，什么是野薄荷，还传授雄黄、大黄等药物，然后怎样配制成专治蛇伤的鲜汁和药丸，以及在治蛇伤时怎样放血，怎样扎住血脉流通等诀窍。

转眼间，就到了年底。冒尖藉像在上速成班一样，在这大半年的时间里，把谭老爹的几种看家本事学得八九不离十了。

天气进入了霜打时节。

在大冢方圆百亩地里，蓬勃生长的野草开始枯萎凋谢，芦苇头上白色的花絮开始散落，树叶飞舞堆积在地上……经过春日的萌发，夏日的蓬勃，秋霜的折身，万物终于要呈现最后的萧瑟荒凉与沉寂。就像躺在这大冢里的人，在经过了短暂的人生欢愉之后，最终还是要呈现冰冷寂寞与无奈的光景。

从河中捞起来的柏树经过一个春天和一个夏天，已经阴干。谭老爹对冒尖藉说："你可以剖树锯板，给我打一口寿棺了。"

经过勤学苦练，冒尖藉心里有底气了，就爽朗地答应。他摆开了场子，做了一个像三脚架的锯床，站在高凳子上从顶头往下用大锯子剖柏木，被剖开的柏木里面暗红像凝脂一样，发出柏木特有的阵阵香气。谭老爹将剖开的木板一层一层地用小方木隔开，以便透气让木板的水分得到挥发。

木板经过个把月的搁放，谭老爹用手摸上去凭经验认为可以打棺材，就让冒尖藉抓紧动手。

拿出所学的全部本事，冒尖藉按照棺材的正常尺寸断好了料，然后将断好料的柏木精心地下刨，柏木板十分细腻密实，刨好的棺材板光亮鉴人。他设计这口棺材不用一根铁钉，所以板的拼接全部用企口和榫头丝丝入扣，棺材四周全部用三角形的卯口与三角形的榫头接合，棺材盖四周做成倒凹式企口，盖上去棺材严丝合缝，再预留对称的方孔，只要入棺后在方孔内放入相同尺寸的木楔，用凿子切入楔子，拔出凿子再用木楔插入敲紧。

凭这般手艺，冒尖藉不出师也不行。

在打好棺材后，冒尖藉用白桐油水把棺材全身抹了一遍，以后又每隔十天，等前一次的桐油渗进了棺材板后再油一次，连续把棺材油了三次才算完工。

用手摸摸光滑锃亮的棺材，又用拳头捶捶听着“嘭嘭”的声音，谭老爹感慨地对冒尖藉说：“秋生啊，任何一个人生活在这世界上都不容易。当高官的也好，做学问得也好，扒垃圾的也好，做乞丐的也好，活法虽然不一样，但归根结底都同样会入土成灰，而且只是一抔没有色彩没有声音的沉默着的土。”

看见谭老爹眼眶里噙着混浊的泪水，冒尖藉十分钦佩老人还有这么深邃的见解。

“老爹啊，何必那么伤感，今天吾伲不谈别的，乃就对吾的手艺作个评价，看吾能不能达到出师的标准？”

“我觉得你是可以出师了，但你要记住学无止境这句话，以后还要多琢磨，多磨炼。”

本来有点沾沾自喜，满以为师傅会大大夸自己一番的冒尖藉听了上面的话，心里不由得一沉：自己是多么浅薄！

人与人，好似两颗星星，在浩瀚的宇宙和时光里，本来各自遥遥不识，但是却有过一次星光的相遇而互相照亮。

正月初，旧年的积雪还没有完全融化。

江南本少雪，但年前偏偏就下了一场不大不小的雪。薄薄的残雪盖不住肥沃的土地，露出斑驳的青褐色。放眼遥看，娄墅荡依然是莽莽的风烟一片。

夜里没敢合眼的冒尖藉，坐在床前的小方凳上，因谭老爹咳嗽咳得厉害，上气不接下气，所以要随时为谭老爹或端痰盂，或填枕头，或掖被子，侍候得无微不至。

江南最冷的天气不是腊月，而是早春。因为江南没有北方取暖的习惯，所以屋内屋外都是一个字：冷。谭老爹到底是上了岁数的人，经不起彻骨寒气的侵袭，正月头上就病在了床上。

在厚重的春寒中，谭老爹像一只经历了滔天巨浪带着满身伤痕的木船，泊岸后归于沉静和孤寂。自知时日不多，他一直握着冒尖藉的手说：“我的小秋生啊，老爹要走了，真舍不得呵。我对这个世界没有什么牵挂，唯独会相念两个人，一个是冒老板，一个是你小秋生。冒老板在我风烛残年的时候收留了我，让我晚年不愁吃不愁穿，而且最后又给我送来了快乐，这是我下世投胎也不能忘记的；还有一个就是你，因为有了你，让我老有所依，老有所乐，老有所值，就凭给我打的这口棺材我就知足了呀！”

听老爹说到这里，冒尖藉哽咽地说：“老爹，乃这是怎么啦？乃咋舍得离开吾啊？吾伲一老一小谁也不能离谁！”

“傻孩子，人总归要死的。我死了以后，在过奈何桥时，一定不会把一碗孟婆汤全部喝光，是为了记住冒老板与你，一定要在喝的时候剩下两滴。”

冒尖藉知道民间的传说：就是人挂掉后，过奈何桥时都要喝一碗“孟婆汤”，以忘掉前世的恩怨情仇、喜怒哀乐。只是这孟婆汤并非对每个人的胃口，所以，有些挑嘴的人就没有把它全部喝干净，于是，把残留的前世记忆带到了下一世。

“我死了之后，你就把我埋在堤埂南端的柏树林中，这样，我与你虽然阴阳两隔，但还可以朝夕相处。我相信你这孩子对冒家的忠心和对我的情意！”谭老爹紧紧攥着冒尖藉的手。

“老爹，吾不会离开冒家，也不会离开乃老人家。”冒尖藉泣不成声。

这些日子，虽然听老人总讲些死啊活啊的话，冒尖藉觉得也许是人老了话啰唆，近日咳嗽也许是偶感风寒，只要自己精心照料，老爹就会好起来的。

一连几天，老人不吃不喝。冒尖藉煮了老人爱喝的红豆粥，老人只吃了小半碗就不吃了。今天，他特地敲开了薄冰从水塘的淤泥里摸到了一条蛮大的黑鱼，用文火炖了一锅鱼汤。这黑鱼炖汤是大补，而且今天这鱼汤炖得又白又浓，里面没有放一滴油，撒上葱花香气扑鼻，这本是老人的最爱，但老人胃口不好还是喝得不多。

也许是这些日子没有睡好觉的缘故，冒尖藉昨夜挨着枕头就进入了梦乡。

天刚蒙蒙亮，冒尖藉在梦中似乎被人推了一下，一个鲤鱼打滚从床上跳了起来，喊：“老爹，老爹！”但谭老爹没有吭声。他从被窝里拔出身子往老爹床上扑过去，揭开被子发现老人自己穿戴齐整，从里里外外换上了早就准备好的寿衣，悄无声息、十分安详地走了。

“老爹啊，乃咋就这么狠心撇下吾走了呀！”冒尖藉捶胸顿足。

这恸哭的声音，让空旷的田野和浩渺的湖面，显得更加悲怆和缥缈，散发着死亡与哀伤的气息。

一种盛大无比的寂寞像一块从天而降的飞来石，把冒尖藉压迫得喘不过气来。

按照老爹临终遗言，冒尖藉走了三里地来到村上，请了六个村民前来相帮，首先在冒家大冢南端河对岸的堤埂上挖了墓穴。因为老爹走前自己穿戴好了衣服，所以十分方便装殓。

先后经历了给启蒙老师郭霖葳和自己爹娘的送葬，冒尖藉按照规矩披麻戴孝，在老爹的棺材前下跪，磕了头，烧了纸，就让相帮的六个村民用粗麻绳缚住棺材的两端和中间，然后用扛棒插入麻绳结两人一组抬着柏木棺材，往挖好的墓穴送去。

在墓前，冒尖藉用厚厚高高的柏木做了一块墓碑，上面有他亲笔书写的隶书并雕刻：恩师谭延祥之墓。

本来，冒尖藉准备将谭老爹的死讯通知老爷冒泓晋，但老爷已经长时间没有再来这里，只是让别人不断地捎来吃的用的，并带话过来让他们一老一小多多保重。

时局不稳，老爷肯定碰到了许多缠身的事，所以这次对谭老爹的丧事，冒尖藉自作主张，不事铺张，一切从简，容后再向老爷禀报。

等把工钱发给了六个相帮的村民后，冒尖藉再次来到谭老爹的墓前。听着归巢的乌鸦发出长长的欢叫声，像来自时光深处的悠长的呼唤。

望着西下的残阳如血，感受袭来的薄凉，冒尖藉开始真正体味着寂寞并懂得寂寞。

第十九章　同仇敌忾

就在送走谭老爹的第二天晚上，冒尖藉在昏暗的灯光下阅读《菜根谭》。

这是冒老爷在送自己来大家时给他装进书箱里的其中一本。

在来大家这段日子里，自己主要是跟着谭老爹学木匠手艺和蛇的知识，兼学了点拳术和甩鞭的功夫。现在老爹走了，觉得空闲的时间更多了，所以想着把临来大家时带的一箱子书整理整理。今晚，冒尖藉就随手拿了本《菜根谭》阅读了起来。

《菜根谭》是明朝文人洪应明的一部语录体著作，成书于明万历年间。书名“菜根谭”取自于宋朝江西派诗人汪革的话：“人咬得菜根百事可成。”意思是说一个人若能适应清贫的生活，不论做任何事，都会有所成就。洪应明结合自身的体验，写成了这本取名《菜根谭》的书，其糅合了儒家的中庸之道、释家出世思想和道教的无为思想，形成了一套出世、入世的法则，反映了明代知识分子将佛、儒、道三教合一的理念。因此这本书对于人的正心修身和德性养育，有着不可思议的潜移默化的力量。

正当冒尖藉细细体味书中的含意时，听到有“笃笃”的敲门声。

这声音在这凋敝空旷的地方，在万籁寂静的时候，听上去犹如重锤擂鼓在冒尖藉耳边响起。

“啥人？”

“是阿拉，小赤佬！”

听上去声音蛮熟悉，门外人喊自己“小赤佬”，让冒尖藉恍然大悟：“阿是上海大哥？”

“是的呀，还不快开门，小赤佬！”冒尖藉辨明了已经有一年多未曾碰面的少爷冒泓炜的声音，就迅速拔去了门闩，打开门只见在凛冽的寒风里除少爷外还有八个人影。

“有没有吃的，快给阿拉弟兄们弄点热饭热汤。”一进门，冒泓炜就急吼吼地问道。

“现在没有，吾马上去做。”冒尖藉仔细瞧着前年过年时与自己在老爷办公室相遇的少爷，相别一年多点的时间老气了不少，满脸的胡子拉碴，人也瘦了不少。

对腰里插一把大肚子驳壳枪，举手投足透出敏捷和潇洒，一副天不怕地不怕的模样的少爷，冒尖藉是何等的羡慕，简直成了自己崇拜的偶像。

叫他少爷，他坚决不让，反而让自己管他叫大哥，尽管分别了两三年，就凭这点冒尖藉总感到与冒泓炜没有距离感。

当冒泓炜在门外叫他“小赤佬”时，冒尖藉就感到十分地亲切和急切。

“弟兄们先喝点水吧！”冒泓炜熟门熟路地到西屋从橱柜中抱出一摞大海碗，回到东屋伸手把冒尖藉焐在被窝里睡觉时用来热脚的铜汤壶拎了出来，给八只碗中倒入了热水，随行的人员纷纷端起碗“咕嘟咕嘟”地一饮而尽。

看着冒泓炜一行牛饮般地喝水，想必他们是渴急了，也一定饿极了，所以二话没说就撸起袖子淘米、洗菜做起饭来。

在往灶膛里添柴时，冒尖藉想起对此前橱柜里放有那么多碗和盘子、筷子等感到疑惑不解，问谭老爹要这么多碗筷干吗时，老爹支支吾吾地不肯说明白，今天见到少爷像在自己家一样熟悉这里，知道少爷一定此前是常来常往，而且与老爹也一定非常地熟识。

冒尖藉用一个锅烧米饭，另外一个锅炒菜。两只锅中间是一只肚子很深的水锅，这是利用烧饭炒菜时的余火把这水锅加热，然后用这水锅里的热水洗脸洗脚，所以把这水锅注满了水，等饭菜好了，这水锅里的水也滚开了。

一个时辰后，香喷喷的米饭盛满了九大碗，一盘炒鸡蛋，一盘炒腊肉和一碗大青菜摆上了桌子，冒泓炜与弟兄们风卷残云似的把饭菜一扫而光。

吃饱喝足了，跟少爷来的八个弟兄就闹腾开了。有的逗冒尖藉："小赤佬，饭菜做得老好格！"

"小子在这荒郊野外，想不想女人呵？""小男囡阿要与阿拉一道白相白相这匣子枪？"

冒泓炜见大伙的疲劳解除了，很是高兴，笑着对同伴说："弟兄们弗要小看尖藉，伊是阿拉小弟，有一肚子的学问，写一手漂亮的颜体字，比侬写狗爬的字强多了！"被冒泓炜指着说的那个大个子的脸红了起来。

听少爷当着这帮好汉的面夸自己，冒尖藉不好意思地说："大哥尽拿吾开涮，吾一点花头也没有的！"

闹了大半夜了，冒泓炜才想起问："小弟，谭老爹呢？"

不问还好，一问冒尖藉就失声痛哭起来："老爹才走了两天。"于是把谭老爹病死的过程及料理丧事向冒泓炜作了讲解。

"难为侬了，小弟，侬是个有情有义的男子汉，谭老爹死前有侬相伴并为伊送终，老爹也会含笑九泉。"冒泓炜拍了拍冒尖藉的肩膀，又问："难道老爹啥也没告诉侬关于阿拉的情况？"

"没有啊，老爹嘴巴很紧，没有说起过乃一件事。"

"很可惜啊！老人家就这么走了，伊为抗日战争也是作出过贡献的人。"冒泓炜抬起左手腕看了看手上金光闪闪的劳力士手表，对大伙说，已经凌晨一点钟了，赶快睡觉。

随行人员把灶头间没有用完的干稻草铺在东间卧室的地上，把所有能盖的垫毯和被子全部派了用场。东倒西歪地躺了一地。冒泓炜与冒尖藉合睡在一张床上。

清晨，天还没有亮透，养成晨练习惯的冒尖藉醒了，为了不惊动睡在旁边的少爷和地铺上依然酣睡的人，他轻手轻脚地起床走到了屋外。

屋外虽然还透着刺骨的寒冷，但一经阳光普照，薄雾袅袅升起。

随心所欲地打了一套拳，冒尖藉在收拳的时候已经看到走出屋来的少爷，就说："大哥，咋不多睡儿？"

"已经睡得很好啰！"冒泓炜看到冒尖藉的拳术蛮有底子，就说："侬格种本事，阿是来这里向谭老爹学的？"

"是的，刚学了点皮毛。"

"小弟啊，谭老爹是蛮有经历的，侬晓得吗？"

"老爹是个一生坎坷的奇人，可惜与吾相伴的时间不长，就撇下吾走了呀。"冒尖藉不无伤感地说。

"老爹为抗日工作做了不少的工作，前几年每当阿拉在上海滩上与日本人斗得十分艰苦的时候，阿拉总要带队伍到这里歇上几日养精蓄锐。也许靠着祖宗的庇护，每次来这里总能逢凶化吉。"

听小少爷这番发自内心的话语，让冒尖藉更加钦佩已经离去的谭老爹。

"据阿拉晓得，尖藉，侬老头子是在1932年上海'一·二八'抗战中被日军的飞机炸死的。"

这句话把冒尖藉内心的怒火一下子煽着了："东洋鬼子的这笔血债吾啥时能忘?！"

"阿拉告诉侬吧，上海'一·二八'背后真正的罪魁祸首是日本的浪人，阿拉就是这一年从英国留学归来，才二十来岁，正好是血气方刚的年龄。回国听一帮同学和朋友讲，日本浪人在上海滩为所欲为，充当日军侵略的急先锋。尤其有一个叫川岛芳子的女人是日本浪人的代表。她生于1906年，是肃亲王善耆的十四格格，是最受肃亲王宠爱的女儿，清朝被推翻后，被日本浪人川岛浪速收为养女，震惊中外的"一·二八"事件是由川岛芳子和伊姘头田中隆吉等精心策划并一手挑起的骚乱。

1932年1月20日下午，国民党上海市长吴铁城派人前往日本驻沪领事馆，就日本浪人在上海搞的打砸抢暴行，向日本总领事村井仓松提出严重抗议，要求日方赔礼道歉、逮捕凶手、赔偿中方受害者的损失，并保证不再发生此类事件。

1月21日上午，日本总领事村井仓松不得不到上海市政府，去会见市长吴铁城，当面表示要缉拿凶犯予以严办。但他认为日本人在上海也受到了损害，无理提出四条要求，其中有一条是要立即解散抗日团体，取缔排日活动。吴市长对村井提出的前三条要求表示可以接受，但解散抗日团体、取缔排日恐怕难以办到，认为自己难以控制民众的感情。

村井当场就威胁说：如果不照办，会采取必要的手段。1月22日下午，日本第一遣外舰队司令官盐泽，在村井与国民政府打嘴仗时，就命令泊于上海附近海面的十艘军舰，相继驶入黄浦江面与汇山码头，耀武扬威地对上海政府进行武力威胁。日本航母舰载飞机一队驶入长江，日本海军陆战队派出500名士兵，以保护杨树浦一带日本工厂为借口登岸。”

“那炸死吾阿大的肯定就是格些该死的飞机！”冒尖藉愤愤道。

“格是肯定的，请听阿拉拿‘一·二八’的事往下讲。1月27日，村井知道日本天皇在最高军事会议上训令盐泽大将‘于必要时行使自卫权利’，所以霸气十足地又向吴铁城发出最后通牒，必须无条件地答应日方的要求，日本海军陆战队已处于临战状态。此时，上海的局势就仿佛一包炸药一触即爆。而点燃这包炸药的人，就是受川岛芳子指使的日本浪人。”

“这东洋鬼子真是欺人忒甚。那格个女人真的不简单呵！”冒尖藉又愤愤地说。

“是的，格个女人是个祸害。伊觉得日本与国民政府嘴上打仗不过瘾，要火上浇油。于是伊到日本在上海的‘青年同志会’，指使格些人去法租界的日本领事馆纵火，然后嫁祸于中方的抗日团体。当晚，几个日本浪人身着中国服装携带纵火工具潜入法租界的日本领事馆后门，正欲动手放火时被法国巡捕发现，使川岛芳子的这次阴谋未能得逞。但格个女人不肯善罢甘休，伊再次来到青年同志会，要格些人执行一项任务，并且确保成功。1月28日早晨8时左右，一名青年同志会的浪人穿着中式便服，怀揣炸弹，大摇大摆地来到法租界。由于是白天，伊的出现并未引起法租界巡捕的注意。格个年轻的浪人走到日本领事馆楼前马路的对面，从身上掏出炸弹，隔着马路将炸弹扔了过去，这颗小型炸弹就在日本领事馆的墙根下爆炸，一扇窗户上的玻璃被炸碎。”

“操，格个女人忒恶毒了！”冒尖藉为自己第一次骂女人有点儿脸红。

“格个女人的阴谋得逞了。日本领事馆抓住这件小小的爆炸事件就大做文章，大叫大嚷中国的抗日团体仍在以暴力手段危害日本人的安全。是日下午4时，法租界工部局迫于日方的压力，宣布租界地区戒严，以防止中国暴徒的袭击。下午5时，盐泽大将在旗舰上与《纽约时报》记者哈里特·阿本德共饮鸡尾酒时说：‘今晚11点，我将派我的陆战队进入闸北，维护那里的秩序，保护我们的侨民。’是夜11时30分左右，上海淞沪路天通庵车站一带，骤然响起激烈的枪声。奉盐泽之命向闸北推进的日本陆战队，在此地受到了蔡廷锴率领的国民党第十九路军的英勇阻击。”说到这里，冒泓炜停了下来。

看到弟兄们揉着睡眼走出了屋子，冒泓炜笑着对他们说：“一个个睡得像死猪，太阳都晒屁股啦！”

“头儿，阿拉肚皮咕咕叫在造反啦。”

“哟，该死，光顾着说话，咋把做早饭的事给忘到了爪哇国去了。”冒泓炜拉起冒尖藉去了西屋做早饭。

冒尖藉将存放在木桶里的干面条全都拿了出来，这是谭老爹在的时候让他擀的面条，切好后圈成一团一团放在簸箕里晒，待晒干后再摞在木桶里存放，在来不及做饭炒菜时，将它放在热水里煮熟捞起来放在碗里冲汤吃或干拌均可。

为了让冒泓炜他们吃好，冒尖藉在煮面条时给每个碗里打了水潽蛋，并放了点菜干头吊鲜味。

吃着可口的面条，冒泓炜觉得比“五芳斋”的味道还要好，就夸奖道：“小赤佬蛮会做的，等吃完早饭大哥再拿上海浪人的事往下讲，好不好？”

听到这话，冒尖藉高兴得跳了起来，抢着要给冒泓炜的碗里添面条：“大哥真好！”

等大伙吃过了早饭，冒泓炜让随行的弟兄随便在近处周围转转，自己泡了茶与冒尖藉在河边的大桑树下坐定，就继续将上海日本浪人的事讲了下去。

“川岛芳子是个色情间谍，伊施展勾引异性的手段征服了国民党要员孙科，收集了大量日本侵略中国的机密情报，与上海的一个英国武官睡觉，又轻而易举地刺探到了西方国家对日本侵占中国的态度，这使得日本可以肆无忌惮地对中国发动侵略战争。在上海‘一·二八’事变后，伊利用自己的特殊身份，潜入吴淞炮台，侦察中国军队的部署和具体炮位。然后将这些情报告诉了上海派遣军参谋长田代完一，对日本制订进攻上海的作战计划起到了很大的作用。

为了设法摸清国民党第十九路军军长蔡廷锴抗战的真实意向，川岛芳子奉日本情报机关的指令，化装成记者，前去拜会蔡廷锴将军，发现蔡将军的抗日的决心非常坚决，没有诱降的可能。伊一方面告诉蔡廷锴，日本军队已从上海溯江而上，劝他尽快结束战争；另一方面，伊又告诉日本说中国军队开始抢占民宅，显示出丧失战斗意志，建议日军抓住有利时机胁迫中国军队停战。由于伊提供了各方面情报，使日军掌握了主动权，占据了赢取这场战争的优势。

在中日双方打得空前激烈时，川岛芳子又在孙科那里获取了中国政治军事方面的许多重要情报，并要挟孙科给第十九路军写介绍信，带着孙科给伊写的介绍信，一天深夜，伊身着男装步行去拜访蔡将军。伊事前安排日军，在自己通过日军防线时，日军哨兵让伊顺利通过后再朝天放枪，造成其穿越日军防线的假象。在枪响过后，伊模仿广东话高喊救命。第十九路军的哨兵听到一个女人在用家乡话惨叫呼救，便让伊进入了自己的防线。靠着孙科的介绍信，通过了层层盘查，伊来到了设在防空洞里的第十九路军总指挥部，见到了蔡廷锴将军，并提供了一些关于日军部署的多少有点可信的情报，告诉说伊当天下午亲眼看见日本第十一师团在上海码头下船，运送主力部队的运输舰陆续进入了港口。

本来蔡将军掌握的情报是日军的两个师团正在运送途中，所以从第二线抽调兵力，加强他认为日军可能突击登陆的沿江各港口。但听了川岛芳子的报告后，信以为真，认为日军现在以重兵从正面发动强攻，于是将原来部署在其他地区的兵力重新调回正面防守，只在后方留下一百人和三挺重机枪担任防守。结果让日军轻松地从第十九路军的后方突破防线，形成了前后夹击之势。”

听到这里，冒尖藉紧张得头上冒出了豆子大的汗滴：“蔡将军哪能这么糊涂，就上了格个臭女人的当！”

“是的呀！2月29日，与日军浴血奋战的第十九路军，发现自己正处于人数1∶3、大炮火力1∶20的劣势下，遭到了日军的前后夹攻，从而使第十九路军的防线多处崩溃，颓势已定，蔡将军不得不下令放弃上海，向西南撤退。”冒泓炜深深叹了口气又接着说，“尖藉，侬阿大死得冤啊！”

心想自己的父亲一腔热血换来的竟是一场中国人的屈辱，冒尖藉悲咽得出不了声。

第二十章　建言献策

从种种迹象和情报分析判断，日本人撑不了多久。

这次冒泓炜带队伍深夜隐居自家大冢，是上海抗日义士同盟会与日本入侵者的最后一趟殊死拼杀。

1932年底从英国留学回到上海后，冒泓炜从日本人发动“一·二八”事件、建立“伪满洲国”以及“卢沟桥事变”等这几宗重大事件上，看透了日本要将中国“吃掉”的狼子野心。

日本浪人在这些挑衅和侵略活动中，无一不是充当了“急先锋”的角色。连蒋介石于1937年中日战争爆发后，在对庐山军官训练团的一次“精神训话”中坦言：我们所见到的日本人，没有一个不是侦探，没有一个不是来灭亡我们国家的。

出于满腔的爱国热忱，冒泓炜回国后与一帮志同道合的年轻人结盟，以无党无派的形式成立“上海抗日义士同盟会”。因为他们觉得党派之争是一种无谓之争，所以他们无意卷入党派政治斗争的漩涡，既不依靠国民党也不跟随共产党，以捍卫民族生存的自觉意识而相互抱团。他们的组织是纯粹的民间抗日团体，他们的举动是单纯的民众抗日行为。他们自筹经费，自由活动，无拘无束，来无影去无踪。他们制定的斗争策略是专门对付在上海的日本浪人。

自卢沟桥事变后，日本就发动了大规模侵华战争，中国的广大地区相继成为沦陷区，上海也被日本人全面占领。在这些沦陷区从事间谍活动的日本浪人们，不需要再用各种身份作掩护，而是公开地建立特务组织，明目张胆地充当侵华日军的鹰犬，大肆迫害中国人。

上海有个叫“津上公馆”。当家人津上早年毕业于日本士官学校，他在日本陆军中混了一段时间，觉得在军队中行动处处受限制，于是便辞去了军职，充当无业游民。1937年初，他来到上海混迹于虹口区的日侨中，后来在南京路哈同大楼三楼租了几间房子，开设了“通源洋行”，以开展中日贸易作掩护，从日本国内招募一批浪人为骨干，收买一些汉奸当爪牙，进行间谍和恐怖活动。“八·一三”淞沪之战爆发后，津上为了协助日军作战，他指挥手下的浪人和汉奸，在中国军队后方的交通据点、军队隐蔽处附近，或在军车往来的公路上，白天利用镜面反射日光，夜间发射信号弹，指示日军飞机对目标进行轰炸，使日军的飞机投弹命中率大大提高；又在上海郊区城镇乡村的井沟河渠中投放毒药，毒杀中国军队和无辜百姓。还在上海地区策划实施绑架、暗杀和破坏，制造恐怖气氛，破坏中国军民的抗日活动。

“那大哥是咋样与津上公馆斗的？”冒尖藉急切地问冒泓炜。

“阿拉回国后与有志于抗日的热血青年成立了‘上海抗日义士同盟会’，开始有22名同志，阿拉都有很好的家庭背景或有很好的职业，有的是记者，有的是律师，有的是洋行职员，有的是工程师，实际上都是民族的精英。大家推荐阿拉为头，别看虽然不像军队那样高度集中、纪律严明，但阿拉都是有高度觉悟的人，本人素质和个人能力都很优秀，所以战斗力特强，常常与津上公馆针锋相对，不是他死，就是我活。”

“吾听老爷说，乃拿了要购买纺机扩大生产规模的钱去购买了军火，是这样吧。”

“小赤佬，连格些侬都知道？”冒泓炜嗔怪道，又接着往下讲……

上海沦陷后，津上更加有恃无恐，以虹口天潼路菜场横街的一座日式两层楼房作为间谍活动的基地，聚集日本的浪人，疯狂地进行搜集情报、绑架、暗杀等活动，残酷杀害中国抗日人士。

在人与人的较量中，强劲的对手往往就是力量的源泉。

上海抗日义士同盟会经常派出两名高手暗藏在这幢房子的周围，对它进行监视，以发现和掌握津上和他手下的活动情况。这座房子的门口，用竹竿横挑一面约三尺长、二尺宽的长方形小旗，在上面绣着“津上公馆”四个黑字。大门没有警卫，门经常开着，但在楼房的平台上，却经常有一个面孔阴沉的日本人在监视出入公馆的人。进入公馆大门，穿过一个小花园，便是一楼的大厅。大厅中间摆着两张长桌和几条凳子，靠墙放着两张写字台，看上去很简单。大厅两侧和楼上都是小房间，作为寝室的办公室。从外表上看，津上公馆清静整洁，与一般日本侨民的住处并无不同，但其内部却给人以神秘、阴森之感。

津上四十来岁的模样，中等身材，窄长的脸型，面容苍白，经常身着西装，手中拿着一根手杖，手杖内藏有利刃，必要时可以用来防身。这家伙平时脸色总是阴阴的，言语不多，对待手下十分严厉，因此手下的人对他十分惧怕。在井上手下做事的日本浪人共有六十多人，年龄在二十至四十岁之间，没有女性。连下人和厨师都是清一色的男人。他手下的人也都有两下子，格些人都在日本情报机关受过严格的训练，不仅具有一定的文化和军事知识，而且比较精通情报、化装、游泳、驾驶、射击、擒拿、剑术、格斗、爆破、暗杀、通讯等进行谍报和恐怖活动的种种技能。格些人熟悉上海的风俗民情，还能讲一口颇为地道的上海方言，都受过法西斯主义和武士道精神的灌输，具有很强的独立作战的能力，敢于独自深入危险地区，或潜入中国军队的后方执行任务。

因此，津上吹嘘其手下虽只有六十多人，但能够抵得上日本陆军的一个师团。

津上的行动十分诡秘，他不常在公馆露面，平时住在北四川路的新亚酒店，对外接洽大多在哈同大楼的通源洋行，而且经常另外约定地点，搞得神出鬼没，让人无法确切地晓得他的行踪。

但是，再狡猾的狐狸总会露出尾巴。

上海抗日义士同盟会在冒泓炜的带领下，多次针对津上组织的绑架、暗杀和破坏活动进行干扰和阻击。

有一次，津上手下的几个浪人准备暗杀进步艺人周信芳，因为周信芳不顾受到的威胁警告，在收到装有子弹的恐吓信后仍然上演爱国京剧。抗日义士同盟会为保证周信芳的安全，对津上的手下进行反跟踪，一次日本浪人正要对周先生去大世界舞台演出途中实施暗杀，冒泓炜率抗日义士同盟会的六名成员对即将行凶的四名日本浪人先下手，并让他们暴尸街头，给津上以沉重打击。

还有一次，抗日义士同盟会获悉津上本人要去新亚大酒店与浪人顾问冢本和伪政权“维新政府”的铁杆汉奸梁鸿志、温宗尧、陈群等秘密会面，被抗日义士同盟会识破，在他的必经之路进行伏击，在抗日义士同盟会成员即将投掷手雷的时候，突然有一辆黄包车斜穿过来，所以没有把手雷及时投出去，等黄包车通过后，津上的汽车已经走出了伏击圈的最佳位置，这时再扔手雷，影响了杀伤力，让津上逃过了此劫。

而让冒泓炜感到痛心和自责的一件事，是没能保护好《社会晚报》的主编蔡钓徒。

蔡钓徒是上海浦东人，年轻时便在报界谋生。1934年，他创办了《社会晚报》自任发行人兼经理。《社会晚报》虽然是一家销路并不太广的报纸，但因经常报道一些刑事案件，他结识了一些租界巡捕、警察乃至黑社会的人。救国运动发起后，他也投身其间，中共地下党对他的爱国表现相当关注，三番五次地秘密约见他，深入交谈。其中包括有一次由姜可名代表中共上海地下党约见。冒泓炜与蔡钓徒因为共同的爱国志向成为好朋友。那次会见，也是冒泓炜第一次与姜可名打交道，而且二人攀起了同江老乡关系。

当时的上海黑社会组织“安青总会”的头子常玉清，也是上海的铁杆大汉奸。他在组织“黄道会”时，为了能与报界拉上关系，也请蔡钓徒参加。他向中共地下党报告这一情况后，中共地下党让他乘机打入敌人内部。他在常玉清的引荐下，日军委任他为“维新政府”的新闻检察官。如此一来，他便经常出入新亚酒店，并成了津上公馆的常客。他所办的《社会晚报》也享受不受检查的特权，并且领取日伪的津贴。

1938年初，继上海、南京之后，杭州又被日军占领。中共通知蔡钓徒利用

《社会晚报》免予新闻检查的特权，报道中国军队和游击队抗日的消息，以振奋沦陷区的人心。他晓得这样做必冒杀戮的风险，但出于爱国之心，虽然他不是中共党员，但还是接受了这一建议，冒险刊登了一些中国军队在某地打了胜仗、日军损失如何惨重的战事新闻，使上海人心大快。

蔡钓徒的这一举动惹恼了上海日军司令部，把常玉清臭骂了一通，要他警告蔡钓徒不得再刊登抗日新闻。紧接着，《社会晚报》社遭到了手榴弹的袭击，蔡钓徒也接到了威胁电话，但他对这些恐吓行动置之不理。

当蔡钓徒把此情况告诉冒泓炜后，冒泓炜很为蔡钓徒的安全担心，建议他暂避风头，小心行事，但蔡钓徒不以为然。冒泓炜派出了几名抗日义士同盟会的高手在暗中保护他。

数日后，常玉清奉冢本之命，以请蔡钓徒赴宴为名，要将他诱到新亚酒店逮捕。冒泓炜接到蔡钓徒要去新亚酒店与常玉清共进晚餐的消息，赶紧组织人手奔向新亚酒店期望能截住蔡钓徒，但为时已晚，蔡钓徒已经进入了酒店。

待蔡钓徒一进新亚酒店，就立即被常玉清抓捕，并严刑拷问蔡钓徒，查找抗日新闻的来源，蔡钓徒坚持说是朋友从外地寄来的。问他领的津贴都做什么去了，他回答给朋友花了。常玉清见问不出什么结果，恼羞成怒，令手下们将蔡钓徒押到郊外，将他先活埋至颈部，然后割下了他的头颅，挂在法租界薛华立路巡捕房对面的电线杆上，并在头颅上贴一白纸上写“抗日分子结果”，又在旁边贴有“斩妖状”，声称“余等以断然手段对付死者，让其他中文报纸主笔知所警惕”，以此对上海新闻界进行恐怖威胁。随后，黄道会又派人到挂洋旗的《文汇报》《华美晚报》社投掷炸弹，制造恐怖事件。

抗日义士同盟会与日本浪人和汉奸势不两立，水火不容。

先是协助法租界巡捕房捕获了几个嫌疑人，经审讯得知，所有发生在法租界的恐怖活动，都是奉日本浪人冢本之命，由常玉清具体组织实施。后又针对津上公馆和上海黄道会进行了一系列的暗杀活动，先后把派往各日伪绥靖军司令部担任顾问官的松尾、井田、他藤、小川等十余名浪人，逐一灭杀，有力地打击了日本浪人的嚣张气焰。

上海日军谍报机关和津上公馆对抗日义士同盟会又恼又怕，组织了对抗日义士同盟会的清剿。冒泓炜在抗日义士同盟会中始终起着主心骨的作用，由于他运用灵活有变的战略和特立独行的战术，常常把对手搞得束手无策。

听冒泓炜讲完这些惊心动魄的经历后，一个神勇无敌的抗日英雄形象，在冒尖藉心中油然而生。

看着小少爷沉稳、干练的样子，冒尖藉觉得找到了自己的榜样。他听得入神，连倒水的事都给忘了，只听："小赤佬，还不给添点水，侬要渴死阿拉啊？"这才使他回过神来，向冒泓炜伸了伸舌头，做了个鬼脸。

"还想不想听了？"冒泓炜故意问道。

"听，听，听啊！"冒尖藉拽着冒泓炜的袖子央求。

后来，津上又组织了一个"万岁俱乐部"，参加人员大多是混进租界巡捕房的日本巡捕、警官和领馆的间谍。这些人有的在日本就当过间谍或警探，有的已经在中国搞过多年的情报活动。

万岁俱乐部的主要任务，是调查居住在租界内的一些中国失意的政客、官僚军阀，或是退职退休的文武人员、做寓公的所谓名师名儒，以及各界地方名流和帮会组织，并指导上海的日侨如何施展手段，与中国人发展"友谊关系"，伪装亲善，以刺探各种有用的情报。万岁俱乐部的成员搜到情报后，统一交给津上，再由津上指使黄道会的顾问冢本和常玉清研究制订行动计划，派遣会员分头进行各种罪恶恐怖活动。

黄道会的成员经常开着汽车闯进租界，绑架抗日进步人士，押回新亚酒店，经过残酷拷打，再用刀杀死，将尸体搬到浴缸中肢解，或将人按在浴缸内斩杀。然后，暴徒们在深夜将被肢解的尸体抬到新亚酒店外的空地里秘密掩埋。后来因空地掩埋不下，暴徒们又改用卡车，于深夜将死者的尸体运到荒郊埋掉。

日本浪人及其豢养的黑社会在上海滩，深为民众所深恶痛疾。

抗日义士同盟会在上海铲恶除奸，与日本人处处针锋相对，声势日隆，声名鹊起。在上海潜伏的国民党军统特务奉戴笠之命，一直拉拢冒泓炜，要他听命于军统的指挥。但冒泓炜不卑不亢加以婉言拒绝。中共上海地下党也做了抗日义士同盟会的许多工作，包括姜可名曾以同乡关系出面，力劝冒泓炜成为中共上海地下党的一支武装力量。面对国民党和共产党的拉拢和劝说，冒泓炜一再表明抗日义士同盟会不依附任何一派政治阵营，保持完全的独立性，而且其宗旨只是为了抗日，只要日本人还在打中国，抗日义士同盟会就会坚持战斗；只要打败了日本人，抗日义士同盟会就自行解散，大家该干啥还干啥。就这么简单。

经过艰苦卓绝的斗争，被号称可以抵得上一个师团的津上公馆的日本浪人，被抗日义士同盟会和其他抗日团队打得疲惫不堪，损失过半，而且声名狼藉。随着其他敌伪特工总部及特务组织的相继成立，日本军方认为津上公馆没有存在的必要，便指示津上予以撤销。津上公馆撤销后，其中的二十多人调到南京侵华日军总司令部继续从事间谍工作。十多人安插在上海的日军特务机关。

在失去了津上公馆这样的对手后，抗日义士同盟会不再像往常那样浴血奋战，而是以原有的职业为主，时聚时散。有重要的目标或活动，只要冒泓炜召集，就能招之即来，来之能战，战之能胜。

中午时分，太阳一晃就蹿到了头顶上。冒泓炜收住了话头，叫冒尖藉去做饭，说吃过午饭与大伙有正事商量。吃过午饭，冒泓炜与同来的弟兄围着八仙桌坐了一圈，冒尖藉烧了两大壶开水管大家喝茶。

一幅吴淞港区的草图摊在桌子上，冒泓炜俨然一名指挥员在图上布阵说：“据我大哥提供的消息和其他渠道的可靠情报，日本军队在从中国撤退前要抢运一批重要战略物资，估计在一千万吨左右，其中就有我大哥被日本人逼着交货的一百五十万吨棉纱，还有去了籽的棉皮及布匹，全囤积在吴淞港第六区等待装船。有二十名日军把守看护。我们抗日义士同盟会有好长一段时间没干活了，为了不让日本人抢走中国人的财产，为了迎接抗战胜利的到来，我想与弟兄们商量去把这票活干了，不知弟兄们意下如何？”一听冒头发了话，同来的弟兄个个嗷嗷叫：“干，去干个痛快！”

在门口望风的冒尖藉听了也摩拳擦掌，只要是杀东洋兵的事他都会热血贲张。

对如何去干这票活儿，大伙戗乎了好一阵子。有说去把看守的日本鬼子干掉，发动码头工人搬运；有说放一把火干脆烧了，休让小日本拿一粒棉花一尺布。在反复比较几个方案后，冒泓炜决策是：火攻。并根据事先的侦察情况，推演了具体的作战方案：在深夜用潜伏的方法首先将四个位置上的哨兵干掉，再把轮流值守正在睡觉的日本兵堵在屋内消灭，然后在棉花和棉纱等物资上用天女散花的方式浇上汽油放火焚烧。大伙觉得作战方法可行，一致表示同意。冒泓炜对同来的八个人又作了具体的分工。昨天晚上刚来时与冒尖藉开玩笑的大个子叫郑沪生，主要担任摸岗哨的任务。他是吴淞港区的塔吊维修工程师，相当熟悉第六港区的情况，所以由他带领去解决看守的哨兵。等这一切谋划和布置妥当后，大个子郑沪生猛地拍了脑袋说："这火攻要用不少汽油喔！"

这一句话把冒泓炜和大伙都怔住了，这汽油是战略物资，日本人控制得厉害，轻易弄不到这么多汽油，这倒是个摆在面前的现实问题。正当大伙为这事一筹莫展之时，冒尖藉一句话提醒了大伙："用煤油不可以吗？"

"可以是可以，但到哪儿去弄煤油呢？"冒泓炜自言自语道。

"可以到同江城去弄，找南北杂货店的姜老板，伊格个地方原来就经营煤油生意的。"冒尖藉再次提示道。

"对对，可以去找找伊。尽管伊与阿拉大哥不和，三番五次地寻仇，但为了抗日伊不敢也不应该拒绝这件事。这样吧，侬在天黑之前进城，就去找姜可名想法尽快把煤油搞到手，阿拉给伊写封信，但侬弗要去对阿拉大哥讲啥，免得让伊担心。"冒泓炜对冒尖藉说。

就像士兵接受了命令，冒尖藉大声地说："好的！吾等等就赶去同江城。"

第二十一章　遭到暗算

江南早春寒风凛冽，像一把把锋利的刀子刮在脸上。冒尖藉全然不顾这些，只是把头上的围巾裹紧用来遮挡一下迎面扑来的西北风。

他一路小跑地赶到同江南城门口时已经是下午五点多了，正好赶在城门关闭之前进了城，直奔南北杂货店而来。

杂货店还没有打烊，见冒尖藉风尘仆仆地来到店内，一个胖胖的管事模样的伙计迎了过来："小伙子，要点啥？"

"吾寻姜老板。"冒尖藉直截了当地答道。"请问找吾伲老板有啥事体啊？"胖伙计警觉地问道。

不想跟胖伙计磨嘴皮子，冒尖藉告诉说他，自己是姜老板的同乡，有很急很急的事要与姜老板讲。胖伙计很不情愿地说："那你就在店里稍等片刻，我立马去叫老板过来。"

等了两支烟的工夫，姜可名从外面急匆匆地赶了回来，见是冒尖藉就没好声好气："哟，这不是冒大老板的小二吗？啥事体格能急法啊？"他一如既往地身穿一件灰色长衫，脚穿一双松紧口的黑布鞋，右眉上方那一块醒目的"蓝田痣"似乎随着日久颜色加深，依然是右手一会儿握拳，一会儿又放开，说话短促有力。

"多日不见，姜老板一向可好？"冒尖藉诚恳地打着招呼，同时说，"姜老板，可否到里间说话？”说完朝里面一间会客兼账房的内室努了努嘴。

看出这个小二确有紧要之事与自己说，姜可名就朝里间先走了进去，冒尖藉跟着鱼贯而入，随手把门带上。“说吧，啥事体格能神秘兮兮？”冒尖藉从腰里掏出了冒泓炜写的信，说：“姜老板，这是吾家少爷给乃的亲笔信。”姜可名伸手接过信仔细地看了起来，因信不长，姜可名略为浏览了一下，左手捏着下巴做沉思状问：“冒家老二倒是个厉害的角色，比那个钻在铜钱眼里的老大要强得多，乃知道要这么多煤油干什么？”

因为冒泓炜写的便笺没有密封，已经看过信的冒尖藉知道少爷没有写明要煤油的用场，只是以商量的口吻请姜老板务必解决一百斤煤油，所以回答说只知道用来抗日。

听冒尖藉说这煤油是用来抗日，姜可名当即判断抗日义士同盟会肯定又要有大动作。想到上级已经布置在抗战胜利前夕各中共地下党组织要有所作为，以显示共产党在抗战中的重要作用，扩大在社会上的政治影响，他琢磨着不放过这个让共产党扩大集体影响和个人立功的机会。

对冒家的这个小儿子，姜可名可以说既敬又恨：敬的是他率领抗日义士同盟会个个身手不凡，有识有胆，有勇有谋，让上海滩的日本浪人闻风丧胆；恨的是他桀骜不驯，不肯跟自己一条心，为自己所用，而且对自己的事知道得太多，尤其对自己当初被国民党中统密捕后无奈写下自首书变节一事，他一定知根知底，自己的一个死穴让他捏在手里，就犹如喉咙里卡着的一根鱼刺难受得很。回想自己那次在他大哥冒泓晋的办公室里唇枪舌剑时，被冒泓晋“乃的那点破事，泓炜都跟吾说了，如果吾要坏乃的事，早就跟日本人和共产党那边讲了，乃还能有今天”这一句话，就让自己败下阵来，心里恨得咬牙切齿。

但今天为了地下党的要求和自己的政治前途，还不能与冒泓炜交恶，相反能倚在他身上捞一把，还是划算的。

于是，姜可名压住了心中的怒火，追问道：“究竟要煤油干啥用，丑话说在前，不把事体说清楚吾是一滴煤油都不会给乃的。”姜可名心想凭自己滚在大风大浪里的经验，对付一个毛头小子应该不费吹灰之力。冒尖藉多少懂一点姜可名也是抗日的，反正是抗日的就不会坏抗日的事，但他哪能知道姜可名心里的弯弯绕，就说："这煤油是去烧日本人东西的。"姜可名暗自得意，终于知道冒家二少爷要煤油派什么用处。

"既然是这样，那吾就冒一次杀头的危险做这桩事。"让冒尖藉大感意外，没想到一提抗日的事，姜老板就这么爽快，心里对他又好感了起来。因为只要是去坏日本人的事，与日本人作对，冒尖藉心里就有一股莫名的兴奋。

意识是行动的先导，意思是说人的一切行为都是受意识支配的。一个人只要有了某种设想和某种企图，就一定自觉而为之。姜可名以异常的热情和举动，为冒泓炜急需的煤油而费心尽力。他对冒尖藉说："市面上煤油因作为战略物资被日本人严加控制，但吾藏了不少，所以给乃家二少爷100斤肯定没问题，但现在出入同江城门口日本人盘查得很严，如何弄出城外呢？"姜可名踱来踱去显得一筹莫展。

"姜老板，吾有个主意，乃看阿好？"冒尖藉和盘托出了自己的想法：因为日本人为了防守安全不让城外的船只进出城里，连运粪便的船也不让使用。所以城内住户在指定的洗刷站集中倒马桶，然后由人工用挑担运粪。这个运粪队的头钱毛驴冒尖藉认识，因为同泰纱厂的粪便全部无偿送给这个运粪队，而且每月还贴给他们一部分钱，所以冒尖藉在老爷身边时少不了与运粪队打交道。在一年的大冷天，冒尖藉曾送了一副厚厚的棉手套给钱毛驴，为此这个钱毛驴感激地说，小兄弟你往后有啥事给我吱一声。因此，冒尖藉想用运粪的方法把煤油偷运出城，方法是通过钱毛驴将一副粪桶改装，上面装点粪下面藏煤油，而且日本人怕粪臭一定疏于检查。姜可名觉得到这个主意还真妙。

与姜可名商量完了，冒尖藉离开了杂货店，没费什么劲就找到了钱毛驴，把运点煤油的事跟钱毛驴说了，当然不能吓着他，冒尖藉只是说乡下没得煤油，运点出去弄点小钱花花。见冒尖藉这么一说，钱毛驴二话不说，只是问："咋运？"冒尖藉就让找一副结实点的粪桶进来，钱毛驴从院子里找了两只口略小肚子大的粪桶。冒尖藉估摸着这副粪桶担装一百斤煤油绰绰有余，并且知道运粪队平时要修修补补粪桶，肯定有凿子，刨子什么的，就让钱毛驴把这些家伙什都拿了出来，又让钱毛驴找了几块木板，量好尺寸，不一会儿，就将这两只粪桶改装好。改装的原理就是计算好装一百斤煤油的容量，然后用两块隔板隔断，下面放煤油上面装粪便。看这办法可行，也不会出啥大问题，钱毛驴就对冒尖藉说：“明早我自个儿来挑这副粪桶。”等忙完了这些必不可少的活儿，已是凌晨两点了，冒尖藉这时离开粪站在大街上行走，怕万一被巡夜的日本兵或伪军拦住，反而会惹出不必要的麻烦，所以冒尖藉对钱毛驴说：“吾不走了，就在这里猫一会儿等天亮吧。”钱毛驴给冒尖藉拖出了一条长椅子，拿了条破旧的棉被子，说：“将就着打个盹吧。”自个儿打着哈欠到房间里睡去，不一会就打起了呼噜。

这高一声、低一调的呼噜声差点儿把房顶掀了，吵得人没法睡，加上有心事，天刚麻麻亮，冒尖藉就从长椅上起身，把盖在身上的那条带有浓重味道的旧被叠了叠。见钱毛驴还在酣睡，因为情况紧急不能误事，冒尖藉去推了推钱毛驴，没想到他还真有点驴脾气：“妈的，还让不让人困觉啦？”说完翻了个身又呼噜起来。冒尖藉不管再挨骂，用力把钱毛驴的身体扳了过来，说：“钱叔，别睡了，别误了正事。”这下子，钱毛驴清醒了，坐了起来说：“乃把这副粪桶担挑去，装好煤油再在上面搁点粪便，早上七点之前把它送到城东的洗刷站交给吾，不就行啦？”冒尖藉看这钱毛驴一点不糊涂，连连说：“吾这就按钱叔的主意去办。”说完，冒尖藉从院子里挑起昨夜自己改装过的那副粪桶，小跑步地往姜可名杂货店赶去。

见店门还没有开，就伸手用门上的铁环叩击敲门说：“收粪啦！”不一会儿，门内传出了姜可名的声音：“来啦来啦。”见冒尖藉挑了副粪桶，姜可名似乎明白了什么，就示意从边门进来。冒尖藉进了边门，姜可名随手将门关上。冒尖藉拿粪桶给姜可名作了一番演示，姜可名就懂得了窍门，直夸奖冒尖藉这孩子脑瓜子灵光，将来必定有所作为，说完就递了一把铁锹给冒尖藉，他自己也拿了把铁锹到院子的角落里挖了起来，埋在地里的粗瓷缸子露了出来，揭掉上面的盖子，用舀水的大勺子舀煤油，把两个粪桶灌到差不多到了装隔板的刻度，冒尖藉说：“不用再舀了，够了。”两人又将粗瓷缸加上了盖子，再用土填平，然后每人提一只装了煤油的粪桶到院子中央，冒尖藉用事先准备好的隔板安装在粪桶上一拍即合，为了防止粪便渗漏进煤油里，冒尖藉用石灰拌桐油做成的腻子将缝抹实，因腻子不怕水，所以缝里嵌入腻子可以做到滴水不漏。姜可名说这活儿绝了。

把煤油装好后，冒尖藉用商量的口气对姜可名说："把你们的马桶拎出来，我连手给装上粪便。另外，麻烦你派个人与我一起事先出城，还要两只草篮子（南方人叫的草篮子即是北方人叫的背篓，用竹条子编的，有大有小，看装的货物多小，可选用大小），草篮子里放一只木桶，等在城门口东侧的河边，等钱毛驴的运粪队出来，将煤油从粪桶倒到木桶里，这样我们就可以送走了。"姜可名开的杂货店，经常要用草篮子给客人送货，另外与粪桶差不多大小的木桶，店里也有现成的。所以当冒尖藉提出这些要求，姜可名见没啥困难，就满口应承。

向东方的天空瞭望片刻，姜可名说离钱毛驴约定的时间不远了，他进屋把店伙计胖子叫了起来，向胖子面授机宜："乃趁送煤油的机会一定要打听出冒泓炜用煤油去哪儿烧日本人的东西，吾带几个人跟在乃后面二里远的地方，乃打听到消息后就往回走，碰面时把消息告诉吾，阿明白啦？"胖子点点头说："老板你就把心放在肚子里吧，这点小事难不倒我。"姜可名与胖子一前一后从屋里走了出来，姜可名让胖子两个胳膊上各挎一只里面装着木桶的草篮子，让冒尖藉挑着下面装煤油上面装一层粪便的担子，并给他俩怀里分别塞了两只大菜包子做早点，催促两人赶紧往城东马桶洗刷站赶去。

到了洗刷站，钱毛驴正好刚到，接过冒尖藉肩上的担子，说你到约定的地方等去吧。冒尖藉就把粪担了交给了钱毛驴，从胖子的一只胳膊上取了一只草篮子背上肩，与胖子边咬着菜包子边赶路，朝城门口走去。到了城门口，四个戴着钢盔的日本兵与七八个伪军在城门口荷枪实弹地检查进城出城的人群。冒尖藉与胖子排了一会队就挨到了检查，日本兵见两人背的是空草篮子就挥手让他们出了城，冒尖藉领着胖子到与钱毛驴约定的城门东河边等候。

约莫等了一小时，冒尖藉见钱毛驴笃悠悠地挑着粪担朝他们走了过来，这里离城门口不远，怕没有遮挡就明开明亮地驳煤油被人发现有麻烦，所以冒尖藉示意走进河边的芦苇丛里，把钱毛驴挑来的粪担小心翼翼地倒掉了上面盖的一层粪便，把煤油驳进了草篮子里的木桶内，冒尖藉把一卷钱塞到了钱毛驴的手里，钱毛驴心知肚明地一句话没讲，捏着钱转屁股就往回走，“谢谢钱叔，谢谢钱叔”在冒尖藉连连感谢声中，钱毛驴担着空粪桶匆匆离去。

等钱毛驴走了，冒尖藉与胖子用油毡纸盖在木桶口上，用细麻绳将油毡纸在桶口上一匝一匝地箍紧，防止背在身上时将煤油从木桶中晃荡出来，草篮子的口上盖了些枯毛柴。一切齐整后，冒尖藉与胖子一人背一只草篮子，沿着当年他去投靠冒泓晋走过的娄江河边的纤道往回赶。他之所以选择走此道，一是为了取近道，二是河边有芦苇可作掩护，万一碰到日伪军巡逻队或清剿队就可以躲进芦苇里。两人一路狂奔，差点儿把胖子伙计累得趴下。幸好路上没有出现状况，两个多时辰后，约莫上午十一点的时候，冒尖藉远远看到了高耸而又葱翠的柏树，对胖子说：“加把劲，就快到了。”说话间，两人已经到了大冢的入口处，冒泓炜与大个子郑沪生早就等候在那里正望眼欲穿。见到冒尖藉与胖子身上背着草篮子，知道事已如愿，所以就迎上前去，要替换他俩背草篮子。冒尖藉说：“不用了，眼瞅着到了，换了换去别把煤油弄洒了。”冒泓炜想想也是，就在后面用手托着草篮底好让背的人省点力气。

进了屋里，冒泓炜说想必你俩赶急路体力消耗不小，一定饿了，赶快吃饭吧。胖子也老实不客气地说，可不是嘛，这一路赶得肚皮贴脊梁了。吃饭时，抗日义士同盟会的其他弟兄见冒尖藉昨天一个晚上加一夜把这么紧张的东西轻而易举地弄了回来，感觉是个好兆头，就有的与冒尖藉开玩笑说，侬小赤佬蛮有本事的，如果早几年参加阿拉抗日义士同盟会，也一定是个结棍（上海方言，意思是厉害）的角色。有的对冒泓炜说，头儿，今天晚上在吴淞码头上烧透半爿天，过过瘾！还有的对冒尖藉说，把腊肉先放在锅里煮着，去打两甏黄酒回来，等今晚回来好好庆祝庆祝。大伙你一句我一句地说过不停，冒泓炜用筷子敲了敲桌子说，别嘴贫啦，吃过饭还有正事，他发觉跟冒尖藉来送煤油的胖子支棱着耳朵用心听讲话，心里不由得警觉起来，阻止大伙把话往深里说。

这个胖子可不是等闲之辈，他是姜可名手下的得力干将，别看他平时哼哈哼哈的打马虎眼，心里可鬼着呢。今天，姜可名向他面授机宜后，他就处处留心捕捉需要的信息。

听说今天晚上在吴淞码头上烧透半爿天，以及把腊肉先放在锅里煮着，去打好两甏黄酒，等今晚回来好好庆庆这几句话后，凭他多年搞情报的经验，已经摸到了有用的情报：那就是今天晚上这帮抗日义士同盟会的人要用煤油去吴淞码头烧日本人的东西，而且等干完事后还要回到这里来。见冒泓炜让大家封口，胖子知趣地把碗一搿说："这饭香得不得了，吃撑了，吃撑了。"他从坐着的长凳子上站起来，对冒尖藉说："小阿弟，事办完了，吾该回去了！"冒尖藉看冒泓炜的眼色知道不宜再留胖子，就起身送胖子，冒泓炜也放下筷子起身一起送胖子出去，并让胖子转告对姜可名老板的感谢。

这间谍也好，特工也好，地下工作者也好，都有这等的本事，在片言只语里就能摸出有用的情报。胖子离开大冢时，见没人跟着，就往回跑，他知道姜可名正等着他的消息。往回走了两里地不到，胖子正东张西望的时候，姜可名从旁边的树丛里跳了出来拦住了胖子："乃回来啦，阿有啥消息？"胖子连连说："有，有。"于是把饭桌上听到的话说给了姜可名听。凭胖子的这些话，姜可名断定，冒泓炜他们今晚一定是去吴淞码头烧日本人的物资。两人躲进树丛里，姜可名向胖子做了指示：今天晚上暗中尾随冒泓炜去吴淞码头，冒泓炜他们一旦得手，将火烧的场面用照相机拍摄下来，凭照片向地下党汇报是自己火烧日军物资，从而把功劳记在自己头上，还可以向上海的报界提供这条新闻，扩大社会影响；如果冒泓炜他们失手，就躲得远远的，火烧不到自己身上。

在这一箭多雕的计谋中，姜可名还有一个歹毒的一计没有给胖子透露：就是无论冒泓炜他们得胜而归还是失败而归，都要向同江柏芦路32号日军谍报站暗中通报这个消息，好借日本人之手将冒泓炜除掉。天助我也，姜可名眼前似乎已经呈现冒泓炜他们在凌晨被日军杀得片甲不留的惨象。

胜券在握的姜可名一本正经地进一步布置到：胖子现在就赶往吴淞码头，在码头前面的大三珍酒店歇息，并准备好照相机；自己立即回同江指示鑫阿三、张大毛前往吴淞码头，到大三珍酒店与胖子会合后去码头兜一圈，观察哪个堆场有日军防守的，在深夜去蹲坑守候，一定不要轻举妄动，等冒泓炜他们动手并且确认得手后，选择好的角度连续拍摄照片，然后神不知鬼不觉地撤走，就算大功告成。姜可名严肃地对胖子说：“这是党交给你们的光荣任务，必须坚决完成，我现在任命你为这次行动小组组长，我回同江向鑫阿三、张大毛明确，必须服从你的指挥，成功后我给你们记大功。”胖子拍着胸部说；“姜书记，乃放心，吾以党员的身份保证完成这次光荣而艰巨的任务。”姜可名满意地点点头说，那就分头行动吧。

一个往西一个往东，姜可名与胖子各自奔走而去。姜可名回到同江找到了鑫阿三、张大毛如此布置了一番，因时候不早，从同江赶往吴淞码头一时半会到不了，怕误事，姜可名雇了一条快船送鑫阿三、张大毛前去。等打发了这两个手下，姜可名在店内写了一张纸条，纸条上这样写到：“今夜凌晨三四点钟，有一小股抗日分子夜藏冒家村冒家大坟。此情报千真万确，速去剿灭！”写好后，姜可名用包饼干的纸糊了个简易信封，将纸条塞进去揣在口袋里，走到街上看到有一个报童正在叫喊，招招手让报童走到自己跟前说，你只要把这封信送到柏芦路32号从门缝里塞进去，我就给你一块大洋。报童常在街头混，坑蒙拐骗的事多去了，狡猾地回答说：“这事好办、我闭着眼睛也能送到，只是你先把钱给我。”姜可名见事紧急就说：“好吧，但你必须送到，否则你甭想再在街上混。”报童很江湖地说：“君子一言，驷马难追。”报童一阵风似的往柏芦路奔去，姜可名紧随其后，跟过去瞅着报童把自己的告密信塞进了门缝，就放心地回到店里，用锡壶烫着加了姜丝和话梅的花雕老酒，打开带回的在卤菜摊上切的一斤猪头肉，半斤油爆虾和一盘水煮花生，哼着小曲自斟自酌起来，好不惬意。

第二十二章　胜利归来

吃过午饭，冒泓炜就与弟兄们商量具体行动计划，他凝重地说：“这次火烧吴淞码头，是我们抗日义士同盟会的收官之战。从1932年起，我们为了中华民族的生存出生入死，出了微薄之力，二十二个弟兄已经献出了五位弟兄的性命。我们不要发财，不要江山，也不要美人，只是为了不让中华民族蒙受羞辱，不让小日本践踏同胞。眼见抗日战争胜利在即，我们还要最后一搏，把今天晚上的仗打好。同时，我们要为了亲眼目睹日本人失败，所以弟兄们一定要注意安全，活着去迎接抗战胜利的那一天。”

听着这一番战前动员，冒尖藉跃跃欲试。冒泓炜却对他说：“小阿弟，侬昨晚没有睡好觉，今天下午侬好好补一觉，然后，给阿拉准备好夜宵，把腌好的腊肉割最好的煮，把谭老爹珍藏的老黄酒挖两甏出来，等阿拉回来庆贺。”冒泓炜不容违抗的口吻，冒尖藉虽然心里不痛快，但还是点了点头说：“好吧！”

在西屋灶间的北墙角，移开了大橱柜，冒尖藉与冒泓炜一起用锹挖开地面。里面埋着三十个手雷，五箱驳壳枪子弹，一支未曾使用过的新驳壳枪，十把闪着蓝寒光的匕首，以及辣椒水喷罐、小型火焰喷射器等近距离格斗器械。冒泓炜叫大个子郑沪生带人去藏匿在娄墅荡芦苇里的小火轮上，将仅有的三个塑料加仑桶全都取过来，把一百斤煤油分装在三个加仑桶内。又给每个人配两个一共十八个手雷，每人身佩一把匕首，每人一百发子弹，并把辣椒水喷罐、小型火焰喷射器全都带上。

天渐渐黑了下来，娄墅荡刮起了西北风，湖面上波浪起伏。吃过晚饭就要动身，冒泓炜与八个同伴全副武装，郑沪生等三人分别手提三只装满煤油的加仑桶，向小火轮的藏匿处进发。为了这次行动方便，冒泓炜向哥哥冒泓晋借小火轮用几天。因为冒泓晋的小火轮在上海日军派遣军司令部注册过，有日夜通行的许可证，小火轮的时速为六十码，加之今晚刮西北风，往吴淞码头又是向东开，所以顺风行舟，小火轮只需一个多小时就能到达吴淞口。

经过近一个小时的行驶，小火轮就抵达了吴淞冒家沪新纱厂的专用码头。冒泓炜让郑沪生和在码头上维修龙门吊的工程师倪立俊跟随自己上岸，其他人员在小火轮内歇着，或打瞌睡或喝茶聊天。倪立俊因为维修龙门吊需要常常从塔吊爬上爬下，居高远眺，对码头堆场的分布了然于胸。在他的带路下，冒泓炜与郑沪生借着夜幕到第六区作了实地侦察。从侦察的结果来看，与倪立俊提供的情况一模一样，没有变化。日军存放棉纱、皮棉和布匹及其他不明货物共堆了五个大垛，每个垛均呈长方形，约莫长一百米，宽五十米，高三米，上面都用苫布罩着防雨。堆场四周都有一个用木头临时搭成高度达5米的瞭望哨，每个哨位上有一名日军士兵日夜监视，并备有一挺机枪。在堆场靠码头的方向有一所房屋，里面住有一个班的日军作警卫值守，总人数差不多有二十人。

摸清了情况后，冒泓炜三人回到小火轮上，将情况向大家作了通报，并作了如下分工：由冒泓炜带在日本洋行做事的江吉靖、扬威精武馆拳师冼练斌、原十九路军教官蔡畅敏四人分别身穿日军校尉官衔制服，扮成日本驻上海派遣军宪兵司令部巡查组，手持特别通行证前去哨位查岗，把四个哨位的日本兵干掉，由郑沪生带领五人守住屋内的日军，不让他们冲出屋外，同时带上煤油、小型火焰喷射器等，在解决掉哨位士兵后，冒泓炜与郑沪生等会合，再向垛上浇上煤油用火焰喷射器点燃，同时由郑沪生破坏堆场上的消防设施，在把堆垛全部点燃后，用所有的手雷扔进屋内的日军，以最大的杀伤力，防止这些日军出去救火。整个过程不超过一小时，如果被冲散，务必在两点之前，自行到这儿集合。

吴淞口是江海交汇之处，平时风浪相对较大，何况今夜刮的是七到八级的西北风，风浪汹涌，涛声震耳，一浪更比一浪高。而战前的气氛却是空前的紧张和沉闷，小火轮上沉寂得没丁点儿声音。船上的抗日义士像一只只屏息藏匿的猛虎，随时出击去扑杀猎物。

冒泓炜四人换上了预先准备好的日军校尉官衔制服，郑沪生将所需物品分发到了指定人的手上。冒泓炜抬起手腕看了看手表，指针指向了深夜一点钟，说请弟兄们对一下时间，现在是一点钟。过了一分钟，见大伙都对好了表，他轻声说了声："出发。"

这是一支训练有素、单兵作战能力很强的突击队。在与"津上公馆"日本浪人和日本间谍的较量中，冒泓炜他们也都个个擅长情报、化装、游泳、驾驶、射击、擒拿、剑术、格斗、爆破、暗杀、通信等技术。俗话说：没有金刚钻别揽瓷器活。正是有了这些本领，他们才敢于同最强悍的对手较量，以其人之道还治其人之身。

身着日军服装的冒泓炜四人突然出现在第一个西北角的哨位前，哨兵正要用探照灯照射时，江吉靖用十分流利的日语对哨兵说："我们是日本驻上海派遣军宪兵司令部巡查组前来突击检查。"哨位上的日本兵仔细辨认后觉得没有破绽，就让江吉靖、冼练斌、蔡畅敏上了哨位，江吉靖用日语命令哨兵用灯光通知其他三个哨位接受检查，哨兵就用探照灯向其他三个哨兵发了灯光暗语：接受检查。见哨兵发出了信号，冼练斌伸出双手一个旋转"咔嚓"一声把哨兵的脖子拧断了，因这个哨位已经向其他三个哨位发过了接受检查的信号，所以对其余三个哨位以不费吹灰之力，悄无声息地把四个哨兵全都干掉。然后，向驻有日军的屋子靠拢，郑沪生告诉冒泓炜屋内日军没有动静，冒泓炜就指示郑沪生等六人两人一组将煤油浇在堆垛上，同时点火。用了不到十分钟，五个大垛全部燃起熊熊大火。噼里啪啦的爆炸声把屋内在睡梦中的日军惊醒，叽里呱啦地冲出屋外，被郑沪生他们用手雷炸得抱头鼠窜纷纷倒下。

见已经达到了预定的目标，冒泓炜下令：撤！九人不慌不忙地各自撤退。等九人安全上了小火轮，见第六区堆场上日本人的货物被大火吞噬着，由于晚上西北风达了七至八级，风助火势，堆场上升腾起一条条火龙直冲云霄，映红了天空。

在往回开的小火轮上，冒泓炜让刚脱身于战场的弟兄抓紧歇息片刻。听着“突突”单调的发动机的声音，有的昏昏欲睡，有的闭目养神，有的托腮静思。冒泓炜看着这些与自己出生入死的弟兄，想着从明天开始就要各奔前程，心里很不是滋味。

一向袖手旁观的美国人在1941年12月日本偷袭珍珠港后被彻底激怒了，终于向日本宣战，开始用轰炸机长途奔袭日本本土。中国七年抗战，以辽阔的国土为战场，以多样性的消耗战把日本拖得筋疲力尽。据此种种端倪，冒泓炜看出了日本人的败象，他估计不出一年，日本人就会向世界投降。同时他感到无意与党派纠葛的这支抗日义士同盟会该到了审时度势、急流勇退的时候了。因为弟兄们当初结盟本来就抱着“把日本人打跑了就散伙”的宗旨，这十多年来打打杀杀也让大家滋生了厌倦的心理，所以打了这场“收官”之战，冒泓炜决定让弟兄们再回自家大冢这个隐秘基地，做个总结，也就是做最后的了结，然后就偃旗息鼓，归隐职业生涯。

由于往回走开的是逆风船，小火轮冒着强劲的西北风经过近两个小时的航行，又回到了大冢，已是凌晨三点。黎明前的黑暗一点不假，当小火轮靠上码头时，伸手不见五指。冒泓炜他们摸黑到了屋檐下，本以为冒尖藉一定睡得像死猪一般，没想到冒尖藉警惕地坐在门内，郑沪生吆喝着：“怔着干吗？还不快点灯。”冒尖藉压低声音对冒泓炜说：“大哥，苗头不太对，晚上天还没黑透，吾见到有两人鬼鬼祟祟地在柏树林里往这边张望。”冒泓炜立即敏锐地感到，这两人躲藏在树林里偷看，确实不能麻痹大意，很可能是被日伪特务盯上了。

不怕一万就怕万一。冒泓炜对弟兄们发出了警报，刚才还兴高采烈的弟兄一下子又绷紧了神经，听冒泓炜的指令。冒泓炜让冒尖藉把灯点亮，把备好的腊肉、白斩鸡赶快拿出来，让大家撕巴着填肚子，并且让大家敲桌子碰碗，故意把声音弄得响响的，夜深人静，这声音传出屋外好远，同时，让郑沪生、冼练斌、蔡畅敏等五人全副武装，悄悄地潜出屋外做好应战准备。屋里面闹了个把小时，把灯吹灭后，冒泓炜等其余四人也摸黑出了屋子，并且让冒尖藉也一同出去躲起来。冒尖藉坚持要一把装满子弹的驳壳枪，冒泓炜说：“你不会摆弄，要它有个屁用，别伤着自己。”冒尖藉说：“大哥小看了吧，你们走后，我从地窖里拿了把已摆弄会了，只是没打过子弹，今儿个我就进行实弹射击。”冒泓炜见情况紧急，没工夫跟他磨嘴皮子，就说了声：随你便吧。

不一会儿，从南面堤埂上一棵柏树的背后用手电筒光向娄墅荡晃了三下，娄墅荡湖面上回了三下手电筒光。这个情况完全证实了冒泓炜的判断：敌人已经找上门来了，而且是在等自己睡下后来偷袭。

想着这些冒泓炜不由得出了身冷汗：真玄啊！好在冒尖藉机灵，将这个苗头及时告诉他，不然的话后果不堪设想。眼看抗战就要胜利，如果这个时候命丧敌手就太遗憾了。幸得上天庇佑，有可能让自己再次死里逃生。

难道是自己的行踪被敌人发觉了，还是谁走漏了这个消息？冒泓炜脑子里突然闪了一下：会不会是姜可名使的坏，给日军通风报信，假借日军之手剪除异己。想到这次请姜可名提供煤油及他的胖子伙计乘送煤油之机，得到自己的确切地址和行动时间，冒泓炜后悔自己太大意，太相信姜可名了。事已至此，只能沉着应战。所以冒泓炜决定计就计，痛歼来犯之敌。

从手电光的传递判断，柏树林里有敌人的侦察人员，也许就是冒尖藉提供的那两个，于是冒泓炜让冼练斌、蔡畅敏两位夜战高手溜过去，解决岸上的潜伏之敌。冼练斌、蔡畅敏采取迂回贴近的方法，与潜伏在南面堤埂柏树林里的两名日军短兵相接，用匕首结果了这两名日军，蔡畅敏用“咕咕”的鸟鸣声通知冒泓炜这边的活干完了，冒泓炜也用同样的方法回应并让他俩赶紧回转来。九人成一条线散开，每人右手握驳壳枪，左手握手雷，匍匐在岸边守株待兔。

三个模糊的影子像幽灵一样，从湖面上飘了过来，勉强辨认出那是三只橡皮划艇，每条艇上有四个人。冒泓炜知道这是日军的夜袭队，立即判断他们是乘坐小火轮或汽艇前来，并且隐藏在不是很远的湖汊里，等自己的小火轮回来，先让我们沉睡，在接到岸上柏树林里潜伏者的信号后，又怕小火轮或汽艇直接开过来惊动，所以乘橡皮划艇悄悄地登岸，企图把我们杀个措手不及。

三只橡皮划艇抵岸，因为堤岸较高，艇上的日军向岸上抛铁锚爪，然后抓住绳子攀爬上岸。就在这瞬间，冒泓炜一声：“打！”匍匐在地上的九名义士像猛虎一般跳跃起来，驳壳枪吐出一条条火舌射向日军。因为大伙知道这也许是最后一仗，所以不惜子弹一个劲地扣扳机，将裹着仇恨的子弹一梭子一梭子地泄向鬼子的头上。

这时，从三里之外的冒家村传来了雄鸡“喔喔”的打鸣声，浓黑的夜幕渐渐地退去，天空换成了灰白色，天际裂开了一条细细的缝，透出了一抹鱼肚白。

天快亮了。尽管经过一整夜两场紧张的激战，冒泓炜他们的神经还处于胜利后的亢奋状态。

冒泓炜命令弟兄们首先把战场打扫干净，他不想让别人把自家的祖坟看成是屠宰场，更不想让异类民族的血沾污祖先高贵的灵魂。所以他让大伙赶快清点被打死日军的人数。冼练斌、蔡畅敏、江吉靖、郑沪生去柏树林里将两名被杀死的潜伏日军士兵的尸体拖到岸边来，冒泓炜与倪立俊等以及冒尖藉清点岸边被射杀的日军人数为十二个，可以肯定，这次来偷袭的日军共十四人全部被歼，无一漏网，江吉靖从佩戴少佐军衔的日军身上搜出的证件得知，这是驻同江日军的谍报大队。

天已经彻底大亮，昨夜刮的西北风开始停了下来，但依然是天寒地冻。吃过早饭后，冒泓炜让郑沪生、江吉靖、蔡畅敏三人开着小火轮去娄墅荡的湖汊里搜寻日军的小火轮或汽艇。往北不到二里地的一个湖汊里果然停放着一艘汽艇，上面还插着太阳旗，郑沪生把这艘汽艇用缆绳系在小火轮上拖了回来。

如何处理这些日军的尸体和物品及汽艇，让冒泓炜颇费了一番心思。起初决定将日军尸体放在汽艇上用手雷一起炸沉，冒尖藉说尸体不一定能够全部炸碎掉，如果不炸碎，尸体就会浮在湖面上，不好，不如用汽艇将日军的尸体载到北面离此地有三公里的湖岸边上，那里有一个被废弃的泥塘，将这些尸体全部抛到泥塘里埋掉。大伙都说这主意甚好，就按照这个办法一齐动手把日军的尸体及随身物品拖入泥塘埋掉，同时引爆几颗手雷把汽艇炸得粉身碎骨。冒尖藉乘机偷偷地藏了一把日本人用的橹子，心里偷偷地乐。

等彻底料理好了一切，冒泓炜决定中午让大伙放开喝酒吃肉，算是庆功宴，也是散伙饭。这十多年拼杀的经历，大家亲如兄弟，喝着喝着大伙就哭啊笑啊，冒泓炜向大家郑重发誓，就是大伙散了，自己一定向各位负责，生死与共。就是因为这个诺言，让他放弃了与哥哥冒泓晋一家同去香港转道英国的机会，并在五年后屈死在姜可名的手上。

估计这次日军夜袭队消失在这里，敌人一定不会善罢甘休。经过短暂的休息，冒泓炜决定尽快与弟兄们乘坐小火轮返回上海，并让冒尖藉离开大家找地方躲些时日。下午，冒泓炜让冒尖藉坐在自己的身边，抚摸着他的头说："阿拉不得不要离开侬了，说真的，阿拉打心里喜欢侬格个小阿弟，如果阿拉死了有侬小阿弟守坟，阿拉就心满意足了！"冒尖藉连连"呸呸"地说："不许大哥说不吉利的话，大哥是抗日英雄，一不为名，二不为利，是个顶天立地的男子汉，值得吾一辈子尊敬和效仿。"冒泓炜摆摆手说："人各有命，别夸阿拉啰！"

在冥冥之中，有时不经意的一句话，就可能预示着某种命运的安排，改变了人生的轨迹。冒泓炜上述一番言语和以后发生的情况，这让他自己和冒尖藉都不曾料到。

第二十三章　虎口脱险

十七八岁的冒尖藉正值血气方刚的年龄，有了喋血古墓这场战斗的经历，向往舞枪弄炮的愿望更加强烈。他躲躲闪闪私藏王八橹子的举动，没能逃过冒泓炜的眼睛。

乘还没有离开的时候，冒泓炜若无其事地笑着对冒尖藉说：“别藏着掖着，把橹子拿出来吧让大哥瞧瞧哈！”冒尖藉的脸瞬间像涨红的猪头，扭扭捏捏地说：“有，有啥好看的？”在场的郑沪生、冼练斌、蔡畅敏等哈哈大笑起来：“这小赤佬鬼得很，还私藏橹子不上交呢。”被人笑得没得法子，冒尖藉很不情愿地从腰里拔出了橹子，这是一把被中国人称为“王八匣子”的日军军官使用的手枪，看上去像日本人的模样，矮咕隆咚，并不起眼。

一边擦着驳壳枪，一边抽着烟的蔡畅敏，在十九路军任教官时就是神枪手，有“百步穿杨”的本领。他对冒尖藉说：“摆弄橹子这种破枪没意思，小鬼子的其他武器样样都比阿拉的强，但论手枪这玩意儿，驳壳枪就是比橹子强。”

他谈兴犹浓，就向如饥似渴的冒尖藉边讲解边示范地说，没有一支枪能像驳壳枪那样在中国的近代史上留下如此之深的痕迹。1912年，北洋政府陆军部就向德国礼和洋行购买了一种叫“自来得毛瑟手枪”两百支，连同五百发动弹和木制枪套等附件，每把的价钱是58两足银。这是驳壳枪在中国第一次出现。因为这枪都有木制的盒子，“驳壳”正是英文中“盒子”（box）的音译，所以它的名字与音译有关。那时候国人普遍不会认洋文，对驳壳枪那一长串洋文讲不像，就根据各种驳壳枪之间的差异，用自己通俗易讲的认法，分别给它们起上一个简短的绰号，叫做匣子枪或盒子炮。最常见的那款7.63mm口径的驳壳枪其弹头的初速度可达到425米/秒，在当时的各种手枪中算是比较高的，是老式铅头左轮弹的近两倍，弹头射到一千米外还有杀伤力，因此人们喜欢在“盒子”后面加上一个“炮”字来形容其威力巨大。

“看，阿拉就喜欢格款M1932。”蔡畅敏咔嚓咔嚓地摆弄给瞪得像牛眼的冒尖藉看自己心爱的驳壳枪，说道：驳壳枪的种类很多，加上各种变型和仿制品那就更多。德国毛瑟原厂生产的有五种，分别是M1898、M1912、M1916、M1930和M1932。M1932这款被称为“快慢机”或“二十响”，该枪可以控制单发和连发。这种二十发弹匣M1932装上木制枪套后，外形和火力都接近于冲锋枪，一扣扳机就可以连射二十发子弹，近距离内威力很大，在实际战斗中经常把它当做冲锋枪来使用。在游击战中或小分队的作战环境中，它强大的火力作用特别明显。在今天凌晨与日军的短兵相接中，靠的就是这种枪的火力，把小鬼子包了饺子。

眼见为实。冒尖藉亲眼目睹了今天凌晨大哥他们从地上跃起，用这种“快慢机”喷吐出长长的火舌将来犯之敌压得无还手之力。现在听蔡畅敏的一番白话，对驳壳枪流露出更加渴望的眼神。蔡畅敏又对冒尖藉讲，驳壳枪在中国的使用很广泛，也练就了中国人使用这种枪的独特经验。国人在使用驳壳枪连发射击时，一般会将手腕翻转，将枪身变成水平状态，让枪口的上下跳动变为左右横扫。采用这种方法是由中国特殊的战斗环境，如房屋内的短兵相接、伏击与反伏击以及夜战比较多的原因决定的。你大哥就是根据我们抗日义士同盟会的作战特点，全都为弟兄们购买了M1932型号的驳壳枪。“是吧，老大！”冒泓炜正在与郑沪生讨论着什么，听蔡畅敏叫唤自己，扭过头说：“侬继续给阿拉小阿弟吹牛吧！”

看冒泓炜不愿接自己的话，蔡畅敏继续比画着一边做动作一边说，我擅长使用驳壳枪，在面对一群敌人时，往往先将快慢机旋转至连发状态，横扫一梭子，将敌人打散，然后再转至单发状态将剩余敌人一个一个地撂倒。在单发射击时，有经验的射手也会将驳壳枪侧向倾斜一定的角度，让枪口自然指向目标，在概略瞄准后果断击发，即所谓的“甩手一枪”。这样做的原因一是驳壳枪的握柄短而圆，以及与枪身113度的独特夹角，使得采用通常的单手瞄准姿势进行速射时较为困难，第二是防止向正上方抛出的弹壳掉回抛壳口而造成意外的卡壳。驳壳枪的枪管细长，指向性好，而且可以双手持枪，左右开弓。驳壳枪造就了中国无数的神枪手，能够单手十米内打断铁丝、三十米内打落麻雀，当然要做到“指哪打哪，百发百中”并非一日之功，要经过大量的训练和长时间的摸索，才能达到“人枪合一”的境界。

“这枪反正阿拉以后用不着了，送给侬留个纪念吧。”

这时，冒泓炜与郑沪生的谈话结束了，过来凑趣，听蔡畅敏说要把与他一起浴血奋战的驳壳枪送给冒尖藉，就阻止道：“虽然打日本鬼子是歇手了，但也不至于彻底做到刀枪入库，马放南山，还是请蔡兄把枪自己收好吧，再说也可以用来自己防身。”冒尖藉本来满怀希望拥有一把在他看来的神枪，结果成了泡影，嘴上翘得老高，简直可以挂油瓶。冒泓炜已经明显察觉了这位可爱小弟的情绪，就逗他：“哟，就差哭鼻子了呢。这样吧，阿拉每人自己的佩枪侬就弗要打主意了，地窖里还有一把新的给侬用，但不可以乱来，尤其是不可以干坏事，懂吗？”听大哥讲要给自己一把新枪，冒尖藉心里甭提有多高兴。其实在冒泓炜带领去吴淞码头时，晚上整理橱柜下的地窖，他就发现里面还有一把涂着黄油嘎嘎新的枪，他想冒泓炜一定还要派用场，所以就不抱啥幻想。今天凌晨，他乘打扫战场时把那个日本少佐的橹子偷偷地藏了起来，但没能逃过大哥的眼睛。

生怕大哥反悔，冒尖藉拉着蔡畅敏到西屋灶头间，把橱柜移开，重新开挖地窖，把身上还涂着黄油的驳壳枪取了出来，蔡畅敏见里面还有一些子弹，就取了两盒一百发子弹，给冒尖藉说：“没有子弹再好的枪都是烧火棍，这些侬藏好，侬阿哥也不会说什么的。”冒尖藉感激地点点说：“谢谢教官。”蔡畅敏用分解结合的方法，把里里外外的黄油擦干净，然后把枪交给冒尖藉：“这家伙可好使呢！”冒尖藉眼尖手快，接过嘎嘎新的枪，学着蔡畅敏的方法把枪卸开后又装好，蔡畅敏连连说：“手蛮巧格，就这样。”又将射击的基本要领示范给冒尖藉看，冒尖藉一招一式地学。这时，冒泓炜过来对蔡畅敏说：“蔡兄，时间不早了，阿拉开拔回吧。”又拍了冒尖藉的肩头说：“小阿弟，格次都亏有侬，让大哥与弟兄们逢凶化吉，抗日的功劳簿上有侬的一笔。但侬要当心两点：一是赶快离开这里，因为同江日军的谍报大队被消灭回不去，估计明天或后天日军一定会找到这儿来，在阿拉走后侬赶紧收拾收拾，然后找个地方躲起来；二是要千万注意姜可名，这次阿拉行踪暴露，肯定与伊有关，备不住就是伊给日军通风报信，好借用日军之手除掉阿拉。格个人是共产党队伍里的败类，心胸狭窄，报复心强，是冒家的死对头，所以侬对伊一定要多加防备。”

如此这番交代之后，冒泓炜对蔡畅敏说，通知弟兄们现在出发。冒尖藉帮着把大哥他们要带走的东西拎到小火轮上，泪眼婆娑地待在岸上，冒泓炜于心不忍拥抱了这个小弟，用右手伸进上衣口袋掏出了一把钱塞到冒尖藉的手中，说：“侬一个人生活不容易，格些铜钿侬留着用吧。”蔡畅敏等都纷纷掏出纸币和或银或金的随身饰物送给了冒尖藉，大伙非常感激这位小伙子让自己躲过一劫。冒尖藉再也忍不住，哭出了声音。

常言道，天下没有不散的宴席。“再会，再会，再会！”冒尖藉站在岸上心如刀割般地挥泪与自己短短几天生死相依的大哥和抗日义士们告别……

按照冒泓炜临别时的叮嘱，冒尖藉匆匆回到屋内把紧要的东西拾掇好，尤其是将橱柜底下的地坪铺整好，看不出什么破绽，把自己的被子和衣服等捆好，把粮食装进袋子，弄些剩饭菜随便吃了点，天黑之前，他携带了被子、棉衣及粮食离开了大家的房子，藏匿到离大家不远处的稻堆中。

同江地区是水网地带，主要种植水稻。农民在深秋季节收割稻子后，等太阳将割倒的稻子自然晒干再捆稻，就是将稻子按照双手能够合拢捏得住大小的个儿扎紧（便于以后在稻桶摔脱谷粒），然后在田埂上将稻子打成方方整整的堆，堆与堆的间隔由一块田的稻子多少来设定。所以冬季，在同江的田野里到处都是整整齐齐的稻堆，就像一个个小型的碉堡。由于日军经常到村里抢粮食，因此在抗战期间，同江的农民学乖了，不提前将稻子全部脱粒好，需要吃的时候，用稻桶摆到田里将谷粒摔打在桶内，再用石臼舂成米。因为战乱人心惶惶，农民没法把心思放在精耕细作上，所以这些年种的稻子收成差。虽然稻穗不茂盛，但稻柴还是可以用来烧水做饭，所以稻堆还是被农民经心地侍弄好的。

在稻堆里宿了一夜，因为这几天惊心动魄的缘故，冒尖藉竟然在野外睡得十分香甜。等他睁开眼睛，已经是太阳晒屁股了。他朝离开不到一里地的大冢住处望去，倒吸了一口冷气，见到有五十个左右的日军在大冢四周搜寻和在自己住的屋子进进出出，心想大哥的分析判断一点都不差，日本鬼子找上门来了，而且是来势汹汹。一个戴着白手套，手握一把在阳光下寒光闪闪的指挥刀指东指西，冒尖藉看明白了意思，这个狗日的军官是要放火烧房子，他从稻堆里钻了出来，隐蔽地从南边向大冢接近，以柏树林作掩护，举起驳壳枪向站在屋前的日军指挥官及边上的日军一梭子扫射过去，有几个鬼子被撂倒，看到自己亲手击毙了杀害自己爹娘的东洋兵，冒尖藉血脉贲张，竟然愣住了。

鬼子发觉南边的柏树林里有人射击，戴白手套的军官举起指挥刀向南一指，日军就发疯似的冲向这边，冒尖藉缓过神来，利用自己熟悉的沟渠走向猫着腰逃走。因为灌溉和排水的需要，同江的农田里都有纵横交叉的主渠道和水沟。尽管农田平坦宽阔，无遮无挡，便于日军机枪的扫射，子弹像蝗虫一样密密麻麻地从头上飞过，但冒尖藉猫腰在渠道里逃走竟然毫发无伤。日军连掷弹筒都用上，把田里的稻堆点燃了。这稻堆经过一个冬天的干燥，一遇火星点子就很快烧了起来。田地弥漫着浓浓的烟雾，反而掩护了冒尖藉的脱险。

像撒网捞鱼一样，日军折腾了大半天没能逮住开枪的人，也没有发现前天晚上来这里搞偷袭的自己人，只好灰溜溜地走开了。冒尖藉虽然离得较远，已经不可能被日军抓住，但还是能够在四处浓烟中辨别出自己住房被日军放火烧了。因为此处火光冲天，烟雾像条飞腾的黑龙张牙舞爪地升入天空。

回是回不去，冒尖藉用带出来的食物充饥，只能再在稻堆里过夜。黑夜加浓雾把冒尖藉彻底吞没，他感到自己孤立无援，无奈加恐惧像一条条虫子钻入骨髓。他想着明天咋办。如果回同江去告诉冒泓晋这次事情的前因后果，估计老爷也不会把自己怎样，但自己不好意思的是没能听老爷的话把坟守好看好，觉得对不住老爷对自己的期望和重托；如果自己利用这天灾人祸与冒家脱离关系走出大冢，冒家也不能把自己怎样，但自己就会仰愧于天，俯怍于人，他觉得做人讲究的就是要问心无愧。

思来想去，冒尖藉有了打算，就是先到刘家泾自己的老家去暂避风头，过段时间等风平浪静了，自己动手在原地重新把房子盖起来，把老爷交代的事做下去。只要老爷不张口让自己离开，自己就要像泰山那样屹立在那里。

主意打定，冒尖藉从稻堆里取出能随身带走的被子、衣服和大哥及义士们给的钱物。这些现钞和金银足够花一阵子，并且可以用来重盖冒家大冢上的房子。因为自己从谭老爹手里学到的木匠活，盖所房子是不费大事。凭着这点底气，冒尖藉没有失魂落魄，反而信心十足地回到了刘家泾。

路过自己的祖屋，发现老房子还在，想起八年前姜宅管家向自己逼租时，自己在走投无路的情况下把这祖屋抵给了姜家，也许姜家在日本人侵占后顾不了这些，也许这幢祖屋不值几个钱，姜家没有把它当回事。房子虽在，亲人却已去，冒尖藉睹物伤心，停下脚步拐进屋内，发现屋里空空如也，却挂满了重重的蛛网，门窗脱落，墙壁斑驳，一副破败不堪的样子。

就在冒尖藉发愣之际，一个沧桑感很重的妇女声音地身后响起："这是啥人啊？"

"吾是刘树根的儿子，秋生。乃是……"

"吾是刘树林的媳妇，乃的婶子呀！"

经过仔细地打量后，冒尖藉确认是自家的婶子，三爷儿子刘树林的老婆，叫阿菊，今年37岁。这阿菊自打嫁过来后，因为刘树林游手好闲，不务正业，又得了瘟疫，在抗战爆发前就撒手归西，所以全靠她里里外外地忙乎，把这个家撑下来，自己累得像个五十来岁的老太婆，头发苍白，满脸皱褶。但这个女人的特点一是泼辣能干，二是特能生养，嫁入刘家后每隔一年就能生一个娃儿，而且生的全是蹲下尿尿的丫头片子。在冒尖藉八年前离开刘家泾时已经有六朵金花，最大的女孩比自己小两岁，今年应该有十六岁了。

看着眼前这个苍老的婶子，冒尖藉知道她家的日子过得是何其艰难。

"走，到婶子家吃中饭去。"拽着冒尖藉的袖子，阿菊显示了主妇般的热忧。冒尖藉爷娘双亡，身边没有什么亲人，所以当自家的婶子热情地叫自己吃饭，一种久违的亲情在他内心里激荡澎湃，心想亲不亲总归是刘家人，于是他拎着随身携带的东西，顺从地跟婶子去家里吃中饭。

进了婶子家，冒尖藉见到了六个女孩。六个女孩中，他记得最大的女孩子名叫杏花，比自己小两岁，小时候还经常在一起玩，今年芳龄应该在十五六岁，其余的五个女孩在十至十四岁之间，分别叫杏春、杏荷、杏芳、杏琴、杏秀。因为是女孩，三爷不让她们念书，说女孩早晚都是泼出去的水，念了也是白念。自己上私塾念书，杏花总是跟着他到了郭霖葳的私塾馆门口，眼巴巴看着他进去。放学下课了，杏花已经在大槐树下等着他。冒尖藉离家那年十岁，杏花刚好八岁，两小无猜。至今分别虽然已有八年，但小时候的光景还似乎在眼前。

杏花已经出落成大姑娘一般，身上凹凸曲线纤毫毕现，柳叶眉杏仁眼瓜子脸，一副典型的江南水乡小女子的模样，虽然衣衫褴褛，却是眉清目秀，风韵灵动。当冒尖藉跨进门时，她睃了一眼怔住了：这不是秋生哥吗？

“家里来人哩，快过来见见秋生哥哥！”阿菊风风火火地吆喝道。其他的女孩像听了命令似的纷纷躲到了杏花的背后，显然杏花是家里的大姐，又是这帮女孩的主心骨。杏花怯生生地问：“秋生哥，乃怎么想着现在才回家啊？”还没等冒尖藉回答杏花的问话，阿菊婶在灶头间催命般地喊：“杏花，还不快死过来搭把手煮饭。”杏花忙不迭声地回答：“来哉，来哉！”冒尖藉连脚跟着杏花到了灶头间，见婶子连掀了几个甏盖都没舀出米来，只在一个甏舀出了几把米，灶头上放的油瓶已经底朝天了，虽然不算是家徒四壁，但也是捉襟见肘，婶子露出了尴尬的苦笑。

没有做出有来，婶子的举动让冒尖藉好生感动，他从口袋里掏出一把现钞和五块银元，交给婶子说：“婶子，乃弗要忙了，吾是自家人，不必客气，这点铜钿拿去给家里应应急用。”婶子见到冒尖藉一下子掏出这么多钱，嘴上还硬着说：“哪有让小囡家掏铜钿格。”

冒尖藉说：“婶子，吾已经不小了，啥事都懂。”婶子接过钱，抽了两张给杏花说：“戆囡，还不快去镇上称点肉！”冒尖藉赶紧拦住：“婶，真的不用啦，现在街上乱得很，日本人到处逮花姑娘，让杏花一个人到镇上去能放心吗？随便弄点吃的，吾又不马上走，等明天再讲吧。”就在冒尖藉与婶子戗乎的时候，门外冲进来一个小男孩，急吼吼地叫道：“姆妈，吾肚皮饿死哉！”见这男孩浑身泥猴子一般，愣头愣脑的样子，冒尖藉问：“婶子，这个小囡是？”阿菊说：“树林活着的时候总盼望有个带把接香火，伊走之前给自己留下了这么个种，可惜伊没能见上一眼。”冒尖藉知道这是树林表叔的遗腹子，看样子肯定很受婶子的宠爱。阿菊呵斥男孩：“杏元，还不快叫大哥，乃格个饿死鬼。”“什么大哥？吾快饿死哉！”叫杏元的男孩不依不饶。冒尖藉忙说：“婶子，赶快弄饭吧，别把杏元饿坏了！”

到了晚上，婶子阿菊将三爷住的房间打扫得干干净净，冒尖藉得心应手地把一张已经散了架的床安装好，铺上自己带过来的被褥，算是安顿了下来。婶子见冒尖藉有一手木匠活，喜欢得不得了，说：纵有万贯家财，不如一技在手。

婶子很是兴奋，到房间里来拉家常，从三爷偷婆娘，到树林不务正业，从秋生爹树根被日本飞机炸死，到秋生娘被东洋兵糟蹋，婶侄俩禁不住长吁短叹。

一连多天没能睡好的冒尖藉哈欠连连，阿菊见状就说唠到这里让冒尖藉早点儿歇着，她离去不一会儿，冒尖藉就进入了梦里。

第二十四章　情窦初开

入春季节，天气渐渐地暖和起来。刘家泾村前村后田里的油菜花开金黄一片，房前屋后桃红柳绿，到处暗香浮动飘溢，泥土味、青草味、花香味，酿成春天特有的气息。

日本人还在，村里人的日子虽然过得不踏实，但天上飞机的轰鸣、地上刺耳的枪炮声渐渐地稀少起来，让饱受战乱之苦的人们有了能过上太平日子的奢望。

第二天清早，村子的公鸡三三两两地打鸣几遍了，竹林子里的翠鸟、黄鹂婉转悠长地亮开了嗓子，开始放歌合唱。冒尖藉早早起了床，在屋后的空地上龙腾虎跃地操练起拳术，阿菊起得更早，已经在灶头间操弄早饭。巧妇难为无米之炊，家里没有几粒米，连做一锅稀饭都不成，只好把留着做种子的红心山芋洗涮干净，放在铁锅里煮。她到后面河滩上担水，见冒尖藉的拳打得眼花缭乱，心里有说不出的满意和喜欢。这个初长成的侄子高高壮壮，典型的国字脸棱角分明，两道眉毛还是小时候那样又黑又粗，头发又密又硬，还能舞文弄墨，知书达理，没想到拳脚功夫也是十分了得，要是留在家里与杏花配对，那是天上一对地上一双，这样好的女婿，那真是打着灯笼也难找啊！

看到阿菊自己拎着水桶去河里担水，冒尖藉收了手脚说："婶，吾来吧。"

过去把水桶抢了过来，阿菊也不推让，只是笑眯眯地看着他的背影，回到灶头间继续摆弄锅碗瓢盆。

扯着嗓子把杏花几个姐妹兄弟一个个从床上叫了起来，阿菊把煮熟的山芋装了满满的一大盆，等着孩子吃早饭。看到冒尖藉已经坐在了三只脚高一只脚低的破八仙桌子旁边，第一个从房间里出来的杏花脸上泛起了红晕，细语招呼："哥早！"冒尖藉欠欠了身，笑着说："小懒猪起来了哈。"杏花想还嘴的时候，五个妹妹和杏元蜂拥而上抢山芋吃，杏花尖叫起来："姆妈，哪能拿山芋种吃光哉？"阿菊脸涨得通红说："就乃多嘴，快吃吧。"

知道婶子不想在自己面前露穷，冒尖藉为了不让婶子难堪，接过话说："没啥，姐妹们放开吃，等上街去多买点回来。婶子，吃过早饭，麻烦乃自己上镇去，多买点米和油盐酱醋回来，再买点鱼肉回来，让杏花姐妹和杏元小弟过过嘴瘾，吾等会儿再给乃添点铜钿。""瞧乃这孩子，乃给的铜钿足够哉！"阿菊婶子不让冒尖藉再掏钱出来。

早饭吃过后，阿菊婶子领着蹦蹦跳跳的杏元挑了副箩筐上镇上去了。冒尖藉从屋里到屋外察看了一遍，有两只床、一张桌子、六扇窗、三扇门要修理，因为锯、斧、刨、锛、凿等家伙什都在冒家大冢上，一时无法动手，所以他准备隔几天，看看动静去大冢把工具拿过来，再修理起来也不晚。杏花不再是小时候像鼻涕虫那样粘着冒尖藉，相反总是躲开冒尖藉，冒尖藉对杏花说："作啥呀！见了吾像见到鬼那样，生怕吾吃了乃？"

"哥，乃不作兴格能讲吾！"杏花越说越像一只正下蛋的小母鸡脸彤彤红。杏花的几个姐妹开始不生分了，围着冒尖藉叽叽喳喳嬉闹开了。杏花的第三个妹妹与冒尖藉玩挠痒痒，转到冒尖藉的房间里去了，扑在床上时把手伸进了枕头底下，摸到了冷冰冰的东西就抽了出来，小娘鱼（同江方言，意为小女孩）不懂，问："哥哥，格个是啥？"冒尖藉连忙把驳壳枪拿了过来，说："格个不好白相的。"把枪又塞进了枕头底下。

当太阳快爬到头顶上时，阿菊领着杏元挑着担子从镇上回来了。一只箩筐里装了五十斤米，一只箩筐里装的是油盐酱醋，油条大饼，一方硬肋猪肉，一条大草鱼，几包芝麻酥糖，高高兴兴从村上邻居家的门前走过，村上人纳闷地纷纷问阿菊:“阿是办啥事体?”阿菊高腔足调地说:“吾家树根哥的小囡回来哉。”

听说树根家的男囡头回来了,乡邻们都拥到了阿菊家里来。八年前,这个男囡头的惨况着实让村上人担忧。一个无依无靠的孤儿只身出走,其间虽然回来过一次给父母上坟,尽管也知道他被前村冒家大老板收留,但还是让好心的村上人牵肠挂肚。现在又突然回来了,乡邻们抱着种种的猜想要来见个眼实或问个究竟。

乡邻们蜂拥而至,着实让冒尖藉有些吃惊,把阿菊拉到一边,他以嗔怪的口吻轻声地说:“婶子,乃咋把村上的人都招了过来?”阿菊却亮开嗓子说:“咋?吾是要让乡里乡亲看看伲树根大哥家的香火还在啊!”见阿菊屁颠屁颠的样子,冒尖藉不想让她扫兴。

叔叔好,阿娘好,冒尖藉忙不迭地礼数周全地与乡亲邻居招呼着。大伙的眼睛像追光灯似的在冒尖藉身上摇来晃去,一致感到刘树根夫妇积德,生养了这么一个好男囡家,为在地下的刘树根夫妇感到庆幸。阿菊把芝麻酥糖往围着冒尖藉的老老小小的手里塞,几个舌头根长的半老妇女与她调侃插浑:“阿菊啊,乃给秋生要做像娘的样子呵!”“阿菊啊,乃白捡个神气的儿子呀!”“阿菊啊,乃干脆做丈母娘好了呀!儿子女婿全都有哉!”阿菊的心就像泡在了蜜缸里,一张饱经沧桑的苦脸芙蓉般地绽放,抢着老姐妹们的这些话茬唇枪舌剑:“瞎操啥心?吾做娘还用得着乃教吗?”“儿子女婿反正都是吾一个人做娘,阿是眼红啊?”听着婶子与乡亲们饿饿得不亦乐乎,冒尖藉脸上红一阵白一阵,一副窘态。

等乡亲们陆陆续续地离开,阿菊捋起袖子开始做饭,冒尖藉和杏花帮着淘米摘菜。阿菊正在切肉丝,刚才被老姐妹们的话挠得心里痒痒的,见冒尖藉与杏花这对两小无猜的孩子,好像金童玉女突然降临在她的眼前,让她好似漂泊在漆黑的大海里的一只孤舟,突然见到了光芒四射的灯塔,一下子有了前行的方向和希望。

她被憧憬所陶醉,刀切着了她的食指,“嗷”的一声把冒尖藉和杏花吓了一跳,看到婶子手指上渗出血来,冒尖藉让婶子把切口捏紧,赶紧到自己睡的房间从包袱里翻出了一个小瓶子，又回到灶头间将小瓶里的粉末倒在伤口上，血立即止住了，而且痛得没那么厉害，这让阿菊大感意外，心想秋生这孩子在外面闯荡了这么几年，咋长了这么多的本事，心里的小九九打得更加活络起来。

光阴荏苒。转眼间在阿菊家一待就是三个月余，冒尖藉给婶子一家带来的不仅是生活上的宽舒，更主要的是让婶子的日子过得踏实而有希望。冒尖藉自己也像一叶扁舟驶进了宁静的港湾，波澜不惊的日子是多么的温馨和惬意。

三丫头将自己发现秋生哥哥枕头底下的铁把子和秋生哥哥不让自己玩耍的事，悄悄地告诉了阿菊，这让阿菊对冒尖藉生了份疑惑，也多了份担心。

六月的江南，正处于春夏之交，天气渐渐地热了起来。阿菊家的晚饭开始搬到场院里的大桑树底下。冒尖藉在修好了那张高低不平的八仙桌后，又给做了一张不大不小的可以移动的饭桌，打了四只每只可以坐两人的长凳子。等姐妹兄弟吃过了，阿菊今晚特意让冒尖藉帮忙收拾，将饭桌凳子搬回客堂里，然后说："秋生，乃和婶子到灶头间去一趟。"冒尖藉没有多想什么，就跟阿菊进了灶头间，阿菊将门闩住说："坐下讲吧。"于是板着脸问："秋生，乃说婶子咋样？""婶子待吾像亲娘啊！""那乃要老实告诉吾，乃枕头下面的枪是咋回事？为什么藏着掖着？"

"婶子，乃别疑神疑鬼，阿好？吾把实情全部说了吧！"于是，他把自己如何被冒泓晋收留，如何上的学，如何帮助冒老板躲过绑架、追杀，如何来到冒家祖坟，如何认识谭老爹，如何从谭老爹手中学到工匠手艺和武术，又是如何认识小少爷冒泓炜，如何帮助他们烧日本人的东西，如何在冒家祖坟上消灭日本人和被日本人寻仇等等，一五一十地告诉了阿菊婶子。阿菊恍然大悟："三个多月之前的那天，冒家坟先是天还没亮就传来炒豆般的枪声，隔了一天，又是枪声大作，是不是都有乃的份？"冒尖藉说：那天天不亮时的枪声主要是冒家少爷他们打的日本鬼子，隔一天的枪声是日本人寻上门来报复，主要是针对我的。其实那天我是从日本人的枪林弹雨中逃出来的，没法子才回了刘家泾。因为自己想回来躲藏的，所以当你让乡亲们都知道我回来，我不高兴的是生怕走漏了风声，让日本人找过来，连累婶子。

末了，冒尖藉告诉阿菊，自己现在已经改姓换名，并将冒老板让自己改姓换名的经过细说了一遍。

阿菊听了其他倒没有吱声，就是对改姓换名来了脾气："这冒老板啥都好，凭啥让乃把姓和名都改了，这个事吾不答应，乃地下的爷娘也不会答应！"冒尖藉解释道："这冒老板让吾改姓换名没有什么恶意，伊事先让吾自己拿的主意。婶子啊，人家这是看得起吾，别人还没有跟冒老板姓的份儿呢，其实姓什么并不要紧，就像你乃不管穿啥衣服，乃还是乃，这空名头的事不必较真，吾就是姓了冒，谁会说吾就不是刘家泾刘树根的儿子，婶子乃说阿是格个样子？"阿菊想想也是，不必在姓啥名啥的事上纠结，说冒家的不是。常言道，人往高处走，水往低处流。冒老板同意秋生这样的孤儿跟随自己的姓，这还真是没把这孩子当外人。但阿菊对冒家让自己还未长成的侄子去看守祖坟一事，心里依然不痛快："不过，让乃这小小的年纪去为冒家看坟，这事不地道，幸好乃回家了，以后就不必再到那个荒坟野冢熬年头！"冒尖藉知道婶子真心为自己着想，不便驳斥她的好意，就掏心捞肺地说："婶子，冒老板可没亏待过吾啊，出钱让吾葬了母亲，又让吾去读书，教会吾做人做事，不让吾饿肚子，不让吾缺钱花，如果吾乘机脱离冒家，那是忘恩负义，婶子乃说阿可以格能做法？"

听冒尖藉将说得也有道理，阿菊点头称是："婶子知道乃这孩子有情有义！"但她心里做着文章：别看你现在嘴硬，到时用棍子撵都撵不走！

晚上的星星好像刚化好妆，陆陆续续地闪亮登场，在天空中眨巴着神秘的眼睛，让人生出许多的遐想和情愫。

阿菊让冒尖藉早点歇着，自己还要在灶头间忙一阵子。其实她没做啥，她要去把杏花找过来，当她迈出灶头间的门槛时，瞥见杏花的身影倏地一闪，她知道这鬼丫头刚才偷听了自己与秋生的对话，就轻轻地咳嗽一声："杏花，回来，姆妈有话跟乃讲。"杏花像一阵旋风就到了阿菊的跟前。"刚才姆妈跟秋生说的话都听到啦？""没，没……一点点。""听听没啥，不要出去瞎说八道，害了乃秋生哥。"杏花急得眼泪要掉了："姆妈，吾不会的，啥人要害哥，吾就去拼命！""傻！姆妈问乃，乃对秋生的感觉咋样？""姆妈，乃问格个做啥呀？"

俗话说：说话听声，锣鼓听音。阿菊从杏花的话音头里听出伊对秋生的感觉，就因势利导说："秋生从小死了爷娘，让人蛮肉痛的，现在回来，伲家就是伊家，而且伊长得蛮神气，又有好几手本事，找伊做女婿是万人挑一……"杏花情窦初开，姆妈的话已经说得再明白不过了，就娇忸地说："格哪能做法？"阿菊点拨道："平时嘴巴老的要死，上真仗就没了主意？乃秋生哥一个人睡怪冷清的，乃阿好去陪陪伊？还要吾手把手教啊？""姆妈，乃正经点阿好？"杏花羞怯的脸快要滴出血来了，又像一阵风似的逃走了。

一连几天，杏花吃得很少，更不敢用正眼瞧冒尖藉，越是这样，冒尖藉越关爱有加，一会儿杏花长，一会儿杏花短，有好吃的菜就往她碗里夹，弄得几个妹子和杏元不高兴，抗议秋生哥偏心。冒尖藉有时故意逗几个孩子，把好菜直接放到杏花面前，总被杏花用眼狠狠地眄一下，冒尖藉会心地笑着。阿菊把这一切都收入眼帘，心里却乐开了花。

蛰伏了三个多月的姜可名，一直在作种种的揣测。冒泓炜他们火烧吴淞码头日本人的紧缺物资，干得的确漂亮。他听了胖子的汇报，觉得自己不费吹灰之力，就为共产党立下了汗马功劳。拿着胖子们偷偷拍摄的照片，那火光冲天的景象就足以说明一切，他领导的地下党员冒着生命危险，把日本人的东西烧了个精光。凭着这几张很有说服力的照片，他通过上海地下党组织传到了共产党中央，新华日报和新华社电讯都纷纷作了报道，进行了大张旗鼓的宣传。中共上海地下党把姜可名原来的"代"去掉，正式任命姜可名为同江特别支部书记，这当然让姜可名兴奋不已。但让他放不下心的是，冒泓炜他们那天从吴淞码头回来的结果怎样？是冒泓炜他们被同江的日军统统地消灭，还是冒泓炜他们把日本人统统地消灭，至目前他还没有确切的情报。

在给同江日军谍报机关匿名提供情报后的一个月，姜可名一则出于好奇心，二则为实地察看冒家大冢的状况，就带着胖子一行去了一趟冒冢大冢。见到大冢已被炸成高一堆低一洼的石砾，原来的房屋化成灰烬，整个景象一片狼藉，惨不忍睹，一股不可言喻的快意在姜可名心中油然而生："看你冒家还神气啥！"但他又顿生莫名的惆怅："这冒家的小儿子生死不明，心里总不踏实呵！"因为他知道冒泓炜是个血性汉子，如果自己暗中向日本人通风报信的事被他知道，那么这冒家二小子是不会善罢甘休的，就是他不向自己兴师问罪，只要把火烧吴淞码头的真实情况通报给上级地下党，那自己岂能不被人共诟骂？这始终是姜可名一块没有除掉的心病。

还有一个着实让姜可名惦记的人是冒尖藉，他感到冒家的这个小伙计也不可小觑，别看年纪不大却胆识过人，忠贞不二。如果这次他大难不死，有可能的话，一定要收在自己的麾下，不能再让他愚忠于冒家……从此以后，姜可名没有忘记更没有放弃寻找冒尖藉的下落。

自家大冢再次被日本人骚扰，并且大冢祭房被烧毁的消息，不久就传到了冒泓晋的耳朵里。因为上海的纱厂要折卖出去的事把他拖住，冒泓晋腾不出时间回大冢看望。过了半月之久，他才脱身抽空利用一个下午匆匆赶回大冢。放眼望去，大冢成了一片焦土，他不知道这里发生了什么，也不知道冒尖藉是死是活，心里像压了块大石头喘不过气来。他上岸来到祭房，这里已是断垣残壁，脚下是成堆的灰烬和破碎的瓦砾，仔细地察看了祭房正中的一间，没有被掘地三尺的痕迹，心里悬着的一块石头落了地。但没了冒尖藉的踪影，心里忐忑不安起来：不知道这孩子去了哪里？是死是活？大冢前不着村后不靠店，没法打听任何消息，冒泓晋很无奈很不安地离开了大冢。

淡月微云，傍晚时分，冒尖藉躺在靠窗的床上小憩。这些日子累得不轻，他把婶子家里破旧损坏的柜子、门窗、桌椅、板凳修修补补收拾停当，觉得来婶子家里这几个月自己小有成就，因此心里蛮是开心。更让他心里舒坦的是，自己好像整天被一种温柔的空气紧紧地笼罩裹挟着。这温柔的空气如水般凝密，如烟般轻拂，让自己沉浸在薄薄的香泽当中。

在冒尖藉眼前，晃动的全是杏花一展步、一伸腰、一掠鬓、一回眸、一低头的影子。尤其是杏花那眄眼盈盈、软腰扭动的神态，让自己的心跳得七上八下。她那甜蜜的微笑仿佛是半开的花朵一样羞涩，明亮的眸子犹如秋水中的墨珠一样晶莹，冒尖藉一下子觉得杏花真的很美很美。

一阵阵困意袭来，让冒尖藉昏昏欲睡。江南有句方言叫六月六，狗瀫浴，是说节气过了六月初六，就可以下河洗澡了。因为天气渐热的缘故，又因为是男囡，冒尖藉晚上开始不关房门睡觉了。就在他睡眼蒙胧的时候，他似乎感到有一个女人的身影袅娜地飘到了床前。他一个激灵，看清楚是杏花。杏花轻轻地把房门掩上，单衬薄衫地来到了床前低声浅语："哥，是吾啊，睡不着过来陪乃讲讲话，阿好？"

"喔，是杏花，这么晚了乃像精怪一样飘进来，想把吾吓煞啊？夜深了，吾伲孤男寡女在一起，不怕被人说闲话，快出去，吾这几天困得不得了。"冒尖藉连说带推地让杏花出去。

"哥，妹子想过了，吾早晚是乃的人。这东洋兵还没有走，整天要花姑娘，吾与其提心吊胆自己清白的身子被畜生玷污，还不如早点给自己心上的阿哥。哥，吾今晚就给乃！"说完，不容冒尖藉阻挡，杏花把身上的单衣薄衫全褪光，玉体横陈在冒尖藉的面前。

根本没有料到杏花是这样的大胆，如此急切，冒尖藉惊呆了：在月光与灯光交相辉映下，杏花两肩停匀，柔肩凝滑，胸部如秋水般的光密，渐渐隆起的两只乳房像刚刚出笼屉的新蒸馒头，白嫩、紧实、挺拔，没有一丝丝的皱纹，透出香甜的味道，乳尖周围紧绷的皮肤里的青筋细若游丝，犹如是释放热情和力量的秘密通道，乳头像一枚鲜嫩成熟的樱桃那般小巧、圆滑、饱满，尖尖地挺挺地袒露着，被扩散的红晕包围。纤腰弯弯，腰髋衔接处的曲线美妙而流畅，平坦如砥的腹部，修长妖娆的大腿，茁壮玲珑的小腿，紧凑溜圆微微撅起的小屁股，真是妙不可言，有着难以抵挡的诱惑。

就像石火电光把情窦初开的冒尖藉差点儿炸得粉碎，但他的头脑还清醒着，没有贸然地迎合杏花。他用力地推开像灵蛇般绕着的她："杏花，格个不可以，吾伲是血脉兄妹，不可以格样子的，真的不可以啊！婶子知道吾把乃睡了，吾岂不是禽兽不如啊，杏花，真的不可以啊！"杏花双手绕着冒尖藉的脖子："哥，乃难道不喜欢吾吗？吾今晚生是乃的人，死是乃的鬼，姆妈不会反对的呀！"说罢，把香气喘喘的嫩嘴对着冒尖藉长着细密胡子的嘴唇撞了过去，冒尖藉扭头躲避："杏花，吾的好妹妹，吾伲是同胞男女，不可以结婚，就是结了婚生出来的小囡可能会变成怪胎，知道吗？快，回自己的房间睡觉去吧！"这番话让杏花瞬间安静了下来，冒尖藉似乎隐约地听到了门外有微弱的叹息声和轻轻离去的脚步声，冒尖藉似乎明白了什么：杏花今晚这样做一定是得到了婶子的默许。

刚才的狂风暴雨瞬间转化为风平浪静，杏花倒在床上嘤嘤抽泣。银色的月光，这时毫不吝啬地从窗外泻在赤裸露体的杏花的身上，被月光勾勒出的轮廓，就像一尊通体美白的瓷塑那样晶莹，那样剔透，一头乌黑的长发像瀑布流淌飘逸，双颊像被擦过的苹果那样闪着红润的光泽，覆盖在额头上的刘海儿稠密而蓬松，像天空中的云点缀得恰到好处。

虽然不能与柳下惠的坐怀不乱相比，但冒尖藉始终认为自家兄妹不能乱伦，所以今晚对待杏花以身相许，倒是没有乱了方寸，反而让自己的定力受到了铁锤般的敲打。他把杏花的衬衫和薄裤从地上拣了起来，攥在手中浸染着少女特有体香的衣衫，冒尖藉忍不住嗅了嗅，最终还是递了过去："杏花，把衣服穿上，哥哥与乃两小无猜，虽然今晚哥看遍了乃的身子，但不会亵渎乃的纯洁。吾的好妹妹，是世界上最干净、最美丽的姑娘。"杏花用右手捂着眼睛，左手接着冒尖藉递过来的衣衫，转过身子把衣服穿好，噙着泪花说："哥，乃不要吾，吾今后去出家做尼姑，一辈子不嫁人！"冒尖藉见杏花发这样的毒誓好不忍心，把下了床的杏花搂在了怀里："傻妹妹，乃不能这样啊，如果乃不嫁人，哥死了也不会原谅自己的！"杏花极快将手掌捂住了冒尖藉的嘴说："今晚吾伲不做夫妻，也不能随便说个死！"杏花的胸脯贴着冒尖藉，冒尖藉觉得杏花结实的乳房在颤抖，头发丛里散发出的兰香赶往冒尖藉的鼻窦里钻，冒尖藉知道这个时候不能自持，那就会像大坝决口那样一泻千里，自己就会淹没在巨浪和峰谷之中，也会像一块坚硬的磐石，被融化得如水般消失。此时的杏花像一块巨大的海绵在肆无忌惮地汲取冒尖藉的每一滴血，也像一团势如破竹的烈火要把冒尖藉这个心爱的人烧融成一体，直到天荒地老永不分离。

理智最终战胜了冲动。冒尖藉彻底推开了杏花的身子，并且近乎残忍地把她半推半抱地挪到房门外，然后转身把门闩死，直至听着杏花在门外中踯躅而去才上床，感到床上有一摊湿的地方，他知道这是杏花留下的，就起身换了一条床单，躺下后冒尖藉翻来覆去，在迷迷糊糊中听到了雄鸡的引颈高唱……

第二十五章　义无反顾

七月流火，毒辣辣的太阳把大地烤得冒出了青烟，路上滚滚的热浪似乎要挡住人们前行的脚步。冒尖藉却大步流星地往同江城赶，脸上掉下去的汗滴被脚下的浮尘贪婪地一下子吸尽。

今天晚上去同江，冒尖藉是专程去见老爷冒泓晋。他一路走一路想：不知老爷是否知道大冢再次经历日本人的洗劫，也不知道老爷这段时间有没有回过大冢，有没有发现自己失踪，带着这一连串的疑问，冒尖藉的脚步又加快了。

在婶子家呆了快半年的时间，冒尖藉真正感受了家的温暖，也尝到了杏花对自己的温柔，曾经的伤痛好像快要被杏花用嫩滑的纤手慢慢地抚平。但冒老爷临危授命于自己，加上自己承诺的责任，让冒尖藉像怀揣小兔一直定不下心来，因此，他在婶子家里开始待不住了。

杏花那天晚上与自己进行了一场灵与肉的搏斗，第二天两人却相敬如宾，好像什么事也没有发生过，阿菊婶子依然秋生长秋生短，没有一丁半点儿龃龉。冒尖藉明显感觉得到婶子阿菊已经离不开他，连杏花都要把终身托付与己，他心里很清楚，自己再不全身而退，恐怕就像一头猛虎钻进樊笼过惯了舒适安逸的日子，就再也不想钻出去。

眼前最想做的一件事，冒尖藉要把冒家大冢的祭屋重新竖起来，好让自己离开婶子家后有个安身之地。根据自己做木匠的眼锋，按照原来屋子的尺寸计算好了需要的木料，主要是梁木、屋架、门窗的用料，因为原来的屋子被日本人一把火烧了个精光，所以没有可再利用的木料，需要另外准备。砖头应该可以再利用，屋面的瓦肯定都碎了，没有瓦可以用稻草做屋面。经过这番盘算，冒尖藉到自家的老屋去详察了一次，发现老屋虽然墙塌壁倒，但梁木、椽子还有利用的价值，门窗有的还可以修补再用。所以在这次去同江之前的一个月，冒尖藉已经做好了八扇双开对合式的窗。

在做这些窗子的时候，阿菊没有过问他派啥用场，因为杏花在自己的授意下送到他的床上，他硬是一根手指都没有碰，阿菊开始对这个侄子刮目相看，感到摸不透这个侄子的心思，觉得自己像是笨拙的驭手，没法驾驭这头桀骜不驯的犟驴。她想时间是块磨石，可以把他那有棱有角的性子慢慢磨平。

快到同泰纱厂的门口，天已经暗了下来，街上的几盏路灯像吊死鬼一样，晃来晃去，有气无力地向四周散放着暗黄色的光。八年前自己跪在这里，以不屈不挠的劲头，终于感动了冒老爷的情景浮现在冒尖藉的眼前，他打从心里承认没有冒老爷就没有自己的今天。怀着这种心情走到了厂门口。

“喂！站住，干什么的？不打招呼就朝里闯！”门卫凶巴巴的样子走出来拦住冒尖藉。

“喔唷，对不住，吾心里一焦急只顾着低头走路，忘了打招呼，对不住，对不住！”冒尖藉不认识现在的门卫，只好站在门柱的灯光下连声道歉。

“阿哈，这不是尖藉嘛？众里寻他千百度，却在灯火阑珊处，巧，巧得很啊！”这熟悉的声音传到冒尖藉的耳朵里，他猛地抬头见到冒泓晋已经到了自己的跟前，冒尖藉像见到久别的亲人，“哇”地就放声哭了起来：“老爷，吾终于见着乃啦！”

见了这一幕，门卫的人都愣在那里。冒泓晋向他们摆摆手说：“不认识这小子吧？伊可是吾的救命恩人哪！”门卫的人肃然起敬，连忙说：“对不起，吾伲只是例行公事。”

“尖藉，一定没吃晚饭吧？吾也没吃呢，走，先去吃了晚饭再说。”冒泓晋一点儿没有老板的架子，对待冒尖藉像是对待离家出走很长时间的儿子突然回来的那样，喜欢得不得了，挽着冒尖藉的胳膊往食堂走。到了食堂，吩咐大厨给加做鱼片、酱猪肘、丝瓜蛋汤这几个冒尖藉爱吃的菜。菜上来后，冒泓晋一个劲地往冒尖藉的碗里夹菜："尖藉，这些日子可把吾急死了，5个月之前吾就去了坟上找乃，哪里有乃的影子，问讯又问不着，出去找又找不着，乃要是有个三长两短，吾怎好向乃死去的爷娘交代呵？"

原来老爷早就去坟上找过，听了冒泓晋的话，冒尖藉迅速作出了判断，而且确认老爷不是那种死活不管的人，并是个有情有义的人，像慈父一样地惦记、牵挂、怜爱自己，眼泪止不住地往下流，喉咙里的哽咽让他放下了筷子。冒泓晋见状说："都是吾不好，吃饭的时候多嘴，吾与乃快有两年多没在一起吃过饭了，好不容易在一起吃顿饭，咋就说起格些事体来？好啦，好啦，尖藉吃吧！"说完又往冒尖藉的碗里夹了一块酱肘。把话题打住后，一主一仆俩吃过晚饭，回到了冒泓晋的办公室兼书房。

自从佟伯回家养老后，冒尖藉接替了给冒泓晋端茶倒水的活儿，冒尖藉被派往祖坟后，冒泓晋就再也没用专人来做贴身的随从，所以进了办公室习惯地泡茶，冒尖藉哪肯让老爷动这手，就抢过茶杯、水壶给老爷和自己泡了杯龙井新茶。茶泡好后，冒泓晋坐主位，冒尖藉挨着坐下。

"尖藉，把坟上的事讲讲吧！"冒泓晋似乎不急不慢地提示道。冒尖藉知道老爷肯定想知道大家发生的一切，先把跟谭老爹学木匠、武术、弄蛇的事以及谭老爹病亡的经过，自己为什么没有回来报讯说了一遍后，再把少爷冒泓炜带领抗日义士同盟会弟兄来到坟上，自己如何去找的姜可名弄煤油，如何去吴淞码头烧日本人的物资，返回坟上时又是如何遭到日本特务的深夜伏击，以及如何把来犯的日本人全部灭杀，日本人后来如何报复烧坟，自己如何逃脱日本人追杀回刘家泾躲避的经过，详详细细地告诉了冒泓晋。

听罢冒尖藉的叙述，冒泓晋如释重负一口气说："阿拉小弟是热血男儿，这么多年冲冲杀杀不知图点啥？现在好了，伊终于金盆洗手安下心来做学问去了。"

"少爷现在哪里做学问？"冒尖藉不好意思向冒泓晋表明少爷与自己已经是兄弟情谊，所以向老爷打听时依然称"少爷"。

“伊现在上海沪江大学教书，因伊十五岁起就去英国留学，所以沪江大学聘请伊讲授英国文学，前几天吾去参加沪大的校董事会，乘机看了伊一次，伊正在认真地备课，这一回是大学把伊的心拴住了。噢，对了，伊挺关心乃，着急地向吾打听乃的消息，看腔调小弟与乃关系轧得蛮深格！”

“少爷是顶天立地的英雄，现在又去做大学教授，真是能文能武啊！”冒尖藉忍不住流露出五体投地的钦佩神情。

“这次乃与小弟的祸闯大了，差点把命都搭了进去，好在老天保佑大难不死。吾寻思，乃格趟寻姜可名去弄煤油是个极大的错误，日本人夜间去大冢伏击，肯定是得到了准确的情报，而且这个情报肯定是姜可名暗中递给日本人的，伊的用意很明确，就是要借日本人的手除掉小弟。第二天日本人又去大冢，是因为先前派出的日本人没回去，所以又派出了第二拨人前往大冢寻找，真是好悬啊！”听老爷丝丝入扣的分析，让冒尖藉吓得吐了吐舌头：“如果真是这样，格个姓姜的忒歹毒了！”

“乃以为呢？姜可名这是借刀杀人，伊纠缠两家的陈年旧账，已经失去了良知，伊把吾伲冒家当作了死对头，以后对格个人凡事多加小心！”冒泓晋谆谆告诫道，又接着说：“凭吾与小弟的能耐，灭姜可名那是小菜一碟，但冤冤相报何时了，过去的事就让它过去吧！今天说说乃今后有啥打算？”

冒尖藉跟了冒泓晋这么多年，知道老爷的为人和秉性，一向以君子坦荡之为，不屑于小人之道，所以对老爷刚才的话深以为然。

见老爷转到了自己这次来同江早已了然于胸的话题，冒尖藉回答道：“老爷，吾这次没有禀报就自说自话离开了坟上，乃不会怪罪于吾吧？”

“乃这傻孩子，乃做得对，吾称赞都来不及，怎么会怪乃呢！”冒泓晋以赞许的目光看着冒尖藉。

“吾已经有了打算，并且做好了准备，就是重回坟上把被日本人烧毁的房子再盖起来。”于是，冒尖藉把自己来之前已经画好的建房图纸以及如何综合利用材料的打算，向冒泓晋和盘托出。

“先不说建房子的事，吾是说乃还想不想再去守坟？”冒泓晋单刀直入地问。

“老爷是啥意思？还在怪吾在坟上闯的祸，如果不怪吾，那还作啥明知故问？”冒尖藉似乎在回避冒泓晋的追问。

冒泓晋严肃起来：“尖藉乃是装傻，还是真不明白吾的意思？吾再次明确地问乃，乃还愿不愿意再在坟上待下去？”

“格还用问吗？老爷啊，假如吾不肯再去坟上，吾何必再来找乃？早就一走了之，是老爷不放心吾吧！”冒尖藉似乎感到了委屈，眼泪都快要掉下来了。

冒泓晋意味深长地说：“不是吾不放心乃啊，因为乃年纪也不小了，过不了几年，乃是要结婚生子的，所以吾这次是认真跟乃谈的。如果乃还准备去守坟，那吾不打算另外找人，说实在要找个让吾放心的人难啊，因此，吾跟乃明讲，如果乃愿意坚持去守坟，那吾就把这个事长期交给乃，那就是乃不论娶妻生子还是生病老死都要把坟守好，乃好好想想，不必急于回答吾的话！”

听了老爷的话，冒尖藉这才弄清老爷话中的意思，稍作片刻的考虑后，冒尖藉斩钉截铁地回话：“老爷，吾去守坟已经是板上钉钉的事，那是吾自愿的事，吾今后结婚生子、生老病死都不会违背自家的意思和良心，所以，老爷不必大费周章再问这个不成问题的问题！”

“尖藉啊！不是吾啰唆，守坟责任大啊，到时候乃总归会知道自己守坟的价值和贡献，不但对吾伲冒家有功，对社会也是有功的！”“老爷，吾自愿去守坟不是为了讨啥功劳，吾只知道是老爷交给吾的事，吾就有格个道义，就要讲格个信用！”

“好好好，尖藉，难为乃了，乃总归会得到好报的！”冒泓晋对冒尖藉已经深信不疑，就把话转到了盖房子的事上来：“乃不必拆自家老屋的窗子和梁木，按照图纸需要木头、石灰、砖头等全部由吾来提供，要什么给什么，乃尽管说！”冒尖藉说反正自家的老屋派不上啥用场，拆了就拆了，能用的要用起来，不用也是白丢。

经过两人斟酌，冒泓晋决定干脆在同江歇个把月再说，因为他从广播里听说了6月15日美国飞机持续大规模空袭了日本本土98个城市。凭直觉，他认为日本硬撑不了多少日子，所以想等形势明朗点再作安排。但他还是把盖房子要花的钱于第二天就交给了冒尖藉，让冒尖藉自己在同江笃笃定定地采购漆门窗用的桐油、白石灰以及做屋面的小瓦等建材。

因为盖房子的事确实一时半会儿办不好，就这样冒尖藉在同江滞留了个把月。1945年8月7日的中午，冒泓晋忙得脚尖踩脚跟地回来，他像中了大彩那样一把搂住冒尖藉连连转了几个圈，把冒尖藉弄得一头雾水："老爷，乃格是哪能回事体？""今天，吾刚才从广播里听到美国人昨天在日本的广岛扔了一个小男孩！""什么小男孩？莫名其妙！"

气喘吁吁的冒泓晋用手比画说："这小男孩，不是人，是颗原子弹，威力大得吓煞人，爆炸后瞬间把这座城市夷为平地，而且人沾了它的灰尘就会得一种不治之症，格个家伙着实结棍！"

"真格？日本人要吃不消哉！"冒尖藉早就恨透了日本人，听到美国人拿日本人白相，甭说有多开心。

过了三天，冒泓晋与冒尖藉正在吃菜肉馄饨的早餐，冒泓晋这些日子习惯了听广播，所以两人边吃边听着广播。这时，广播里的女人正嗲声嗲气地说市面上消息，突然换了个男的声音腔调都变了，说美国人9日又在日本的长崎投下了"胖子"，以摧枯拉朽之势把这座城市彻底毁了。两人听了之后又高兴了一阵子，冒泓晋感慨地说，天作孽犹可恕，人作孽不可活，这是日本人自己酿的苦酒自己喝！

这几天，反正从广播里不断传来日本人吃瘪的消息，像苏联政府正式对日宣战，苏军向日本关东军及朝鲜、库页岛日军发起全面进攻等等。

正如冒泓晋作出"日本人的日子，是兔子的尾巴长不了"的判断那样，日本人吃不消了，8月15日，日本昭和天皇亲自广播"终战诏书"，这就明明白白地告诉了世人，日本终于要向全世界投降。

同江城的日本兵已经全部抽走了，剩下的在原地接受国民政府军的接收和安置。冒泓晋对冒尖藉说日本人失败已成定局，可以毫无顾忌地干自己的事了。冒尖藉告诉说，材料都已准备齐全，明天就可以起运到大冢了。

"尖藉，这次乃回去，一定要作长期留守坟上的打算，反正吾把这件大事交给乃了！"冒泓晋在临行前对冒尖藉郑重其事地说。

“老爷放心，只要有吾冒尖藉在，冒家的祖坟就一定在！”

到临走时，冒尖藉有一件事一直瞒着冒泓晋。那是几天前，他在南北杂货店隔壁的桐油店里打三桶桐油时，突然被姜可名发现。姜可名看到后热情得不得了，非拉冒尖藉过去到杂货店坐坐喝口水，他神秘地告诉他说，日本人最近吃了美国人、苏联人的苦头，就快要顶不住滚回去了，国民政府军正面抗着日本人，所以力量消耗了不少，共产党在抗日期间成长很快，所以日本人前脚走，后脚国民党就肯定会找共产党的麻烦，因此国内战争在所难免。但是国民党硬着头皮与日本人死掐了八年，加上它本身要多腐败就有多腐败，它与共产党弄白相，到头来共产党一使劲就有可能夺天下。

耐着性子听罢姜可名喋喋不休的话，冒尖藉说：“啥国民党、共产党？跟吾浑身不搭界，乃再说啥，吾也是个阿木林（同江的口头禅，意为木头人）！”

一会儿捏拳头，一会儿摊开手，姜可名的嘴角上起了一堆的白沫，说：“小阿弟，吾伲亲不亲，是乡邻，乃阿是还在冒家的坟上替伊看坟？吾告诉乃，这是大地主、大资本家压迫吾伲穷人，乃年纪轻轻的，伊就让乃做格种生活经，忒不像腔了，乃弗要上伊当，阿懂事体？”

明辨一下，冒尖藉就知道姜可名在挑拨离间，就装傻充愣地说：“吾只知道冒老板供一天三顿饭，日脚过得蛮适意，管伊什么压迫不压迫！”

“阶级觉悟低，低到差弗多是戆大了，乃格是在作践自家！看在隔壁乡邻的面子上，吾做到送佛送到西，帮人帮到底，吾来安排乃，阿好？”姜可名一副大包大揽的样子。

“乃安排吾做啥事体？”冒尖藉试探道。

“只要听吾的，先安排乃到上海做事体，等有了机会，吾保乃做个官，格种事体还弗好啊？”姜可名拍着胸脯说。

“恐怕吾没格个命，谢谢姜老板的关心呵！”冒尖藉觉得老爷的话是对的，不要随便与别人做冤家，就是做了冤家也是宜解不宜结，所以他带着孩子般的真诚，婉言谢绝了姜可名的诱惑。

连个孩子都没能搞定，姜可名十分沮丧，从心里骂道：格个小赤佬也蛮难弄的，真不识相，等以后看乃阿来求吾！

与姜可名的这段偶遇，冒尖藉就当没有发生过，所以在冒泓晋面前只字未提。

雇的船走得很快，下午三四点钟就到了大冢，冒尖藉指挥船工一起帮忙把石灰、小瓦、桐油等建材卸到岸上码好。

看看日头还高，冒尖藉带上给婶子、杏花各扯的一块合适的布料，给杏元姐妹兄弟买的糕点，以及其他一些日用品，手上提，肩上背，走了三里地回到了婶子阿菊家。

从国民政府军的飞机上撒下来红红绿绿的纸头，让老百姓都晓得了日本人投降的消息。让日本人祸害了八年的中国人，都有了日子出头的希望。

冒尖藉还没有踏进门槛，婶子阿菊就迎到了门外，那张核桃般的脸似乎被熨斗烫平了很多，倒像是一朵盛开的菊花肆姿地绽放，笑着说："秋生，乃真有福气，这次回家就有一个好消息等着乃呢！"

"吾早就知道是啥好消息，阿是日本人投降要滚回老家去？"冒尖藉说话的时候，把手里的包袱递给了过来，阿菊婶子伸手接着包袱说："乃已经晓得啦？唷！包袱重得嘞，是啥好东西？"

待冒尖藉把肩上背的东西放到桌子上，杏花已经端了一碗水："来，喝吧，哥格趟一走就是个把个月，也不给家里捎个讯回来，吾伲好担心哩。"说完，粉红嘟嘟的脸张扬着，目不转睛地打量冒尖藉。

让冒尖藉感到惊讶的是，杏花应该不会预先知道自己今天回来，而今天的穿衣打扮与以前大大不同，蓝底白色的小碎花衬衣掐腰窄袖，把身段勾出曼妙的线条，显得更加婀娜多姿，紧束的裤腰，宽阔的裤腿，把丰满的尻子裹得胀胀的、圆圆的，犹如一只发酵成熟的面包。

看着杏花由原来灰头土脸的模样，变成现在敢于展现身段的靓影，冒尖藉百感交集，觉得战争不仅杀戮了了男人宝贵的性命，同时也扼杀了女人爱美的天性。杏花原来害怕东洋兵找花姑娘被糟蹋，一直不敢穿着漂亮，一听到东洋兵来的音讯就披头散发，用锅灰把自己的脸抹得黑不溜秋，现在好色变态畜生不如的日本兵被赶走了，终于按捺不住爱美的天性，淋漓尽致地彰显自己的娇艳。

这次从同江回来之前，冒尖藉特地去了百年老店瑞蚨祥布庄扯了一块浅红色的印花夫绸，还剪了一块黑白条纹的毕几布裤料，当他从包袱里取出来递到杏花的手上，杏花是满心地喜欢，杏花肩下的几个妹子虽然情窦未开，但也已经知道爱美，所以看到姐姐杏花有如此好的衣裳料眼红起来："秋生哥，乃真偏心，弄几块饼头饼脑来骗骗吾伲，乃拿伲当戆大？"

在一旁看热闹的阿菊这时斥责道丫头们："死小娘鱼，阿哥带了交关多吃的用的，弗要与阿哥瞎闹！"阿菊心里已经铁定，不管怎样，也要把秋生与杏花俩人捆牢，要让秋生死心塌地在家里过日子，鸭子煮熟了就别再想飞。

让阿菊困梦头里没有想到的是，第二天，冒尖藉在村里约了几个泥瓦匠和几个帮工，将已经打好的窗子和从自家老房子上拆下来的梁木、椽子等统统搬到了船上，阿菊懵着，冒尖藉对阿菊说："婶子，吾要回冒家坟上去了，这半年多来，乃像亲生姆妈一样待吾，吾心里有数，杏花的心吾也懂，但是吾也是读书人，懂得自古忠孝难全，为了讲信用，讲良心，吾应该回冒家坟上。所以，对不起婶娘，也对不起杏花，吾向乃磕个头！"说罢，冒尖藉扑通一声跪在阿菊面前。

如梦初醒的阿菊这时一反常态，拿出了她的泼辣劲，拽着冒尖藉的衣领，杀猪般地嚎叫："乃格个男囡起来讲，吾婶娘哪一点对不起乃，杏花差一点拿身子给了乃，乃哪能可以说走就走，乃自说自话一走了之，不是拿吾的面孔朝裤裆里塞啊！"杏花在一旁伤心地抽泣。

在闭塞的村里什么都慢，就是谁家吵架、谁偷婆娘之类的消息像长翅膀飞得快，一眨眼的工夫，秋生与阿菊争吵的消息就传到了家家户户。看热闹的，管闲事的，饶舌头的纷纷拥到了阿菊家的院子里。

见一下子拥来了许多隔壁乡邻，阿菊像是搬来救兵，对前来围观的人说："乃格个男囡头真弗懂事体，蛮蛮好的日子不过，非去吓煞人的坟上作啥？让隔壁乡邻评评理，阿有格种事体，真是弄不懂！"

"婶娘，乃弗要格个样子，都说人受滴水之恩，当涌泉相报，乃弗要让吾做个忘恩负义的人，婶娘乃的好处，吾会记得一辈子！"冒尖藉已经被乡邻们从地上拉了起来，对着哭闹的阿菊说，把自己为什么要重回冒家大家，以及回去要建房造屋的事给乡邻们坦陈了一遍。

闲人只说闲话。前来围观的乡邻有的说小囡不大懂事体，有的说格个男囡蛮讲道理，有的说格个小囡神经搭错拎不清。但更多的是翘大拇指，称赞格个小囡主意正，讲良心。

有个叫阿玲的女人与阿菊年龄不相上下，两人好得可以换头换脑，阿菊想把冒尖藉招为女婿的心思早就暗中与她通过气。她有个女儿与杏花同岁，长得也像花一样，见冒尖藉长得神气，现在要离开阿菊家，分明是不肯与杏花做夫妻，她认为机会来了，就劝阿菊：“乃格个戆大，强扭的瓜不甜，小囡大哉，让伊自家做主，乃格能吵吵闹闹弗是事体，格个小囡已经蛮作孽哉，乃就称伊心思吧！”说罢，就用袖子去帮冒尖藉擦拭眼角上的眼泪，动情地说：“以后有啥事来寻吾好了，反正隔三里地弗远格，阿姨家里乃可以多来白相相！”

在乡邻的好言相劝下，阿菊收起了架势，不再阻拦冒尖藉的搬运，乡邻们帮着归拢东西，很快要搬运的全都上了船，冒尖藉站在船头对送到船边的阿菊说：“婶娘，弗要难过，秋生总归是乃的小囡，养好杏花姐妹和杏元弟弟，只要吾有能力就一定会来帮婶娘！”这时的杏花早已哭成了泪人一般，身体软得靠在阿菊的身上。此情此景，让冒尖藉的心碎了。

在“骨叽骨叽”的摇橹声中，冒尖藉望着渐渐远去的村庄，婶娘阿菊和杏花妹妹的身影也在自己的视线中渐渐消失，心中充满了莫名的惆怅。

第二十六章　推心置腹

按照冒泓晋的意思，在翻建房屋的时候，冒尖藉完全照着原来屋子的样子放尺寸，没有重新开挖地基，连地面都没有翻动。西屋的灶头间原来放橱柜的地下还埋有抗日义士同盟会用剩的少量军火，以及自己从日本人身上摘下来的橹子，因为当时冒泓炜主动将一支崭新的驳壳枪给了自己，也没有把自己缴到的这把橹子收去，所以冒尖藉把它一起与剩下的几颗手雷、几百发驳壳枪子弹等重新掩埋好。因此，冒尖藉不用别人帮忙清理地面。中间客堂的地面原来铺的是大方青砖，冒老爷特地关照冒尖藉务必由他自己动手清理，而且还特别提醒原来放供桌的地面不要去翻动。

在清理断砖残瓦和灰烬时，冒尖藉不让帮工的匠人随便染指地面，而是起早摸黑自己动手。尤其对中间客堂，冒尖藉十分留意，隐约感到原来放供桌的地面下面是空的。为了不让别人发觉，他在原来的地面上又铺了一层土，等房子造好后，自己一个人将把地面清理干净。

因为材料充足，冒尖藉自己做作头师傅，盖房的进度掌握在自己的手上，加上冒老爷给的资金充裕，好菜好饭地供着匠人，所以房子盖的速度很快。一个多月的时间，房屋差不多就好了。在房子上梁的时候，正也是日本人投降以后，国人扬眉吐气，同江偏僻的水乡，也同样沉浸在欢乐的气氛中。

因此，冒尖藉按照当地的习俗，托人到双林镇上订了两百只馒头、六十条云片糕，以及用红纸包了一些小钱，在房子上梁时抛撒让人争抢，图个吉利。

冒尖藉让人到离此三里地远的冒家村、刘家泾、姜家宅这前后三条村去发布消息，说这天在冒家大冢有“抛梁”彩头，意思让这前后三条村的人都来热闹热闹。

这天，前后三条村的人熙熙攘攘地陆续来到了大冢。来的人当中，小囡居多，因为小孩子家喜欢凑热闹，妇女来得也不少，因为妇女喜欢讨点便宜，也好讨点彩头。

阿菊带杏春、杏荷、杏芳、杏琴、杏秀五个女孩和老末拖儿子杏元都来了，冒尖藉亲切地打着招呼，眼神飘来飘去，阿菊知道他要找谁，就说：“杏花这两天身子不适意，弗来哉！”

和阿菊同来的还有那个阿玲。俗话说物以类聚，人以群分。阿玲快言快语，风是风雨是雨的，与阿菊脾气相投，两人好得跟一个人似的。这次她与阿菊同来，是在冒尖藉的意料之中。而且在冒尖藉执意要离开阿菊家时，阿玲劝过阿菊不要哭闹，所以，冒尖藉对阿玲的印象很深也很好。

当中午太阳爬到头顶时，象征吉星高照，就开始“抛彩”。男女老少“吾接着馒头哉！”“吾拾着红包哉！”等欢声笑语此起彼伏。

冒尖藉站在一旁看着村上的人都兴高采烈的样子，不知阿玲什么时候站在了自己身边。阿玲拉了一下他的衣角，对冒尖藉说：“秋生，乃阿晓得今朝为啥上了年纪的人来得少？”冒尖藉没在意地说：“阿是离村里远了些！”

阿玲又神秘兮兮地把冒尖藉拉到了了一旁说：“伲阿爹（同江人对祖父的叫法）是姜家宅的读书人，学问蛮深的。据伊讲，冒家格个大坟大有来历，历史上早就有交关多的传说，讲格个大坟是条神秘大船变的，也可能是只巨蚌变的，以前曾发出过赤如焰火的珠光。格几年日本人对格个大坟不是扔炸弹就是放火烧，枪声响得吓煞人，所以年纪大的人都认为格个大坟凶气，不敢到格个坟上来！”

自从踏上这个大冢，冒尖藉凭直觉就感到这不是一个普普通通的坟，但阿玲讲的这个情况倒是头一次听说，在心里不禁对大冢又增添了一层好奇感。

“秋生，送乃一双鞋子，以后没有鞋子穿就来向玲婶讲，伲个小细娘心莲做的鞋子来得个灵光，乃弗要客气啊！”

接过这双圆口灯芯绒布千层底的鞋子，冒尖藉心头一热，眼泪盈盈地说了声“谢谢玲婶”。其实，他哪知道阿玲醉翁之意不在酒。

就像一个画家，画了一幅美轮美奂的杰作，多么渴望得到人们的认可和称赞。冒尖藉在房子造好后，一直盼望冒老爷来坟上看看，哪怕是指点指点也好，或者是论头品足也好，这都会让自己心里踏实些。

但是，冒尖藉的企盼一次又一次地落了空，但他依然望眼欲穿，在耐心的等待之中。

好在房子烧了以后，冒泓晋断定以前给冒尖藉的书也会付这一炬，所以在冒尖藉这次回大冢时，又给了他许多的书，同时给了不少的宣纸和笔墨。现在他有了太多的时间用来读书和练习书法。

冒尖藉已经学会了等待，更学会了如何等待中战胜寂寞。什么时间起床，什么时间练武，什么时间吃饭，什么时间睡觉，以及每天用多少时间看书，多少时间练字，什么时候去大冢巡查等等都作了具体的日程安排。

春夏秋冬种些什么作物，阿菊和阿玲一年四季之中都会带些茄子、黄瓜、山芋、丝瓜、雪里蕻等秧苗和黄豆、蚕豆、扁豆种子，送来或手把手地教冒尖藉种植。所以，冒尖藉慢慢地习惯并喜欢这种清静又充实的日子。

在这个世界上，一个人不论伟大还是平凡，只要顺应自己的天性或后天的习惯，找到自己真正喜欢做的事，并且把自己喜欢的事做得尽善尽美，那么，他就有了牢不可破的家园。

时隔造好房子有近年把的光景，转眼间，秋天又来了，而且今年的秋天西风刮得特别早。

秋风响，菊花黄，蟹脚痒，同江人在这个时候开始捉蟹。冒尖藉昨晚黄昏时在娄墅荡的一条水流缓淌的湖汊里下了一张长长的丝网，因为这时随着海水退潮螃蟹要回到长江与东海交汇处的吴淞口产卵。

到了半夜间，冒尖藉就捉到了二十来只青壳白肚金爪黄毛的螃蟹。娄墅荡的螃蟹虽然没有阳澄湖的螃蟹出名，但蟹苗都来自长江出海口，所以吃上去的口感也差不到哪儿去。

因为睡晚了些，早晨八九点钟才起床，推开门阵阵秋风就撞了进来。忽然，在门前不远处的一棵大桑树梢上，两只喜鹊跳来跳去，不停地唱着。

同江人都喜欢喜鹊，若是一大早，喜鹊在屋前屋后喳喳地叫，那便是有了好兆头，不是报喜的，就有送财的，或者是贵客不打招呼就上门了。冒尖藉已经好久没听到喜鹊这般欢叫，便预感今天会有什么喜事到来。

果然，中午时分，娄墅荡从远处传来了小火轮的“突突”声音，冒尖藉对这个声音特别地敏感，也特别地亲切。他知道老爷今天终于来了，就急忙到码头去迎接，让他没有想到的是老爷和少爷一道来了。

与冒泓晋当然是毕恭毕敬，与冒泓炜可就不一样了，他与冒泓炜噼噼啪啪地打着手掌，冒泓炜喊道：“噢唷，侬个小赤佬，长得介高，蛮神气的呵！想不想大哥？”“咋不想？听老爷说少爷当教授去了，还以会把吾乡下小子给忘了呢？”

冒泓晋看着他们俩的热络劲，不便打扰，先围着屋子兜了一圈，看了重建的房子虽然不像以前那样画栋雕梁气派，但也结实耐用。石灰粉夹的墙面，小黑瓦做的屋面，宽厚木料打的窗子，尤其几扇用柏木做的门映出檀红色，用桐油漆过后更加锃光瓦亮。冒泓晋对这些露出了满意的笑容。

进屋里看了以后，冒泓晋更是一百个放心。当中客堂，原来铺地面用的大方青砖幸好没有破碎，已经被清理得干干净净，一尘不染，而且没有被翻动的痕迹。原来放供桌的地方，现在是冒尖藉按照原来大小尺寸和模样，也是用柏木重新打的供桌，因此结实而漂亮，但原来在供桌上方挂的神龛却没有了，这让冒泓晋有些惋惜。

这时，冒泓炜与冒尖藉闹够了，走进了中间的厅堂，见冒泓晋站在供桌前想着什么。冒尖藉知道老爷的心思说：“老爷，神龛等以后让吾慢慢做，慢工出细活嘛！”冒泓晋摇了摇头什么也没说。

“大哥，这次祖坟让小日本烧了，是阿拉的责任，跟尖藉浑身不搭界，侬弗要责怪！”冒泓炜怕阿哥责怪冒尖藉，就抢在头里把责任揽到自己身上。

冒泓炜嗔怪道：“晓得了，要怪就怪侬格个败家精！啥闲话弗要讲，侬还不赶快给老祖宗上香！”

“阿拉阿哥真是个老迷信，好，好，对老祖宗要敬重的，不能拆烂污。”

冒泓炜向冒尖藉扮了个鬼脸，冒尖藉这时从供桌上拈了两把香递给了他，一起划火柴把香点燃后插进了香炉，一股青烟袅袅而起。

“老爷乃真有口福，吾昨夜捉到了二十来只螃蟹，中午就尝尝鲜吧。”

“哦，来得早不如来得巧，阿拉今天要大快朵颐，统统地包销！”冒泓晋兴致十分地高昂。

“阿拉上海人吃起蟹来弗要命，小阿弟侬介拎得清，让阿拉阿哥淌馋唾水哉。”冒泓炜也凑趣道。

冒尖藉到屋外去找香茅草，用香茅草扎蟹蒸出来的味道更加鲜嫩。蟹扎好后，在铁锅底扣一只碗，然后把螃蟹围在碗与铁锅之间，这样隔水蒸蟹不让鲜味跑掉，蒸了个把钟头停火再焖了一会儿，这时出锅的蟹壳鲜红发亮，蒸熟的螃蟹色香味俱全。冒泓晋自己动手切了一小盆姜末，放进一只碗里，再放入红糖、米醋拌成了吃蟹的蘸料。冒泓炜打开了陈年花雕，加上从上海带来的五香牛肉、三黄鸡、卤汁豆腐干等熟菜，冒尖藉采摘了自己种的大青菜、扁豆和丝瓜，炒了几个时鲜蔬菜，这样，午餐就十分地丰盛了。

边吃边谈，三人你一句，我一句，曲高和众，天南海北。

“尖藉啊，侬手艺真格灵光，房子都造得起来，噱头蛮好格！”冒泓晋今天看到火烧后重建的房子结实，门窗厚重，屋顶也是飞檐翘角，比他原先估计的要好百倍，所以对冒尖藉刮目相看。其实，今天他不仅仅是来看房子的，更主要的是要对冒尖藉做进一步的考察。

因为抗战胜利后，日本人前脚刚走，国民党就悍然发动内战，老百姓还是没能过上安稳的日子。冒泓晋认为中国现状是山雨欲来风满楼，时局莫测。他始终抱着经商为上的宗旨，无意陷入政治和党派之争的漩涡，但中国的生意人难以做到袖手旁观，置身局外，他为此陷入了深深的苦恼。他已经开始为自己和家族的进退去留进行筹划。

对冒家村的祖坟看守问题，也列入了他的重要议程。这次，他要对冒尖藉做深入的考察后再作定夺。所以他乘吃饭的机会把话题引出来。

紧接冒泓晋称赞话后面，冒泓炜抢着说：“阿哥，侬讲对了，格个小赤佬是蛮出息的，叫伊看坟有点可惜！”

“尖藉啊，乃阿有心相把坟看下去？如果乃不想在坟上蹲下去，乃早点向吾讲清爽，吾弗会勉强格！”冒泓晋干脆把话挑明。

不会察言观色的冒尖藉正一个劲地给冒泓晋掰蟹壳，听老爷说这样的话，就把掰开壳的螃蟹揭掉肺、黑衣等不能吃的东西，弄干净后放进冒泓晋的碟子里，擦了擦沾满蟹油的手，端起酒碗说：“老爷，吾敬乃一碗酒后再回答。”

冒泓晋端起酒对冒尖藉、冒泓炜说：“吾伲仨人一道吃一碗！”

冒尖藉放下酒碗，说：“老爷，吾已经用行动回答了乃的问题，想想看，吾把自家的老房子都拆掉了，把有用的材料都弄过来建这里的房子，说明吾已经做好了在这里扎根的准备了。而且吾已经喜欢过这种‘悠然见南山’的生活，吾是年轻了点，开始也怕寂寞，也怕孤单，但吾懂得一个人活在世界上，必须有自己真正愿意做的事情，才会活得有意思，这完全出于自己愿意的真性情，而不是为了金钱、名誉之类的身外之物。因此，如果老爷信任吾的话，以后就弗要再讲格个问题，阿好？老爷！”说到这里，冒尖藉眼睛发红。

冒泓炜见状就打圆场：“阿哥，螃蟹吃得蛮好格，作啥把阿拉小阿弟弄哭？”

“吾随便讲讲，随便讲讲！据吾看出的形势，世道要变哉，将来啥人的事体都讲不准，今朝只想问问尖藉将来有啥打算，吾也好做出安排呵！”冒泓晋面带微笑。

“老爷，举个例子讲，比如守林人长年与树木、野兽、鸟儿这样一些最单纯的生命为伴，伊的全部生活就是守护森林，瞭望天空，但让伊心明眼亮坚定不移。再比如在大海里守灯塔的人，整日与海浪和波涛为伴，却懂得日夜守护灯塔，保护船只航行安全比自己的生命还重要。所以，吾认为一个人不论伟大还是平凡，只要伊顺应自己的天性，找到自己真正喜欢的事做，并且把自己喜欢的事做得尽善尽美，伊在这个世界就有了牢不可破的家园，并且会在这个家园里一直坚守下去，老爷、少爷，吾讲得阿对？”

听了冒尖藉刚才这番话，冒泓晋已经看到了希望，认为自己终于找到了一个年龄有优势、思想又坚定的理想人选，他相信自己看人不会看走眼，但他还是有点担心：“尖藉啊，吾没想到乃现在的思想蛮深刻的，吾其他不担心，就担心乃年纪轻，在坟上待不住啊！”

“老爷，吾知道人在世上有两种生活方式就是交往和独处，但有的人爱交往，有的人更喜欢独处，吾就是后一种人，而且吾认为在特定的环境中，独处比交往更重要，更有意义，更有价值！”冒尖藉更加坚定地说。

“喔唷，小阿弟学问介好，阿拉教的学生都弗一定有侬格种认识。记得英国有一个医生安东尼·斯托尔写一本书叫《孤独》，讲人作为有灵魂的存在物，必然有孤独的灵魂，这是人的伟大和悲壮所在，书中还揭示了孤独在人生中的价值，论证了孤独是人生意义的重要源泉。唯有在孤独中，人才能与自己的灵魂相遇，才能与上帝、与神秘、与宇宙的无限之谜相遇……”

“好啦！侬弗要给阿拉上课，赶快吃蟹，冷了就不好吃啦。”冒泓晋已经对冒尖藉深信不疑，所以觉得再议这个话题已经没有必要了，所以打断了冒泓炜滔滔不绝的宏论。

“瞎讲讲，瞎讲讲，来，小阿弟侬也吃蟹，弗光顾阿拉吃。”冒泓炜抓起一只大雄蟹送到了冒尖藉碗前。

仨人其乐融融地干了好几碗黄酒，蟹还剩下十来只，冒泓晋说吃不了打包给船上的师傅吃。

这时，冒尖藉才想起忘记把小火轮上的师傅叫来一起吃，就起身说：“喔唷，吾格能粗心，咋忘记了师傅还空肚皮，吾没有尽地主之谊哦！”

“乃坐下吧，今朝吾特地让师傅们在船上自己吃，所以弗用担心这帮船老大。”冒泓晋的话让冒尖藉放下了心。

两兄弟在祖坟上消磨了大半天的时间，该说的都说了，该安排的都安排好了，冒泓晋觉得该回去了。临走时，他反复问冒尖藉还有啥困难，冒尖藉说老爷想得挺周全，啥也不缺，请老爸尽管放心好了。

在送冒家兄弟俩出门去码头短短的路上，冒泓炜悄悄地对冒尖藉说：“小阿弟，国民党与共产党闹得挺凶，侬要格外小心，尤其要当心姜可名格个人，格种小人对阿拉冒家绝对是个祸害，伊亡冒之心不死！”

“晓得哉！吾会当心格！”冒尖藉偎依着冒泓炜点头答应道。

第二十七章　夜半来客

1948年的头上，也就是在冒泓晋、冒泓炜兄弟俩离开大家不到半年的时间里，村里传言纷起。

冒尖藉经常到村里去转转，听有的讲国民党被共产党打得快不行了，都说共产党厉害，被蒋介石围剿只得躲到大西北这种鸟不拉屎的地方，竟然用小米加步枪反过来把老蒋打得落花流水；有的说共产党比国民党好，帮着穷人说话做事，顾全老百姓的利益；也有的说共产党要大伙儿混在一起，实行“共产”等等，反正是人心惶惶，将来的世道是啥样子，谁也说不清楚。

在这年春夏之交的一个深夜，冒尖藉心神不宁地躺在床上还没有入睡，听到了“砰砰”的敲门声，就问：“啥人？”

门外的人答道：“小阿弟，是侬大哥啊！”听是冒泓炜的声音，冒尖藉急忙把门打开，冒泓炜和另外两人跨进门来。

“小阿弟，快点弄点吃，让格两个朋友填填肚皮。”冒泓炜吩咐道。这次在翻建房子时，冒尖藉在屋内的隔墙上都开了门，这样刮风下雨不影响三间屋内人员的通行。听冒泓炜说了以后，冒尖藉就把三人引到了西间的灶头间，把灯点亮后，让三人坐到八仙桌边上，然后把剩饭菜热了一下，加烧了一个鸡蛋汤就给三人吃。

吃过饭，冒泓炜又要冒尖藉给泡了茶，跟着来的两人始终保持警惕的样子，冒泓炜对他们说，不用紧张，这个地方很安全，这个男孩很可靠，曾在这里参加过消灭日本鬼子的战斗。

听了冒泓炜的话，两人紧绷的脸放松了，对冒尖藉表示了热情和友好。

其中一个年龄与冒泓炜差不多大，也就是三十五六岁的模样，说话很稳重，但操一口浓重的苏北口音说："今天，多亏冒先生出手相助，我们才逃过了保密局特务的追杀。你在上海的抗日义举，我们在苏北根据地早就听说了，彭雪枫师长一直夸你，你现在又积极配合中共中央上海分局做好江南解放的准备，因此冒先生功劳不小啊！"

"这些都是我应该做的，不值得一提。我对政治不感兴趣，本来把日本人赶跑了我就退避三舍，但刘晓先生代表中共中央上海分局一再做我工作，劝我为中国人民的解放事业作点贡献。作贡献我不敢说，但我支持共产党建立统一国家大业的政治主张，中华民族不应该这么四分五裂，所以我愿意为解放事业尽点微薄之力，所以我已经与国民党海军总司令部参谋长兼上海办事处主任周应骢、海军国防部第二舰队司令林遵、国民党联勤总部中将巡视员张权以及国民党中央陆军大学教官蒋子英等作了联络，他们都愿意在中共上海分局的领导下开展策反工作。"冒泓炜轻描淡写地向这两个人介绍说。

"这次我们从苏北秘密潜入此地，主要是配合江南广大城市和上海的解放，但一到上海就遭到了国民党保密局特务的追踪，如果不是冒先生的古道热肠，把我们从特务的枪口下救走，又用你哥的船把我们连夜送到此地，我们不仅难以完成党交给的任务，而且难保生命安全。眼看就要解放了，自己却牺牲了，这岂不是太可惜了呀！"操苏北口音的人继续说着感谢冒泓炜的话。

"小事一桩，何足挂齿。老百姓太苦了，我期望共产党在不久的将来统一全中国，让长期处在水深火热之中的穷苦人过上好日子，这是我的最大愿望。"

"凭冒先生这样的学问和对抗日、对解放事业作出的成绩，你不仅可以加入共产党，如果不入党也可以作为无党派人士参与国家政权的建立，像你这样是新中国成立最急需的人才啊！"

冒尖藉听着少爷不停地与陌生人说着话，就不停地给他们碗中添满水。

"毋庸置疑，共产党一定会取得最后的胜利，并且会夺取政权，对此我是很清楚的，以后我是否愿意跟共产党做事还真没有这个打算呢！”

“这点等以后再说吧。冒先生，我们两人这次转道上海再来同江，主要是配合解放上海，并为同江解放后建立地方政府做准备的。但中共同江地下特别支部因为国民党特务的突然袭击没能接应我们，上海局交代由你掩护并与同江地下特别支部取得联系，不知冒先生有何考虑和安排？”那个苏北口音焦急地问道。

冒泓炜呷了一口茶说：“我知道你们此次任务重要，而且中共上海分局策反委员会的张执一书记向我交代，你马汉章先生是前来执掌同江地区的政务，对像你这样共产党的要员，我是不敢马虎的。我已经派人去同江联系中共特别支部的书记姜可名先生，约定明天下午或晚上来这个地方迎接你俩，但我提醒你们要特别小心姜可名这个人。”

“这个人政治上有问题吗？”马汉章依然用苏北口音问冒泓炜。

“至于政治问题嘛，等你们一起工作后会弄清楚的，我不好妄加评说。”冒泓炜没有把姜可名在30年代被国民党中统特务秘密逮捕的事说出来，主要是不想把姜可名往绝路上赶。很可惜这仅是冒泓炜自己的一厢情愿，后来事情的发展证明，凡事当断不断，反受其害。

夜已经很深了，冒泓炜让两位从苏北解放区来的人抓紧时间睡一会儿。冒尖藉早就生了份心，在翻建房子的时候特意多打了十只长板凳和五块床板，做好冒泓炜突然带人过来住宿的准备，所以在东房间和中间客堂用两只长板凳和一块床板搭成一张活动床，将客人安排住了下来。

第二天清早，冒尖藉起来去西屋做早饭，冒泓炜也跟着起床到西屋，示意冒尖藉轻点声别吵醒客人。

“大哥，乃咋还做这么玄乎的事，这两人啥时候走啊？”冒尖藉问。

“今天下午或晚上，姜可名一定会来接人的。阿拉上午就要回上海，阿哥要用船的。等姜可名自己或者派人来接，侬反正装作啥也不知道，一定要小心呵！”冒泓炜拍了拍冒尖藉的肩膀说。

或许因上海遭遇险情，或许是苏北斗争的艰苦卓绝，马汉章俩人睡得特别沉，一直到快要吃中饭的时候才醒过来。他俩对冒泓炜不好意思地笑着说睡过头了，让冒先生见笑。冒泓炜说，你们辛苦了，多睡会儿没关系，把这里当自己家好了。

冒泓炜对马汉章说，因为自己上海有要紧的事，还要把船还给自己哥哥，所以不陪着吃午饭，到时同江特别支部姜可名来接你们，一定会万无一失的。

在送走了冒泓炜后，冒尖藉开始做饭给客人吃。他看到少爷对这两位苏北来的特别客气，所以也不能怠慢了他们。中午煮了一锅大米饭，从缸里取了一条腌好的大草鱼，做串汤鱼块，将原来烧好的一碗红烧肉蒸在饭上，又采了五六个茄子炒茄块。马汉章他俩吃得很香，连吃了两大碗米饭，咸鱼、红烧肉被一扫而光。吃完后，马汉章拍了鼓起来的肚子说："小伙子，谢谢你啰，本大人宁做撑死鬼也不愿做饿死鬼。"说完哈哈地大笑起来。

饭后，马汉章与同伴到场地上晒太阳，两人嘀嘀咕咕地商量着什么，可能是不让冒尖藉听到。冒尖藉也很识相，不去打扰他们，自顾自地收拾东西。他看到马汉章俩人腰里别着的驳壳枪，知道自己的驳壳枪是M1932，而他俩的是M1930型，属于半自动型号，由十发固定弹仓供弹，装弹时得先保持枪机在后方，然后用一个装满子弹的桥夹（常称"梭子"）插到机匣正上方的缺口中，然后向下用力，把子弹压进弹仓去，压完后再把空桥夹拔出来。

冒尖藉心想，都传说共产党军队厉害，小米加步枪虽然没有国民党的武器好，却硬是打败了飞机加大炮的国民党，因此对马汉章也同样充满了敬畏。

到了晚上，天已经黑了下来。冒尖藉在大家的入口处放哨，见姜可名杂货店里的胖子左顾右盼地急匆匆地走来，看到冒尖藉压低了声音问是否有两个外地人在这里，冒尖藉点点头，引着胖子进到屋内。

"你是什么人？来这里干什么？"马汉章威严地问胖子。

"我是同江特别支部的联络员，叫魏剑新。请问你是……"胖子结结巴巴。

"我是马汉章。"

"噢！你就是新成立的同江地委马书记。"

"是的，姜可名为什么不来？"

"姜书记他临时有事抽不出空前来接应，所以指定我代表他接你马书记。"

"接上级的命令，在我到达同江起，原同江特别支部自行撤销，姜可名同志作为我的副手，没有理由不在第一时间来见我！”显然，马汉章对姜可名今天没来碰头是不太满意的。

这时，暮霭已经四合，天上的一颗流星在茫茫的夜空中划出了一条耀眼的弧线。时间不早了，马汉章催促胖子前面带路往同江方向进发。

约莫过了半小时，从西边方向传来了一阵如炒豆般密集的枪声，冒尖藉心里紧张起来，莫不是马书记他们出事了，但又不敢前去探个究竟，在床上思前想后睡得不踏实。

早晨起来，冒尖藉练了一会儿拳脚，想起好长时间没有擦那把心爱的驳壳枪，因此在八仙桌上摊了一块布，按照蔡畅敏教的分解结合方法进行精心擦拭。

到了中午时分，冒尖藉草草地扒了几口饭，就打算到双林镇上去逛一圈听听消息。双林镇就南北一条街，在街的中间有一家老字号的茶馆。这茶馆可是个消息灵通的地方，方圆几里地杂五杂六的消息一经这儿，不消几个时辰就传遍十里八村。所以冒尖藉一踏进茶馆，就听到了“昨晚有两个苏北人，被几个黑衣人打死了”“听讲格两个人是来同江就任的共产党大官”“蛮好的事体，从路旁蹿出几个人不明不白地朝他们开黑枪，把格几个人身上打得像筛子全是窟窿”。

从这些话中，冒尖藉已知道了大概，就是昨晚马汉章几个遭遇不明身份人的突然袭击，他感到无比的懊恼和惋惜。他准备离开茶馆经过一张桌子时，听这张桌子上的两个人在低声说，昨晚这件事是姜家宅的大儿子带人做下的，把跟他多年的胖子一起捎带干掉了。

尽管说的声音很低，但冒尖藉耳朵灵，听得是真真切切。

回到大家，冒尖藉坐在大桑树下，像一尊石雕，一个下午没挪动。他百思不解姜可名为什么在背后下黑手，是怕人家来抢他的位子，还是误杀了自己人？就是误杀那也不能把胖子一起干掉啊！胖子为他做事还是很卖力气的呀！这些问题让他的脑子想得生疼。总之，从这件事上，冒尖藉彻底领教了姜可名的蛇蝎心肠。

是年七月，下着滂沱雨的一天下午，天上电闪雷鸣，冒泓晋在风雨交加中乘了小火轮回到了大冢。

冒尖藉在密密匝匝的雨帘中，看到老爷冒泓晋身裹棕毛编织的蓑衣，怀里还抱着一个二三岁的小女儿薇薇冲进屋内。

他告诉冒尖藉，共产党军队发起三大战役，已经把国民党军队打败了，而且很快就要渡过长江，进攻上海。据自己的研究和分析，感到对共产党的政策吃不太透，反正有一条是明确的，就是共产党反对私有财产。因此，在没有把握的情况下，只好采取“三十六计走为上”，已经变卖了上海、同江的所有产业，与亲弟弟冒泓炜一起举家迁移香港，尔后到英国定居。

在两人相对长跪时，冒泓晋告诉冒尖藉，祖上规定冒家大冢的秘密只能告诉嫡长子或嫡长孙，这作为家规从明朝永乐起传到现在的泓字辈，已经有五百多年的历史了。但形势所迫，加上对冒尖藉的信任，就把作为冒家信物的半瓣翡翠琵琶和冒氏家谱以及进入大冢的秘图，毫无保留地交给了冒尖藉。

在临别时，冒泓晋还交代了这样几件事：一是在冒家村还有五六十间房屋和三百多亩田，在共产党分田分房时不要参与，也不要接受一房一田；二是以后的生活费无法按时供给，今天给的五根金条不可能养一辈子，要自食其力，如果确为生活所迫可以到坟内取少许财宝，但不可贪婪，泄露天机，否则必招杀身之祸；三是此座大冢共有四层，水面上的两层本来就是空的，是祖上预留的墓穴，已被日本人的飞机炸坏进了水。如果进入坟内，一定要按照图上标明的机关和步骤操作，千万不可轻易进入。

在听老爷说少爷冒泓炜一道撤离大陆，冒尖藉知道少爷留学英国，与老爷全家举迁异域，亲弟弟起个向导作用也是必不可少的，但想到这个让自己称为阿哥的少爷也许一去不复返，心里真不是个滋味，就特意多问了一句：“老爷，少爷真格也要走啊？”

冒泓晋肯定地说：“是的，伊如果不去英国，吾伲一家到了那里举目无亲，找啥人去呀！”他怎能体会得到冒尖藉心中的那份苦楚。

俗话说，患难之中见真情。冒尖藉与老爷在动荡不安的年代相互深信不疑，老爷把近六百年的冒氏家谱，尤其是藏着巨大秘密和巨大财富的祖坟托付给了自己，这种临危受命，让冒尖藉深感使命重大，决心像一个士兵一样，坚守在神圣的岗位上，任凭石火电光，白云苍狗，无边风月，也要像磐石一样永不倒下。

中国历史这个老迈之躯，不再步履蹒跚，而且注定要在这一年脱胎换骨，凤凰涅槃。

1949年4月的一天上午，冒尖藉准备下田排水。因为自从冒泓晋去年大热天走后，冒尖藉做好了自力更生、自食其力的准备，所以在秋季的时候，他利用护冢河边的荒地，开垦出四五亩地并垫高了地基种上了元麦。可能是原来的低洼地，长年积起的淤泥肥沃，围成田后种上的元麦，由于肥力十足，麦穗挂得沉甸甸的。前两天下了一场透雨，为了不让麦田积水，使即将成熟的麦子倒伏，冒尖藉准备去疏通水沟。

他穿着雨靴扛上铁锹刚迈出门槛时，见到路西头有一个人边推边骑着一辆自行车。因为前两天下雨，路上还没有干透，有些泥泞，所以来人没法顺畅地骑自行车，积水的地方还要下来推着自行车走。

定神一看，尽管来人身上粘了泥巴，头上的草帽压得很低，冒尖藉还是认出他是自己上海的阿哥、少爷冒泓炜，不由惊叫起来："嗨！阿是少爷阿哥？"

"小阿弟，是吾呀！"冒泓炜推着自行车到了冒尖藉跟前。冒尖藉放下肩上扛的铁锹，接过了冒泓炜手中的自行车："乃不是与老爷出国去了，咋又回来了呢？"

"侬大惊小怪做啥？阿拉听讲苏北来的马汉章在此地被杀死啦，格个事体弄大哉，中共上海局盯牢向阿拉要人，阿拉做人一向光明磊落，格桩事体弄弗清爽，一走了之就讲不清爽了，所以，阿拉格趟回坟上来，主要向侬打听一下阿有啥消息。还有嘛，共产党就要打进上海，成立新政府，原来跟阿拉一道在上海滩上抗日的弟兄们，有不少事体需要向新政府讲清爽，怕有啥后遗症。所以，阿拉当时答应大哥一道走，如果阿拉当时不答应，就会影响大哥一家的迁移，等大哥一家上了船后，阿拉脚底抹油溜走了，就是害得大哥在码头上干着急。"冒泓炜十分平静地说。

"关于马汉章被杀，吾在镇上茶馆店里听讲，是姜可名背后下的毒手。"冒尖藉把从双林镇上听来的风言风语告诉了冒泓炜听。

“啥？是姜可名下的毒手？格桩事体弗得了，难道伊连自己人也要赶尽杀绝？格个姜可名哪能回事体，不怕共产党寻伊算账，伊自家就不怕雷劈啊？”冒泓炜自言自语道。

突然，冒泓炜重重拍了一下自己的脑袋：“噢！阿拉想明白哉，姜可名白相一箭双雕的手腕子，伊背后下毒手密杀马汉章，一是嫁祸于人，因为马汉章是阿拉护送来的同江，而马汉章在同江被杀，就与阿拉脱不了干系，并且伊连自家的心腹胖子一起杀掉，用心就更加明显，就是要拿这本冤枉账算到阿拉头上；二是取而代之，伊眼看共产党就要掌握天下，而现在却让马汉章来做顶头上司，格个权力欲极强的人，是不会拱手相让的。所以在背后下毒手，对姜可名来讲是有百利而无一害。”冒泓炜说到这里不禁倒吸了一口冷气。

“尖藉，姜可名坏透坏透，想想蛮可怕格！阿拉回上海要立即向地下党讲清爽，侬以后碰上格个人要小心加小心。”冒泓炜再三叮嘱。

“少爷，俗话讲：害人之人不可有，防人之心不可无！乃也要小心格个姜可名，伊是个下三烂的货色，啥格事体都做得出来的，一直挖空心思地寻冒家的麻烦，格种小人不得不防啊！”冒尖藉听了少爷的分析，出了一身的冷汗，所以反过来提醒道。

“阿拉还有一桩事体要托侬做。”冒泓炜从夹克贴身口袋中掏出一只信封，交给了冒尖藉说：“格个是可以掐姜可名头颈的东西，是伊在1936年被国民党上海中统特务密捕后，亲笔写下脱离共产党的声明和提供三份情报的影印件，格是阿拉在中统里的朋友用拍照方式搞到手的。侬把格些保管好，轻易不要拿出来，如果伊对阿拉下毒手，侬也不要把格些材料拿出来。一旦姜可名做了共产党大官，晓得侬掌握了对伊不利的证据，照伊的德性，伊肯定会杀人灭口，对乃下毒手！如果没有侬，哪还有啥人来帮冒家守祖坟啊？所以如果出现格种情况，阿拉死倒是不要紧，关键是侬不能死！”冒泓炜如此这般地交代。

让冒尖藉根本想不到的是，这次与冒泓炜不是分别，而是阴阳两隔的永别。

第二十八章　探秘伊始

在冒泓炜离开大冢一个月后，国民党的老巢南京被渡过长江的解放军占领，乘胜追击的解放军大队人马经过同江地区，向上海进逼。上海周围的郊区日夜炮声隆隆，冒尖藉在大冢都能隐隐约约地听到。

这些日子，冒尖藉两耳不闻窗外事，倒是对两件事特别感兴趣。第一件是阿玲上次说起老辈人对冒家大冢的种种传说，第二件是冒老爷临走前交给的大冢秘图和给自己的提醒。联想到自己看到大冢的第一眼，凭直觉就感到这座大冢大有来历。年轻人身上那种敢于冒险探密的冲动，把冒尖藉搅得心神不宁，跃跃欲试。

已经听不到枪炮声了，老百姓的日子也开始安稳下来。冒尖藉昨晚在护冢河里布了一张丝网，早晨起网时捞了不少鲫鱼和红嘴翘尾的白鱼，分成两份装进了自己编的篾篓里，吃过早饭拎起篾篓就往刘家泾去。

先到的是阿菊婶娘家。杏花正在洗头发，她一直用稻柴灰经过温水过滤后的水洗头发，可使头发乌黑发亮，看来这是她保持一头好发的秘诀。刚过清的头发湿漉漉的，杏花用干布擦着头发，看到冒尖藉自己打开了用木条子打的院墙门，就朝屋里歪着头喊：“姆妈，阿哥来哉！”然后朝冒尖藉莞尔一笑，用篦子梳起自己的头发。

“哟！秋生来哉，屋里坐吧。”阿菊从屋里走出来还在围裙上擦手。

“婶娘，格点鱼是吾早上张丝网捉起来的，乃拿过去中午红烧吃。”冒尖藕将一只篾篓递给阿菊。

“作啥？乃就要走？”阿菊有些不高兴，眼睛盯着冒尖藕另一只手里拎着的篾篓。

“婶娘，吾还要到阿玲婶娘家里去一趟。”冒尖藕怕阿菊有误会，就接着说：“上次听阿玲婶娘讲，伊家里的老阿爹知道冒家大冢的故事，格些日子吾正巧有空，没啥事就出来走动走动，打听打听消息。”

“噢！是格桩事体，那乃回来吃中饭，婶娘烧拿手的黄焖鲫鱼、清蒸白鱼。”阿菊脸上阴转晴。

出阿菊婶娘家墙门往西走过七八户人家，是一户三间坐南朝北正屋加东西两边厢房的人家，这是阿玲婶娘的家。

冒尖藕在院墙门口就喊：“阿玲婶娘在家吗？”“啥人？”里面传出了一个中年女人特有的短促、响亮的声音。

“婶娘，是吾啊，秋生！”冒尖藕用充满热忱的声音回答。

“哟！吹啥格风，把乃请来啦！”阿玲赶紧打开院子门，把冒尖藕迎了进去。见到冒尖藕手里拎着篾篓里还活蹦乱跳的鱼，说：“乃格小囡，来白相还拎啥东西。”“格点鱼是吾早上起网刚从水里捞上来，给婶娘尝尝鲜。”冒尖藕边说边把篾篓往阿玲手里送。

“心莲，有客人来哉，出来打个招呼！”阿玲朝屋里叫唤。“来哉，啥样子人让姆妈喊得起劲。”一个年龄十八九岁，扎着又粗又黑的大辫子，上身穿芦席花洋布，下穿竖条子手织布裤子的姑娘从屋里走出来，她中等身高但结实匀称，胸前鼓得凸凸的，快要把衣衫撑爆，一张苹果脸圆嘟嘟，两只眼睛水汪汪，浑身上下透出青春韵味。她一见冒尖藕就怔住了，眼睛直勾勾地停在了冒尖藕的身上。

“小细娘，还不快去搬只凳子过来！”阿玲见在眼里，喜在心里。

冒尖藕知道这个姑娘肯定是心莲，是阿玲的女儿，她的美貌和气息差点儿也让自己走神，他觉得心莲与杏花的差异好像是两个品种的花，一个含蓄，一是热烈。凭阿玲先前的话语和表示，冒尖藕感到阿玲对自己有意思，与阿菊一样都希望与她的女儿相好。但今天特地来阿玲家，不是来相亲的，而是要阿玲引见他要找的人。

“婶娘，乃上次讲，冒家坟有交关多传说，吾今朝过来瞎问问。”冒尖藉说明来意。

“噢，对，对，是有格回事体，吾马上回娘家姜家宅去把阿爹请过来！”阿玲风风火火起身，到屋里抓了件外罩衫说：“秋生，乃与心莲一道白相相，吾去去就回来！”说完对心莲使了一个眼色。

约莫过了个把小时，阿玲搀着一个留着长长的白胡子，拄了一根很考究的紫檀木拐杖，年近八旬，童颜鹤发的老人走了过来，一副才高八斗、满腹经纶的样子。他是姜可名的堂叔，是阿玲的亲爷爷，也是清末的秀才。

老人一踏进院子，冒尖藉就上前替过阿玲搀扶老人。老人眼不花，目不斜，见了冒尖藉就问道：“阿玲，格个男囡蛮神气，天庭饱满，眉清目秀，有潘安貌，关公相，难得难得，阿会是乃招的女婿啊？”

“阿爹，乃老人家眼睛尖得很，真识人格，伊还不是吾伲女婿，伊是隔壁爷娘全被日本人害死的小囡，现在给冒家看看坟。”阿玲说完咯咯地笑。

“哟！罪过罪过，格能好的小囡给冒家看坟，忒作孽哉。”姜老爹啧啧道，明显对冒家也抱有敌意。这时，冒尖藉已经把老人搀到了桌子旁边的靠背椅子上坐下。

“老爹，今朝弗要讲格些闲话，伊特地来听乃讲冒家大坟的故事格。格个小囡真蛮有良心格，今朝来，还带了不少新鲜鱼，吾给阿爹做最喜欢吃的鲫鱼炖蛋。”阿玲一席话把老人哄得哈哈大笑起来。

“吾小囡家洗耳恭听老爹爹讲故事。”冒尖藉从心莲手里接过泡好的茶杯，送到了老人手上。

“乃个好小囡，算乃问对人哉，吾对冒家大坟倒是研究过一番的，确实大有来头，因此，吾劝过小名（指姜可名）弗要与冒家作对，伲姜家祖上气脉不及冒家旺，有的事体真蛮有讲究格。”老人说完从怀里掏出一体已经发黄的竖写的手抄本，引经据典地给冒尖藉讲述……

在明清两朝，整个太湖流域，东至浏河、娄墅荡、吴淞江、黄浦江汇长江入海处，不断有神秘的大型物体在游弋。一些地方文献中曾有记载。明人《云间据目抄》中，就记叙了万历年间疏浚吴淞江的情况。据当地民工反映，吴淞江里“闹鬼”了：“有一大船，前后十余舱，约长数丈，浮没无常，人不能蹑，竟不知何物也。”

什么叫“浮没无常，人不能蹑”？就是说，它忽沉忽浮难以捉摸，人一靠近它，它就立刻下潜消失了。这真是一艘奇怪的“大船”，因为沉船不会忽而浮起，忽而沉没。

《云间据目抄》还记载万历二十年（1592），与娄墅荡相通的华亭一条河里出现的怪事：大涨泾为潮泥淤塞，方议开浚，忽九月内，渐深六尺，两岸如刀斧断削，人工所不及也。

一条久已淤塞的河道，一夜之间莫名其妙地忽然开通了，并且河岸“如刀斧斫削”，即像被刀斧砍削过一样平滑整齐，在古代根本没有此种技术和此种设备，因此非常不可思议。

后来有人考证过冒家大冢，从尺寸、形状、工艺等分析，认为冒家大冢就像一艘大船，而且大冢的四周也如刀削一般光滑和陡峭。还说得有鼻子有眼，当年那艘忽浮忽沉的大船后来变成了冒家大冢。

听姜老先生绘声绘色地讲述，冒尖藉脑袋里浮现出自己第一次映入冒尖藉眼帘的冒家大冢，犹如一艘气势恢宏等待远航的巨轮。觉得大冢现在虽然被日本飞机炸塌了顶，但从娄墅荡湖中远眺冒家大冢，依然是像一艘迎风劈浪的战舰。

就在冒尖藉浮想联翩时，姜老先生又说《月浦志》上还记有这样的事情：在明代万历年间，有一只“珠光烛天”的大蚌，很像一艘大型的飞碟母船，常出没在宝山和同江一带的河湖中，并把娄墅荡作为停泊的“军港”。晦暝之夕，常见浮于水面，大如高阜，珠光烛天，其光起处约有里许。在湖面上常与龙争斗，龙自云端直下，其爪可长数十丈；蚌于水面旋转如风，仰喷其涎亦数十丈。三四日方才停息。

一直到崇祯年间，大蚌方移入大海。蛟龙欲取其珠而终不能得。甲戌八月七日，居海滨的人们见到苍虬数十，罄海水见底者三度，大蚌口喷泥沫数百丈以驱之，竟不能攫而去。是日一昼三潮，娄江、吴淞皆然。道光间犹见其光，每于夜间光发海面，同白昼，约一时许。沿海居民皆见之，谓为“蚌珠”亮可照人。后渐远渐小，至同治间不复见矣。

传说明朝永乐年间，“大蚌”就已见于吴淞水域，迨至同治初年，有四百多年了。同治初，有个叫汪福安的官员在宝山参与修筑海塘，一天夜半从县衙回家，乘着轿子行走在海坝上，忽然望见前面红光满天，如彩霞般灿烂，不由大惊，以为是哪里失火了。多见不怪的轿夫告诉汪大人：“那不是火光，而是珠光，当地管它叫做‘蚌献珠’。”汪大人登高远眺，见那奇异的红光是从海中发出的，嘴中啧啧称奇。

说到这里，姜老先生感叹地说：“冒家大冢就是从永乐初年诞生的，几百年来它确是个神灵之地，已经庇护了冒家几百年的基业啰！吾伲姜家就没有冒家的运道好，跌宕起伏，坎坎坷坷，自叹不如啊！”

在喝了一口茶后，姜老先生混浊的眼中突然放出了一丝亮光，幸灾乐祸地说：“风水总归要轮流转，前一阵子日本人把冒家大冢炸得一塌糊涂，现在倒好，冒氏家逃得不见一个人影，冒家祖宗都要变成孤坟野鬼啰！”

正当冒尖藉、阿玲、心莲几个聚精会神听着，姜老先生口沫飞溅地说着冒家大冢的故事时，阿菊人还未进屋，声音倒是先传了进来：“秋生，乃阿要回家吃饭哉！”

阿玲听到阿菊的声音，就赶紧从长凳子上起身说：“乃格个短寿，秋生阿可以在吾伲家里吃顿饭？”

“格个算啥名堂，亲不亲，眷不眷，哪可以在乃家吃饭？”阿菊一本正经地说。

“喔唷，还真拿乃自家当亲娘哉！”阿玲不依不饶地与阿菊唇枪舌剑。

冒尖藉生怕阿菊与阿玲两人针尖对麦芒争吵起来，就笑着说：“谢谢两位婶娘，吾还有点急事，今朝就不在这里吃饭了，所以两位弗要争来争去。”在起身的同时，还对姜老先生深深地鞠了个躬，说：“姜老太爷，吾先告辞了，以后有事还要向乃请教！”

盯着转身走出屋外的冒尖藉的背影，姜老先生“咦！咦！”地很不情愿。

回去后，冒尖藉像一个侦察兵要摸清地形地貌似的，一连几天围着大冢转圈。在好奇心的驱使下，他决定要壮着胆子，深入到墓中去探个究竟。但此事必须在秘密状态下进行，不能向任何人透漏一点风声。

懂得“凡事预则立”道理的冒尖藉，开始做下到墓中的准备，他决定要打一场有准备之仗。

到双林镇上时，原来冷冷清清的小镇现在热闹了许多，大街小巷贴满了红红绿绿的纸头，上面写着：“打土豪，分田地，人民翻身得解放！”“坚决镇压反革命，保卫红色新政权！”“打倒国民党，建设新中国！”等等。冒尖藉感到共产党的办法好，把穷人发动起来了，天下能不热闹吗！

来到镇上的日杂店，冒尖藉买了一只大号的手电筒。冒老爷告诉他，如果下到坟中，最好带把手电筒去，因此，他今天到镇上主要是买手电筒的。他怕一只两节头的电筒不够亮，问店里有没有更长一点更大一点的电筒。店里人告诉他一个办法，买两只手电筒，把其中的一只灯头卸掉，然后将其筒身装在另一只手电筒上，这样两只合成一只，可以装四节电，电力肯定比两节的足。冒尖藉就依计买了两只手电筒，并且还买了一根一米多长的铁钎等东西。

按照店里人教的方法，冒尖藉自己动手改装好了手电筒，并在改装好的手电筒身上系了一根结实的绳子，可以挎在自己的身上，不易滑落，比拿在手里可靠。还调制了一贴对付毒蛇的特效药。

这几天，冒尖藉除了准备下坟的东西之外，主要精力放在研究老爷交给自己的大冢秘图。他从图上了解入口的地方、行走的路线、机关装置等。

他通过研究得知，这座大冢的入口有两处：一处大门式的入口，隐藏在水中，需要将护冢河与娄墅荡切断，把水抽干后将入口暴露出来，才能将大门打开，这都是为冒家老祖宗下葬，举行盛大出殡时才采用的方法；另一处，图上标明在祭堂就是现在住处的客堂里，从此处入口有一条地道通向墓内。

冒尖藉这才恍然大悟，想起冒老爷送自己刚来大墓时，他独自跑到客堂间，关照自己不要进去，也不要让别人进去，而且还将两扇朱漆门关闭，过了好半天才跑出来。当时自己就觉得老爷神秘兮兮的，现在可以肯定是他从客堂的入口处通过地道进入墓中，去查看被日本人飞机炸过以后大墓的状况。

联想到老爷从墓中出来时脸上若无其事的表情，加上当时自己曾提议要不要把坟修一下，老爷没当回事，还连连说："不用，不用，就让它这样子好了，哈哈！"

自己当时纳闷老爷非但没有对祖坟被炸坏恨之入骨，相反好像倒是有些得意，冒尖藉现在断定虽然挨日本人的飞机轰炸，但冒家大墓里面没有受损，所以老爷才如此放心。

想到这些，冒尖藉感到这座大冢非同寻常，自己非要下去探个究竟的好奇心更加强烈。

在准备齐全后，冒尖藉准备下去探秘了。尽管一般情况下，平常没有什么人来坟地上玩耍，但冒尖藉还是把三间屋子的门全部关死。

他回忆起当时房子被日本人烧掉后，冒老爷吩咐自己原来放供桌的地面不要去翻动，以及自己在重建房子整理客堂地面时，隐约感到此处地下是空的。因此，冒尖藉准确无误地用铁钎轻轻敲击那处大方青砖地面，听到沉闷的"噗噗"声音，他先掀起大方青砖，见下面有一块两米见方的厚木板，再将这块厚木板揭掉，一股冷风"嗖嗖"地冒了出来。

冒尖藉打开了手电筒，顺着一架固定的木梯子往下爬，一直爬了约六米深才下到底。这地道有两米高三米宽，通行比较宽畅，他顺着地道走向往前走，约走了一分钟就到了一个像楼道口的地方，往上走有两层楼梯，往下走有一个楼梯。

冒尖藉用手电筒照着图纸看，经过仔细识别，他确认冒老爷说大冢共有四层的话不假，而且从实地判别，此处往上走肯定是露出水面的两层。据老爷说这两层本来就是空的，是祖上预留的墓穴，现已被日本人的飞机炸坏进了水。因此，冒尖藉决定不去触动这两层的机关，但对着墓道口的这一层和往下走的一层是非去不可的。

按照图上标明的机关和步骤，冒尖藉小心翼翼地寻找和确定对着地道口这层的机关。这个机关藏匿在没有任何标志的墓壁上，根本看不出具体位置，而是需要从这层的底边往上丈量三尺，从左边往右丈量三尺，在此处再用拳头使劲顶住旋转。冒尖藉照此法操作，一扇与墓壁严丝合缝的暗门徐徐地开启。门启开一条缝时，就从里面飘逸出一股尸腐味。冒尖藉用脖子上的毛巾捂住了口鼻，当门停下不动了，他才照着手电进到墓内。

让冒尖藉大吃一惊的是，这墓内放的不是一口口棺材。一进墓内第一间像一间敞开式的有一百多平方米的大客厅，对着门口靠边的是一排大理石供桌。桌子上放着九十支蜡烛，蜡烛是插在烛台上的，桌子正中放着一艘大船的模型，四周放着用陶瓷做的桃、梨、瓜果等供品，供桌下排列着九十个呈歌舞姿态各异的陶俑。在这间的正中央放了一张宽大的明朝流行样式的大理石书桌和一张官帽椅，台上文房四宝一应俱全，左侧靠壁放的是一排博古架，架子上放满线装本书和把玩的瓷器和玉器，还有不少字画等。靠右一侧有三排用原木隔成像一间间宽约三米、长约五米大小的格子间，排与排之间各有一条十多米宽的通道。通道上每隔二十米放有一只用木板钉成五十厘米见方、高两米的木框，里面盛满了一条条长短不一的木炭。冒尖藉目测了一下，这墓内占地宽约五十多米，长一百五十来米。

这墓内空间之大之奇，物品之多之全，令冒尖藉瞠目结舌。他走马观花地从通道往里面走，见这一间间的格子间内各放着一具尸体。这些尸体都是放在宽大的床铺上，都穿着华丽的服饰，有的已经只剩下骷髅，有的还似乎饱满，略略清点了一下，总共有一百多具，男的女的老的少的都有。还有不少空着的格子间。在里面还有一大通间，面积跟进入门厅的那间差不多大小，摆着两排每排四张八仙桌子，每张桌子配有四只长凳子。对着桌子有灶台，锅碗瓢盆筷也是一应俱全。

出于做木匠的直觉，冒尖藉停下细看了用来隔成格子间的木头，发现竟然全是产自福建一带的楠木。就拿这么多非常名贵的楠木来说，冒尖藉认为这不是一般的富贵人家能办得到的。

他感到墓内的空气稀薄，呼吸有些急促，这才想起冒老爷的提醒，不宜在墓内久留。由于这墓的密封性很好，氧气越来越少，时间待长了是要晕倒的。如果这样，自己肯定走不出去，要做冒家祖宗的陪葬人了。

想到这里，冒尖藉就决定立即退出去。在临出这层墓门时，他不经意地随手从供桌上拿了一只烛台，从博古架上拿了一幅卷轴书画。

就在准备退出去时，有一条像蛇又不完全像蛇，像鱼又不完全像鱼的怪物蹿了出来。这怪物有一米多长，浑身通体透白，两眼目光如炬，对着冒尖藉“嗤嗤”地吐出血红血红的长舌。

冒尖藉吓得灵魂出窍，用手电筒死死地照着，尽管自己身上带有据说能驱鬼降怪的雄黄，但还得瑟着一步一步往后退。终于退到了门外，那怪物没有追出来，冒尖藉急忙用拳头按住机关处，门再徐徐地合上，一点看不出门被打开过的痕迹。

惊魂未定，冒尖藉甚至闪现了放弃到最下一层去的念头。他大口大口地喘息，又觉得下来一次不容易，常言道“不入虎穴焉得虎子”，自己如果半途而退，那岂不是胆小如鼠。于是，他坚定地往下一层走去，用同样的方法，打开了最底层的墓门。

当冒尖藉跨入门时，他就觉得这层不是放尸体的，倒像是一座仓库。因为这层既没尸体散发出特有的腐臭味道，也没有看到棺材之类的东西。他用手电筒朝里面晃了几下，倒反射出五光十色，璀璨耀眼。

他踏着碎步，一点点地往里挪动双脚。等他眼睛完全适应黑色之后，再仔细辨别这些反光的东西时，嘴巴紧张得合不拢，不敢相信这层储存的全是宝贝。

当定下神来后，冒尖藉看到一只只箱子里装的是金元宝、银元宝、金锭、银锭、翡翠、玉石、珍珠、珊瑚，还有说不清、看不懂的玩意儿；一排排柜子里放的是码得整整齐齐的绫罗绸缎，织锦软纱，还有奇形怪状的服饰；一筐筐分别装着罐、瓶、壶、碗、盘、杯、盒、水盂、水注、水滴、佛像等瓷器。

同时，冒尖藉还注意到有一堆堆粗细不一的麻绳，粗有小孩子大腿般的粗，细有手指头般的细，这些绳子占了很大的地方。此外，粗笨的铁链和巨大的铁锚等船上用具也不少。靠进门左侧的墓壁还挂着罗盘、彩旗等，一只柜子里，放的是许多标着密密麻麻记号的图纸，有的已经泛黄，有的已经发黑。

冒尖藉特意找了一本用麻布装帧封面的一摞纸，他用手电筒照着翻开阅看，见首页写着：郑三保钦差出使异域水程录。

粗粗地往下浏览，冒尖藉知道了大概的意思，记载的是冒正显于1405

年，奉明成祖朱棣之命，从晋西北到同江出任布政使，协助郑三保为正使总兵，率领水手、翻译、医生、护船士兵共2.7万余人，乘宝船62艘，从刘家港出发，开始了第一次西洋之旅。当年船队经过长途远航，载着爪哇等国朝贡使节和数十船朝贡贸易换来的异域珍宝。此后，又率领庞大船队进行了六次西洋之行，历经亚非几十个国家。这本资料主要记录了冒正显如何罗雀掘鼠地为郑和七次下西洋采办出使物品，如何上交和保管西洋载回的宝贝等详细情况。

冒尖藉感到心跳在加速，一是可能墓内密封程度高吸入的氧气渐缺，二是为发现冒家大冢原来是郑和下西洋的藏宝之处而吃惊。他感叹这是冒家祖宗的智慧之举，将祖坟和藏宝完美地结合起来。

冒尖藉悄无声息地退到门外，用同样的方法将墓门合闭。

这次入墓探秘，冒尖藉仅拿了一只瓷烛台和一卷画轴出来。一只瓷烛台是用来插蜡烛用的，一卷画轴是用来观摩的。这本来都是些不经意的东西，但日后却惹出了麻烦。

这次入墓探秘，冒尖藉更感到冒家之所以代代发达，是因为他们深知重积德而无不克，重积财而无不衰的道理，因此保持了自立传家的节操。

从大冢中出来，冒尖藉领悟了冒老爷临别时对自己的谆谆告诫："不可贪婪，泄露天机，否则必招杀身之祸。"他觉得自己守的不仅是一座金山，也是一座火山。

如临深渊、如履薄冰的警觉从此在冒尖藉的脑海中深深地扎下了根。他为自己定下了三条自律：一是不再进入大冢探秘，二是不在墓内取用一物，三是不向别人透露消息。

冒尖藉从大冢出来后悟出了这样的一个道理：一个家族的辉煌，在于能为生命留下历史，为社会留下慈悲，为自己留下信仰，为人间留下财富。

第二十九章 智取法场

从南京打过来的解放军大队人马经过同江合围上海，1949年5月上海解放后，共产党的各级政权在周边地区迅速成立起来，姜可名担任了同江县军管委主任，冒家村、刘家泾、姜家宅都归同江县双林区管辖。

外面轰轰烈烈的镇压反革命和打土豪、分田地的运动搞得如火如荼，冒尖藕却心若止水，开始研究起冒家的家谱。

经初步研究，冒尖藕知道冒氏家族的大概脉络。冒家原来祖居晋地，明朝初年，在长城沿线九镇（辽东、蓟镇、宣府、大同、山西偏头关、延绥、宁夏、固原、甘肃）驻军百万，从冒正显开始弃商从军，官至大同副镇守使，后效命于燕王朱棣麾下并成为其亲信。在长达四年之久的“靖难之役”中南征北战，出生入死，参加了许多的战斗，立下了许多战功。登上皇位的明成祖朱棣于永乐三年（1405）六月，“命（郑）和及其侪王景弘等使西洋”，在任命郑和为钦差总兵太监的同时，为协助做好下西洋的后勤保障，特调冒正显为同江布政使，前往同江统领“多赍金币”造大船，历三十余年。自冒正显这一代起，冒家以同江为核心，辐射方圆数百里，繁衍了二十多代。

不断有消息传来，共产党今天镇压了哪个恶霸、哪个地主、哪个敌特分子，像西北风一样往冒尖藕耳朵里灌，而他却以“两耳不闻窗外事”的心态置之度外。

他在自己动手用柏木板打的那张厚重的供桌上，焚香点蜡，保佑冒家平平安安。

冒尖藉现在点蜡烛都是插在从坟里拿出的那只烛台上。这是一只青花六方烛台，该六方形烛台由底座、台座、托盘三部分组成。台座绘卷草、海水、回纹、连枝石榴纹饰；座外沿下绘朵纹，座面绘海水纹，座面一边书“大明永乐年制”六字方框款，座上堆塑形象逼真的狮，狮背上立有中空灯柱，柱身堆塑缠枝蔓草纹，柱上承有圆盘形托盏，托盏内绘海水纹，盘中塑葫芦形插柱管，葫芦柱身一周绘牵牛花纹。他觉得这只烛台釉面湿润、精美壮观，用来插蜡烛还是挺不错的。

冒尖藉在跟随冒泓晋的几年中，对书画的鉴赏也有不小的长进。当打开从墓中带出的那幅画时，看了印章和题名知道这是北宋晚期画家王诜作的《渔村瑞雪图》，倒是没有经心在意，只是想空下来临摹而已。

对冒老爷一家远离国外，冒尖藉尽管时常惦念，但知道这是可想不可即的，而在上海的少爷冒泓炜倒是让他日夜牵肠挂肚。

这年的立秋异常的炎热，天空没有一丝丝的凉风，让人觉得闷气难耐，动一动身子就会大汗淋漓。

冒尖藉躺在树冠蔽日的大桑树下的竹榻上，摇着大蒲扇。密密麻麻的知了“知——知——”地把他吵得心烦。这时，冒家村的农民协会组长王菊林头上戴一顶竹壳斗笠，右手上托着一把磨得发亮的白铜水烟枪，背着左手来到坟上。冒尖藉慵懒地欠欠了身体，最后还是从竹榻上爬起来：“叔来啦。”

王菊林用沙哑的嗓音说：“小囡头，乃倒蛮适意格，阿晓得明朝在双林镇两棵大银杏树下，召开镇压反革命分子公审大会，要枪毙一批坏人，听说冒家的少爷冒泓炜也要一道枪毙格。”

“放屁，吾家少爷是抗日英雄，咋成了反革命？”冒尖藉从竹榻上跳了起来，捏紧拳头挥着说。

“乃个小囡真是‘狗咬吕洞宾，不识好人心’，共产党说伊是反革命，要枪毙伊，与吾搭界啥？”王菊林似乎有点生气了。

“叔，吾不是对着乃发火。都说共产党是大救星，怎么现在连好人还是坏人都不分啦？”

“哼！吾拿乃当小囡攀谈，如果换成别人，吾可以让伊坐牢房去哉，乃阿相信？”王菊林气势汹汹地大声唬着。

好汉不吃眼前亏，冒尖藉是懂这个道理的，于是进屋从柜子中取了一块谭老爹抽剩下的水烟，赶紧往王菊林手中塞，说：“叔，吾小囡弗大懂事体，乃大人不记小人过。”

接过水烟块，王菊林用鼻子嗅了嗅，那张刀削脸上才挂起笑容：“碰着吾不要紧格，下趟碰着别人嘴巴要小心点格。”然后朝冒尖藉扭了扭头，眼光别样地转身离开了大家。

盯着王菊林离去的背影，冒尖藉从愤怒中缓过神来，心想王菊林是好心来向自己通报消息的，而且扭头可能是对自己的一种暗示。

这一个下午，冒尖藉像只被掐了头的苍蝇没头没脑地转来转去，不吃也不喝，不困也不睡。

天黑了下来，荒野里的蚊子只只威武雄壮，躺在竹榻上的冒尖藉反正觉得天要塌下来，所以一切都无所谓，蚊子像轰炸机一样对他进行轮番攻击，把他身上叮咬得满是大包，这才把他从麻木中折腾过来，他没吃晚饭，回屋里的床上拿了条床单裹住身体，倒在竹榻上，望着天空，盯着一颗颗星星。

突然，有一颗星星拖着长长的尾巴消失了。冒尖藉想自己崇拜的少爷，一副天不怕地不怕的模样，就像这颗星星一样在人世间闪亮了一阵子就要坠落。困意袭来，他做了一个梦：昔日风流倜党的少爷如今披头散发，浑身是血，缺脚少腿，在河里拼命地往一只船上游过来，而自己正坐在船上要伸手去拉，但总是够不着手，自己就从船上纵身一跃跳了下去……

就这一跳，冒尖藉从梦中醒来，决定天不亮就去双林镇上打探消息。

老规矩，冒尖藉来到茶馆店里。这时茶馆店里已经熙熙攘攘，今早来喝茶的人特多，都在谈论下午召开镇压反革命公审大会的事。

茶馆内烟雾缭绕，咳嗽声、叫骂声、打赌声、淫笑声杂七杂八，此起彼伏。冒尖藉仔细地捕捉任何一个有关冒家少爷的谈资。

“听讲，今朝要杀的人当中，有冒家少爷。共产党真狠，一个威震上海滩的狠角色说杀就被杀！”

“格个人不识相呵，拿共产党大官的性命做掉了，现在共产党坐天下哉，能放过伊？”

“啊哟，格桩事体弄弗清爽。听说从苏北来的那个姓马的是别人打黑枪，与伊不搭界格，现在要伊背黑锅，真正作孽格！”

“唉，这样冤枉人家弗来事格！”那个脸膛黑黑的中年男人把茶杯重重地放下，愤愤不平地说，引起邻座的注意，坐在一张桌子上的人的责怪道：“乃瞎三话四做啥，不想过日脚啦？”

从这些议论纷纷中，冒尖藉知道祸根出在那个马汉章被杀一事上，而且敏感地觉得这肯定是姜可名使的坏，利用当上同江军管委主任的权力公报私仇。

冒尖藉想起少爷最后一次回大冢时，交给自己保管的那份关于姜可名投敌叛变的材料，如果交出去也许可以救少爷。就在他准备跑回大冢去取那份材料时，想起少爷叮嘱自己轻易不要采取此策。另外，自己这个时候去那样做，无异于以卵击石，现在姜可名在同江可是一手遮着天，自己把材料交出去谁能相信，谁肯相信？弄不好把自己的命搭进去，那冒家的祖坟谁来看守，这既救不了少爷，冒家又没了守坟的人，一举三失的事，后果真是不堪想象。

冒尖藉心痛啊，他默默地说：“少爷，吾救不了乃啦！乃在地下弗要怪吾哦！但吾一定要给帮乃收尸，让乃与老祖宗一起安息！”

于是，他从茶馆里出来，就往镇南边的两棵大银杏树的地方跑去。

因为公审大会是下午召开。等冒尖藉到的时候，一个穿着土黄色军装的干部在指挥一帮人搭主席台。冒尖藉挽起裤腿，脱掉了上衣赤着膊上前帮忙。因为自己会木匠手艺，冒尖藉得心应手地锯板钉架，使搭主席台的进度加快了很多，那个干部见状夸奖说：解放了的人民，阶级觉悟就是高。

天热得像蒸笼，热气追着人们跑。一起搭主席台的人中有的说今朝要落大雨，公审大会辰光选得不好，有的说今朝要杀好多人。冒尖藉趁机问道：“公审大会在这里开，那枪毙人在啥地方？”一个小头头模样的人很满意冒尖藉不请自帮且格外卖力，所以很爽快地告诉说，枪毙人在前面一里远靠河边的土墩墩，等这边宣判完了紧接着就拖到那里枪毙。

两棵银杏树高耸云天，粗得要五六个人手拉手才能围得住，树上挂满了已经发黄的果果。冒尖藉曾经有一次，在一个秋天的早上到双林镇上，来过这树下玩耍。那天夜里正好刮大风下大雨，他一早从茶馆店里吃过焖肉红汤面后没事就往镇南边闲逛，顺着街道就来到了树下，见地上落满了厚厚一层金黄的果子，不一会又见有一群老婆婆提了篮子和筐子，头上裹着士林蓝布头巾，哇哈哇哈地相互嬉闹拥到树下，从地上将果子一捧一捧地往篮筐里装。冒尖藉问作啥用，有个瘪嘴老婆婆告诉说这是白果，把它拣回家放在石灰水里浸泡一下，把外面的果肉去掉后剩下的核就是白果，在太阳底下晾晒几天等核皮干了，就可以放在锅里焙炒，听到壳爆裂的声音就起锅，那果肉青棱棱亮晶晶好吃得很，如果将果肉里的黄芯去掉，没有苦味就更加好吃。他试着拎了一筐子回去，果然好吃。所以，从此后他每年在银杏果子黄熟的时候，能等下雨的时候就等下雨后去拣落果，如果不下雨就拿根长竹竿去打果子。

而今天，冒尖藉全无了这份雅兴。他帮完搭主席台的活后就往南边走去，果然前面河边有一长条的土墩。这土墩厚厚的，冒尖藉估摸它高三四米，长二十来米，这真是枪毙人的好地方。

踩好地方后，冒尖藉到镇附近找熟人借了一条尖头小船，说是从镇上买了点东西要运回去。其实借到船后，他就将船摇到枪毙人的河边芦苇丛里藏匿起来。

在镇上的小饭馆里，冒尖藉草草地吃了午饭，并到布店里扯了几丈白布，然后又到茶馆店猫着。眯乎了两个时辰，大约下午两点多光景，茶馆店里的人都跑到银杏树那儿去看公审大会和枪毙人的热闹。

随着人流，冒尖藉夹在人群里来到公审大会的跟前，他从会场入口处领了一面长方形的小红旗，红旗上面写着“镇压反革命，保卫新政权”的口号，头上戴了顶宽檐的草帽，凭着全身力气挤到了对着主席台的地方。

公审会场人山人海。四周都是穿土黄色布的解放军战士，个个荷枪实弹作警戒。人们手里拿的全像自己手中那样红红绿绿写着各种宣传口号的彩旗，尽管天热得让大家像挤进一只蒸笼里，但人们全然不顾，你挤我，我挤你。冒尖藉眼睛死死地盯着主席台。

这时东南方向已经远远地出现了乌云。主席台上摆了一排十人的位置，陆续地坐上了人，最后上台的是一个身穿土黄色军装，腰里别着一把手枪，长得头大脸方的中年人。尽管戴了顶军帽，但右眉上方一块醒目的“蓝田痣”，右手喜欢一会儿握拳，一会儿又放开的动作，让冒尖藉一眼认出，此人就是现任同江军管委主任的姜可名。

神气活现的姜可名以威严的目光扫了一下会场。冒尖藉怕姜可名认出自己，把草帽檐往下拉了拉。这时，主持人在姜可名的耳边说了点什么，姜可名点了点头。主持人就走到主席台的左边，用一只大喇叭喊道：公审大会现在开始，请大家安静！接着宣布大会议程，先请同江军管委主任姜主任讲话，然后把十七名反革命分子、恶霸地主、土匪头子押上主席台，其中今天枪毙的九人五花大绑，背上插着牌子，上面写着他们的名字，在他们的名字上打了红色的“×××”，然后有六个群众代表上台作控诉，最后由人民法院宣布判决书。

冒尖藉既没有被这些字字血、声声泪的控诉感染，也忘了与别人一起振臂高呼口号，他像雷达一样寻找冒泓炜的影子。他终于在跪倒的一排被公审的人的右边第六个找到了少爷。昔日神采飞扬的少爷被绳子捆得结结实实，头发像稻草一样乱，脸上蜡黄蜡黄没有一点血色，但两只眼睛睁得大大的，不像边上的几个人浑身发抖，没有一点恐惧感，而且以锐利的目光射向前面的人群里。

别人喊过口号后，都会将旗子随着口号举起落下，而冒尖藉右手举起的旗子故意在空中停顿留片刻。

心有灵犀一点通。这终于引起了冒泓炜的注意，目光与冒尖藉相遇，他俩用目光交流内心的话。从冒泓炜的眼中，冒尖藉懂得少爷不让自己贸然行事，要保护好自己。

冒尖藉一边用目光一边用点头暗示自己懂少爷的意思，同时告诉少爷自己会坚守冒家的祖坟。看到冒泓炜会心地笑了笑，冒尖藉止不住泪如雨下，只是不敢哭出声来。

法院在宣判中，列举冒泓炜勾结国民党特务，在上海杀害进步革命人士，并利用地下党的信任，在同江谋杀了还没有到任的同江地委书记马汉章等等。因此被判处死刑，立即执行。

冒尖藉的悲哀油然而生。这真是欲加之罪，何患无辞！姜可名做得太绝了，就不怕天打五雷轰！

一切都无济于事了。

冒尖藉心想如果单打独挑，姜可名根本不是冒泓炜的对手，但时运不济，命运弄人。

东南方向的乌云越来越密，就像一块无边无际的黑幕从天空罩下来。

公审大会这时宣布结束，要枪毙的坏人由一队荷枪实弹的解放军押往前面河边的土墩。冒尖藉这时潜出了人山人海的会场，因为无法进入戒备森严的法场，他只好在离枪毙人不远的一块麦田地里藏了起来。

在狂风大作之后，就是电闪雷鸣，紧接着天上密密匝匝地下起了冰雹。这冰雹像栗子大，劈头盖脸地砸向人群。刚才还十分狂热的人们经不住天作之物的袭击，纷纷做鸟兽散状抱头鼠窜。

但枪毙还是雷打不动照常进行，只是没有了按部就班。在对被枪毙的人验明正身后，九个解放军战士每人用步枪抵着今天被执行枪决的九个人的脑袋，在指挥员下达一声“射击”口令后，“砰砰砰”的枪声几乎同时响起。

在查验确定被枪毙人死亡后，因为冰雹下得太猛太密，连法场都来不及清理，解放军战士就整队跑离法场，法院和公安的人也去躲避冰雹，收尸的家属也不敢靠近法场。而冒尖藉把这一切都看在眼里，从麦田里以百米冲刺的速度，乘隙进入法场，从土墩后面跃出，将冒泓炜的尸体扛在肩上往麦田里钻。

年轻力壮的冒尖藉扛着尸体穿过麦田来到河边，将冒泓炜的尸体放在早已停泊在河边的小船上。他之所以不在路上行走，一是怕被人发现，二是水路比较近。

但由于冰雹过后又下起了大雨，小船难抗风高浪急。只要少爷的尸体在，冒尖藉心中不慌，他知道暴风雨早晚会过去，所以他把船稳在芦苇丛里。

狂风暴雨肆虐了好长时间，像疯子一样累了就停息了下来。此时天已经完全黑了。

冒尖藉想天公怜悯，虽然没法让少爷重生，但也给了少爷安息的机会。他将小船摇得飞快，一鼓作气行舟。出小河就进入娄墅荡，冒尖藉熟门熟路地拣最近的路线穿插回到了冒家大冢。

第三十章　秘密藏尸

上岸后，冒尖藉背起尸体摸黑进门，将早已断了气的冒泓炜放到了客堂里的竹榻上。见少爷的后脑勺还在淌血水，他找出了谭老爹配制的刀伤药给创口止血，又提了一大桶水，先给少爷洗了头发，用剪子将乱发理顺剪短，又用剃刀将又长又粗又硬的胡子刮干净，再将少爷没有合拢的眼睛揉闭。经过精心的整理，重现了冒泓炜原来英俊的脸庞。

摸着与自己一道出生入死的少爷的脸，冒尖藉再也抑制不住自己的悲愤，号啕大哭起来。

在不停的抽噎中，他仔细擦净尸体上的污垢后，又将自己一套新的白府绸衬衫和裤子作为殓服给冒泓炜穿好。

尸体搁在何处？冒尖藉想把他埋在谭老爹墓边上，但转念想到，姜可名见尸体不翼而飞，肯定不会就此放过，一定会追查过来，发现有新墓就肯定要掘坟。如果这样，不仅自己前功尽弃，而且少爷还是不能安息。

一个大胆的念头此时在冒尖藉的脑海中产生，那就是将少爷的尸体藏匿在冒家的大冢内。因为上次在墓中见放置冒家老祖宗的那一层，还有不少空的格子间，如果将少爷放进去，不仅可以保护少爷的遗体，也可以让少爷与祖宗相伴。

尽管对自己从大墓内退出时发现的不明怪物心存恐惧，但为了保护少爷的遗体，冒尖藉全然不顾，他觉得为了少爷的安息，就是自己被妖怪吃了也在所不惜。

在首次入墓后，冒尖藉为了不再惊扰冒家祖宗，本来不准备再次入墓，但为了保护少爷的遗体，他不得不再次进入墓中。

事不宜迟。冒尖藉找出了手电筒，穿了长筒雨靴，身揣雄黄等必备品，毅然掀开了地道入口的掩板，抱着外面用床单裹着的冒泓炜遗体一步一步地顺着阶梯进入地道，然后按照上次使用的方法将机关打开。

在墓门徐徐开启的时候，冒尖藉念念有词："冒家列祖列宗，吾把冒家第28代子孙冒泓炜送来陪伴老祖宗，请老祖宗不要怪罪晚辈！"

在第二个通道，冒尖藉打着手电筒往格子间照射，见里面都有尸体，当走过第26个格子间时，发现里面空着，就决定将少爷的遗体放在这一间。

这一间已经有放置尸体的搁床，冒尖藉知道这是冒家祖先预留的，所以将尸体放上去正合适。

将包裹的床单打开。这是冒尖藉怕在搬移少爷的遗体时弄脏一身雪白的府绸素装，所以用床单将遗体包好。

打开床单后，他将冒泓炜遗体轻轻抱到搁床上，将尸体摆平，将手脚放正，然后又用特地带进来的干净盖被将遗体盖好。

向冒泓炜遗体深深鞠了三个躬后，冒尖藉退出了格子间往墓门走去。在快出墓门时，他还没有发现上次见到的那个怪物，就用手电筒往里晃了几下，发现那条像蛇又不完全像蛇、像鱼又不完全像鱼的怪物在离三四米远的地方又突然出现了。他不敢也不想去研究它，将墓门闭合后从地道快速地往回退出，顺着阶梯回到了地面上。

就像梦境一般，冒尖藉终于长长吁了口气，瘫倒在地上，此时他欲哭无泪。

就在冒尖藉瘫倒在地上爬不起来时，他的脑子没有停下来，因为他觉得事情不会那么简单，还要做好防备姜可名他们的追查。

于是，他硬撑着从地上爬起来，将从冒泓炜身上换下来的破衣烂衫拢在一起，本来准备烧掉，怕姜可名来追查时露出蛛丝马迹，因此他将这些破衣烂衫与一块石头捆扎在一起扔到了后面的湖里。他见到运遗体的尖头船还停泊在湖边，就解开缆绳让小船随着东南风往北漂去。这是为了不让被别人发现自己使用过小船的秘密，他做了向熟人赔钱的准备。

等认为已经除去了所有的痕迹后，天已拂晓，冒尖藉再也支持不住了。他觉得自己身上烧得厉害，额头滚烫，四肢无力酸痛。他知道这是因为自己神经高度紧张，又过度悲伤，再加上风吹雨打感染了风寒，只要自己好好休息一下，应无大碍。

正当冒尖藉在床上迷迷糊糊的时候，响起了急促的敲门声："开门，开门！"他似乎知道该来的还是来了，所以心里镇定自若但表面上装得紧张，应声道："谁啊？""我们是公安局的，快开门！"

一边大声咳嗽，一边回应："噢，来哉，来哉！"冒尖藉把门打开时，见到身上背着枪、臂上缀着"公安"标记的解放军战士列阵在门外。

"我是同江市公安局局长邵前炳，前来追查敌我分子冒泓炜。昨天被枪毙后，他的尸体不见了，你有没有去过法场，有没有偷过尸体？"来人操一口外地话，严厉地盘问冒尖藉。

"长官，什么尸体？吾发高烧好几天了，孤身一人，足不出户，自己都快要死了，咋晓得外面发生啥格事体？"冒尖藉一副弱不禁风的样子。

"我跟你说啊，冒泓炜是敌特分子，是杀害我革命干部的凶手，现在被人民政府镇压了，昨天才被枪毙，可是他的尸体不见了。我告诉你，藏匿反革命的尸体，就同藏匿活人一样，犯的是包庇罪，只要交出来，就免于处罚。你是他家的守坟人，我想你很有可能做出这样的糊涂事，希望你认清形势，与反革命划清界限，站到革命人民的队伍里来！"公安局长边讲革命道理，边进行施压。

"长官，吾懂格个道理。"冒尖藉显得十分虔诚。

"给我仔仔细细细搜查一遍！"邵前炳局长挥手，对门外的一队解放军下达了命令。

倚在门框上，冒尖藉大声地咳嗽着，眼睛却盯着搜查的解放军战士的一举一动。他见到有的战士在翻床底下，有的战士去灶头间翻橱柜，有的到场院去扒柴堆，有的到柏树林中去搜索。

因为客堂空空如也，仅有一只笨重的供桌和几只长凳子，几块铺板，一看是没法藏匿的地方，所以解放军去转了一下，就退了出去，这让心已经提到嗓子眼上的冒尖藉大大地松了口气。突然两眼发黑，跌到在地上。

“局长，这个年轻人昏过去了！”一个解放军战士尖叫起来。

邵前炳局长从搜查的地方奔了过来，弯腰摸了摸冒尖藉的额头，感到烧得厉害，就说这个年轻人病得不轻，把他抱到床上去，同时吩咐身边的人说，赶快回去给找点退烧的药送过来。同时，下达了撤离的命令。

听着解放军离去的脚步声音，冒尖藉感到肚子饿得有点痛，这才想起自己已经两天两夜滴水未进，颗粒未食。他挣扎着从床上起来，到了灶头间，从缸里舀了几勺子水放进锅里，往灶肚里添了几把稻柴先烧点开水，然后淘了一大碗米煮点米饭吃，又炒了一盘子鸡蛋。

在下午吃过饭后，冒尖藉明显感到有了力气。他想着上午公安局的人来搜查，不禁又出了身冷汗。

冒尖藉想明天等自己烧退了以后，去双林镇添点香烛，再买些冥钱，虽然不敢请道士来念经，给少爷超度亡灵，但起码要给少爷多烧点香和纸。

思前想后，冒尖藉觉得有时候人真的不能瞎说话，少爷之前跟自己开玩笑说，等他死了有你小弟陪着就心满意足的话，现在倒成了一句应验的咒语。

冒尖藉打心里佩服冒老爷的先见之明，如果不是他审时度势，提前出走国外，搁现在撞到姜可名的手里，下场是可想而知的。可少爷咋就这么傻，放着与哥哥全家一道远去他国的路不走，非要走上这黄泉路，真是不值啊！

少爷连个家都没成，走后也没留下香火，冒尖藉想这是何苦呢？这也许就是少爷的命！

在太阳落山时，两名解放军战士一前一后地来到了大家，冒尖藉又吃了一惊，以会又来找麻烦了。

“小同志，我们给你送药过来了，你要把药吃了，身体是革命的本钱，知道吗？”其中一名战士从黄挎包里拿出了用纸包好的药片，很友好地递给了冒尖藉。

想不到解放军真的是爱护老百姓，那个邵局长说送药就送药，就凭这点，冒尖藉认为共产党是要比国民党好。

晚上服了药，第二天上午，冒尖藉睡了一个透觉，感到头没有先前痛得厉害，四肢也不那么酸痛，就起床收拾收拾东西，准备到镇上去。

就在他迈出门槛的时候，举目望见姜可名在一大群解放军前呼后拥下往这边过来，冒尖藉心里"咯噔"一下，感到这次姜可名亲临大冢，一定不会善罢甘休。

原来，姜可名听了公安局长邵前炳的汇报非常不满意，说："你们不要轻易相信那个看坟的年轻人的话，我知道他年龄虽然不大，但中反革命的毒很深，而且那是个颇有心计的小滑头，千万不要上他的当。明天我亲自杀它个回马枪，到冒家坟上查个水落石出。"因此，他放弃了繁忙的公务，亲自带队到冒家大冢要掘地三尺，做到活要见人，死要见尸。

于是，姜可名早上布置完工作后，就带了邵前炳局长等一干人等奔向大冢。

等气势汹汹的姜可名到了跟前，冒尖藉故作惊讶地热情打招呼："啊唷，是姜老板呀！好长辰光不见面，现在乃神气得不得了！"

"哼！"姜可名从鼻孔里出气，一旁的邵前炳一本正经地介绍说："这是我们同江县军管委姜主任！"

"认得，认得，吾与姜主任是乡邻。"冒尖藉不痛不痒地回答。

"小乡邻，吾一直待乃不错，老早劝乃参加革命，可乃死心塌地要给冒家看坟，现在倒好，冒家把乃扔在这鬼地方，吾想不通一个看上去玲珑乖巧的小囡真不识相，这不能怪吾无情。"姜可名说这话时，边看冒尖藉边看邵前炳，一副盛气凌人的样子。

"谢谢姜老板的提携，但吾是个没出息的人，只有给人家看坟的命！"冒尖藉用原来的老称呼叫姜可名，并自我解嘲地说。

"今朝吾来，就一桩事体，就是要乃交出反革命分子冒泓炜的尸体，听到没有？"姜可名咄咄逼人，容不得有讨价还价的余地。

“姜老板，乃格是啥意思，这几天吾发高烧把人都烧糊涂了，咋晓得吾家少爷的事体，要不是解放军送药过来，吾是死人活人都见不着喽！”冒尖藉可怜兮兮地说。

“乃不要揣着明白装糊涂，吾还不知道乃是狡猾狡猾的！”姜可名学着日本人的腔调，逗得旁边的人发笑，但冒尖藉却像是吞了一只苍蝇那样恶心。

“姜老板，乃不能不榨出三两油来就不罢休，吾真的不晓得有格桩事体，乃就是逼煞吾，也是没有用格，吾总不能变格尸体出来吧！”冒尖藉不依不饶。

“跟乃格样子的顽固分子讲得再多，也是白费口舌。搜！”姜可名终于按捺不住性子。

像指挥员一样，姜可名让跟随而来的解放军东翻翻，西找找，把屋里搅了个底朝天。就在屋里搜查无果时，他在冒尖藉的书箱里发现有一幅北宋晚期画家王诜作的《渔村瑞雪图》，瞬时眼中露出异样的目光。

“一个看坟的小赤佬，藏什么破画，懂个屌！”姜可名狠狠地骂道。其实，这次他亲自来到坟上，寻找冒泓炜的尸体倒是其次，主要是怕冒泓炜在坟上留下对自己不利的东西。他知道冒泓炜生前手上掌握了自己叛变的证据，如果一旦被别人发现，自己就会东窗事发，就会身败名裂。因此，在听公安局汇报在冒家大冢没有发现冒泓炜的尸体，就决定由自己亲自带队杀个回马枪，一是体现自己高度重视，亲历亲为；二是不放心手下的人再去大冢发现对自己不利的东西。

因此这次搜查，姜可名让邵前炳等一干人依然寻找尸体，而自己侧重查找冒泓炜可能留下的材料。

经过翻箱倒柜，没有找到冒泓炜留下的只页片纸，让姜可名大失所望。当他发现这幅北宋晚期大画家王诜所作的《渔村瑞雪图》，这对酷爱收藏的他来说，不能不说是个意外的惊喜。

毕竟生于书香府第，祖上沉浮宦海，让姜可名从小耳濡目染文房四宝、古人笔墨，所以对古画颇有研究，好字好画只要经他之手，他总要想方设法收为己有。

当姜可名搜出这幅画时，他凝视画面：雪山疏柳，溪崖渔艇，渔人或结网捕鱼，或坐船垂钓，又有高士携童逶迤行于山谷间。全幅萧冷清冽，气象肃穆，透露出极为寂寞空冷、清润雅致的精神情调。画中透出的魅力，让他爱不释手。

就在姜可名全神贯注地欣赏画时，邵前炳咳嗽一声。姜可名这才意识到自己有些失态，就将画小心翼翼地卷好放下，把搜查的人带出门，用手指往东指着大冢咬牙切齿地说：“反动派把我家的祖坟刨了，我现在要刨反动派的祖坟！”

得令后的邵前炳带领在场的解放军战士像向敌人的堡垒发起冲锋一样，操起铁锹、十字镐、铁锨等从堤坝上直扑大冢。

其实这是为了把手下人支出去，好方便自己一人留了下来继续盘问冒尖藉。这时，姜可名的态度来了个180度的大转弯说：“小老乡啊，乃现在真是孤苦伶仃，无依无靠，听吾的劝吧，不要死着心眼走独木桥，还是跟吾走鹏程万里的阳关道！”

“谢谢姜老板的好意，吾的命不好，五岁亡爷，十岁丧母，已经苦惯了，就是这个贱命啊！”冒尖藉有气无力地回答。

“吾不会硬逼的，等乃想明白了再来找吾，大门永远为乃敞开。吾想问乃，格幅画从哪里来的？”姜可名轻声细语地说。

“格幅画是冒老爷在临走时可能忘记带走的。”冒尖藉编了两年前冒泓晋来上坟时，走得匆忙，把画忘记带走了的故事讲给姜可名听。

拿起画闻了又闻后，姜可名狡黠地说：“小老乡，乃弗要骗人哉，格幅画肯定不是从书房里出来格，跟吾说老实话，是不是从坟里弄出来格？”

“姜老板乃真是瞎七搭八，坟里还能放纸头的东西。冒家的坟被日本人飞机炸得一塌糊涂，里头哪能搁啥画呢？”冒尖藉镇定地回答，不露半点口风。

“吾说乃格个小囡啥好呢？真是死脑筋，乃想想冒家现在连个人影都寻不着，乃还能指望冒家什么，不给自己留条出路，也要给自己寻条出路。乃还是把冒家祖坟上有啥秘密都说出来，有好处呢，吾伲俩人二一添作五，乃讲阿好？”姜可名循循诱善道。

“姜老板，乃讲的，吾是明白的呀！冒家把吾扔下是不仁，吾也可以不义，但吾真的不知道冒家祖坟有啥秘密，吾整天守着坟，吾只晓得格座坟除了乱石块，就是毒蛇窝，有啥宝贝东西？”冒尖藉不真不假地故意怨声载道。

“乃弗要跟吾瞎白相，乃以为吾真的还是以前的姜老板，吾现在在同江跺只脚，同江的地面也要抖三抖！乃信不信？”姜可名已经失去耐心，露出了霸道的气势。

就在姜可名声嘶力竭的时候，门外响起了邵前炳大声“报告”。

“咋回事？这么焦急慌忙的！”姜可名很不满意地呵斥。

“报告，姜主任，那大坟岗的石头缝里全是一窝一窝的毒蛇，战士小刘在翻动石块时手被毒蛇咬着了，手肿得厉害。”邵前炳惊魂未定。

“啥？被蛇咬啦？”在姜可名下令叫解放军战士去挖坟时，冒尖藉本来是要阻止的，但知道自己如果阻止的话，姜可名是要疑神疑鬼的，多一事不如少一事，就把滚到嘴边的话又咽了回去。现在听说有人被蛇咬了，他还是于心不忍，喊道：“快把人扶到屋里来吧！”

被蛇咬的战士呼吸已经急促起来，冒尖藉忙问：“咬在哪儿啦？”邵前炳说咬右手虎口，就把小战士被蛇咬的右手抬起来给冒尖藉看。

看了之后，冒尖藉知道这是被三角头大“地扁灰”咬的，被咬的地方已经水肿发黑，如果不及时处理，蛇毒会随着血液行走到心脏就来不及了。他先用布条筋将胳膊根处扎紧，再迅速用刀片将伤口切大，将毒血放出来。但毒血流出不多，他就拿嘴巴吸吮毒血。

看着冒尖藉将毒血一大口一大口吸出吐出，旁边的解放军战士受到了感动，拿白毛巾让冒尖藉擦去嘴边上的血，他也不客气拿过去就擦。在放血之后，他将治蛇伤的药粉撒在伤口上，又拿出一粒黑乎乎的药丸子，让边上的战士将被蛇咬的战士的嘴巴撬开，将药丸子塞进嘴里，让神志还算清醒的他将药丸子吞下去。

做完这一切，冒尖藉说：“问题不大了！”姜可名见冒尖藉还有这门手艺，心想这小子不简单，以后还是要想方设法收服他。

一无所获，还差点儿让一名战士送了命，邵前炳等一行手下的人显得不耐烦了，姜可名心想再在坟上折腾也是“此地无银三百两”。于是一本正经地对冒尖藉说：“今天就到此为止，有啥情况要及时报告！”

巴不得让姜可名早点滚蛋，冒尖藉装作知趣地说：“晓得哉，晓得哉！”他看到姜可名将王诜的《渔村瑞雪图》装进包里，也没作纠缠，因为能早点打发姜可名走，就算是烧高香了。所以他睁一只眼闭一只眼，而姜可名也就顺手牵羊将画带走了。

而那帮解放军战士却对冒尖藉产生了好感。临走时都一个一个地与冒尖藉握手告别，连连说：“谢谢你，谢谢你！”冒尖藉真诚地说：“解放军就是好，吾生病特地给送药上门呢！”邵前炳说了句“军民亲如鱼水情，党的恩情比海深啊！”也紧紧地握着冒尖藉的手告别，雄赳赳气昂昂地带着队伍离开了冒家大冢。

好悬啊！冒尖藉像送瘟神一样将姜可名送走，心还在怦怦地跳个不停。他觉得自己这次好在棋高一着，把老爷交给自己保管的冒氏家谱、大冢秘图和少爷阿哥给的姜可名的罪证材料，用一层又一层的油纸包好，装进了一只小木箱，在送少爷遗体入墓时一并将箱子带进了墓内，否则就难逃此劫。

◎卷三

第三十一章　成分攸关

纷纷扬扬的大雪从傍晚起不是一小片一小片地下，而是一大朵一大朵地下着，像晶莹而又轻柔的薄絮飘满天空。

在下雪的时候，湖里涌动的波浪停息了，树上喧嚣的鸟儿安分了，所有的声音都归于寂静。冒尖藉喜欢这样的寂静。

望着漫天飞舞的大雪，远眺空旷无际的原野，冒尖藉浮想联翩。他觉得在茫茫的宇宙中，每个人其实都是无依无靠的孤儿，偶然来到这个世界，又会必然地离去。

听老爷冒泓晋曾经说过，天下人的身体好比是父母营造的房屋，让人的心住在里面。但是，人只是匆匆的过客，在居住了一段时间后，最终还是要离去的。所以，我们应该从身体的家进而营造心灵的家，最后进入宇宙的家，才能使我们的房屋永恒久长。

少爷冒泓炜在给他讲《圣经》时曾经讲到，上帝对亚当说：“你本来是泥土，仍要归于泥土。”

冒尖藉这些日子始终没有从少爷冒泓炜屈死的悲伤中解脱出来。他认为，在这个世界上，每个人都会面对一种无法回避的苦难，那就是死亡。他觉得做人就应该像少爷冒泓炜那样，不论遭受怎样的苦难，却始终以一种高贵的态度承受苦难。

也许冒尖藉还没有自觉意识到自己正怀着忧虑之心仰望天空，守卫土地，而且守的是人类安身立命的生命之土，望的是人类超凡脱俗的精神之天。

20世纪50年代的头上，同江地区上上下下建立了各级人民政权。冒尖藉知道姜可名当上了同江县人民政府的县长，听人说在同江地面上，天老大他老二，他跺只脚，同江的地面要抖三抖。冒尖藉想这真是风水轮流转，三十年河东三十年河西。

冒尖藉前天接到农民协会组长王菊林的通知，说是村里也要开始搞土改和划成分。

冒尖藉问土改和成分都是怎么个搞法，王菊林支支吾吾地说不清楚，就说“等乃去开了会不就啥都明白啦！”

下了一整夜的雪，外面成了银色的世界。冒尖藉深一脚浅一脚地向三里地远的冒家村走去。他一边走一边想：下雪真是好。一下雪，这高高低低的树，坑坑洼洼的路，新新旧旧的房，全都是一个样。要是人在下雪后，不分好好坏坏，不论恩恩怨怨，不讲贫贫富富，也都一个样，那该多好啊！但是人啊人，哪朝哪代，哪年哪月何时停止过争斗，停止过杀戮，人是活在这个天底下最累的动物了。

进了村里头，几只在雪地里嬉闹的狗冲着冒尖藉“汪汪”地叫。因为冒尖藉很少进冒家村，所以狗也认生。对狗的秉性，他是晓得的，你不去理睬它，它就不会惹你，至多叫几声，自觉没趣了，它就不闹了。还有对狗也有心理战术，你越怯它，它就越欺负你。他往地下一蹲又猛地站起，把刚才还叫不罢休的狗吓得躲开了，在雪地上留下一串串脏兮兮的爪印。

冒尖藉进到村中间的一片大瓦房，他认得这是冒家在村上的祠堂。冒家在冒泓晋爷爷冒承绍那一代人丁不是很旺，加上清朝末年时兴洋务运动，家业发展向外转移，重点放在了上海等地。在冒家村有五六十间房屋和三百多亩田，交给一个同宗族人管理。所以冒家村上鳞次栉比的大瓦房已经借给了许多户人家居住。而冒泓晋对大家的重视远比对冒家村的房子重视得多。

在跨进祠堂的门槛时，老爷临别时关照自己“在共产党分田分房时不要接受一房一田”的话，在冒尖藉耳边响起。

祠堂里已经挤满了人。虽然冰天雪地，但人多热气大，冒尖藉感到比屋外暖和得多。他找了个空位置坐下，与边上熟悉的人点头算是打了招呼。

满脸通红的王菊林中午肯定是喝了点酒，眼角边上还有眼屎，乍乍呼呼地吆喝人。见了冒尖藉来了，用舌头有点硬的嗓门喊他往前排坐。

冒尖藉朝王菊林摆了摆手，意思是自己就坐这儿啦。顺着看过去，就在王菊林边上，用一张长条几做主席台，已经坐了五六个人，都身穿黄土布颜色的军装，没戴帽徽领章，边上的人告诉他这是土改工作队的同志，他们是从南下的部队上就地转业，留下来搞土改工作的。

在一片烟雾缭绕中，坐在主席台中间的那个岁数稍微大点的中年男人，咳嗽几声，清了清嗓子开始讲话："乡亲们，今天我们土改工作队正式进驻冒家村，帮助和组织翻身得解放的阶级兄弟斗地主，分田地，分财产。今天的大会就是动员大会，乡亲们要提高阶级觉悟，分清敌我斗争，把土改工作搞好，保证让我们穷苦人能过上好日子！"这时，坐在作报告的人边上的人，挥臂高呼："毛主席万岁！共产党万岁！打倒地主富农！保卫革命果实！建立人民政权！"祠堂里的人群也多扯着嗓子吼，把房顶都快要掀掉了。

在领导讲完之后，一个戴眼镜书生模样的工作队员向大伙具体讲解怎样划分地主、富农、上中农、中农、贫农、雇农的成分条件，划分的程序是先由自己申报，再由大家互评，最后由工作队确定。

让人们没有想到的是，从20世纪50年代初到70年代底，是中国"唯成分"论的年代。在这个年代，成分就是一个人的政治生命，是一个人的身份标签。有多少悲欢离合，有多少恩怨情仇，都是因为成分造成的。所以，一个人的家庭出身就决定了这个人的命运。

如此重要的成分，冒尖藉却是懵懵懂懂的，让他明白过来的是郑沪生的突然到来。

就在村里进行土改动员会后，村里人都在琢磨自己家里该报什么成分。尽管当时不知道成分的重要，但解放了的人们都知道贫下中农是最光荣的，是坐了天下的共产党的依靠对象。而且成分定得高与低，与接下来自己能分到多少地主富农的财产有关系。所以都抱着一份农民特有的小心和私心。

就在村里人走东家、串西家互相揣摩和打听消息的时候，冒尖藉却是“稳坐钓鱼台”，不管也不问。因为他记住冒泓晋老爷的话，自己不要分啥财产与田地，所以不去费那份心思。

大雪过后，太阳出奇地好。冒尖藉听着屋檐上冰凌融化后，滴在石板上发出“嘀嘟嘀嘟”的响声，望着田野里的雪在一点点地薄下去，就大声吟唱起来：

朵朵白絮轻飘漫，

一夜忽见遍地白。

千竹万树裹素装，

孤身伫立窗前盼。

世间尘嚣已久矣，

混沌宇宙酿清白。

一场兆雪降吴地，

万籁寂静心独哀。

“好诗，好诗！”在冒尖藉的背后传来了一个爽朗的声音，扭头一看，是已经有五年之久不曾见面的郑沪生。

就像久别的亲人，冒尖藉扑到郑沪生的肩头上哭着说：“郑大哥啊郑大哥，乃咋才来看吾啊？”

在冒泓炜死后，他对少爷的那帮弟兄一个一个地像过电影那样，在自己的脑海中出现：大大咧咧的郑大个子、手把手教自己打枪的蔡教官、说一口流利日语的书生江吉靖、拳脚功夫十分了得的拳师冼练斌……

真是说曹操，曹操就到。就在冒尖藉念叨着的时候，大个子郑沪生突然出现在自己的跟前，怎不让他悲喜交加。

“小阿弟啊，头儿冒泓炜的事侬晓得吧？”郑沪生见面就问。

“郑大哥，吾亲眼看见过少爷的。”冒尖藉把公审大会的事以及枪毙的事给郑沪生详细描述了一遍。

“阿拉晓得头儿是屈死在姜可名的枪口下，伊真是聪明一世糊涂一时啊，已经吃过格个姜可名的亏了，还不长记性。听讲头儿帮上海地下党护送同江地委书记马汉章等，结果马汉章遭到暗算，死得不明不白。姜可名当时就大做文章，咬定是冒泓炜勾结国民党特务搞的暗杀。解放后，姜可名就向上海市军管委会报告要缉拿冒泓炜，因为姜可名言之凿凿，得到了上海方面的认可。是同江派人把正在给学生上课的头儿捉回了同江。听说在狱中，头儿大骂姜可名卑鄙无耻。”郑沪生说到这里也泣不成声。

倒是冒尖藉镇静下来，劝郑沪生坐下说，又泡了一杯热茶给他，告诉他少爷的后事已经得到料理，请少爷的弟兄们放心，自己每年都会上香祭拜的。至于如何安葬少爷，安葬在哪里，冒尖藉只字未提。

常言道，人心隔肚肠，冒尖藉心想自己秘密安葬少爷以及安葬在冒家大冢里的事，不能随便透露给别人。所以，对郑沪生也只是告诉结果，没有讲过程。

郑大个子见冒尖藉欲言又止的样子，也就不再“打破砂锅问到底”，就说：“阿拉相信侬是个有情有义的人，既然这样，阿拉也就放心了，等回上海把消息转告弟兄们，让大家都放心！”

当冒尖藉将这里正在搞土改划成分的事告诉郑沪生。郑沪生就说：“小阿弟，这桩事体蛮要紧格，据阿拉晓得，成分将来会决定侬的身份。”

冒尖藉将自己的情况告诉了郑沪生让他分析分析。郑沪生就肯定地说，按照共产党目前定的政策，你父母都是被日本鬼子害死的，自己现在房无一间，地无一分，因此可以评为雇农。郑沪生还说，接下来还会搞阶级诉苦会、揭发坏分子会、批斗大会等活动，一定要积极参加，这样才能保护好自己。你为冒家看坟，在诉苦、揭发时，你可以不痛不痒地多少骂几句冒家，这样也好过关。最后叮嘱说，你现在是冒家唯一的人，冒少爷宁愿牺牲自己也要你把冒家的祖坟守好，因此为了冒家的重托，你要学会逆来顺受，一定要咬紧牙关坚守下去，坚持到底就是胜利。

经过高人的指点，冒尖藉开始看重自己的成分。他先自己申报为雇农。在互评时，他叔长姨短地嘴巴甜，加上他年纪轻，与村上人没有什么过节，而且都知道他是苦出身，所以在互评时，众人对他报雇农成分没有什么争议。

为了将土改工作搞出气氛来，村子里开了几次诉苦大会。村上人一到晚上或扛着长板凳，或拎着小椅子，三三两两地到冒家大宅的祠堂里集中召开诉苦大会。只要是开诉苦大会，冒尖藉都会披星戴月或顶风冒雨从坟上赶去参加，而且每次诉苦说的都是自己五岁死爹十岁死娘的事，一把鼻涕一把眼泪的让村上的人着实感动。

凭着写一手好毛笔字的能耐，冒尖藉常常被工作队叫去写标语，出告示。他一手提着一只木桶，桶里装的是染布用的红染料，一手拿一把头有点秃的破筲帚，在村中人家的白墙上刷标语。看墙面的大小，墙面大的字写成斗大的，墙面小的写成锅盖大的。这猩红的颜色在太阳的照射下，一时间把村里染得红彤彤的，把革命的气氛渲染得更加浓厚。标语的内容如"坚决镇压阶级敌人！""誓师保卫革命政权！""血债要用血来还！""把地富反坏打倒在地，让他永世不得翻身！"等等，让人觉得这场运动的火药味也很浓重。

一天，在贫农周小毛家的墙上写"坚决划清阶级成分，实行无产阶级专政"的标语时，土改工作队赵队长背着手看冒尖藉起劲地在写字，说："这字真不烂。"

赵队长说话的时候，冒尖藉正在全神贯注用筲帚写最后一个"政"，听到背后有人在评价自己，一转身把木桶带翻了，将染料泼洒了一地，尴尬地说："唷，是赵队长啊，字写得不好，献丑哉！"赵队长和蔼地说："不烂就是不烂嘛。小同志，走吧，我找你谈谈话去。"

冒尖藉听到赵队长要自己谈话，心里像水井上挂吊桶七上八下的，就说还有一个"！"没写呢，赵队长说那就把它写上去吧。

等冒尖藉蘸着地上的残余染料把"！"涂上，就将筲帚放进木桶提着，跟赵队长进了工作队的住处兼办公的地方。赵队长让他坐在长椅上，他把手放在膝盖上，恭恭敬敬地坐着。

"这次找你谈话，首先肯定你参加土改的积极性是高的，其次呢，想说说你的成分问题，你的情况我们都了解，但你现在一个人，给你定成分不大好定！"赵队长不紧不慢地说。

"啥？吾一个人不好定成分，那怎么办呢？吾既不好让坟里的爷娘活过来，又不好立马拉个女人做媳妇成家！"冒尖藉说着说着掉眼泪了。

见冒尖藉动了感情，赵队长说：“真是孩子气，有啥好哭的，听我把话说完，好不好？”

冒尖藉点了点头，听赵队长继续说：“你本来姓刘，地主冒泓晋强迫你改的姓，在这一点上就是地主压迫我们穷人的有力证据，对不对？”

“不对，改姓是吾自己愿意的！”冒尖藉脱口而出。

“你这小同志阶级觉悟还是不高嘛！我们队里的意见，趁这次土改定成分，你还是把姓名改过来。另外，你不要再去那里为冒家守坟了，我们人民政府总不能看着你一辈子被地主家踏在脚下做下人，对不对！”赵队长诚恳地开导。

“这不作行的，吾既不再改姓名，也不离开冒家大家。姓谁名谁都不过是形式，就像穿衣裳一样，不论穿啥样子啥颜色的衣裳，乃总归还是乃，弗会变成别人的。吾是穷苦人出身，姓啥也改变不了吾是穷苦人出身。另外，吾已经喜欢上看坟，吾其他啥也做不来，因此吾的命就是守坟的。请问赵队长，吾姓啥做啥与成分有啥关系？”冒尖藉讲了一通之后，反而诘问赵队长。

“糊涂，阶级觉悟问题很严重，跟你说吧，如果你执迷不悟，说不定给你定个地主成分或者是坏分子什么的，看你咋办？”赵队长显然不耐烦起来。

“啥，给吾定地主坏分子？吾爷娘是怎么死的，在娘死的时候，吾叫天不灵，叫地不应，如果不是冒老爷帮忙，吾娘就会暴尸天下。吾给冒家看坟那是吾的命，吾自己认了，这难道有错吗？”

冒尖藉说的字字血、声声泪，感动了赵队长，他只好实话实说：“对你的成分，吾说了不算，要请示县土改工作委员会主任姜县长！”

听赵队长把姜可名的名头抬了出来，冒尖藉反而冷静了下来说：“既然赵队长决定不了，就请姜主任来找吾好了，吾等着！”说完扭头就走。工作队的其他人纷纷说这年轻人口气还不小呢！

知道是姜可名在背后搞鬼，冒尖藉心里就横竖横起来，觉得自己是人家手里的面团，捏长捏短由他去了。

过了十来天的时间，村里定成分的名单分批公布出来了，冒尖藉一连几批都是榜上无名。他虽然在赵队长面前硬撑，其实自己还是挺上心的，所以急得嘴上烧出了一串水泡来。

就在冒尖藉灰心丧气的时候，已经当上贫协主席的王菊林来坟上通知冒尖藉，跟他去工作队谈话。在路上王菊林告诉他，村里互评时，一致评他是雇农成分，所以劝他去工作队好好说话，好汉不吃眼前亏。

这让冒尖藉很提气，进了工作队的门，就向赵队长作自我检讨说自己阶级觉悟低，赵队长心里还是挺喜欢他的，就没有为难他，说："姜主任在办公室等你。"

进了办公室，姜可名端坐在椅子上，指了指边上的凳子说："请坐吧！"冒尖藉老实不客气地坐了下来。

"听说乃脾气挺大，吾今朝来检查工作，赵队长汇报了乃的情况，怎么样？吾打开天窗说亮话，只要乃不再为冒家守坟，与阶级敌人脱离关系，阶级界限划得清，乃可以评为雇农成分。至于改姓的嘛，吾不再强求，乃看阿好！"姜可名说得再清楚不过了。

"姜老板，凭吾的出身，吾干啥也定不了地主，更定不了坏分子，这点乃心里明白，吾也多少懂点，如果吾不服从乃说的，要给吾定错成分，吾就告到毛主席那里去，他老人家肯定会还吾一个公道！"

"啪"的一声，姜可名重重地拍了桌子，右眉上方那块"蓝田痣"更加醒目。拍桌子声，惊动了在外面的赵队长等工作队人员，纷纷涌进办公室，姜可名火气十足粗暴地地挥手让他们别进来，弄得工作队的人员面面相觑，弄不清楚这个守坟的年轻人与姜主任唱的是哪出戏。

冒尖藉也不甘示弱，将椅子用力一推，怒气冲冲地要走。姜可名立即换了副面孔，说："乃格个小囡真是神经搭错，一个道走到黑。这样吧，乃岁数不小了，看坟也不是长久之计，吾做媒，乃回刘家泾去做女婿吧，阿好？"

听姜可名突然换了话题，冒尖藉是丈二和尚摸不着头脑："这做女婿与划成分搭啥界？"

"说乃聪明还真傻，给乃定不好的成分，谁愿意嫁给乃，乃去做女婿就给定个好成分，这是党给乃的出路，阿明白？"姜可名将道理分析给冒尖藉听，显示出一副大度的样子。

虽然不知姜可名葫芦里卖啥药，但听说只要答应出去做女婿，就可以定个好成分，冒尖藉似懂非懂地说：“哪有格种好事体？既可以有老婆，又可以定好成分，谁不愿意啊，只是哪家看得上吾一个看坟的穷光蛋？”

姜可名的脸似琵琶叶，翻过来有毛，翻过去光面，刚刚还满脸怒气，现在突然又是满脸堆笑：“乃真弗懂事体，算乃有福气，刘家泾的阿玲家，乃晓得？”

冒尖藉这才恍然大悟。他知道阿玲以前一直蛮待见自己的，她家的女儿叫心莲，一个扎着又粗又黑的大辫子的姑娘，上身穿芦席花洋布，下身穿竖条子手织粗布裤子，胸部鼓得凸凸的，快要把衣衫撑爆，一张苹果脸圆嘟嘟，两只眼睛水汪汪，上次见着后心里一直为她的美貌而心动。想到这些，他脸红得像猴屁股，搓着手，低下头说：“吾哪敢高攀？”

“痛快点，乃给个明亮的话。”姜可名催促道。

冒尖藉明白了姜可名的意图，阿玲是姜家宅出嫁到刘家泾的，与姜可名是同宗隔房兄妹关系，一定是阿玲撺掇姜可名出面做媒，所以用定成分的事来对自己软硬兼施。心想成分是死的，定了这次就没有下次；婚姻是活的，成与不成谁都说不准。俗话说好汉不吃眼前亏，先应承下来再说。于是，他忸忸怩怩地说：“不晓得阿来事，吾是愿意格。”

“哈，哈！看来乃格个小赤佬也不是肯吃亏的主儿，格桩事体就格能定了哈。”姜可名就这样拍板了。

过了十来天，冒家村定成分的公告贴了出来，冒尖藉是雇农，已成了板上钉钉的事，终于让他心里的一块石头落了地。

第三十二章　坠入情网

在一个阶级推翻另一个阶级、穷人打倒富人的那个年代，雇农给人的价值就是两个字“光荣”。不用说对入党、参军、招工、提干、上学等这些好事，都有优先权，就是找对象、娶媳妇也都沾光。

冒家村的贫协主席王菊林，祖上三代讨饭出身，三十好几岁的光棍一个。一解放，他就跟着工作队表现出极高的工作热情和阶级觉悟，还当了村贫协主席。他不仅分到了村西头地主顾子泉家的三间大瓦房，而且躺着地主顾子泉的雕花红木大床，还搂着他顾子泉的小老婆睡觉。

说起睡地主小老婆还有个故事。那就是在枪毙顾子泉的当天夜里，王菊林一个人躺在大红木床上无聊地翻来滚去，叹息少了个女人。就在胡思乱想的时候，黑暗中有个人摸到了床上，把王菊林吓得灵魂出窍，瑟瑟发抖地说：“顾，顾，顾老爷，不是吾害死乃的……”“菊林阿哥，是吾，小根妹。”这小根妹生得白白嫩嫩，是顾子泉前几年才从上海长三堂子里拐回来的货。顾子泉还没享用够小根妹，自己就被人民政府镇压了。树倒猢狲散，这小根妹就成了无主货，所以钻进了王菊林的被窝。用从上海长三堂子里泡出来的本事，小根妹把三十岁还没尝过女人味道的王菊林弄得神魂颠倒，白天黑夜一得空就与小根妹在红木床上做那事，把贫协的事忘得光光。工作队知道后批评他，他理直气壮地说，解放了就是要吾伲穷人有房住，有地种，有女人过日子，根本不理工作队的招呼，照样白天黑夜地干，浑身有使不完的劲。工作队了解他的情况，就默许他娶小根妹做老婆，但要求他把工作做好，做到革命与生产两不误，于是他们就生了儿子王春喜。这个王春喜因为是根正苗红，等他长大了先是接生产大队大队长的班，后来又当了村主任。

冒尖藉是响当当的雇农，他虽然没有王菊林那样实惠，但也是好事不断找上门。先是分地主富农的财产，他总是头一个有份。他分到了冒家最好的三间上房，宽畅又明亮；又分到了三亩最好的水田，方整又肥沃。但他既没有要房子，又不要田。把分给他的房子给了村里做小学校，把分到的水田还给村里又分给了别人。阿玲知道后，直骂他是个十足的败家子。

对冒尖藉定为雇农成分，阿玲认为自己是有功之臣。她对冒尖藉的一举一动十分关注，听说冒尖藉把分到的好房好田都还了出去，心痛死了。她认为自己现在对冒尖藉是“三个手指头拣田螺——稳拿”。但她认为早拿比晚拿好，否则他身上值钱的地方，都要被他折腾光了，所以她要有所动作起来。

好在刘家泾到冒家大冢也就三里地远的地方，阿玲特地凑个早就往冒家大冢赶来。冒尖藉正在做木匠活，“哗啦哗啦”地锯木板，给工作队打办公桌。远远看见阿玲朝大冢走来，就放下锯子迎了过去，亲切地叫：“阿玲婶，早啊！”

满脸是笑的阿玲见冒尖藉如此热情，心想这孩子开窍了。阿玲今朝本来想责怪冒尖藉把分到的财产和田地都还了出去，是个“拆烂污”的坯子，但转念一想自己目前还不是他什么，所以不好明说。

阿玲其实有更深一层的考虑，就是冒尖藉老早就死了爹娘，自己家里就心莲一枝独苗，要是来家里做上门女婿，少了婆媳之间、亲家母之间那种说不清道不明的麻烦事，对自己就不会三心二意。这女人肚子里的“小鸡肠子”是根根清。

“秋生啊，乃现在是村里的雇农，光荣得很喽，不知乃心里阿会感谢吾？”阿玲感到自己在冒尖藉定成分的事上是出了力的，所以就转弯抹角地邀功。

冒尖藉却装聋作哑地说：“吾格能苦大仇深，不评雇农还能评地主？玲婶，吾真的感谢乃来看吾。”

这话像一盆冷水浇得阿玲很不舒服，心想这孩子真是个拎不清的阿木林，但不便发作，就直截了当地问：“那吾家隔房阿哥姜主任总跟乃讲过啥个事体吧？”

“伊提起过格，讲要吾到乃家做女婿。”冒尖藉红着脸说。

“这就对了嘛，今朝吾是厚着脸皮自己来提亲，常言道丈母娘看女婿，越看越欢喜，所以媒人也用不着格。”阿玲自己咯咯地笑了起来。

“玲婶，吾格能穷法子，心莲阿看得上吾啊？”冒尖藉低着头说。

“格个乃尽管放心，心莲对乃老早有意思哉！”阿玲把话挑明了。

“格哪能弄法子？格哪能弄法子？”冒尖藉搓着手，一副没头绪的样子。

“明天，吾请了上次给乃讲冒家大冢故事的阿爹来家里来吃饭，乃过来陪陪。”阿玲诚恳地要求。

看来对这个要求是没法推掉的，况且心莲也着实让自己心动不已。于是，冒尖藉痛快地答应：“好的，吾也应该去看看老爹。听讲，老爹喜欢吃鲫鱼炖蛋，明朝吾带几条鲫鱼过去，婶子乃看阿好？”

“格是顶好！”阿玲高兴地赞许道。

当天下午，冒尖藉到护冢河对面的荒地的水塘里摸到了七八条野生的黄背鲫鱼，每条有一斤多重，他养在水桶里等明天带去阿玲家。

第二天上午吃过早饭，冒尖藉打扮一新，刮了刮已经蛮粗壮的胡子，拎着装在竹篓子里的鲫鱼，连蹦带跳地到了阿玲家。出来给冒尖藉开院子门的恰好是心莲，因为两人都晓得彼此的关系，一见面反而不好意思起来。

这时，阿玲迎了出来：“是秋生啊，老爹已经来哉，快进屋里坐吧！”她见到这一对像金童玉女地般配，甭提有多高兴。

“姆妈，乃吃笑药啦？”心莲都被笑得更加不好意思起来。

姜老爹见了身材魁梧的冒尖藉显然也高兴得很，得得瑟瑟地拍着冒尖藉的后背说：“真是潘安貌，关公相，格个小囡蛮好，蛮好！”

吃饭的时候，阿玲让心莲与冒尖藉合坐一条长条凳子，心莲不肯，阿玲不知是心直口快，还是急于求成，就骂道：“乃格小细娘真不出趟，两个人现在坐一条凳子都不好意思，等几天两人睡一张床上，看乃还不好意思！”

心莲被阿玲骂过后，就老老实实地挨着冒尖藉坐下。两人搛菜的时候胳膊肘、膝盖免不了要相碰的，当肢体一接触，两人就像过电似的心惊肉跳。

吃过饭，阿玲炒了蚕豆、葵花子留冒尖藉嗑牙喝茶，冒尖藉想起给工作队的桌椅还没有打好，就说要回去忙活，听是给公家做事，姜老爹不让阿玲拦人，就让冒尖藉隔日再来，与自己唠唠唐诗宋词。因为老人与冒尖藉谈古说今，觉得这年轻人国学功底不差，所以更加喜欢上这个后生。

在冒尖藉起身要走时，心莲端了盘子给冒尖藉口袋里装瓜子，让他带回去慢慢地嗑。在心莲低身躬腰给他口袋里装瓜子时，心莲头发里的味道直冲他鼻腔里钻，让他感到晕晕乎乎起来。

开展扫盲教育，这是解放后在村里头最轰动的一件事，要求不识字或识字不多的年轻人，都要参加扫盲班。

为了彻底消除地主、资本家的残余影响，按姜可名的指示，冒家村从这时起改名叫同益村。而同益村有座小学校，冒尖藉把分到的大瓦房还出来，给这座小学校做教室，白天小学生上课，晚上扫盲班上课。

刘家泾的年轻人参加扫盲班要到同益村来上课。冒尖藉因为字写得好，文才又好，所以被双林区政府招为扫盲班的文化教员。心莲由于受女子无才便是德的影响，尽管家境很好，但就是不肯念书。她听说扫盲班由冒尖藉教认字，所以也就积极地报名参加扫盲。

开始，心莲还有点假三嚎四地与冒尖藉装生分。随着扫盲班深入，心莲对冒尖藉的好感与日俱增。寻找一切机会接近他，如写毛笔字，她故意姿势不端正，冒尖藉对她说写字要坐得正，手端平，捏笔不要太紧太松等要领，但她就是不得要领，冒尖藉就扶着她的手练字。

这一来二去，两人就心照不宣，感情就像炉子里的温度一个劲往上升。

一个夜晚，扫盲班下课后心莲躲进了阴暗角落，等嘻嘻哈哈的年轻人都走光了，她就蹲在过道上，冒尖藉走出来时，发现心莲蹲在地上，就上前扶她问是咋回事，她说是脚崴了。

见她真的崴了脚，冒尖藉给她搓揉了好一会儿，她说还是不行。冒尖藉就要扶她走，她发嗲劲要他背。

冒尖藉想背就背吧，心莲就伏在他的背上。出了同益村，往刘家泾也得有三里地远，把他累得开始喘气，头上渗出了细汗，心莲在背上用袖子给他擦汗。心莲觉得他有点吃力，就说脚好像不痛了，可以下地走路了。

当冒尖藉把心莲从背上放下来时，心莲搂着他的脖子不放，这样一拧，两人绞在一起倒在了地上。

就像干柴遇到了烈火，两人再也无法控制男女所固有的欲火。心莲先主动地将舌头伸进了冒尖藉的嘴，将幽幽兰香的津液滑进了他的口腔，那双好看的会说话的丹凤眼紧闭着。当他反过来勾住她的脖子，她顺从地倒在他的怀抱里，双手捧着他的脸颊，将嫩唇像磁石一样吸牢他的额头。他越抱越紧，发现自己反而没有力气，全身又酥又痒。两条舌头就像缠在一起游走的蛟龙，互相较着劲要钻进对方的溶洞。他终于像一座轰然倒塌的大山压住了她的全身，当他要褪去秋天穿得不多不厚的衣裤时，她矜持地攥紧裤腰，但任凭裸露着上身，美玉凝脂般的肌肤在月光中显得更加柔滑，滚圆的双肩在颤抖，一对高耸挺立的乳房散发出诱人的芬芳，像幽静的深谷等待他去肆意探索。他却真的像无师自通的探险家，有着永不满足的探险激情。双手揉捏着双乳，她被撩拨得像火山一样就要爆炸，他却永无止境地开始走下去，尽管还隔着薄衣单裤，但不妨碍他在她的大腿、小腿和柔软的三角地带行走不歇。他感到她的三角地带像一块沙漠突然汪出了一泓神水，成了水草茂盛的乐土，湿润而又炽热，发出诱惑的气味。她既迎合又抗拒地扭动着娇艳的身躯，发出低沉的呻吟，这呻吟声像牧童听到了神曲的召唤，让他兴奋不已而不能自主，他的下体硬得像定海神针顶住了乾坤，她的三角地带快顶不住定海神针的穿透力，那一层遮羞布仿佛要被撕得粉碎。她像狂奔不止的小鹿突然无力地倒下，双唇一张一翕，云鬓散乱，香汗泌渗。

就在心莲从喉咙不停地发出越来越亢奋的呻吟，冒尖藉像听到了冲锋的号角，正要发起排山倒海的冲击时，赶夜路的人从远处发出粗暴的咳嗽声，像瓢泼大雨将他们两人燥热难耐、意乱情迷的欲火浇灭。

冒尖藉从昏蒙中醒来，他蓦然想起谭老爹的不幸遭遇，如果被人知道一对痴男骚女在野外苟合，就是不会遭到谭老爹的下场，那也会在村里传得沸沸扬扬，让自己一辈子抬不起头来。于是，他用上衣裹着心莲裸露的上身，抱紧心莲滚进了旁边干枯的沟渠里。等路人走远了才爬起来，两人互相拍打着身上的尘土，无言无语，默默无声，一切尽在不言之中。

冒尖藉对心莲像一本刚刚打开的书本，还没完全读深悟透，就戛然合上，所以恋恋不舍地将她送到了她家的院门口，她转身将红唇摁在他的额头上，仿佛要给他盖上一个“舍我其谁”的印记，然后又坚定地将他推出门外。

转眼间，又要过年了。双林区组织剧团在刘家泾演出地方戏，通知前村的同益村，后村的姜家宅的人都去观看演出。心莲在扫盲班下课时，悄悄地告诉了冒尖藉，自己会早早地等在原来私塾馆（郭霖葳老先生故去后，被改成了村里的公场，供村里集会、打谷、晒麦之用）的老槐树下等他。冒尖藉会心地笑着对她说：“哓得嘞，不会误事的！”心莲见他不是很热情，就撅起小嘴走了。

到了看戏那天，阿玲让心莲去把冒尖藉叫过来，心莲说人家还没过门，老到家里走动，别人家会说闲话的。其实她有自己的打算，就是趁看戏的时候偷偷与他约会，做两个人自己的戏。

冒尖藉自然不敢违背心莲的意愿，也不肯放弃这种机会。他知道自己也是戏里的主角，没有自己加入，心莲不可能唱独角戏。戏还未正式开场，但锣鼓声“咚锵咚锵”一阵比一阵紧，人们忙于寻找各自合适的座位。冒尖藉看到了在老槐树下，辫子上扎着大红蝴蝶结的心莲正在东张西望，两只眼睛像雷达一样搜索人群。

高高举起手中捏着的书本，冒尖藉朝心莲挥动了一下，心莲就从人群中钻了出来，两人拉着手朝东边的桑树林里走去。

两人照例又爱意缠绵了起来。怀里抱着软玉温香的冒尖藉正在贪婪地嗅着心莲的发际，嘴唇顺势吻她的耳朵，她的脖子，又将手伸进胸部抚摸乳房。

似有不甘就范的心莲突然推开了他的手，娇喘地说：“秋生哥，吾早晚都是乃的人，吾伲今晚别误了佳期，让天上的星星作证，将地上的桑叶作被，吾将终身交给乃吧！”

男女之间许多交互的动作往往是只可意会不可言传，在嬉戏时不经意的一句话就会出现戏剧性变化。

本来准备突破最后一道防线的冒尖藉，听了心莲的直白后，反而犹豫起来：“心莲，乃真的愿意一辈子跟吾去守冒家大冢？”

“啥？让吾跟乃去守冒家大冢，不会搞错吧？乃是到吾伲家做上门女婿，就是倒插门。”心莲激情一下子就没有了。

“吾答应做乃家的女婿，但没有说是倒插门啊？”冒尖藉认真起来。

“啊？原来姆妈没有跟乃讲清爽，格是弗来事！”心莲懊恼地说，甚至急得要哭了。“别急嘛，等问问清爽再说，阿好？”冒尖藉安慰道。

为此，两人从炽热的沸点跌到了冷却的冰点，闹得不欢而散。

第三十三章　忍痛割爱

隔了两天，心莲没来扫盲班上课，让冒尖藉六神无主。心莲的一颦一笑占据了他的脑海，她身体的余温和余香似乎还在留在他的身上。他决定主动去她的家里走一趟探明究竟。

今晚没有课。在掌灯的时分，冒尖藉到了心莲家，见院墙门虚掩着，他就自己走了进去。因为已经是霜降节气，心莲家的客堂门关着，但里面的灯光从门缝里漏了出来。同时，心莲与姆妈阿玲正在争吵的声音，也从门缝里传了出来。

“乃个小细娘，真正拎不清，娘舅可是帮了大忙的，用定成分的事体才让格个小男囡答应上吾伲家做女婿的，伊不会不知好歹吧！”阿玲大声地说。

“格种事体要讲讲定格呀！光简单一句做女婿，也没有讲定是做上门女婿，人家当然有闲话格。”心莲埋怨道。

“乃放心好嘞，格个小男囡就是孙悟空也逃不出如来佛的手掌心。伊如果硬扳道理，乃娘舅不会让伊便宜格！”

“吾不管哪能样子，反正吾就是伊格人！”

“格弗来事，乃娘舅要伊到吾伲家做女婿，也有娘舅的打算，准备等伊离开冒家祖坟后，就要开挖冒家祖坟，估计格个坟里有好多宝贝呢！”

“吾真弄不明白，为啥要拿伊弄白相，乃贪图秋生家爷娘死光，到吾伲家等于白多了个伲子，娘舅老是对冒家恨之入骨，趁机把秋生糊弄走后就去挖冒家祖坟里的宝贝，格叫啥事体？弄得吾尴里尴尬难做人。”心莲越说越激动，似乎气不打一处来。

“乃小细娘一个，懂格啥？反正乃的婚事乃自己做不了主，要听姆妈和娘舅格！”阿玲要起态度。

“现在解放哉，提倡婚姻自由，吾自己的事吾自己做主！”心莲不甘示弱。

“乃反了？轮得上乃做主，想都弗要想！”阿玲一个巴掌打在了心莲的脸上。

“乃打死吾吧，乃打啊，乃打啊！”心莲不依不饶。

“乃小细娘真没有良心，吾一把屎一把尿地把乃养大，乃格能对待姆妈，吾不活啦，不活啦！”阿玲捶胸顿足撒起泼来。

经阿玲一哭闹，心莲明显气瘪了下来：“姆妈，吾听乃和娘舅的话就是啦，乃格个样子让别人或者秋生晓得，还有啥面孔啊！”

经心莲提醒，阿玲从地上爬起来赶紧打开门探望。冒尖藉躲在暗处没有让她发现，等阿玲将门关紧，他逃一般地离开了心莲家。

踏着一路皎洁的月光，冒尖藉回到了大家。他深深地叹了口气，没想到姜可名拿划成分的事拿捏自己，名义上到阿玲家做女婿，其实是要用倒插门的办法逼迫自己离开冒家大家，然后不仅要毁冒家的祖坟，还贪图冒家祖坟里的财宝。用这“一箭三雕”的方法对付自己一个涉世不深的人，这简直是太可怕了。

但不管怎样，心莲对自己的感情是真的，冒尖藉想到这里就像有万箭穿心的疼痛。据自己对阿玲的了解，这个女人不达目的一定不会罢休的。

究竟如何应对这场危机，冒尖藉一连几天绞尽脑汁也没有想出个万全之策来。

这世界上总有相生相克的东西。突然，他想到了阿菊婶娘。这阿菊婶娘与阿玲属于“针尖对麦芒”，两人虽然好得可以换头交脑的，但对自己被阿玲盯上强要自己去倒插门，凭阿菊婶娘的脾气是不会让阿玲占便宜的。于是他决定请阿菊婶娘出面。

眼看就要过年了，冒尖藉提了两份年货到了刘家泾，先进了阿菊婶娘家。

阿菊见冒尖藉提了满满的两大包年货眯笑搭眼，把冒尖藉迎进了家门。这些年，靠着冒尖藉时不时地接济，阿菊家的日子还过得去，所以对冒尖藉一直心存感激。虽然为杏花的事开始时对冒尖藉鼻子不是鼻子，眼睛不是眼睛，但后来倒是没有半点怨言。所以阿菊对冒尖藉一直高看一眼，并与他保持着良好的亲情关系。况且，杏花现在也是名花有主。

杏花长成窈窕淑女，被土改工作队的那个戴眼镜书生模样的工作队员看上，软磨硬泡地要娶杏花。这个小伙子是山东乳山人，山东解放得早，所以跟随渡江战役的部队南下，被派到同江搞土改运动。

阿菊本来想让秋生与杏花成双成对，但秋生是按住头不肯饮水的犟牛，不肯让她省心省力地拣便宜，所以不指望他回心转意。现在，有人看上了杏花，阿菊虽然嫌书生是外乡人，但人家毕竟是吃国家粮，名气响，所以阿菊也是满心地喜欢。

今天见冒尖藉提了年货上门，阿菊接过年货让了座，就问："乃阿晓得杏花的事？"

冒尖藉说："弗晓得啊！"

阿菊就嗔怪道："乃看不上杏花，自有人喜欢杏花格。告诉乃吧，土改工作队的那个书生与杏花的婚事已经正式定下来哉，喏，昨天就去城里做新衣裳，置办嫁妆去了。"

"真的啊？杏花妹长得格能好法子，人家是要抢着娶伊格呀！"冒尖藉真为杏花高兴。

"乃自家的婚事哪能办？乃爷娘过得早，吾当婶娘要多关心格。乃今朝拎两包年货做啥？"

"还有一包是给阿玲婶娘。"冒尖藉说完用眼睛看着阿菊有什么反应。

"伊个女人花头蛮多格嘛，让乃给伊送年货？"阿菊话中露出了妒忌之意。

冒尖藉回想起自己第一次去阿玲家，阿玲为留自己在她家吃饭，与找上门的阿菊唇枪舌剑地差点板起面孔，心想自己这次的难题恐怕要假阿菊婶娘之手去破解。

于是，冒尖藉向阿菊述说了阿玲通过隔房阿哥姜可名利用定成分的事，出面让自己去她家倒插门，想把自己骗出冒家大冢，然后挖冒家祖坟，企图寻找财宝，本来自己想不理睬他们，但自己惹不起，所以今天自己违心地去阿玲家送年货。

阿菊是个炸药包，一点就着，听了冒尖藉这番话，就气不打一处来："吾说呢，怪不得当初乃要离开吾伲家时，伊作为吾的小姐妹非但不帮吾说话，反倒起劲地来劝说吾放手，伊做圈做套，原来是在打乃的主意！"

冒尖藉忙说："吾也看不懂！"

"乃先去伊家里，吾随后就到！"阿菊怒气冲冲地说。

见冒尖藉像个毛脚女婿提着年货上门，阿玲心里蛮开心，心想凭心莲的噱头，原来的担心是多余的。只要生米做成熟饭，倒插门的事就由不得他。

阿玲一边迎出屋来，一边朝屋里喊："心莲，秋生来哉，还不快点出来帮着拎东西！"心莲听说冒尖藉来了，磨磨蹭蹭地拖着鞋子走了出来，说了声："来啦！"冒尖藉想就几天工夫，心莲瘦了一圈，眼圈也有点发黑，怪不得《红楼梦》、《西厢记》里的男男女女要生相思病，这男女之情是挺折磨人的。

冒尖藉蛮心疼心莲，上前把东西交给了她，说："生病啦？""反正吾死了也没人理！"说完扭头哭着走了。

阿玲知道这是小男女之间的私情，见怪不怪地对冒尖藉说："神经兮兮，好像啥人欠伊格债一样。"接着，阿玲说："秋生，乃年龄不算小了，心莲也到了嫁人的时候了，吾打算明年春节前把乃与心莲的婚事办掉，等一结婚，乃就搬到吾伲家来住，小两口恩恩爱爱地过日子，多好！"

冒尖藉知道今天阿玲肯定会向自己摊牌，所以他不急不慢、不温不火地应对阿玲，说："一切听婶娘的安排。"

"啊唷，干吗还叫婶娘婶娘，干脆今天改口就叫姆妈！"

就在阿玲的话音还未落下，阿菊风风火火地进了门："啊唷，八字还没有一撇呢，就让人家叫姆妈，好像这辈子没听到过喊乃姆妈，真不要脸！"

虽然阿菊的话不中听，但终归是自己的发小，平时两人骂骂咧咧惯了，阿玲没当回事，就开玩笑地说：“乃格个短寿，吃枪药啦，说话啊难听？”

其实，阿菊是来者不善，摆出架子是来寻事体的，所以，话说得更难听：“乃欺负秋生从小没了爷娘，就想拣便宜找个倒插门，吾看乃是黄鼠狼给小鸡拜年没安啥好心，做乃个大头梦去吧！”

一听这话，阿玲知道阿菊今朝存心是来吵架的，故也不给面子：“乃今朝是来找不痛快！告诉乃吧，秋生没看上乃家杏花，与伲心莲好着呢！不要吃不到葡萄就嫌葡萄酸。秋生到伲家做上门女婿是做定了，气死乃！”

“啥上门女婿做定了，没有吾答应，谁做也不行！”阿菊摆出做大人的架势。

“哟，不撒泡尿照照是啥样子，做像大人的样子了？秋生的事还轮不上乃说话。”阿玲反唇相讥。

“吾再做不像大人，也是秋生他自家婶娘，乃呢？还姆妈姆妈，不害臊！”阿菊哪肯输给阿玲。

听阿菊越说越不像话，阿玲气急败坏地骂：“吾还不愿乃叫姆妈呢！吾不想与乃格种泼妇吵相骂，给吾滚出去！”

“乃叫吾滚，吾就滚啦！今朝吾把话挑明，没有吾点头，乃想让秋生做上门女婿根本没门！”阿菊说狠话了。

“啊唷，乃今天是成心要拆散一对鸳鸯，真是造孽格，当心自己的杏花贴在墙上成没人要的货！”阿玲也很凶。

阿菊冷笑一声：“告诉乃，伲家杏花昨日就去了城里办嫁妆了，不仅不会贴在墙上，而且还嫁了个国家干部，名气响着呢，不像乃要骗个看坟的做上门女婿，被人家笑掉下巴！”

这一下，阿玲脸上挂不住了。她本来是看中冒尖藉的人品和学识、手艺，而如今解放了，找个吃国家口粮的名气好听也实惠，所以她有过放弃冒尖藉的念头，但经不住姜可名的压力，因为姜可名答应要把自己的丈夫弄到同江城同峰油脂厂当正式工人，因此她着急上火地要招冒尖藉入赘。今天听阿菊的讽刺挖苦，再也憋不住了，就脱口而出：“啥稀奇，凭伲家心莲的条件，啥对象找不着，非要在一根藤上吊死？只要乃不死，伲家心莲找个十个八个国家干部给乃看看！”

两个悍妇吵着吵着就开始动手动脚，喷唾沫，扯头发，抓脸皮，踢下裆，恨不得将十八般武艺都使出来。吵声把前后三条村的人都惊动了，看热闹的人把阿玲家的院子围得水泄不通。

就在闹得不可开交的时候，心莲披头散发冲出了屋子，往屋后的小河里“扑通”一声跳了下去，冒尖藉一看要闹出人命来了，跟着跳进了小河，把心莲托起救了起来。在众人的帮助下，将心莲抱进了屋里。

这下子把吵得你死我活的阿玲和阿菊吓呆了。阿玲清醒过来发疯似的往屋里扑进去，狂喊：“心莲，乃不可以撇下姆妈格呀！”她看到冒尖藉在旁边，眼睛里出血一样指着他说：“乃给吾滚，心莲就是出家做尼姑也不会要乃做上门女婿，滚！”

冒尖藉很难过，瞧阿玲的神情，知道姜可名的如意打算被阿菊唱的这出戏给搅黄了，所以不动声色地退出了屋里，但他深情地睃了心莲一眼，心里默默地说：对不起，我最心爱的人！

第三十四章 识时务者

与心莲的事一撂，就过去了几年的光景。自打阿菊与阿玲逞凶斗狠后，他没敢再踏入刘家泾半步，而心莲也没有传过半点讯息过来。

在这些年中，尽管姜可名对冒尖藉横挑鼻子竖挑眼，但他的雇农成分不是说拿走就能拿走的，姜可名对此也是哑巴吃黄连有苦说不出。

凭着雇农身份这块金字招牌，冒尖藉在“三反五反”、“反右”、“大跃进”、“人民公社”这些政治运动中虽然磕磕绊绊一路走来，但总是有惊无险。这些年的日子，让冒尖藉觉得像老牛拉破车上坡过得举步维艰。

在完成对农业、手工业和资本主义工商业的社会主义改造后，为实现社会主义工业化，中国人夸下海口，十年超英国，二十年超美国，掀起了全民大炼钢铁的群众运动。同江地区到处烟熏火燎，炼钢炉子土法上马，遍地开花。

娄江河畔小高炉林立，群众纷纷把自己家里的铁锅、铁锹、铁镰等一切可以砸碎的铁器，不分昼夜地往炼铁炉里投料、添柴，可出炉的全是细疮密孔的铁渣渣。

凭着自己30年代在上海滩搞工运的底子，姜可名把胸脯拍得咚咚响，向上面保证同江日炼钢铁超万吨。就他这么一拍胸脯，同江就被折腾得鸡飞狗跳。

双林区的炼钢炉就在娄墅荡的西岸边。因为同江不产煤，炉子烧了个把月，该拆的拆了，该砍的砍了，眼看没有燃料就要熄火。

饭可以不吃，觉可以不睡，这炉子的火是不敢熄的。如果真的熄火，那是与“大跃进”对着干，是拖社会主义的后腿。这顶大帽子谁也不敢往自己头上套。姜可名下了死命令，号召老百姓就是天当被、地当床，拆掉了房子拆了床也要让炼钢炉火光冲天。

当双林区的领导向姜可名汇报炼钢的燃料困难时，姜可名搔了搔头皮就有了主意，去把冒家大冢岸埂上的柏树林砍了。

早上起床后，冒尖藉正在练拳，老远就看到原来的贫协主席、现今的农业合作社长、不久就要改任生产大队长的王菊林，背着左手，右手托着一把磨得发亮的白铜水烟枪，踱着方步，朝冒家大冢走来。

已经多日不见的王主席、王社长肯定是无事不登三宝殿，冒尖藉这样想着，王菊林大声咳嗽，意思是让冒尖藉引起注意：小屁孩比画点啥，还不迎过来吆喝吆喝。

对王菊林的为人，冒尖藉既不苟同，也不反感。起码在少爷冒泓炜被枪毙前，是他来大冢有意无意地给自己通风报信，才让少爷没有暴尸荒野，也让自己得以保护了少爷的遗体，并让少爷与祖宗同息一家。

听到王菊林的咳嗽声音，冒尖藉收了拳脚迎了过去，亲切地叫了声“叔，乃来啦！”王菊林很是受用地“哼”了一声。几年下来，昔日的二赖子如今红光满面，皮肤富有光泽，衣衫整洁，已经完全没了以前的那种邋遢样。看来小根妹使上了长三堂子里的功夫，把王菊林滋润得春风化雨。家里有没有女人真是大不一样。

把王菊林让进客堂的八仙桌旁坐下，冒尖藉给他泡了一杯元麦茶。因为冒尖藉把土改时分的田退还了出去，他一直没有参加土改不久后村里办的农业初级和农业的高级社，而是自力更生将护冢河边到岸埂的荒地进行开垦，加上早先开垦出的四五亩地，冬播元麦、夏种水稻，过着一人吃饱全家不饿的日子。尤其是长年积起的淤泥肥沃，围成田后种上元麦，由于肥力十足，元麦颗粒饱满，炒好的麦茶香气浓郁。

王菊林喝得啧啧地响，停顿下来开了腔：“秋生啊，想不到乃身手不赖呵，凭乃一表人才，早点讨个媳妇过日子，不是蛮好的嘛，乃看吾，老婆孩子热炕头，日子过得红红火火，让别人眼热煞哉！”

“叔，人各有志。吾今年二十八九岁哉，可是没人愿意跟吾到这里来，看来吾注定是看坟人的命。”冒尖藉敷衍道。

“瞎说，这前后三条村的男囡头，哪个有乃神气？要体魄有体魄，要容貌有容貌，要知识有知识，啥人晓得七弄八缠到现在身边还没有女人，乃爷娘活在世上要急煞哉！”王菊林倒是蛮认真，为冒尖藉叹惜。

“叔，鸭吃砻糠鸡吃谷，各人头上一爿福，吾没法跟乃比！”冒尖藉回答说。

“乃别跟吾打哈哈，乃要真是有心想讨个媳妇，吾让上海娘子（王菊林一直用这种叫法向人炫耀自己老婆是高人一等的上海女人，而别人背后讥笑他讨了个‘触千人’）给乃做做介绍，也讨个上海家子婆，阿好？”王菊林来了劲头。

“喔唷，省省吧，省省吧！”冒尖藉头摇得像拨浪鼓。

“啥，乃嫌弃人？”王菊林有点动气了。

“叔，乃别弄认真呵，吾没有乃格种福气。再说，乃今朝来，不会是给吾做介绍找对象吧？”冒尖藉赶紧转移话题。

王菊林猛地拍了下自己的头说：“哟，乃不提醒，吾倒真是差点忘了正事。”

“叔，啥正事？”冒尖藉盯着问。

“乃晓得格，现在大炼钢铁，区里的小高炉没有燃料快要熄火了，这不，让吾想办法来哉！”

“啥办法？乃说给吾听听。”冒尖藉想但愿与自己不搭界。

王菊林没有直接回答冒尖藉的追问，而是拉了冒尖藉出了客堂门，伸长了手，转了270度的身子，指着不远处岸埂上的柏树林，说：“区里根据姜县长的指示，要伐这片柏树去炼钢铁，吾今朝来主要是通知乃格桩事体。”

“啥，要砍伐冒家的柏树林？”冒尖藉不敢相信自己的耳朵。

“真格！吾大小也是个革命干部，不会瞎说八道的。”王菊林摆谱了。

“这柏树是湿的，咋能用来炼钢呢？”冒尖藉不甘心地说。

“问过哉，旺火不怕柴湿，刚砍下来的柏树好用格，而且这柏树有油性，烧起来更旺！”王菊林起劲地说。

“那个姜可名真是可恶，冒家的房子、田地都被分光了，现在连这片柏树都不放过，这哪是人做的事！”冒尖藉有些忍无可忍。

“乃真是不懂事体！现在是啥年代？乃还敢张口骂吾伲敬爱的县长，乃阿是想弄一顶反革命、坏分子的帽子戴戴？”王菊林厉声地呵斥道。

“吾讲的是姜可名，又不是伟大领袖毛主席，怕个啥？”冒尖藉有点不买账。

“乃弗要吃眼前亏，这些树砍了就砍了，关乃啥事？吾把话讲明，乃要是不服从或者阻挠砍树，就有乃苦头吃，乃阿相信？”看王菊林讲得蛮诚恳，并不是恫吓自己，冒尖藉也知道，如果自己这个时候稍有一点不顺从甚至反抗的举动，后果是可想而知的，戴高帽、游大街、扫马路甚至进牢房，一切皆有可能。

刚才跟王菊林说的是气话，但如果把话传到姜可名的耳朵里去，也够自己喝一壶了，冒尖藉太了解姜可名那种睚眦必报的德性。于是，他赶紧给王菊林点烟赔笑脸，说：“吾口无遮拦，随便说说的，叔乃别当真，吾相信叔也不是那种搬弄是非的小人，叔对吧！”冒尖藉到西屋从橱柜中寻出了还是谭老爹留下的一块上好水烟给了王菊林。这水烟越放越醇，王菊林粘着眼屎的双眼笑成了一条缝。

“那是，那是，吾不会吃饱撑得去嚼舌头根子。好吧，吾算是把上级的指示下达完毕，区里还等吾去复命呢。”王菊林屁颠屁颠地托着水烟枪走了。

在王菊林走后的第二天，区里炼钢办的人就组织了一批三十多个人，扛着锯子、斧子和绳索浩浩荡荡地开进了冒家大冢。

昨天夜里，冒尖藉根本就没有睡好觉，他寻思自己无力保护冒家的护冢林。从解放以来的趋势看，如果自己逆势而动，无疑是螳臂当车自取灭亡。与其这样，不如退而求其次，舍去柏树林，保住冒家坟。基于这种考虑，他今天早上起床后，就磨斧子、锉锯子，准备配合区上来人伐树。

见到伐树的队伍快到大冢跟前，冒尖藉迎上前去，对带队模样的人说：“大炼钢铁是建设社会主义的大事，老百姓应该大力支持。冒家这座破坟就这片柏树能派上点用场，吾帮着砍树吧！”

那个带队模样的人很满意，豪气冲天地说：“你这个看坟的人还有点革命觉悟，让我们一起大干快上，把社会主义三面红旗插遍全球！”说罢就指挥大家散开干活。

伐树的人大多是外行，不得要领地乱砍一气，不一会儿工夫就举不起斧子。拉锯子的人的姿势不正确，没把锯子放平就生拉硬扯，不一会儿工夫就折断了好几根锯条。

冒尖藉开始在一旁边冷眼相看，实在看不下去了，就对带队模样的人说：“政府领导啊，光凭革命觉悟和革命干劲是砍不下树的，干啥要得法，不得法，在屁眼里挖，那纯粹是白搭！”

“那你说有啥法子？”带队模样的人显然有些着急。

“吾先做个示范，让大伙跟着干。”冒尖藉姿态很高，也很诚恳地说。

带队模样的人就吆喝大伙停下来，到冒尖藉这里学习。冒尖藉就当起师傅，教大伙如何砍大树。因为这些柏树有的已经长了几百年，很粗很高，有的直径比几个胖子的腰围合起来还要大，所以锯的时候要在锯进树躯后退出锯子，然后用斧子砍掉一个斜面，再往里锯，这样不夹锯子，就可以把树锯断。如果再粗一点的树，就要在树的四周用这个办法。用了这个办法，果然有效，带队模样的人号召其他人向师傅学习，要革命加拼命，多砍树，保证无产阶级革命高炉不熄火。

这树伐了两个多月，冒尖藉始终参加，而且教会大伙怎么锉锯子、扳锯齿、磨斧子，发挥了重要作用。砍下来的柏树在娄墅荡里运了一船又一船，终于把这片百年柏树林砍了精光。

冒尖藉望着被砍伐后的树墩好像是人被砍下头颅留下的疤，还残留着暗红的血迹，心里涌出了阵阵的悲哀。

在这次突击活动中，冒尖藉竟然得到了一张奖状，上面写着“大炼钢铁积极分子”。

被砍掉了柏树，冒家大冢突兀地暴露在娄墅荡的岸边，远远地望去就像一只没有气息的怪物卧在荡边，更像一艘支离破碎的大船被丢弃在那里。

让冒尖藉没有想到的是，接下来让他惊骇不已的事，那就是同江要放“卫星”。

同江是鱼米之乡，在姜可名的提议下，同江要放的“卫星”就是创造“水稻亩产超万斤”。这简直让冒尖藉不可思议，认为那是疯子才想得出来。

同江县决定在同益村召开“亩产超万斤”的现场会。同益村就将离冒家大冢不远处的那片平整而肥沃的水田作为放“卫星”的地方。

那年，天公作美，风调雨顺，同益村的水稻长势喜人，一派丰收景象。

姜可名在稻子发黄的时候就亲自到同益村视察，布置“放卫星”，他要求双林区当作政治任务，把“亩产超万斤”的样板搞好，明确谁反对放“卫星”谁就是反革命，谁破坏“亩产超万斤”谁就是砍“三面红旗”！

等稻穗的谷粒已经收浆，咬破谷壳里面发白就说明稻子开镰在即。就在这几天，被选定的那片稻田四周插上了彩旗，王菊林指挥全村的女人将别处的稻子割倒，男人摇着船将割倒的稻子立即运过来，再将这些稻子直立插进“亩产超万斤”的田里，然后在这些田地里放上一层薄水，使从别的田里移过来的稻子不至于枯萎。

冒尖藉这几天，累得腰都直不起来。他一连好几天，帮着王菊林张罗着，往“亩产超万斤”的田里插稻子。因为从砍柏树那件事上，让他明白了自己要生存下去，就要学会跟风走，只要一搞运动，就起劲地去参与，准不会有错，“落后分子”、“促退分子”的帽子也就不会扣到自己的头上来。

万事俱备，只等大会。隔了一天，同江市里的“亩产超万斤”现场会，如期在同益村召开。

现场会那天，红旗招展，锣鼓喧天。

在主席台上，姜可名居中就坐。双林区书记作了经验介绍，参加会议发言的有公社领导，也有生产大队领导，都誓言“卫星放上天，气死美国佬”、“人有多大胆，地有多大产”。现场会群情激昂，在绕着“亩产超万斤”的样板田走一圈后，与会者更是摩拳擦掌。

就这样，同江“亩产超万斤”的“卫星”被放上了天。

被“亩产超万斤”现场会搞得七荤八素的王菊林，在现场会开后的没几天，又背着左手，右手托着一把磨得发亮的白铜水烟枪，踱着方步，朝冒家大冢走来。

见了冒尖藉，就用左手热情地拍拍他的肩膀说："秋生啊，乃表现不错，革命觉悟越来越高，好好干，叔亏待不了乃格！"

说实话，王菊林今非昔比，张口革命，闭口觉悟，虽然冒尖藉对他的做作心里有些反感，但总的来说他的心眼不算坏，在报信少爷被害，自己定成分，以及历次运动中，虽然没有为自己说多少好话，但也没有说什么坏话。因此表面上冒尖藉对王菊林一直蛮尊重。就是这个尊重，让王菊林有事无事地喜欢往冒家大冢走，与冒尖藉插科打诨，说说小根妹的床上功夫，讲讲摸人家小姑娘的屁股，抽一袋水烟，抿几口小酒。冒尖藉也总是好吃好喝地待见着他。

冒尖藉憋不住问："叔，乃说搞亩产超万斤，是弄着玩玩的还是当真的？"

"叭搭、叭搭"地猛抽了几口水烟后，王菊林从鼻腔里冒出一股烟气后，无奈地说："公社已经来了通知，要按照亩产万斤来交公粮，这吹牛皮就是怕上真账，难啊！"

"啥？真要按放卫星的产量交公粮，村里的老老小小用啥填肚皮啊？这不是要害死人吗？"冒尖藉急了起来。

"乃真是皇帝不急太监急，天塌下来有高个子先顶着，听上面咋说就咋做！"王菊林一副死猪不怕开水烫的样子。

"这不是坑老百姓嘛！"冒尖藉直言不讳。

"屁孩尽说屁话，管那么多做啥？"王菊林不耐烦地呵斥起来。

晚上王菊林酒足饭饱后，冒尖藉想与他多唠一会儿。王菊林却惦记着与小根妹床上的云雨，打着饱嗝离开了大冢。

听王菊林说上面要按亩产万斤交公粮，冒尖藉就没有一点睡意，开始左思右想起来。从"三反五反"、"反右"、"大跃进"、"人民公社"等这些运动的情况看，他觉得现在的人有思想但往往也有妄想，有远见但往往没有主见，有服从但往往都是盲从，他甚至觉得现在的人们，心理上都出现了严重问题。

第三十五章　情缘未了

阿玲在与阿菊闹崩之后，阿玲赌气不让心莲与冒尖藉有任何联系，像特务盯梢一样看住心莲，并做主一定要心莲找一个也吃国家粮的对象。阿玲的丈夫经姜可名的安排，进了国有企业同峰油脂厂工作，成了全民所有制工人，后来在厂里也给心莲物色了一个对象。这个对象家里是一窝子的光棍，解放前穷得叮当响。解放后国有企业优先向贫下中农招工，于是就进了同峰油脂厂当了工人。小伙子老实巴交，勤劳肯干。对他去做上门女婿，加上在市里有一个当大官的表舅，所以家里是一百个同意，本人是一千个愿意。

冒尖藉还听说心莲在被迫与自己断了关系之后，像变了一个人，凡事只要是阿玲说的她就听，只要是阿玲要做的她就做，像牵线木偶一样任凭阿玲的摆布。阿玲决定把油脂厂的小伙子找进来做倒插门，心莲既不反对，也不说同意。就这样，心莲已为人妻。

平心而论，冒尖藉是喜欢心莲的。如果未悉姜可名的阴谋，他也许已经做了上门女婿，早与心莲成了连理枝、鸳鸯鸟；如果不是让阿菊婶这样一闹，自己或许会采取变通的办法，既做了心莲的东床快婿，也可把冒家守坟的事做下去。想到这点，冒尖藉还是觉得自己想得不周全，害了心莲，也误了自己的终身大事。但他也清楚地知道，开弓没有回头箭，这世界上没有后悔药可买。

在大炼钢铁的时候，心莲的丈夫主动报名去支援大炼钢铁，在一次突击中因为几天几夜没睡觉，一失脚就从天桥上跌入炉内，片刻就被红彤彤的钢水熔化得灰飞烟灭。丈夫成了大炼钢铁的英雄，但心莲一夜间就成了可怜的寡妇。更可惜的是心莲结婚六七年，肚子总是瘪瘪的。

阿玲为这事也很揪心，不知是小伙子不硬实，还是心莲不受孕，反正一直没有动静。阿玲多次蹲在小夫妻房门外侦察，总听不到心莲有叫床的声音。有时候有点声音也只是听到床架子扭动了几下，就听到小伙子发出死猪般的呼噜。

为了抱孙子，阿玲对心莲一直循循善诱。但心莲好像是木瓜脑袋不开窍，依然我行我素。被逼急了就对阿玲说，要不你自己上。阿玲心想原来玲珑乖巧的小细娘，现在成了说一说动一动的牵线木偶，也有点悔恨自己与寡妇阿菊斗气。

做了寡妇，心莲不哭也不闹。守了一年的寡以后，阿玲又去求姜可名，请他做舅舅的给心莲再寻个合适的主儿。

姜可名的家族观念很重，加上原来对心莲与冒尖藉的事也插过手，现在外甥女守了寡自己也有责任，因此满口应承下来，为心莲物色人选。

心莲由少女变成了熟女，加上没有生育，身材凹凸有致，容貌依然姣好，胸部更加滚圆，在举手投足时无不飘出浓浓的女人味。

好消息终于等来了。听到机关事务管理局有个总务科长的老婆一年前因产后大出血，结果大人小孩一个都没保住，所以目前还是孤身一人。姜可名就找来这名科长撮合这桩婚事，并安排了与心莲见面。

一名小科长由县长亲自做媒，岂有不答应的道理，只提出做上门女婿可以，但结婚以后希望把心莲的户口办到城里来。阿玲听说男方是机关的科长，又答应做上门女婿，自然是满心的喜欢。其实，她现在已经不再强求男方一定要上门到自己家里。她想心莲再婚后，城里乡下两头住住也蛮好，于是催姜可名安排上门相亲。

机关那位科长应约去了趟刘家泾。在去的路上，他还忐忑不安，心想姜县长会不会以势压人，把黄脸婆硬塞给自己。所以，他虽然不敢违背姜县长的意愿，但总有点“赶鸭子上架”的感觉。

喜滋滋的阿玲早就在村口等候，看到骑一辆永久牌的自行车，留着小分头，蛮有干部派头，三十刚出头的男人来到跟前，就热情地拦住说自己是某某。

听说这是自己未来的丈母娘，机关科长连忙刹车，从“永久”上下来，连连说对不起。

把机关科长领进了院子，阿玲就朝屋里喊心莲。心莲若无其事、吞吞吐吐地从屋里走出来，淡淡地说了声：来啦。

亮相在机关科长面前的心莲，十分从容淡定，不施粉黛，不卑不亢，又不失妩媚。

原本对女方担心，现在立在面前的竟然是宛若仙女般的小寡妇，而且没有“拖油瓶”，让这位机关科长不胜自喜，本想要耍小干部派头，现在反而自觉矮了半截，立马满脸堆笑。从自行车上卸下了初次上门的礼品，提着进了屋里，又给闻讯前来凑热闹的人群里撒“飞马”烟和糖果。

没有费多少口舌，阿玲就与机关科长把婚事敲定了下来。心莲不热也不冷，一切随便，好像自己是一只小猫小狗让人拎来拎去惯了。

为心莲又找了个好的男人，而且这个机关科长对丈母娘谦恭有加，对心莲也是百般地追求，阿玲的心里头满是阳光，感到心莲是自己的独生女，她有了依靠就等于自己有了依靠。因此，对心莲不再管得那么严厉，反而对心莲百依百顺。

为了把心莲的再婚办得更加体面风光，阿玲把姜家宅娘家藏了好多年的红木给运了回来，准备给心莲打一套红木家具。她走遍了前后三条村，请木匠上家里来打家具，因为红木料名贵，怕打坏了要赔，加上都知道阿玲这个女人不好惹，所以所有的木匠都推三阻四的不肯接这茬活。

就为请木匠的事，阿玲伤着脑筋，心莲说：“去冒家大家把秋生请来就是了，人家手艺远近闻名，干吗放了眼前的水非要渴死。”

对冒尖藉的木匠手艺，阿玲不是不知道。就是因为自己当初与寡妇阿菊斗气，把他赶出了家门，其实当时不能怨他，都是自己把路给堵死了，结果拆散了一对男欢女爱，害得心莲现今做了寡妇，而秋生快三十出头了还没有娶媳妇。想到这些，阿玲觉得愧对人家，但她就是抹不开这张脸，去向冒尖藉道个歉。

对心莲的提议，阿玲蹙着眉半天才嗫嚅地说："吾咋好意思去请人家呀！"

"早知今日，何必当初，你也知道不好意思？"心莲数落起来。

"当时给那个寡，寡……"阿玲想骂阿菊寡妇，但一想自己闺女现在也成了寡妇，不等于骂自己吗？所以她立即改了口："姆妈当时被阿菊格个泼妇气昏了头，一时冲动才说出了愧对人家的话来。现在去请人家，姆妈怕自己的热脸去贴人家的冷屁股。"

"别以自己小人之心，去度人家君子之腹。乃不去请，咋知道人家愿不愿意来做木匠活，恐怕乃自己心里有鬼吧！"心莲激将道。

"姆妈怕过谁？去就去！"阿玲准备就是自取其辱也要去一趟冒家大冢。

翌日清早，阿玲就前往冒家大冢。因为原来围绕大冢的蓊蓊郁郁、青翠挺拔的柏树被砍光了，现在大冢就像被剥去了衣裳的老翁，悲怆地卧躺在那里，从大老远的地方就能够对它一览无遗，也使它失去了原有的神秘感。阿玲也就能够远远地看到了冒尖藉正在打拳。

在阿玲看到冒尖藉的同时，冒尖藉也认出了来人是阿玲婶，就收了拳脚立停在原地，远远地喊了声："阿玲婶，乃咋来得介早！"

话声里飘出的热情，让阿玲释然，她重重地吐了口气回答说："唉，来啦！"

等阿玲到了跟前，冒尖藉要让她进屋去，阿玲尽管对他没有冷待自己而感到放心，但自己的脸上还是没有活络起来，于是不尴不尬地说："吾不进去了，有一件事想请乃帮个忙。"

"啥事体？阿玲婶尽管开口讲，吾只要能做到的就一定尽力而为。"冒尖藉十分真诚地说。

看到冒尖藉对自己根本未存芥蒂，阿玲就直言不讳："今朝来主要是想请乃到家里去打一套红木家具，心莲的事乃也许知道了，小细娘命苦，死了男人，现在又找到了一个合适的男人，是市机关的一位科长，两人情投意合，准备白头偕老。现在就等打了家具结婚，然后他们搬到城里去住。"

"噢！是格能回事体，没问题啊，吾一定拿出看家本事把家具打好，乃尽管放心好了。”冒尖藉爽气地答应道。

“秋生，乃不会怪吾无情无义吧，还厚着脸皮来请乃去打家具，乃骂吾几句吧！”阿玲眼中出现了泪花。

“阿玲婶，怎么可以怪乃呢，是吾命中注定与心莲做不成夫妻，所以乃啥都弗要说了，啥时开工，乃定个辰光吧！”冒尖藉反而劝慰起来。

“宜早不宜迟，乃手头有空明朝就去吧。”阿玲说了明确的日期。

“好啊，没问题啊，吾最近正巧空着呢。”冒尖藉也就答应了下来。

在答应阿玲的第二天一大早，冒尖藉肩上背着里面装有斧、刨、凿、锛等一应俱全的工具箱，手里拎着大小锯子，来到了阿玲家。

阿玲手里端着碗，蹲在院门口喝粥，筷子在碗里划来划去，好让稀饭凉得快些，其实是在等冒尖藉的到来。

见冒尖藉来了，阿玲敲了敲碗说：“秋生啊，乃来得蛮早的嘛。”冒尖藉说：“反正吾一个人无牵无挂，晚来不如早来，性子急，早点把活干了，不误事。”

两人说着就进了院子，心莲从屋里走了出来，淡淡地说了声：“来啦。”冒尖藉答：“嗯，来了。”在回话时，冒尖藉向心莲睨了一眼，见她风韵卓姿，多了几分成熟，身上已经找不到原先那种热情奔放的影子，心里有点酸楚起来。

打家具的料堆放在院子的西墙角，上面用苫布罩着。冒尖藉走过去屈起两个指关节敲敲，趴上去嗅嗅。是小叶紫檀木，已经剖成了板材，一张张散发出淡淡紫檀特有的木香。离墙角二米多远有一颗大泡桐树，遮天蔽日，院墙上爬满蔷薇，开满一串串奶白色的花朵，香气向四处飘漫，阳光透过泡桐树叶的缝隙，在地上投射出斑驳的落影。他就在梧桐树下支起一张“作凳”（用于锯刨凿等操作用的凳子，比一般的凳子要长、宽、厚），然后从箱子中取出家伙什摆开了场子。

心莲用开水冲了茶递了过来，他怯怯地去接茶杯，看到心莲小巧白嫩的手，有了种受惊的感觉，脸上发热。

他在泡桐树影下坐在小板凳上喝茶。她穿着小红花点的衣衫在院子里轻快地走来走去，在院墙投下的阴影和日头里穿行，使小院显得生机勃勃。

最近刚被选上生产队妇女队长的阿玲显得很忙，等冒尖藉动手锯板的时候，她说："啊唷，这个妇女队长真没当头，忙得臭要死，今朝还要去公社开会，乃干乃的活，吾放心格。"阿玲说这话的意思，一是告诉冒尖藉她自己有了芝麻绿豆大的官，二是说自己出去开会放心，其实是告诉他，不要让她不放心。

怕她再啰唆下去，心莲催她："还不快走，迟到了，小心被人说成是落后分子。"

"啥人讲吾是落后分子，他自己就是落后分子。"阿玲提了只碎花布包嘟嘟囔囔地出了院子。

日头渐渐地淡了下来。他已经锯好了一些木料，堆在墙角。阿玲还没有回家，心莲开始做饭，灶里添了火，烧着水，她站在灶旁，用一根擀面杖擀一块面团。

冒尖藉站在门口，告诉她八仙桌或圆桌和五斗橱、大衣柜、雕花大床打算做什么样的。她一边听着一边擀面，把面团擀得像纸一样薄，折起来，拿刀切成方块状，他知道她这是要包馄饨吃。他从没见过把面皮擀得这样薄、切得这样方整的女人。

两人正要把话说下去的时候，阿玲风风火火地从外面回家，看冒尖藉还没有走，就皱了皱眉头说："咋还没走？"他赶紧说："这就走，想问问做啥式样？"

"乃先画个样子图，明天拿来看了再说。"心莲拿了主意。

"嗳，吾回去先打个草稿，明早带来。"冒尖藉转身就要走。

"等等！"心莲用一个纸袋装了一大把馄饨，送到他手里说："这么晚了，带点回去，省得再烧晚饭。"他怔住了，阿玲说叫拿着就拿着呗。阿玲现在对心莲处处让着一步。

冒尖藉从来没有吃到过这么好吃的馄饨，这是用荠菜加虾仁做馅的馄饨，咸淡相宜，煮后他连汤带水地吃光了。

心莲要嫁的男人来了。这个男人现在像只沾屎的苍蝇来了走，走了来。听说心莲要打一套老红木的嫁妆，更是像喝了兴奋剂，三天两头地往心莲家走。今天他听说木匠来了几天了，所以从同江城里赶来，想来陪木匠吃顿饭喝个酒。来了一看，这木匠要个头有个头，要模样有模样，是个帅小伙子，自己与他一比倒成了“坐地炮”，就觉得自己矮了一截，浑身不自在。

心莲炒了几个菜，烫了一壶米酒，因天气有点热，就在院子中央摆了小方桌和小板凳。这个机关科长硬着头皮与冒尖藉对脚板坐下。因为自己矮了半截，就没了刚来时的那种神气，与冒尖藉喝闷酒。心莲在一旁坐着，眼神一直是垂着的，她的眼睫毛很长，把心思都藏匿在了里面。

因为话不投机半句多，两个男人在暮色四合之时，就收了碗筷。冒尖藉识趣地要走，而这位科长看心莲眼神有点飘，就涎着脸说今晚不走了，一看就明白他想赖着不走，而且醉翁之意不在酒。但心莲说，还是回去吧，做夫妻求的是长久，不在乎这朝朝暮暮。他没法子硬着头皮往同江城赶。

按照阿玲的要求，这次家具一共要打雕花大床一只，三门大立柜两只，四门五斗橱一只，八仙桌一张，骨牌凳八只，梳妆台一只。冒尖藉将这些都画出了具体式样的图纸，让阿玲和心莲审查过，娘儿俩对款式都很满意。所以一连几天，在剖板、断料结束后，他就极其用心地开始打那些家具。因为小叶紫檀名贵，他决定拿出绝活，不用一只钉子，完全用榫头、企口的办法，既不留痕迹，又不破损，连接处都是严丝合缝。

阿玲忙于外面的事，只剩下心莲一个人在家时，她会偶尔站在他旁边，看他削磨各种木楔，看他一推一拉时飞扬出来的片片薄薄的刨花。多数时候她沉默地绣花，间或有些叹息。

他们不大说话，她忙完家务时，搬个小板凳坐在旁边，说一些不着边际而又散散漫漫的话题，比如天气快要到夏至了，不知今年热不热，谁谁家里大人小孩生病了，隔壁家的芦花母鸡下了双黄蛋等等。

那位科长隔几天就要来一次。每次来时都要用审慎的目光，将冒尖藉从头到脚要扫描一遍。冒尖藉不予理睬，照样闷头干活。他就站在旁边看打家具，然后与心莲坐到离打家具较远的屋檐下，给她讲点走街串巷听到和看到的奇闻异事，搜肠刮肚回忆听到和看到的事情，意在讨心莲的欢心。他现在看心莲就像看天气预报，心莲脸上放晴，他就阳光灿烂起来；心莲脸上晴转多云，他就骤然阴霾起来；心莲脸上阴有雨，他就手足无措起来。

冒尖藉是明眼人，一看就知道心莲完全控制住他了。而他自己也是只要看到她的眼神重新变得安静和愉快，提着的心才缓缓地落了下来。心莲是安静的，但他总觉得她每次欢悦是有节制的，不能彻底敞开心扉，透出难以掩饰的忧伤。

他先是打好了一个立柜，三开门，中间的一扇门上安了一块玻璃镜子。她站在镜子前，样子有些羞涩，眼睛亮闪闪的。

在劳作时，他累了直起身子，擦把汗，看向窗户，心莲的目光也正好穿过窗户看向泡桐树荫这里，他感到目光对上的刹那间，心里有一股让他叹息的疼。

接着，他打梳妆台，分体的，先打好下半部，四条腿做了精致的雕琢。上半部是要镶镜子的，他在镶框的顶端雕了一只小鹿。他觉得她像只小鹿一样美好和忧伤。

之后，他进展得缓慢，才开始打五斗橱。这期间，科长对阿玲说，家里那个小木匠呆了好长时间，心莲常常与他独处，孤男寡女都有不便。阿玲听出了音头，就把姜家宅自己大哥家的女儿苇苇叫来作陪。因为有了心莲的表妹替自己盯着，科长显得轻松了许多，戒备也少了。

在内心的纷纷扰扰中，冒尖藉打完了梳妆台，之后开始打最后一件家具——雕花大床。按理说结婚的床是男方准备的，但心莲说睡旧床晦气，要做新床，阿玲和科长都依了她的主意。但做雕花大床很吃功夫，十天半月也做不出来，所以他笃定泰山，精工细雕。

这时已经进入了真正的夏天。泡桐树先是开出一大朵一大朵紫色的花，在落败时结了红红的像草莓一样的果，每天都会掉下来，掉在他身上，掉在家具上，嫌脏，他就要搬进屋里去雕花。

院子靠南边的小花圃姹紫嫣红起来，月季开得更艳丽，一枝凌霄花攀着院墙扶摇直上，在墙上匍匐前进，一路上留下喇叭一样金黄色的花朵。

科长给心莲送来一些结婚的用品，如织锦被面、枕套、床单，颜色或是大红的或是粉红。他将这些东西一样一样摊开在桌子上，指指点点，逐个讲给心莲听。冒尖藉每当这时就纠结得不行，恨不能冲上去把这些东西扔在地上，再踩上一脚。

他终于隐忍不住了，静待着机会。

一天，心莲的表妹说姆妈病了，回去探视一两天就回来。阿玲正巧外出参观搞大食堂，也回不来，冒尖藉故意把活拖得很晚，心莲只好留他吃晚饭。吃着吃着的时候，天上打起隆隆的雷，不一会儿，黑云把天空遮得没有一点亮光，紧接着就噼里啪啦地下起了暴雨。吃过晚饭，心莲说乃实在回不去，就睡西屋，自个儿去了东屋。

东屋关着门，门缝里没有灯光。他不知道门闩有没有插死，就推了一下，门闩竟然没有插，心莲没有声音。他进了房间站在床前，借着昏暗微弱的煤油灯光，看清心莲头朝里躺着。他不确定她是睁着眼还是闭着眼，是睡着还是醒着，因此他俯下身子。当他俯下身的时候，心莲睁着眼转过身来。他一把将心莲的脸抱在了怀里，紧紧地抱着，生怕被大风刮走。

他们赤身露体地纠缠在了一起，心莲咬着嘴唇克制着自己不发出呻吟，而这种强压住的嗯嗯声，让他的每个毛孔里血性贲张，让他发起了猛烈的冲击。她同时又泪流满面，他用滚烫的嘴和舌头吮吸着她的泪水。在无语中，他掰开她的大腿，一个猛子就扎到了底，她忍不住叫了起来，就任凭他在她的高山低谷间纵横行走。他以直捣黄龙府的气势长驱直入，让她全身发麻，胴体炽热，血液沸腾。她无法控制自己的情欲，急切地躁动起来，腰肢灵活地扭动着，乳房颠颠地跳荡着，乳头竖立像两颗子弹射进他的胸膛。两具玉体摩挲着，缠绕着，激荡着，交叉着，冲撞着，终于使她的体内热力膨胀，她瞬间觉得自己从云雾中坠落了下来，憋不住发出了摄人魂魄的叫声。而他也在她嚎叫的同时，像火山爆发一样，有一股难以阻挡的热流奔腾地从脊椎冲出，头脑嗡得一下，感到自己的灵魂飘离了躯壳……

在这大雨滂沱之夜，他与她互相厮磨，互相较劲，都要汪洋恣肆地把对方溶化，都要心甘情愿地让对方占有。

第二天早上，雨过天晴，表妹回来看到了冒尖藉，因为他一直来得挺早，所以她对他没有任何怀疑。但他大胆地看着心莲的反应，心莲还是老样子，不多说话，只是多了些笑意。

快完工的雕花大床十分地漂亮。他精细地打磨，因为小叶紫檀越磨越光可鉴人。为此，他故意拖延工时。要说谁最希望家具早点打完，那只能是那位科长。然后，科长只要心莲高兴，他就跟着高兴。

拖延归拖延。最终将那些木料还是一根根一块块地组合起来，渐渐地成型，再打磨，上漆，工序一道道地减少，直至最后完工。

最后完工的那天，阿玲又出去开会。就这天傍晚，科长来了，还带了几个朋友一起过来，他这是要在朋友面前显摆，自己不仅娶了个漂亮的老婆，而且还有一套名贵的紫檀木嫁妆。心莲的表妹看完工了，木匠要走了，表姐的男人也来了，她防止猫儿偷鱼的苦差事也就结束了，就找个借口回了姜家宅。科长知道自己指挥不动心莲，就自个动手切从同江带来的卤菜，以相求的口吻对她说再弄个把蔬菜。她看在与他同来的朋友面上，拍了几条黄瓜拌凉菜，炒了一盘芸豆，一盘韭菜。冒尖藉在旁边整理木匠工具，科长根本没有让他一起吃，从口袋里摸出了一沓子钱递给他，说这是工钱，看够不够。冒尖藉本来是不收钱的，但见科长这个德性，想不拿白不拿，拿了不白拿。当他伸手接钱时，心莲说："这算啥名堂，家具不是你打的，你付钱名不正，言不顺。"冒尖藉明白心莲的意思，就背起木匠工具箱提着锯子不吭一声转身就走。

在他出门时，朋友们起哄说今晚不让新郎官走了，早进洞房。听到这话，他的心就像有猫爪子伸进了胸膛，一下子一下子地在挠。但心莲没同意，说今晚还是回去吧。他知道只要心莲不同意，这科长就得乖乖地回去。

因为心莲开了金口，科长一帮人不敢造次，稍微喝了点酒就草草收场。因为今晚有月亮，这帮人都骑着自行车朝同江城飞驰而去。

其实，冒尖藉没有走远，躲在院外的稻柴垛后面等科长们出来。当他们前脚走，他后脚就进了院子。心莲知道他的心思，没有睬他，自顾自地收拾桌子。等忙完了，自己冲了个凉，到东房去睡了。他知道这一切都在不言中，在院子里提了井水冲了一下身子，推门进了东房，她躺在床上，他就挤到床上，咬着她的耳朵说，咱俩一辈子好下去吧，永不分离。她只是哭，没吱声，他问究竟有啥想法。她说自己已经成了寡妇，跟了你，不是让你成心吃亏吗？他说不吃亏，愿意。她说，你早不说晚不说，现在自己名花有主了。他说，咱们往外跑吧，她说往哪里跑？末了，她说，算命先生说自己命硬要克夫，他说现在都解放了，咋还有这迷信脑瓜。她说，谁也逃过不命。说完，就把他推下了床去。

夜静得沉闷，他趺趺撞撞地离开了东屋，他收拾好家伙什，在夜色中痛别心莲。他感到刘家泾是他的伤心地，在这个地方，从小使自己成了孤儿，长大了又让自己失去了相爱的人。所以，自此之后，他除了清明节给自己的父母上坟，其他的日子，他就不再轻易踏进刘家泾一步。

后来，冒尖藉听说心莲隔了两个月后才正式办了婚事，并且移居同江城，做起了城里人。但他没有想到的是，就因为自己与心莲的事，让阿菊婶受了奇耻大辱。

第三十六章 人祸天灾

20世纪50年代末，同江与全国一样，刮起了浮夸风。这浮夸风，不仅刮出了“亩产超万斤”的“卫星”上天，还要家家户户做到粮满缸、谷满囤。

阿菊泼辣能干，精明利落，为人处世也很真诚，但就是脾气倔，凡事不听人劝，都有自己的主张。后来吃亏就吃在她自己的脾气上。

公社开过“亩产超万斤”现场会后，队里的余粮全部交了公粮，还要村里人家把自留的口粮交出来，这还不算，非要每家每户都做一个“谷囤”。这谷囤的底座用竹篾打成直径约两米的大竹扁，再用篾席圈起来，篾席围的圈数越多可存放的稻谷就越多。本来是村里人家把打下来的稻谷晒好后，放到明年吃的口粮。现在剩下的稻谷大多拿去抵了公粮，已经所剩无几，但上面号召要家家户户做到粮满缸、谷满囤，因此快把村里人逼疯了。

公社要来村里检查粮满缸、谷满囤，村里人就在谷囤的下面放稻草、塞棉被、做隔层，仅在最上面倒两三斗稻谷，堆出小山头的尖状。不论是弄虚作假，还是各显神通，只要能将检查应付过去，就是为社会主义增了光添了彩。

阿菊的男人树林在抗战爆发前就因瘟疫撒手归西，所以全靠她里里外外地忙乎，把这个家撑下来，四十岁出头就累得像个六十来岁的老太婆，头发苍白，满脸皱褶。她对上头要求粮满缸、谷满囤非常不满，交公粮时在门口只放了半麻袋稻谷。谷满囤时，她不在囤里玩猫腻，只在囤底摊了薄薄的一层稻谷。

生产队长阿火在公社来检查之前，就先到各家各户去转一圈。发现就阿菊家落后，缸里的粮食几碗就能舀尽，谷囤里瘪笃笃的只有薄薄的一层谷，就说她是村里的促退分子，决定对她开批斗会。

批斗会就设在原来郭霖葳私塾馆的院子里，现为生产队的公场。阿菊被两个青年突击队员押进会场，阿火就像审问犯人一样："阿菊，全生产队的社员都按公社的要求，把粮食整得缸满囤满，为啥乃家里的粮食缸低囤薄，这不是给社会主义抹黑吗？要与"大跃进"唱对台戏吗？乃这样做，吾伲贫下中农一千个不答应，一万个不答应！"

阿菊梗着脖子说："阿火啊，做人不能不实诚，吾家里就这么多粮食，就是变戏法也变不出来。"

"乃笨呢还傻啦？不可以学学人家的先进经验？"阿火气咻咻地骂道。

"那是人家往缸里囤里做的假花头，吾做不出来，骗天骗地也不能骗自己的肚皮啊！"阿菊人倔嘴硬。

这时，从人群里冲出了阿玲，上前就扇了阿菊两个大嘴巴，狠狠地骂道："就乃这个老寡妇不争气，给吾伲村里妇女脸上抹黑，乃是想拔社会主义的三面红旗，找死啊！"自从为冒尖藉做上门女婿的事吵了之后，这两个女人就成了冤家对头，今天阿玲除了施展妇女队长的权威外，还带有泄愤的情绪。

阿菊怎受得了这口窝囊气，就拼了命往阿玲身上撞过去，大喊不想活了，活不下去了。

阿菊要死要活，终于被人劝住，批斗会就这样草草地收场。

浮夸风开始后吃大食堂，每个生产小队办一个大食堂。开办大食堂前，要求各家各户必须把锅砸碎了送去炼钢铁，家中所有的粮食必须交给大食堂。当时提出的口号："家家不准存粮，户户不准冒烟。"很快，各家各户门前，堆放着用口袋装着的粮食、砸坏的铁锅和大桌子、长板凳。生产队长带着突击队员挨家挨户地验收，进到家里，手持一米多长的铁棍四处乱扎乱插，发现土是虚的地方就开始往下挖，把埋到地下的粮食和应该上交的东西全都挖出来，有的还爬到屋顶上去找，跑到猪圈里去寻。总之，旮旮旯旯的地方都搜了底朝天。

阿菊家尽管杏花和另外两个女儿杏春、杏荷先后都嫁了出去，但还是有三个女儿杏芳、杏琴、杏秀和一个儿子杏元。因为家里劳动力少，家里的粮食所剩无几，因此成了队里上交粮食最少的一户。奇怪的是队里没有因为她交得太少而再次批斗她，也没有再在大会上点她的名。

大食堂办了起来，并且顺利开伙。每天三顿一到开饭的时间，队长阿火就在一小截钢轨上“当当”地敲五下，扯开嗓子喊道：开饭喽，开饭喽!全队每家每户挎上竹篮装着碗筷，一家老老少少前往食堂去领饭。大食堂刚开始时，顿顿有白米饭、粥、油炸糕，还常常烧一大锅肉或鱼等。大家放开肚子吃，都说社会主义好，共产主义更好。

但好景不长，开始米饭盛满满一碗，后来越盛越浅，最后只给一小勺。粥开始很稠后来成了清汤，到最后干脆成了水。大食堂开始定量供应，大人一天三两，小孩一天二两。俗话说人是铁饭是钢，人们很快顶不住了，真正饿急了，就开始吃树叶、野菜等。这时候，人们才后悔当时把粮食交得颗粒不剩，现在闹饥荒就抓瞎了。

但是，村里人发现阿菊的四个孩子和她好像不太饿，不叫也不喊。人家大人小孩都饿得有气无力，而她家姐妹兄弟个个精神，这引起了妇女队长阿玲的注意。

阿玲跟踪阿菊有一段日子了，没有发现什么可疑之处。但在一次队里出粪便积肥时，发现阿菊家的粪缸底沉有没消化掉的麦粒，阿玲这才明白是怎么一回事。一天夜里，她带领突击队员翻进阿菊家院子，出其不意地撞开了阿菊家的门，点起煤油灯一看，原来阿菊与小孩在摸黑吃煮熟的麦粒。紧接着，在阿菊的床底下搜出了不到一斛的麦子。

这还得了，阿玲马上报告给大队，大队又报告给公社，公社又上报给县里，县里又上报给了地区，阿菊一下子成了破坏大食堂的黑典型。在姜可名的指示下，很快组成了一个工作组，前来调查阿菊破坏大食堂的罪行。但在工作组进驻队里的当天晚上，阿菊用一根麻绳吊死在大桑树杈上。

冒尖藉得讯后，后悔自己好心办了坏事。他因为在土改时将分到的田退还出去，所以在成立生产互助组、农业生产合作社和人民公社化的过程中，都没有他的份。因此在办大食堂时，他也享受不到吃大锅饭的福，依然是自己一灶一锅。

他将冒家大冢边上的荒地开垦出了六七亩田，因为那里蛇多，加上又是边边角角，哪家都不要种这田。对此，王菊林做主，由冒尖藉自己开垦自己种，村里既不分口粮给他，也不要他上交粮食。而他这年种的元麦特别好，打了两三千斤，就留着自己慢慢地吃。当吃大食堂不久就发生了饥荒，他悄悄地给阿菊婶家送去了几袋麦子。阿菊家就是靠了这几袋麦子度饥荒。在大食堂只供应像水一样的薄粥时，阿菊在夜里偷偷地煮一锅麦子藏起来，在夜里让四个孩子填肚子。杏元正在长个子，饭量特大，好在夜里有煮麦子吃，所以也就不叫饿，但这个秘密最终还是被别人发觉。阿菊怕牵连已经没有爹娘的冒尖藉，所以她选择了死。

不仅冒尖藉为阿菊的死痛哭，全村人都为阿菊的死流泪。埋葬了阿菊之后，杏花回来把三个妹妹和一个弟弟领走了，阿菊家的院子也就和冒尖藉家的院子一样，从此都淹没在杂草丛生的荒芜之中。

人祸连着天灾。办大食堂后的第二年，同江地区也与全国一样，同样发生了旱灾，而且是连续三年大灾，这在历史上被称作“三年自然灾害”。同江地区尽管是江南水乡，但天气爆热，河湖水位急剧下降，小河小湖普遍干涸，风车和人力踏水车够不到水位，当时又没有机械抽水设备，光靠人工取水根本无法解除灾情。种下去的水稻快要抽穗了，这时特别讲究用水，以保证稻穗灌浆。但却在这时，同江连续几月滴雨未下，人们拼命地从河里用粪桶挑水再用粪勺往田里泼水，无济于事。稻田竟然出现了龟裂，裂缝大的可以伸得进小胳膊小腿。因为缺水，往田里点把火就可以烧成一片。

民以食为天。有人发现榆树叶煮了以后可以填胞肚子，人们就一窝蜂地去摘榆树叶，一夜工夫，前村后宅的榆树都光秃秃只剩树枝，不见了叶子。地上有一种草叫“酱麦头”，茎是酱红色的，叶子是绿色的，在水里煮了以后黏黏的，搁点盐或酱油，虽然难吃，但大人小孩背了草篮子满地去找，挖满了一草篮子全家可以吃两三天。榆树叶摘光了，地上的野草挖光了，人饿急了就饥不择食。据说砻糠里有遗留的米糠可以吃，人们把一两年前没有烧完的砻糠拿来煮着吃，结果吃了以后不是胃穿孔，就是屙不出屎来，用手指抠得肛门出血，马桶里、粪缸里全都见红，好像全村男男女女老老少少都来了月经一样。本来营养不良严重贫血，现在又屙屎失血，村里出现了饿死人。为了生存，人们饿着肚皮到地头劳作，体质弱的人就一头栽倒在田里，有的就随地埋了，有的就暴尸田间。

乌鸦是食腐者，哪里有乌鸦，哪里便有死亡。乌鸦通身乌黑，除了眼仁有一些发白，从嘴壳到脚爪子，全是黑的。它们成群结队，每每飞过，都是大团大团的黑影，发出怪异的叫声，叫人听得心慌惊悚。

同江乡下人迷信，乌鸦满天飞，是预示着灾难要发生。若是平白无故地一大早就有几只乌鸦落到院子里的老槐树上、桑树上或是大杨树上，哇哇地一通叫唤，人们就会冲出门来带着咒骂，拍屁子跳脚驱赶。如果还未奏效，就从地上捡小石块、土坷垃，或把手里的笤帚狠狠扔过去，直到把乌鸦赶走才肯罢手。乌鸦则在半空中落下一串串的怪叫，越发显得凄凉和诡异。

因为是“编外社员”，冒尖藉在这场人祸天灾中，反倒是因祸得福。在别人吃大食堂满嘴流油时，他依然清汤寡水；在别人种着良田过好日子时，他却挖沟排水在荒地里刨食；在别人饿得哭爹叫娘时，他却手里有粮心中不慌。

在全村人饿得发急发疯时，冒尖藉找到原先面色红润现在面黄肌瘦的王菊林，告诉说要把自己垦荒收获和攒下的麦子和稻谷，全部拿出来匀给村里人吃时，王菊林拖着有气无力的身子挨家挨户地告诉大伙，秋生要把从自己嘴里省下的粮食分给全村老小。

从村里拉了一辆板车，冒尖藉装了几袋麦子运到了村里，在王菊林的监督下，全村大人一碗，小孩半碗分了出去。一连几个月，村里人就靠着冒尖藉拿出的粮食维系生命。

村里人都把他看成是真正的活菩萨。后来粮食分光了，他组织村里人下到护家河里摸老菱角和老藕，到护家河边荒洼池沼里起荸荠掰茭白。冬天娄墅荡里的青鱼和鲤鱼躲进护家河越冬，他与几个有力气的男人在东边与娄墅荡相接的入口处下网，然后一直拉到堤坝起网，竟然一下子打上了好几百斤大鱼，全部分给全村老少果腹。

听说一个为大地主看坟的人竟然藏着粮食，搞私下救济，收买人心，这是与共产党对着干。姜可名听了情况汇报后，感到这是修理这个桀骜不驯的狗奴才的好机会，就责成双林公社派出一个专案组前去调查，明确要求只要情况属实就把这个看坟人抓起来当作坏分子处理，对他实行无产阶级专政。

专案组一行三人进驻同益村实地了解情况，对为什么在没有土地的情况下冒尖藉有粮食，为什么他不参加吃大食堂，他开垦出来的土地为什么村里不接收过来，他向村里人发粮食有何用心等进行了一系列深入细致的调查。

王菊林向专案组拍胸脯，对专案组说，别查了，你们查来查去非但不会把冒尖藉当成坏分子，反而会查出个毫不利己、专门利人的红色典型来。专案组拍着桌子说，你作为贫协主席、大队主要领导，不要被阶级敌人的一点小恩小惠给蒙骗了，而动摇了阶级立场。

王菊林光火了，脸不是脸、鼻子不鼻子地说，你们这是裤裆里拉胡琴——扯淡！冒尖藉把土改分到的好田退了出来，一身汗水一身泥水开垦荒地，因为这些地周围有毒蛇谁都不肯去种，不参加吃大食堂是因为没有他的份，将自己嘴里省下的粮食向村里人发放是通过村里组织均分，不要任何报酬，也不要人家感激，完全是凭良心做事，有啥不对？何罪之有？

专案组的人认为王菊林是“护犊子”，就撇开他，深入到群众一家一户走访调查。结果，全村人像订了“攻守同盟”异口同声都说冒尖藉的好话，责问专案组：在饿死人的时候，你们这些人都到哪里去了？一个看坟的人从自己嘴里省下来，勒紧裤腰带，将粮食给了村里人吃，咋说他别有用心啦？专案组非但没找到可以整治冒尖藉的把柄，反而为他这种急公好义的行为所感动。为了应付上级，专案组让全村人出具了一份证明材料，证实冒尖藉没有破坏行为，全村的人都在证明材料上按了鲜红的手印。专案组的人最后向全村饥民作了保证，不会加害大家的救命恩人，说话算数，才顺利地撤出了村子。

村里治保主任邱阿兴跟冒尖藉同岁，五短身材，满脸横肉，去年才娶了个外乡女人做媳妇。这媳妇樱桃小口，模样标致，别人背后都说这是鲜花插在牛粪上。

邱阿兴对别人凶狠霸道，但对冒尖藉一直另眼相看，因为论个头，论知识，论本事，哪一样都不是人家的对手。更主要的是冒尖藉土改时不要分土地，不要分房子，凭这一点他心里就服气。

阿兴虽然表面上凶狠，但在村里却有名的孝子。冲着这个优点，冒尖藉也愿意与他结交，因此两人平时私交蛮深。

在饥荒中，阿兴家也难以幸免。他父母在旧社会苦大仇深，身子骨就差，怎顶得住这饥饿难耐的日子，一个个东倒西歪。一次为了多捋些榆树叶，他爬上了树梢梢，被重重地摔了下来，结果就瘫倒在床上。家里几天没有揭开锅，他对新媳妇说，去求求秋生吧。

阿兴媳妇每次去冒家大冢找冒尖藉，他总是往阿兴媳妇的米袋子里装一两碗米，塞几只山芋番麦（玉米），让阿兴家不至于饿得厉害。阿兴对媳妇说，秋生这样的人天底下难找出几个，自己成了瘫子，拿什么去感谢人家？他媳妇是明白人，就对他说，明白你的意思，自己一定会感谢人家的。

一天夜里，阿兴媳妇壮着胆子摸黑到了冒家大冢。冒尖藉还没有睡，正在煤油灯下看书，见阿兴媳妇天黑了还来，以为有什么急事，就问：“嫂子，啥事急得格能晚了还要来坟上？”

“秋生哥，乃救了吾伲全家人的性命，吾拿不出啥来报答乃，今晚没人瞧见吾来这里，吾拿自家的身子报答乃！”阿兴女人言词恳切。

“乃说啥？嫂子啊，吾一直蛮尊重乃的，乃倒好，把吾当作啥样子人啦！”冒尖藉很生气地说。

“秋生哥，乃是真人君子，吾晓得格。今晚吾一百个心甘情愿，如果乃不动吾，就是嫌吾身子脏？”阿兴女人急得掉下了眼泪。

“傻嫂子，做人不可以这样的呀！乃这样做，是要陷吾于不仁不义之中。”

“哥啊，吾虽然命苦，但身子不贱，吾无以为报，只得用女人的本能来兑现自己的诺言。”

“啥诺言？吾对乃可是啥也没有要求呀！”

“正是乃这种品德，才让吾心甘情愿地这样做！”

阿兴媳妇把阿兴的暗示以及自己答应阿兴的事讲给了冒尖藉听，捂着眼睛哭得很伤心，开始解衣裳扣子。

“嫂子啊，阿兴糊涂，乃不可以这样糟蹋自己。俗话说，朋友妻不可欺，阿兴要乃格样子做法，比打吾骂吾还要厉害！”听到冒尖藉的厉声呵斥，阿兴女人脱衣裳的手停了下来，僵在那里。

“嫂子，快快把衣裳整好，乃带吾马上去看阿兴！”冒尖藉不容女人分辩，就带着女人往村里赶。

到了阿兴家，闻到了一股杂味俱陈的气息。阿兴躺在床上，眼睛直直地望着房顶发呆，一副听天由命的样子。阿兴的父母已经睡下，在西厢房的床上传来了有气无力的呻吟。

来到床前，阿兴当是媳妇回来了，所以，头也不回地问：“他接受了吗？”

“阿兴啊！乃真是个混蛋，怎么会有格种荒唐的念头？”冒尖藉骂道。

听是冒尖藉的骂声，阿兴在床上悲戚地一声不吭。

“阿兴，吾今朝跟乃讲清爽，乃要乃媳妇做出格种事体，吾跟乃弟兄都没得做！”冒尖藉把话挑明。

“秋生，乃要打要骂随便，吾已经是废人一个，就有媳妇这点资本，乃救了吾伲一家性命，乃让吾用啥来报答呢？”阿兴泣不成声。

“古人言，大恩不言谢！乃的心意，吾领了，但对乃媳妇，吾是一根汗毛都不会碰的！”在冒尖藉说完此话，女人就哭着对阿兴说：“秋生哥是真人君子，待吾如亲嫂一般，乃不要以小人之心度君子之腹，让吾差点做出丢人现眼的事。”

女人越哭越凶：“这家吾是没法待下去了，吾伲好说好散，各自去寻活路吧！”

这话分明是女人要散家，阿兴瘫在床上无法动弹，眼睁睁地看着女人。冒尖藉却不答应说：“嫂子，乃不可以格能就撒手不管，做人要有担当，夫妻在患难之中见真情。乃放心，阿兴的事，吾不会袖手旁观的。”说完，就检查阿兴的伤情。

虽然不是骨科医生，但冒尖藉跟谭老爹习拳练武，对伤筋动骨、跌打损伤还是有点研究，所以他检查后，认为阿兴没有跌断骨头，只是髋关节脱臼，他让阿兴咬紧牙关，给做了复位的推拿，然后让阿兴静躺三天，又给服了几粒专治伤筋动骨的药丸。

等忙完了这些后，冒尖藉已是满头大汗，阿兴媳妇给他递了毛巾。他说："没有多大事，你在阿兴床边伺候三天，保证可以复原。"并劝女人不要动不动就说伤感情的话。女人被他说得脸上红一块白一块的。

果然不出所料，阿兴的腿伤三天之后治愈了。夫妻俩一早就赶到冒家大家，见了冒尖藉就跪地答谢。

"使不得，使不得！这要折煞小人也！救人一命，胜造七级浮屠，阿弥陀佛！"冒尖藉学着昆剧里的腔调，把阿兴夫妇搀了起来，三人高兴得哈哈大笑起来。

冒尖藉用自己的微薄之力，让即将成为废人的人站起来了，让即将离散的家保住了，阿兴一家与村上其他人家都挺过来了，战胜了三年自然灾害。隔年，阿兴夫妇一炮二响，生下了一对双胞胎儿子，可他后来却做出了对不住冒尖藉的事来。

第三十七章　真相大白

冒尖藉这段日子忙得连轴转。他与王菊林在大灾之后，两人痛定思痛，他说，在三年自然灾害面前，人就显得十分渺小，十分脆弱，虽然人定胜天是屁话，但也不能完全靠天吃饭，人在顺应天时地利的同时，也是要力所能及地改造自然，这才是将日子过得下去的好法子。他总结了在灾年吃的苦头，建议王菊林按照村里农田的地形，划片建几座牛拉水车（同江习惯叫法为牛车水），而且这水车可以根据水位高低，来调节车身的长短，不论枯水还是丰水都能往田里灌水。在装牛车水的地方搭建凉亭，让劳作的人在田间歇息时遮风避雨，蔽日挡光。

听了冒尖藉的提议，王菊林拍着大腿说，是啊，活人不能让尿憋死，守着水不能渴死，这主意好，但让他愁惨的是做牛车水，村里既没钱，又没牛，更没有人做。

冒尖藉对王菊林说，村里有牛的人家不少，今天谁家出牛，就让牛顶工分，这样大家一定愿意放牛出来。至于材料，动员有大榆树的人家供出来，因为做牛车水要用硬杂木做，才经得起风吹雨打、日晒夜露，村里将榆树折价计工分，这两项，到年底以工分进行分红。至于木匠师傅嘛，远在天边，近在眼前。

“嗨！吾真是个榆木脑瓜，这么不开窍啊，大师傅不就在眼前哦！”王菊林捶了冒尖藉一拳说。

对冒尖藉头头是道的分析和切实可行的建议，王菊林是举双手赞成。他对冒尖藉说，这几年一直把你排斥在外面，现在实行公社化了，你就作为社员参加队里的生产劳动，并且作为队里的专职水利员，负责这项工作吧。

欣然接受了这一任命，冒尖藉又进一步说了自己的计划，利用今冬明春的农闲时间，立即先对全村农田牛车水进行定点，然后筹集材料，开始搭车棚，做车盘和水斗。

第二天，冒尖藉和王菊林俩人对村里的农田进行实地勘察。勘察下来，两人决定按五十亩建一座牛车水，全村需要建五座。当晚，王菊林召集四个会点木匠活的社员到冒家大家开会。在会上，王菊林用学到当下干部作报告时这个那个的官腔，作了一番动员，从三年自然灾害吃的苦头，到今后农业大干快上的要求，大谈村里水利建设的重要性。木匠们吃百家饭，对王菊林的啰哩吧嗦一句话都听不进，闷着头抽烟，屋子里像生了几只烟炉子，把不抽烟的冒尖藉熏得眼睛都睁不开，骂了句："少抽点，烟壁虫也不会饿死吧！"一句话让王菊林的长篇大论刹了车，就说："把耳朵竖起来了，听作头大师傅讲几句。"

在木匠这行当里，有一条不成文的规矩，谁本事大就听谁的。这几个木匠都耳闻冒尖藉给后村刘家泾的姜阿玲家打的那套紫檀木家具，这足以让他们服气。所以，听王菊林让冒尖藉发话，几个木匠就支棱起耳朵。

冒尖藉把搭五座牛车水的计划，以及做五台水车的设计和盘托出，让在座的师傅们提提建议。末了，他感慨地说，对三年自然灾害不要好了伤疤忘了痛，一定要把这项水利工程尽快建好，这是村里当前的一件大事。大伙听他讲到了点子上，异口同声地说，一切依冒师傅的意思办。

在冒尖藉的指挥下，分头到有榆树的人家里去伐树，到牛车水定点的地方填地基搭车棚，把原来为谭老爹做棺材、重建房子时剩下并且还沤在河里的十来棵老柏树捞上来晾晒，这是做水车最好的料子。他赶了几个晚上的工，将水车的设计图纸画了出来。这水车的原理是做一个直径六米带齿轮的车盘，中间的转轴下端固定在一块大石头凿出的孔里，上端垂直固定在棚顶特制的孔内，车盘的齿轮与水斗的齿轮垂直嵌套，车盘上安装鞍绳套在牛背上。牛拉车盘时，车盘齿轮带动水斗齿轮，只要牛不停地走动，水车就不停地转动，将河里的水提上来流进水渠里，水渠对着每块田留一个缺口，打开缺口，水就灌进田里，要多少放多少。

经过冒尖藉他们一个冬春的努力，同益村的五座牛车水全部建了起来。只要给水牛戴上眼罩，这水牛就不会偷懒，不知停顿地拉着车盘转圈一直走下去，过了个把小时换上另一头牛继续拉水车，给换下来的牛吃草喂料，等恢复了力气再换上去拉。牛车水的优越性日益体现了出来，灌溉省时省力，并且随时控制田里的水量。

牛拉着车盘，木齿轮发出“昂吱昂吱”的声响，好像天籁之音，让同益村的人听着心里舒坦，把他们送进香甜的梦乡。等他们醒来，踏着朝露出工，去田里插秧时，水刚好适宜栽插，鸟在田间的薄水里觅食，青蛙在“呱呱”地唱歌，呈现出一幅浓郁的江南水墨画。

牛车棚不仅成了村里人在野外休息的好地方，也成了村里男女青年谈情说爱的好去处。

同益村里的稻子长得就是比其他村子好，产量又高，让其他村子羡慕得不行，纷纷前来学习取经。冒尖藉作为名人更是声名远播。

大灾洗劫后，人们憧憬着恬静美好的生活。冒尖藉乐施好善，在村里的分量越来越重，所以平时人们饭后茶余，都喜欢上他那里聊聊天吹吹牛，打发着闲暇时光。但夜里是不敢去的，村上人都知道那坟上蛇多。

一天下午，三三两两的人群在冒家大冢晒着太阳，有说有笑，大饥荒让人与人之间多了一份关切，更多了一份宽容。冒尖藉炒了一锅葵花子，这是他去年围着大冢种下的，长得粒粒饱满，因为大冢有蛇，谁也不敢去偷摘，所以收了好几筐，等村上人来玩耍时炒上一锅，就往来人的口袋里装。

阿兴边从嘴里吐壳边告诉冒尖藉说，公社刚开过会布置开展“四清”社会主义教育运动了，并说听公社的领导讲，来村里蹲点抓运动的是由一名地区副专员挂帅，让冒尖藉多留点心眼。

嗑瓜子的人议论纷纷。有的说，老百姓的肚子刚不叫，又要来洗脑子；有的说，这次“四清”主要是针对干部，与平头百姓不搭界。

正在你一句我一句地戗戗个不停，阿兴说来人啦！大家抬头望去，来人四十来岁年纪，身材中等，着一身深藏青中山装，脚穿解放鞋，戴着一副玻璃上圈圈很多的眼镜，留着寸发，文质彬彬，笑容满面，走过来用标准的普通话问：“哪位是冒尖藉同志？”

“我就是冒尖藉，你，你是……”冒尖藉对这个素不相识的人突然出现面前，一时反应不过来，是凶是吉在他脑子里首先迅速转动起来，同时也用普通话询问。

“嘀嘀，你就是被村上人称为大善人、活菩萨的冒尖藉？”来人笑得更加和蔼。

“什么大善人、活菩萨？我怎有这样大的造化？不敢当，不敢当，见笑，见笑啦！”冒尖藉警惕而又谦虚地回答。

“这些我管不着，今天我是专程来认识认识你这个有口皆碑的人呵！”来人肯定地说。

“那请问你是……”冒尖藉想问对方尊姓大名。

“喔，我叫韩叙伦，是从地区专署下来的，现来同益村蹲点，今天特地来拜访你的，欢不欢迎？”

“哟，你就是地区上下来的韩专员啊！欢迎，欢迎啊！只是没想到像你这样的大领导会到这荒坟上来。”冒尖藉态度热情。

“据我观察，这汉代的宫阙形的牌楼，墓道两旁文臣武官石人、石马石象，这可不是一座普通的坟哦。再说古人对坟与冢是有区别的，坟是一个土堆，而又高又大的茔地才能称为冢，另外，坟地种树也有讲究，天子坟前栽松，诸侯坟前栽柏，庶人坟前栽柳。虽然护冢的柏树砍掉了，但从这一点上可以看出这坟的祖上是当大官的，而且还不是一般的大官，对吗？”韩叙伦讲得头头是道。

听这一番谈吐，冒尖藉就知道这是个有学问的人，就邀请他坐下与大伙一起喝茶。而阿兴他们头一回见到地区专员，又听说是来找冒尖藉的，所以都拘谨地要走。

韩叙伦连忙按了按阿兴他们的肩膀说:“来人不赶客啊,大家不必走,也让我有机会接触接触广大人民群众嘛,你说对吧?”说完像是征求意见似的,朝冒尖藉看了一眼。

“是的啊,大伙再坐坐,与韩专员接触一下,大家看韩专员可是没有一点当官的架子。”说完,给大伙的碗里逐一添水。

“什么当官的?我们共产党员都是人民的勤务员,把我说成是当官的,就显得与大家距离远了。”韩叙伦笑着说。

“不见外,与韩专员不见外,大伙说是吧!”冒尖藉也笑着说。

“对,对,韩专员不见外吾伲,吾伲当然也不见外韩专员!”阿兴他们热烈起来。

“德不孤,必有邻。我刚来就可以看出冒尖藉同志的群众基础蛮好的。”韩叙伦肯定地说。冒尖藉听了这话,知道这是《论语·里仁》里的一句话,更加觉得这位专员肚子里的“墨水”不少。

“韩专员识人,他为人是蛮好的呀!”阿兴不是讨好新来的专员,而是说的真心话。

“冒尖藉同志,你现在守的这座大冢的主人是不是姓冒,这家人里面有没有一个叫冒泓炜的人?”韩叙伦问道。

“有啊!他是吾主家的少爷,可惜壮志未酬身先死,韩专员咋问起他来?”冒尖藉眼睛红了。

“与他没见过面,但他在上海滩上可是大名鼎鼎,让日本浪人闻风丧胆呵!当年,我在上海搞地下工作,冒泓炜可是帮了上海地下党不少的忙,但在解放前夕,上海地下党请他护送来同江任地委书记的马汉章同志,结果马汉章同志被杀害了,成了一桩悬案。解放初期,开展肃反和镇压反革命,同江军管委认定他是杀害马汉章同志的凶手,因上海地下党无法为他作出有效的证明,所以被镇压了。”韩叙伦当着大伙的面介绍说。

“我家少爷分明是被冤杀的!远的不说,在日本人投降前夕,他组织抗日义士同盟会把日本人掠夺来的物资放火烧掉,回到大冢被同江的日本驻军谍报大队包围,我亲眼目睹他和弟兄们英勇杀敌,把十三个日本人全部报销了，你说这样的民族英雄怎么会杀害共产党人的呢？”

“什么？1945年在吴淞码头放火烧日本人的物资是冒泓炜他们做下的？”韩叙伦睁大了眼睛问。

“那还有假？我自己参加的还能瞎说！”冒尖藉将当年如何从同江找姜可名弄煤油，以及冒泓炜他们如何去的吴淞码头，如何在回来时遭遇日本人的伏击等，向韩叙伦说了一遍。

听了冒尖藉的讲述，韩叙伦深思了好一会儿，才说：“这些都是历史问题，由于当时特殊的斗争环境，加上受我们党内‘左倾’思想的影响，不要说像冒泓炜这样的党外人士蒙受不白之冤，就是我们共产党员也有被错杀的呀！”

“我家少爷死得冤！”冒尖藉坚持地说道。

“先不说你家少爷的事，先说说你自己的事吧。”韩叙伦要转换话题。听韩叙伦这样一说，倒把冒尖藉弄得紧张起来。

“韩专员，你不会是来查我的历史问题？”冒尖藉急促地问。

“这次‘四清’运动，虽然主要是清查集体的经济问题，但对历史问题、阶级成分、社会关系同样也列入查清的范围。我今天来，主要是听到冒尖藉有曾经勾结反革命分子放跑日本鬼子的历史问题。所以，这是我今天来大冡的主要目的。因为相信你能讲得清楚，我就不避开村里人，并当着大家的面公开地讲，请你不要误会！”

“啥？不就是当年我与我家少爷他们在大冡消灭日本人的那档子事！我还有啥讲不清楚的！”

“那就当着大伙的面说说吧。”韩叙伦要求道。

冒尖藉把那次自己如何发现日本人来大冡侦察，在冒泓炜从吴淞码头返回大冡，自己将发现情况告诉他们，他们如何将计就计，不顾疲劳连续作战将来犯的十三名日本鬼子全部消灭，为防止日本人发现，然后将这些日本人偷偷地掩埋，日本人来大冡报复，自己如何脱逃的过程，像讲故事一样让在场的人听得津津有味。

讲完后，冒尖藉眼里喷火般地说：“吾爷娘都是被日本人害死的，吾真有民族恨，血泪仇，吾会与反革命分子勾结放跑日本人？笑话，天大的笑话！”

“既然你讲得清楚，但有什么证据？”韩叙伦刨根问底。

“既然韩专员讲到这个份上，吾再忍下去，真是跳进黄河也洗不清了。常言道，眼见为实，这样吧，请韩专员跟我走一趟，不远，让你和大伙一道去见见真相。”冒尖藉提出了请求。

“好啊，我愿意，乡亲们你们愿不愿意啊？”韩叙伦问跟前的群众。阿兴带头说，我们都愿意去。冒尖藉从屋里取出铁笤（江南种水稻的常用工具，分四个铁爪）、铁锹、镰刀，让阿兴等十来个村里人扛在肩上拿在手里，然后像当年的土八路去扒碉堡一样，跟着他沿着娄墅荡边向北走。

走了不到两里地，在荡边的一处长满芦苇的地方停了下来。这处的芦苇长得又高又粗又密，冒尖藉辨认后发现当年在掩埋日本人尸体时，自己特地竖的一个木桩还在，就对阿兴说就是这个地方，错不了，大家辛苦，将芦苇割了，然后挖土，十三个日本人就埋在这里。

平时冒尖藉待大家不薄，为了还他一个清白，听他一声令下，就割芦苇的割芦苇，挖泥的挖泥，人多力量大，一袋烟的工夫，按照他划的范围就下挖了一米多深，阿兴惊叫起来：“有死人骷髅头！”

冒尖藉对韩叙伦说，这就是十年前自己与冒泓炜他们消灭的日本鬼子的尸体。虽然没有了尸臭，但还是让村民们毛骨悚然，手中的活停了下来。

“乡亲们，日本人把吾伲祸害苦了，现在吾伲要把仇恨化为动力，将日本鬼子的尸体全部挖出来，也好让吾洗清不白之冤，算吾求乡亲们啦！”冒尖藉连哭带喊。

在冒尖藉的感染下，来的乡亲们哪个不卖力，拼命地挖了起来。经过两三个小时的挖掘，十三具日本人的骷髅全部挖了出来，还有锈蚀严重的十三只头盔、十二枝三八大盖（指挥官的手枪给冒尖藉藏了起来）、十三只日本人随身携带的野外作战包，还有三十九颗手雷。

天渐渐地暗了下来。就在大伙对挖出来的东西指指点点时，有三个城里人模样的人在王菊林的带领下，往这边奔过来，其中有个秘书模样的人看到韩叙伦在人群中，就高声喊：“韩专员，韩专员！”

韩叙伦对他们招了招手，他们三步并作两步跑了过来，一看有一大片死人骷髅，来的人当中就有人“哇哇”地吐了。

“秋生，乃搞啥名堂？“四清”工作队的同志还以会韩专员失踪了呢，急得满世界地找，乃倒好，让韩专员来看死人骷髅，恶不恶心，啊？”王菊林大光其火。

“王大队长，这不关冒尖藉同志的事，是我自己要这样做的。”韩叙伦制止了王菊林的指责。又对刚来的一个说：“唐主任，你明天让同江县和地区党史办公室的人来这里，向冒尖藉同志了解整理1945年发生在冒家大冢的那场抗日歼灭战，这是同江人民奋起抗日的实证，要反映同江人民的抗日英雄事迹，不能埋没了这一历史事件。”唐主任一连说了：“是，是，是！”韩叙伦又补充说：“要带照相机来，拍一些照片留档。把这些锈蚀的武器收集起来，可以放进陈列馆，既可以作为日本侵略的证据，也是教育子孙后代的实物。还有将这些日本人的骷髅重新埋葬好，虽然日本人没有人性，而我们还是要讲人性的，是吧！”唐主任又一连说了：“是，是，是！”

眼看天要黑了下来，唐主任催韩叙伦赶紧回去。韩叙伦见乡亲们也都累了，就说回吧，他紧紧地握着冒尖藉的手说：“冒尖藉同志，事实胜于雄辩，我相信你，同江党和人民相信你没有历史问题，你放下思想包袱，继续为人民多做好事！”说完，向冒尖藉深深地鞠了三个躬。王菊林赶紧领了韩叙伦回村里吃派饭（村里人家轮流管工作队吃饭）。

冒家那个看坟的是个抗日英雄的消息，像长了翅膀在前后三条村不胫而走，却让一个人吓出了一身的冷汗。

第三十八章　谈诗论经

隔了两天，同江县和同州地区党史办公室派人来同益村冒家大冢，向冒尖藉详细了解战斗的经过，收集了实物资料，拍了好多照片。

经过调查核实，这是同江人民十多年前与日本敌特部队的一场遭遇战，可以作为同江人民抗日斗争取得胜利的光辉一页。

在调查期间，韩叙伦回地区开了一趟会。等他开完会晚上回到同益村时，党史办已经完事走人了。他在第二天清晨，跟唐主任说了声："我到冒家大冢去走走。"

秋季的雾笼罩冒家大冢，远远地看去若隐若现，更增添了一份神秘感。在路上，他一边走一边在想：十多年前，那场火烧吴淞码头是冒泓炜他们干的，可自己在中共中央上海分局工作期间，听说是同江现任县委书记姜可名带领干的。另外，冒泓炜他们那次行动为什么走漏了消息，同江日军谍报机关在冒家大冢设伏，肯定是得到了确切的消息。那是谁给日军透露消息的呢？是冒尖藉？不可能。是那个胖子伙计？他死了。是姜可名？他为什么要这样做……

沉思让韩叙伦连前面路上的土坎都没注意到，差点绊了他一跤。他跺了跺脚抖掉鞋尖上的尘土，进了冒尖藉的屋子。冒尖藉见韩专员又来了，赶紧放下手中的毛笔，给韩叙伦搬了个凳子。

“冒尖藉同志，你的书法功力蛮深哦！”韩叙伦啧啧称赞，俯下身子，对未干的墨迹又说出了一番鉴赏的话，“你师从颜真卿之笔法，尽管自成草体，但依然透出蚕头燕尾、折钗股、屋漏痕的韵味。好字，好字啊！”

“韩专员过奖了，乡野村夫胡乱涂鸦而已。”冒尖藉自嘲地说。

“中国是一个诗的国度，更是一个热衷于书法的国度，因此，自古就有见字如见人的说法，一手好字往往给人以好的印象，书法也就成为修身养性的好方法。”韩叙伦说。

“看来韩专员是真正的文化人，讲得就是深刻，让人佩服。”

“谈不上文化人，只是略知一二，仅有点肤浅的感悟。”

韩叙伦仔细看了书法的内容，说：“哟，书写的是唐代孟韩诗派的诗人刘叉的《偶书》啊。”他轻声地吟诵起来：日出扶桑一丈高，人间万事细如毛。野夫怒见不平处，磨损胸中万古刀。

诵毕，韩叙伦对冒尖藉说：“常言道，诗言志，诗歌是诗人思想感情的形象外观。这首诗没有柔情蜜意，没有高士的隐忍逸风，没有豪客的豁达之味，尖藉同志你书写这首诗，是不是也寄托了某种情感啊？”

“不过是随手拈作，没有像韩专员认为的那样深刻。”冒尖藉的心像出浴的少女被人窥悉春光那般害窘。

“哈哈，我是信口开河，瞎说说，你不必认真呵！”

“听韩专员的一席话，不敢说是胜读十年书，那也是茅塞顿开！韩专员是高雅之士，肯否留个墨宝？”冒尖藉边说边换好展平了宣纸，将毛笔递给韩叙伦。

“恭敬不如从命，献丑，献丑了！”韩叙伦接过笔，凝神写下六个草体字“德不孤，必有邻”。

韩叙伦书写的是孔子说的一句话，也是他第一次到大家当着村民的面夸奖冒尖藉的那句话。冒尖藉没有受宠若惊的样子，而是以书法交流的语言说：“一看就知道，韩专员是秉承了柳体劲媚丰润的风范，功力深厚，我自叹不如啊。”

墨迹未干。冒尖藉请韩叙伦到八仙桌旁就座，特意泡了两杯碧螺春新茶。泡这茶，最好是天然的泉水或雨水，先在杯中倒上开水，等水温凉在80℃左右，放入一撮适量的茶叶，待茶叶展开成细长的螺状形时，将泡茶叶的头汤水滤掉，再冲入80℃左右的白开水，这茶叶就香气扑鼻，曾被乾隆皇帝称为“香煞人”。

一杯递给客人，一杯端在手里，两人各坐八仙桌一边，开始品茶。韩叙伦说，在这空旷的荒野之地，能喝上这样一杯好茶，乃为人生之一大快事。冒尖藉要向他讨教书法之道，两人就围绕书法聊得起劲。

韩叙伦说，在所有字体中，草书最为特殊，其结构随不同的书家，写出不同的面貌，同一个字，变化起来迥然不同，情趣丛生。草书的笔法也最为丰富，中锋、侧锋、露锋、藏锋、圆笔、方笔、提笔、按笔，无可不施。

冒尖藉说，草书中包含了楷、行、篆、隶书的笔法，将其笔法掺入楷书则成行楷，掺入行书则成行草，掺入篆、隶之中就可成草篆、草隶，可谓笔法多端，不拘一格，随趣成书，变化之多，流动之美。

两人又一致认为，草书蕴含无限风情，彰显跌宕起伏，在草草率意中不失法度，其笔画连绵回绕，大开大合，气势磅礴，激情洋溢，尽展魅力。草书不但呈形显意，也可以寄寓发挥兴致与情感，在每个字中可深藏着一份情感，每一笔都可酝酿着一种情绪。其不求一点一画的得失，而是凭借看似简单的点画线条，而实则抒发胸中澎湃的情感……

两人大有相见恨晚之感，谈兴正浓。这时阿兴闯了进来，张头探脑。冒尖藉见状，起身问他有什么事，阿兴支支吾吾地说没啥事，过来逛逛。

抬起手腕看了一下手表，韩叙伦说差点忘了，上午十点还要参加片上召开的“四清”工作队座谈会。冒尖藉说，等下次韩专员有空过来再讨教讨教书法，就送韩叙伦出门，阿兴傻笑着颠颠地跟在韩叙伦屁股后面一道离开了大家。

等他们走了，冒尖藉将自己和韩叙伦写的字幅收好，他准备将韩叙伦写的那幅裱好了作收藏。他一边做着这些事，一边纳闷阿兴咋冷不丁地闯了进来。

隔三岔五，韩叙伦就往冒家大家来，与冒尖藉或谈诗，或书法，或喝茶，或小酌，让村里人猜不透他俩的关系，于是私下里就有了一些议论。

秋天到了，娄墅荡里微波涟漪，芦苇叶开始发黄。萧瑟的寒风从湖面阵阵吹过，芦花絮随风飘扬，这正是菊黄蟹肥的好时光。

冒尖藉将好几年没用的丝网一头系在大桑树上，一头结在三米远的椿树上，动手修补漏洞。之前已经从代销店里进了两甏绍兴老黄酒，就等西风响后，夜间去张网捕蟹。因此，他今晚要去娄墅荡的湖汊里张网捉螃蟹。

在秋虫啁啾的夜里，冒尖藉在朦胧的月色里，提着自己用四块玻璃做成方形的防风煤油灯，到他选定的湖汊口，用一根木棍插在地里挂好煤油灯，又找了一把干草做坐垫，用一根长竹竿将丝网挑出去，今晚的湖水流速不急，正好张网捉蟹。约半小时，他就起一次网。今年是螃蟹大年，量多个大，不到一点，就把蟹篓装得满满的，估计有二十来只。他收了网，踏着薄霜回去睡觉去了。

早上，天刚蒙蒙亮，邱阿兴来敲门。因为冒尖藉有晨练的习惯，而今早房门还关着，阿兴不知他在不在家，所以敲门试试看。

“啥人？”里面传出了冒尖藉声音。

“秋生，是吾啊，阿兴。”

“昂吱”一声音，冒尖藉在里面把门打开：“乃来得格能早法，做啥，抓贼啊？”

“不是抓贼，而是防贼！”阿兴告诉他最近发现稻田里稻堆被人偷了不少，自己作为大队治保主任，责无旁贷地巡夜，保护集体财产。阿兴打了入党申请，组织上已经找他谈了话，今冬明春要发展他加入光荣伟大的中国共产党，所以浑身有使不完的劲，处处显示出模范带头作用。

“入党积极分子就是觉悟高。噢，对了，看到韩专员在村里，带个信给伊，吾昨晚捉了些螃蟹，请伊晚上过来尝尝鲜。”

“好嘞，吾阿有得吃？”

“嘴馋就一道来呗。”

在掌灯时分，韩叙伦才来到冒家大家，人未到，声音先到：“尖藉同志，听说今晚有螃蟹吃，我恨不能飞过来，无奈今天去其他大队了解情况，回来晚了，是准备罚喝酒呢，还是罚吃螃蟹？”

“都要罚，酒要多喝，蟹也要多吃。”冒尖藉手里端着螃蟹堆得高高的盘子，从灶头间走了出来，阿兴抱着绍兴甏往客堂里放。

“尖藉同志，你听没听说‘阿拉好蟹’的故事？”韩叙伦兴致很高。

“听说，听说过，说是一个上海人从北站上车开始吃蟹，吃到北京还没有将一只蟹啃掉，讲的是上海人嗜蟹的笑话。”冒尖藉打趣道。

“你听谁讲的？”韩叙伦问。

“是我家少爷冒泓炜调侃时说的呀！”当冒尖藉一提起冒泓炜，气氛一下子冷了下来。

“据我所知，冒泓炜在抗战刚结束时，去了沪江大学做教授，而我也在沪江大学念的书，十九岁毕业就参加了上海地下党工作，没能与他相遇，可惜啊！”

不知韩叙伦说的是不是冒泓炜死得可惜，冒尖藉不便打破砂锅问到底，因为今晚是请他过来品尝螃蟹的，于是说：“韩专员，赶快坐下，螃蟹凉了不好吃了。”

“好，好，那我们就开始战斗吧。”韩叙伦让冒尖藉也坐下，阿兴从甏里舀出黄酒给韩叙伦和冒尖藉的碗里倒满，然后才给自己的碗里也倒上了满满的一碗。

经过一番猛吃海喝后，韩叙伦说不能这样，吃下去要醉的，反正自己今晚没啥事，乘着酒兴咱们闲聊聊吧。他说自己参加革命二十多年，还没正儿八经地打过枪，做的全是地下工作，也从没有这样放肆地喝过酒。

“韩专员是文人，不会放枪也正常，哪个朝代不能没武将，也少不了文官。要说能文能武，我真的很佩服我家少爷冒泓炜，那枪法十分了得，指耳朵就不打鼻子，一条英雄好汉啊！”冒尖藉眼里闪出了泪花。

“可他是反革命分子和敌我分子被镇压了呀。”阿兴插嘴道。

“乃懂个屁！”冒尖藉勃然大怒。

韩叙伦见冒尖藉发火了，怕闹得不欢而散，就说：“阿兴别多嘴，尖藉也不用发火，反正事情已经过去了，也没啥好争的，这也许是冒泓炜的命啊！”

“韩专员，你们共产党人也相信命？”冒尖藉擦着泪问。

“我们共产党人是无神论者，不相信宿命，但我认为，一切都是你在决定自己的命运，我们一生的努力，就是在证明我们到底有什么样的命。一个人在不同的家庭，在不同的时代，有着不同的性格，肯定会有不同的命运。”

“对，对，韩专员说得对，当年我家老爷让少爷一起出国定居，就不会落得格个下场。”

“人各有志，也就是人各有命，人生应该享受过程，而不必去计较结果。冒泓炜选择了自己走的路，而且为自己的选择付出了生命。虽然他的生命终结让人扼腕叹息，但他一步一步地走向艰难险阻，演绎自己人生的过程，这就是他的命。”韩叙伦感叹道。

阿兴听不懂这种话，嘴里咬着蟹脚，眼睛眨巴眨巴地看看韩叙伦，再看看冒尖藉。

“韩专员道理讲得深啊，我当时给少爷算的是坤卦，但他没把握好呀！他喜欢追求‘无咎’状态，这怎么可能呢，无咎是《易经》的最高境界，就是没有过错，人怎么可能没有错呢，人活着，只要眼睛没有永远地闭起来，就永远有过错，只是大小不同而已。”冒尖藉叹着气说。

“这有什么说道？”韩叙伦显得很有兴趣。

“从我家少爷生辰八字上测算，他是正宗的坤卦命，但他就是不守命运。这坤卦的第一爻是履霜坚冰至，意思是脚踩霜时，就要知道今年的冬天会很冷，提前要做好准备，不要到时来不及，弄得束手无策。而他就不信邪，非要一条道走到黑，结果得了格个下场，我家老爷就比他明智。”冒尖藉停了下来，喝闷酒。

“你再说说看呢。”韩叙伦让冒尖藉继续说下去。

“好吧，反正不怕露丑，我再讲下去。我家少爷的卦中第三爻是含章可贞，或从王事，无成有终。就是讲你很有能力，一定要内敛，但我家少爷不是深藏不露，而是锋芒毕露。含章可贞，就是要你时刻提醒自己人上有人，天外有天，而且一切都有风险，一切都在变化之中，我家少爷的亏就吃在为人太讲义气，缺防人之心，惹小人之祸，以为自己天不怕地不怕，就什么都答应，什么都愿干。”

“哦，有道理，下面还有什么说道？”韩叙伦显然是让冒尖藉一口气说到底。

“我家少爷能把握四爻‘无咎无誉’，或至走到五爻‘黄裳元吉’，守住这其中的一关，他的命就很好了，他就可以善终。如果他那个时候真正做到无为，不要去管那么多闲事，卷入是非之中，他就能全身而退。但他非要走到‘龙战于野，其血玄黄’这最后一步，就落得了如此凄惨的结果。人啊，有时候真的要相信命的呀！”

“《易经》是中国万经之首，含义深刻，博大精深，虽然不可用来算命，但对人生的预警和指点不能说没有一定的意义。尖藉同志，能不能帮我指点一下迷津？”韩叙伦提出请求。

“韩专员，你这是将我的军，我那点花头还不及你手指缝里的一点垢，接下来，不说这个，我们喝酒，来，我们一起喝一碗。”冒尖藉端碗先与韩叙伦的碗碰了一下，又朝阿兴前面晃了晃，阿兴起身也与韩专员碰了一下碗，三人各自喝下了满满的一碗酒，把剩下的三只蟹又每人分了一只。

乘着酒兴，韩叙伦又与冒尖藉侃起了《诗经》，什么风、雅、颂之类的，阿兴一句也听不懂，咧着嘴傻笑。

冒尖藉出屋方便，抬头见月亮爬上了树梢，回屋说时间不早了，韩叙伦抬手腕看了一下手表说，反正已经吃饱喝足了，真的该走了，就抓起风衣，握着冒尖藉的手说，平生第一次吃到这么好、这么多的大闸蟹，头一回喝这么猛、这么多的酒，痛快，痛快啊！走出屋的时候，他的身子有点晃，看上去喝得有点高。冒尖藉知道阿兴是个酒漏子，喝这点不碍事，就对阿兴说，你扶着韩专员回去，不可有半点差错。阿兴得令，拍着胸说没问题，自己这治保主任就是为领导保驾护航的，一定把韩专员安全送达。

看着阿兴扶着韩专员消失在月色中，冒尖藉回屋收拾桌子，边想着阿兴这段时间像跟屁虫一样黏着韩叙伦到大冢，每当韩叙伦一踏进大冢，总像幽灵一样不是出现在眼前，就是跟在屁股后面，他对此迷惑不解，虽然没往深里去多想，但心里面起了疙瘩：这个邱阿兴究竟想干什么？

第三十九章 暗箭难防

自打韩叙伦在大家尽情地吃蟹喝酒之后，到同江“四清运动”各个片上去检查工作兜了一圈，这一圈兜下来，就是十天半月。他惦记哪次要请冒尖藉给自己测一卦的事，其实他并不是真信相面测卦，但他觉得把《易经》作为一种文化还是值得研究的。所以，他抽今天下午有空，就又往冒家大家而来。

冒尖藉正躬着腰为生产队修理用脚踏的脱谷机，韩叙伦大老远地就见到他撅着屁股钻在脱谷机下面，就喊了起来：“尖藉师傅，忙着呢！”

听是韩叙伦的声音，冒尖藉从脱谷机底下钻了出来，用布抹了手上的油，招着手说：“韩专员来啦，有些日子不见领导，还真有点想哉！”

“嗨，说明咱俩缘分深！”韩叙伦走到跟前，说“今天下午，我有空，特地带了瓶粮食丰收烧酒，咱们改改口味，阿好？”他来同益村蹲点大半年，已经学会了村里的一些口头语，例如用普通话问“好不好”，村里人则问“阿好”，把“这样”说成是“格样”，将语气字“的”说成是“格”等等。

“好格，好格！”冒尖藉也换成了本土话答应道，并说蒸几条咸白鱼，炒盘雪菜毛豆子，煮几只咸鸭蛋，韩叙伦连连说：“好格，好格。”两人击掌大笑。

刚坐下，茶还没喝上一口，阿兴像百米冲刺一样，上气不接下气说：“韩专员，同江县委姜书记在大队部等，请乃回大队部去。”

“什么，姜书记，怎么搞突然袭击？事先也不打个招呼。格能样子，你回去就说我请姜书记也来冒家大冢，深入深入群众。”韩叙伦明确地吩咐阿兴说。

阿兴却搔耳挠脑起来，嘴里“格能格能”地嘀咕，没有挪步。韩叙伦有点生气：“哪能桩事体？没听懂吾讲的话！”冒尖藉向阿兴挥挥手，示意他赶快去吧。阿兴才兔子般地跑了起来。

隔了一会儿工夫，姜可名被人前呼后拥地来到了冒家大冢。韩叙伦从凳子上起身，姜可名三步并作两步地迎了上来：“韩专员，你深入群众，让我好找啊！”

“姜书记，你是个大忙人，让你找到坟地上来了，多有得罪啊！”

“韩专员，你深入群众，值得我向你学习。你来同江大半年了，虽然经常一起开会不少碰头，可是头一次到你乡下蹲点的地方，还请你海涵！”姜可名拱手作揖道，右眉上方那块醒目的“蓝田痣”颜色似乎更深了一点，所以特征更加明显，说话的时候一如以前，右手一会儿握拳，一会儿又放开。

“姜书记的手咋啦？”韩叙伦可能原来没注意到姜可名的这一习惯动作，今天见了以后就好生奇怪，也许心里不舒服，所以才这样问道。

“韩专员，这是我在上海搞工人运动时，一次被敌人发现围堵，在翻墙头转移时摔坏了右胳膊，所以落下了这个毛病。”

“噢，对了，姜书记也是个老革命了，恕我刚才无礼。”韩叙伦也向姜可名作了个揖。

“哪里，哪里，韩专员是老领导了，值得我学习！”姜可名皮笑肉不笑。

就在姜可名拿腔捏调地与韩叙伦寒暄时，冒尖藉已经泡好了茶，阿兴端好了凳子。冒尖藉叫他们：“请领导坐下说吧！”

这时，姜可名伸出左手热情地握着冒尖藉的手说：“韩专员，这位是我的小老乡，在打鬼子时我们合作过，现在又是雇农成分，表现不错的！”说完又重重拍了拍冒尖藉的肩膀，表现得十分亲热，而冒尖藉却笑得比哭还难看。

坐下后，姜可名说：“我与韩专员有工作上的事要谈，‘四清’工作队的同志留下，你们两个出去吧！”说完朝冒尖藉和邱阿兴努了努嘴。冒尖藉与阿兴知趣地退了出去。

大约个把小时，门“吱昂”地开了，显然，姜可名要走了，冒尖藉进屋。突然，姜可名又上前拉住冒尖藉的手说：“秋生啊，韩专员在村里，你这个雇农要带好头，说话要对党和毛主席负责，不要瞎三话四，韩专员在这里有啥闪失，我拿你们是问！”

在旁人听来这是领导的指示，冒尖藉却听出了弦外之音，是信任，还是恐吓？心里明镜似的，就说：“我一个平头百姓，能负得起啥责任？”

“我相信你，我相信你！”姜可名不想在这种场合与冒尖藉发生纠结，有失自己身份，就用官腔压住了话茬。

姜可名的突然造访，搅得韩叙伦一点心情也没有，就同姜可名一道离开了大家。临走时，扔下了一句话：“尖藉同志，改天吾伲俩再一醉方休！”此语一出，在场的人都怔住了。

姜可名何止是怔住，简直是肺都要气炸了。在他心头盘桓已久的念头，是如何让韩叙伦在同江尽快消失！

当县委办公室第17期《四清工作情况简报》送到姜可名的办公桌上，他浏览了一下，发现上面刊登了地区副专员韩叙伦深入基层，解决群众的历史问题，在双林公社同益大队亲自指导挖掘抗战时期人民消灭日寇的历史现场的动态讯息。

这一讯息，不啻在他头上悬了一颗炸弹：“这还得了，这不是要我的命吗？”姜可名瞪目切齿，心想自己屁股上的屎没擦干净，这倒真是个历史问题。韩叙伦是个老牌地下党，搞情报对他来说是稳拿把掐的事，再这样下去，自己过去做下的事情非穿帮不可。于是，他决定不能让韩叙伦再这样深入群众了，尤其是不能让他与冒尖藉再接触下去，想法子要让他早点从同江滚蛋。

如何让韩叙伦从同江消失，让他颇伤了一番脑筋，决定找一个可靠之人，随时掌握韩叙伦与冒尖藉接触的具体情况，如果韩叙伦向冒尖藉了解自己过去的事情，就决定派心腹之人用非常之法，结果他的性命，以绝后患。但一个地区副专员在同江地面上出事，自己作为一把手就难咎其责，因此这是下策。

如果韩叙伦纯粹与冒尖藉附庸风雅，那就用打小报告的方法，把他搞臭，让他难以在同江再待下去。

因此，在看了第十七期情况简报后，姜可名拿定主意，就去了双林公社微服私访。了解到同益大队的治保主任邱阿兴与冒尖藉走得比较近，经常出入冒家大家，加上邱阿兴要求入党的愿望很迫切，各方面表现积极。他认为此人可用，就让公社党委组织委员把邱阿兴找到了公社，由自己单独召见邱阿兴，如此这般地面授机宜。看到邱阿兴面露难色，他就软硬兼施，一方面严肃告诫邱阿兴作为入党积极分子，就必须经受组织的考验，无条件地完成党交给的各项任务。另一方面许诺邱阿兴在完成好这一任务以后，既可以早日发展他入党，而且作为大队党支部书记的苗子加以培养。

姜可名相信拆字，他认为“工”字是“横竖横”结构，而“农”字则是穿衣戴帽结构，在同江说“横竖横”就是豁出去了，说穿衣戴帽就是私心多。因此他投身革命没有选择去搞农民运动，而是置身于工人阶级集中的大上海，热衷于轰轰烈烈的工人运动，是因为他认为工人阶级具有革命的坚定性，而农民往往在获得小利后容易丧失革命的彻底性，所以共产党也没有把农民作为革命的主力军。他认为凭自己对农民特性的了解，邱阿兴一定会抓住自己抛出的诱饵不放。

果然，天上突然掉馅饼，把邱阿兴砸得晕头转向，满口答应姜可名的要求，并表示要不折不扣地完成党交给的光荣任务，作为加入党组织的实际行动。

在接受姜可名的布置后，邱阿兴像一条猎狗一样，竖起耳朵、伸长鼻子，时时留意韩叙伦与冒尖藉的接触。当听说韩叙伦要去冒家大家，他就提前到达守候。当看到韩叙伦往冒家大家去，他就尾随而去。每每之后，他就去公社给姜可名打专线电话，将韩叙伦几点到达，何时离开，两人说了些什么话，喝了多少酒，吃了几只螃蟹等等，原汁原味地报告给姜可名。所以，韩叙伦的一举一动全在姜可名的掌握之中。

其实，邱阿兴的小把戏，逃不出韩叙伦的火眼金睛。第二次去冒家大家，自己刚刚坐定，邱阿兴就突然冒了出来，当时就觉得不舒服。后来几次在冒家大冢，发现邱阿兴虽然装作若无其事，但耳朵很灵敏，而且特别注意自己与冒尖藉之间的谈话。凭自己过去在错综复杂的敌我斗争环境中积累的经验，对邱阿兴的异常举止引起了注意。本来，他准备向冒尖藉详细了解抗战胜利前夕火烧吴淞码头日军物资的事件，因为当时在地下党上海分局工作时，他知道这是同江特别支部书记姜可名带领下干的，而冒尖藉口中说的是冒泓炜带领抗日义士同盟会所为，而且冒尖藉亲身参加了事先的准备和事后的反伏击。

事情如此蹊跷，让他有点不敢往下想。但事情已经过去了快二十年了，而且按照当时党的地下工作纪律，自己与姜可名没有发生直接联系，而当年直接领导姜可名工作的领导，在省委当副书记，如果自己插进来了解澄清这件历史事件，可能会引起连锁反应。那样的话，非但无法搞清事件真相，还会给冒尖藉带来影响甚至危险。因此，他采取隐忍不发的策略，相信早晚有一天，真相会大白于天下。

好在韩叙伦有此明智之举，才没有引起姜可名的剧烈反应。他俩虽同为党的地下工作者，但不是一个重量级的。姜可名清楚两人如果明刀明枪地对着干，自己根本就不是韩叙伦的对手。他知道韩叙伦原来在中共中央代表团上海办事处工作，直接接受中央代表团的领导。1947年3月，中央决定成立中共中央上海分局，中央代表团从上海撤离，韩叙伦就留在了上海分局工作，一解放就来同州任地区副专员。

与这样后台很硬的人较量，无异于拿鸡蛋碰石头。所以在邱阿兴向他汇报后，姜可名就让心腹之人三天两头以韩叙伦阶级立场不稳，阶级阵线不清，政治觉悟不高，与地主、资本家有关系的人拉拉扯扯，吃吃喝喝，经常谈论什么《易经》、《论语》封建主义的那一套，不受广大贫下中农的欢迎为由，不间断地向省与地区“四清”办公室打“小报告”。

省和地区“四清”办联合组成一个调查组进行明察暗访，没有发现韩叙伦有什么阶级立场和政治路线的严重问题，至多是不够注意工作方式方法，所以无法对他进行处理，最后在省委曹副书记的过问下，以工作需要又将韩叙伦调回地区去了。

在回地区前的一天下午，韩叙伦去大冢与冒尖藉告别。冒尖藉不知道韩专员明天就要走，所以感到很突然："韩专员，咋说走就走呢，吾伲俩还没有好好切磋书法呢！"

"那好啊，我给你写一幅，你也给我写一幅，阿好？"韩叙伦说。

两人展纸磨墨，饱蘸浓墨。冒尖藉先写了老子《道德经》的名句"俗人昭昭，我独昏昏。俗人察察，我独闷闷"的条幅，落款是"静庐道人"。韩叙伦看了以后说："这字看似开张欹侧、富有变化，又在有悖常理的形态体势中给人以美姿和震慑的力量。这书法的内容也正合我意，拿回去裱了以后，就挂在书房里，谢谢啰！"冒尖藉不知道的是，他的这幅书法在韩叙伦的书房里一挂就是25年，直至1990年，他去在美国的女儿那里，才被儿子韩天华收了起来。

韩叙伦写了一幅"失之不忧，得之不喜"的草体书法，冒尖藉也是爱不释手。看时间还早，两人泡茶坐下又聊一会儿。韩叙伦在一年多与冒尖藉的相处过程中，感到他无论个人品德，还是文化知识，都是做基层干部的好料子，具有一定的培养价值。另外，从这次被人打小报告的情况看，姜可名把冒尖藉视为眼中钉、肉中刺，大有除之而后快的倾向，可想而知自己走后，冒尖藉的日子可能更难过，他深深为之担心。所以准备在走之前，试探一下他的意愿，如果他愿意随自己走，可以找个地方先给他安排一个"以工代干"或者安排一个语文教师名额，这样做对自己来说并非难事。

"尖藉同志，目前我们政府部门的干部队伍也好，人民教师队伍也好，都缺少人才，如果你愿意，我可以给你作出安排，这样既可以发挥你的才学，也可以为国家和人民出力，请你考虑一下。"

沉思片刻后，冒尖藉问韩叙伦："韩专员，你有没有领略过莺飞草长令人为之神怡的春景，鸢飞鹤鸣使人激荡的夏景，大雁在天空写下那美丽的十四行诗的感人秋景，乌鸦在冬雪的旷野集体为夕阳送行的苍凉冬景，我敢肯定你没有，而我呢，已经习惯了这些。我知道你这是为我好，但已经作了这样的选择，就没有想过放弃，所以呢……"

"好了，尖藉，我尊重你的选择，也敬佩你的选择。我相信每一个人在自己精神家园里，都种了一棵生命之树，而且树上必有一颗属于自己的果实，去寻找这颗果实，成了自己庄严的使命。为了忠于这个使命，即使赴汤蹈火也无怨无悔，让自己的生命更有意义。”

“知我者韩专员也！”冒尖藉感激地说。

韩叙伦看了看手表，说时间不早了，估计来接自己的车到了。他再次环顾冒尖藉身居的陋室，笑着说：“尖藉同志，天下没不散的宴席，我真的走了。我听你对一年四季景色的精彩描述，但你对每时每刻就不一定记得那么精确喽，这样吧，等我回去给你捎一台钟来，阿好？”

“那就先谢谢韩专员，其实你不用破费。”

“怎么？我吃了你不少的螃蟹，还没付钱呢？”韩叙伦哈哈大笑起来。

“看你说的，太见外了，明年秋天我还等你来吃螃蟹，吟诗泼墨。”

“好的，我管得了自己的身体，但不一定能管住自己的馋嘴哦！”韩叙伦更加幽默风趣。他握住冒尖藉的手说：“我会尽自己的能力关心和保护你，你自己多多保重！”

冒尖藉哽咽地说：“韩专员，你也要保重，上苍会保佑好人一生平安！”

冒尖藉与韩叙伦别后虽然没有相遇，但在他走后翌年，托当时公社的一个干部给冒尖藉送来了一只“15天”牌座钟，并捎话给冒尖藉不要管别人说什么，坚持走自己的路。而且，在接下来的一件事上保护了冒尖藉，让他躲过了一劫。

第四十章　出手相救

锣鼓喧天，红旗招展。这是解放以后中国农村的一大景象，每当有重大活动，在田间地头总能见到这种红旗猎猎的景象。

冒尖藉在“四清”运动结束后，在雇农成分上又加了一块金字招牌，就是被大家公认为抗日英雄。

在韩叙伦走后，姜可名抓不到冒尖藉的“小辫子”，所以也就与他相安无事。冒尖藉过了几年轻松的日子。生产大队总想发挥他的作用，要选举他当贫协主任，王菊林仍旧当生产大队长，但好说歹说，冒尖藉就是死活不肯当。尽管如此，大队里的一些重大活动如刷刷标语写写通知之类的事，还是要交给他的。比如动不动就要插红旗，几十面旗帜要费不少布料，风吹雨打，没人经管，旗帜又褪色，坏得又快，王菊林心疼，就把做旗杆和保管红旗的事交给了冒尖藉。

20世纪60年代末，毛主席为城里的孩子指了一条“反帝防修”的光明大道，说农村是个广阔天地的大学校，去那里可以大有作为。就是这句话，在全国范围内掀起了一场知识青年上山下乡运动。一些有关系的或有特殊情况的知识青年，被照顾安排到邻近上海省份的农村。

同益村往东离上海较近，往西离同江城也不远。所以，是知识青年插队落户的首选之地。

一天早晨，王菊林右手上托着那把磨得发亮的白铜水烟枪，又来到了冒家大家，在屋外就喊道："秋生啊，又来活了，今朝下午，有六个上海知识青年要来哉，老规矩，在进村道路的两旁和会场的四周插上红旗，弄得隆重点。"

"晓得哉，才来六个啊，不是听说要来十来个嘛？"

"啊唷，来六个头都大了，来十来个吾愁得头发都要掉光了。"王菊林嘟嘟囔囔。

"怎么啦？知识青年上山下乡是毛主席的伟大号召，态度要积极呵！"

"积极个屁！来的全是上海小细娘，嗲里嗲气地谁吃得消。"

"乃娘子小根妹可是上海女人哦，不是让乃骨头发酥吗？"

"那是两码子事，别来拿吾寻开心！"王菊林有点生气。

"好，好，不说格桩事体哉，吾等一会儿就去插红旗，再写些标语，什么'广阔天地，大有作为''你们是早上七八点钟的太阳''与贫下中农打成一片'等，乃看阿好？"

"乃爱咋写就咋写，只要不写反动标语，吾懒得管。"

在王菊林走后，冒尖藉裁了些红纸，写好了十来条欢迎的标语，就扛着一大捆带旗杆的红旗，从进村的道路两旁插起，一直插到会场。这红旗在寒风中猎猎地发出响声，为同益村徒增了几分喜色和生机。

这红旗一插，村里的小孩子先就活跃起来了，在红旗底下玩起了老鹰抓小鸡的游戏，笑声骂声此起彼落，交织一片。听说上海知青马上到了，村里的老老小小都出了家门瞧热闹。这村里群众的眼睛是雪亮的，平时隔壁人家来了客人，都逃不出他们的视线，并且会走家串户去围观，像进了动物园，不蹲上半天就不会抬腿。这一下子要来六个大上海的小细娘，能不抢村里人的眼球吗！

当上海女知青远远出现时，又矮又胖，长着酒糟鼻子，上身穿件已经褪色的花棉袄，四十岁出头的妇女队长胡正英带头振臂高呼："热烈欢迎上海知识青年！"人群里稀稀落落地响起了附和的欢迎声。

六个女知青排成一路纵队，其中前头五个剪了清一色的短发，走在最后的一个扎成一把大辫子，前头五个似乎练习过，听到欢迎的口号后，立即举臂："向贫下中农学习，向贫下中农致敬！"而那个扎成一把大辫子的像没吃饱饭一样，手举得很低，喊的声音也不高。站在冒尖藉身边的邱阿兴指着说，就她态度不端正。冒尖藉打了阿兴一下：别乱下结论，还不快到会场去。两人又说又笑地进了会场。

对知青的到来，冒尖藉早就知道。公社将分配名额下达后，王菊林就来找冒尖藉商量，如何安置这些从城里来的孩子。因为队里没有现存的房屋，上面又拨了专项经费，所以两人认为盖一所新房子比较合适。王菊林说等大队领导研究决定后就动手盖房。

经过大队领导的集体讨论，在靠近同益村公场的地方，建一个能安置15人的知青点，具体交给冒尖藉负责设计和开工。

王菊林在会议一结束，就到冒家大家，向冒尖藉传达了大队会议的决定。

冒尖藉欣然接受了这项光荣而伟大的任务。他设计建六间房，三个房间，每间住五人，一间客堂兼集体活动室，一间伙房，一间仓库，另外在边上再搭一间杂物间和农具间。设计得到了大队的批准，他就着手筹集所需的材料，让王菊林提前到公社窑厂预订三船"八五"红砖和1500张红洋瓦，组织了木匠刨梁木、椽子和打门窗，然后再召集泥瓦匠和小工，用了一个月的时间，造起了六间红顶大洋瓦的房子，自然成了村里的一道风景。

欢迎大会不费工夫，王菊林对城里来的年轻人不敢瞎摆乎，就说了几句欢迎的话，再说了些要与贫下中农打成一片、听毛主席的话、跟共产党走等诸如此类的话，就让妇女队长胡正英带着上海女知青肩扛手提带着东西，往早就准备就绪的知青点入住。

刚到农村的上海女知青，对水乡湛蓝蓝的天，绿茵茵的地，清凌凌的河无不兴趣盎然，大有"天高任鸟飞，海阔凭鱼跃"的劲头。

穷乡僻壤的同益村就像飞来了一群小喜鹊，五个女知青整天地唱啊跳啊，叽叽喳喳地带来了欢声笑语，而那个扎一把大辫子，进村喊口号没举起手的女知青，却总是沉默寡言，喜欢一个人想心思。她在六名知青中岁数最大，有二十七八岁，长得文文静静，白皙的脸庞，乌黑的眸子，柔软的腰肢，纤长的手指，见人总是淡淡地一笑，而且笑的时候特别吝啬，在脸上总是一闪而逝，浑身透出古典美的韵味。

听别的知青喊她“曾静芝”或叫曾姐，冒尖藉才晓得她的名字。据他的观察，这个叫曾静芝的女知青一定有凄惨的隐情和满肚的哀怨，于是就开始留意起她。

这批女知青到来不久，双林公社利用冬春闲时开展兴修水利，同益大队要建一座电力排灌站，所以要挖一条通向娄墅荡的河，用于取水和排水。王菊林给女知青也划了几十方土，要她们与贫下中农一道同甘共苦，战天斗地。

刚到水利工地时，她们看到人山人海，彩旗飘飘，吴歌侬语，新鲜得不得了，在淤泥里弄得像泥猴子，还相互追逐嬉闹。

过了三天，她们就像霜打的瘪茄子没有了精气神，细皮嫩肉的肩膀被毛竹杠棒勒出了血，手被铁锹柄磨起了大大的水泡，就开始叫苦连天，泡病号，磨洋工。

负责挖河工具维修的冒尖藉看在眼里，心中暗笑她们当初的豪言壮语抛到了九霄云外，但那个叫曾静芝的女知青却埋头苦干，两手都缠了纱布还在一锹一锹地挖泥，装满了筐就让别人帮忙抬到岸上倒土，从河底抬到岸上要爬45度角的坡，她跌倒了就爬起来，真正做到轻伤不下火线。李莉莉骂她：“曾姐，侬有先天性心脏病，这样卖力不要命啦！”这种情景，让冒尖藉看了于心不忍。

早春三月，同江乍暖还寒，水利工地上的湿土夹杂冰渣子，边上的土方移得都挺快，唯独女知青的这堆土方像碉堡一样兀立在那里，只有曾静芝还在深一脚浅一脚地抬筐，其余的五名都杵在土堆旁，眼巴巴希望有救兵从天而降。

冒尖藉恰巧从前面路过，女知青李莉莉胆大，嗲声嗲气地叫了声：“冒大哥……”

冒尖藉朝心领神会地对她点了点头说：“吾马上过来！”冒尖藉肩上挑一根扁担两只土箕过来，帮女知青挑起了土方。一个上午下来，冒尖藉一口气就挑走了一大块土方，女知青殷勤地又给他递毛巾擦汗，又给端水喝茶，曾静芝却毫不理会自顾自地干着，只是用眼角睥睨他几眼。

对这一细小的动作，冒尖藉早就捕捉到了，没有与曾静芝攀谈，只是意味深长地回眸一笑。

在冒尖藉的帮助下，女知青的土方没有拖大队的后腿，所以女知青都感激他，而且事后女知青将他的底细摸了个一清二楚，知道他才高八斗，一身本事，要知识有知识，要技术有技术，要武功有武功。她们觉得他太可惜了，甚至怀疑他是否神经搭错，三十八九岁的人连对象都不找，却心甘情愿地为逃亡的大地主、大资本家守祖坟。

但她们对他的人品还是抱有十分的好感，尤其是对他那刚毅俊朗的脸形和浑身上下的腱子肉，让她们心动不已。怀春的女子在穷乡僻壤了无生趣时，也许她们对让自己心动的男人更有兴趣。

女孩子容易感动，容易感激。在她们尝到生活的艰辛和农村的艰苦之后，冒尖藉在她们缺吃少喝的时候，不时在暗地里接济她们。当她们天亮开门时，时常在门口有一篮子鸡蛋、几条活鱼、几捆青菜、几把豆角，甚至一方猪肉。让她们对他平添了几分感激。

世上没有不透风的墙。冒尖藉暗地给女知青的接济，还是让村里人多少知道一些。妇女队长胡正英一天中午到知青点布置下田插秧的事，发现她们在吃红烧肉和炒鸡蛋，感到不可思议，就问是怎么来的，李莉莉嘴凶："侬当妇女队长的一点不关心，连一滴油都没拿过来，还不如人家一个看坟的心肠好，惦记阿拉姐妹们的死活，侬阿要也来一口？"胡正英是啥人，那是村里的一泼妇，哪能受得了这份窝囊气："别稀奇，吃人家的嘴软，拿人家的手短，小心被人家困大了肚皮，还蒙在鼓里！"这李莉莉也不是泥捏的人，舀了一勺子汤泼到了胡正英身上："滚，别在这里数黑论黄，骚里骚气！"斗嘴不过瘾，两人就撕扒起来。

"真不像话，莉莉，住手，与贫下中农打成一片，不是叫来打架的！"听了曾静芝的呵斥，李莉莉停了手，胡正英也知趣而退，从此胡正英与李莉莉结下了怨恨，而对平时话不多现在又帮她解围的曾静芝关注起来。

自此之后，胡正英在村里散布谣言，说冒尖藉私底下送东西给女知青，是黄鼠狼给小鸡拜年——不安好心。王菊林找冒尖藉谈话，说你动女知青的脑筋，打死我也不信，但你要注意影响，不要被别有用心的人把你说成是别有用心，破坏知识青年上山下乡运动，罪名可不小，同时告诫他要小心自己的“枪走火”！

俗话说，舌头根下压死人。冒尖藉真怕坏了自己的清名，就停止了对女知青的接济，平时也躲得远远的。这下可苦了女知青们，过起了缺盐少油、清汤寡水的日子。李莉莉知道自己惹下的祸，就说这日子没法过了，不如自己嫁给那个看坟的算了。

女知青比男知青有一个优势，就是可以随时嫁人。家里困难的、没有关系的或家庭出身不好的女知青，在知青点实在没法过下去，就只得就地下嫁农村男人。

李莉莉是嘴上说说而已，曾静芝却对冒尖藉上了心。每当与他相遇时，两人四目相对时是火辣辣的，但都埋在心底，谁也看不出来。在后来的一次看电影的冲突中，曾静芝已是十分地心仪他了。

挂在公场旗杆上的高音喇叭，王菊林用破锣般的嗓子连续播了三遍好消息：为了取得农业学大寨的新胜利，明天晚上特请公社放映队来村里放电影，而且是放两部好片子，一部是国产反特片《秘密图纸》，一部是社会主义兄弟国家的外国片《瓦尔特保卫萨拉热窝》。

一夜之间，同益村放大片的消息传遍了前后三条村。那时，看电影是件隆重得要死的活动。哪条村放电影，前后三条村的亲亲眷眷都是要通知到的，然后做了好菜好饭等候亲戚老老少少的到来，同时，要去放映场抢座位，放砖头、摆凳子。而年轻人更喜欢轧闹猛，到了晚上骑了自行车像夜袭队一队，穿梭于各村的放映场。

因为放两部大片子，前后三条村的人都蜂拥到同益村。王菊林按照老规矩，把维持放映场秩序的任务交给了冒尖藉。因为冒尖藉会武功，十来个毛头小伙子一齐上去，也不是他的对手。所以，将放电影巡场的差事交给他，王菊林觉得踏实和放心。

手里提着谭老爹留下的那条鞭子，冒尖藉早早地来到了放映场。见曾静芝与李莉莉她们几个知青也搬了三条长板凳占了银幕前面的好位置，曾静芝冲他意味深长地笑了笑，李莉莉没心没肺地冲他喊道：“欢迎侬做阿拉的保镖。”他既没点头也没摇头，不置可否。

放映机开始吱吱地转动起来。先放映的是《秘密图纸》，当放到潜伏的老特务结结巴巴地说“你，你怎么火……火啦”的时候，女知青的座位处发生了骚动，一会儿场内炸开了锅，听李莉莉尖叫：“耍流氓！”冒尖藉挤进去一看，有七八个好像是姜家宅的青年小伙子，其中有个绰号叫“白猡猡”的男青年，一只手朝几个女知青的胸部摸，一只手朝女知青的裤裆里伸。曾静芝平时温顺得像只小猫，现在却像一只发怒的母狮挡在前面，李莉莉她们一个个躲在她身后，所以她首当其冲。

“下流坯，滚出去！”冒尖藉冲上前去，一把掐住了“白猡猡”的脖子，像老鹰抓小鸡一样，把他拎了起来。

这时，治保主任邱阿兴也挤进了人堆里，见状喊道：“秋生，他是姜书记的侄子。”

“管他是谁的侄子，在这里丢人现眼，如果真是姜书记的侄子，这不是把姜书记的脸当屁股啦！”冒尖藉说是这样说，但也不想把事情闹大，就把“白猡猡”放到了地上。

这“白猡猡”长得矮矮胖胖，皮肤特别的白，年龄在二十四五岁，不务正业，仗着姜可名作靠山，喜欢与一帮狐朋狗党搅在一起寻衅滋事，是姜家宅的一害。因为他长得白，所以人称“白猡猡”。他听说同益村从上海来插队的女知青个个长得赛西施，所以趁今晚同益村放电影的机会，来吃女知青的“豆腐”。

“白猡猡”栽在这个看坟的手里，心有不甘，趁冒尖藉放手之机，嘴里一声口哨，七八个小兄弟一拥而上，把冒尖藉拥倒在地，把他与身后的曾静芝压倒叠在了一起，“白猡猡”狂叫：“老瘪三，乃才是真正的耍流氓，把上海女人压在身下，想霸王硬上弓啊！弟兄们上，把这个男人做了，把这个女人破了！”

就在“白猡猡”他们正要围攻时，冒尖藉一个鲤鱼打滚从地上跃起，以迅雷之势踢腿将“白猡猡”扫倒，让他来了个狗吃屎，然后一个骑虎上山将

"白猡猡"镇住，再一个"大背包"扛着"白猡猡"喊："有种的出来，到场外一决高低！"放映场的人群自动让出了一条道，冒尖藉将"白猡猡"扛出了放映场，一帮小兄弟就跟了出去。电影场内瞬即恢复了平静，放映机又欢快地走动起来。

到了场外，冒尖藉将"白猡猡"像扔麻袋一样，摔出了好几米，对还在地上哼哼叽叽的"白猡猡"说："来吧！"那帮小流氓不识老相，用三脚猫的架势围住了他。

曾静芝也跟出了场外，见"白猡猡"他们人多势众围住了冒尖藉，她就惊叫起来："小心，小心啊！"

只见冒尖藉从腰里解下了长鞭，左右开弓，把"白猡猡"他们抽得左躲右闪，哭爹叫娘，一个个跪地求饶："冒爷爷，乃大人不计小人过，以后再也不敢到太岁头上来动土。"冒尖藉并不想太为难这帮不知好歹的东西，只想教训教训他们，就说："都滚吧，以后老实点，别来惹是生非！"

"白猡猡"他们慌不择路，落荒而逃。曾静芝像看武侠电影一样，将冒尖藉的一举一动都尽收眼底。

这时，正在放南斯拉夫的电影《瓦尔特保卫萨拉热窝》，激烈的枪声把人们都吸引到一块在微风中晃动的银幕上。冒尖藉拽了一下曾静芝的衣襟说："回去，继续看电影吧！"

曾静芝却一把抓住他的手，说："尖藉大哥，反正已经没了看电影的心情，我们出去走走，好吗？"

冒尖藉感到像被电触着了，本能地抽出了手说："吾不去，也不敢碰女知青的手。"说完就转身回到了放映场，在他再转身时，见到曾静芝抹着眼泪在后面跟着，他心里像打翻了一瓶五味液，有说不出的滋味。

曾静芝是何等聪慧，她以为冒尖藉也了解自己出身于大资本家、大特务家，今天自己做出了是男女都多明白的举动，但被他回绝了，心想他一定是嫌弃自己，胸中的悲哀油然而生。

第四十一章　欲加之罪

在电影风波过后的一个星期，双林公社知青办公室和县公检法联合办公室一共来了四人，气势汹汹地来到了同益村，说是调查放电影时，冒尖藉出手伤人，并趁机把女知青压住身体污辱。为了保护上山下乡运动，按照政策，被定污辱女知青是要判刑吃官司的。

专案组是有备而来。他们找了十来当时在现场的目击证人，都证明冒尖藉是压住了女知青曾静芝的身体。在做笔录时，只记冒尖藉压住女知青曾静芝身体的证词，不记当时的情景和冒尖藉保护女知青以及根本没有动女知青的一根手指头的叙述。

在找曾静芝做笔录时，调查组只要她证实冒尖藉在压她身体时，做出了侮辱性的动作，譬如摸了下身、压了乳房等等，并保证只要她按要求说，就可以对她作出优先招工、病退回城的安置。

知青办对曾静芝家庭出身了如指掌。她父母因为与隐藏在党内的潜伏大特务潘汉年有牵连，“文革”开始后就受到了冲击，现被遣送到安徽白茅岭劳改农场。而她自己患有先天性心脏病，正在攻读沪江大学博士学位，“文革”开始后，作为第一批下乡知青被送到了同益村插队。因此，优先招工、病退回城对她肯定是有吸引力的。

但让专案组大感意外的是曾静芝说自己在受到流氓“白猡猡”的污辱

时，是冒尖藉挺身而出，所以你们这样做颠倒黑白，冤枉好人！专案组的人拍桌子咆哮如雷："我们搞的就是他，错不了！"

"那你们不是来办案的，是成心整人来的，告诉你们，我不会做当今的'小白菜'！"曾静芝说话掷地有声。

任凭专案组软硬兼施，曾静芝都不吃那一套，一口咬定冒尖藉是在保护知识青年，应该受到表彰。最后，知青办的人给她撂了一句狠话："等着瞧，我们不用你来作证，照样可以把冒尖藉办了。""笑话，我是受害人，别把我当痴子，谁污辱我，我清楚！"曾静芝不甘示弱。

就在专案组与曾静芝僵持时，治保主任邱阿兴撞了进来："你们不用逼她，我可以站出来作证，人家冒尖藉根本没有污辱人家女知青，这是明摆着的事情。"

专案组的人都站了起来："邱阿兴，你身为治保主任，包庇坏人，是什么性质的问题？""我活了快四十岁，好人坏人分得清，说冒尖藉是坏人，不是你们说了算，由我们老百姓说了算，三年自然灾害是他救了全村，天底下有这样的坏人，那这个世界上还有几个是好人？"

"半路上杀出程咬金，真不知好好歹，你如果还胡搅蛮缠，连你一起办了！"专案组威胁邱阿兴。

"你们敢办我，姜书记还不答应呢？"邱阿兴心想自己私底下为姜可名办过昧良心的事，在面上还是姜书记要培养的人，所以在这节骨眼上他要抛出这颗重磅炸弹。

"哼，告诉你吧，这桩案子就是姜书记定的！"专案组亮出了底细。

邱阿兴怔在了那里，曾静芝却大叫："你们这是官报私仇，难道你们真的要让冒尖藉做杨乃武啊？我不会让你们得逞的！"说罢，朝桌子的角上撞了过去，顿时被撞得头破血流。邱阿兴大喊："不得了，出人命啦！"

村上许多人在曾静芝、邱阿兴与专案组对峙时，已经闻讯赶到了大队部办公室，在外面围观的村民听邱阿兴喊"出人命"，就撞开了专案组办公室的门，异口同声地说，你们专案组欺骗群众作假证，如果要逮走冒尖藉，我们全村老小愿意与他一起吃官司。

眼看就要出现群众与专案组的冲突，王菊林站了出来，劝阻村里人散开，同时劝专案组要慎重："众怒难犯！"

专案组想不到抓冒尖藉有这么大的群众阻力，但完不成任务回去无法交代，就要调民兵来弹压。王菊林急得不得了，他决意要救冒尖藉，见到事态越闹越大，很快就要失控，突然想到"四清"在村蹲点的地区韩专员对冒尖藉不错，看来这次要救冒尖藉，只能找韩专员。所以他冲进办公室拿起电话，急吼吼地向接线员说要找地区韩专员有人命关天的大事汇报。接线员不敢怠慢，不到五分钟就接通了韩专员的办公室。韩叙伦在王菊林语无伦次中终于知道要说的事，他觉得事不宜迟，直接打通了姜可名的电话做了三点要求：一是不准逮走人；二是现在的专案组与群众形成了对立，重新组建专案组；三是鉴于事情的严重性，由地区知青办与公检法联合牵头彻查案件。

韩叙伦是地区分管知青上山下乡工作的专员领导，他是代表地区专署作的指示，姜可名接了韩叙伦的电话后，虽然恨得咬牙切齿，但迫于压力不得不下令让专案组撤离同益村。

后来，在地区派出的调查组的调查下，"污辱女知青"事件真相大白，冒尖藉非但没有受到任何处理，反而成了女知青们的拥趸。李莉莉看冒尖藉的眼光都发生了异样，对曾静芝吐露了准备扎根农村一辈子的想法，而曾静芝反而没有了对他的想法。

自从曾静芝将妇女主任胡正英与李莉莉吵架化解后，胡正英对曾静芝格外地关心和照顾。在"污辱女知青"风波之后三个月，噩耗传来，曾静芝的父母在安徽白茅岭劳改农场双亡，得知这一消息后，她痛不欲生，病倒在床上躺了一个多月。

在这段时间里，胡正英以村妇女队长的身份在曾静芝的床前床尾服侍，三天两头将自己家养的一窝鸡宰杀熬汤给曾静芝补身子，让村里人真的很感动，都说这泼妇咋长了一副菩萨的心肠。

让谁都没有想到的是，胡正英打的算盘是不仅要曾静芝感动的泪，更重要的是曾静芝这个人。她儿子胡小明今年二十九岁，因为小时候爬桑树采桑果吃，从桑树上摔了下来，摔断了左腿骨，因为请的野郎中没把骨头接好，所以长大了落下了左腿有点跛的后遗症，加上溺爱又养成了好吃懒做、嗜酒如命的毛病，另外胡正英的凶悍远近有名，所以没有哪家的姑娘愿意嫁给她儿子。

女知青下嫁村中郎已经不是稀奇的事。自从村里来了六个女知青，胡正英早就开始物色起人选，为自己家的跛脚儿子配夫妻。她掰手指头算来算去：李莉莉太凶，排除在外，其他四个女知青家里都有点来头，娇生惯养要不得，唯独曾静芝家庭出身不好，岁数也合适，尤其是与李莉莉吵架时帮自己解围，看来曾静芝最合意。胡正英算了一笔账：娶前村后宅的姑娘要彩礼，花上好大的一笔钱，而娶女知青自己家里经济上不损失，另外曾静芝出身不好，嫁给贫下中农的儿子她也不吃亏，不应该再有啥过分要求。

曾静芝为自己的父母双亡而伤心，而胡正英却在暗地里偷偷地乐。所以，当曾静芝病倒后，她以妇女队长的身份当仁不让地挑起照顾曾静芝的担子。

在胡正英的精心调养下，曾静芝身体慢慢得到了恢复。趁曾静芝精神好转，胡正英不失时机地劝道，说岁数不小了，父母又都过世了，早点找个人家嫁了吧。见曾静芝不吭声，她知道水到渠成了，又说与自己家儿子小明的岁数正合适，你就嫁到我家吧，我一定像亲生父母一样疼你。

哀莫大于心死。曾静芝倒不是被胡正英哄得晕头转向，而是觉得在这个伤心的世界上自己不过是一具行尸走肉，现在胡正英又愿意收留自己，那就认命吧。于是，爽快地答应了胡正英。

曾静芝要嫁给胡小明的消息一夜间就传遍了村里的家家户户，人们担心曾静芝要吃苦头。李莉莉用哭谏的方式反对，其他四个女知青也是一百个不同意，她们抱团找胡正英，指责胡正英乘人之危，利用职务之便，强娶曾静芝。而曾静芝却跪着说："姐妹的心意阿拉领了，嫁人是阿拉自愿的，请让阿拉遂愿吧！"说罢，六个女知青抱成一堆，哭得像死了亲娘老子。

冒尖藉得悉曾静芝嫁人的讯后也暗自垂泪，他对曾静芝那天在放映场上的表示心领神会，但考虑自己年龄比她大十一二岁，另外自己是个看坟的人，结婚后也不知她愿不愿意在坟上过日子等等，所以拒绝了她的表示。在她生病后，他多少次想去探望和照顾她，但被胡正英看得死死的，如果有什么表示，肯定会被胡正英说三道四，而且“污辱女知青”的风波刚刚过去，自己还是小心为妙，所以对生病中的她是爱莫能助。

同益村好久没有红白喜事，胡正英家娶媳妇自然成了村里的一件大事。王菊林对她说：“曾静芝是个好姑娘，虽然出身不好，但不能亏待她，村里宰头猪算是集体的份子，你自己家里多酿些白酒（同江农村家里用大米煮成米饭，加进酵母发酵一个月后就出酒，好上口，但容易喝醉，而且后劲很大），让村里人好好热闹热闹，别小家子气。”

大队长表了态，胡正英不敢怠慢。她决定在稻子开镰后，等碾出新米就做几大缸白酒，乘年前冬闲把儿子的婚事给办了。

新米酿出来的酒香气扑鼻，懒儿子小明嗅着酒味就要偷喝，被胡正英臭骂了几次，吓唬他如果偷酒喝就不给娶媳妇，还在门上加了把锁，把这小子憋得慌。

树梢的树叶落光了。胡正英掐算的黄道吉日到了，村里人全体出动，忙乎着往她家的院子里抬八仙桌搬长板凳。村里交完了公粮，撤下的罩稻谷的苫布正好用来搭棚子，这种拉锯动斧的活儿非冒尖藉莫属。村里写毛笔字数冒尖藉最好，胡正英就请他做账房先生。谁家办红白喜事，账房先生就用红纸裁成一个本子，替东家专记亲戚朋友约定俗成的送礼名目如“代礼”、“叫应”、“份子”以及数额多少，以便于东家今后的人情往来。

在院子的东墙角，埋了两口大铁锅，一只里面煮的是村里宰的一头大猪，大卸八块煮东坡肉，另一只煮的是囫囵鸡鸭，香气飘满了院子。村里老老小小都早早地进了院子，小孩子捉迷藏，大人嗑瓜子唠嗑，货郎担子闻讯赶来，带来针头线脑、小糖小饼、洋泡泡、小喇叭，让村里人好不热闹。

“文革”开始后，村里移风易俗，婚丧红白一律简办。因此，胡正英提出不抬八人大轿，曾静芝也不要披红挂绿，这结婚说穿了就是让大伙敞开肚子胡吃海喝。

时下流行新事新办，结婚仪式都放到中午进行。上午，曾静芝在女知青的簇拥下，和胡小明一起去公社的民政助理那里，领取了结婚证，然后没回知青点，直接进了胡正英家。曾静芝身上外面就穿了一件半新不旧的羊毛大衣，在胸上别了一朵纸做的大红花，这是李莉莉的杰作，她说不能太素了，让曾姐驱驱晦气。

到了拜天地的时刻，王菊林扯开大嗓门做司仪，让曾静芝与胡小明先拜天地，后拜高堂，再拜父母。因为白天，就不搞“进洞房”的那一套，所以等“三拜”仪式一结束，大伙就各自找位置坐下等吃喜酒。

“上菜喽，上菜喽！”村里腿脚利索的男人一般都来做帮工，上菜就是帮工人的活，所以酒席一开，都是帮工们“上菜喽”的吆喝声此起彼落，接下来就是“叮当叮当”的酒碗的撞击声。

今天的新郎官胡小明兴奋得像头发情的小公牛，心里想着晚上的“好事”，嘴上馋的是老酒，所以满场子乱窜，到了这桌就往那桌，村里人都说他是酒仙，本来是新郎官敬酒变成了给新郎官灌酒。

这老白酒也是水做的，喝多了尿也多。半场下来，胡小明就摇摇晃晃起来，原来让酒憋得慌现在让尿憋得慌，他就偷偷地溜到后院河边的粪缸里撒尿，因为这白酒后劲大冲脑子，尿完后他晕头转向朝河边走去，一脚踩空跌进了河里。

酒酣的时候，人们谁都没注意新郎官的去向。胡正英为晚上的事想找儿子面授机宜，结果好长时间没见儿子在酒桌中穿行，就到处寻找儿子，仍不见踪影，就着急起来大着嗓门喊。这时，酒桌上的人才想起新郎官来，有的说见他往后院可能尿尿去了。

胡正英慌忙奔向后院，喝喜酒的人也都一窝蜂似的跟去，哪里有胡小明的影子，这才让人感到大事不妙，王菊林拿来晾衣服的长竹竿朝河里拨拉，在河底戳到了软绵绵的东西，就大喊：“好像在河底里，赶紧下去捞人！”几个喝了点的男人就奋不顾身地朝河里跳。河不深，也就一人多高的水，下到河里的男人扎进水中，七手八脚地把沉在河底的胡小明拖出了水面，让在岸上的人接住，王菊林让两个身强力壮的男人一人拎一只脚，将胡小明倒背，要将喝进去的水倒出来。两个男人合力倒背着胡小明从村东头跑到村西头，希望让他的肚子瘪下去。折腾了两个钟头，胡小明没有一点反应，看来是没得救了，王菊林这才让他们将人放下来。

喜事旋即成丧事，胡正英呼天戗地哭得死去活来。胡小明的肚子像吹足了气的洋泡泡鼓胀了起来，脸白得像扔进泔水缸里起皱皮的馒头，吓人。

胡正英只管哭，她男人是个三拳头打不出一个闷屁来的人。家里女人凶惯了，男人可能都是这个德性。

在混乱的场合，总要有人站出来。王菊林又是当仁不让地指挥起办丧事。

新娘未进洞房就做了寡妇，曾静芝虽然悲伤，但她已经看破红尘，所以无动于衷，她见胡正英像母狼被叼走狼崽一样仰天长啸，就好言相劝："人死了，再哭都没有用，当心哭坏了身子。"

已经发了昏的胡正英"嚯"地站了起来，指着曾静芝的鼻尖又哭又骂："都是乃格个丧门星，扫帚星，克夫命！"

听胡正英骂得这样难听，曾静芝也痛哭起来，李莉莉她们这帮伴房小姐妹可不干了，说："他是个短寿命，怎么可以怪别人，是他连累了曾姐，是他害人！"

一听这话还了得，胡正英从地上蹿了起来扑向李莉莉又撕又咬，曾静芝上去拉胡正英。胡正英就挠曾静芝的脸，把曾静芝抓得血流满面。曾静芝说："侬蛮不讲理，阿拉死给侬看！"

就在人们为这一连串突如其来的事手忙脚乱时，冒尖藉在西房间正在红本子上抄录收礼的情况，听到动静这么大，就搁下毛笔出屋探个究竟，目睹曾静芝血流满面披头散发从屋里冲出来，往东边狂奔，李莉莉她们拦都拦不住，就和她们一起跟在后面追。

第四十二章　患难之恋

往东就是娄墅荡，冒家大冢就在边上。冒尖藉判断出了曾静芝的举动，就在后面喊：“前面危险，快停下来！”同时告诉李莉莉说，曾静芝这是要跳湖。平时柔弱的曾静芝，这时像田径赛场上的运动员在百米冲刺，奔到湖边就纵身一跳。

冒尖藉就差一步能拉住曾静芝，但就差这一步，她纵身跳入了浩瀚的娄墅荡。让他倒吸一口冷气的是曾静芝跳湖的水面上盖了厚厚一层的水花生草，人闷在它底下根本没有活命的可能。他脱下了自己身上的棉袄，蹬掉了脚上的棉鞋，朝她跳的地方跟着跳了下去。眼尖手快的他一把揪住了她的衣背，随着惯性与她一起钻到了水花生草下面。他知道，如果不把头顶上厚厚的草拨开浮出水面，两人都有窒息的危险。所以他一只手托着曾静芝的身体，一只手用力穿破草层，将草层挖出一个窟窿，然后将曾静芝顶出水面，赶来的人们将曾静芝从水花生草的窟窿里拉了出去救上岸，冒尖藉自己也从窟窿里钻了出来。

两人像落汤鸡，曾静芝咬紧牙关，紧闭眼睛，不省人事。王菊林、邱阿兴已经赶了过来，见此情景，不禁跺脚大喊：“豁边哉，闯大祸了！”王菊林赶紧让人倒背昏死过去的曾静芝往冒家大冢去，快到冒尖藉住的屋子时，曾静芝大口大口地吐出了肚子里的水。看来有救，王菊林让人将曾静芝抬到冒尖藉的床上，冒尖藉在箱子里找了一些自己穿的衣服，让李莉莉她们在屋内给曾静芝换上。而他自己冻得瑟瑟发抖，王菊林让李莉莉从屋内将衣服传出来，叫冒尖藉换了湿衣裳，又从自己身上脱下了棉大衣给了冒尖藉，说："秋生，乃又救了吾一次，如果真的死了一个知识青年，吾的责任可就大了！"

等曾静芝换上干衣服，王菊林与邱阿兴商量如何安顿她时，李莉莉坚持要曾静芝回知青点，他们认为这是没有办法的办法，但叮嘱道，不能让她出事情，就是要防她再寻死觅活。

当李莉莉她们准备架着曾静芝离开大家时，曾静芝突然翻着白眼，大哭大闹，说着满嘴的胡话，又夺门出去冲向湖边。冒尖藉知道她要再次跳湖，就上前拦截却被她一口咬住了胳膊，在场的人被吓得不知所措。冒尖藉也不躲闪就让曾静芝咬着，她就像一条蛇咬住猎物一样，死不松口，那个狠劲让在场的看了都心惊肉跳。李莉莉上前拉她，她乱踢乱蹬，邱阿兴凭着自己有力气，想把她拉开，她就用头撞他，完全是一副疯疯癫癫的样子。

一直拖到天黑，王菊林觉得这样下去也不是个办法，就问冒尖藉能挺得住吗，冒尖藉蹙紧眉头说还行。因为胡正英家里还要办丧事，需要王菊林去张罗，所以他又对冒尖藉说："为了保护知识青年，乃就作出点牺牲吧，曾静芝就交给乃照顾，她假如缺胳膊少腿，吾拿乃是问！"冒尖藉痛苦地点了点头。王菊林就挥手让大家散了吧，李莉莉一步一回头地用恳求的口吻说："冒大哥，曾姐交给侬啦，伊命苦，不要为难她噢！"说罢，女知青们又哭成了一团，冒尖藉挥动没被曾静芝咬住的右手说："回吧，不用担心！"

陆续离开大家的人在路上议论纷纷，有的说谁摊上这种事谁都得发疯，有的说人遭到突然打击真的要发神经病的，有的说看样子曾静芝受到的刺激太大了，反正人们一致初步认定曾静芝得了疯病。

等人们都走光了，曾静芝突然松开了嘴，搂住了冒尖藉的脖子，虽然没有哭声，但眼泪如雨顺着他的头颈灌进了他的脖子里，并一直淌到胸部和背上。他轻轻地抚摸她抽噎而颤抖的肩，说："放声哭吧，也许会好受一点。"就这样，曾静芝一直哭到哭不动为止，然后瘫倒在冒尖藉的怀里。这时无声胜有声，他像抱起一尊生怕一碰就碎的瓷器一样抱起了她，并将她轻轻地放到了床上，用被子将她盖住，说："吾去烧锅热水，给乃洗洗，再做碗水潽蛋暖暖身子。"她没吭声。

用大木盆盛了一盆热水，冒尖藉端进了房内，弯着腰挨着枕边说："起来洗洗吧。"曾静芝因为从湖里被捞起后，李莉莉是用冒尖藉的内衣给她换上的，在他去西屋烧水时，她在被窝里已经脱掉了，当他挨着枕边说话时，她从被窝里伸出了白玉般的手臂勾住了他的头颈，他一挺腰仿佛拔出一根洗净凝滑鲜嫩的白萝卜，将曾静芝光着身子从被窝里拖了出来，他赶紧闭着眼将她放在盆里，再默默地退出了屋，并且将房门带上。这时从房门里传出话来："麻烦侬去找莉莉取些阿拉的衣裳来。"他赶紧答应："晓得，晓得嘞！"

当冒尖藉小跑步地跑到知青点，说给曾静芝取换洗的衣裳和内衣内裤，李莉莉惊叫道："侬要死快哉，怎么好将曾姐一个人放在那里，她又要寻死觅活起来咋办？"冒尖藉也不做任何解释，说："误不了，误不了，伊困着呢，吾赶紧回去，不会有啥闪失的。"他抱起一包衣服又冲进了夜幕之中。

回到大冢，曾静芝披着被子等着冒尖藉拿衣服过来，听到他那稳重有力的脚步声到了门口，她又钻进了被窝。冒尖藉敲了几下门，听到"进来吧！"他才推门进去将衣服放在枕边说："衣服拿来了，赶紧换上。"说罢他端起她洗过的木盆出了门。

估计她穿戴差不多了，他端了一碗水潽蛋进屋，见她跟刚才换了个人似的，就递到她手上："趁热吃，凉了不好吃。"她伸手接时欲言又止，只是用眸子闪了一下，才伸手接碗，他放手后就退出了房间。

等一切安排停当，冒尖藉从房间内抱了两床被子去客堂睡，曾静芝默默地看着他走，两人分房睡下无话。

这一夜刮起了西北大风，从湖面上呼啸而过，像枭怪发出的磔磔之声。冒尖藉因为今天跳到湖里紧张而又受寒，有点发烧，但为曾静芝的悲惨遭遇而夜不能寐。他突然听到隔壁房间有声响，生怕她又要做傻事，就打开了房门，见她在点灯，就问："刚才声音那么响，啥事？"就走到了她的跟前。她说"阿拉好怕！""怕啥，外面风大，不用怕。"冒尖藉说。"阿拉好冷。""冷是有点冷，起来把衣服穿好。"说罢，他给她披衣裳，她一把拉住他的手，说："侬高烧啦！”“不碍事。”他说完，她就抱住了他，他挣扎，她抱得越紧。他做的多是无谓的挣扎和抵抗，最后两人一起滚进了被窝洞里。

两人拥在被窝洞里和衣而睡，他浑身浓重的男人味像焰焰烈火将她溶化，他与她身贴着身，嘴对着嘴。她说自己已经跟死人差不多了，父母死得不明不白，想去阴间为他们申冤，“你为什么要救我呢？”“我本来想随便嫁个人算了，没想到现在嫁了个死人。我自己有先天性的心脏病，早晚也是说走就走的人。但我毕竟是个女人，不想死前连个男人都没碰过，所以我愿意把自己的身体交给你，你就可怜可怜我，让我在死前做一回真正的女人。”他说：“不许说这种丧气的话，我打心里喜欢你，但自己年龄比你大十岁，又是为人家看坟的，怕伤着你，所以把对你的爱深深地埋在了心里。如果你不嫌弃，我愿意和你在一起，一生一世不分离。”两人敞开心扉吐露心声，说着说着相互将舌头伸进了对方的口中，她说如果这样闷死也值得，他说他也愿意。她舔着他胳膊上的咬痕淌泪，他吸吮着她苦涩的眼泪。

但理智就像一块钢板起到了隔离的作用，没有让他们突破自己的最后一道防线。

这夜，王菊林因为一连串的恼心事，睡不好觉，鸡叫三遍之后，他惦记曾静芝的事，就早早地来到了冒家大冢察看情况。冒尖藉昨夜与曾静芝在被窝里缠绵了一夜，像一个久居高原之人一下子被灌足了氧气，反而显得精神十足。王菊林到大冢时，他已经起来，曾静芝却在沉睡之中。

“昨夜阿有啥事体？”王菊林问。“事体蛮大的，闹了一夜，现在困了，在睡呢！”冒尖藉添油加醋。“格哪能弄法子？等上午吾叫点人把伊弄出去！”王菊林下决心道。

上午九十点钟模样，王菊林把李莉莉她们叫上，又叫来邱阿兴，一行直奔冒家大冢。这时曾静芝披头散发，见了王菊林又要朝湖边奔，冒尖藉又是拦截，她又狠狠地咬他的胳膊。人们认定她肯定是疯掉了，就扭头就走，王菊林急得直嚷嚷：“格哪能弄法，格哪能弄法子？！”临走时，王菊林对冒尖藉说：“格个得手货，只好交给乃，给吾看好喽！”说完悻悻然地走了。

一连七天，曾静芝疯在了冒家大冢，谁去她就要往娄墅荡跳。胡正英在儿子的丧事过完“头七”，就往冒家大冢要人，见了曾静芝就骂：“不要面孔，自己男人死了也不知道守妇道，赖在野男人这里就挪不动步啦？跟吾回去！”

在胡正英破口大骂时，曾静芝面色铁青，披头散发，眼睛朝天，呲牙咧嘴，蓦然间冲向胡正英，扯住对方的头发咬脖子，把平时凶泼的胡正英吓得拼命地转圈。这时在旁边的冒尖藉见势不妙，就上前拉开两个女人，被曾静芝又咬住了胳膊，胡正英趁机脱险，就一屁股坐在地上捶胸拍腿哭天哭地：“伲子啊，乃死得惨啊，自家女人味道没碰着，女人野得就不着家了呀！”

村里人看到胡正英腰里缚了白布往冒家大冢，知道这女人不是省油的灯，就告诉王菊林。王菊林知道这女人要去闯祸，就召集了一帮人前往大冢，等他们到的时候，就听胡正英正长一声短一声在号叫，曾静芝又咬住了冒尖藉的胳膊不放。看到王菊林一群人来了，曾静芝放了冒尖藉的胳膊朝湖边跑，王菊林一看要坏事，就喊：“秋生，还不把伊抱牢！”冒尖藉一个箭步就死死地抱住了曾静芝。

这时看热闹的人越聚越多，说闲话的也多，真正作孽格，爹娘死哉，男人也死哉，格个日脚哪能过；自己伲子死哉，不要再逼出人命来；放过小细娘吧，要一个疯子回家有啥用场，不是添个累赘嘛。这些闲话，像虫子爬进了胡正英的耳朵里，但她不肯罢歇，还在高嚎低泣。

王菊林看不过去，他知道胡正英怕硬欺软，就虎着脸骂道：“乃在家里还没哭够，到这里又来胡闹，死了一个不算，还非要再弄出一个人命来才肯罢手，啊？婚姻法上规定，夫妻一方死亡婚姻就自动宣告无效，人家小曾可以不再算乃家媳妇，再说了人家小曾没用你一分铜钿，也不存在财产问题，乃就好自为之，不要再在这里树梢上摔孩子——丢人！”

王菊林破口大骂将胡正英制住了，她从地上爬了起来，用手掸掸屁股上的灰土，抹着泪走了。王菊林对围观的人群说：“还不去干活，待在这里没人请吃饭，滚，滚，滚！”围观的人就三五一拨地离开。王菊林转身对冒尖藉说：“人，继续交给乃，给吾看好喽！也不要动歪脑筋，污辱女知青或趁机奸污女精神病人都是犯法的，阿晓得？”冒尖藉说“晓得！”王菊林这才托着白铜水烟枪最后一个离开。

王菊林觉得这事得向公社汇报，于是，他原原本本地将事情的来龙去脉讲给公社知青办听。知青办觉得这事蛮棘手，女知青疯了，既无法安排，又没钱诊治，能拖则拖。后来被王菊林撵屁股盯得没办法，拖了个把月，知青办陈主任才带了公社卫生院的一名医生来冒家大冢看曾静芝。看到曾静芝面色煞白，披头散发，眼睛朝天，呲牙咧嘴，随医生怎么问，曾静芝都是摇头晃脑，根本没有反应。冒尖藉推了她一下让她回答医生的提问，曾静芝又是一口咬住了他的胳膊安静了下来了。卫生院的医生诊断下来，曾静芝受深度精神刺激，得了精神分裂症，只有咬住她在发病之前记住的人的胳膊才能安静下来，别无他法。知青办陈主任与医生咬耳朵商量了一下，陈主任就对王菊林和冒尖藉说，人呢交给你们看管，但要保证不出问题。王菊林转身对冒尖藉说，人呢，吾交给乃，但要保证不出问题。冒尖藉当着大伙的面只能苦脸苦笑。

通过几个回合的斗智斗勇，曾静芝呆在冒家大冢变成合理合法，冒尖藉看护曾静芝是重要任务，所以村里人都没有话讲。胡正英知道曾静芝真的疯了，能作为包袱甩掉她正求之不得。

现在的冒家大冢成了冒尖藉和曾静芝的两人世界。冒尖藉说，这也许正是上帝的安排，曾静芝说，这是两个苦命人抗争的胜利。他们俩人的床分在两间房，给人看了是泾渭分明，其实晚上两人钻的是一个被窝洞。

为了防止好事之徒的闯入，冒尖藉运用了一种特殊警卫的方法。是年夏天，冒尖藉去大冢巡查时，发现大冢的一个大窟窿里多了一窝乌青梢蛇。他知道这乌青梢蛇躯体硕大，寿命较长，成年的大蛇可与蟒蛇相比，又容易驯养。所以他选了两条一雌一雄的小蛇，将它们分开单养，给喂田鸡喂老鼠，把这两条蛇养得体大膘壮。半年下来，冒尖藉已经完全驯服了这两条蛇，雄的叫大黄，雌的叫小黑，只要用他自己配制的药丸子，既可以让它们原地不走，也可以让它们对其他动物发起攻击。在以后的日子里，这两条诡谲的灵蛇为冒尖藉立下了汗马功劳。

因此，不论白天还是晚上，冒尖藉就把这两条大蛇放到大冢入口牌楼的座基上，如果有人进大冢，这两条蛇这会吐出半尺长血红的信子，发出“哧哧”的声音，一定让人不寒而栗而逃走。

这段日子是曾静芝最幸福的日子，冒尖藉与她一起朗诵唐诗宋词，他手把手地教她写书法，给她讲老爷冒泓晋的经商之道，讲少爷冒泓炜的侠义之举，讲自己如何向日本鬼子开枪射击，讲谭老爹的悲壮经历，让她听了一惊一乍，吓得她往他怀里钻。

曾静芝讲自己的父母在上海掩护潘汉年和为地下党筹款的故事，讲父母在安徽白茅岭双亡，讲得声泪俱下。冒尖藉将自己父母遭到日本鬼子的残害经过，讲自己卖身葬母，讲得失声痛哭。各自的不幸遭遇，让两人自觉同病相怜。

为了让曾静芝滋补身子，冒尖藉张虾摸鱼，常换时蔬，每天一日三餐变着花样，不仅把她的身子调养得水灵灵的，更是把她心灵上的创伤慢慢地抚平。

冒尖藉真正彻底接受曾静芝的身体，是在公社知青办陈主任带了卫生院医生来大家认定她得了精神分裂症的当天夜里。

之前一个月的夜里，他们尽管有肢体接触，尽管有深度接吻，尽管每每有强烈冲动，但冒尖藉的定力往往让曾静芝冷静下来。她通过触摸下身，知道冒尖藉不是不举，而是坚挺有力，他全身的腱子肉让她陶醉，浓重的荷尔蒙让她微醺。她难以理解一个鳏夫能有如此的意志和定力，暗自垂泪到天亮。

而冒尖藉并非无血无肉，但他感到自己已经不是毛头小伙子了，不能因为自己一时的贪欲和无知的冲动而再次伤害她。她目前的一切都是不确定的，是走是留，是祸是福这些都充满了变数，对她的柔情，她的急切，她的率真，他不是木头人。自从跟心莲有了真正的男女之事后，他认为自己也算是过来之人，对女人的情、欲、爱岂能不懂。在这一个月里，虽然两人钻在一个被窝里，迎合她的动作，配合她的姿势，并非是要占有她的肉体，更主要是安抚她滴血的心灵。

在公社知青办陈主任认定曾静芝得了精神分裂症，王菊林不知是存心撮合还是甩手不管，以领导的名义将曾静芝交给实际上是推给了冒尖藉，让冒尖藉可以名正言顺地照顾她。不知这是上天的怜悯，还是前世结下的姻缘，冒尖藉拍大了胆子，决定今晚就与她私订终身，最终是酿成苦酒还是跌入深渊，他决定全然不顾。

在人们离开了冒家大冢后，冒尖藉让曾静芝换洗换洗衣服，自己去大冢用水桶拎出大黄和小黑后，然后将他们放在牌楼的座基上。尽管已经开春了，但天气在夜里还冷，两条蛇还有些冬眠，所以用棉花胎裹着它们，同时给它们放了诱食。

等布置好了警戒，冒尖藉回到屋里，曾静芝已经望眼欲穿。他做出了让她始料不及的举动，他用钢钳般的手臂将她抱住，用火热的嘴唇对着她的滚烫的小嘴，她看似拼命地撕扯实则是主动的迎合，他们谁也不会也不愿意停顿下来，他们觉得现在让他们窒息甚至死去也是值得的。

还是冒尖藉相对理智，将自己的舌头从她的口中抽出，气喘吁吁地说："静芝，有情人终成眷属，吾决定接受乃的爱，今生今世，永不放弃！"她激动地哭了："尖藉哥，石头人也有醒过来的一天，阿拉早就等侬这句话啦！"说完用粉拳捶打他的胸脯，他任她哭任她打，她累了就偎依在他的怀里。"好了，吾伲收拾收拾，怎么也要搞个仪式，算是结婚大典！"她扑哧地破涕为笑。

晚上，冒尖藉做了一条红烧鲫鱼，一只童子鸡，一碗蛋饺，烫了一壶黄酒，曾静芝换了件红色的外衣，披头散发现在又扎了一把大辫，在辫梢上系了只用红丝带结成的蝴蝶花，两人自己搞了"三拜"仪式，尤其是夫妻对拜时，冒尖藉说："吾此生爱曾静芝直到天荒地老！"曾静芝说："吾爱冒尖藉海枯石烂不变！"说完，两人拥抱在一起，然后喝了一碗夫妻"交杯酒"。

在昏暗的煤油灯下，曾静芝从冒尖藉的被套筒里意外地翻出来一条龙凤织锦被面，临时抱佛脚缝了一床结婚新被子。

因为有一个多月的亲密接触，对今晚应该发生的事，两人是心照不宣。进了洞房，他毫不犹豫地一把扯开了她的衣服，似乎有些野蛮，也有点猴急，但她心甘情愿，他带胡子的嘴唇吻她的乳房，她没有躲避，而是迎合地挤进他的口腔，肌肤厮磨唤起她压抑了很久的情欲，她像只饥渴难耐的小羊"咩咩"地呻吟，在他怀中不停地扭动着，并帮着他解掉了衣服，在他体内燃起了熊熊烈火，受尽煎熬的他对怀里的软玉香体发起了近乎疯狂的进攻，像山一样压了上去轰然倒塌，又分开了她两条丰腴的玉腿，像蛟龙入海般地猛扎下去，她本能地叫了起来，但她没有退却，身子瘫软着，两人就像坠入了大海，在一波高于一波的浪谷中拼搏，等待着一个能吞没、撕碎、溶化自己的浪尖的到来……

狂风暴雨之后，必然是沉寂。他审视躺在自己怀里的她，此时双颊呈现微微的红润，袅娜的睡姿像一朵刚刚开放的鲜花，清晰的曲线如秋山般的瘦，停匀的双肩如秋水般的平，湿漉漉的一绺头发沾在额上，脸上带着满足而又轻盈的笑容睡着了。他看到一个苦命的女人终于拥有了自己的笑容，心里泛起了阵阵酸楚，暗暗地发誓自己要一辈子爱她疼她护着她。

第二天起床，发现床单上有一摊血迹，他和她会心地笑了，她羞涩地匆匆卷起了床单浸入木盆里。这时大桑树顶上跳跃着两只灰喜鹊，在欢快地嬉戏。

“去知青点上把一盏桅灯取来吧，晚上拧小了可以不熄灯，还可以提着出屋不怕风吹来。”曾静芝说。“晓得嘞，等吃过早饭，吾就到点上找李莉莉去拿。”冒尖藉答应道，两人完全沉浸在新婚燕尔之中。

冒尖藉吃过早饭后，提了一大草篮的青菜，和一大块自己腌的咸肉到了知青点，李莉莉接过了东西，半真半假地说：“哟，现在应该叫姐夫了吧？”冒尖藉说：“别口上不把门，瞎咧咧啥！”他就说来拿盏桅灯，她怕天黑。其他几个女知青都出来与冒尖藉闹，都说现在称起她来了，连名字都舍不得叫啦！冒尖藉就说你们要瞎猜疑，就给她站岗去啊，她们说不敢，坟上阴森森的，牌楼下有两条大蛇吓都吓死了。他知道她们肯定去过大冢，被两条大蛇给吓走的。他就装戆说，什么乱七八糟的，哪有的事。他怕她们纠缠，就说自己得快回坟上去，待久了不知道她又出啥状况，就提着桅灯一溜烟地走了，身后传来女知青们银铃般的笑声。让他万万没有想到的是最终会灯留人走。

大冢就像被遗忘的角落，半年没有什么人来往了，其间，只有王菊林以领导的身份来过问了三次，也都只是在牌楼外面与冒尖藉说完后就走了。村里传言，冒家大冢出现了蛇精，以讹传讹，越传越神，所以谁也不敢贸然闯进大冢，让冒尖藉与曾静芝甜蜜的日子过得风平浪静。

男耕女织，是他与她度过这段时光的基本方法。曾静芝将自己的那件米色毛线外罩拆洗后，缠成几个毛线球，她估摸能打一件男式背心和一件女式背心，为省料她设计结成“心”字形图案，就让冒尖藉用竹子削了四根长针，在梳灯下熬了几个通宵，一针一针地织，手上被毛线勒出了血泡，先给他结了一件，让他穿在身上试了试非常合身，之后才给自己结了一件女式的，像“情侣装”一样穿在了身上。冒尖藉则在护冢河周围的荒地里开垦，继续种上元麦和青菜。闲暇之余，两人就看书。

摆在长条几上的那只“15天”牌座钟，不知疲倦“嘀嗒嘀嗒”地走着，像一只打印机在忠实地记载冒尖藉和曾静芝恩恩爱爱的日子。他们知道这只钟的来历，是地区韩专员送的，所以他们拿它当宝贝一样，他们也按着这只钟的时间来安排每一天的日子。

在冒家大冢蛰伏四个月后，曾静芝发现自己身上不来例假了，而且喜欢吃冒尖藉自己腌的小咸菜，有时还有打呕的现象，她知道两人的结合已经孕育了新的生命。而冒尖藉似乎对此很木讷，以为她身体不适，就更加不让她有一点劳累。但一场生离死别悄悄地就要降临在他们身上。

第四十三章　离愁别绪

路边的枯黄的小草倔强地露出了嫩绿的小尖头，预示着又一个春天的到来。在一个风和日丽的上午，冒尖藉在洒扫场院，曾静芝乘今天大太阳，把被子拆了线，被单泡在木盆里，准备好好地洗洗晒晒。

这时，听王菊林在入口处呼叫，冒尖藉出屋一看，见王菊林和公社知青办的陈主任带了两个一看上去就知道是从上面下来的人。原来，他们被牌楼两边座基上各盘着的一条大蛇吓得停住了脚步。

冒尖藉跑过去用手里的驱蛇粉撒向忠于职守的卫士，两条全身金黄和乌黑相间花纹的大蛇，在春光的照射下扭动着“S”形的身姿游走了。

王菊林浑身起了鸡皮疙瘩，说“吓死了！”又对冒尖藉说，这是公社陈主任陪县和地区知青办的领导来解决曾静芝的问题。冒尖藉问是啥问题，陈主任说进屋再说。

等陈主任一行进屋后，先要探望一下曾静芝，去了她住的房间，看到十分凌乱，她病恹恹地睡着，就问冒尖藉好点了没有，他说比原先要好不少。陈主任就感激地说：“难为你了。”

王菊林招呼地区上来的同志坐下后，陈主任就说，曾静芝父母的事，中央都知道，周总理亲自证明自己在上海领导地下工作时，就曾得到她父母的支持，因此，总理办公室来电话指示要妥善安置曾静芝，上海方面已经发来了调令，县里也已经为她开好了证明材料，所以今天特地来通知曾静芝，并送来这些手续，明天她就可以离开同江回到上海去了。

“阿拉不走，死也要死在这里！”曾静芝哭得上气不接下气，把在场的人都怔住了。刚才，陈主任讲的话，曾静芝听得一清二楚，她觉得命运总在捉弄自己，如果自己一走了之，对冒尖藉太残酷了，太不公平了。所以，她要当着三级知青办的面，表明自己的态度。

县知青办的领导开了腔，说这次是因为上面压着才特事特办，轰轰烈烈的“文化大革命”刚开始，到处都在“造反”，政府的正常办公秩序也受到了冲击，如果放弃，很可能是过了这个村就没了那个店，所以劝曾静芝不要因一时冲动而错失机会。陈主任知道如果曾静芝不走，谁晓得还会惹出什么事来，因此眼不见心不烦，就夹枪带棒地说，你们这样下去也不是个事，之前因为你有病在这里待了这么久，至于发生了什么……他顿了顿，朝冒尖藉瞅了瞅，又继续说，我们就不作深究了，所以要识相点，别到时弄出点事情来，谁的面子上都不好看。王菊林大包大揽地说，唉唉，请各位领导多多包涵，走，肯定要走，又对曾静芝说，小曾，别犯傻，这么好的事摊在头上，是你父母上辈子积的德，在这穷乡僻壤待下去有啥前途。

在四级领导软硬兼施下，曾静芝沉默了，求救的眼神射向了冒尖藉。冒尖藉想自己算什么呀，咋好公开出面表态呢，所以用坚定的目光对她点了点头，曾静芝这才用痴呆的神态嗯嗯地哼了几声，并向在场的人都深深地鞠了一躬。

王菊林见好就收，从陈主任手里接过调令、证明就往曾静芝手里塞，说小曾可藏好喽，这是你的救生符。交到曾静芝手里后，就对在场的人说，各位领导，今天工作完成了，就在这里吃顿便饭吧。地区知青办的人说，不麻烦了，时间还早，韩专员还要听我们的汇报呢。

一行人离开冒家大冢后，这晴天响雷的事，把冒尖藉与曾静芝炸糊涂了，一时反应不过来，他说真的要走啊，她“哇”的一声大哭，紧接着两人抱成一团哭得天昏地暗。

此时，王菊在送走客人之后，又折返冒家大冢。因为上面领导走了，留下的摊子还是要他去收拾，所以他要料理一下善后。他一进大家老远就听到合唱般的男女哭声，进屋一看啥都明白了，心想这是一对苦命的孤男寡女就不要为难他们了。等他们哭得差不多了，王菊林大声咳嗽，才让他们清醒过来。

“像什么样子，看哭得比窦娥还冤，该考虑办正事了。刚才领导讲了，要小曾明天就走，不许多留一天，赶紧收拾收拾吧。”王菊林心里明镜似的，但他不想捅破窗户纸。

快到吃午饭的时间，冒尖藉留王菊林吃饭，王菊林知趣地说，时间宝贵，你再与小曾说说话，自己就不做电灯泡啰，明天早上，去东仓县的汽车站，那里比到同江乘汽车近便些，我让李莉莉她们一起去送送小曾。曾静芝说谁都不麻烦，只要让他送就可以了。

这话的意思王菊林听得明白，就做了个顺水人情，说行，行，他想如果叫李莉莉她们去送行还要多浪费队里工分呢。他又叮嘱冒尖藉说，凡事小心点，你俩的事藏紧喽，有人一直想揪你的小辫子，不要让把柄落在别人手里。小曾是大城市的人，不要误了人家，该了断的还是要了断。外面“文化大革命”闹得挺凶，戴高帽子，游街批斗，乘土飞机，剃阴阳头，花样百出，都得给我注意注意喽！说完背着手闷头毒脑地走了。

等王菊林走后，两人才从云里雾里掉了下来，离别就是明天的事，不得不让他们冷静下来面对现实。曾静芝坚持要冒尖藉跟自己去上海，认为凭他的本事在上海随便混口饭吃不成任何问题，但冒尖藉说自己不能离开冒家大家。当天晚上两人为这事整夜争来论去几乎没睡，最后还是无法统一。

任凭曾静芝说得口干舌燥，冒尖藉始终不为所动，直至最后她干脆不走了，这时冒尖藉大动肝火，说不走不行，我扛也要把你扛回上海。在“二难选择”中，他选择了自己坚守，同时坚决把她送走。

天还没有完全亮透，冒尖藉起来包了她最爱吃的荠菜馄饨，把她的东西搜搜刮刮装了两个旅行袋，仅把桅灯和心字形的毛线背心留下。曾静芝好像刚睡着，他弯下腰亲吻着她的脸庞，喃喃地说：“心肝，你这一走何时相聚啊？真舍不得你走，但你不能不走，你的根在上海，你不能为了儿女私情而忘了为父母申冤。你走吧，我留下，因为我早就答应了恩人，我反悔违诺将来何以面对冒家啊！静芝，我真的很难很难啊，你一定要原谅我呵！”他还说很多很多，没有防备她突然用手捂住了他的嘴，说：“我懂你的心思，也尊重你的选择，人各有志，谁也不要勉强谁。但我今生今世不再嫁人，因为我已经属于你。你等着吧，我一定会对你有交代。”说罢，两人又抱头痛哭。

冒尖藉把一只小口袋交给了曾静芝，说这是冒老爷预付给自己的工钱，让她拿回上海应应急，上海人认这东西。她打开一看惊呆了，是五根灿灿发光的金条。她原来对此不感兴趣，因为家里有的是，但“文化大革命”开始后，在抄家时全部被抄走了。她捏着沉甸甸的金条，心里不知说什么好，她点点头，放进了随身携带的手提包里，说我自己不用到时会有人用的，说得冒尖藉一头雾水。

到东仓县汽车站走水路较近，冒尖藉摇了一条小船送她。船穿过芦苇荡时，水鸟一对一对地飞了起来，冒尖藉说打扰了，对不起，真的对不起，他又对曾静芝说：“我们为什么不能像它们那样成双成对不分离呢？”曾静芝苦笑着说：“做比翼鸟是人们的理想啊。”

汽车站很小，里面挤满了人，鸡鸭叫声比人的声音还大，往上海方向的一辆公共汽车要发车了。这是一辆破旧不堪带通道的车，到上海去的人很多，冒尖藉凭借自己的力气先钻进了车内，为曾静芝抢到了一只靠窗的座位，把两只旅行袋塞在座位底下，等她坐安稳了他才下车，然后到窗子下面等发车。“咣当”一声，车门关了，驾驶员使劲地按了三声喇叭，车子的轱辘转了起来，冒尖藉跟着车子向前跑，她从窗子探出半个身子说：“阿拉有啦！”“有啥？”“有你的儿子啦！”

一个踉跄，冒尖藉觉得天旋地转，差点儿被卷进车轮子底下。车轮在土石公路上转动，搅起的扬尘仿佛像龙卷风把曾静芝带走了。

他也不知道自己是怎么回到大冢的。一连几天，他不吃不喝，就傻傻地坐着，他感到有女人的屋子是多么富有生气，多么温馨，而现在这家就成了一座冷库。王菊林去大冢的时候，见到他竟成了一个失魂落魄之人，就说，女人一走，咋就丢了魂灵头了呢？这随便一说却触动了冒尖藉的神经，对着他大吼：

“滚，给吾滚出去！”紧接着像一头受伤的狼一样仰天哀啼。

男儿有泪不轻弹，只因未到伤心处，王菊林知道男人脆弱起来还不如女人，仿佛观众看演员入戏不敢打扰一样，默默地“叭嗒叭嗒”抽水烟，耐心地等待着，就像等一场大雨总有停歇的时候。

第四十四章　身陷动乱

冒尖藉哭累了，走出屋子见王菊林像一截老树桩子杵在门外，感到刚才非常失礼，蹒跚地迈出门槛把头靠在王菊林的肩头，说："叔，吾昏头了，赶乃走，真对不起啊。"

"哭吧，哭出来心里会好受些，乃的命苦，吾心里透亮着呐。"王菊林拍着冒尖藉的头说。

宣泄之后，冒尖藉恢复了过来，问："叔，乃阿有事体？"王菊林说是的，一是看看小细娘走了没有，好向上头禀报一声。二是公社今天开了誓师大会，村村都要开展"文化大革命"运动，要求老老少少都学跳忠字舞，还有传达最高指示不过夜，只要是毛主席的最新指示，不论白天黑夜，不论刮风下雨，全村都要到公场上集合听传达。所以提前来通知你，并提醒你态度要积极，要经得起"文化大革命"急风暴雨的考验。看势头，这场"大革命"凶得很。冒尖藉勉强地点头答应。

隔天上午，村里的公场上响起了高音喇叭，通知老老少少去学跳忠字舞。冒尖藉慵懒地从床上起来，没吃早饭就往公场走去。在场门口，大队会计小葛给他发了一只不大的方形塑料小红包，说是装红宝书的，让他斜背在身上。他将包挎在身体的右侧，进了场，见男女老少都是一个样子，心里感到别扭。他跟着领舞的小青年一步前一步后，左一步右一步地学，学来学去都不得法，结果就摆出了“谭家拳”的招式，引起旁人哈哈大笑。公社“文革”小组的人正好来检查，发现他不像跳忠字舞，而是在练打拳，就当即批评他对毛主席不忠。他说这舞真的跳不来，说我对毛主席不忠，我就把心掏出来给你们看究竟是红的还是黑的，把“文革”小组的人弄得哭笑不得。

那几天夜夜都有最新指示到来，又是天天刮的东南风。因为冒家大冢在公场的最东边，所以公场上的大喇叭喊声音传不到冒家大冢，大家都集合去听传达最新指示，而冒尖藉没有听到喇叭通知，所以一连几天都没有去听传达。公社“文革”小组的人很不满意，就给他扣了一顶思想落后的帽子。

这些日子，在冒尖藉的脑海里，全是曾静芝的音容笑貌，与她半年朝夕相伴的点点滴滴都像电影片断在眼前回放。他病倒了，而且茶饭不思，苦苦地在想曾静芝为什么不把怀孕的事告诉自己，她走后会怎样对待自己的骨肉，自己该不该去上海找她，这一系列的问号把他的头都快塞爆了，让他整天昏昏沉沉。

村里开始写大字报大鸣大放，因为冒尖藉的毛笔字在村里数一数二，王菊林就执意让冒尖藉写十张大字报，都是批判村里有人要抢班夺权，有人要大搞“封资修”，有人对毛主席不忠等，充满了火药味。冒尖藉脑袋还昏昏沉沉，但不好驳王菊林的面子，就答应了他的要求，结果在写“伟大的导师、伟大的领袖、伟大的统帅、伟大的舵手毛主席”的时候把“毛”字写成了“冒”字。因为这“毛”与“冒”是同音字都念“Mao”，正确的读法是“毛”字念阳平声，“冒”字念去声，而同江人对这两个字的读音都念成阴平声，就像念“王”与“黄”一样都念成“王”的阴平声。就是因为这个缘故，加上他心不在焉，结果将毛主席误写成了冒主席。

大字报贴出去，引起了全村轰动，更轰动的是白纸黑字将毛主席篡改成了冒主席，这不得了，这是明明白白的反动行为。村里的红卫兵挥着拳头要找冒尖藉清算他的反动罪行，誓师保卫毛主席，誓师保卫党中央。红卫兵拥到冒家大冢将躺在床上的冒尖藉团团围住，尽管小将们高呼革命口号，还是没能把他吵醒。

“格次祸闯大哉，格次祸闯大哉！”王菊林在大队部急得团团转，听邱阿兴来讲红卫兵在冒家大冢召开批判会，然后要拉冒尖藉戴高帽子游大街。

王菊林听后撇下邱阿兴往大冢奔，对情绪亢奋的红卫兵说：“革命小将们，对污蔑伟大领袖毛主席的人我们一千个不答应，一万个不答应，我坚决要把他揪出来。”王菊林掀开冒尖藉的被子，一摸他额骨头烧得烫手，就说：“革命小将们，我现在知道了，冒尖藉将‘毛主席’写成了‘冒主席’，完全是在发高烧的情况下发生的错误，何况我们这地方念的时候毛、冒不分，在写大字报的时候，冒尖藉只管写，是我念的底稿，由于我口音不清，他就写错了，所以也不能全怪他。他是抗日英雄，在三年自然灾害时，他宁愿自己不吃不喝也要接济乡亲们，当时如果没有他的义举，我们可能连命都没了，用什么来搞‘文化大革命’啊，为此我提议允许他有一次改正错误的机会，请小将们考虑考虑！”

同益村都曾得到冒尖藉的帮助，又听王菊林说得合情合理，小将们答应就饶他一次，吵吵嚷嚷地撤离了冒家大冢。

接一连二的打击，让冒尖藉一病不起，气若游丝。

“少爷，吾来陪乃哉，少爷，吾来陪乃哉！”冒尖藉在昏迷中反复说的就是这两句话，一连数天，都是这样。

邱阿兴把铺盖搬到了大冢，睡在冒尖藉的床边，白天黑夜都陪着，他媳妇每天往大冢送饭送汤，说天大地大不如党的恩情大，河深海深不如毛主席的恩情深，我咋就觉得秋生哥对我家不比党的恩情小，也不比毛主席的恩情浅呢。邱阿兴骂道，你瞎咧咧啥，妇道人家懂个屁，小心被人家扣帽子、打棍子，秋生吃的苦头明摆着就是个样子，这番话把媳妇吓得直吐舌头。

深夜的风一阵比一阵紧，桅灯的火苗不停在跳动，灯油所剩无几，冒尖藉还在不停地说着胡话，邱阿兴陡然紧张起来，他生怕冒尖藉也像这盏灯一样，油干灯枯，但眼皮上像压了石头抬不起来，几天几夜不曾舒心地睡过，他熬不住疲惫打起了瞌睡。当他坐在地铺上一冲一抬地迷糊，隐约听到“啊”的一声，睁眼一看，见冒尖藉披衣坐起，阿兴使劲地揉了揉眼睛，觉得不是在做梦，就从地铺上跳起来：“秋生，乃终于醒啦！”

“吾走在一条挤满鬼怪的路上，见到吾家少爷在前面走，吾追啊追，在后面喊少爷，等等吾，可是他不理不睬，自顾自地越走越快，眼看就要追上了，他突然转身说，乃来干啥，怪不得阿拉家的祖宗说，坟上又要遭劫了，连个守坟的人都走了，这不是侬来的地方，还不快回去，说完，伊一拳头就打了过来，吾一躲闪喊了一声‘啊’！”冒尖藉平静地说道。

“嗨！秋生啊，乃这是去鬼门关走了一遭，是冒少爷把乃赶了回来，吓死人啦！好了，好了，冒家祖宗保佑，乃终于醒过来了，乃阿晓得在床上躺了几天几夜？”

“就睡了一觉啊！”冒尖藉的气很短。

“就睡了一觉？乃说得轻巧，已经睡了三天三夜了，不吃不喝也不拉，急死人啦！”阿兴自己流出了眼泪。

“这么说，真的蛮吓人的，乃一直陪着吾？”冒尖藉问。

“那还用说？吾不陪乃，谁来陪乃，家里又没个女人，这日子咋过哦？”邱阿兴还想说下去，冒尖藉拍着床沿的木板说，求求你别说了。见冒尖藉不高兴起来，阿兴喃喃地说，好，好，不说了，吃点东西吧，家里媳妇晚上送了一锅鸡汤来，我去热一热。

盛了一碗米饭，一碟青菜，一只清蒸童子鸡，阿兴将它们装在一只托盘里送到了冒尖藉床前，冒尖藉说自己起来吃，阿兴又端到了八仙桌上，冒尖藉洗了把脸，就坐下狼吞虎咽起来，阿兴说别急，当心噎着，冒尖藉将一碗米饭吃光，还要添饭，阿兴不让，说几天不吃，一下子吃多了要撑坏的，冒尖藉就将清蒸童子鸡连汤带水都干掉了。

吃饱喝足，冒尖藉的精神劲好起来了，问自己写大字报写错了字最后咋办的，邱阿兴将事情的经过告诉了他，说这次好在王菊林担肩膀，也好在你平时做好事积下的德，红卫兵没有追究下去就不了了之，这才让你化险为夷。听了阿兴的述说，冒尖藉感叹地说，在这个年头干啥都得小心，别看王菊林他平时也虚头巴脑，在紧要关头还是仗义的，你阿兴的这份情，我也是要还的。阿兴说，你这是在骂人，要不是你在三年自然灾害的接济，我早就尸骨无存，变成饿死鬼了，连媳妇都要躺到别的男人怀里了，哪还有一对双胞胎伲子，你的大恩大德我全家都不会忘记。冒尖藉说这些都是陈芝麻烂谷子的事，是牛尾巴的毛串豆腐——不值得一提。阿兴眼泪巴巴地说，我还做了件对不住你的事呢！

听阿兴要往下说，冒尖藉做了一个打住的手势说：“我早知道，在‘四清’运动时，韩专员来大冢，你每次有意无意地出现，是来盯梢的，对吗？”阿兴一脸的尴尬，说自己是鬼迷心窍，为了入党并且要当大队书记，受姜可名的指使跟踪监视韩专员和你的交往，虽然每次都向姜可名打小报告，但都没有添油加醋，只是跟姜可名敷衍了事，也许怪自己不得力，结果什么也没有捞到，被耍得团团转。

说着说着，阿兴“扑通”一声跪在了冒尖藉的面前，冒尖藉赶紧将他扶起，说事情都过去了，不要放在心上，我这次闯祸多亏了你不离不弃，你已经将功补过，对我也算是赤心忠良了，我不会记恨你的，我们以后还是好兄弟，对不对！阿兴像鸡啄米似的点头说，那自然是，那自然是！两人看天快亮了，就说抓紧睡一会儿吧。

第二天早上，阿兴媳妇提着篮子，装着一小桶粥和盐萝卜咸鸭蛋，来到了大冢，见屋里一点动静都没有，死寂死寂的，大冢像一只张开大嘴的怪兽雄踞在那里，阿兴媳妇心里毛毛的，拍门喊：“阿兴，阿兴！”阿兴从屋里将房门打开，探出了头说：“嘘，小点声，秋生醒了，现在又睡了。”“是嫂子吧，吾已经醒了呀，谢谢嫂子这些日子的照顾，这是吾的福分啊！”冒尖藉在床上说。

“秋生哥，乃说这些就见外了，只要乃好好的，嫂子心里比什么都高兴啊！”阿兴媳妇回答道。

正在冒尖藉与阿兴喝着阿兴媳妇送来的粥时，王菊林右手托着磨得发亮的白铜水烟枪边走边“叭嗒叭嗒”地抽着烟，走进了屋里，见冒尖藉在喝粥，就笑着说：“谢天谢地，你终于好起来了呀，你知不知道这回祸闯大了，差点没法收场。”冒尖藉说：“听阿兴讲了，都亏你站出来担肩膀，否则就会被红卫兵打倒在地，再踏上一只脚，我就永世不得翻身啦。”王菊林说，你知道就好，再也不准有下回了，看样子，“文化大革命”的势头很凶，这几天，红卫兵在破“四旧”，声势大得吓人，将双林镇南的瑞光寺里的菩萨全砸碎了，将镇北关帝庙的关公像也打烂了。

冒尖藉将粥碗一放说，如果真的这样，那大冢上的牌楼、石刻的文臣武官和石马、石象岂不都是“四旧”吗？王菊林和阿兴异口同声说，可不是吗。

冒尖藉说与其等红卫兵来破“四旧”，还不如我们自己动手破，也表明我们的态度，坚决紧跟“文化大革命”的步伐。他的提议得到了王菊林和阿兴的一致叫好。于是，仨人商量起破“四旧”的方法。

王菊林去村里组织人，阿兴和媳妇要回家，等他们走了，冒尖藉想出法子，就是将牌楼的每一块构件编上号后拆散，与石刻的文臣武官像和石马石象一起推入护冢河内，等将来有朝一日，冒家的子孙回来重建时再打捞上来，这样对冒家也有个交代。主意定下后，冒尖藉用桐油掺黑锅灰拌匀，在王菊林与阿兴带人来之前，爬上牌楼按构件顺序一一抹上了序号。

在王菊林和阿兴的带领下，村里来了一大帮人，在冒尖藉的指挥下，将石头牌楼拆掉，然后按照他的要求，将卸下来的构件滚入了护冢河内。在拆了牌楼后，再将文臣武官石像和石马、石象掀倒，这些石家伙重得很，冒尖藉让大伙用粗麻绳缚住，七八人喊着号子抬一座，抬到河边就往护冢河里推，溅起了很大的浪花。

就在他们把冒家大冢的“四旧”破掉的第二天，公社“文革”小组来检查工作，对王菊林他们主动大破“四旧”的革命举动大加赞赏，同时要求各家各户供奉的观音像、挂的灶王爷像，以及一切搞迷信活动和宣扬“封资修”的东西，统统上交出来。为此，红卫兵小将挨家挨户去收缴，将收缴上来的“四旧”全部堆在村里的公场上，浇上煤油付之一炬，火光冲天，烧了一天一夜火才熄灭。

一天下午，冒尖藉正在填牌楼拆除和雕像搬走后路上出现的坑坑洼洼，他停下来举目远眺，见旷野里云蒸霞蔚，天空中飞鸟翱翔，娄墅荡波光粼粼，想不明白现在的中国人这是怎么啦。

对自己被少爷冒泓炜从黄泉路上赶回来的梦境，犹如一幅永远删除不掉的图像，在冒尖藉的脑海中回放，他觉得自己要在冒家大冢坚守下去，就要学会佛学上的“三忍”，即口忍为下，面忍为中，心忍为上，而在这场动乱中，他认为自己要做到口、面、心“三忍”齐下，才有可能幸免于难。

第四十五章　胁迫造反

就像一场铺天盖地的瘟疫，“文革”把中国搅得人仰马翻。到处“造反”，到处串联，到处批斗，到处打砸抢。冒尖藉在经历了“大字报风波”和破“四旧”之后，深居简出，如履薄冰地过着日子。他知道作为无力对抗的一介平民，要在动乱的年代生存下去，就必须谨言慎行。

秋天来临的时候，一阵一阵的强风猛烈摇晃着原野上的树木。场上的那棵大桑树经不住一夜猛烈的西北风的肆虐，开始一片一片地落叶，似乎在作最后的挣扎和抵御，无奈将夏天默默地放进记忆里。起床后，冒尖藉龙骧虎步地在场上习拳练武，他为自己远离“红旗似海人如潮”的喧嚣而感到满足，也对自己安于清贫而感到知足。因此，拳打得如痴如醉，出神入化。

就在他刻意让自己离群索居的时候，一个人的突然出现，仿佛娄墅荡平静如镜的湖面上坠落了一块巨石，把他搅得波澜起伏，心神不宁起来。

“冒尖藉同志吗？好身手啊！”一个全身着草绿色军装，右臂上箍着一只宽宽的红袖章，上面印着“红卫兵”三个黄字，身体左侧斜背着一只黄挎包，头上戴顶没有帽徽的军帽，个子不高，但满脸横肉的四十岁出头的男人，拍手叫好进了大冢。

冒尖藉收住了手脚，打量当下最流行装束的来人，似曾相识，但不敢确定，就双手抱拳作揖道：“请问尊姓大名？”

“哈，哈，不认识啦？我是心莲的男人，叫金阿狗，你在刘家泾家打家具时，我们就见过面，喝过酒，忘记了没有？”来人爽朗地用一口京腔作起了自我介绍。

“哦，想起来了，乃就是县政府的那个科长呀，咋现在穿成这副行头？”冒尖藉惊讶地问。

“嗨！你猫在这里两耳不闻坟外事，现在造反派都是这身打扮，最流行的，连这都不晓得，乃真是落后得掉渣了。同志哥，快快觉悟起来吧，跟我一道造反，砸烂资产阶级的司令部，去抢班夺权，让我们来坐天下！”金阿狗振振有词慷慨激昂。

“乃真有这个胆量？”冒尖藉不屑一顾地问。

“毛主席说敢下五洋捉鳖，敢上九天揽月，我们造反派舍得一身剐，敢把皇帝拉下马，这个胆量都没有还造什么反！”金阿狗口吐豪言壮语。

“中国现在不就是毛主席当家吗？”冒尖藉不紧不慢地说。

“你懂个屁！现在资产阶级司令部大搞修正主义，就是要让中国变颜色，要夺毛主席为首的无产阶级司令部的权，我们一千个不答应，一万个不答应！今天因为我要请你参加造反，所以对你刚才的话也就不追究了。”金阿狗一本正经道。

“不用给吾扣大帽子，吾不吃这一套，乃今朝到坟上来，有话快说，有屁快放！”冒尖藉毫不示弱。

“好，痛快！明人不说暗话，我今朝来是请你参加同江县踢开资产阶级司令部战斗队简称‘踢派’，我是总指挥。我们踢派今天夜里要去砸县人武部的军械仓库，然后去同峰油脂厂，消灭盘踞在那里的支持当权派的工人联合会简称‘支派’。同江目前就形成了踢派和支派两个势不两立的群众造反组织。因为我们踢派大多数是红卫兵小将，不会使用武器，所以我今朝特地来坟上，邀请你加入我们的踢派，先做我们的总教练，等成立了革委会，我当主任，你当副主任，怎么样？”金阿狗终于说明了来意。

“什么支派、踢派，吾什么派都不参加。吾问乃，乃表舅姜可名是县委书记，乃也敢把他拉下马？”

“嗨！这有什么啦，我早就让他靠边站了，住牛棚去了，现就在双林砖窑厂拉板车。”金阿狗轻描淡写地说道。

“乃岁数老大不小了，整天跟红卫兵小将搅在一起，家里还顾不顾啦？”冒尖藉转弯抹角地打听心莲的事起来。

“唉，别提啦！心莲嫁过来不跟我一条心，我待她不薄，她嫁过来不到十个月就生了女儿，叫文婕，现已十二岁了，我也不跟她计较什么，而她从心里看不起我，后来干脆连个蛋都不下，气死我了。原来以为姜可名先是县长后来是县委书记，我可以飞黄腾达，可他就是不肯重用我，所以‘文化大革命’一开始，我就拉起了造反大旗，第一个就夺了他的权。”金阿狗喋喋不休。

“这么说，心莲过得不开心？”冒尖藉禁不住脱口而出。

听冒尖藉说出这句话，金阿狗好像闻出了什么味道，就气不打一处来，嚷道：“你是不是跟心莲有一腿？在打家具的时候，我就不放心你与心莲有啥瓜葛，怪不得文婕长得一点都不像我，哼！”

“他妈的嘴别像屁眼乱放屁，乃再污辱心莲，看我不把乃的舌头摘掉！”冒尖藉怒喝道。

盐囟点酱一物降一物。金阿狗见冒尖藉发了火，心想动起手来，自己哪是他的对手，更主要的是他这次带领踢派要发起一场轰动同江的战斗，还特别需要冒尖藉做帮手，所以不想与冒尖藉闹翻，等取得这场战斗胜利后再收拾他也不迟，所以堆满了笑脸说：“发什么火啊，犯不着为女人的事，伤了我们革命同志的感情，心莲反正不愿与我好好过日子，等我坐了同江的头把交椅，就随她去吧。”

“乃怎么知道吾会放枪的？”冒尖藉转了话题问道。

“别看心莲对我阴阳怪气的，丈母娘姜阿玲待我不错，我带头组织造反派呼风唤雨，她倒是很支持，这次就是她对我说，你打日本人就喜欢舞枪弄棒，要想取得这场战斗的胜利，就非请你加入不可，所以我今天是来礼请你出山，与我们去并肩战斗。”

听了金阿狗的话，冒尖藉感到天空中的乌云只会把太阳遮住，心灵上的乌云则会把心中的善心毁灭。看来这家伙已经鬼迷心窍，完全丧失了理智和人性，最终不会有好的下场。

为了不再纠缠下去，冒尖藉先谢了这位造反司令的好意，同时表示愿意为他效力，加入造反派队伍。但他说天已经晚了，自己还有点很急的事，让他先走一步，自己随后就到。

金阿狗信以为真，因为还要赶回同江与其他造反派头头商量今天夜里去抢枪的事，所以他说了句“等你”就急匆匆地往同江去。

等金阿狗走了之后，冒尖藉觉得这家伙放着好日子不过，做起了黄粱美梦，简直是疯了，所以打定主意不去踩这趟浑水，在大冢安之若素。

在金阿狗走后的第二天上午，还没到做午饭的时刻，冒尖藉在秋阳下坐在靠背椅子上闭目养神，右侧的小矮凳上一本红色封面的《毛主席语录》和一杯绿茶，绿茶还冒出一缕缕的热气。他眯着眼往西边一瞧，见七个身穿草绿色军装、头戴军帽的人，一个人手里提着一挺机枪，其他人都是清一色的步枪，往大冢冲了过来。

一看这阵势，冒尖藉知道是怎么回事了，所以靠在椅子上稳坐泰山，等这帮人围住了他，他才睁开眼睛，故作惊讶地说：“金总指挥驾到，有失远迎。”

“你少给我猪鼻孔里插大葱——装象。你这个胆小鬼，我们昨天夜里不费吹灰之力就打开了军械仓库，没啥大不了的事，而你连人影都不见。男人说话要算数，你现在想反悔也不行，我命令你现在就跟我们走，劝你不要敬酒不吃吃罚酒！”金阿狗说完摆弄起手中的步枪。

来者不善，冒尖藉知道硬顶是扛不过去的，就说自己昨夜里拉肚子，实在不方便去。金阿狗说，昨晚的事就不计较了，而今天你是跑得了和尚跑不了庙，去也得去，不去也得去，废话少说，立即跟我们走。

冒尖藉说自己不会使你们手里的枪，金阿狗不容他分辩，就指挥跟他来的六名红卫兵从椅子上架起冒尖藉就走，完全是一副“逼上梁山”的架势。

边推带拉地被劫往同江县一中，冒尖藉一看这个地方是三十多年前自己念书的“培光”国小，虽然办公楼和校舍都变了模样，但办公楼前的一棵大雪松依然苍翠挺拔，树身比原来增加了好几围，像一名年迈的老校工不分昼夜地看守着校院。

当冒尖藉进入校内时，将近有两百名红卫兵在校园内高唱《国际歌》，若要形容这时的气氛只能用两个字来概括，那就是狂热。金阿狗以总指挥的号令让红卫兵全部在操场集合。等红卫兵陆续到了操场，先是由一个小头头模样的人领呼口号：砸烂资产阶级司令部！不夺取同江革命胜利誓不罢休！将无产阶级文化大革命进行到底！伟大导师、伟大领袖、伟大统帅、伟大舵手毛主席万岁，万万岁！

等口号呼完后，就请金总指挥讲话。金阿狗威风凛凛站在司令台上，双手叉在腰里，学的是毛主席在井冈山给红军战士作报告的样子，说今天给小将们发枪，发完枪后，请总教练作射击示范。

看着红卫兵忙碌的身影，冒尖藉在心里为他们悲哀，不好好读书尽瞎闹腾。等一些人将涂着草绿色漆的木箱子，一箱箱地摆在司令台前面，金阿狗喊了一声“把箱子打开！”几个人用铁钎子撬开了箱子，将身上还涂着黄油的步枪一支一支地发给按次序上来的红卫兵，还每人发了十颗紫铜色的子弹。

大约发了150多支，还有两挺机枪，冒尖藉在边上看了一下，知道这些都是半自动步枪，机枪不是歪把子，而是新式的班用机枪，他为金阿狗和红卫兵无法无天感到担忧，因为他懂得这些枪如果真要是打起来，威力不小。

就在热热闹闹地发枪，还没轮到冒尖藉作射击示范，学校围墙外面就响起了手持高音喇叭的声音：“红卫兵小将们，请你们停止发枪，我们是中国人民解放军同州军分区独立营，奉命前来收缴你们的枪支弹药，请你们听从命令，立即走出学校，对违抗命令故意破坏者立即逮捕！对敢于擅用武器者格杀勿论！”喊话声一遍又一遍。

围墙外面的喊话声，把刚才还在操场上吵吵嚷嚷的红卫兵被震慑住了，一个个呆若木鸡。金阿狗眼睛里出血一样，拎起班用机枪，用手一挥喊道：“解放军是不敢开枪的，他们不敢剿杀革命小将红卫兵，大家跟着我往外冲啊！”

“哒哒哒哒”从院外扫射过来一梭子弹打在地上，扬起了一窝窝的尘灰，金阿狗不顾死活地举起班用机枪准备击发，被冒尖藉一个箭步冲上去将他摁在地上说："乃不要命啦！外面是正规部队，乃这样无异于鸡蛋碰石头，乃不想活命，心莲她娘俩还要活下去！"

"屁话！我不能就这样被吓住了，让大家看不起我这个总指挥！解放军怎么啦，看他们敢真的往我身上打？"金阿狗不信邪，挣脱了冒尖藉的按压，从地上爬起来，将机枪端在胸前继续往外冲，院外又是一个点射，他一个踉跄晃了一下身子就倒下了，冒尖藉看到殷红的鲜血从金阿狗的大腿上流了下来。

眼看就要酿成一场巨大的流血事件，冒尖藉站起来对红卫兵们说："大家不要乱动，领到枪的将枪放在地上，没有领到枪的站在原地，听从解放军的指挥！"

本来是群龙无首、乱作一团的红卫兵这时像士兵听到了口令，都按照冒尖藉的话去做。冒尖藉又朝围墙外喊道："解放军同志，我们愿意听从你们的指挥，请不要开枪！"

"很好，请红卫兵们排好队，一个接一个地从校门口往外走，接受检查！"围墙外面答应道。趁大家往外走的时候，冒尖藉打起了金阿狗钻进了操场旁边的大叶冬青树丛。

血不断地从金阿狗右大腿上流下来，冒尖藉看了看没有伤到股动脉，为了止血，他从衬衫上撕下一条布，将被子弹击穿的地方扎紧，金阿狗痛得要叫喊，被冒尖藉用手按住了嘴巴，说你一喊就会引来解放军，到时你连逃的机会都没有了，你难道还要往枪口上撞。金阿狗就咬紧牙关硬挺。

听院外的解放军从围墙根上撤走的脚步声，冒尖藉背着金阿狗跳出了围墙，朝原来冒老爷的同泰纱厂走去，因为他对那里的地形熟悉，不远处有一条通往城外的河，河边有一片树林可以躲藏，所以他背着金阿狗一口气钻进了树林里。在放下金阿狗后，他就沿着河边走，发现有一条小船，他就返回树林背上金阿狗上了小船，然后就将船摇往城外。

忍饥挨饿挨到了天黑，他们才到达大冢，金阿狗有点昏迷了，冒尖藉感到幸亏及时作了止血，才没有流血过多，现在金阿狗出现昏迷主要是饥饿口渴加上惊吓过度而致。所以他给金阿狗喂了水，又喂了半碗米汤，再仔细察看伤口，发现步枪的穿透力强，子弹没有留在大腿里是贯通伤，认为并无生命危险，就在伤口上涂了谭老爹的秘制专治跌打损伤的药膏。

幸好伤口没有发炎，金阿狗拣了一条命回来。这些日子，金阿狗躲在冒家大冢倒也安静，由冒尖藉好吃好喝地供着，他的身体恢复得很快。半个月下来，已经可以下地活动腿脚了。在这半个月里，他醒过来后，就向冒尖藉灌输他的革命大道理，认为乱世出英雄，“文化大革命”给自己创造了大显身手的好机会，所以又一再动员冒尖藉联手造反，说到高兴的时候就会做出十分夸张的表情和手势。

冒尖藉对金阿狗的话总是嗤之以鼻，劝他省省吧，不好胡思乱想。而金阿狗觉得冒尖藉是做奴才的命，所以两人后来干脆都不说话了。

金阿狗的腿好利索了，就急于离开冒家大冢，冒尖藉看他这么不安分，也就不挽留，但劝道：“出去以后太平一点，不要再逞什么英雄啦，与心莲好好地过日子吧！”但金阿狗却“哼”的一声扭头就走。

又过了半个月，冒尖藉到同江城里想去看个究竟。因为金阿狗走了之后，邱阿兴来过一回说，同江城里现在很乱，踢派与支派两边打得不可开交，死了不少人。所以，他想进城听听有没有金阿狗的消息。他知道心莲的日子过得肯定不好，摊上金阿狗这样的人，她算是倒了八辈子霉，但也不希望金阿狗出什么岔子，否则心莲又要守寡了。

怀着这样的心情，冒尖藉就进了同江城。城里还是闹哄哄的，这里一摊子在开批斗会，那里一拨子在散发传单，在他看来都是吃饱撑得，要是再来个三年自然灾害，这帮子人连咳嗽的力气都没了。

在汽车站，几辆锈迹斑斑的公共汽车零零落落地进进出出。一帮戴红袖章的人冲进了汽车站里，冒尖藉一打听原来县一中的老校长从同州回来，红卫兵知道后就到汽车站里来等老校长下车，然后直接拉去开批斗大会。

冒尖藉就挤上去问一个女的红卫兵：“听说金阿狗没有，踢派的大头头。”那个看上去也就十七八岁的年龄，长着一副娃娃脸的红卫兵，转过头说：“他十天前被支派逮住了扔到娄江河里淹死了，尸体过了五天浮在水面上才被人发现。”

听到这消息，冒尖藉愣了半天，他没有因为金阿狗过去是自己的情敌把心莲抢去了，现在却沉尸娄江而幸灾乐祸，更没有想过金阿狗暴死后让心莲回到自己身边，他是因为心莲又要再次忍受失夫之痛而感到难过。他深知在这个人们思想依然封建的年代，一个女人不敢奢望更多，只是图个不能没有男人的家，哪怕这个男人已经背弃了自己。

知道了这个结果的冒尖藉就往回走，因为他还有一桩事要弄个明白，那就是要看看姜可名的情况。听金阿狗讲，这个曾经在同江不可一世的人，竟然被红卫兵夺了权，现就在双林砖窑厂拉板车。

在路上，冒尖藉想象不出姜可名现在是个什么样子，他并不想存心去看这个与冒家作对、一心想报复冒家的人的笑话，也不想趁机倒算，只是想去看看受到报应的人现在是啥样子，仅此而已。

双林镇的窑厂很大，靠娄江河边上有两座有22门洞烧砖的窑炉，两座窑都有一根十多米高用红砖砌的大烟囱，直刺青天，冒着长长的浓烟。河边停着一溜大船，都是来等着装砖的。砖厂分几块工地，有专门取炼泥的，有打砖坯的，有往窑里送坯的，有从冷却的窑洞里出砖的，人来人往，川流不息。

冒尖藉来到工地上，向旁人打听有没有一个叫姜可名的人。一连问了好几个，都说不知道。后来，到窑厂办公室门前，有一个手里捧了一大摞《毛泽东选集》的人在他面前走过，他就拦住问讯，那个人停下脚步，不耐烦地说，是县上下来的那个姜书记吧，喏，在那里，说完用手往东指了指就匆匆离去。他朝东看去，见在两百米远的地方，是一个晾砖坯的工地，就是将拌和的泥放进一个固定大小的模子里打成砖坯，然后等晾得不干不湿的时候送入窑中去烧。

人很多，一辆接一辆的板车从脱坯的工地上拉来砖坯，垒成一排排的搭空的砖垛。冒尖藉瞪大眼睛在人流中搜寻，一个右眉上方有块醒目的“蓝田痣”的人出现在他的眼中，凭着这一明显特征，冒尖藉认出那人就是姜可名。他头上戴着一顶草帽，穿着一身蓝粗布衣，肩上套着根背带，双手扶着把手，拉着一辆装满砖坯的板车，费力地拉了过来，一个五十来岁的人显然有点力不从心。见状，冒尖藉上前在车后帮着推到了砖垛边上，姜可名转身对在车后帮忙的人投来了感激的目光，当他看到是冒尖藉时，头就低了下来。

趁机为难一个已经落难之人，冒尖藉是于心不忍的。他对姜可名说早知今日何必当初呢。姜可名身上没有了往日的威风，那只在上海做工运逃跑翻墙时摔伤的手不停地在发抖，在喉咙里仅发出了“唉”的一声叹息。这无奈的一声叹息，让冒尖藉本来想责问他为何加害少爷的话咽回了肚里，只是说：“这是报应啊！”说完，将提兜里的十只梨子放在了板车上，就默默走开了。

冒尖藉想到目前为止，冒家依然杳无音讯，等冒家的嫡亲之人出现后再找姜可名算账也不迟。让他没有想到的是，第二年姜可名就被解放了，并且在同江县成立三结合的革命委员会时，又当了革委会的主任。他儿子在东北部队当兵，去东北走了一趟后，回来不久就生了一场大病死了。更没有料到的是，姜可名死了之后，自己与姜家就像掺合在一起的棉絮依然扯不清。

第四十六章 处境不妙

姜可名的死就好像摘去了头上悬着的一把刀，让冒尖藉长长地舒了一口气，他认为从此以后，冒家活着的人没有了后顾之忧，死去的人就可以安息无扰，而自己也应该放心地安排自己后半生的日子了。因此，他采取了安常处顺的态度，看护好冒家大冢。

但有一件事，上升为他的当务之急，就是打听曾静芝的下落。他曾经按她走时留下的地址发过几封信，但每每都是贴着“查无此人”的纸条原封不动地退了回来，这一晃将近十年时间。原来因为一直提防姜可名的加害，所以信上只是不痛不痒寥寥无几地写几行问候的话，根本不敢提及两人的私情以及肚子里孩子的事。

党的十一届三中全会召开以后，随着平反政策和知识分子政策的落实，冒尖藉觉得中国的政治气候变了，不再随便抓辫子、打棍子、扣帽子，人们说话和做事的胆子也大了起来。所以，他在最近寄给曾静芝的几封信中，倾诉了自己的衷肠，并且直言不讳地提到了孩子的事。因为他掰着手指头掐算一下，她肚子里的孩子从走那天算起，生下来到今天应该有十周岁的年龄了。在这段时间里，他在梦中都梦到了儿子，而且都是在儿子被凶神恶煞拉走时，声嘶力竭地大喊“爸爸，爸爸”的时候把他惊醒，一摸枕巾被眼泪打湿了一大片。所以，他在近几封信中，明确告诉曾静芝自己要去上海寻找她和儿子。但每每收到的都是退信。一封封退信就像弹射回来的一把锋利刀子插进了胸膛，扎得他七窍流血。是她变心了还是遭遇了不测，这两个问题像两块大石头，压在心头让他喘不过气来。

他终于决定不管三七二十一，到上海去一趟，一定要找着她和儿子。按照十年前送她的走的路线，他一大早就去了东仓汽车站，坐上了东仓发往上海的头班汽车。在车上，他是多么的忐忑不安，他设想了几种见面的情况，一种是让她大吃一惊，一种是她避而不见，还有一种是大海捞针，他就是不愿意设想那种阴阳两隔的情景。

到了上海，他在汽车北站下了车，换上了去北京东路的市内公交车，在西藏中路的站台上下了车，按照她留下的门牌号码一条弄堂一条弄堂地找，怎么也找不着她的家。他求爷爷告奶奶费了许多口舌，弄堂里和石库门的上海人都是那一句“阿拉弗晓得”，让他好像掉进了冰窟窿一样感到彻骨的寒冷。他在南京路川流不息的行人中穿行，走到了外滩，冲黄浦江大声呐喊：“静芝，乃在哪里啊！静芝，乃在哪里啊？”引得众人驻步围观，他听到了围观人群有人在说“阿像在发神经病”，但他依然我行我素。连续几天，他转遍了整个上海城，到处打听，拼命寻找，结果还是没有一丝线索。他的两条腿像灌了铅一样，再也迈不开步，晚上就坐在上海火车站的长椅子上打瞌睡。一天晚上他困得实在睁不开眼睛，等他醒来时，发现随身带的一只提包和上衣口袋里的钱包被小偷掏去了。对大冢的牵挂加上身无分文的他，只好从上海徒步走了一天一夜，才回到了大冢。

就在他酣睡的第二天，同益村原来叫大队长现在叫村主任的王春喜来到大冢。他是王菊林的儿子，因为根正苗红，长大了接父亲王菊林的班先当生产大队的大队长，现在又当了村主任。

王菊林在十一届三中全会召开的那年，因得了胃癌去世已经五六年了，村里人都说他没福气。尽管他年轻时并不得村上人的好评，但解放后当了贫协主席，后来当了农业合作社的主任，再后来又当了生产大队长，还是逐渐地做了不少好事。所以总的来讲，后来他在村里的口碑不错。冒尖藉虽然比王菊林年轻不少，但他们两人的关系很好，在王春喜的眼中冒尖藉是当然的长辈，所以十分地尊重，称他为“冒叔”。

见门还关着，王春喜拍门叫醒了冒尖藉。

王春喜知道冒尖藉这回去上海找当年村里的女知青曾静芝，刚回来两天。因为现在知识青年都落实了政策，没结婚的全部回城，在当地结过婚的不仅可以回城，而且还可让配偶跟着进城。这次对冒尖藉到上海去找失去联系的爱人，王春喜认为并无不妥，感到冒叔已经是五十多岁的人了，一直没有成家立业，现在应该找回老伴相濡以沫，共享晚年。

见冒尖藉浑身透着疲惫，王春喜清楚是怎么回事了，所以只字未提去上海的事，怕伤了他的心，只是告诉自己的儿子三月初八结婚，请他去喝杯喜酒，今天是特意来邀请的，并且请他去记人情薄。冒尖藉脸上露出了笑容，说村里又可以热闹热闹了，自然是要去的。

到了三月初八这天，冒尖藉早早地到了王春喜的家，他将一摞红纸裁得方方整整，然后用红线装扎成礼薄。村里人都喜欢他来记礼薄，因为他的毛笔字实在拿得出手。等他笔墨礼薄都准备停当，王春喜过来给冒尖藉送茶水，告诉他说：“冒叔，冒家在海外还有后人，最近同江县外事办公室来打听过冒家的消息呢！”

“啊，真的？乃不要骗人哦！”冒尖藉从凳子上突然站立了起来，手中的毛笔“叭”的一声掉在了地上，身子也摇晃了起来。王春喜知道这个意外的消息，让这个在冒家大冢上守了近一辈子的人受到了刺激，所以，一把扶住了他说：“冒叔，乃不要太激动，好人自有好报，乃这么多的付出不会白瞎的！”

冒尖藉觉得冒家的祖坟已有五百多年的历史了，冒家不应断子绝孙。自己受冒家重托，从十七岁起就为冒家守祖坟至今四十多年了。现在知道冒家的子孙尚在海外，他不是自己想要沾什么光，得什么好处，而是认为自己忠人之事，可以有一个圆满的了结。

打这时起，冒尖藉振作起精神，日盼夜望冒家回来。他觉得冒家人回来的可能性比找回曾静芝的可能性要大得多，因此又在大冢上忙碌起来。改革开放后，开始对焚香拜佛不予禁止。他就在客堂里，打了一张供桌，立了一块“冒家祖宗之牌位”，用一只不是很大的搪瓷盆做香炉，在那只从坟里取出来的青花六方烛台上插上了蜡烛，做到香火和蜡烛日夜不熄。他之所以如此，并非是搞所谓的迷信，而是对冒家的祈祷和自己精神的寄托。

可是，从此之后，冒家的消息却像一股穿堂风稍纵即逝，又是无声无息。冒尖藉没有其他办法可想，他想到了当年在村里“四清运动”蹲点的地区副专员韩叙伦，或许通过他可以进一步打探冒家的消息。于是他就赶到同州市，问韩专员在哪里。市政府接待室的人告诉他，韩专员已经退了下来，他又感到了自己在这个世界上是多么的无奈和无助。

每当夜晚星星出来万籁俱静时，他总向东伫立，仰视深邃的苍穹，心里默默地呼喊：“老天爷啊，保佑冒家回来吧！”而早上太阳喷薄而出的万道霞光，却又始终照亮着他的坚守之路。

世事难料，这个道理对冒尖藉来说不难理解，但真的来临时还是让他猝不及防。

改革开放的中国，就像一只饥饿的醒狮对生存的渴望。在这个年代，最能体现中国人的勇气和智慧的便是大搞开发区建设。同江搞开发区在全国起步最早，比上海浦东早将近十年，说是同江接受上海的辐射，其实是同江人不敢妄自菲薄说的一句谦词。同江开发区是属于典型的“摸着石头过河”，自作主张地先行先试，后来搞成了一定的规模，通过争取才戴上了“国家级”开发区的帽子。

开发区其实也没有什么大的秘密，划一块区域，刚开始搞的是所谓的“三通一平”（即路通、电通、水通），后来为了优化投资环境，增强招商竞争力，就搞五通六通七通八通甚至是九通。在这块划定的区域内，首先搞的是大拆迁，让区内的住户统统搬离。

冒家大冢，地处娄墅荡边缘。有一家世界500强的大公司英伦化学要在同江开发区投资落户。尽管这家公司可能存在一定的污染，但能将其招到手也实属不易。

英伦化学这个项目投资总额达三百亿美元，一期投资五十亿美元，正式投产，还可带动相关的下游产业投资额达九十亿美元。对这一个特大重点项目，省里也十分重视，明确要多少土地就给多少土地。所以同江市（撤县建市）就将连同冒家大冢在内，划出了一千亩地作为这家公司建设的规划用地。所以冒家大冢不论是作为无主野冢或是有主冢坟，都要或迁移或毁掉。

一天上午，下着蒙蒙细雨。王春喜打着雨伞赶到了大冢，将开发区要平整土地，冒家大冢也被列入了拆迁范围的消息告诉了冒尖藉。

听到这一消息，就像响雷在冒尖藉的头上炸开，将他击得天晕地旋，噎得他一口气喘不上来，王春喜拍打着他的后背说："冒叔，乃不要急火攻心，当心自己的身体啊！"

半晌，冒尖藉才缓过气来，用颤抖的声音问："春喜，这是真的吗？"

"冒叔，吾啥时候骗过乃呢？这是板上钉钉的事。"王春喜一脸的认真。

"天呐！为什么这样对吾啊，冒家的人还没有回来，吾苦苦守了这几十年不是要付之东流了呀！让吾咋面对冒家的先人和后人啊？"冒尖藉就像一只濒临被猎杀的野兽那样感到绝望，先围着大冢转圈狂奔，后又冲出大冢在茫茫的麦田里大声叫喊。

见冒尖藉发疯似的失常，王春喜也跟着冲出了大冢，在后面紧追不舍，没想到六十多岁的人腿脚还这么灵便有力，两人一前一后在田野上像赛跑一样，一条小河横在前面才让他们停了下来。王春喜上气不接下气说："冒，冒叔，乃不要命啦！这拆迁是政府定下的事，谁也改变不了的，胳膊拧不过大腿，乃就认了吧？"

对王春喜说的道理，冒尖藉不是不理解而是不能接受，他在少爷冒泓炜的事情上已经领教过这种无奈和无助，深深地体会到了个人的力量再怎么强大，也无法与掌握国家资源和动用国家机器的政府相抗衡。于是说："春喜啊，这冒家大坟不能毁啊，也毁不了！"他本想告诉王春喜关于冒家大冢的秘密，但不到最后关头，还是不能说出来，所以把想说的话又咽了回去。

冒尖藉此刻已经恢复了理智，他为自己还没有养成宁静的心态而感到羞愧，他知道一个养成宁静的人，就会有一种伟大的定力，在遇到莫大的恐慌时，心底也是一波不起。

王春喜搀扶着冒尖藉回到了大冢，他对冒尖藉最后充满自信地说的那句"冒家大坟不能毁也毁不了"的话感到纳闷，就问道："冒叔，乃咋就这么肯定冒家大冢毁不了呢？”

冒尖藉不置可否地笑了笑，说：“凭吾的直觉啊！”他感到坟中的秘密也许可以让冒家大冢自己保护自己，但不到万不得已时，他绝不会亮出这最后这张底牌。

冒尖藉决定静观其变。

第四十七章　不速之客

在这个世界上，许多缺乏内在精神活力的人往往会被挫折和不幸击倒，而拥有精神活力的人，在苦难和挫折面前就能不为所动。

村上最近到大冢来闲聊的人不少，主要谈的是关于拆迁的话题。冒家大冢历史上曾经是同益村骄傲，在拆迁的年代则成了村里人关注的焦点，让大伙的心情很复杂。因为这个大冢太富有传奇色彩，种种传闻在村里四起，传得神乎其神。而冒尖藉则悠闲地在护冢河里钓鱼，就像姜太公一样，意不在钓鱼，而在等待某种机会。

最近，扛着各种测量仪器的人在冒家大冢旁边来来回回地忙乎，种种迹象表明，冒家大冢朝不保夕，被毁在即。

该做什么还做什么，这是冒尖藉现在的处世哲学。他对拆迁的事似乎并不着急，而村里人对拆迁却是惶惶不可终日，大伙谈“拆”色变。

一天下午，冒尖藉正在全神贯注地练习书法，以至于对门外的来人只是说了声“请坐”，头都没抬继续写他的字。来人也没有吭气，好像欣赏起书法。等冒尖藉写完将笔搁在笔架上，才抬头看了来人一眼，发现此人从未见过。

“你一定就是大名鼎鼎的冒尖藉，冒老先生吧，俗话说字如其人，一看这手字，就知道老先生不是凡夫俗子，钦佩，钦佩啊！”来人也是谈吐不凡，年纪四十开外，个子不高也不矮，一身得体笔挺的深藏青西服，戴着一条浅天蓝的领带，脚穿一双黑色的两接头皮鞋，留一头乌黑的自然碎发，真可谓西装革履，风度翩翩。

“请问先生尊姓大名？”冒尖藉谦谦有礼，赶紧让座，并要去泡茶。

来人在冒尖藉端来的凳子上坐下，没有告诉冒尖藉自己姓啥名谁，而是不断提问：“老先生，在坟上待多久了？”

“五十多年啦！”冒尖藉掰着手指头算了算年头回答说。

“哦，不容易啊，钦佩，钦佩！这坟的历史有多久？”来人磁性的嗓音富有亲和力，让冒尖藉一点也不讨厌。

“从明永乐算起应该有近六百年的历史。”冒尖藉听了这问话，觉得来人似乎是个历史学者。

“你觉得这坟有什么价值？”来人继续问道。

“有啊！可别小看了这座冒家大冢，那可是大有研究头的！”冒尖藉肯定地说道。

“那你不妨说给我听听，比如大坟有什么典故，坟内有什么文物等。”来人步步深入地引导。

“这个，这……”冒尖藉不愿意回答这些敏感问题，支支吾吾起来。

“不愿意说，我也不勉强，那能否可以说说现在为了开发区建设的需要，这座大坟要平掉，你有什么想法？”来人善解人意地转换了话题。

“为什么呀，开发区建设非要把坟平掉吗？”冒尖藉反问道。

“为什么不呢？这座大坟的主人都没有了，应该算是一座无主坟，政府要征用土地，拆起来易如反掌！”来人皮笑肉不笑。

“我姓冒，难道我不是冒家的人吗？”冒尖藉有点生气。

“老先生，姓冒不一定都是冒家人，你就不要滥竽充数啦，这可不好啊？”来人说话开始咄咄逼人起来。

听来人越说越离谱，冒尖藉不客气地下了逐客令：“你没有资格来跟我谈这个问题，请你走吧！”

来人倒是神闲气定哈哈地笑了进来，却引起了冒尖藉的反感。在冒尖藉正要再次礼请来人离开时，门外呼呼啦啦地来了一大帮人。有一个长得五大三粗，说话大大咧咧的人还没进门，连喊带叫："姜主任，乃微服私访，吾侃一点也不晓得，吾真是该死，真是该死啊！"

"姜主任？"冒尖藉着实吃了一惊，他倒不是对被称做姜主任的人前来微服私访吃惊，而是从刚才与此人的对话中觉得来者不善。

"冒老先生，对不起，刚才没有及时告诉你我的姓名，我叫姜君文，是同江开发区工委书记和管委会主任。我的父亲叫姜可名，你也许认识哦！"

"什么？乃，乃是，是……"冒尖藉惊愕得说不出话来。

"冒老先生，我们姜家与冒家有缘啊，看在家父的分上，我会关照你的。"对姜君文话中有话，让冒尖藉噤若寒蝉，有一股凉气从背上嗖嗖地穿过，但对有经历的他来说，也不至于这番话就让他乱了方寸。

"只要是姜主任的关照，吾冒某人来者不拒，照单全收！"

"哈，哈哈！"姜君文稍微愣了一下，他觉得这个看坟的老头不是一只软柿子可以任人拿捏的，就用大笑来掩饰自己表情，又说："我来介绍一下，这位是开发区拆迁办的主任叫周大华，以后由他来与你打交道。"说完，姜君文用手指了指刚才喊他的那个长得五大三粗的汉子。

"我是周大华，是个老大粗，请冒老头以后多多支持工作。"说完，就伸手去握冒尖藉的手。他不仅出口不逊，更是不怀好意，想用像熊掌的右手让对方见识见识，来个下马威。

当周大华肥厚的粗手伸向冒尖藉，冒尖藉的手就迎了上去，从对方使的力道上判断，他知道了对方的用意，所以不显山不露水地使出了"谭家拳"的手上功夫，像老虎钳一般将对方锁住，"咯咯"地作响。

偷鸡不着反蚀一把米。周大华怕被人耻笑，威风扫地，当着众人不好意思嗷嗷叫，只得痛苦地憋着，眼泪差点掉了下来。

冒尖藉得饶人处且饶人，松开了手，拍拍了周大华的手背说："以后，还要请周主任多关照啊！"

"好说，好说。"周大华苦不堪言。

"冒老先生，可否带我们去大坟上转转？"姜君文以征求的口吻对冒尖藉说。

“天已经有点热了，坟上的蛇很多也很大，吾怕不小心伤到姜主任，吾看还是不用去了吧。”冒尖藉倒不是吓唬他们，而是这几年也许是到处搞开发的原因，破坏了生态平衡，把蛇都赶到了冒家大冢。前些天，他去坟上瞧了瞧，发现又增加了不少新的蛇种，而且蛇的密度越来越大，如果是怕蛇的人看了一定会瘆得慌，所以他说的并非诓骗之话。

“冒老头，乃小瞧了姜主任，当年姜主任在东北部队上打老毛子眼睛都不眨一下，还怕几条小蛇。”周大华谄媚地夸大其词，不失时机地讨好。

“这都是什么年头的事了，好汉都不提当年勇，何况我也不是什么好汉，我只是为人民服务的一员。”姜君文倒是谦虚起来，接着他挥了挥手，“不说这些了，我们去坟上实地看看吧。”

“吾整天看着那些畜生，就不陪姜主任了，请姜主任自便吧，也许能看出点啥稀奇来。”没等冒尖藉说完，姜君文就在前面走了出去，周大华一伙前呼后拥地陪着去了坟上。

穿过坝基，周大华抢在前头主动引导，其实，他也是第一次踏进冒家大冢，但顶头上司面前，他不会放弃表现自己能耐的机会。

惊蛰过后，只要打过雷，江南的万物都苏醒了，在春天的舞台上各显神勇。蛇是一种精灵，它尤其本能地表现出自己的存在，在人的面前有些张扬。

周大华走在前头，带领姜君文到了大冢向阳的一面，这时太阳已经热辣辣地洒进了大冢的千疮百孔，他第一个见到了在窟窿里，有的窟窿里是一团黑乎乎的蛇在蠕动，有的窟窿里是黑黄色的蛇绞在一起嬉戏，窟窿里三角形的蛇头昂首吐着血红的信子，看到后让人毛骨悚然，他惊叫起来：“蛇，蛇！”

“至于嘛，吓成这副样子。”姜君文不屑一顾地说，他超越了周大华，变成了领路人。他毕竟当过兵，转业后又一直在与人争斗的官场上混，虽然身上有跟常人一样对蛇与生俱来的恐惧心理，但他知道人心的险恶比起蛇来要可怕得多。在他的血管里流着父亲姜可名的基因，在树立威信、彰显形象的场合是不会露怯的，所以由他领着一群人不徐不疾地围着大冢转了一圈。

从大冢上出来，周大华惊魂未定，姜君文却谈笑风生，在冒尖藉住的房门前停了下来。

“你们知道吗，西方人信奉基督，所以他们对蛇特别憎恨。你们知道这故事吗？”姜君文卖关子地看了看在场的众人。周大华就嚷嚷：“姜主任学问大，讲给吾伲老土们听听，大家说好不好？”在场的人除了冒尖藉之外，都拍手起哄道：“请姜主任讲讲！”

“哈哈，看来你们都没有读过《圣经》哦。那好，我就讲给你们听吧。那是前年我去美国招商时，一位信奉基督教的美国朋友在闲聊时告诉我说，《圣经·旧约》说，蛇比田野一切活物更狡猾，它诱惑女人在伊甸园中吃神不让吃的那棵树上的果子，因为神说过园中那棵树上的果子不可吃，也不可摸，免得你们死。而蛇骗女人说，你们吃了以后不一定死，而且你们吃了以后眼睛就会明亮了。女人经不住蛇的怂恿，不但自己吃了那棵树上的果子，而且还给了丈夫吃，结果二人的眼睛就明亮了，才知道自己赤身裸体，便拿了无花果树的叶子编裙子。这让神很生气，就决定惩罚，对蛇说你既做了这事，就必受诅咒，比一切牲畜野兽更甚，你必须用肚子行走，终身吃土，我又要叫你和女人彼此为仇，你的后裔和女人的后裔也彼此为仇。”说到这里，姜君文停顿了一下，咽了口唾液，周大华见状要让冒尖藉去倒杯水来，他拦住说不用了，就又对在场的人说：“大家知道吗？这就是蛇为什么用肚子行走和女人为什么更害怕蛇的由来！”拆迁办的两个女人“啊”地尖叫了起来。

“老冒同志，你别生气，我说啊，这大冢上毒蛇成堆，是不是充满了邪恶啊？”姜君文显然不怀好意。

“俗话说智者见智，仁者见仁，邪恶的人也会见邪恶，吾想姜主任不会真的认为冒家大冢有邪恶吧！”冒尖藉这句话把姜君文呛得一时不知说什么才好。

姜君文感到这个为冒家守了几十年的老头并不简单。为了摆脱窘境，他抬起手腕看了手表：“哟，时间不早了，我们该走了。”周大华附和道：“请姜主任和吾伲拆迁办的同志们一道去吃个便饭吧。”姜君文笑了笑，没有明确的态度，忽然又折身进了客堂，见点着蜡烛和燃着香火，就双手合十在冒家的牌位前拱了拱手。冒尖藉发现他盯着那只火焰正旺的青花六方烛台，眼角瞟出异样的神色。

冒尖藉巴不得这位不速之客立马就走，但姜君文意犹未尽，围着屋子转了一圈，周大华不知其意，也跟在屁股后头转了一圈，就自作聪明地说：“姜主任，这房子拆迁补偿花不了几个钱的。”姜君文从鼻孔里出气：“哼，你不懂！”周大华也就不敢吱声，唯唯诺诺小心应承。

等姜君文回到了客堂前，对冒尖藉双手抱拳作揖道：“冒老先生，刚才多有冒犯，请你见谅。”

“姜主任，恕不远送。”冒尖藉也双手抱拳作揖回礼。

目送姜君文一行远去的身影，冒尖藉感到这个世界上的冤家往往是避不开，绕不走，姜可名生前死盯着冒家不放，从他儿子姜君文今天的言行来看也不会善待冒家，而且很有可能会变本加厉。后来发生一连串的事情，证实了冒尖藉的这一预感。

第四十八章　觊觎宝藏

姜君文的突然造访，让冒尖藉坐卧不安。他知道，只要以开发区招商用地需要的名义，姜君文不用处心积虑，就可以名正言顺地将冒家祖坟毁掉。原来还指望能以冒家大冢的秘密作为筹码得到政府的保护，而现在面对的是一个与冒家有着宿怨的仇家之子，这个担忧就像大山一样向他压了过来。他不仅对冒家祖坟将陷入灭顶之灾的境地而大伤脑筋，也为时势让姜家不费吹灰之力将冒家置于绝地而感到愤愤不平，觉得老天对冒家太不公平了。

姜君文自从离开冒家大冢以后，也是食之无味，睡之不酣。对上辈人与冒家的恩恩怨怨，他倒并不放在心上，尤其是父亲那一代已经对冒家实施了报复，冒家现在背井离乡杳无音讯，自己就像在拳击台上找不着对手。虽然老爷子临死之前，将冒家如何对姜家不仁不义统统告诉了自己，并嘱咐他对冒家的仇要世世代代不能忘，但真的通过自己这一代再要对冒家怎样，这个问题在他脑子里确实没有很认真地想过。

但他对冒家大冢念念不忘。也许是遗传基因的作用，他像父亲一样酷爱收藏。在老爷子死后整理收藏，他发现在众多的字画中，有一只用锦盒，打开一看是一幅北宋晚期画家王诜作的《渔村瑞雪图》。他知道老爷子有个习惯，就是对收藏的字画的来源（时间、地点、出处等）都一一登记造册，他就翻开老爷子的秘册查到了《渔村瑞雪图》来自于冒家大冢。

这些年，他主抓全市的外向型经济工作，经常去香港和欧美国家招商引资，所以有机会接触到苏富比、佳士得这些全球著名的拍卖公司。从艺术品市场的趋势看，他认为名人字画升值的空间巨大。从为官处世的角度来说，他觉得收藏名人字画不仅可以附庸风雅，而且是财利双全。

因为那幅《渔村瑞雪图》出自冒家大冢，他这次只身前往，除了不想兴师动众外，主要是想去探个虚实，这大冢何许样也。让他感到失望的是，水中的这座冒家祖坟被日本人的飞机炸得已经不成样子，满目苍凉，破败不堪，就像一座巨型水泥船坞废弃在湖边，看不出有什么惊天地、泣鬼神的地方，再加上去大冢转了一圈，发现这座大冢成了名副其实的蛇窟，因此，这里的一切没有引起他的丝毫兴趣。至于与看坟老头的对话，只是随便为自己的祖宗出出气而已。

但从大冢转回客堂里，姜君文见到那盏正在燃烧的蜡烛台，这让他眼前一亮，以自己老到的目光，他一眼认定那盏青花六方烛台为明代早期宫廷御用或官用之物。就像在垃圾堆里拨拉出一粒金子一样，让他的眼睛定住不动了。他的这个异常神色，像周大华这样的粗坯是不可能领会的，当周大华说这房子拆迁补偿花不了几个钱，姜君文从鼻孔里哼了声“你不懂”表示了轻蔑。

离开冒家大冢后的连续几夜的梦里，姜君文梦到的都是在把玩那盏青花六方烛台。座上堆塑的那只形象逼真的狮，狮背上的中空灯柱，柱身上的缠枝蔓草纹，托盏内的海水纹，盘中的葫芦形插柱管，葫芦柱身上的牵牛花纹，让自己爱不释手。

由于一连数日被梦搅得寝食难安，姜君文眼圈都发黑了，被周大华在办公室就发现了。此人粗中有细，关切地问：“姜主任，好像龙体欠佳？”

“什么龙体不龙体，你拍马屁也要实在一点！”姜君文很不客气。

“那姜主任有什么实在的事尽管吩咐好了，吾其他事体做不来，姜主任交代的事，一定效犬马之劳！”周大华说得很像回事。

“真的？其实不用什么犬马之劳，有一桩小事，你可不可以去做一下？”

“说吧，姜主任乃尽管吩咐好嘞！”周大华拍着胸脯说。

于是，姜君文将冒家大冢上的那盏青花六方烛台的事跟周大华如此这般地说了。而且，他不让周大华用去偷去抢这种下三烂的极端手段，而是要做到神不知鬼不觉，不让看坟的老头有所察觉，就是察觉了也不要让他察觉是我们做的事。

周大华第一次接到“老板”的特别任务，自然是一千个小心，一万个谨慎。他绞尽脑汁终于想出了一个绝好的法子。

这些日子，冒尖藉像一个坚守阵地的战士，对大冢周围的一草一木，和来人的一举一动都洞察秋毫。一天中午，他正在吃饭，有一个人提着一盒西洋参大礼包和两瓶飞天牌“茅台”，径自进了大冢。

见来人手里拎着大包小盒，冒尖藉撂下筷子倚在门框上看着来人由远至近，到了跟前他还是认不出来人到底是谁。

“大哥，是吾啊，认不出来了吧，吾是杏元啊！”来人年近六十岁，头发已经花白，背有些驼，上身穿一件花花公子牌的米黄色夹克衫，脚穿一双鳄鱼牌的尖头皮鞋，在当下都是名牌，这行头显然是扮嫩，有些不伦不类。

“杏元？”冒尖藉有点发愣，旋即回过神来，说：“杏元啊，自从乃娘过世后，吾伲有三十多年没见面，乃与阿姐们都干啥去了呀？”

“是的，吾伲几十年没见了，大哥过得好吗？”杏元也激动起来。

“吾过得还好，乃与阿姐们咋样？”

“大阿姐杏花在十年前出了车祸死了，其他几个阿姐各过各的，来往也不多。吾原在县农机厂上班，先是下岗，后来厂子转制把工龄买断了，现在与朋友合起来开个小公司，两个孩子成家了，日子都还过得去。”杏元三言两语回答道。

“哦，日子过得去就好，那乃今朝咋想起到吾这里来了呀？”

“以前为了生活忙忙碌碌，光顾自己的日子，现在闲了下来，年纪又大了，难免有些怀旧，所以想来看看大哥。”

“难得乃还有这份心，岁月不饶人啊！想当年吾躲避日本人的追杀回刘家泾时，乃才八岁，还流着黄脓鼻涕，与阿姐们抢东西吃，一转眼的工夫，乃也变成了小老头喽。乃娘不容易啊，一个女人家把七个儿女拉扯大，在三年自然灾害为了不让乃和阿姐们饿肚子，偷偷地在晚上煮吾送过去的麦子吃，结果被村上发现后要批斗她，乃娘性子烈，就上吊自杀了，乃娘的命苦啊！”冒尖藉说完老泪纵横，杏元也在边上垂泪。

老哥俩回首往事，有说不完的话，说着说着就到了吃午饭的时间，冒尖藉就张罗着做饭。杏元说不用做了，自己今天来是特地接大哥去城里小住几天，让大哥去享享福。冒尖藉说自己住不惯城里，不肯去同江。杏元说既然不住城里，自己今天开了小车过来，就一道去城里吃个饭，让大哥看看自己的成就。

话说到这个份上，冒尖藉就不好推辞了，关紧了门窗，跟杏元离开了大家。由于全村都划入了开发区，所以杏元带来的那辆2000型上海桑塔纳小轿车，就停在村西边的公路上。冒尖藉是第一次乘小车，坐进去的时候头在小车门顶上碰了一下，杏元就像让国家元首上车的那样子，用手在车顶上挡着，让冒尖藉坐在后排，他自己坐了副驾驶的位子。

车子在开发区的大道上飞驰。冒尖藉靠在座位上感慨地说，现在发展真的很快，原来进同江城要沿娄江河的纤道走约两个小时，现在车轮一转不到半个钟头就进了城。杏元指着大道边上的一排排工厂说，现在多是外资企业，土地都让外国人占去了，本土的企业都倒闭了，厂里的工人年纪大的给点钱打发回家，年轻人进外国人的厂子打工。

到了城里，驾驶员也没问杏元去哪家饭店，径直开到了一家门面气派、装潢考究的潮菜馆停了下来。杏元先打开车门下来为冒尖藉拉开车门，怕刚才头碰车门的事再次发生，他右手挡住了车顶，左手扶冒尖藉下车。

下车后，迎宾小姐跑过来热情引导他们进了饭店大厅，冒尖藉见这里金碧辉煌，大厅正中一盏硕大的水晶吊灯明晃晃的，把他的眼睛刺得快睁不开了，他对杏元说，不就是吃顿饭，何必到这地方花冤枉钱呢。杏元说，大哥难得进城来吃饭，不进档次高点的酒楼显得自己心不诚，冒尖藉也就不多话了。

在二楼的一个小包厢内坐下，还没等杏元招手，服务小姐就将一本烫金封面的菜谱递到了杏元的手里，说请老板点菜。杏元似乎也不在行点菜，就问服务小姐有什么招牌菜。服务小姐就说金牌烤乳猪、黄焖鱼翅、红烧海参、南非干鲍是这里的当家菜。杏元价钱也不问就说那就来这几样吧，再加两个小碟两个蔬菜和一个汤，再要了一瓶赤霞珠红酒。

“杏元，这菜贵不贵啊？”冒尖藉问。

“大哥，在城里上馆子不能问价钱的，要不就被人笑话，今朝乃只管吃，不用担心花钱。”杏元显得财大气粗。冒尖藉心想，莫非这小子真的发啦。

冷菜先上，一盆烤乳猪皮黄焦脆，蘸甜酱吃味道不错，杏元一个劲地夹给冒尖藉，服务小姐说后面的菜还多着呢，杏元就停下筷子，说对，对，不能让乳猪把肚子填满了。接着上的是南非干鲍，个头大，杏元问今天的鲍鱼咋这么大，服务小姐说这是四头鲍，要两千元一位，你们两位就是四千元，杏元吐了吐舌头。冒尖藉生气地说，杏元是不是被钱烧得头晕，这东西吃上去像老母猪肉。杏元说大哥说笑了吧，这是上等鲍鱼，一般人吃不起，既然上了就吃吧。后来上的菜是用带盖的瓷碗盛的黄焖鱼翅，吃的时候，冒尖藉说这跟粉条差不多，就让服务小姐将菜谱拿过来，一瞧这黄焖鱼翅一位是880元，就说杏元心里没得数当冤大头，杏元说不碍事，难得请大哥上同江最高档的酒楼，花再多的钱只是自己的一点心意。冒尖藉想想这是杏元的一片真情实意，就高兴地与杏元一杯又一杯地喝光了一瓶红酒。平心而论这是他平生以来吃得最好的一次。

大餐吃过之后，已经下午两点多钟，冒尖藉要回大冢，杏元说啥也不让，说大哥猫在坟上苦了一辈子，今天就让大哥去放松放松。冒尖藉说咋放松法，杏元说去了就知道。驾驶员也不问去哪里，把车直接开到了夏威夷风情温泉浴场。

这浴场大厅里有两棵仿真的棕榈树，正面墙上是一幅巨大的夏威夷风景灯光画，进门就好像置身其境。服务生给他们拿了两双拖鞋，换上拖鞋后，杏元把冒尖藉引进了更衣室。赤身裸体的杏元见冒尖藉光着的身子胸肌和手臂、大腿的肌肉凸现，说大哥不愧练武出身，七十岁出头的人像小年轻那样壮实，等会儿就可以派用场了，冒尖藉不解地问派啥用场，杏元抿着嘴不说，只是怪怪地笑。

进了浴场，杏元领着冒尖藉一会儿进冲浪，一会儿下死海，一会儿泡温泉，然后钻进了芬兰浴蒸房。出了蒸房就去搓背，搓完背，两人就进了休闲包厢。刚泡好茶躺下，领班就领了八九个上身穿吊带衫，下身穿超短裙的女孩子进来，让两人随便挑中意的小姐去按摩包厢做全套。冒尖藉问是啥全套，杏元抢着回答说就是做全身按摩，说完就先点了一个皮肤白皙、胸凸臀翘的小姐，小姐拎了一只统一配发的箱子领着杏元走了，把冒尖藉一个人扔在了包厢里。

领班催冒尖藉点小姐，冒尖藉的手摇得像拨浪鼓说啥也不要，领班说老爷子有福不享等天亮，真傻，就骂小姐：“他傻，你们也傻啊？还不快请老爷子去按摩，如果伺候不好，就不要在这地儿混饭吃！”其中一个腰粗奶大的女孩从躺榻上拉起了冒尖藉，其他的女孩在后面推，终于将他拥进了按摩区。在经过一排包厢时，他听到包厢里面传出女人淫荡的叫声，进了包厢就问咋按摩法，大奶子的女孩说将浴衣脱了，先按背部，他就趴在按摩床上，女孩给他背上滴了几滴油，就骑在他背上。他问刚才经过的包厢里女孩子干吗叫得那么淫荡，骑在背上的女孩子“嘁”的一声：“老爷子，你真不懂还是装不懂，这按摩的花头经多着呢，可以波推，可以吹哨，可以冰火九重天，还可以倒位，你要啥就有啥，要不你都试试？”

他问吹哨是啥，女孩就从箱子中拿出一只避孕套，要扒他的裤子，他说这是干啥，女孩说吹哨呗。他问咋吹？女孩说将它套在你的老弟弟上，含在我嘴里。他又问什么是波推？女孩将吊带衫一解，就将两只大奶子贴在他的背上来回蹭，他像触了电一样将女孩掀下背，说这是糟践人，不行。他又问啥叫倒位？女孩说就是干男女那种事。他从按摩床上坐起来，说不按了，女孩急得要哭，说：“老爷子，你这是要砸我的饭碗啊！”

听了这话，冒尖藉从按摩床上跳了起来，问：“你把话说清楚，我不要按摩为啥会砸你的饭碗？”女孩说：“你不肯接受按摩，我自己挣不到钱，老家弟弟在上大学，我一年要供万儿八千，父母在田里等我拿钱回去买农药化肥，哪样不等钱用啊？”

听了这话，冒尖藉的心软了下来，他叹了口气说，旧社会良家妇女是被逼无奈才跳入火坑，现在为啥你们自己作践和糟蹋自己呢？女孩说，老爷子你真不领市面，家里要是没钱就被村上人都瞧不起的。现在漂亮的女孩说是出来打工，其实大多在挣这个钱，因为这个钱来得快。有个镇原来办的是皮件市场，说是前店后作坊，现在都变成了皮肉市场，前店小姐招生意，招到生意就到后面做那事。要说是作践自己呢，这也是老观念了，我们女孩子没啥能耐，但年轻就是本钱，身体就是银行……

冒尖藉向女孩摆了摆手，不让女孩子再往下说，就问我没钱怎么办？女孩说，现在的老头都有钱，好多老头一有钱就“骚包”往美容店里钻，还不都是去玩小姐的，而且我们小姐也喜欢老头，因为老头不会骗人，不像小年轻男人的口袋里没几个钱，来瞎玩，玩过之后又“豁水”（赖账），烦人！他问你们细皮嫩肉的咋让老头做那种事？女孩说，只要有钱，管他老不老的。他听了之后十分反感地说，我不是那种人，受用不起。说完就要拉开包厢的门往外走，女孩拦着不让他出门并哭出了声。

这把冒尖藉弄懵了，就说你这样不好吧，是强人所难！女孩说你这么一走，不说领班不会放过她，就是周大老板也不会放过她。冒尖藉问这是咋说头？女孩说你今天来按摩是开发区拆迁办周主任来安排的，他已经签过单，并特地关照要服侍好你老人家，如果你不满意，他就会找我们的麻烦的，浴场老板和领班哪个敢得罪他啊！

冒尖藉脑袋“嗡”的一阵，他差点儿跌倒在地，那女孩一把扶住了他，他说今天感到不舒服，你硬要给我按摩是恐怕要出事。女孩这下子吓得不轻，连忙拿起房间的电话告诉领班，说这老头有病，不能做激烈的按摩。过了一会儿，领班回电话说那就算了，别闹出人命来。冒尖藉就像获得大赦令的囚犯一样逃似的出了按摩包厢到更衣室，杏元还没出来，就自己换好衣服，将钥匙牌交给了前台，前台服务生看看号牌，知道不用结账，就收了号牌拿了鞋子给他，他出门招了一辆的士，逃回了大家。

在的士上，冒尖藉完全清楚今天是杏元受周大华指使作出的安排，心里大骂杏元这个不肖之子，跟他父亲一样一定是个好吃懒做的东西，同时纳闷这杏元与周大华的合演的双簧究竟唱的是哪出戏。

回到大家已经夜深。他进屋用火柴点亮了曾静芝留下的那盏桅灯，又提着桅灯在屋内屋外照了一遍，没发现有什么可疑之处，唯独少了那只青花六方烛台，也就没有大惊小怪地睡下了，但一场新的阴谋却在向他悄悄地袭来。

第四十九章　绑架讹诈

对青花六方烛台的丢失，冒尖藉虽然觉得丢就丢了吧，但对它的不翼而飞，心里还是疑窦丛生，心里琢磨着杏元这次重续亲情的事，会不会是周大华精心策划和刻意安排的，如果是，那他们的用心何在？

小心为妙，冒尖藉找邱阿兴来大冢。这邱阿兴家里现在可是大富大贵了，他的一对双胞胎儿子都不是读书的料，只念到初中没毕业就不肯上学了，在家里闲荡，没办法，他带着孪生兄弟到冒家大冢，求冒尖藉教点手艺给这两个没出息的东西，不至于将来让他们挨饿。于是，这对双胞胎卷了铺盖住到了大冢上来。

本来冒尖藉是想把木匠的手艺教给他们的，但双胞胎不肯花力气好好地学，倒是喜欢整天往大冢上去拨弄那些蛇，而且缠着要学弄蛇的门道。

被他们缠得没办法，又怕他们瞎玩被毒蛇伤着，冒尖藉就将蛇的类型、习性教会他们，又将制服蛇的秘诀、方法和配制特效蛇药都交给了他们，结果让师傅大感意外，双胞胎一点就通，似乎是天生的弄蛇者。在学了三年之后，双胞胎认为掌握了独门绝技，就要自己出去闯荡江湖，冒尖藉和邱阿兴怎么劝阻都无用。90年代初，双胞胎三十来岁没有娶妻成家，双双去了深圳，结果先钻出娘胎的那个在深圳贩卖假蛇药害了人命被枪毙。那个小的却是干出了一番大事业，从深圳、云南那一带闯了几年回来，在同江开办了蛇业公司，既养蛇，又生产蛇制品，做蛇肉罐头食品，开办蛇餐馆，炼制蛇油护肤品等，在电视上打广告，出钱赞助重大演出及体育赛事，现成为同江地区的大型民营集团企业。

尽管儿子发迹了，邱阿兴却不愿去享清福，而喜欢与冒尖藉待在一起，虽不说朝夕相伴，但也可以说形影不离，老哥两自得其乐。

自从姜君文微服私访冒家大冢的消息在村里传开后，邱阿兴来大冢更勤了，他一直为冒尖藉担心。

所以，冒尖藉第二天就把阿兴找来，将自己昨天被杏元骗去同江，以及在夏威夷浴场周大华暗中安排色情按摩，回来后发现青花六方烛台丢失的事告诉了阿兴。阿兴哪有这个脑筋将这些事捋清楚，只是说要小心这帮人，听说周大华这种人黑白两道都兜得转，而且心狠手辣，什么事都干得出来，是要小心提防。

通过近来发生的几件事情，冒尖藉认为它们并不是孤立的，而是有着必然的联系，但至于围绕一个什么目的，目前不得而知，但一定要做到有备无患。于是，他与阿兴制订了几套应急的方法，比如自己每次外出都要事先告诉阿兴，在自己没有预先告知的情况下私自外出两天，看到桅灯倒在桌子上或打翻在地下，阿兴都要向公安机关报案等等。

接着发生的事实证明，这一未雨绸缪的应对之策是正确而有效的。

其实，这盏青花六方烛台，已经落到了姜君文的手中。

事情的经过是这样的：姜君文与周大华密谋之后，周大华通过暗中调查，知道冒尖藉是一个重亲仁义的人，所以顺藤摸瓜找到了刘杏元，而刘杏元是个混混，近六十岁的人还是一事无成，又好赌成性，周大华让手下人在麻将馆里设套把他套住，威逼利诱让刘杏元将冒尖藉从大冢上诓骗出来。刘杏无被逼无奈答应了周大华的要求，周大华就给他置办了名牌衣服和皮鞋进行了包装，然后让他以发迹的样子将冒尖藉接到同江吃喝玩乐，趁此机会，周大华让其豢养的神偷和杀手外号叫“旋风”的人，去大冢将青花六方烛台捞了出来。

青花六方烛台捞出后，周大华立即送到了姜君文的手上。

对古瓷器颇有研究的姜君文将周大华送来的宝物关起门进行了一番研究。他感到这盏烛台通高达36.2厘米，构思、造型、纹饰精细、潇洒，器身伴有明显水垢和老化痕迹，尽管形制复杂，工艺难度极高，但整器十分协调，宛如一座精细而壮观的建筑艺术品。釉面湿润，纹饰娴熟流畅，“大明宣德年制”款式规范，遒劲有力，苏离青料固有的晕散和铁锈下凹特征非常突出，肯定是出自江西景德镇。

他还将其与网上的龙泉青釉烛台进行了比较，觉得这盏青花六方烛台尽管比浙江龙泉大窑枫洞岩窑产的青釉烛台晚，但宣德青花烛台比龙泉青釉烛台无论在器型上还是在纹饰上都极精细，在台座、托盘纹饰方面出现了许多变化，对堆塑狮的刻画更是一丝不苟、细致入微，远胜于龙泉青釉烛台。因此，这盏青花六方烛台为明代早期宫廷御用或官用之物无疑。

这破破烂烂的冒家大冢竟然有这等瓷器，让姜君文着实吃了一惊。他又查了一下同江地方志，知道冒家发迹于明朝早期。在同江的这支冒氏家族，是永乐早期由效命于燕王朱棣麾下的冒正显繁衍而来的。登上皇位的明成祖朱棣于永乐三年六月，特调冒正显为同江布政使，协助郑和下西洋，统领“多赍金币”造大船，历三十余年。之后的冒氏族人在明代历朝中担任要职，还有曾在江西景德镇任督陶官的先辈。

对明朝的陶瓷，姜君文有大致的了解，自洪武二年明代设立御窑厂起，汇集了优秀的匠师，不断创造出新的优质产品，如青花、斗彩、五彩。以青花为例，明代永乐、宣德青花发色浓艳深沉，成化、弘治青花就显柔和淡雅，进入嘉靖、万历时期再变为浓重艳丽。在推行“官搭民烧”后，民窑也获得了空前发展。所以明朝的瓷器盛极一时，彩瓷品种异常丰富，既有皇家标志的龙凤纹，还有中国传统文化的花草、山水、人物故事等，甚至还有异域特征的图案。在颜色釉瓷炼制方面，烧造出“虽有人作，宛若天开”的艺术境界，如晶莹沉静的祭蓝釉，清雅脱俗的洒蓝釉，浅淡匀净的天蓝釉。

会不会在冒家大冢里藏有大量的明朝瓷器？这个疑问像电脑中突然弹出的一个对话窗口，究竟是选YES还是选NO，让姜君文颇为踌躇，他觉得自己无法选择，还是要让看坟的老头来选择吧。

一个新的计谋在姜君文的脑子里像原子核裂变那样，让他头痛欲裂。他只好把周大华叫来，商议一个新的让冒尖藉开口吐秘的万全之策。

最后商量的结果是秘密绑架冒尖藉。姜君文订下了一条原则，就是绑架可以，但一定不要让老头送命。他知道公安机关有一条“命案必破”的规矩，如果闹出命案就不好玩了，麻烦就大了。所以他千叮万嘱周大华要注意这一点，至于怎样让冒尖藉就范，他让周大华自己想办法搞定。

这些日子，冒尖藉偶感风寒，夜里服了几颗感冒药后昏昏沉沉地睡着了。一个风高月黑之夜，几个黑影窜入了冒家大家，他们用刀将房门的门闩轻轻地挑开，悄无声息地潜入屋内，将冒尖藉从被窝里拉起。

冒尖藉感到有人在按自己的手脚，开始以为在做梦，等他清醒过来正要施展拳脚时，被人从背后将一只黑口袋套在了头上，致使他看不见对方是何模样，他知道这次是碰上职业绑匪，手法十分老到。在他乘绑匪还未捆住脚时，凌空跃起看似踢向绑匪，其实是去踢放在床头柜上的那盏桅灯。至于为啥要踢倒桅灯，绑匪是不明白的，而他清楚，就像红领巾遇到鬼子放倒消息树那样，这是给邱阿兴留下报警的讯号。

冒尖藉不作无谓的反抗，绑匪顺利地捆住了他的手脚，又用封箱带将他的嘴巴封住，然后将他抬进了一辆面包车内。上了车他安静地坐着，两边各有一个绑匪挟持着他。汽车开了大约一个多小时，他被前拉后推地带入了屋内，又被绑在了一张椅子上。

“冒老头，今夜请你来，没有别的什么事，只要你讲实话，把你知道冒家大家的情况一五一十地讲出来，就保你平安无事。”一个男人用沙哑的外地口音开始问话。

“就为这事？你们半夜三更地把我抓过来，就问这事？”冒尖藉以讥笑的口吻反问道。

“对，就为这事，好汉不吃眼前亏，希望你识相点，省得我们费劲。”沙哑男人直话直说。

“那如果我说不知道，你们咋对付我呢？”

“那就对不起喽，你这把老骨头恐怕要散架了，甚至老命不保！”沙哑男人恶声恶气。

“那我倒要看看你们的本事！”

“冒老头，你不要敬酒不吃吃罚酒，想想清楚。”

冒尖藉头上的黑布口袋还没有揭掉，但凭耳朵知道，沙哑男人带着另外两个绑匪离开了房间。

听到锁门的声音后，冒尖藉在椅子上挣扎了一番，没能将绳子挣脱，知道这些绑匪手法专业，知道再挣扎也没有用，就静下心来安坐在椅子上闭目养神，但脑子像雷达在扫描捕捉每一个疑点：这次绑架究竟是谁干的？

联想到周大华暗中做的手脚，姜君文在大冢那飘忽的眼神，以及那盏青花六方烛台神秘失踪，冒尖藉初步判断这是他们有预谋的绑架，他们企图用极端手段，逼迫自己将冒家大冢秘密说出来，因此断定他们是图财。但如果自己真的将大冢的财宝泄露给他们，自己反而性命难保，因为他们一定会杀人灭口。他明白了这其中的利弊关系，于是暗下决心，不论自己遭受怎样的折磨，也要保守冒家大冢的秘密。

就在冒尖藉迷迷糊糊的时候，听到门“哐”的一声，从脚步声判断进了三个人。

“冒老头，睡得可好啊？想明白了没有，是说还是不说？”沙哑声音的男人又开始问话。

冒尖藉身子一动也没动，也没有喘气，这下让绑匪慌了手脚，有个绑匪说老板交代别弄出人命来，就将手伸进头罩里放在他的鼻子底下，他猛地一晃脑袋说，我还没死呢！

冒尖藉开了腔，让绑匪们松了口气。沙哑男人又开始问道。

“冒老头，你也是个明白人，就不跟你兜圈子绕口令，你就痛快点，冒家大冢里有啥好东西，只要你说了，自然不会少你的好处，说吧！”

“你们这样苦苦逼我，真是白费你们的心思啦，冒家大冢被日本人的飞机炸成那样子，还能剩下啥宝贝？我劝你们别瞎折腾了！”

“你不想说实话是吧，那就不客气了，给我狠狠地打！”沙哑男人命令道。

绑匪正要动手，门外进来一个人，在沙哑男人耳边轻轻地说：“旋风，不要打，周老板关照不要弄出人命来。”说完这个人就出去了。他们以为冒尖藉听不清，其实，他听得真真切切。

“你们打死我也没用啊，冒家大冢真有宝贝的话，还轮得上你们去拿，我在坟上守了五十多年，知道有宝贝，我还在这破坟上做啥，我傻啊？不早就倒腾发大财了，现在这个年头一切向钱看，我已经是土埋到了脖子上的老光棍，干吗还护着宝贝？你们用脑子想想不就明白了呀！”冒尖藉斩钉截铁地这么一说，绑匪倒是没有打他。

“冒老头，你别哄我们，冒家大冢肯定有宝贝，我们已经找着了，就是看你说不说实话，我们道上的人最恨的是受骗。”沙哑声音的口气缓和了不少。

“你们既然找着宝贝了，还来跟我费啥口舌，去拿啊，我跟你们一道去拿，我也好沾沾光。”

“冒老头，看你嘴硬到啥时候？饿你几天，看你招不招？”沙哑男人骂骂咧咧。

“随便吧，我反正七十岁就在眼前，死了也值本了，至于不给我吃饭也无所谓，我本来就是一人吃饱全家不饿，现在一人挨饿全家也不饿啊！”冒尖藉谈笑风生。

绑匪突然将罩在冒尖藉头上的黑口袋揭了下来，冒尖藉睁不开眼，过了好长一会儿才眯着张开了眼睛，看到的绑匪自己戴着面罩，有一个绑匪端了一只纸杯装的水送了过来说，不让你吃饭是随便说说的，我们也不会那么没有人性，来吧，先喝点水。

冒尖藉从昨夜到今天的晚上，粒米未食，滴水未进，是有点口干舌燥，就接过纸杯将水一喝而尽。

不知是计，喝了水后，冒尖藉就开始脑袋迷糊起来，但意识还没有完全迷失，他知道绑匪给自己在水中下了迷幻药了，就用谭家拳的内力运气不让药性往头顶上冲。这时，沙哑声音在他耳边响起：“冒家大冢有啥宝贝？”“有蜡烛台。”“还有什么？”“没有了”。这样的询问反复了多遍。

其实，这样的情景被在隔壁的姜君文和周大华通过摄像机看得和听得一清二楚，这是他们用在冒尖藉身上的最后一招。这一招也是“旋风”提供的，因为“旋风”在广东一带混，据“旋风”讲这迷幻药很灵，所以他们决定在冒尖藉身上试验一下，但没有得到他们想要的结果。

“把冒老头放了吧，有人向公安局报了案，事情再拖下去，肯定会有麻烦。”姜君文吩咐周大华。

“啥？有人报案了，是谁报的案？见鬼了，冒老头鳏夫一人谁会给他去报案？我们手脚做得很干净的呀！”周大华疑神疑鬼。

“嗨，火烧眉毛了，别在这个事情上打转转了，快去把冒老头找个僻静的地方将他放了。”姜君文显然有些不耐烦了。

“那也不能太便宜了这老头，我写一张他赌博时欠下五百万的借条，用这压压他！”周大华不情愿地说，并又想出了用讹诈的方法不让冒尖藉过关。姜君文说，你们看着办吧，但不要弄巧成拙，出了事你们自己兜着吧，说完就扬长而去。

周大华像一个真正的赌徒输红了眼，他口授了以赌场上常用的手法写的欠条：今借到人民币伍佰万整，日利息每万元叁佰元，自归还本息为止，借款人：冒尖藉。1998年10月11日。然后拿了红印泥，将冒尖藉的食指蘸了红油按在了借条上。

等冒尖藉完全清醒的时候，已是被绑架的第二天夜里，他知道阿兴应该去报案了，所以很淡定。突然，绑匪进了屋内又将黑口袋罩在了冒尖藉头上，架着他上了汽车，他觉得是往城外开，因为人的声音和汽车的声音逐渐稀少起来。走了不到一小时，汽车戛然而止，绑匪将冒尖藉拖下了汽车放在一块杂草丛生的田里。

沙哑声音的男人说，冒老头我们不想再为难你，但你要记住，你这次到同江赌博借的五百万元欠条在我们手里，我们早晚要跟你算账的，说完将捆冒尖藉手脚的绳子解开，就离开了。

冒尖藉甩掉了手脚上的绳子，用手将罩在自己头上的黑口袋掀掉，想看绑架的汽车，但因天太黑没法看清楚，只见车尾灯一红，没有牌照的汽车“嗖”地开走了。他定了定神，才辨认出这是离村子不远的地方，是开发区的一块已经卖给外资企业的田，现在还没有开工，所以地荒着。他揉了揉眼睛上了不远处的大路，拔腿就往冒家大家的方向走去。

第五十章　真知灼见

冒尖藉深一脚浅一脚疲惫地回到了大家，看到自己住的房屋的窗户里透出灯光，他的心窝热了，知道一定是邱阿兴在等待自己回去，就三步并作两步走到屋前敲门。

门打开，探头往外面张望的邱阿兴见是冒尖藉回来了，就回头向屋内喊道："介秋，乃师傅回来哉！"话音未落，他冲出门外将在黑暗中的冒尖藉紧紧地抱住："阿弥陀佛，乃可回来哉，吓煞吾了呀！"

"吾没死，乃咋就吓死啦！哟，介秋也来了，咋搞了这么大的动静，把大企业家给惊动了。"冒尖藉尽管身子发虚，反而镇静地安慰道。

"师傅，乃平安回来就好，爹，你啰唆个啥，快扶师傅回屋歇着，吾去给师傅烧点热水烫烫脚，解解乏。"介秋说着就去了灶头间。

"介秋这么忙，乃去把他拉来做啥？吾不是好好的嘛！"冒尖藉责备起阿兴。

"好格啥？吾第二天到这里来，看到大门敞开，你屋里乱得不得了，床上的被子都没叠，桅灯滚到了地上，一看就知道情况不妙，隔了一天，吾实在憋不住就去开发区派出所报案，说你被绑架失踪了！吾能不急吗？后来想想不踏实，就打电话把介秋叫了回来，说师傅出事体了，他还有良心，放下电话这赶了过来。"阿兴如实告诉说。

“什么良心不良心的，俗话说：一日为师终身为父，吾有今天，都靠师傅，没有师傅的教授，哪有介秋的事业，听爹在电话里急吼吼说师傅遇到危险，我能坐得住吗，于是就向市政法委平书记作了汇报，平书记给面子，让市公安局迅速立案，没想到师傅毫发无损回来了，真是万幸，吾知道师傅是个有大智慧、大福祉的人！”从灶头间过来的介秋如是说道。

冒尖藉把脚伸进了脚盆，介秋挽起袖子用手试试水温，要给师傅搓脚。冒尖藉把脚缩了起来不给介秋搓，说你现在是一个两三万人厂子的老板，搓脚是委屈了。介秋用手将冒尖藉的脚揌在了盆里，说自己再大也大不过天，也大不过师傅。冒尖藉也就不推辞了，让介秋给搓脚。介秋在搓脚的同时轻重合适做起了脚摩，冒尖藉舒服地闭上了眼睛，说介秋你还会这门手艺，介秋说空下来经常去洗脚店做脚摩，做久了自己也知道一点脚摩的门道了。还说最近有家叫“刀马旦”的足浴店是台湾人开的，做脚摩最正规也最有名，隔天请师傅与爹一道去享受享受。阿兴连忙说，要去的，要去的。

夜很深了，介秋说今晚自己不回去了，就与师傅挤一张床，阿兴用床板在地上搭了地铺，说仨人挤挤好开心。于是三人睡下，介秋说，自己想明天叫集团的保安总监过来，派两名可靠的保安来冒家大冢，接替师傅一些日子，请师傅与爹一道去自己的集团看看，然后安排在自己的别墅里休养一段日子。冒尖藉开始不想接受介秋的这一安排，后来在阿兴的撺掇下，就勉强答应去个把礼拜。事情说定了，三人不再说话，阿兴就打起了呼噜。

早上起来，阿兴还在高一声低一声打着呼噜，介秋起床，冒尖藉醒了问他做啥，介秋说给公司办公室主任打电话安排车子来接，同时让保安总监带两名保安过来，当面交代清楚，请师傅再躺一会儿。冒尖藉点了点头，仰起的头又落在了枕头上。

大约早上八点钟的模样，一辆黑色加长的林肯车停在了村西头的公路上。这是介秋的专车，挂的是黑牌照，这表明是一辆外资企业免税进口的车。为鼓励外商投资，海关按照国家的减免税政策，对在外商投资企业出资总额内并由外商人员自用的进口的国外轿车免征关税。这辆加长林肯在当下同江是唯一的一辆高档车，所以市里面有重大接待活动也经常借用，介秋也就做起了“林肯外交”，只要是用得着的领导和部门借用此车，介秋从不打回票。

保安总监是个精明的小伙子，见了介秋立正敬礼。介秋明确指示同来的两名保安在大冢安营扎寨，住多长时间待定，住在大冢期间的一切所需由公司供给，两名保安的待遇按照出差给予补贴，并发给一定的奖金。最后，介秋说请师傅训话。

冒尖藉说何必弄得一本正经，就给两名保安简单作了交代，不可乱翻东西，不要往坟上去，因为坟上有毒蛇，别伤了人。

介秋威严地问两名保安听明白了没有，两名保安齐声说明白了，一看这架势，就知道他们训练有素。冒尖藉也就放心地跟着介秋，与阿兴肩并肩地朝村西公路走去。到了“林肯”边上，介秋为两位老人打开了车门，也是用手挡在车顶上，以免老人碰着头。

介秋的汇通集团公司在同江市中心有一幢十六层的写字楼。冒尖藉随介秋与阿兴一起乘电梯上了十楼，到了介秋的办公室。这办公室有一百多平方米，靠东墙是一排书橱，书橱前面摆一张硕大的颜色暗红的老板台，在老板台前有三张椅子，是供来汇报的人坐的，靠西墙的是一圈意大利产的高级牛皮沙发，在靠进门的地方竖了一座用香樟木雕的老鹰叼蛇，在办公桌的两边墙上和沙发上方的墙上挂的是张大千、齐白石的山水画。

冒尖藉坐在沙发上打量了一下介秋的办公室，感到既有现代气息，又颇有书卷气息，虽然透示现代老板的身价，但他觉得还是有缺憾的地方，没有当年冒泓晋老爷的办公室有品位，上档次。介秋似乎察觉了师傅的心思，说请师傅多多指教，此次前来能否赐几幅字作教诲。

冒尖藉说自己一介村夫，写的字上不了台面。介秋说，师傅的字堪称大家，只是深藏不露，今天无论如何要留下墨宝。

端杯品茶的冒尖藉对介秋说，不要为难师傅了。阿兴在旁边轻轻捅了一下冒尖藉，说你也不必推三阻四，写点字给孩子一个面子，冒尖藉才点头应允。

介秋从办公桌上操起电话让办公室主任过来一下。办公室主任是个女的，高挑的身材，白净的瓜子脸，一头乌黑像瀑布的头发，穿深藏青的职业套装，气质十分高雅干练，敲门进来站在介秋的办公桌前，介秋就让她在小会议室准备笔墨和宣纸。女主任问今天是否请书画家来泼墨，介秋说别问那么多，快去准备吧。女主任素养十足地说了声“这就去”，转身离开了办公室。冒尖藉就责怪介秋，这是让师傅献丑去。

过了半个小时，女主任回来说都准备好了，笔墨纸张也都摆好了，书画家啥时到，介秋笑着说今天的书画家远在天边，近在眼前。

等介秋领冒尖藉走进小会议室，女主任和办公室的一帮男女已经在等候，见董事长带个乡下老头进来，都莫名其妙，大眼瞪小眼。

介秋猜出了大家的心思，向大家介绍了冒尖藉，说这是自己的恩师，自己有今天与师傅的教诲是分不开的，今天特地请恩师来挥毫泼墨，大家欢迎，说完自己带头鼓掌，在场的男女稀稀拉拉地拍手。

这帮现代男女们怀疑的目光和稀疏的掌声，激活了冒尖藉的自尊心，他镇定自若地展开了宣纸，饱蘸浓墨一气呵成，先用草书写下了“笃实宽厚，厚毅利行”“修己慎独，见利思义”，后又用正宗的颜体隶书写了“天道酬勤”“海纳百川”。

在旁边的男女见这么一个不起眼的老头，能写出如此功力深厚的书法，不禁为之咋舌，等冒尖藉搁笔时，爆发出热烈的掌声。

介秋感到师傅给自己挣足了面子，对大家说自己的恩师文武双全，文能写一手好字，武能打一套好拳，甩起神鞭更是神勇无敌，大家又报以一阵掌声。他让女主任找一家裱画社将师傅的书法裱好并配了镜框，挂在大小会议室作为座右铭，并将“笃实宽厚，厚毅利行”作为团队精神的高度概括，发各下属公司学习和实践。

拿起墨迹刚干的条幅，介秋说，凭师傅的字完全可以参加全国书法大赛，而且可以一举成名，他对负责公司宣传的郭秘书说，你把这事先操作起来，不论是地区、片区和省、全国的书法比赛，都要让我师傅的书法参赛，先请有名的书画名家来同江作评鉴，请新闻媒体作跟踪报道。

听董事长指示得这么明确，郭秘书说这事包在身上。冒尖藉却当场责备起介秋咋费那么大的事，说自己一介村夫，不屑沽名。众人起哄道，大器晚成，不飞则已，一飞冲天。

接下来的几天，介秋推掉了手头的一切琐事，陪同冒尖藉参观考察自己集团的下属企业，先后看了汇通独资的养蛇场、蛇肉罐头厂、蛇皮制革厂、蛇油护肤品公司，以及中外合资的特种养殖场。

一晃就过去了二十天，冒尖藉在参观途中有时蹙紧了眉头，有时低头深思，始终没有过多的言论。介秋每下一个企业，总要企业搞好接待，请师傅即席讲话，但冒尖藉每每坚辞，介秋也不好强求。

在别墅里，冒尖藉和阿兴虽然舒适无比，介秋请了厨师做饭，三日一小酌，五日一大餐，并且知道师傅爱听苏州评弹，特地隔三岔五地接评弹艺人来别墅为他们演专场。但冒尖藉却开始厌倦起来，除了早起练练拳以外，其他地方都不肯去了。

介秋知道师傅的心病是放不下冒家大家，就说师傅有啥心事尽管说好了，冒尖藉将自己要回大家的想法端了出来。介秋知道师傅是啥性格的人，所以不再强留，就打电话要办公室主任安排一下送师傅回去的事。女主任说，办公室的小青年一定要请冒老先生给大家上一堂书法课。

既然得到了大家的认可，又不得扫大家的兴，冒尖藉就爽快地答应了这一请求。

课堂里挤满了听讲的人，冒尖藉除了当场示范书法外，主要讲了书法的要领和主要流派的特点，还讲了学做人比学书法更重要的道理。最后，他说自己就要回冒家大家，临别时有几句话想说说，问大家是否愿意听。在场听讲的人一致叫道：要听！

出乎人们意料的是，冒尖藉讲了一番充满哲理而又针砭时弊的话。

他说，这次参观了养蛇场和蛇肉制品厂以及特种养殖场，自己为汇通抓住机遇创业、做强做大企业感到高兴，但看了血淋淋的大规模杀蛇杀鸡的情景，总感到于心不忍啊！比如美丽的孔雀，慈爱的袋鼠，善良的麋鹿，神秘的小青蛇、小白蛇，这些曾经给人类带来激赏、感动和偶尔惊悸的大自然的生灵，如今也纷纷被商业饲养，被市场宰杀，被利润烹调。

讲到这里，冒尖藉看到听讲的人个个挺直脖子，眼睛盯着自己，全神贯注地听他的下文。他不顾及介秋的感受，又作了如下的长篇宏论：

在当下，几乎一切飞的、跑的动物（连濒临灭绝的都不放过）都被视为可吃、可制作皮革或可供消费的“资源”，几乎全部被纳入人类以消费为唯一目的的盘子里。

那些野性的、生动的、斑斓的，世世代代陪伴人类，带给无限美感和诗意、令人类对大自然的丰富和神奇产生无尽想象和敬畏的生灵们，有多少已经带着血泪和恐惧，头也不回地走了，而且，一去不复返……

如果人类蔑视上苍，丧失悲悯之心，无视生灵蒙受的巨大苦难，为了自己的利益，剥夺它们生命的过程和目的，那么人类的目的又是什么呢？在人类阻断万物的生路时，人类的生路又能延伸多远呢？在一个自然生命不断凋零、造化生机不断萎缩，只有垃圾、废水、污染、沙漠无限增长的匮乏、枯竭、险象环生的世界上，人类存在又有什么诗意、美好和希望呢？

国际上有一位关注动物生存的作家写过一本《动物解放》的书。他指出，人为了自己的福利而剥夺动物的天然福利，并把动物置于苦难的境地，是不道德的，违反自然的，最终也有害于人类自身。因为人与万物共处于一个统一的生物场或生命场里，在这个共生的场里，强势的一方若是无节制地加害于弱势的一方，加害者从被害者身上赚取短暂的好处和收益，虽然，直接受害者承受了最大的痛苦，但是，共有的生物场、生命场（即生物链）的痛苦也就随之增加。如果生命场的痛苦总量达到极限，那么生命秩序将彻底崩溃，所有生命都将消亡。

从生物学角度来说，人只有让动物从被奴役、被压迫、被剥削的悲惨境遇里得到适度的解放，降低和减少动物们承受巨大痛苦，让它们获得一定的天然福利和自由空间，那么人类与生物界、自然界对立的紧张关系才会得到缓解。所以适度优化动物的生存环境，其实也优化了大自然，最终也优化了人类的生存环境。

在宇宙面前，人类呈现的就是一种善的存在、美的存在和道义的存在，是一种有着更高觉悟和终极关怀的存在，从而，人的觉悟也就成为宇宙的自我觉悟，人的形象也就成为宇宙中闪耀着道德光芒的动人形象。如果人类懂得节制和适度使用自己的智力，在利己的同时懂得利他、利大地、利万物，那么，人就进入了民胞物与、与天合一的智慧、圆融的境界。从而，使人类真正成为自然秩序、生命诗意、宇宙生机的呈现者和维护者，而不是大自然和众生灵的加害者和毁灭者。

“我今天就不为自己的徒弟介秋唱赞歌了，就讲这些，谢谢大家！”冒尖藉向台下深深地鞠了三个躬。当大家反应过来，不禁掌声雷鸣时，冒尖藉已经从台上走了下来。

第五十一章　阴差阳错

“倒黄梅”让同江的天空总是湿漉漉的，一会儿细雨弥漫，一会儿阳光微射，人身上也是潮腻腻的，这是个让人难熬的季节。

从介秋那儿回来之后，冒尖藉哪儿也不去，就守在大冢，等待拆迁的消息。现在“拆迁”两字就像一幅可怕的图画，将他的脑海屏蔽了，让他无法装进其他的想法，也无法泄出他内心的苦闷。

雨紧一阵慢一阵地下着，拆迁办主任周大华像幽灵一样出现在冒家大冢。自从暗中策划绑架冒尖藉后，他已经有一段时间没敢与冒尖藉接触。本来在绑架放掉冒尖藉时，他强行让冒尖藉在借款五百万的借据上按下手印，作为日后勒索冒尖藉的凭证，但让汇通集团董事长邱介秋给搅黄了。因为邱介秋在同江也是头面人物，与市政法委的平书记是哥们。没想到冒尖藉是邱介秋的师傅，当被放回去的冒尖藉将事情告诉邱介秋后，邱介秋将事情通报给了平书记。平书记当即要市公安局以绑架、勒索重案立案侦查。姜君文得知后，将周大华大骂一通“成事不足，败事有余”，吓得他屁都不敢放，也不敢再去要挟冒尖藉。

但他不甘就此让冒尖藉过轻松的日子，总想以拆迁的由头再去会会这个看坟的老头。一天，他只身闯进冒家大冢，对冒尖藉大声呵斥道：“吾正式来通知乃，工程队就要来炸平坟了，土石方的船马上就要开进娄墅荡，来做‘三通一平’，就是因为你这老顽固，再三阻止平坟，拖了开发区好几年的后腿，姜主任很生气，后果很严重。”说完狠狠地瞪了冒尖藉一眼，像一只稳操胜券的猛虎，要将冒尖藉一口吞进肚子里。

自恃有姜君文作后台，周大华对一般人不买账，而让他买账的人肯定不是一般人，让他心口添堵的是冒尖藉就根本不买他的账。

就在周大华摆谱的时候，冒尖藉用手掌重重拍了两下，草丛里突然窜出两条一黄一黑有3米多长、小腿一样粗的大乌梢蛇直扑周大华。周大华被“大黄”紧紧缠住，全身骨头被勒得咯咯地响，哇哇大叫“救命，救命！”丑态百出。

在周大华哇哇直叫的时候，冒尖藉在“大黄”七寸上捏了一把，“大黄”就乖乖地从周大华身上下来，与小黑哧溜地遁得无影无踪了。这两条大蛇从当年为冒尖藉与曾静芝保驾以来，被冒尖藉豢养已经有近三十年了，十分驯服。

周大华被吓得七荤八素，冒尖藉把他从地上拉起来说：“今天便宜了乃，今后少做缺德的事。”周大华屁滚尿流地逃走了，回去发了三天三夜的高烧，在床上躺了足足有一月之久。

从此以后，周大华再也不敢只身轻闯冒家大冢，也不敢轻视冒尖藉。

娄墅荡的湖面在蒙蒙细雨中风平浪静，似乎待字闺中的姑娘那样轻柔和文静。

同江开发区招商引资的速度突飞猛进，好的地块被前来投资的外商抢购一空。中国巨大的商品市场、廉价的土地和人力资源，以及稳定的投资环境，被全球投资商和投机家所追逐。而同江毗邻上海，有着独特的投资潜质，因此，同江的年招商引资总量和入驻企业、开工企业数量在全省名列前茅。

而冒家大冢却是有惊无险。按照姜君文的打算，准备将预留给英伦化学的这地块包括冒家大冢在内，先做“三通一平”。在指使周大华用极端手段试探和逼迫冒尖藉后，他尽管不再希冀冒家大冢什么，但以“三通一平”方式，可以名正言顺地将冒家大冢连根刨底，从而了却父亲在九泉之下的遗愿。所以，他多次找周大华，让他拿出平整方案，并着手毁坟。

无利不起早的周大华，前前后后对这一地块的平整方案几易其稿。但因为这一地块涉及一千亩，不仅地块内毫无拆迁的价值，而且因地势低洼，按照五十年一遇的防洪标高，所需要的土石方用量很大。俗话说靠山吃山，周大华靠拆迁吃饭，喜欢拆带建筑的房屋，在拆迁的圈子里有一句话叫铁锤一响，黄金万两，而填这光秃秃砸钱的地，除非是傻子才肯去做这赔本的买卖。因此，他在姜君文面前总是推三阻四，迟迟不肯动手。

县乡两级地方政府搞项目，往往采用拆东墙补西墙的方法筹措资金。姜君文苦于政府财政缺口大，无法拿出这笔数目不小的资金让周大华去填土，所以每催一次周大华，周大华总是向他伸手要钱，而他每次总是有火发不出来，事情就这样一拖再拖。

除了在这一地块上无利可图之外，周大华很迷信，尽管是个粗坯，但也有心细的地方。常言道，不打不相识。几次接触冒家大冢以后，他感到冒尖藉不是一般的看坟老头，经过打听，知道冒老头有一身武功，学识渊博，又好生积德，广结善缘，可谓世外高人。尤其是吃了两条大蛇的苦头后，他更是谈蛇色变，冒尖藉像天方夜谭中的驯蛇人那样，让他从心里惧怕。

在走访村里后，坊间流传冒家大冢的神奇故事，让周大华更感到冒家大冢的神秘莫测。他了解到在明清两朝，在浏河、吴淞江、娄墅荡曾不断有神秘大型物体在游弋，“闹鬼”的事可谓魅影重重，摄人心魄。比如在明朝万历年间吴淞江和娄墅荡：“有一大船，前后十余舱，约长数丈，浮没无常，人不能蹑，竟不知何物也。”后来有人做过考证，认为冒家大冢从尺寸、形状、工艺等分析，就像一艘大船，而且大冢的四周也如刀削一般光滑和陡峭，有鼻子有眼地说，当年那艘忽浮忽沉的大船最后就变成了冒家大冢。

他还听传明代万历年间，有一只“珠光烛天”的大蚌，很像一艘大型的飞碟母船，常出没在宝山和同江一带的河湖中，并把娄墅荡作为停泊的“军港”。晦暝之夕，常见浮于水面，大如高阜，珠光灼天，其光起处约有里许。在湖面上常与龙争斗，龙自云端直下，其爪可长数十丈；蚌于水面旋转如风，仰喷其涎亦数十丈。三四日方才停息。

这些传说，在周大华的心理上烙上阴影，对姜君文三番五次地要他去平掉冒家大冢，总要找出种种理由来搪塞和拖延。

让冒家大冢拆迁悬而未决还有一个因素，就是英伦化学集团的投资举棋不定。

1995年春末，同江招商团由姜君文带领去英国在伦敦招商，英伦化学主动与招商团接触，并签订了投资总额达三百亿美元，一期投资五十亿美元，所需用地一千亩的《投资意向议定书》。因为英伦化学是全球500强之一，在医药中间体和新材料等领域的研发、生产都处于领先地位，而且环保设施好、环境污染少。如果正式投产，其还可带动相关的下游产业达九十亿美元。

简直是天上掉下一个大馅饼，姜君文是瞎猫碰上了死耗子，能撞到这么一个大运当然欣喜若狂。对好项目、大项目，谁不眼热。要知道，当下压倒一切的就是招商。能招到一个像英伦化学这样的大公司，姜君文觉得自己的脸上大放异彩。

从国外回来，同江市委市政府就将这一项目上报给了省里。省里将其列为全省特大重点项目，给予了高度重视，要求同江市盯紧不放。

然而，英伦化学自己本身进展不顺。

先是公司董事局对在华投资的意见不统一，内部高层存在纷争。作为英伦化学的掌门人冒烨薇为秉承父亲的遗志，她主持成立了一个战略投资的智库小组，在分析中国政局的稳定和市场发展的趋势后，认为是到了进入中国投资的时候了。在同江招商团到达了伦敦后，冒烨薇就派人主动找上门，与同江招商团接洽，并授权签订了投资意向协定。

当集团董事局正式讨论在华投资设厂项目，遭到几位英籍股东的质疑。他们以英国人多疑、保守的思维习惯，认为中国还没有加入WTO，对外贸易政策还不够透明，所以在中国投资为时过早。尽管冒烨薇力排众议，但几次董事局会议最终未能形成去中国投资的决定，使去同江投资的项目遭遇搁浅。

让这个项目雪上加霜的是，1997年亚洲爆发金融危机。这次危机把许多亚洲国家打懵了，像泰国、印尼等国的经济到了崩溃的边缘。在这种局势下，去中国投资显然不合时宜，也不够明智，所以冒烨薇只好按兵不动。

父命难违，冒烨薇对去中国投资的问题很纠结。她很喜欢下午去St.

James’s Park（圣詹姆士公园）散步。这公园本是沮洳的草地，英王亨利八世将此地的水抽干又砌了围墙，改成了皇家鹿园。查理斯二世扩充了园址又铺路建桥，使此地成了伦敦最时髦的散步之地。19世纪初才改造成为现在的公园，园内有湖，有悬桥。倚在桥栏上可以看湖里鹈鹕在嬉乐，周围是白金汉宫、西寺、国会、各部官署。她习惯在碰到难题时，倚靠桥栏上，在赏鉴西寺和国会那哥特式尖顶的轮廓的同时进行思考，拿出解决难题的方案，并且每每总是迎刃而解。

对最终去中国投资，冒烨薇的决心始终没有动摇过。至于对几位英籍股东的反对，她根本没有放在心上，因为她有的是办法对付他们。但对于亚洲当前发生的金融危机，作为董事局主席，她不能掉以轻心。

过后不久，让她感到放心的是中国在这场席卷亚洲的金融危机中表现稳健，没有伤筋动骨，而且在那个让亚洲人恨之入骨的金融大鳄索罗斯，趁机去香港金融市场做空投机时，大陆政府出手救市，让这个兴风作浪的美国人屁滚尿流地逃走了，所以世界上开始对中国的口碑好了起来。冒烨薇认为，英国的经济学家应该把“瘦死的骆驼比马大”写进经济学原理或当作教例。

敏锐地捕捉亚洲金融危机预后的走势，冒烨薇对在亚洲的战略投资重新作了布局，并且调兵遣将。她决定逐步收缩在亚洲其他国家的投资，重点放在中国和印度这两个新兴经济体国家中求发展，那么让谁来担纲这个重任呢？

经过权衡和比较，冒烨薇决定让那个就读于伦敦商学院，硕、博连读完成了金融与投资专业课程，毕业后在英伦化学投资部任执行员的三十岁刚出头的曾连藉，出任公司亚太区投资总监的职务。

对这个年轻人，冒烨薇一直在用心栽培，将一些小项目压在他身上，他总是完成得很出色，成了冒烨薇的左臂右膀。加之又是上海同乡，所以冒烨薇对曾连藉十分青睐和赏识有加，这次决定以三级跳远的方式将他重用起来。

当冒烨薇将任命在公司中层宣布后，在内部几乎引发了震动，但她不为所动，大胆放手让这个年轻的战将频频出击，为英伦公司取得了一个又一个的成功案例。

亚洲金融危机还没有完全消停，冒烨薇想让曾连藉作为自己的全权代表，去中国为同江的投资作前期考察，但她一直没有拍板决定。

冒烨薇在等待最佳时机出手，而且她还要打出一套组合拳。

同江方面也在等待之中。这幅地块的土地使用额度早就获得国土资源部的核准，因为英伦化学迟迟没有动静，姜君文本来将其拿出来，供前来投资的其他外商选用。但皆因为地势低洼加上有占地一百来亩的冒家大冢，没有一家外资企业愿意要它。

就这样，冒家大冢阴差阳错地得以保存了下来。

◎卷四

第五十二章　市委决定

办公室的电话已经响了好几遍了，韩天华却无动于衷。市委办公室主任郑宇送签批的文件进来，才惊动了他。郑主任见电话响个不停，就说："韩书记，请先接电话。"他方拿起电话接听。

电话是省委办公厅柳毅副主任直接打来的。在电话中，柳副主任告诉韩天华，省委卢书记指示，要同江妥善处理好冒家大冢的事，要将涉及的事情查清楚，并且要保护外商的合法权益，特别要搞好与英伦化学的关系，因为这是一家在国际上有影响的公司，对英伦化学的项目在政策允许的范围内可以给予一定的照顾，有什么问题和困难，可以直接向省委办公室汇报。

这简直是给了他一把"尚方宝剑"。

"请在家的常委九点钟开会，传达贯彻省委卢书记的指示，去通知和准备会议吧！"韩天华以不容置疑的口吻下令给郑宇。

九点还不到，韩天华提前五分钟去了常委会议室。

对冒尖藉讲述的史书般文稿，市委以情况通报的形式，源源不断地送到了韩天华的办公桌上。所以，他对冒家大冢的情况已经基本有数。今天的会议除了传达省委领导的指示，他还要市委办公室向常委们作冒家大冢情况的专题汇报。

九名常委们听了汇报后，除了韩天华和姜君文之外，大都感到惊讶，一是在同江还有一例历史性的冤假错案；二是冒家大冢藏有这么大的秘密和数目巨大的遗宝；三是同江有这么一位知恩图报、临财不苟、见利思义的道德人物。

这次会议，对姜君文来说是灭顶之灾，他已无回天之力，因此在会议上他如坐针毡。他感到这真是天意弄人，自己好不容易招到的巨商竟是自己家的宿敌。他颓然地坐着，只顾低头喝水，完全没有了往日的那种趾高气扬。他清楚在座的常委都会带着蔑视的目光注视着自己，尤其是那几个以前根本没放在自己眼里的政敌包括韩天华在内，一定在看自己的笑话。

主持会议的韩天华，似乎没有特别理会姜君文，因为在冒家大冢让姜君文作了回避，回到市里后，姜君文主动找过自己，声明冒家的事与他无关，希望市委不要株连到他本人。

韩天华知道冒家的事与姜君文是脱不了干系的，但在常委会议上还是不想让他难堪，自己作为一把手这一点政治雅量还是要体现出来的。他为这个原来与自己争夺同江市委书记宝座的人，现在已经无法与自己相匹敌，也无法与自己为敌，心里涌上了一股快意，但他绝不会让别人有所察觉。

常委会一直开到中午十二点才结束。会议作了三项决定：一是以最快速度查清冒泓炜被害案和姜可名的历史问题，一旦查清，证据确凿，为冒泓炜平反昭雪，并且征求冒烨薇意见，或将先烈的遗骨请进同江革命烈士陵园，或继续安放在冒家大冢，并在冒家大冢立“民族抗日英雄冒泓炜革命烈士永垂不朽”的纪念碑。二是对冒家大冢进行保护，对大冢内的冒家遗宝全部归属冒家后代，由冒家自行处置，对大冢由政府拨款进行修缮，并设立“郑和下西洋遗迹纪念馆”，作为同江爱国主义的教育基地。三是组织宣传冒尖藉的事迹，作为同江的道德模范，要全市人民学习在他身上体现的传统美德。

在望湖阁大酒店湖边翠香园，冒烨薇在临水而筑的水榭里，与冒尖藉喝茶。听了冒尖藉的述说，她心里很不是滋味了，心里下定决心不报此仇，誓不罢休，让九泉之下的父亲和小叔瞑目。但她担心同江市搞官官相护。

她表面上平静地与冒尖藉品茗喝茶，实际上她内心忍不下这口气，也不会忍这口气。她决心用中国“父债子还”的方式，让冒家与姜家有个了断，绝不让姜家以为自己是女流之辈好欺侮。她的愤怒要像火山喷发的熔浆那样把姜家摧毁。

“冒董，韩书记来了！”在冒烨薇的身后响起了服务小姐的吴侬软语。

“哦，在哪儿？我正要见他呢！”冒烨薇面带怒气转过身来，一看韩天华就在面前。

“冒董，火气不小哦！”韩天华神采奕奕。

“韩书记，我们冒家与姜家不共戴天！你来得正好，我正想问问同江市委市政府怎样对待我们冒家，不会也像姜家那样欺侮我们冒家吧？”冒烨薇来了个先发制人。

“哈哈，冒董啊，我料到你会生气，我理解也同情，但冒家与姜家在历史上私交，俗话说清官难断家务事，老一辈的恩恩怨怨我没法插手啊，也断不了这场官司。”

“什么？姜可名是身为一名共产党员，他做了那么多丧尽天良的事，你们竟然无动于衷？”冒烨薇带有责问的口吻。

“冒董，你刚才说冒家与姜家不共戴天，我怎么好多嘴呢！”韩天华搓着手说。

“你们不管是吧？那好，我用自己的方式解决！”冒烨薇简直怒不可遏。

“冒董你想到哪里去了！你先消消气，看看我们市委刚发的文件吧，再发脾气也不迟啊！”

“小姐，韩书记讲得在理，你先看文件上是咋说的。”在一旁听韩天华与冒烨薇你一句我一句的冒尖藉劝说道。

韩天华就让秘书将市委对冒家大冢情况处理作出三项决定的文件，送到了冒烨薇面前。

在冒烨薇坐下认真看文件时，韩天华站在冒尖藉面前弯腰鞠躬：“冒叔，请允许我代表六十万同江人民向你致敬！”

“天华，你这是做什么呀？来看吾老头子，吾就很知足了，何必行这么大的礼啊！”冒尖藉感动站起拍了拍韩天华的胳膊。

“冒叔，让你受苦了，你这一辈子就是一本好书啊，市委号召全市人民要向你学习！”韩天华拉着冒尖藉的手说。

就在韩天华与冒尖藉亲热地聊着，冒烨薇看完了文件，她问：“对这三项决定还有具体的计划吗？”

“噢，冒董，这仅是一个原则决定，今天我来就是要征求你的意见，然后再由相关工作部门作详细的实施方案。你看过文件后有什么想法，甚至不满意的地方，请尽管说出来，我们打开天窗说亮话，以便于好好沟通，你说好吗？”韩天华十分诚恳地说。

“为我小叔平反昭雪还用查？这不明摆着是姜可名公报私仇。”

“冒董，任何事情总要有个过程，调查取证是个必要的程序，何况这是个历史问题，而且涉及同江的老领导，不是凭谁的一句话就能说清楚，我们共产党的思想路线是实事求是，只要事实清楚，证据确凿，我们一定会还冒泓炜一个公道，给他一个清白。”

“那好，请韩书记多关心，这样吧，对这个文件容我好好与冒叔研究研究，尽快给你答复，可以吗？。”

“可以，当然可以！”韩天华表示同意。

冒烨薇顿了顿又说：“至于我家祖坟里的财产，市委的态度很明朗，这一点让我很感动。共产党开始尊重和保护公民的私有财产，这是共产党执政理念上的一个重大突破。我在接受父亲要我回来投资和祭拜祖宗的遗命后，就开始研究中国共产党的政策，认为中国共产党对公民个人实行的是无产，对社会实行的是共产，就是因为这一点，一直让我对共产党心存疑虑啊。”冒烨薇直言不讳。

“嘀，冒董说中国共产党对个人实行无产，对社会实行共产，这个见解很精辟，请不妨细说。”

“韩书记你不会真对我进行政治考试吧？那我就随便说说。我所知道的自共产党鼓动穷人造反，打土豪分田地，穷人冲这一口号起来革命。在革命成功后，共产党坐了天下，起初给农民分田，将地主富农的私有财产分光了，终于消灭了农村的有产阶级。但田在农民手里还没焐热，就搞农业初级社、高级社后来搞人民公社化，实际上这是变相地将个人手中的土地收回归公。在城市起先将官僚资本收归国有，接着又对手工业、民族工商业实行社会主义改造，什么公私合营、什么赎买，都是变着法子消灭城市的个人财产。所以，我认为共产党实行的是个人无产政策。至于实行社会共产，新中国建立的基本经济制度是实行公有制，也就是全民所有制和集体所有制，这就足以说明这个问题了，韩书记，难道我说的不对吗？”说完，冒烨薇用眼睛盯着韩天华。

“想不到冒董对共产党还是蛮有研究的。不过我不是政治课老师，不好给你的答案评分。不过，你大可放心，我们共产党现在不抓辫子，不打棍子，不扣帽子，思想和言论都是自由的。另外，改革开放后，中国开始尊重和保护私人财产，允许搞三资企业和私营企业就是最好的证明，而且不久就要颁布《物权法》，所以我认为冒董对我们共产党认识还不够全面！”韩天华回说。

“不研究共产党的政策，我敢回来投资吗？尽管回来时间不长，但听到和看到的，我认为共产党确实了不起，能够认识和改正自己曾经犯过的错误，抛弃了‘左倾’的执政理念，开始与世界潮流相融合，因此，我认为中国是大有希望的！”冒烨薇有些激动。

“谢谢你对我们共产党的信任和理解。党的十一届三中全会后，中国开始拨乱反正，实行对外开放，欢迎爱国同胞、华人华侨回来为国家经济和社会发展出力。”韩天华态度很真诚。

“我说啊，韩书记，中国共产党应该有对外开放的本质基础，因为中国共产党是个真正的舶来品。马克思、恩格斯创立的共产主义学说，大多数英国人、德国人不信这一套，而中国共产党把其作为指导思想，果真建立起了国家，而且是一个越来越强大的国家，让马克思主义墙内开花墙外红。实际上中国共产党用的是外国人的理论，而不是用老祖宗的孔孟之道。从这一点上说，共产党没有理由不搞对外开放啊！”冒烨薇说得头头是道。

“哈哈，冒董的这番高论我是第一次听到，虽然不敢恭维，但倒也觉得新鲜。好了，今天我们不说这些，还是言归正传吧。”韩天华尽管在中央党校就读过，理论功底不差，但显然不想在这些政治敏感性很强的话题上，与冒烨薇深谈下去，就此打住。

“噢！韩书记，对我家祖坟里的财物，等清理以后再说吧，我会对同江父老乡亲有个交代。至于由政府拨款对我家大冢进行修缮，并设立‘郑和下西洋遗迹纪念纪念馆’，作为同江爱国主义教育基地，我没有什么意见，但我建议同江要有超前发展的眼光，不要单单局限于保护我家祖坟，是否可以考虑在那一片做一个自然生态和历史文化保护区，具体划分湿地公园、水上游乐和历史遗迹几个功能区，这样才能使这块地方不仅增加了经济价值，而且也增加了文化价值，请韩书记参考一下。”

“好主意，好主意啊！”韩天华拍着大腿说，“我们市委市政府要对这个建议要好好研究，要作为同江的一个亮点来规划。”

在一旁的冒尖藉听着冒烨薇与韩天华你一言我一语地聊得起劲，就静静地呷着茶，心想这个世界真的属于年轻人。

“冒叔，市委要宣传你呐！”冒烨薇将文件上的决定告诉了冒尖藉，对韩天华说：“是要宣传宣传我家的冒叔，什么这个先进那个典型，我家冒叔的闪光点多得是。”

“小姐，乃瞎说啥？吾一个破老头有啥好宣传的，吾做的事体全是凭良心做的，受苦受难还不是为了等冒家人回来啊！就这么简单，怎谈得上当先进典型？”冒尖藉红着脸说，“韩书记，对市委的这条决定，吾可不答应更不愿意，要关心吾的话，就让吾平平淡淡地走完自己的路！当务之急，是要为我家少爷平反昭雪和保护冒家祖坟啊！”

“冒叔，你说得对，我今天来还有一事，就是跟你和冒董商量，想请你回冒家大冢，取出冒泓炜交给你的材料，这对迅速查清案件很重要。另外省考古研究所已经做好了对冒家大冢考察和研究的准备，给冒家后人提供一个全面整体的科学鉴定和评估报告，怎么样，同不同意？”

听了韩天华的话，冒尖藉和冒烨薇两人都一致叫好，感到韩天华想得十分周到。冒尖藉说第一次离开大冢这么长时间，一晃就是个把月了，是该回去料理一下。冒烨薇坚持要一并回大冢，说老祖宗知道自己回来了，不好好去祭拜一下，该怪自己是不肖之孙。并且要冒尖藉帮她拿主意回祖坟搞一场祭祀活动。韩天华很赞成他俩的动议，就开玩笑地说，冒董，可不要哭得太伤心呵！

冒烨薇突然说，哟，忘了一件事，曾连藉明天回来，他这一趟去了印度，然后又回英国总部研究同江投资的执行计划，要不要再等他一天。

韩天华本来想顺便提一提投资项目的事，但觉得在这个场合向冒烨薇贸然提出，显得有点太那个了，所以只字不提。没想到冒烨薇说曾连藉带投资计划执行书回来，不禁喜出望外，就说：“明天我让招商局长到浦东机场接机去，你们该做什么就去做什么好了。”

可冒尖藉想早日见到这个年轻人的心情愈来愈强烈和迫切。

第五十三章　父子相认

经过十多个小时的飞行，终于要抵达浦东国际机场。在飞机的降落架着地的时候，飞机产生了轻缓的震动，接着就是在地面上滑行，这时机上的喇叭传来了“请旅客带上自己的行李物品，下次旅行再见”的中英文广播声。

曾连藉从行李架箱中提下了自己随身携带的拉杆皮箱，像生怕丢失什么宝贝的样子，打开皮箱检查，当他看到用黑丝绒布包扎的那包东西和一件由一个个“心”字形结成的米黄色粗毛线坎肩还在，长长地舒了口气，脸上露出既沉重而又欣慰的神色，关闭了皮箱，然后随着机上的人群上了登陆桥出了机场。在出口处，他一眼就看到同江市招商局的廖勇局长来接他了。

当廖勇拨开人头攒动的接机人群，与曾连藉热情握手，伸手要接他的皮箱时，曾连藉一反常态连连说不用，不用，自己来。这一细小的动作让廖勇心中一愣，以为有什么地方得罪了这位财神爷。干招商的人都懂投资总监的分量，这是一位举足轻重的人物，所以对曾连藉刚才的举动惴惴不安起来。

到了英伦化学临时办公地点，市政府招待所的一幢小洋楼，廖勇将曾连藉的其他行李物品逐一从别克商务车上搬了下来，唯独那只拉杆皮箱好像装的是美国总统掌握的核按钮一样，由曾连藉自己提上提下不肯脱手，更加弄得廖勇一头雾水。

发现冒烨薇不在办公室，曾连藉问前台服务员冒董去了那里，服务小姐笑容可掬地回答说，董事长今天一大早就回自家的祖坟上去了，说是去祭拜祖宗。

他对还在旁边等候的廖勇说，麻烦廖局长送我去望湖阁大酒店。他依然自己拉着那只皮箱上了车。

到了望湖阁大酒店，曾连藉直奔总统套房翠香园，服务小姐正在打扫卫生，他问领班那位姓冒的老先生在不在房间，领班告诉说早上与冒董一起离开的，究竟去了哪儿不清楚，只告诉今天中午不回酒店用餐。

服务小姐不知道，但曾连藉知道他们去了什么地方。就对廖勇说，麻烦再去冒家大冢。廖勇说好的，就让驾驶员将车子朝东往开发区开，陪着曾连藉一同前往冒家大冢。

对冒家大冢的事，经过同江报纸电台的宣传，廖勇知道一点大概的情况，也知道冒烨薇一家与冒尖藉一生的大致情况。他肯定曾连藉一定有十万火急的事要向冒烨薇禀报，见曾连藉心急火燎又沉默寡言的样子，所以在车上也没敢多问什么，静静地在座位上坐着，任凭窗外的景色一掠而过。

到了冒家大冢，只见大冢四周都有公安局的人。市里负责警卫工作的市公安局副局长董彬森也在场。商务别克车停在了大冢的入口处，廖勇与董彬森熟悉，就让廖勇和曾连藉进去。

进到大冢，曾连藉见客堂里香火缭绕，冒烨薇与冒尖藉正在点香和蜡烛，一班道士分列两旁，由一个在供桌台前跪在蒲垫上的道士领着诵经。在这种肃穆的气氛中，曾连藉不好入内，只站在门外盯着冒尖藉看。

也许有感应的缘故，冒尖藉觉得有人在背后盯着自己看，就猛地回头见是那个被冒烨薇叫大卫的年轻人在盯着自己看，嘴在动，似乎要说什么，就轻轻地捅了一下正在点香的冒烨薇说：“小姐，大卫来了。”

冒烨薇扭头向曾连藉点点头，再转回头将香小心翼翼地插进香炉里，然后从客堂里退了出来。

“大卫，回来了，这一趟辛苦你啦，怎么还没回办公室？”冒烨薇见曾连藉手里还拉着皮箱。

“董事长，我已经去过了办公室，知道你在这里，所以我就赶了过来。”

“哦，是这样啊，这里没你什么事，上午我和冒叔在这里忙着做道场，下午市公安局和省考古研究所还要进祖坟里取证和察看，所以我俩一天在这里脱不开身，你先回去，与韩书记联系一下，以我的名义今天搞一个晚餐会，将你回总部研究的投资执行书向市里作个通报，好让市里各方面都有个数，以便沟通配合。市里面参加的人员请韩书记定，我们除你与我参加，还让公司的中层都参加，对，我会还让冒叔一起去。”冒烨薇对今晚的活动作出了布置。

“小姐，吾就不去了，上不了台面，不去了，不去了！”冒尖藉连声推辞。

“冒叔，你又不是外人，你自始至终是我们冒家的一分子。”冒烨薇说完，又对曾连藉说：“大卫，就这样，你回吧！”

曾连藉张了张嘴，深情地看了冒尖藉一眼，终于没说出什么，只说了声：“那好吧，董事长我先回去了，晚上的事我会安排好的。”

曾连藉拉起皮箱一步三回头地与廖勇离开了大家。

晚上，被称为“小香港”的同江城华灯齐放。市中心的市政府用于接待的华峰宾馆三楼，那间可以围坐三十人的大圆桌的宴会厅已经高朋满座，就差冒烨薇和冒尖藉两位。

韩天华和市长阎凌锋、常务副市长闻雷、分管外向型经济的副市长张坚毅和招商、科技、土地、规划部门的领导都到了。参加今晚活动的本来有姜君文，但他推说还有一个外商要谈项目，就另行安排了。

曾连藉热情地与各位打着招呼周旋，这时冒烨薇和冒尖藉在接待小姐的引导下进了宴会厅，冒烨薇拱手道歉：“各位领导，实在对不起，让大家久等了！”

今天由英伦化学做东，冒烨薇坐了主陪席，右边坐的是韩天华，左边坐的是阎凌锋，副陪是曾连藉，右边坐的是闻雷，左边坐的是张坚毅。其他人员的坐席就随意安排了，韩天华要服务员将自己右边座位作了调整，让冒尖藉坐在自己身边。

酒会开始前，冒烨薇让曾连藉将经总部批准的投资计划执行书作了介绍，对一期出资到位的时间、数额、使用分配、开工日期、工期进度、设备引进的批次及报关报检等作了详尽的通报，还就需要地方政府部门配合的方面一并提了出来。

韩天华与阎凌锋交换了一下眼色，都表示没有异议，韩天华就代表同江市委市政府作了即席发言，首先对英伦化学项目早日开工并取得成功表示祝贺，然后表示了大力支持的态度，再就是对机关各部门提出了亲商的具体要求。

等韩天华讲话完毕，冒烨薇提议在座各位举杯为英伦化学在华投资干杯，接下来韩开华、阎凌锋、闻雷、张坚毅互相频频祝酒。

让冒烨薇感到纳闷的是，曾连藉在座位上傻傻地看着冒尖藉不动，她几次示意他主动出击向同江的头面人物敬酒，但他似乎不予理会，她实在看不下去，就离席走过来推了他一把："大卫，还傻坐着干吗？"

等冒烨薇回到了座位上，曾连藉站了起来，说："在敬各位领导的酒之前，请允许我先认一下自己的父亲！"话音一落，在座的人都为之惊诧。

只见曾连藉走到墙角拉出了那只皮箱，拿出了用黑丝绒布包扎的那包东西和一件由一个个"心"字形结成的米黄色粗毛线坎肩，双手托着一步一步地走到了冒尖藉的跟前，双膝下跪，然后双手举起，说："爸爸，我终于找到您了，这是姆妈临终前交给我的遗物，黑丝绒布包的是姆妈的日记，这件毛线背心是姆妈与您的信物，今天，我与您父子相认，是姆妈的最大心愿，就让不孝儿子给您磕头吧！"说完，他用膝盖挪移到冒尖藉的面前。

这时，已经泪流满面冒尖藉站立起来，拿起那件一个个"心"字形结成的米黄色粗毛线坎肩，翻过来翻过去仔细看了几遍，泣不成声地说："是静芝的，是静芝的。"然后，他解开外衣脱下了里面穿的背心，与曾连藉手上举着的那件坎肩，毛线的颜色、图案、粗细完全一样，只是他身上这件略旧了些。他又拿起黑丝绒布包，用颤抖的手打开一看，是十五本颜色大小都一样的硬面抄，翻开一看，他就认得这秀气的字就是曾静芝写的，急促而又悲戚地哽咽道："是她写的，是静芝的字！"

这时，冒尖藉感到天旋地转，眼前一黑倒了下去，好在韩天华就在旁边，伸手一挡抱住了冒尖藉，说："冒叔，冒叔，别太激动，你儿子还跪着呢！"这时，曾连藉从地上起身与韩天华一道扶着，喊："爸爸，爸爸！"

突然，冒尖藉完全清醒过来，他推开了韩天华的手，紧紧地与曾连藉相拥在一起，说："你娘为啥临到死还不与吾联系，为啥儿子都长大成人了还不告诉吾，这是为啥？为啥啊！"

"我也是看了姆妈的日记才知道是咋回事，您一直在她的心里，我的名字为啥叫曾连藉，这是姆妈煞费苦心，将我的名字隐含了曾静芝连着冒尖藉的深情，等您看了姆妈的日记就全明白了。"

在一旁发怔的冒烨薇跟着大喜大悲，她对这场父子相逢的场面大感意外，但她不想让这个过程太长，就跑过去扶着冒尖藉说："冒叔啊！好人有好报，您做梦都没想到自己的亲生骨肉今天会站在面前，我衷心祝福您父子相认。等宴会结束，我们回去再相聚，您父子再也不分开了，好吗？"冒尖藉与曾连藉一齐点头。

"各位领导，刚才我家冒叔与失散三十年的儿子相认，是天下第一等的大喜事，等改天我们再办喜酒，传颂这个辛酸而又感人的佳话！"又说，"我提议，为我家冒叔的父子相认干一杯！"

韩天华想起第一次在冒家大冢经冒烨薇介绍曾连藉时，曾连藉说自己是半个同江人，他问过为什么说是半个同江人，曾连藉告诉说自己的母亲当年在同江插队落户。所以他马上就明白是怎么一回事了。接着冒烨薇的话，他站进来说："有人说有情人终成眷属，我看啊，是亲情难离骨肉。今天我们见证了感动天、感动地的一幕，冒叔，你的一生有太多的奇遇和太多的故事，所以我们市委市政府决定要宣传你是对头的。下面，为了让我们大家沾沾喜气，共同为曾总监父子团聚干一杯！"

这场宴会完全沉浸在悲喜交加的气氛之中，让在座的人都觉得亲情是多么美好和神奇。

宴会散后，冒烨薇没有与韩天华他们再多聊什么，就与冒尖藉和曾连藉坐上了自备车奔驰S320，向望湖阁飞驰而去。

进了翠香园，冒烨薇对曾连藉说："大卫，你带父亲先去房间，让冒叔先看你姆妈的日记，然后你到我的房间来，再细细研究投资上的有关事情，好吗？"

“不用孩子陪吾，工作上的事要紧，我一个人先回房间去。”冒尖藉是个明事理的人。

“这样吧，父亲您先慢慢看姆妈的日记，我与董事长先去商量点事情，然后过来陪您！”曾连藉将黑丝绒布包交到了冒尖藉手上。

“冒叔，对不起呵！”冒烨薇面露微笑。

“小姐，正经事重要，去吧，去吧！”冒尖藉手里像捧了宝贝似的转身回自己的房间去了。冒烨薇朝曾连藉看了看，相互会心地一笑。

回到房间，冒尖藉打开了黑绒布，里面露出了十五本黑皮封面带镶红边的日记本。日记自1971年至1989年的时间顺序排列，在长达十八年中，虽然不是天天写，但断断续续一直坚持写到曾静芝逝世为止。

冒尖藉以急切的心情先翻了一遍，对几篇日记作了细读，他读一篇哭一遍。有几篇是这样写的：

1970年7月21日 晴

我与冒尖藉经历了生离的痛苦，他是多么地爱我，我也是多么地爱他。但命运的捉弄，让我们不得不分开。我何曾不想与他长相厮守，可他有他的责任，我有我的重担，我们虽然分别，但不是分手。我相信，老天会怜悯我们两个苦命相连，总有一天会重逢，并且永不分离。尖藉，我想你，真的好想你。

1970年8月15日 晴

今天，冒着酷暑，乘车到了让我备受煎熬又恋恋不舍的同江双林公社。我拖着五个月的身孕和隆起的肚皮重回故地，是办自己的粮油迁移证，同时回到冒家大冢将自己的肚皮骄傲地给他看。尖藉，对不起，在临别时才告诉你我有喜了，你不会怪我吧。可是在公社知青办，陈主任盯着我的肚皮看了很久，恶狠狠地警告我，不能与你有任何联系，明确了“三个不准”即：不准写信，不准探望，不准结婚。如果将我们的事调查下来，就是欺骗组织，要将你以破坏上山下乡运动的罪名让你坐牢。我怕连累你，所以就不来看你了。尖藉，我们的命怎么这样苦呢，我们为什么就不能公开相爱呢？

1970年8月16日 大雨

从同江双林回沪，“三不准”像三座大山压在我的心上。尖藉，我是多么想给你写信，也多么希望你能像天使一样突然出现在我的身边。但看来这是我的一厢情愿。尖藉，我怕你有什么委屈，更怕你遭到打击。我知道你和姜家有仇，所以我不敢贸然写信给你。我只能用日记的形式来寄托对你的思念，对你的情，对你的爱，相信你终有一天会看到我用眼泪和心血写下的日记。

1971年1月16日 阴天

尖藉，今天接到街道通知让我搬家，搬到了一家石库门房子里住。本来想把搬家的消息和新的地址写信告诉你，但怕信被人偷拆，暴露我们相爱的事情，给你带来不利。等李莉莉回来，我会偷偷地让她转告于你。我们的孩子就要降世，我的行动不很方便，但一想到我们的孩子就要来到人间，我再苦再累也能挺住。放心吧，尖藉，我想我们一定有一个可爱的儿子。

1971年2月8日 晴天

我们的孩子前天出生了，是个儿子，尖藉你做爸爸了。日子纵有千难万苦，我也会把儿子拉扯大，并且抚养成人，将来做一个有出息的人。尖藉，你知道我是有先天性心脏病的，为了生下我们的儿子，我冒了多大的风险，医院告诉我在生养过程中随时有生命危险，问我保自己性命还是保孩子，我毫不犹豫地回答，只要孩子。但过后想想还是挺害怕的呀！你想呢，如果我撇下孩子，谁来抚养孩子呢，难道让他生下来就成为孤儿吗？可是，老天爷真的照顾啊，让我顺利生下了儿子。但我觉得自己的心脏病越来越严重，真不知道能撑多久。尖藉，请放心，只要我还有最后一口气，就一定将一个可爱的儿子献给你。

1977年9月2日 晴天

今天，儿子第一天去上学了。尖藉，儿子很乖，也很聪明，他问我爸爸为什么一直不回来，人家小朋友上学有爸爸送，我为什么自己一个人去学校。本来我是要去送的，但早晨起来心脏病犯了，儿子坚强地自己一个去。我这几天身体一直不好，到医院检查说我有严重的房颤症，这是个说死就死的毛病，尖藉，我和儿子盼星星盼月亮，盼望你能来到我们母子俩身旁。我咬紧牙关，只要我生命不息，就一定会把我们的儿子培养好。

1986年10月5日 晴天

时间过得真快啊，我们的儿子已经长大成人，快初中毕业了。尖藉，你一定不知道我们的儿子长得多像你啊，高大英俊，又很会读书，成绩好着呢。今天我的大表哥从英国回来，国家改革开放了，我们的日子快熬出头了。我准备让他去英国留学，费用就用你给的五根金条，算算也够了，在英国可以让他打工，多磨炼磨炼也是好的。尖藉，我没有失信呵，把儿子终于养大了。但一直没有与你主动联系，现在政治上倒什么也不怕了，但我估计你也许已经成家了，所以我一直不敢再奢望你回到我与儿子身边。另外，我的心脏病越来越严重，你就是没成家，我与你相逢也怕拖累你，所以我的苦难我承受，不怨天，不怨地，也不怨你。请为我们的儿子高兴吧，为我们的儿子祝福吧！

1989年5月11日 阴天

这些日子，我的病越来越重，时有窒息感。尖藉啊，我恐怕今生今世再也没有机会与你重逢。我这一生有太多太多的苦难，也有太多太多的遗憾，但从来没有后悔与你的相遇和相识和相合。我有许多许多的话要对你讲，但恐怕来不及了。在我走的时候，我会把这些日记让儿子转交给你，让他认你这个亲生父亲，让你们父子团圆。尖藉，今生我们做不成长久夫妻，等来世我们再做比翼鸟、再结连理枝！再见，我深爱的尖藉！

读到这一页时，冒尖藉又一次放声大哭。他嘴里不停地说：静芝，对不起，静芝真的对不起啊！

正当他伏在桌子上哭得死去活来时，他本能地感到背后有一股阴风袭来。他猛地来一个180度的大转身，见到戴黑面罩的人持着一把寒光闪闪的利刃，以极快的速度向他的胸部刺来。

从对方出手可以看出，这是个一等一的杀手。冒尖藉向右一个急移，躲过了致命的一刀，又向后退了三步，他从腰中抽出了长鞭，挥舞得像一条灵蛇，左抽右抽直抽甩向对方。

戴黑面罩的人没有料到这老头有如此手段，是个难缠的对手，骂了声“让你这老不死再多活几天”后，就夺门而退。冒尖藉听这沙哑声音，知道这是那天绑架自己的人，就步步紧逼，将杀手赶出了房间，高喊：“抓坏人！”

第五十四章　私下化解

听到冒尖藉的呼叫声，冒烨薇与曾连藉从房间里冲了出来，见冒尖藉紧追不舍，曾连藉惊叫道：“爸，小心！”

这时，警笛大作。奉韩天华之命，董彬森虽然今天与冒烨薇一起到了冒家大家，接手调查五十年前冒泓炜被枪杀的案件，但对冒烨薇和冒尖藉的安全保卫工作仍由他负责，韩天华要求他在投毒案件没有侦破之前，保护冒烨薇和冒尖藉的人身安全不能懈怠，所以，他布置在望湖阁的暗哨没有撤走。

当冒尖藉呼叫“抓坏人”，负责蹲点守候的三个暗哨吹响了警笛并扑了过来。那个戴黑面罩的人左冲右突无法脱逃，被逼到了那天冒烨薇与冒尖藉喝茶的水榭中，不甘束手就擒的杀手被迫跳入了湖中泅水而逃，转眼间，在水面上消失得无影无踪。

董彬森接报后飞驰望湖阁，等他赶到时人群还未散去，冒烨薇正杏眼怒睁，他感到很尴尬。

冒烨薇带着讥笑说：“董局长，你看我是否去美国把那个神探亨特请来，才能让我放心啊！”

“冒董，请息怒，是我工作失误，要怪就怪我好了！”董彬森谦恭地说。

这时，韩天华给董彬森打来电话情况询问，董彬森汇报说人毫发无损，又是虚惊一场，但当时情况十分危险，好在冒老爷子身手不凡，才挫败了这场暗杀。韩天华在电话中长长地嘘了口气，又再三叮嘱说，不能再有意外，否则无法向人家交代啊。董彬森唯唯诺诺连连说，明白，明白！

经过初步调查，杀手穿的是男服务生的服装。在冒烨薇他们三人回到望湖阁一个小时后，这个杀手推着行李车才进了翠香园。公安局的暗哨曾拦住盘问为什么这么晚了还送行李来。杀手说今晚酒店行李多，将今天曾连藉先生从英国来的行李搞混了，所以晚了一点。暗哨觉得没有什么破绽，仅记下了他的工号牌就放他进了翠香园。事情就这样发生了。

先后发生了两件针对冒尖藉的暗杀，公安局的压力很大，董彬森受到了批评。所以他决定先集中精力一定要让这两起案件告破，将冒泓炜案件放一放再说。

虽然不懂破案工作，冒尖藉但听董彬森要将冒泓炜的案件放一放再说，他说啥也不答应，说能早一天为少爷平反昭雪，心里就早踏实一天，至于自己的安全由自己解决，而且保证以后再也不会发生类似事件。

董彬森向韩天华汇报后，韩天华说平反案件要抓，现行案件也要破，要做到两不误。当董彬森向冒烨薇和冒尖藉讲了韩天华的指示后，冒尖藉说，我的事你们别管了，少爷的事你们得抓紧，今天下午我进大冢将少爷交给我藏好的密件，已经转交给了专案组，你们赶紧动手查吧。

这天下午，等道士做完了道场，征得冒烨薇同意，冒尖藉带了公安局的刑侦专家和考古专家打开了大冢的秘门，专家们进到里面开始各忙各的。他取出了那只五十年前自己放进冢内，装有冒泓炜让保管的姜可名投敌叛变的证据材料、冒氏家谱、大冢秘图，以及自己当年打日本鬼子的那把驳壳枪的箱子。

他将姜可名投敌叛变的证据材料交给了董彬森，将冒氏家谱和大冢秘图交给了冒烨薇，那把驳壳枪上交了公安局。

冒家大冢受到了严格的保护，实行了封锁，仅允许由省考古研究所和同州大学历史学教授、明史专家佟济寅带领的专家组成员进出大冢内外，而且连他们进出也要受到严格的搜查。因为冒家大冢内的文物不仅具有研究价值，而且具有经济价值，从里面随便取出一件器物就可能价格不菲，甚至价值连城。

等这一切布置停当，冒尖藉自己什么东西都没带走，只是将那条长鞭缠在了自己的腰上，与冒烨薇一道返回同江并被冒烨薇拉去参加晚上的宴会。

所以，冒尖藉认为当务之急是要让少爷的冤屈水落石出，对发生自己被追杀的事反倒没放在心上。

在说服董彬森后，冒尖藉一连七天将曾静芝的五本日记细细看了一遍，曾连藉有空就过来陪自己的父亲。父子俩边看日记边抱头痛哭，曾连藉将母亲的事一样一样地告诉了冒尖藉，冒尖藉也将自己到上海寻找他们母子的事跟曾连藉说了。

面对儿子，冒尖藉说自己既没有尽到做丈夫的责任，也没有尽到做父亲的责任，说着说着，就失声痛哭起来。曾连藉说这一切都不是父亲的错，自己绝不会有半点责怪和埋怨父亲。

冒烨薇有时也过来看日记，陪着冒尖藉父子俩泣不成声地说，只要有缘分隔了几十年也还会是一家人。亲人的突然团聚和血浓于水的亲情，让他们冲淡了被追杀的郁闷心情。

七天后，等看完了曾静芝的日记，冒尖藉对曾连藉和冒烨薇说自己要出去随便转转。冒烨薇不放心，曾连藉更是不让，说自己刚寻着父亲，说什么也不能让父亲发生意外。

冒尖藉知道自己说什么也没有用，也怕让他们担惊受怕，所以就不再坚持，说自己老老实实待着，你们去忙正事去吧。

按照冒烨薇的建议，同江市政府对围绕冒家大冢的地块作了总体规划，并将英伦化学的项目用地重新安排了地块，所以冒烨薇与曾连藉忙得脚不踮地。

瞅准空子，冒尖藉溜出了翠香园，跑到酒店的大门口招了辆的士，让司机驶往开发区管委会大楼。

管委会大楼高耸云端，外墙全是幕墙玻璃，地面上的三层墙面是用进口大花绿、土耳其红、金花米黄和云雾大理石装饰，从外观看很是气派，因此成为同江的标志性建筑，也是同江城市的一张现代名片。

的士熟门熟路，很快到了管委会大楼门厅前，冒尖藉下了车往里面走，把门的保安见是一个七十来岁的老头，穿着普通，猜想会不会是来上访的，就上前挡住问找谁，冒尖藉很有派头地说，找姜君文主任。

一听说是找姜主任，保安吃不透是什么来头，就将冒尖藉带到大厅接待台交给了接待人员。负责接待的是一位年轻的女孩，说请您稍等，就拿起电话，冒尖藉知道一定是在给姜君文打电话。女孩放下电话，和颜悦色地说："姜主任正忙，请您改日再来吧。"

冒尖藉知道姜君文是在躲避自己，实际上是他心里有鬼不敢大大方方地见自己，但今天必须要见到他。

冒尖藉对女孩说："麻烦再给姜主任打个电话，说我有非常重要的事跟他说，如果他忙可以等，但今天必须让他见我。"女孩见老头很拗，就又提起内线电话并在电话里叽里咕啰地说了一通，估计将冒尖藉的原话重复了一遍。她放下电话说，老人家，姜主任请你上去吧，并从接待台里面走出来做引导。

冒尖藉跟着女孩乘电梯上了十八楼。出了电梯，走廊上铺着厚厚的纯羊毛剪花地毯，走上去没有一点脚步声，在门上标着中英文"主任"的房间前停了下来，女孩敲门，听到"进来"的声音，女孩将门推开，说："姜主任，客人到了。"

这时，姜君文将堆在宽大办公桌上的文件拨到一边，站起来，点了一下头："噢，冒老先生来了，请坐！"又让女孩去倒杯水。女孩在净水器上用一次性的纸杯接满水放在了茶几上，对坐在沙发上的冒尖藉说请喝水，然后就退了出去。

"冒老先生，今天来有何指教？"姜君文主动发问。

"无事不登三宝殿，今天来不敢指教，只是想与乃随便说说话。"冒尖藉不卑不亢。

"那好啊，就随便说说，你先说吧。"

"姜主任，一个人夜路走多了，是要碰到鬼的。还有一句话，叫若要人不知，除非己莫为，想必吾不用解释了吧。"

"你这是什么意思？"姜君文明知故问。

"意思很明白，看来姜主任是不肯与吾掏心掏肺地说话啊。那吾不为难姜主任了，就实话实说了吧。"

“说吧，不用跟我绕口舌，兜圈子。”姜君文不接翎子。

“吾被杏元骗到同江吃喝玩乐，等吾回冒家大家就发现丢了一盏插蜡烛的青花烛台，过后不久，吾又不明不白地被绑架向吾索要冒家大家的秘密，乃知道是谁做的？”

“是谁做的，我怎么知道！”姜君文冷冰冰地说。

“还有，冒家小姐回来，把吾接到酒店，先是被人下毒药，前几天又被人追杀，乃难道也没听说过？”冒尖藉接一连二地问道。

“你问我这多干吗？我怎么会知道呢？”姜君文有点火气。

“那好，吾不再问了，就打开天窗说亮话了。”冒尖藉切入正题，“吾问乃，冒家的那幅北宋晚期画家王诜的《渔村瑞雪图》，在乃手上吧！”

“这……”姜君文一时语塞。

“乃不用先回答，那盏青花烛台也在你手里吧！”冒尖藉步步紧逼。

“这……”姜君文又被问住了。

“姜主任，乃是明白人，吾不想多说什么，但我可以告诉乃听，那《渔村瑞雪图》是冒泓炜被枪毙后，乃阿大（同江地区对父亲的称谓）姜可名带人到冒家大家搜查尸体时，从吾的箱子里拿走的，现在伊走了，这幅画就一定留给了乃，乃还拿到香港佳士德去估过价，吾说得没错吧！”冒尖藉之所以这样有把握地说，因为他听邱介秋说过姜君文手上有《渔村瑞雪图》，并拿到香港佳士德拍卖公司去估价的事，所以他十分肯定。

“还有一件事，乃不要说不知道，就是那盏青花烛台是周大华指使做的，而周大华是为乃做的，乃那次在冒家大家盯着青花烛台看的神色，吾就知道后来周大华为什么要利用杏元来钓吾的鱼，趁机把青花烛台捞走，乃敢对天发誓说那盏青花烛台不在自己手上？”冒尖藉不让姜君文有喘息之机。

“这……你胡说什么？”姜君文还想抵赖。

“吾还想告诉乃，那个绑架吾的人，就是前几天晚上来杀我的那个人，他名叫‘旋风’，他的后台老板是乃与周大华，我说的也没错吧！”冒尖藉说得掷地有声。

“你是想来找死的吧！”姜君文嘴硬，但说话的底气明显不足：“是怎么样，不是又怎么样？”

“不想怎么样，如果吾要让乃好看，用不着还对乃好声好气地说话，吾只要把前前后后的事情跟董彬森一说，周大华早就进去了，乃也不会在这个地方跟吾说话，阿是的？”冒尖藉语速平稳，但威力十足，不乏震慑。

姜君文眼睛发直，心里有说不出的恐惧，他感到眼前的这个老头太可怕了，好像一颗炸弹能让自己粉身碎骨。他为了遮住自己的窘态，从大熊猫烟盒里抽出一支，用“多鹏”牌打火机点烟，“咔嚓咔嚓”连续打了几下子才点着，夹烟的右手在颤抖。

冒尖藉知道已经打中了要害，他要像猎人那样及时将猎物制服，才能让即将到手的猎物乖乖就擒，就说：“常言道，多行不义必自毙，现在的处境对你很不利，只有吾才能救乃！”

姜君文老于世故问：“有什么不利，怎么个救法？”

“乃阿大害死冒家少爷的事，可以说是板上钉钉的事，用不了多久真相就会大白于天下，给冒泓炜平反昭雪是早晚的事。乃是他的儿子，而且是个叛徒的儿子，俗话说父债子还，就是乃不受处理，但也会遭到人们的唾骂，人言可畏啊，乃自己说这样的处境是好还是坏？”冒尖藉的目光像一把锋利的刀直插姜君文的心脏，让他无还手之力。

“那怎么个救法？”姜君文明显软了下来。

“救法有三：俗话说父债子还，乃应该向冒家赔罪，求得冒家谅解，不学乃阿大的样子，放弃对冒家的仇恨，只要乃姿态高，冒家也不会对乃咋样，吾也可以劝说冒家不计前嫌，让乃与冒烨薇这一代握手言和，化解姜家与冒家的宿怨，不再冤冤相报，如果这样，倒也成就一段‘化怨求和’的佳话。只要乃有此心，吾就有此力，这是其一。”

“那其二呢？”姜君文现在急着要听下文。

“希望乃不要执迷不悟，先前已经干过的绑架、巧取、投毒、暗杀，千万不要再做了，这哪一样都是在犯法，这一点乃应该比吾清楚。乃只要答应不再胡来，吾可以既往不咎，也不会向任何人吐露实情，让过去的事情就过去吧。吾看出乃的能力不错，能把心思用到为老百姓做事上来，还是能干点大事的，所以吾不想轻易让乃自毁前程。”冒尖藉看到姜君文点了点头，知道他被说动了，就继续说，“第三，乃把那幅《渔村瑞雪图》和那盏青花烛台还给冒家，做任何事情都要懂得适可而止，不要过分奢求，否则就会惹祸上身。至于更深的道理，乃可能比吾懂得更多。”

姜君文虽然嘴上不说，心里似乎接受了冒尖藉的三点主张，说：“冒叔，乃大人有大量，请回去吧！”

有许多事，往往是只可意会，不必言明。

冒尖藉知道姜君文抹不开面子，也就不想给他难堪，给他搭个台阶：“谢谢乃今天叫吾冒叔，吾知道乃是个明事理的人。好了，那乃就忙吧，不耽误乃正事。但请乃相信，今天吾与乃谈话到此为止，没有第二个人知道，吾从来没有给别人说过乃做过的错事，所以乃把心放进肚子里，只要乃肯听吾的话，还会有大好的前途。《圣经·马太福音》有这样一句话：善从他的心里所存的善就发出善来；恶从他心里所存的恶发出恶来。吾知道乃读过《圣经》，请好好体味这句话吧！”

说完，冒尖藉双手合十向姜君文作揖，姜君文也以同样的方式还报。

第五十五章　喜出望外

当的士驶入望湖阁大酒店，冒尖藉见酒店内外人进人出，好像出了什么大事。他让司机将车停在了路边，付了车费就挥手让的士离去，自己下车步入酒店大厅。

“这不是冒老先生吗？”酒店大堂经理高声叫道。等人们纷纷围了上来，觉得这老头好像是土行者突然从地下钻了出来。

董彬森、冒烨薇和曾连藉闻声都赶了过来。冒烨薇用西方人的方式冲上去抱住了冒尖藉，喜出望外地尖叫道：“冒叔，你到哪里去了呀！”

“吾出去转了转，有什么大惊小怪的，看，吾不是好好的吗！”冒尖藉波澜不惊地说。

“爸，你知道我们有多担心！”曾连藉惊喜交加，眼中还噙着泪花。

“老冒同志，你外出不给我们的人打个招呼，让我们很被动，因为你有危险，我们已经做了出警处理了，正张网在全城查找，各个交通要道和进口卡口都已经设卡检查，结果让我们虚惊一场。”董彬森脸上还很紧张。

“我家冒叔回来就好，你倒批评起他来了。”冒烨薇为董彬森刚才的话有点生气。

“好了，好了，大家都散了吧！该忙什么忙什么去，吾老头子好着呐，对不起大家！”冒尖藉向众人赔着笑脸。

这时，奥迪A6在不远处停了下来，车上走下了韩天华。董彬森急忙迎去，冒烨薇也上前打招呼："韩书记也来啦！"

"我能不来吗，大白天，丢了个大活人，这事稀奇，我能不来凑个热闹？"韩天华看到了冒尖藉安在，心里也就放心了，就打趣地说。

"韩书记，这情况……"董彬森想作汇报。

"嗨，大家没吃饱啊？在这里喝西北风，快进屋去说吧。"韩天华发话了。

进了酒店的接待室等大家落座，韩天华首先笑着问："冒叔，你把大伙吓得不轻啊，原来你老人家是开小差去了吧？"韩天华的话让在座的人都发出了宽慰的笑声。

"韩书记，吾咋没了行动自由了呢，随便出去逛逛都让大家提心吊胆，这样不行，吾还是回冒家大冢去。"冒尖藉轻声说道。

"冒叔，这不是为你好吗，你现在是大熊猫，是国宝，受到特别保护。"冒烨薇的话又引起了屋里人哄堂大笑。

"到了黄土埋脖子的年龄，倒受到了大家的呵护，这是吾的福分啊。其实，我没有那么金贵，生来是贱命一条，用不着大家费心思。"冒尖藉说的时候眼睛湿润了起来。

"冒叔咋这么说呢，你是冒家的大功臣，从今以后，我们有难同当，有福同享，你年轻时吃了那么多苦，受了那么多的难，其实都是在为自己积德造福，你是苦尽甘来！"冒烨薇不无感动地说。

"好了，不说这些。今天，韩书记和董局长都在，吾有件事要说说，就是关于追查凶手的事，不用查了，从今天起吾不会再有危险了，没有人再会来加害于吾了，所以大家该干啥这干啥，不用费劲了！"冒尖藉一本正经地说。

"为啥？难道上帝今天与你签了安全约定了？冒叔，你不用操这份心！"冒烨薇认真起来。

韩天华与董彬森互相交换了眼色，董彬森领会了意图，就问冒尖藉："老冒同志，你今天有没有接触了什么人，是否有人给了你某种暗示或是压力，据我们了解和掌握的情况，案件还是比较复杂的，目前还没有突破性的进展，凶手还逍遥法外，所以不能掉以轻心。我们最近调整了力量，准备加大侦察力度。”

“算了吧，董局长，吾说不用查了就不用查，吾死不死与公安局没关系。吾家少爷冒泓炜的案件怎么样了，啥时能弄明白？”冒尖藉紧追不舍。

“噢，冒泓炜的案件进展很顺利，你提供的材料基本可以断定姜可名的叛变投敌，派出的取证小组与原中共上海地下工作的老同志取得了联系，可以证实姜可名叛变的证据确凿。现在最重要的是将马汉章同志被害的情况搞清楚，但苦于缺乏当年的证人，所以……”

董彬森还想说下去，被韩天华挡住了，说今天不是讨论案件的会议，专案组能否再用一个月的时间结束专案工作。董彬森用力地点头，表示有这个决心。

“关于冒叔的安全问题，既然老人家这么有把握，我们要相信老人家不会拿自己幸福的晚年开玩笑。那好吧，彬森同志就不要打破砂锅问到底，让老人家保守点秘密，肯定有他的道理，冒叔，是吧！”韩天华眼睛看着冒尖藉。

“是的，吾这么大岁数，不会去冒险的，放心吧！”冒尖藉作了自我保证。

“冒叔，我有个好消息要告诉你呢！”韩天华笑着说。

“啥好消息，韩书记不会在逗吾老头子开心吧？”冒尖藉急切地问。

“不会，肯定不会！”韩天华欲言又止。

“嗨，韩书记快说吧，别让冒叔费思量了！”冒烨薇敲边鼓。

“哈哈，好了，不卖关子了，冒叔，我父亲要从美国回来啦，说年纪越大越想回来，说什么要叶落归根，知道你的情况后，他跟我姐姐吵着要快点回来，这不，明天下午三点半的航班到浦东，他说回来要在第一时间与你相见。明天晚上，我安排一下，冒叔你与冒董、曾总监一起参加为我家老爷子接风，怎么样，给不给这个面子！”韩天华笑问道。

“韩书记，老爷子回来也是喜事一桩，我们当然要一起聚聚喽！冒叔，是吧！”冒烨薇抢先回答。

为老爷子接风的宴席办在家里，这是韩天华怕办在外面张扬出去，到时来捧场的、送礼的、凑热闹的什么都有，知道老爷子为官清廉，到时别惹得老人不高兴。所以，他在家时举行一个小型聚会，主要客人是冒尖藉和冒烨薇、曾连藉。

韩叙伦年届九十高龄，但还蛮有精神，回到家里稍微休息一下，时差似乎对他影响不大。还没到晚上六点，就问冒尖藉咋还没来。韩天华说给打个电话问问。冒烨薇告诉说，车子已经出了望湖阁在路上马上就到。

隔了一刻钟的时间，门铃响了，韩天华自己去开门，冒烨薇手里拿了一大束红色康乃馨先进来，后面跟着冒尖藉和曾连藉。

“韩专员，韩专员！”冒尖藉刚进门就迫不及待地喊道。

韩叙伦右手执着拐杖，颇有西方学者的风度，从屋里走了出来，看到冒尖藉用略显苍老的声音说：“尖藉你还好吧？”

冒尖藉上前一步握着韩叙伦的手说：“韩专员，吾好着呢，你老人家身体还不错哦！”

“我们多少年没见啦？”韩叙伦问。

“韩专员，有三十六年了呀！”冒尖藉用颤抖的声音回答。

“时间过得真快啊，一眨眼，我们都老喽！”韩叙伦很是伤感。

韩叙伦用欧美人那种常用的耸肩摇头摊手方式，向冒烨薇表示无奈，冒烨薇是个明白人，就一只手拉着韩叙伦，一只手拉着冒尖藉，说：“两位老人家请进屋坐下来说话。”

进了客厅，冒尖藉紧挨着韩叙伦坐下。“尖藉啊，光阴苦短，一晃就过去三十多年了呀！”韩叙伦首先感慨地说。

“是的，人到世间走一遭也就那么几十年，可活法就大不一样。”冒尖藉随声附和。

“天华，我原来挂在书房的那幅字还在吧？”韩叙伦大声问道。

“在啊，我保存得好好的。”韩天华回答道。

“你知道那幅字是谁写的？”韩叙伦又问道。

“我原来不知道，前不久才知道了，写字的人远在天边，近在眼前。”韩天华将自己在冒家大家偶然发现“静庐道人”原来是冒尖藉的事告诉了父亲。

“哦，你知道我为什么要保存这幅字吗？”韩叙伦再问。

“这……我哪能知道，又不是你肚子里的蛔虫。”韩天华自嘲地大笑。

“让我告诉你吧，这幅字是老子的一句名言。‘俗人昭昭，我独昏昏。俗人察察，我独闷闷。’老子用“昭昭”、“察察”来描写世人生活的光彩亮丽，精明灵巧；用“昏昏”、“闷闷”来形容自己生活的稀里糊涂、懵懵懂懂，其实是说前者世俗，后者高雅；前者看似亮丽精彩，实则暗藏危机与旋涡，后者看似迟钝愚笨，实则富有生机活力；前者大愚若智，后者大智若愚。”

趁韩叙伦端杯喝茶的时候，冒烨薇说自己曾读过老子的《道德经》，那真是稀里糊涂，听韩老前辈这么一说，觉得道理蛮深奥的。

韩叙伦谈兴正浓，又接着说：“俗人追求显耀、精彩，追求富丽堂皇，追求奢华时髦，追求享乐安逸；道中人追求淡泊宁静，追求深居简出，追求清淡简朴，追求高雅平静。人生的追求决定人生的生活轨道，也决定着人的生活质量，尽管常有事与愿违的情形，但并不因为荆棘丛生以至于望而却步，也不因为路途坎坷而停滞不前。面对诱惑，有的奋不顾身，铤而走险；有的理直气壮，气吞山河；有的孜孜不求，无怨无悔。不管何时何地何人，只要你来到社会这个大舞台，总想潇潇洒洒、风风光光走一趟。当人们拼搏得筋疲力尽之时，才突然发现，自己在收获的同时也失去了太多太多，你才会真切地感悟道：健健康康真是福，平平安安才是金。”

看老头子说得差不多了，韩天华说老爷子理解得这么深刻，今天一席话胜读十年书，这养生的道理与养政的道理往往是相通的，看来这幅字我还得挂出来当座右铭。

“这是我一生中收受最贵重的一份礼，而送这份大礼的是尖藉你，我能够在官场上全身而退，安度晚年，与此受益匪浅啊！”说完，韩叙伦站起来与冒尖藉紧紧握手。

这时，韩天华说，饭准备好了，菜要凉了，赶快入席吧。冒烨薇从沙发上扶起韩叙伦，与冒尖藉一起进了餐厅。

在酒席上，韩叙伦与冒尖藉又回顾三十多年前吃螃蟹、喝黄酒的往事，以及姜可名在背后打小报告的事，污辱女知青企图迫害的事等讲了一箩筐，冒尖藉说自己对让韩专员受诬告之事一直很内疚，并且得到韩专员主持公道保护自己，心中铭记难忘；还说自己一直在用韩专员送的那台“15天”牌座钟。

韩叙伦与冒尖藉吃得少说得多，就像话匣子打开了关不上，旁人也不好劝阻，知道两位老人家的话唠不完，道不尽。

“尖藉，当年火烧吴淞码头日本人的东西说是姜可名干的，我一直持怀疑态度，另外，暗杀马汉章同志说是冒泓炜干的，我也一直感到蹊跷。”韩叙伦说着说着，说到了姜可名的头上。冒尖藉听到这里，禁不住伤心哽咽道：“这都是姜可名作的孽啊！”

韩天华、冒烨薇一看不拦住不行了，两人几乎同时说，今天是大喜的日子，应该高兴。韩天华说：“爸爸，你回来一直说个不停，让大家吃好喝好才对。至于姜可名的事，已经差不多了，为冒泓炜平反的事，只差当时的证人证言，做这些事，你对儿子还不放心吗？好了，好了，我们为两位老人家跨世纪相会干杯！”

第五十六章　峰回路转

与韩叙伦能够再次见面，对冒尖藉来说，是一次奢望，也是一次慰藉。但韩叙伦提起姜可名和冒泓炜的事，又让他坐立不安起来。

从韩天华家里出来，上车后，冒烨薇夸韩叙伦驾驭官场、进退自如的人生艺术，曾连藉没有开口说话，却对自己父亲百折不挠、坚忍不拔的沧海人生感到由衷钦佩，也为自己能有这样传奇经历的父亲感到由衷自豪。他下决心要好好侍奉经受大苦大难的老父亲。

冒尖藉在车上没有说一句话，只是眼睛望着车外，似乎在观看街上车水马龙的热闹，冒烨薇、曾连藉不忍扰了他专注的神情，也就有一搭没一搭地聊天。

其实，他根本没有心思观赏车窗外的一切，他在为少爷冒泓炜的平反一事担忧。他想自己全面了解一下案件的进展，在下车时，对冒烨薇说："小姐，乃跟董局长联系一下，能否讲讲少爷的案件情况。"

"对，冒叔，是要催催他们抓紧点，我明天就与董局长联系。"冒烨薇认真地答应道。

到了酒店，冒烨薇说去酒店湖边茶吧喝喝茶，冒尖藉说你们去吧，自己要回房间。冒烨薇说，冒叔不去就回房间早点歇息，我与连藉就项目开工的事再研究一下，于是就把冒尖藉送回了房间，自己与曾连藉到翠香园小会议厅，等公司项目组的其他人员到齐了再开会。

回到房间，冒尖藉的心根本无法静下来，他怕少爷平反的事被耽误，甚至不了了之。他嫌房间内太热，就一人去了水榭凉快一会儿。刚踏进水榭，凭栏眺望被灯光照射呈现梦幻色彩的湖面，他感到背后有人在靠近，就猛一回头大喝一声："谁？"黑暗中的黑影回答："是公安局的，为安全起见，请老冒先生回房间休息。"

他知道董彬森表面上答应自己，其实在暗地里压根儿没有撤岗，本来应当心存感激，但他嫌少爷的案件没有上紧，所以没好气地说："不用这么劳烦，该干的事还没着调！"他不肯回房间，在水榭里站了好长一会儿。这时湖面上突然刮起了一阵寒风，让他呛了一下，打了一个寒战，就回房间去了。

第二天下午，冒尖藉感到身上有些发冷，他知道自己昨天在湖边水榭里站着受寒了。冒烨薇吃中饭时，告诉他董局长下午三点专程来望湖阁谈小叔的案情。

还不到三点，冒尖藉就去了昨晚冒烨薇、曾连藉开会的小会议室，冒烨薇、董彬森和专案组的谌科长前后脚也进了会议室，见到冒尖藉已经在等候，冒烨薇说冒叔比我还心急，董彬森说老人家的心情可以理解。

等大家坐定后，董彬森让同来的专案组谌科长先汇报，谌科长就将已经查证落实的情况作了全面介绍，认为姜可名叛变投敌的事可以充分认定，这件事没有任何问题。冒泓炜的情况，从大量的内查外调材料看，是个名副其实的抗日英雄，为共产党的地下工作提供了很多的帮助，这也没有问题。但就杀害马汉章同志一事，缺乏有力的人证，所以，目前还无法认定是姜可名搞的暗杀，以及姜可名嫁祸于冒泓炜，然后借机杀害冒泓炜。

等谌科长讲完，董彬森作了一些不痛不痒的补充介绍，还没等董彬森说完，冒尖藉"啪"的一声："董局长，乃到底能不能将冒泓炜的事搞定？"

"这不好说，我们办案重证据，如果没有当事人的证言证词，恐怕……"董彬森显得为难。

冒尖藉这时"嚯"地站起来了，痛苦地摇着头说："少爷，乃冤啊！"就离开了会议室，把董彬森弄得很是尴尬。冒烨薇起来打圆场说，冒叔他咽不下这口气，心里着急啊。董彬森说没关系，我们办案遇到当事人发脾气的事见多了。

冒尖藉离开小会议室，眼前一阵阵发黑，好在曾连藉眼明手快将他扶住才没有倒下去。到了房间，冒尖藉说想睡觉，让儿子去忙自己的事情。等父亲脱衣睡下，说了声：父亲好好休息吧，不要多想什么。曾连藉才退出了房间。

晚上，冒烨薇、曾连藉都在小餐厅等冒尖藉吃晚饭。今天的晚饭是冒烨薇特地让酒店包了荠菜馄饨，加大米饭，还加了几样可口的小菜。可是左等右等还不见冒尖藉从房间出来，这才着急，两人去了他的房间，发现他还在被窝里，冒烨薇一摸他的额头发烫烧得厉害，冒烨薇惊叫起来说："冒叔，你发高烧啦！"

冒尖藉吃力地掀了被子，从被窝里爬出来说："不碍事，就是感到有点头痛。"他起床后，简单洗漱了一下，说走吧，吃饭去。冒烨薇在前，冒尖藉在中，曾连藉在后，三人到了小餐厅。冒尖藉只吃了几只馄饨就吃不下，嘴唇上突然冒出了许多水泡。

冒烨薇和曾连藉草草地吃了一点，就要送冒尖藉去医院看医生，冒尖藉说没事，可能昨晚去了湖边水榭着凉了，发发汗就好了。冒烨薇哪里肯依他的主意，就拉着他去了同江第一人民医院。

等挂号、配药结束，医生让去急诊观察室观察三天再说，冒烨薇说去急诊观察室不行，得去高干病房，而冒尖藉却坚持到急诊观察室挂水。

急诊室安排了个两人间，冒尖藉在冒烨薇、曾连藉的簇拥下进了房间，里面的一张床位上已经睡了一个八十来岁的老头也在挂水，有一个四十来岁的女人在陪护。他们进去，床上的老头没睁开眼。这时，护士小姐进来，手里拎了两瓶盐水习惯性地叫道："哪位是冒尖藉？挂水！"

听到护士小组的叫声，隔壁床上的老头突然睁开了眼睛，朝冒尖藉看了好半天，用低沉的声音问："乃是冒家同泰纱厂当年的小伙计，叫冒尖藉？"

"是的，是的呀！"冒尖藉朝老头的床边靠了靠。

"乃一定认不出吾来了吧？吾是当年同泰纱厂二车间协理，地下党员卢鸿鸣啊。"床上的老头有点激动。

“噢！乃就是卢协理，多少年不见啦！”冒尖藉俯下身子握着卢鸿鸣的另一只手。

“是的，是的，想想当年冒老爷待吾伲不错，因为听了姜可名的话，要破坏纱厂，吾伲在厂里无脸再待下去，只好离开了纱厂。”卢鸿鸣话音低但很清楚。

“还有衣惠平、鑫阿三、张大毛、王大路他们都好吧？”冒尖藉问。

“唉，衣惠平、鑫阿三、张大毛都不在人世了，他们走得早，就剩下吾与王大路俩人啰！”卢鸿鸣这时流出了混浊的泪水。

“哦？大伙是受了姜可名的指使，当年不能怨乃呵！”冒尖藉安慰道。

“尖藉啊，吾伲是冒家的罪人。在解放那年，姜可名带了吾伲五个人说是去伏击从上海潜伏过来的敌我分子。那天夜里，吾伲在姜可名的指挥下，去离冒家大冢三里远的地方埋伏，将两名穿便衣的人干掉了。后来听说搞错了，杀的是党派来同江任地委书记的马汉章同志。吾伲十分害怕，姜可名要吾伲谁也不能说出去，说是走漏了风声，我们谁都活不了。事后，姜可名将此事栽到了冒泓炜的头上。解放后姜可名担任同江军管委主任，向上级报告说马汉章同志被害是冒泓炜做下的案子，上级轻信了姜可名的谎言，把冒泓炜从上海抓了回来。”卢鸿鸣说不下去了。

“不知者不为罪，乃不必难过。俗话说冤有头债有主，这都是姜可名一手搞的鬼，乃能现在说出来，说明乃还是有正义感的。吾知道卢协理良心未泯，冒家会感谢乃的！”冒尖藉安慰道。

“唉，我不能昧了良心进棺材。前些日子吾在报纸上知道尖藉乃的一些情况，一直想找机会把埋藏了五十年的秘密告诉乃，但这阵子病得厉害，是老天安排让吾伲相见，所以乘吾还有一口气的时候，把马汉章被杀和冒泓炜屈死告诉乃，否则在来世，吾的良心也会受到折磨的！”卢鸿鸣上气不接下气。

冒尖藉见状，让冒烨薇赶紧给董彬森打电话，让专案组赶快来人作笔录。然后，他对卢鸿鸣说：“卢协理，谢谢乃，现在吾伲不说这件事，等公安局来人后再把乃知道的情况告诉他们，乃为冒少爷的平反昭雪立了一功！”说完，就把凳子挪往卢鸿鸣的床跟前，两人轻松地聊起了当年纱厂旧闻。

聊着聊着，卢鸿鸣一直看站在不远处的气质非凡的冒烨薇，指了指说：

"尖藉，她是谁？"

冒尖藉顺着卢鸿鸣指的方向扭头一看，原来是问冒烨薇是谁，就说："这是冒老爷的女儿，冒泓炜的侄女叫冒烨薇。"

不听则已，一听卢鸿鸣突然用手拍了床沿："小姐啊，吾没脸见冒家的后人！"说完拿被子蒙住脸，在被窝里哭了起来。

站在一旁的四十来岁的女人不高兴了，埋怨道："从何方来的神圣，让吾爷爷这么伤心！"

卢鸿鸣猛地掀开了被子，呵斥道："阿梅，不许胡说，今天爷爷高兴！"

正在这时，董彬森亲自带了谌科长和另外两个人进了门，董彬森脸上堆满了笑容。自从接受调查投毒案和冒泓炜被害案以来，由于压力太大，他还没有真正放松地笑过。

他一进门，就向冒烨薇做了一个"OK"的手势，冒烨薇给了一个感谢的眼色。

卢鸿鸣在床上将当年姜可名如何下的指令，如何伏击，如何动手以及事后如何编造假话和恫吓他们的，向专案组详细陈述了一遍，专案组又作了仔细的询问。卢鸿鸣还将姜可名把胖伙计一同杀害的经过作了补充，还向专案组提供了王大路的情况。用了近一个多小时，笔录全部做完。董彬森带着专案组起身就走，冒烨薇说去喝完茶再忙，董彬森说，事不宜迟，兵贵神速，要去找王大路做笔录。

好像这一切都是老天爷的安排，让冒尖藉在专案组"山重水复疑无路"时，在医院偶遇冒泓炜案最关键的证人。

冒烨薇心里已经有底，小叔的冤屈可以拨云见日了，所以这几天一扫前些日子压抑的心情。同时，对姜家的仇恨像春风中的一把野火熊熊地燃烧起来。

在突破了关键环节后，冒泓炜被害案就像烧开的炉子揭了盖热气腾腾，除了获得了王大路的证词外，当年双林镇茶馆里的小道消息也全都被专案组所掌握。

韩天华要求董彬森他们专案组一定要把当年的冤案办成平反的铁案。当一切顺理成章后，韩天华在电话中告诉冒烨薇给冒泓炜平反昭雪已经指日可待，并最后一次征求她对平反还有什么要求，如果没有什么，就准备报上级审批，追认冒泓炜为抗日英雄和革命烈士。并按照规划，在冒家大冢的入口处，除原样恢复牌楼外，还立一块“民族抗日英雄冒泓炜永垂不朽”纪念碑，将原来冒尖藉看坟住的房子拆除扩建为“同江抗日战争遗迹展览馆”。

对同江市政府重新作出的娄墅荡生态保护区、湿地公园、水上乐园，以及以冒家大冢为核心景点的爱国主义传统教育基地、同江抗日战争遗迹展览馆的整体规划，冒烨薇不仅是最初的提议者，而且在规划部门作具体规划时，还先后请她当参谋，所以对韩天华电话中说的这些，她当然没有异议。

但她在电话中问韩天华，姜君文该当何罪，这让韩天华在电话中愣了半天，也没有说出个所以然来，这就不能不叫冒烨薇生气。

第五十七章 追根究底

由同州大学历史学教授、明史专家佟济寅为课题组长，率领的省考古研究所和专家组成员经过半年的勘查研究，基本上系统地对冒家大冢进行了完整的考察，并且取得了几个专题的研究成果。

韩天华听取了有关部门的汇报后，认为有必要向冒烨薇作个全面的通报，让这个冒家后人了解自家祖坟的实际情况。所以他再次给冒烨薇打电话，提议由佟济寅代表课题组向她通报冒家大冢的情况，以便让她了解自家祖坟的起源、沿革和郑和下西洋的由来以及祖坟藏宝的底细。他知道这个电话会让这个女强人消气的。

接到韩天华的电话，冒烨薇心中一阵发热，感到之前对韩天华在电话中发的火确实欠妥。所以，她在电话中欣然接受了他的提议，并且对自己之前将对姜君文的气撒到他的头上表示抱歉。

韩天华在电话中哈哈大笑，说发火是正常的，不发火是不正常的，爱恨情仇是人世间的永恒主题，谁没有七情六欲，为自己的亲人蒙冤屈死，如果没有强烈的感情反应，除非是木头人！此话将冒烨薇说得在电话中禁不住笑了起来。

等冒烨薇、冒尖藉和曾连藉走进同峰宾馆四楼会议厅时，里面已经坐了不少人，韩天华和韩叙伦以及同江市领导市长阎凌锋、常务副市长闻雷、副市长张坚毅和组织部、宣传部、民政局、文化局、公安局、招商局等部门领导都在前排就座，考古研究和历史学方面的一些专家学者应邀参加，还有新闻、文化系统的人员。

冒尖藉看到韩叙伦也来了，就跑到他身边问候并在他身边坐下，冒烨薇也跟着坐了下来，曾连藉被分管外向型经济的副市长张坚毅拉到了身边。

佟济寅今天主讲。他是一位典型的学者，道德高尚，学风严谨，著术颇丰，尤其在明史研究方面造诣很深，年龄也就五十岁开外，与冒烨薇年龄相仿。今天，他的板刷头刚修理过，尽管是做学问的，但头发却是乌黑发亮，显得十分精神。但就是这样有身份的人，却在个人婚姻上总是高不成低不就，至今孑然一身，是个名副其实的“钻石王老五”。这次由他领军对冒家大冢进行考古，所以今天他当仁不让地担纲主讲。

在佟济寅他们考察期间，冒烨薇曾经做东宴请过科考队，主要是想摸摸情况，也对他们在大冢里钻进钻出的辛苦表示感谢，所以由冒尖藉一起请佟济寅他们吃了顿饭。之后，她又与冒尖藉不下五次回大冢实地看望过佟济寅他们。在这么几次的接触中，佟济寅与冒烨薇相互留下了深刻的印象，而且在许多方面有共识。比如对英国文学、欧美建筑、油画艺术，两人就很谈得来。一向自恃清高的佟济寅本来很是看不起商界，用他的话讲，商界是用铜臭筑起来的金钱堡垒。在与冒烨薇相处后，他感到世界上有如此才学的女人实属凤毛麟角，每次与她近距离接触时，他感到有一种如水密、如烟轻的气场把自己温柔地裹挟着，让自己喘不过气来。

会议室已经济济一堂。佟济寅惊鸿一瞥地朝冒烨薇看了一眼，冒烨薇含情脉脉地朝他点了点头，佟济寅清了清嗓子，用演示文稿通过投影方式作起了介绍。

首先映入眼帘的一幅冒家大冢全貌的照片。

佟济寅用他富有感染力的嗓音说，这是一幅冒家大冢的全景照片，从照片上可以看出它的恢宏气势。它长约为151米，宽约61米，高度因为挨了日本人的飞机轰炸，冢顶塌陷，但经过勘查，它应该高出水面八米左右。大冢壁与水面成直角，除北面直接通娄墅荡，东西南三边有一条三十米宽的河道将大冢与陆岸相隔。这种坟茔的构筑方式非常奇特。

“有哪位知道冒家大冢为何要构成这个模样？”佟济寅用互动方式提问。

在没人回答后，佟济寅说，当年郑和下西洋时共有63艘船，分五种类型的船舶。第一种类型叫宝船。最大的宝船长四十四丈四尺，宽十八丈，折合现今长度为151.18米，宽61.6米，载重量八百吨。这种船有四层，船上九桅可挂十二张帆，“高大如楼，底尖上阔，可容千人”，是当时世界上最大的船只。它的体式巍然，巨无匹敌。它锚重几千斤，要运用两百人才能起航。经过我们考察认为，冒家大冢就是仿照郑和下西洋的宝船构筑的，从娄墅荡湖面远处看过来，冒家大冢就像郑和下西洋舰队中的一只宝船。经过我们测量，它的长度、宽度与宝船的尺寸大小完全一样，它的高度如果修复的话，也应该与宝船相差不大。因此，可以肯定当年冒家筑坟的意图很明显，在浩瀚的娄墅荡边构筑一座宝船式的大冢，以表明冒家大冢与郑和下西洋密切相关，也表达了冒家对这一前无古人的历史事件的一种纪念。

这时，听讲的人们有感叹的，有点头的，有的交头接耳议论起来。

“请各位静一静，让我继续往下讲。”听佟济寅这样一说，下面又鸦雀无声。

“冒家大冢是用猪血、糯米、石灰和高龄土混凝建筑而成，用术语讲，是属于明朝时期典型的浇浆墓，但冒家大冢更牢固，是因为它采用的不是一般黏土，而是高性能的瓷质土，所以它的密封性更好，它不仅在水中，而且在水底地下，使大冢更具恒温恒湿的性能，这是保证这座大冢近六百年来完好的基本条件，也是使冒家祖宗遗体和巨大财宝保存完好的基本保证。”佟济寅又接着提问，有谁知道冒家大冢是谁帮着选定的？他特地朝冒烨薇瞟了一下，冒烨薇似乎很虔诚，像小学生那样全神贯注地听讲。

“让我告诉大家吧，通过研究冒家大冢内的资料，我们知道帮冒家选定墓址的人来头不小，是谁呢？他是永乐年间参加修纂《永乐大典》负责术数类的阴阳专家裴士杰。”听讲的人群中一片哗然。

佟济寅接下来介绍冒家大冢的来历。冒烨薇要作记录，让佟济寅看见了，他说，不用记了，我们会按照冒家的祖宗生平、传承和沿袭，制作一份冒氏家谱考证录提供给冒家后人。冒烨薇投以一笑，那颗美人痣像微开的花朵那样迷人。

这下子，让佟济寅精神倍增，边按笔记本电脑换着屏幕图像，边娓娓而谈起来。他说，据大冢里的资料整理得知，冒家是明朝初年晋地的一家大粮商、大盐商、大典当商，可谓“家实殷富，仓庾数千”。

晋地表里山河，地势为“天下之脊”，极具军事和政治意义。因此明朝初年，在长城沿线九镇（辽东、蓟镇、宣府、大同、山西偏头关、延绥、宁夏、固原、甘肃）驻军百万，养军马三十多万匹，每年需粮食153万石。冒家仓庾数千，主要为驻军提供军粮。让冒家财富越积越多的是明初实施的“开中法”。

什么是“开中法”呢？就是明廷让商人输粮于边换取经销盐的指标配额，俗称“盐引”，就是将粮食生意与盐业生意合二为一，输边粮食越多换取的“盐引”就越多，而手里的“盐引”越多，就意味着获利越多，实际上“盐引”是对提供军粮的商人的一种补贴方法。此举，为地处边塞的大粮商包括冒家在内，提供了发大财的机会。他们在收获季节，低价收购粮食窖藏，待价而沽，充分利用“时差”获大利。晋地虽非“米粮川”，但地处黄土高原东部，由于土质坚硬，气候干燥，地下水位低，挖地窖储存粮食，可以经年不坏，犹如天然冷库。因此“窖粟”输边换取“盐引”，就成了晋商的致富之路，粮商、盐商、典当商是当时暴富的行业。

讲到这里，佟济寅停顿了一下，以揶揄的口吻说：“用今天的话来说，冒家是明朝初年的暴发户，另外，冒家人很会抓机遇，他家的后人也不是等闲之辈，比老祖宗还厉害，可以称雄世界！”说完，又朝冒烨薇瞟了一下。韩天华捅了一下冒烨薇说，佟教授在说你呢。冒烨薇说，他愿意咋说就让他说吧，然后对佟济寅会心地微笑。

“现在，再来说说，冒家在同江的历史吧。据考证得知，同江的冒家是从冒正显起始。冒家大富大贵之后，人才辈出，冒正显决定弃商从军，官至大同副镇守使，后效命于燕王朱棣麾下并成为亲信。在长达四年之久的“靖难之役”中，冒正显南征北战，出生入死，参加了许多的战斗，立下了许多战功。登上皇位的明成祖朱棣于永乐三年六月，“命（郑）和及其侪王景弘等使西洋”，在任命郑和为钦差总兵太监的同时，为协助做好下西洋的后勤保障，特调具有理财和后勤管理才能的冒正显为同江布政使，相当于现在的市长，前往同江统领“多赍金币”造大船，前后长达三十年时间。从冒正显起始，冒家几百年来以同江为祖地，辐射方圆数百里繁衍了二十多代。大冢里殡殓的冒家祖宗，据清点共有161位遗体，除了女人、小孩之外，男的身旁都有一本哀玉册，也就是祭文，从哀玉册以及身着服装胸前的补子也就是显示官衔的情况来看，都是身份显赫，分别为明朝各代的大臣，最大的官为户部尚书。从尸体集存的数量上看，冒家祖宗有的在边远的地方做官或打仗，所以死后没有运来放入大冢。到了清朝，冒家祖辈起起伏伏，另外随着家庭的扩大和分支，所以清朝时期的冒家祖宗都没有再入大冢。大冢内冒家的先人都有案可稽，仅冒泓炜的遗体素服入殓，没有任何考证依据。因时间的关系，具体我就不展开介绍了。”

佟济寅停下喝了口水继续演示，他将大冢内存放冒家祖宗的实际状况，以及存放宝藏的情景，用照片和视频一一作了介绍，让听讲的人如临其境，一目了然，个个咋舌。

这段介绍占了大约一个小时之久。佟济寅用征求的口吻说，关于郑和下西洋的情况就不说了吧。韩天华说，听冒董的。冒烨薇对此多少了解一点，就说那就翻过去吧。佟济寅按了演示快速播放，将郑和下西洋的介绍闪现而过。

然后，佟济寅说还有两点需要今天向大家作特别介绍。他看了一下电脑上的时间显示，已经是上午十一点了，就用眼神征求了韩天华。韩天华说，请将最后两点说完吧。

佟济寅清了清嗓子说，冒家大冢用这种独特的筑坟方法和藏宝方式，除了冒正显为了彰显自己参与下西洋，按照宝船的模样筑此大冢之外，还体现了晋商“窖藏”的理念。窖藏是晋商普遍采用的藏富方法，历史上他们几乎每家都修有多处银窖，藏银规模少则数万，多则数十百万不等。自家子孙，往往居家多年，仍不知银窖的秘密。家业的兴衰，全赖于此。家业兴旺，银窖自然充盈，家道衰败，银窖一定空虚。晋商不愿几代人辛苦积累的家业，充当战乱的牺牲品，在经商难以为继之时，把资本封存起来，不失为明智之举。在整个社会缺乏安全和信誉保障的时代，把银子牢牢地攥在自己手里，当然是最安全、最稳妥的办法。因此，窖藏，是一种以地利应天时的策略。常言道，手中有银，心中不慌，只要有藏银，就有实力，既能应对变故，又能保证商业和家业的不败。

"老冒同志，当年冒泓晋老爷交给你大冢秘图和家谱时曾说过，进大冢的秘法，只传嫡亲长子长孙，对吧？"佟济寅问道。冒尖藉说是的，佟济寅说这一般来说就是晋商的一个家规。

"最后，再说一下冒家大冢内保存的宝物除了证实郑和下西洋在同江的历史之外，它遗留的实物和资料，还在一定程度上填补了郑和航海资料被毁的历史缺憾，从这点上来说，意义特别重大。"佟济寅问，"有谁知道郑和下西洋有一桩历史悬案吗？"看大家没有响应，他又侃侃而谈起来：

"郑和下西洋的官方资料，即当时被称为《郑和出使水程》的航海档案，它记载了郑和及其部属在将近三十年间七次远航的航海经验及机密史料。明朝宪宗成化年间，有太监怂恿皇帝效仿郑和下西洋之事，于是皇帝下诏到兵部索要郑和出使海外的海图及相关资料。对此朝廷发生了争议，大多数人认为郑和下西洋虽然'宣威异域，普及南洋，为中国历史所未有，然以天朝大使，属诸阉人，亵渎国体'，时任兵部车驾郎中刘大夏认为郑和下西洋劳民伤财，是一大弊政，担心后人步郑和后尘，事先将这些资料藏匿了起来。当兵部尚书项忠索要这些资料时找不着，就责问看管档案的小吏，在一旁的刘大夏说：'三宝下西洋，费钱粮数万，军民死且万计，纵得宝而归，于国家何益，此一大弊政，大臣所当谏也。'弄得项忠没有办法，只好以散失为由复奏皇帝。后来发现《龙江船厂志》有被消除记录的痕迹，显然是有人毁了资料。至于郑和出使西洋各国的详细资料也就是航海档究竟是被刘大夏一把火烧了还是藏匿起来，或是最后被清朝乾隆修撰《明史》后弃置或毁掉，就成了一桩历史悬案。而冒家大冢内的资料倒是可以弥补郑和下西洋的航海档案，这也许是此次考察的一个重大发现。"

至此，在投影幕布上出现了"谢谢"的大字，佟济寅末了说："冒家大家的宝藏也已经清点完毕，这是冒家的私有财产，不便公开介绍。冒董，这是清单，请你收好！”说完扬了扬手中的清单，示意她可以拿走了。

冒烨薇却矜持地站了起来，没有走过去接，佟济寅稍微一怔，立即反应过来，缓步走到她面前，双手将一摞纸质的清单交到她手中说：“请收好！”

这时，韩天华起身握着佟济寅的手说：“已经到了吃中午饭的时间了，请佟教授到楼下一起用个便餐，来了这么长时间，我还没有尽地主之谊呢。”

冒烨薇却说：“韩书记，我还有一些问题需要向佟教授作进一步的请教，所以中午我想请佟教授私下约谈，请不要介意！”

“噢，噢，冒董是想来个刨根问底？”韩天华一时反应不过来。

“是的，谢谢韩书记善解人意哦！韩书记，我不日将宣布一个由我与我家冒叔研究的重要决定！”冒烨薇春风满面地说。

“去吧，去吧！”在旁边洞察一切的冒尖藉催促道，他明白小姐的用意，也明白爱永远是在茫茫人海里最温暖的港湾。

第五十八章　最后抉择

那辆奔驰S320停在了柏芦路的××咖啡店门前，冒烨薇与佟济寅两人肩并肩地走了进去，佟济寅说要个小包厢，迎宾小姐热情地将他俩引进了靠窗户的小包厢。冒烨薇先要了杯英国式的伯爵红茶加方糖，问佟济寅要点什么，佟济寅调皮地说客随主便，自己从现在开始要学会跟人走。冒烨薇很是受用，说懂就好。

等茶上来了，两人心思不在品茶，你看看我，我看看你，谁也不抢先问话。冒烨薇说，还是先来份简餐吧，佟济寅说好的。这次两人各自点了配自己胃口的东西，冒烨薇点了黑胡椒牛排，佟济寅点了份茄汁鳕鱼。

用过简餐后，佟济寅绅士地为冒烨薇的杯中倒上了茶，然后给自己倒了一杯坐下后说："请您先说吧，有什么需要我解释或讲解的？"

对佟济寅第一次将称呼"你"改为"您"，让冒烨薇在敏感的情绪里注入了"亲密"的元素，所以心情特好："干吗一本正经的，非得有解释和讲解才可以约见啊？"

"是的呀！我干吗一本正经？"一向衣冠楚楚的佟济寅挠头搔耳，一副滑稽可爱的样子。

"济寅，我有一桩事情，想听听你的意见。"冒烨薇开始切入正题。

"说吧，什么事？我洗耳恭听。"佟济寅端起茶杯说。

“什么洗耳恭听，我是让你参谋参谋，说说意见的。我家冒叔向我提议，将祖坟里的财宝捐献给国家。”

不知是包厢里的温度升高，还是情绪亢奋，佟济寅见冒烨薇的脸上泛着红晕，他肯定她年轻的时候是何等靓丽，一定是寥若晨星般的美女。见她很认真地说出这样的打算，他反而张开嘴一时说不出话来。

“说嘛，干吗像中了邪，光张嘴不吭声？”冒烨薇嗔怪道。

“这么大的事情，那可是富可敌国的财宝，我怎可以随便发表意见？”佟济寅态度诚恳，不像是托辞。

“又不是让你做决定，你怕点啥！”冒烨薇催促道。

“你可想好了，这不是闹着玩的哦！你先说自己的想法。”佟济寅还是不想表态。

“我是认真的，我已经与冒叔讨论过，一致认为这些宝藏按照共产党的现行政策，虽然都可以归私人所有，同江市的文件也已经明确。但按照文物管理的相关法规是不可以带到境外的，如果让自己保管这些财物难度很大，中国有句老话叫甚爱必大费，多藏必厚亡，这个道理很深刻。另外，我家里也用不了多少钱，光现在公司的财产也就够了，基于这些考虑，我决定将祖坟里的宝藏捐给国家。今天，我约你，就是想跟你谈这个事。”冒烨薇表明了自己的想法。

佟济寅听了冒烨薇的阐述后，托腮深思了半天，才开口说：“有钱人并不一定受尊敬，而有价值的人是一定会受到尊敬的。你能如此深明大义，又如此轻财取义，我第一个尊敬你！”说完，他从座位上起立，给了她深深的一个鞠躬。

“别拿我当十八岁的小姑娘来寻开心，阿好？我是认真的。”冒烨薇看到平时谨行慎言的他，突然来了个这么一个动作而感到意外。

“你别把我想歪了好不好？我也是真心诚意的！”佟济寅有点尴尬地笑着说。

“好了，咱俩别贫嘴了，还是说点正经事吧。这捐赠是要办一系列手续的，我想请你帮帮忙。”她又转到了正题。

“这样吧，对大冢宝藏的鉴定、公证方面的事由我来操办，捐赠申请和捐赠协议我建议你找一家信誉好的律师事务所，好好议一议，总之要按相关的法律程序办妥相关的法律手续。”他提出了办理捐赠的建设性意见之后，又说最好事先跟韩天华书记通个气，听听这个父母官的意见。

“哟，我倒把这个事给忘了！”冒烨薇边说边拿起了手机拨韩天华的电话。

“喂，噢，是冒董啊，两人世界的感觉还好吧？”韩天华也不失幽默感。

“韩书记，我这个电话并不是向你汇报卿卿我我的。今天中午我约佟济寅主要谈的是如何将我家祖坟里的宝藏捐赠的问题。”

“啥？捐赠！捐给谁？”韩天华在电话中先是惊愕后又大声问道。

“我能捐给谁，我捐给你，阿好？”冒烨薇听韩天华在电话里大惊小怪，扮了一个让韩天华见不着的鬼脸，但佟济寅能看到。

“冒董，你不会是开玩笑吧！”韩天华在电话中有点不高兴。

“韩书记，不是开玩笑，我郑重地告诉你，我和我家冒叔商量过，准备将祖传的财宝捐献给国家，我今天上午听了考古介绍，中午约佟济寅商谈的就是捐赠方面的事。”冒烨薇在电话中的态度非常坚决。

“哟！冒董啊，你常常让我大吃一惊。在电话里，我首先代表同江六十万人民向你的慷慨表示敬佩，代表同江市委市政府向你的爱国行动表示赞赏，党和人民会住你的！”

“韩书记，冒叔对我说了这样一句话，叫天下物应归天下用，天下财应归天下得，所以我想这些宝物是老祖宗的，我不该就这么占为己有，还是留给祖宗，而且要留给最大的老祖宗，这个最大的祖宗就是祖国。从这么多年打拼的过程中，我深深感到，只要祖国这个老祖宗强大，我们这些海外游子的腰杆子就硬。我这不是在说大话，愿意为国家做点实实在在的事情！”冒烨薇确实说的是心里话。

“那好吧，我会将这一让人震惊的消息向省市报告后，通知有关部门做好接受捐赠的相关准备，我再次谢谢你！”

冒烨薇在与韩天华通话结束后，与佟济寅上了车，先将他送到了住的宾馆，因为要按冒烨薇作出的决定，他有许多相关工作要完成，所以急着赶回住处着手准备。在下车时，他红着脸说：“烨薇，我心里已经决定了！”冒烨薇用白嫩柔软的手轻轻地捂住他的嘴巴：“不要说出来，我心里知道，我也已经决定了！”说完将手放到了他的宽大的手掌中，他心领神会地握住了她的手心，两人手心里的热流暖意瞬间发生了融合。

回到望湖阁，冒烨薇走进了冒尖藉的房间，曾连藉陪着父亲。自从父子相认后，曾连藉把对亡母的爱全部汇集到了父亲身上，让孤苦伶仃几十年的冒尖藉感到了人世间的天伦之乐。冒烨薇进房间的时候，看见曾连藉正将剥掉皮的美国提子给父亲吃，心里涌上别样的滋味，既为老人苦尽甘来能够享受子女孝敬感到高兴，也为自己至今还未有同样的亲情而感到失落。

“冒叔，吃过了吧。”冒烨薇脸上写满了笑容。

“都啥时候了，还问这种话。”冒尖藉与冒烨薇是越来越亲切，所以相互交谈也越来越随便，“中午跟佟教授谈那件事了吗？”

“谈了，谈透了，他非常赞成，我与他还商量了捐赠的相关手续和法律问题，我还与韩天华通过了电话，韩书记说要向省市汇报后让有关部门着手准备相关工作。”

“那好，小姐，这是为冒家祖上积德啊！”冒尖藉说到这里，突然停住了话头，嘴巴闭了又张口，张口又闭嘴。

“冒叔，你还有什么话要说。”冒烨薇问。

“这，这……”冒尖藉还是没有说出来。

冒尖藉的吞吞吐吐，让冒烨薇有些着急，“冒叔，有什么你尽管说好了！”

“小姐，吾是想能否将老爷请回来，吾真的好想好想老爷啊！”冒尖藉突然泪如雨下。

“冒叔，你的想法与我不谋而合，父亲临终前一直有叶落归根的念头，由于当时对国内情况不甚了解，因此老人家是带着未了之愿走的。我之所以下决心回国内投资，遵照父命是一个主要的动因。冒叔，你今天提出的这个想法，也是我在心头憋了好久的想法！”冒烨薇也动了感情。

“那太好了，小姐，如果能把老爷的灵骨请回来，可以了却吾的一大心愿！吾可以有机会对老爷说：老爷，尖藉还守着冒家的祖坟，吾没有食言啊！”冒尖藉痛哭不已。

“冒叔，我一定会让你的愿望实现的！”冒烨薇使劲摇着痛哭中的冒尖藉，自己也哭了起来。

冒烨薇当晚就与在英国伦敦的两个哥哥和大姐分别通了电话，征求他们对将父母的灵骨运送回国的意见。之前，她就祖坟里的宝藏捐赠问题已经分别与他们通过电话。对这个家里的幺妹，哥姐总是言听计从。他们知道是她继承了父亲的遗志，将冒家的事业发扬光大，冒家的门面都靠她一个人撑着，而且对他们照顾得无微不至，所以对她的决定都从不吹毛求疵，总是顺着她。因此，听了她讲述了回国后的种种情况，就在电话中一致表示同意。

在得到家人的一致同意后，冒烨薇与佟济寅打了电话，告诉他准备将客死英国的父亲和母亲的灵骨迎回老家，安放在冒家的祖坟里。

“您的想法是正确的，我觉得您越来越让我刮目相看了，什么时候动身启程？”佟济寅在电话中问道。

“准备后天走，你手头上还忙吧？”冒烨薇问。

“还好，关于冒家大冢的溯源与晋商的传承，冒家大冢在明朝历史中的文化价值和冒家大冢与郑和下西洋的相互关联等几个专题研究，我已经布置给了三个研究生在做，对捐赠财宝的认定与鉴定已经基本完成，关于对捐赠的公证需要与市政府沟通，可能手上就这件事比较紧一点。怎么,又要给本大人下达新的指令啦？”佟济寅预感她可能又要差遣自己。

“有桩事体，不知贵教授能否效力？也不知你有没有这个胆子！”冒烨薇在电话中咯咯地笑了起来。

“笑什么呀？说就是啰！”佟济寅也笑着说。

“我准备请你同我一道去英国将父母的骨灰迎回国，怎么样？”冒烨薇将话挑明。

“哟！太小看本教授了吧，谁不知道我有个绰号叫佟大胆！”佟济寅还真不是瞎吹。

“呵，呵，那就太好了，你把身份证让人送过来或者传真过来，我立即安排去购后天的飞机票，直飞伦敦希思罗机场，不去法兰克福转机。”冒烨薇说。

“是，遵命！”佟济寅放下电话，就将自己的身份证通过传真发给了冒烨薇。

登机的时间是上午10点45分。从同江到浦东机场在路上要走一个多小时，佟济寅早晨七点就来到了望湖阁大酒店。冒烨薇已经整理好行装，见佟济寅来了，就与冒尖藉、曾连藉一道，四人去了餐厅吃早饭。

早饭很丰盛，光小点心就有五六样，其中就有荠菜馄饨，冒烨薇给冒尖藉盛了一碗，说冒叔最爱吃荠菜馄饨，就放下了勺子，佟济寅拿起了小碗等着馄饨，冒尖藉就给冒烨薇使了眼色，冒烨薇却只当没看见，佟济寅脸上发讪，这时冒烨薇才又拿起勺子，装模作样地给佟济寅送过来的碗里盛了馄饨，将冒尖藉和曾连藉逗得忍俊不禁。

在吃的过程中，冒烨薇对冒尖藉说：“冒叔，这次回英国，可能要多待几天，你要保重身体哦！”

“不碍事的，不过前一阵子着凉感冒好像没有好利落，身子骨没有以前硬朗喽，人的骨头犯贱，原来吧整天劳碌，倒是一觉睡到天亮，而现在着床后要像翻烙饼一样总是要折腾一阵子。”冒尖藉说的是实情。

“那当心点，哪里不舒服就赶紧看医生。冒叔，大卫，我这次回英国之所以要多待几天，除了办理父母的骨灰迁移手续外，还要召开一个董事局会议，增补大卫为董事会成员，我已经将自己名下5%股份无偿赠予给大卫，英国的律师事务所已经准备好了相关法律文件，等我回去签发就生效了，到时需要大卫签字，让大卫也抽空回英国把字签了，并参加董事局会议。”冒烨薇很平静地说。

“小姐，这怎么可以，连藉这是无功受禄啊。”冒尖藉不同意。

“冒董，这不可以的，我会凭自己的努力在英伦化学有自己的立足之地。”曾连藉也推却起来。

“冒叔、大卫，你们都不必说什么了，我已经作了决定。冒叔对我们冒家是功德无量，大卫在英伦化学功勋卓著，你们受之无愧！”冒烨薇看早饭吃得差不多了，就对佟济寅说：“我的大教授，Let’s go!”

佟济寅以英国绅士式的做派，跑过去为冒烨薇拉开了座椅，又为她取了风衣，等她穿好风衣，拎了手提包，就出了小餐厅，送机场的车已经大厅前台等候。

上了车，冒烨薇摇下车窗：“大卫，等我的电话，在我离开同江的这些日子里把冒叔照顾好，冒叔有什么闪失，我定饶不了你！”说完，她笑得很开心。

“放心吧，快回来！”冒尖藉与曾连藉几乎异口同声地说。

小车缓缓地启动，驶离望湖阁，冒尖藉与曾连藉才停止挥手，父子俩相互搀扶着回到了房间。

第五十九章 归去来兮

望湖阁光风霁月，圣诞节将酒店内外装扮得光怪陆离。曾连藉去英国有五天了，冒烨薇已经是半个月了，这些日子让冒尖藉度日如年。他不担心什么，就惦记冒泓晋夫妇的灵骨能否顺利回来，他觉得自己把老爷的骨灰盒捧在手里后才能安下心来。

在这些天里，来看望冒尖藉的人络绎不绝，最让他感到欣慰的是姜君文的到来。那天，他正在接受《同江日报》的人物栏目专访时，服务员来到他身边，告诉他："姜主任来看望您。"

对记者的采访，冒尖藉是很不情愿的，被这帮"老记"缠得没有办法，他只好应付了之。他不愿意出风头，如果是电视采访，他就坚决不让。报纸虽然好一点，但他也反感他们的"妙笔生花"，坚持不让拍照。听服务员说姜君文来了，他就借机摆脱了记者们的缠扰。

冒尖藉回到翠香园，姜君文已经在小会议室里等候多时。见冒尖藉回来，姜君文起身主动打招呼："冒叔，你来啦。"如今的姜君文已没有了往日颐指气使的派头。

"坐吧，坐吧，姜主任，乃到底是个聪明人，这样做就很好嘛。"冒尖藉夸奖道。

"冒叔，都是我不好，心胸狭隘，鬼迷心窍，想想做得真是很不好，好在有你点拨，我才如梦初醒，茅塞顿开。请你老人家多多包涵，从此以后，请看我的实际行动吧！”姜君文态度很诚恳。

“吾作为老一辈，对姜家与冒家的仇恨都看在眼里，是乃父亲一直放不下那口怨气，千方百计地寻冒家报复，才做出了天理难容的坏事。乃是当代人，不可学那个样子。要知道复仇是一把双刃剑，在伤到别人的时候，也会伤到自己的。”冒尖藉谆谆告诫道。

“冒叔讲得对，我记住了，你放心，我不会秉承父亲的复仇心理，而且我会对冒家有所交代！”姜君文点着头说。

“这就对了，如今不是有句流行的话，叫一切向前看！吾真心希望冒家与姜家从此握手言和，不再相互恩恩怨怨，都能太太平平地过日子。”冒尖藉又说道。

“会的，会的，我现在只希望能求得冒烨薇的原谅。”姜君文不无担心。

“吾会劝说吾家小姐，只要乃真心实意，做出能让冒家原谅的举动，冒家才会原谅乃！”

“我已经想好了，等冒泓炜追悼大会时，我会以传统的方式求得冒家人的原谅和宽容！”姜君文说罢，这将身边的一个提箱打开，拿出了那盏六角青花烛台和王诜的《渔村瑞雪图》，双手捧到冒尖藉前面，说：“冒叔，物归原主，务请您老人家海涵！”说完要给冒尖藉下跪，被冒尖藉一把拉住，说：“何必这样呢，知错能改，善莫大焉！”又说，“放心吧，我会将这样东西放回冒家大家，在清单上加进去，一定不会为难乃的。”

“冒叔，那我就告辞了，一切拜托你老人家！”姜君文向冒尖藉深深鞠了一躬，心里已经做了一个重大的决定。

在姜君文走后的第二天，韩天华抽空去望湖阁去看望了一趟冒尖藉。

服务员告诉正在房间看曾静芝日记的冒尖藉，说韩书记看您来了，他合上日记，还没有擦干脸上的眼泪，正起身去迎接，韩天华就进了房间。见老人正在看日记，知道老人的心境一定很悲伤，脸上还挂着泪水，就故意调节气氛：“冒叔啊，太阳如此之好，咋不出去转转，要知道你一个人待在房间，我早就来陪你啰！”

冒尖藉连忙抹了一把脸，说：“天华，韩专员身体还好吧？”

“老爷子身体还算硬朗，嘴上还一直说要来找你唠唠嗑呢！”韩天华告诉说。

“改天，我一定去府上拜访。天华，乃今朝来看我，一定有事情，是吧。”冒尖藉问道。

“冒叔，别看你也上了岁数，但眼睛尖得很啊！今天我一是真的来看望冒叔，因为冒董和连藉都去了英国，怕你一个人寂寞；二是想跟你商量一下，冒泓晋先生的灵骨迎回国，冒泓炜被上级民政部门已经追认为民族抗日英雄，还有冒家捐献郑和下西洋遗宝，这三件事哪一件都不小，市委市政府准备都要举行隆重的仪式，不能埋没了冒家的贡献。所以呢，这些仪式咋搞法，我一直拿不定主意，就来跟冒叔你通通气，讨讨你老人家的主意。”韩天华说完眼睛盯着冒尖藉。

其实，韩天华心里已经有谱，只是冒家的大事，不跟冒家人通个气，真怕怠慢了冒烨薇。他知道冒尖藉在冒烨薇心中的分量，又说的上话，所以他就为这些活动打个提前量，先来与冒尖藉谈谈摸摸底。

“要吾看，这三件摆在一起比较好，分散搞活动，不如集中搞影响大，也不累人。”冒尖藉说出了自己的想法。

“冒叔的主意好，我曾经想过，但就是不好确定，既然冒叔有这个建议，我倒是提个方案，就是将‘同江民族工商实业家冒泓晋骨灰安放仪式’、“同江民族抗日英雄冒泓炜烈士追悼大会’、‘冒氏家族郑和下西洋遗宝捐献仪式’同时举行，规格提得高一些，场面搞得大一点，冒叔你看怎样？”韩天华和盘托出。

“吾是没啥意见，最好跟吾家小姐通报过气。”

“这肯定要的，我与你今朝不过是先酝酿酝酿。冒董去了半个多月了，咋也不给来个电话呢？”韩天华想冒烨薇在跟前就好了，可以把方案敲定。

这时，房间里的电话铃声大作，韩天华说：“冒叔，一定是你的电话。”冒尖藉就走过去从床头柜上拿起了电话。

“冒叔，是我，烨薇，告诉你，我们在英国事情一切顺利，我父母的骨灰迁移手续已经办妥，我哥哥姐姐都一起护送父母回国。冒叔，离开这么多天，想不想本小姐？”在越洋电话里，冒烨薇像小姑娘那样向冒尖藉发嗲劲。

“想，想，天天想吾家的小姐！噢，乃等等，韩书记在吾房间里，他正想与乃打电话呢！”冒尖藉说完就将电话机话筒往韩天华手中塞。

“好啊，我正好也有事找他，就请他讲话。”话筒里传出了冒烨薇清脆的声音。

“呵呵，冒董啊！是我，韩天华，你有什么事找我，请说吧！”

“不，还是请你先说！”冒烨薇让韩天华先说。

于是，韩天华将“同江民族工商实业家冒泓晋骨灰安放仪式”、“同江民族抗日英雄冒泓炜烈士追悼大会”、“冒氏家族郑和下西洋遗宝捐献仪式”的想法及方案，向冒烨薇具体地说了一遍。

冒烨薇稍微在电话中沉思了一下，说我家冒叔有啥说法，韩天华把电话给了冒尖藉。冒尖藉又接听起来，告诉她这是自己的想法，冒烨薇说既然这是冒叔的想法，那我就没有异议，又让韩天华讲话。冒烨薇就明确告诉韩天华，就按“三个活动”一起搞的方案办。

冒烨薇在电话中确定了回国的日期、航班、人数，韩天华让市政府接待办做好接机准备，并按高规格待遇安排好冒烨薇全家的食宿，同时，让市委办牵头，组织相关部委成立一个临时工作小组，布置和展开三项活动的一应事宜。

三项活动地址经过再三斟酌选定在冒家大冢。

韩天华与冒尖藉先后去实地察看了两次。隔了一年多的时间，等冒尖藉重新踏进冒家大冢，已经完全变了模样。大冢的顶按照原样作了修复，一眼望去，就像一艘雄壮待发的巨船。原来盘踞在大冢窟窿里的各种蛇，由邱介秋负责，在娄墅荡里筑了一个小岛全部捉过去养了起来。因为冒尖藉在公司里作了一场善待动物的演讲后，邱介秋就调整了产业结构，转到了电子行业上去了。这次将冒家大冢的蛇转移到小岛上去，是邱介秋的一个善举。

原来冒尖藉住的房屋已经不见了，取而代之的一幢粉墙黛瓦的古色古香的建筑，大门两挂着“同江人民抗日战争历史遗迹展览馆”“郑和下西洋遗迹展览馆”。原来进入大冢的秘密入口处，装上了先进的安保设施，下到大冢的木梯换成了垂直升降机。原来冒尖藉习拳练武的场地扩大了，一块高十米由金山石雕凿的巨大石碑，对着冒家大冢巍峨耸立，上面刻着由冒尖藉书写的“民族抗日英雄冒泓炜烈士永垂不朽”金字，在斜阳的照耀下璀璨闪光。

进入冒家大冢的神道按照原样恢复。当年冒尖藉为躲避破“四旧”时，藏匿在河中的门楼、文臣武官石雕以及石象石马，全部取上岸排列在神道的两旁。

在大炼钢铁年代被砍伐的柏树，全部移植了高大粗壮的香樟，将冒家大冢围在了绿色屏障之中。这大香樟树移植过来最起码要花一两万元，这一圈几百棵树代价不小，冒尖藉看得出，同江市对冒家大冢的保护是花足了功夫。

大香樟树林外面，建了一群供接待用房和工作人员的生活用房，现代化设施一应俱全。

在冒家大冢北边，一座规模宏大的水上乐园已经成型，南边的湿地公园也开始破土动工。可以肯定，这一带融历史文化、生态旅游和绿色休闲为一体的开发建设，将成为同江经济的一个新增长点。

同江市政府的考斯特从机场出来，已经是下午四点三刻。车上，冒烨薇向窗外指指点点，向阔别上海52年哥哥姐姐作介绍。他们离开上海的时候也就是十岁出头点，所以在他们眼里窗外的景象完全没了当年的模样，充满了新鲜和新奇感。

冒尖藉已经在望湖阁大厅里等候。他本来要去机场，因为副市长张坚毅带了市政府接待办主任和另外两个人员去接机，加上从英国飞过来的冒烨薇和两个哥哥一个姐姐，加上佟济寅、曾连藉六人，还有许多行李外加冒泓晋夫妇骨灰，怕车子坐不下，所以张坚毅劝冒尖藉在酒店等候。

一行人抵达望湖阁正好晚上七点，因为上海境内路上正值高峰，所以车子速度快不起来。车子刚停稳，冒尖藉已经到了车门口，冲着车内喊：“老爷，你怎么才回来啊！”

冒烨薇将蒙着黑布的骨灰盒捧到冒尖藉前面，他双手接过来搂在胸前泣不成声，径自往酒店临时设置的灵堂走去，他几乎迈不开步子，惨怆怛悼地说："老爷，乃说好是要回来的呀，为什么这次回来就不说话了呢？但吾知道乃一定会听到吾说的话，冒家的祖坟保住了，冒家的基业还旺着，你听见了吗？吾，冒尖藉刘秋生，没有离开冒家祖坟，我守着呢，乃对吾彻底放心了吧！老爷，吾多么想听乃对吾讲句话……"曾连藉怕摇摇晃晃的父亲跌倒，就在后面扶着，后面跟着的冒家子女也都哭成了泪人。

韩天华与市里的几个领导已经在灵堂前肃立，等冒尖藉将冒泓晋的骨灰盒、冒烨薇的大哥将母亲的骨灰盒一起放到灵台上，灵堂四周摆满了花圈。韩天华请冒家人节哀顺便，冒烨薇用英语跟哥哥姐姐说了几句话，示意韩天华他们可以退出灵堂。当晚，由市里出面就在望湖阁宴请。

吃过晚饭，把其他人安顿好了后，韩天华在贵宾室与冒烨薇、冒尖藉就后天在冒家大冢举行三项仪式的活动，作最后的定夺。冒烨薇对市里周到、隆重的安排没有意见，并向韩天华表示感谢。韩天华告辞之后，冒尖藉把冒烨薇留下说还有话。

"小姐，乃准备对姜可名家咋办？"冒尖藉问。

"冒叔，等后天所有仪式搞完后，我一定找姜君文好好算账，老的死了罪可免，小的活着罪难逃！"冒烨薇的脸色铁青。

"小姐，吾想说点话，不知乃愿不愿听？"

"冒叔的话我都听。"冒烨薇使劲地点头。

"那好，吾就说了。吾看还是心平气和为好。姜家有诸多对不起冒家，但如果针尖对麦芒，也不是好办法，长此下去，冤冤相报何时了啊！如果一定要把对手置于死地，那么对手就会困兽犹斗，无所顾忌，就会给自己造成不必要的损失。俗话说兔子逼急了还会咬人，当把对手所有的机会都断绝，也可能使自己也失去了机会。如果把事做得太绝，不仅伤了别人，也会伤了自己。就好像一条狗被你堵在死胡同里，它就会狗急跳墙，把你咬得遍体鳞伤。因此，事情发展方向往往是多元的，你认为将对手逼上了绝路，对手必定拼死一搏，这不仅于事无补，反而为自己又增添了一道障碍。曾国藩说'凡事留余地，雅量能容人'，所以吾认为给别人留一条生路，也是给自己留一条退路。"冒尖藉诱循循善诱道。

“哦，冒叔你说的不无道理，我听冒叔的，到时看看姜君文的态度再说。冒叔，时间不早了，早点睡吧。”冒烨薇不想让这个通情达理的老人再费心。

“吾睡不着，吾去陪陪老爷，他好不容易回来了，如果吾不去陪老爷，怕老爷不高兴！”冒尖藉的眼泪夺眶而出。

冒烨薇就默默地扶着冒尖藉回到了临时搭就的灵堂。

“同江民族工商实业家冒泓晋骨灰安放仪式”、“民族抗日英雄冒泓炜烈士追悼大会”暨“冒氏家族郑和下西洋遗宝捐献仪式”如期举行。省市的主要领导和有关部门的领导，冒泓晋、冒泓炜的生前好友，各界代表以及新闻单位共一千多人，齐集在冒家大冢即“同江人民抗日战争历史遗迹展览馆”“郑和下西洋遗迹展览馆”的广场上，会场布置得既热烈又庄严，那块刻着“民族抗日英雄冒泓炜烈士永垂不朽”的金山石巨碑，用黑纱蒙着。

按规定议程逐项进行，会场气氛先是悲伤后又欢快。在捐赠仪式上，特地安排请冒尖藉发言。当主持仪式的市长阎凌锋宣布最后请市政协委员、护宝英雄冒尖藉先生讲话，冒尖藉对着话筒只说了句“这是吾应该做的！”就走下了主席台，会场先是一片惊诧，旋即响起雷鸣般的掌声。

整个议程的最后一项是揭碑。由韩天华与冒尖藉共同拉下蒙在碑上的黑纱，正当人们围着巨碑默哀时，有一个披麻戴孝的人拨开了人群，径自在碑前长跪不起，冒尖藉认出是姜君文，他就让冒烨薇上前察看究竟是谁。

冒烨薇一看是姜君文，本来火冒三丈正想发作，冒尖藉拉了拉她的袖子，她就明白了意思，就憋了一肚子火狠狠瞪着姜君文。

姜君文对着碑说：“冒泓炜烈士，我父亲犯下的罪行，就由我来偿还，我愿意以命抵债，但也无法弥补我姜家的罪过！”他转过身来，低垂着头对冒烨薇说：“冒董，我真心做到父债子还，你今天打我骂我甚至要我偿命，我绝不会说一个‘不’字！”

在众目睽睽之下，姜君文如此举动，倒把冒烨薇愣住，冒尖藉轻轻地捅了一下她。

冒烨薇立即反应过来，上前去把跪着的姜君文拉了起来，说：“一人做事一人当，过去的就让它过去吧，人在做，天在看，我代表冒家接受姜家的道歉！”

就在等这一时刻的到来和这一情景的出现，冒尖藉比旁观者明白，就带头鼓掌，明白过来的人们这才拍手，掌声响成一片，大家目睹了姜家与冒家由这一代人握手言和而称赞不已。

姜君文得到冒烨薇的原谅，如释重负，向市公安局长董彬森走去……

就在人们议论和赞赏之时，冒尖藉已悄悄地退出了现场，他围着香樟林转了一圈。按照他的要求，在移植香樟时，特地保留了师傅谭延祥的墓，并修葺一新。他跪在墓前说：“师傅，乃不会孤单的，我很快就会回来，与乃老人家一道永远陪着老爷、少爷！”

当他起身回头时，发现曾连藉就在身后，而且听到了冒尖藉说的话。知父莫若子，曾连藉什么也没说，就扶着冒尖藉默默地来了车前，冒烨薇等在车门前正着急，见冒尖藉从香樟林出来，想说什么，曾连藉向她摇了摇手，她就上前扶冒尖藉上车。

在车上，冒烨薇告诉冒尖藉说，刚才韩书记给她打电话，告诉他姜君文已投案自首了，周大华也被公安局办案人员控制起来了，“旋风”还在缉拿过程中……冒尖藉听后，没有说什么，只是闭上眼睛微微摇头叹息，心中感慨道：良知不能泯灭，做人的底线一定要坚守啊……

车队渐渐驶离冒家大冢，一行人马开到设在望湖阁的酒会赴宴。宴席期间，热闹非凡。冒烨薇穿忙于招呼客人，没注意到冒尖藉的动向。当她回到主桌上时，发现冒尖藉不知去向，就要去找。曾连藉跟她说了他在香樟林里听到父亲说的话，她不禁一怔，就要曾连藉与自己一起去找。等到了房间，发现那台被冒尖藉视为珍宝的“15天”牌座钟，那盏玻璃罩的桅灯，曾静芝的十五本笔记本和那两件“心”字形的毛线背心，都一一不见了。

冒烨薇发疯似的冲出门外，发现酒店门前的一辆的士绝尘而去。曾连藉跟在后面说：“冒董，不用找了，父亲回大冢去了，他不再回来了！”说完递上一张纸条，冒烨薇看是冒尖藉留下的。上面写着：“孩子们，你们不用找吾，也不必找吾。生活是值得感恩的，它让人广增历练，张开慧眼，在老去的时候没有遗憾。冒家大冢现在木欣欣向荣，水涓涓而流，吾喜欢秉性而行，不求富贵，徜徉于大自然之中。吾觉得自己到了‘善万物之处时，感吾生之知休’的时候了！”

经过同江城繁华的人民路时的士遇到了红灯。冒尖藉坐在副驾驶的位置上，平静地看着窗前，突然发现一个七十岁模样的老妇，从相貌上他认定是心莲，由一个容貌酷似自己、年龄在四十岁开外的中年妇女拉着手，在的士前正穿越斑马线。冒尖藉看得真真切切，那个老妇人似乎也发现了冒尖藉，就停下脚步愣在了斑马线上。这时，中年妇女见绿灯亮了，就拉着老妇快步而去。

的士见亮起了绿灯就急速起步，冒尖藉想去追赶她们已经来不及了。这时，驾驶员播放起了音乐，响起了一个男中音唱的一首歌《为了承诺》：

为了承诺，
博大胸怀载起重托，
臂膀坚硬扛起拼搏，
愿意为你追赶日月。
为了承诺，
洁白无瑕超凡脱俗，
无怨无悔大爱甚笃，
愿意为你锤炼成熟。
为了承诺，
生不如死决不泣哭，
威逼利诱永不堕落，
愿意为你粉身碎骨。
为了承诺，
海枯石烂永不推脱，
天荒地老决不畏缩，
愿意为你一生付出。

2011年12月脱稿于苏州

2012年1月定稿于苏州